악역이 베푸는 미덕

The virtue of villain

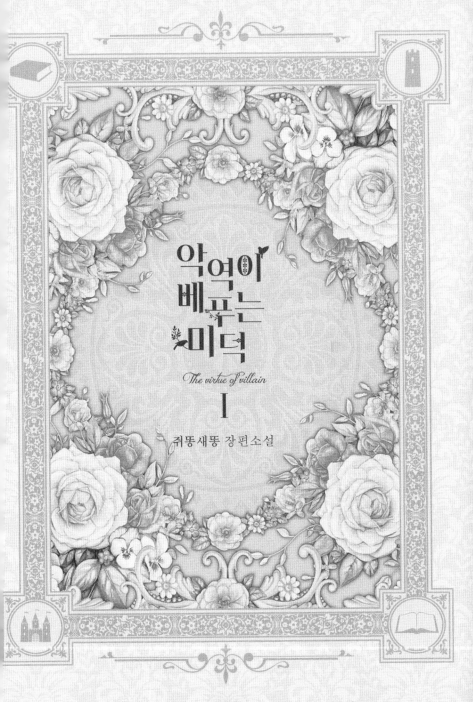

악역이 베푸는 미덕

The virtue of villain

I

쥐똥새똥 장편소설

iQ
BOOK

Contents

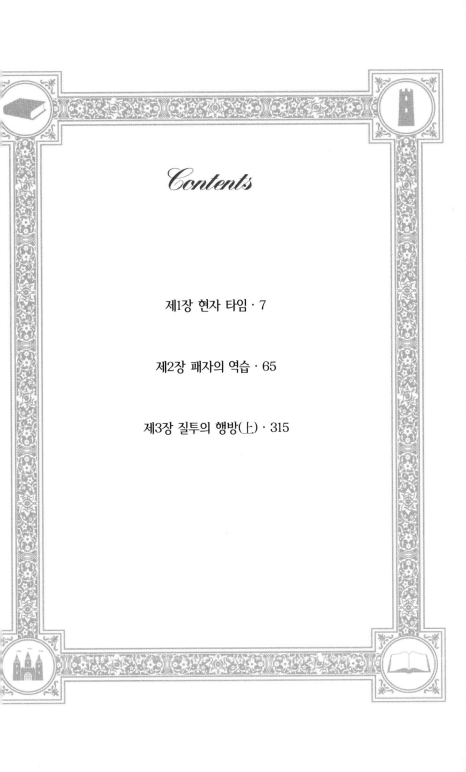

제1장

현자 타임

현자 타임

싫어하는 누군가를 좋아하게 되는 건 가능한 일일까.

문득 그런 생각이 들었다. 왜냐면 내겐 정말로 싫어하는 여자가 하나 있었기 때문이다.

레라지에 아틀렌타. 도끼 같은 눈동자로 나를 고깝게 쳐다보는 그 여자의 이름이었다. 레라지에를 안 지 어언 10년. 우리는 친하게 지냈던 적이 한순간도 없었다.

그녀는 보기 좋게 땋아 내린 붉은 머리칼을 어깨춤에 자연스럽게 올려놓고 있었다. 상아빛의 세련된 드레스를 입고, 다리를 꼰 채로 요염하게 앉아 있는 모양새가 퍽이나 당당해 보였다.

레라지에는 기품 있는 손동작으로 제 앞에 놓인 잔을 들어 목을 가볍게 축였다. 내가 그녀의 방에 무작정 들어왔음에도 전혀 놀라지 않은 태연한 태도였다.

레라지에는 들고 있던 찻잔을 테이블 위에 소리 나게 올려 둔 뒤, 내게 말을 건네었다.

"진저. 약속을 잡지 않고 무작정 찾아오는 건 곤란해. 오늘은 내가 선약이 없었으니 다행이지, 만약 선약이 있었다면 너는 문전박대를 당했을지도 몰라."

그녀의 목소리는 무척이나 고왔다. 하지만 고운 목소리로 내뱉은 말에는 시퍼런 날이 가득 서 있었다.

나를 아주 교양이 없는 여자로 치부하며 말하는 레라지에의 태도에 기가 막혀서, 나는 잠깐 할 말을 잃고 말았다.

염치없는 년. 내가 왜 약속 없이 찾아왔는지, 누구보다도 잘 알고 있으면서.

아무것도 모르는 척을 하는 그녀의 낯짝이 참으로 두껍게 느껴졌다. 할 수만 있다면 그 두꺼운 낯짝을 세게 후리고 싶은 심정이었다.

물론 교양 있는 여자로서 직접적인 폭력을 가하는 건 애써 참았다. 하지만 무릎 위에 올려 둔 내 손은 피가 통하지 않을 정도로 꽉 쥐어져 있었다.

망할 계집 같으니라고.

"레라지에. 내가 왜 왔는지 몰라서 묻는 건 아니겠지?"

"몰라서 묻는다면?"

"이런 개……."

'이런 개 같은.'이라고 말하려다가 급하게 말끝을 흐렸다. 레라지에의 입가에 먹음직스러운 먹잇감을 발견한 듯한 포식자의 미소가 드리웠기 때문이다.

'어디 욕지거리를 한번 내뱉어 봐.'는 의중이 밴 미소라는 생각이 들었다.

내가 욕을 내뱉는 즉시 그녀는 나의 교양 없는 언사를 비웃을 게 뻔했다. 그녀의 바람대로 흘러가는 것을 원하지 않았다.

나는 분노로 얼룩진 마음을 진정시키기 위한 심호흡을 했다. 그러고선 레라지에를 똑바로 쳐다보았다.

"네가 저지른 추잡한 일을 내 입에 담기가 더러워서 말이지."

그러자 레라지에는 가증스러운 웃음소리를 내었다. 그녀는 그제야 무언가가 생각난 듯이 대답했다.

"아아, 진저. 네가 왜 나를 찾아왔는지 이제야 알겠네. 네 남자가 내게 푹 빠진 일을 말하고 싶은 거니?"

"이…… 망할 년이 진짜! 네가 그를 꼬드겼잖아!"

레라지에의 뻔뻔한 말에 나도 모르게 험한 말이 튀어나와 버렸다. 망했다. 후회했지만, 이미 내뱉어 버린 말은 다시 쓸어 담을 수 없었다.

레라지에는 팔짱을 끼고선 유려한 미소를 지었다. 그녀는 여전히 조금도 당황하지 않은 채였다.

"그건 전적으로 네 잘못이야."

"어째서?"

"내가 그에게 어떻게 했든, 내게 넘어온 것은 결국 키키였으니까."

"……."

"진저, 네 약혼자인 키숀 미켈슨이 나를 사랑한다고 했어. 너는 네 약혼자 관리를 어떻게 하고 있는 거니? 다른 여자에게 고백하는 약혼자라니. 진저는 남자 보는 눈을 더 길러야 한다고 생각해."

"이…… 이……!"

너무도 당당히 말하는 레라지에의 모습 때문에, 말이 제대로 나오지 않았다. 제가 먼저 꼬드긴 주제에 어째서 저리도 당당한 걸까. 테이블 밑에 꽉 쥐어진 손끝이 미세하게 떨리기 시작했다.

다시 심호흡. 심호흡. 진정해, 진저 토르테.

이대로 레라지에에게 굴복할 수는 없었다. 내 약혼자인 키숀 미켈슨이 무슨 짓을 했건 간에, 애초에 그를 유혹한 건 레라지에였다.

물론 그녀의 마수에 넘어간 키숀도 충분히 잘못한 거였지만, 꾀어낸 장본인인 레라지에가 더욱더 악독하다고 생각했다.

"휴. 그래, 맞아. 레라지에. 내가 남자 보는 눈이 썩은 동태 눈깔인 건 분명해. 그런데 말이야, 썩은 동태 눈깔이 선택한 남자를 꼬드긴 네 눈깔도 심하게 잘못된 거 아니니?"

"풉, 진저 토르테! 너 많이 컸구나? 흥분하지 않고 대답하는 모양새를 보니 참으로 대견스럽네. 몇 년 전 같았으면, 벌써부터 내 머리채를 잡고선 입에 올리지 못할 상스러운 말을 내뱉었을 텐데."

"닥쳐, 레라지에. 네가 무슨 말로 내 성질을 돋우건 간에 내 남자를 유혹한 건 명백한 네 잘못이야."

그러자 레라지에가 잔을 들어 다시금 목을 축였다. 지나치게 느슨한 태도라는 생각이 들었다.

믿는 구석이 있어 보인단 말이지.

"그래. 그건 명백한 내 잘못이야. 다른 사람들도 대부분 그렇게 생각할 테고. 하지만 네가 사랑하는 키키가, 그건 내 잘못이 아니라고 생각한다면. 그때도 너는 그렇게 차분할 수 있을까?"

"……뭐?"

무슨 그런 개 같은 소리를 하는 거지?

나는 미간을 잔뜩 찌푸렸다. 레라지에는 나의 험상궂은 얼굴에도 아랑곳하지 않으며, 제 곁을 지키던 시녀에게 손짓했다.

그러자 시녀는 제가 들고 있던 파우치 속에서 붉은 연지를 꺼내어 레라지에의 입술에 발라 주었다. 그 덕에 그녀의 입술은 탐스러운 붉은 빛을 띠게 되었다.

누군가를 맞을 준비를 끝마친 듯한 그녀는 허공에 대고 한 마디를 읊조렸다.

"키키, 이제 나와도 돼요. 더 이상 숨어 있을 필요 없어."

키키? 설마 키키가 이곳에 있다는 소리야?

키숀 미켈슨의 애칭이 그녀의 붉은 입술 사이로 흘러나오자 가슴이 세차게 뛰기 시작했다.

키키가 레라지에와 바람을 피우고 있다는 사실을 알자마자 앞뒤 가리지 않고 레라지에에게 찾아온 터였다. 나는 레라지에에게 한껏 따질 생각으로 그녀를 찾아온 것이지, 키키의 얼굴을 볼 자신은 없었다.

물론 바람을 피운 것에 대한 키키의 변명을 들어 봐야겠지만, 그건 레라지에를 만나고 난 후의 일이었다.

그때, 내 뒤쪽에서 구두 소리가 들리기 시작했다. 분명 방금 전까지는 들리지 않던 소리였다. 나는 떨리는 가슴을 주체하지 못하고 슬며시 고개를 돌렸다.

그러자 정말로 그가 보였다.

"……키키."

키숀 미켈슨.

내 약혼자이자, 내가 온 것을 알고선 레라지에의 방 어딘가에 숨어 있었을 그가, 내 앞에 모습을 드러낸 것이다.

키키는 불과 한 달 전에 내가 선물로 주었던 재킷을 입고 있었다. 그의 푸른 머리카락과 어울리는 청색의 재킷이었다.

그 재킷을 골랐던 지난날의 기억들이 아직까지도 선명했다. 며칠을 고민하고 또 고민해서 고른 재킷이었기 때문이다.

역시나 내 안목은 탁월했다. 이런 거지 같은 상황에서도 청색 재킷을 입은 그의 모습이 훌륭해 보였으니까.

내가 선물해 준 재킷을 입고서 레라지에를 만났다니. 나는 어이가 없어서 헛웃음을 연신 흘렸다. 그사이에도 키키는 내게 다가오고 있었다.

그의 구두 소리가 가까워질수록 나의 심장 박동 소리도 함께 커져 갔다. 이내 얼굴이 세세히 보일 만큼 그가 다가왔을 때, 우리의 시선이 뒤엉켰다.

키키는 바람을 피우다 걸린 남자라고는 믿기지 않을 정도로 나를 당당하게 내려다보고 있었다. 레라지에도 그렇고 키키도 그렇고, 잘못한 것은 그들인데, 나를 대하는 태도가 너무나도 뻔뻔했다.

어디서 그런 뻔뻔함이 나오는지 궁금할 따름이었다.

"진저."

"그 더러운 입으로 내 이름 부르지 마."

나는 키키를 날카롭게 쏘아붙였다. 키키는 조금 곤란해진 표정을 지었다.

"이런 식으로 숨은 건 정말 염치없다고 생각하고 있어. 하지만 진저 네가 너무 갑자기 방에 들어오는 바람에……."

"아니, 키키. 지금 그게 중요한 게 아닐 텐데? 어째서 레라지에의 방에 네가 있었던 거지?"

그는 한순간의 망설임도 없이 대답했다.

"레라지에 영애에게 할 얘기가 있었어."

"그 얘기가 뭔지, 네 약혼자인 내가 알아도 될까?"

"진저. 레라지에 영애와 했던 말은 사적인 대화였어. 네가 내 약혼자이기는 하지만, 나는 너에게 내 사적인 부분을 공개하고 싶진 않아."

"기가 막혀서 말이 안 나온다. 너는 조금 전까지 어딘가에 비겁하게 숨어서 나와 레라지에가 나눈 사적인 이야기들을 모두 들었잖아. 그러니까 내게도 네 사적인 이야기를 들을 자격이 있다고 생각해."

애써 태연한 척을 했지만, 아랫입술이 파르르 떨리고 있었다.

"진저, 나가서 얘기하자. 여긴 우리 둘만 있는 것도 아니잖아."

그는 그렇게 말하고선 레라지에 쪽을 슬쩍 바라보았다.

"왜? 네가 사랑을 속삭인 여자 앞에서, 네 치부를 얘기하기 싫은 거야?"

내가 신경질적으로 묻자 키키는 인상을 와락 구겼다.

나는 그가 왜 인상을 구겼는지 좀처럼 이해할 수 없었다. 적어도 이 상황 속에서 인상을 구기고 있어야 할 사람은 바로 나였다.

"진저!"

그는 처음 듣는 목소리로 내 이름을 낮게 불렀다. 내 이름을 사랑스럽게 부르던 며칠 전과는 판이했다.

"키키. 너는 지금 당장 레라지에가 했던 말에 대한 변명을 해 줘야겠어."

"듣는다면 네가 상처받을지도 몰라."

상처라니……. 정말로 레라지에에게 사랑한다는 말을 했다는 거야?

나는 그에게 그렇게 묻고 싶었지만, 입술이 잘 떼어지지 않았다. 어쩌면 두려웠을지도 모르겠다. 키키가 내 앞에서 레라지에를 사랑하고 있다고 말해 버릴까 봐.

겉으론 항상 강한 척 굴었지만, 나는 사실 마음이 몹시도 약한 편이었다. 키키에게 그런 말을 듣는다면, 내겐 아물지 않는 큰 상처가 생기리라. 나는 확신했다.

"키키, 뭘 두려워해요? 진저에게 얘기해. 당신의 진심을 말이야."

레라지에가 웃음기가 섞인 목소리로 키키에게 말했다.

나는 레라지에 쪽으로 고개를 다시 돌렸다. 레라지에는 뱀 같은 미소를 짓고 있었다.

"넌 좀 닥치고 있어 줄래? 레라지에 아틀렌타."

"네가 뭘 두려워하고 있는지 알아. 그의 입에서 내 잘못이 아니라는 말이 나올까 봐 그런 거지? 나를 사랑한다고 말할까 봐 그런 거지?"

"닥쳐!"

얄미운 레라지에 같으니라고.

나는 끓어오르는 노기를 주체할 수 없었다. 덜덜 떨리던 내 손은 테이블에 놓인 찻잔을 집어 들기에 이르렀다. 찻잔을 쥔 손끝은 여전히 떨리고 있었다.

찻물을 레라지에에게 뿌리려고 하자, 반사 신경이 빠른 키키가 내 팔을 거칠게 낚아챘다.

"키키, 이거 놔!"

"진정해, 진저. 이런다고 해결되는 일이 아니야."

너, 지금 레라지에 편을 든다 이거지? 한쪽 팔을 잡았다고 해서 내가 못 할 줄 알고?

나는 그를 도끼 같은 눈으로 한번 쏘아본 뒤, 오른손에 쥐고 있던 찻잔을 왼손으로 재빠르게 바꿔 쥐었다. 그러고선 레라지에의 얼굴에 찻물을 그대로 뿌려 버렸다.

레라지에는 불투명한 찻물을 정면으로 맞았다. 얼굴이 완전히 젖어 버린 그녀를 보자 처음으로 미소가 맴돌았다. 그녀는 얼굴에 띠고 있던 미소를 지운 채, 제 소매로 얼굴을 가볍게 닦아 냈다.

"이렇게 나왔다 이거지? 나도 당하고 있을 수는 없지."

이번엔 레라지에가 제 앞에 있던 찻잔을 들어 내 얼굴에 흩뿌렸다. 그러자 미지근한 찻물이 내 얼굴을 적셔 버렸다.

한번 해보자 이거지?

나는 의자에 앉아 있던 몸을 일으켜 레라지에에게 달려들었다. 재수 없는 그녀의 붉은 머리칼을 한 움큼 뽑을 심산이었다. 하지만 애석하게도 아직까지 내 팔을 잡고 있던 키키가 나를 저지했다.

"진저! 제발."

"키키. 당장 놓지 않으면, 후회하게 될 거야."

협박에 가까운 말에도 키키는 내 팔을 놓아주지 않았고, 나와 키키는 엉거주춤하게 선 채로 실랑이를 나누었다. 그러다 키키가 나를 다시 앉히려고 힘을 준다는 것이, 어째 잘못되어 나를 바닥 쪽으로 밀치는 격이 됐다.

옆으로 기울어지는 몸을 제대로 일으키기도 전, 설상가상으로 기다란 드레스까지 발에 걸려 버리자 내 몸은 하릴없이 추락하기 시작했다.

놀란 키키가 나를 붙잡아 주려고 했지만, 이미 늦은 후였다.

쾅.

커다란 소리가 울림과 동시에 나는 바닥에 머리를 찧어 버렸다. 머리에 느껴지는 알싸한 고통과 별개로 기분이 정말 개 같았다.

다른 여자를 감싸 주려는 약혼자 때문에 바닥에 머리를 찧은 꼴이라니. 몇 년 전에 돌아가신 아버지가 듣는다면 뒤로 쓰러질 만한 이야기였다.

나는 얼굴에 흘러내린 머리카락을 천천히 쓸어 넘기며 낮게 읊조렸다.

"……아, 개 같네. 진짜."

나는 아무렇지 않은 양 몸을 일으켰다.

놀란 키키는 굳은 것처럼 그 자리에 그대로 서 있었고, 레라지에는 웃음이 나오는 것을 참으려는 듯이 입꼬리를 들썩거리고 있었다.

"……진저."

내 이름을 부르는 키키의 목소리가 누그러져 있었다. 나는 대답했다.

"아무 말도 하지 마."

나는 그렇게 말하며 쿨하게 머리를 쓸어 올리려고 했다. 하나 레라지에가 뿌린 찻물 덕에 얼굴에 엉켜 붙은 머리카락들이 잘 떨어지지 않았다.

나는 얼굴에 끈끈하게 붙어 있는 머리카락들을 하나하나 떼어 내며 생각했다. 꼴이 우스워도 그렇게 우스울 수가 없다고.

"진……."

키키가 다시 내 이름을 부르려 했지만, 나는 그의 말을 막아섰다.

"키슌 미켈슨. 분명히 아무 말도 하지 말라고 했어. 오늘은……
이쯤에서 그만하자."

"……."

"내게도 이 상황을 이성적으로 받아들일 시간이 필요하지 않을
까? 나는 적어도 네 약혼자니까."

레라지에는 아무렴 어떠냐는 듯 가냘픈 어깨를 한번 들썩였다.
레라지에에게 한 말은 아니었는데 말이지.

그녀의 태도에 화가 났지만, 나는 아무렇지 않은 척하며 뒤돌아
섰다. 이곳에 더 이상 있고 싶지 않았다.

돌아서는 나를 키키가 붙잡아 주지는 않을까, 하는 허튼 기대를
잠깐 했다. 하지만 나를 붙잡은 이는 아무도 없었다. 그 순간 나는
깊은 허탈감과 무력함을 느꼈다.

* * *

키슌 미켈슨.

바다가 떠오르는 푸른 머리카락과 부드러운 청안이 매력적인 그
는, 미켈슨 공작가의 자제이자 왕국 내에서도 알아주는 바람둥이
였다.

키키는 좋은 집안과 잘난 외모를 이용해 뭇 여자들의 마음을 단
번에 사로잡았다. 그는 마음만 먹으면 어느 여자든 제 것으로 만들
수 있었고, 그 여자들 속엔 나도 속했다.

그가 바람둥이라는 사실은 오래전부터 알고 있었지만, 그렇다고
해서 그에게 빠져들지 않을 수는 없었다.

그것은 내 마음이 시키는 일이었으니까.

나는 키키가 나를 느슨한 눈으로 내려다볼 때를 무척이나 좋아했다. 그에게 오랫동안 눈을 뗄 수 없을 정도로.

평소엔 그렇게 부드러워 보이다가도, 연회장에서의 그는 아주 섹시했다.

키키가 음악에 맞추어 중앙 플로어를 휘저을 때면, 남녀노소를 불문한 모두가 그를 흘긋거렸다. 그의 기막힌 춤 실력은 그가 가진 크나큰 매력이었다.

그런 그가 내게 약혼을 청했을 때, 정말 기뻤다.

자존심상 기쁜 마음을 크게 내색하지는 않았지만, 나는 모두가 가지고 싶어 하는 남자의 약혼자가 되었음을 자랑스러워하고 있었다. 숙적인 레라지에가 내 약혼 소식을 듣고선 배 아파했으면 했다.

내가 예상한 대로 거의 모두가 키키와의 약혼을 부러워했고, 나는 그에게 약혼자로서의 최선을 다했다. 키키를 죽을 만큼 사랑했던 건 아니지만 그를 좋아하고 있었기 때문이다.

나는 우리의 약혼이 완벽하기를 바랐다. 더해, 그가 나를 진심으로 사랑해 줬으면 좋겠다고 바랐다.

그래, 바라고 있었는데. 조만간 그가 내게 '사랑한다.'라고 말할 줄 알았는데. 그랬는데…….

문득 레라지에의 비웃음이 떠올라 나는 긴 한숨을 쉬었다.

키키에게 몰래 붙여 두었던 시녀가, 그와 레라지에가 만나는 현장을 목격했음을 내게 고하던 순간 느꼈던 분노와 배신감은 지금까지도 내 마음속에 깊숙이 남아 있었다.

내 눈으로 보기 전까진 믿을 수 없어, 무작정 찾아갔던 레라지에의 방에서 키키를 만나게 되다니.

나는 오늘 키키가 바람피웠음을 분명하게 확인해 버린 것이다. 아닌 말로, 내가 오해한 것이었다면 키키가 나서서 해명했을 테니까.

하지만 키키는 상황을 피하려고만 했지, 오해라는 말은 꺼내지 않았다. 아니, 그는 되레 자신의 바람을 모두 인정한 양 굴었다.

다시 생각해도 기가 막힌 일이었다.

"이제 어떻게 해야 하나……."

나는 테이블 위에 얼굴을 기대었다.

집으로 돌아와 이 상황을 이성적으로 생각해 보려고 해도, 머리가 제대로 돌아가지 않았다. 레라지에의 방에 나사를 하나 빠뜨리고 온 것인지.

그 연놈들이 한 일을 사교계에 알려 버릴까?

그렇게 한다면, 두 사람은 사람들의 질타를 받을 것임이 틀림없었다. 그러나 내 이미지도 함께 망가질 것이다.

'진저 토르테는 자기 약혼자도 남에게 뺏기는 여자야. 얼마나 매력이 없으면 다른 여자에게 약혼자를 빼앗겼을까.'

뒷말하기 좋아하는 귀족들 사이에 그런 말이 퍼지리라.

레라지에는 내가 아무 말도 하지 못할 것이란 사실을 예상했을 것이다. 손익 계산이 빠른 레라지에가 아무 생각 없이 내 남자를 건드렸을 리가 없었다.

대외 이미지를 중시 여기는 내가, 내 이미지를 깎아내릴 짓은 하지 않을 것이란 사실을 예측했을 거라고.

거기까지 생각하자, 또다시 분노가 끓어오르기 시작했다. 하필이면 레라지에와 바람을 피운 키키가 죽을 만큼 미웠다. 그리고 레라지에는 그런 그보다도 훨씬 더 얄미웠다.

내 이미지를 깎아내리지 않고 레라지에를 한 방 먹일 방법이 없을까? 키키는 레라지에를 얼마만큼 좋아하고 있는 걸까? 그를 이제 어떤 얼굴로 봐야 할까?

그와의 약혼은 이로써 끝이 난 것일까?

"아으으아으으으윽."

분함을 이기지 못한 내가 이상한 신음을 흘리자 근처에 서 있던 시녀가 나를 바라보았다.

"진저 님, 괜찮으세요?"

너 같으면 괜찮겠니? 같은 후작가의 재원으로서 매일같이 비교당하던 숙적에게 내 남자를 뺏겼는데.

나는 대답 대신 긴 한숨을 내쉬었다.

"사라. 스트레스를 풀 수 있는 방법이 없을까? 머리가 아파서 생각을 제대로 할 수 없어."

개 같은 상황을 내 쪽으로 유리하게 타개할 방법을 생각해야 했다. 나의 심각한 모습에, 내 시녀인 사라는 걱정스럽게 대답해 주었다.

"제가 따뜻한 차를 내올게요. 따뜻한 걸 드시면 마음이 조금은 진정되실 거예요."

"좋아. 세상에서 제일 맛있게 타 오도록."

나는 여전히 테이블 위에 얼굴을 기댄 채로 말했다. 그러자 사라는 배시시 웃으며 고개를 세차게 흔들었다. 세상에서 제일 맛있는 차를 타 오겠다는 의지가 가득해 보였다. 사라는 방을 나섰고, 나는 홀로 남겨졌다.

"아오. 다시 생각해도 완전 열 받네."

생각하지 않으려고 애썼지만, 내 머릿속엔 키키와 레라지에의 모습이 떠나지 않았다. 이를테면 레라지에를 바라보던 키키의 부드러운 눈빛이라든지…….. 망할.

그러다 문득 테이블 앞에 있던 책장에 눈길이 갔다.

한쪽 벽면을 모두 차지하고 있는 책장엔 여러 책이 빼곡하게 꽂혀 있었다. 교양을 중시하는 레이디였다면 책장에 꽂힌 책들이 대개 교양서적이어야겠지만, 내 책장의 주인은 '로맨스 소설'이었다.

읽기만 해도 마음이 절로 따뜻해지는 남녀 간의 사랑. 나는 사랑 이야기를 아주 좋아했다. 어려서부터 즐겨 읽었던 터라, 여태껏 읽은 로맨스 소설의 개수는 셀 수 없을 정도였다.

우연히 바라본 책장을 훑어보던 중, 어느 소설에 시선이 오랜 시간 고정되었다. 나는 무언가에 홀린 것처럼 소설의 제목을 입 밖으로 내뱉었다.

"유폐된 왕자와 후작 영애…….."

핑크빛 표지가 아름다운 그 소설은, 책장에 꽂힌 책 중 유일하게 끝까지 읽지 않은 책이었다. 끝까지 읽지 않았던 이유는 책의 내용이 묘했기 때문이었다.

나는 그제야 테이블에 수그리고 있던 얼굴을 들고, 앉아 있던 몸마저도 일으켰다. 그러곤 책장까지 걸어가 '유폐된 왕자와 후작 영애'를 뽑아 들었다.

나는 표지를 넘겨 책의 앞부분을 다시 읽기 시작했다. 책의 시작은 '유폐된 왕자'에 관한 내용이었다.

[……왕국에는 얼굴이 잘 알려지지 않은 왕자가 하나 있었다. 그는 아스토르 왕의 아들로서 세간에 알려진 바가 없었다. 다만, 사람들은 그를 두고 '탕플 탑에 유폐된 왕자'라고 불렀다.

어째서 그가 어린 나이에 탕플 탑에 갇히게 되었는지 정확하게 아는 이는 별로 없었다. 정확한 이유는 오로지 아스토르 왕만이 알고 있을 뿐이었다.

그가 갇힌 후 오랜 세월이 지나자, 사람들은 자연스럽게 왕자를 잊어 갔다. 종래엔 아무도 그를 찾지 않게 되었다. 그렇게 왕자는 모두의 기억 속에서 사라지는 듯했다.

하지만 아스토르 왕이 악화된 병세를 이기지 못해 눈을 감은 그날, 탕플 탑의 닫혔던 문이 활짝 열렸다.]

책의 내용은 처음부터 지나칠 만큼 이상했다. 아스토르 왕과 탕플 탑에 유폐되어 있는 왕자. 그것들은 이미 나도 알고 있던 사실이었기 때문이다.

그것은 실제로 내가 살고 있는 이 세계의 이야기였다.

탕플 탑에 유폐된 왕자 이야기는, 어렸을 때 넌지시 들은 적이 있었다. 하지만 그건 10년이나 더 된 아주 오래전의 이야기였다.

왕자의 모습을 실제로 본 사람은 없었거니와, 왕자에 대한 이야기는 세간에선 금기처럼 여겨졌다.

이 책의 작가는 실제로 있었던 일을 각색해서 소설로 쓴 것일까? 책의 다음 내용은 더 기가 막혔다.

[사람들은 탕플 탑에서 나온 왕자의 모습을 보고선 경악을 금치

못했다. 오랜 세월 탑 속에 갇혀 있었다고는 믿기지 않을 정도로 완벽해 보였기 때문이다.

부드러워 보이는 검정 머리카락, 그와 상반되는 하얀 피부, 예리한 빛을 띤 검은 눈동자. 그는 제왕의 자리에 어울리는 훌륭한 얼굴을 가지고 있었다.

완벽한 것은 비단 외모 하나뿐만이 아니었다. 왕자는 단번에 국정을 총괄하기에 이르렀다.

백치일지도 모르겠다고 의심하던 관료들은 왕자의 해박한 지식과 유려한 언사에 깜짝 놀랐고, 이내 그를 인정하게 되었다.

그리하여 왕자는 왕국의 왕이 되고야 말았다. 선대 왕이 죽은 뒤, 불과 한 달도 지나지 않아 벌어진 일이었다.

왕이 된 왕자의 이름은 이자나.

그리고 그에겐 사람들이 모르는 비밀이 하나 있었다.]

탕플 탑에 유폐된 왕자의 이름인 이자나. 그 이름 또한 실제로 탑에 갇혀 있는 왕자의 이름과 똑같았다.

[이자나 왕자의 비밀은 그가 탕플 탑에 갇히게 된 사연과 관련이 있었다. 밤하늘의 별처럼 빛나는 그의 검은 눈동자엔 특별한 능력이 존재했다.

그것은 바로 눈이 마주친 상대방의 생각을 읽을 수 있다는 것.

괴이한 그의 능력을 아는 이는 그의 아버지였던 아스토르 왕뿐이었다. 아버지는 아들의 이능을 두려워했다.

그의 눈동자가 제 생각을 읽어 나갈 때마다 아스토르 왕은 그가 끔찍하게 느껴졌다. 설령 그가 하나밖에 없는 제 아들이라고 할지라도.

두려움에 떨던 아스토르 왕은 결국 이자나 왕자를 아무도 살지 않는 탕플 탑에 가두고야 만다. 혼자 지낸다면 그 누구의 생각도 읽지 못할 것이라 여겼기 때문이다.

왕은 언젠간 왕자를 다시 탑에서 꺼내 주어야겠다고 생각했다. 하지만 왕자를 꺼내 주려 할 때마다 제 생각을 읽던 검은 눈동자가 떠올라, 왕은 쉽사리 행동에 옮기지 못했다.

그렇게 시간이 흐르고 또 흘러, 왕자는 왕이 죽을 때까지 탑에 갇히게 된 것이다.]

꽤 애달픈 사연을 가진, 왕이 된 이자나는 성대한 연회를 열게 된다. 그리고 그는 그곳에서 소설의 제목에 명시된 '후작 영애'와 만나게 되는데…….

[……왕국에는 두 명의 후작 영애가 있었다.

붉은 머리카락이 인상적인 첫 번째 후작 영애는 레라지에 아틀렌타. 그리고 적갈색 머리카락이 인상적인 두 번째 후작 영애의 이름은 진저 토르테였다.]

진저 토르테. 저절로 생강이 생각나는 그 소름 끼치는 이름이 바로 내 이름이었다.

여기까지 읽었을 때에는 기분이 그리 나쁘지 않았다. 어느 괴짜인 작가가 현세의 이야기를 가져다, 소설에 지나치게 인용시켰다고 생각했다.

하지만 내가 책을 끝까지 읽지 못한 데에는 다음 내용이 한몫했다.

[두 후작 영애는 서로를 끔찍하게 싫어했다.

두 사람은 거의 모든 연회를 함께 참석했지만, 서로를 결코 가까이하지 않았다.

시기와 질투가 많은 진저는 레라지에가 잘되는 꼴을 죽어도 보기 싫어했으며, 레라지에는 진저의 뒤틀린 심사를 싫어했다. 그들의 성격은 지나칠 정도로 맞지 않아서 부딪치면 싸우는 게 일상이었다.

그리고 그들 싸움의 대부분의 원인은 '남자'였다.

그들은 성격이 지나치게 다르면서도, 남자를 보는 눈은 똑 닮았기 때문이다.

진저가 먼저 좋아한 남자는 후에 레라지에가 좋아하게 되었으며, 레라지에가 좋아한 남자는 꼭 진저가 좋아하게 되었다. 그들이 한 남자를 좋아하게 되는 일은 지극히 시간문제였다.

그러다 진저의 약혼자였던 키숀 미켈슨 또한 레라지에가 좋아하게 되는 불상사가 벌어졌다. 레라지에는 온갖 술수를 써, 진저에게서 키숀을 뺏어 냈다.

악녀처럼 보일 수도 있는 행동이었지만, 레라지에는 자신이 잘못했다고 생각하지 않았다.

결국 자신의 유혹에 빠진 것은 키숀이었으며, 그런 남자는 자신이 아니더라도 언젠간 다른 여자와 바람을 피우게 될 거란 확신이 있었기 때문이다

'나중에 진저를 두고 바람피울 남자를 미리 제거해 주는 것인데, 뭐.'
레라지에는 그렇게 생각하며 제 행동을 합리화시켰다.]

책의 정체는 알 수 없었지만, 소설은 나와 레라지에의 사이를 한
치의 오차도 없이 서술하고 있었다.

책에 적힌 내용엔 거짓이 없었다.

후작가의 재원에 동년배였던 레라지에와는 태어나고부터 지금
까지 줄곧 경쟁해 왔다. 그리고 그녀와 함께하며 싸움이 끊겼던 적
또한 한 번도 없었다.

소설에 서술된 대로 우리의 싸움 대부분의 원인은 '남자'였다. 같
은 취향. 그 빌어먹을 취향이란 게 똑같아서, 우리는 언제나 남자
문제로 시끄러웠다. 오늘도 마찬가지였다.

나는 휴, 하고 짧은 한숨을 내쉬고선 책장을 더 넘겨 보았다.

[그러던 중 두 여자는 이자나 왕이 연 연회에도 함께 참석했다.
그들은 처음 만난 이자나에게 첫눈에 반하게 된다. 그 일은 치정의
서막이 되었다.]

그래. 바로 이 부분이 제일 큰 문제였어.

소설 제목이 '유폐된 왕자와 후작 영애'였으니, 남자 주인공은 유
폐되었던 왕자인 이자나일 테고, 여자 주인공은 후작 영애일 텐데.

책 속에 나온 후작 영애는 나뿐만이 아니었다. 이름만 보아도 끔
찍한 레라지에 또한 책 속에 보란 듯이 서술되어 있었던 것이다.

그렇다면 둘 중 하나가 여자 주인공이라는 건데······.

내가 당연히 주인공이겠지? 라는 생각으로 다음 부분을 읽던 순간, 나는 미간을 구길 수밖에 없었다.

[아스토르 왕이 소름 끼친다고 느꼈던 이자나의 검은 눈동자가 레라지에에게 향한 순간, 그의 동공이 티가 날 정도로 흔들리기 시작했다.

그것은 감출 수 없는 동요의 빛이었다. 이자나는 레라지에의 선홍빛 눈동자에서 한참 동안 눈을 떼지 못했다.

눈이 마주친 타인의 생각이 처음으로 읽히지 않았기 때문이다.]

남자 주인공의 이능이 통하지 않는 딱 한 사람. 그 존재가 여자라면, 결과는 뻔하지 않겠는가.

남자 주인공은 그 여자에게 관심을 가지게 되고, 결국 두 사람은 서로를 사랑하게 될 것이라는 불길한 예감이 들었다. 그리고 책장을 더 넘겼을 때, 내 예감은 정확하게 들어맞아 있었다.

레라지에와 이자나가 서로를 사랑하게 된 것이다.

사실 이자나가 레라지에의 생각을 읽을 수 없었던 것은, 그녀에게 특별한 능력이 있어서가 아니었다. 그녀는 나와 다름없는 평범한 여자 사람에 불과했다.

다만, 그녀는 묘한 목걸이 하나를 가지고 있었다.

그 목걸이는 왕국에 얼마 남지 않은 마법사였던 레라지에의 할아버지가 준 것으로, 신비한 능력이 존재했다. 목걸이에는 외부의 위협으로부터 레라지에를 보호해 주는 기능이 있었던 것이다.

상대방의 생각을 읽는 이자나의 이능은, 목걸이가 인지하기엔 위협적인 것이었다. 그렇기에 목걸이는 그의 이능이 레라지에에게 닿는 것을 막았다.

그것은 목걸이의 당연한 기능이었지만, 되레 이자나의 흥미를 이끌어 내는 중요한 포인트가 되었다.

그리하여 두 사람이 끝내 사랑에 빠졌다는 사실. 사랑에 빠지는 모습이 어찌나 달달하게 묘사되었던지, 책을 그대로 내동댕이치고 싶을 정도였다.

그리고 그들의 사랑에 유일한 방해물은 바로 진저 토르테……
즉, 나였다.

책 속의 진저는 제 생각이 이자나에게 그대로 읽힌다는 것을 모른 채로 레라지에를 향한 악의적인 생각을 끊임없이 한다.

이자나는 진저의 악독한 생각을 모조리 읽게 된다. 책 속의 진저가 이자나를 사랑하면 사랑할수록, 이자나는 진저를 끔찍하게 생각했다.

그러다 감정에 무딘 이자나가 레라지에에게 '사랑하고 있다.'라고 고백하던 순간, 나는 책을 그대로 덮어 버렸었다.

그것은 오늘도 마찬가지였다.

나는 이자나의 대사에 '사…….'자가 나오던 순간, 책장을 곧바로 덮어 버렸다. 더 이상 읽을 가치가 없었기 때문이다.

작은 시련이 닥치기는 하겠지만 둘의 사랑은 결국 결실을 맺게 될 것이다. 로맨스 소설을 즐겨 읽는 나로서, 그 정도의 예측은 손바닥 뒤집기보다도 쉬웠다.

아니, 그러고 보니 책의 내용대로 키키가 레라지에와 바람을 피운 게 아니던가.

며칠 전에는 그저 아무 생각 없이 가볍게 읽고 만 내용이었다. 하지만 이제 와 다시 생각해 보니, 이 소설…… 아주 수상했다.

키슌 미켈슨이 바람을 피웠다는 사실은 몇몇밖에 알지 못하는 은밀한 정보였다. 이 소설은 비밀스러운 그 사실을 거침없이 서술하고 있었다.

키키 주변을 지켜보라고 지시한 시녀가 이 소설을 적은 걸까? 싶기도 했으나 이내 고개를 내저었다. 누구보다도 믿음직스러운 수하였다. 글을 쓸 수는 있겠지만, 이런 걸 적었을 리가 없었다.

이 소설은 도대체 누가 적은 걸까?

아귀를 맞춰 가는 것처럼 책의 내용이 현실이 되고 있었다. 아직까진 이자나가 탕플 탑에서 나온 것은 아니었지만, 이는 키키가 바람피운 것을 내게 들킨 이후에 벌어지는 일이었다.

거기까지 생각했을 때, 말도 안 되는 추측이 들었다.

나의 미래도 이 책에 서술된 대로 벌어지게 되는 걸까?

키키를 유혹한 것도 모자라, 동시에 사랑하게 될 남자마저도 레라지에가 가지게 된다면?

나는 악에 받쳤다. 마치 내가 그 일을 실제로 겪은 것처럼 말이다. 어째서! 내가 그녀보다 무엇이 부족해서, 매번 나만 그런 일을 겪느냔 말인가.

객관적으로 레라지에보다 외모가 달리는 것도 아니었다. 물론 그녀보다 성미가 급하기는 하나, 그것은 그것 나름대로 매력이 있었다.

결론적으로 내가 그녀보다 못한 것은 조금도 없다는 소리다. 어디까지나 내 기준이었지만.

"기분이 너 안 좋아진 것 같아."

나는 어깨가 축 처질 만큼의 큰 한숨을 내쉬었다.

현실을 각색해서 적을 생각이었다면 제대로 적어 놓기나 하든지. 어째서 내가 주인공이 아니라, 레라지에가 주인공이어야 했을까.

이자나의 이능을 막아 주는 그 빌어먹을 목걸이가 내게 있었다면, 그 소설의 주인공은 내가 됐을까?

레라지에의 붉은 목걸이.

이제 와 생각한 것이지만, 소설 속 레라지에에게 붉은 목걸이를 주었던 그녀의 할아버지는 현실에도 존재하는 인물이었다.

게슈트 아틀렌타. 그녀의 할아버지는 왕국에서 꽤 명성을 날리던 마법사였다. 그가 준 목걸이는 레라지에의 머리카락 색과 닮은 붉은 보석이 메달로 달린 아름다운 것이었다.

그녀는 그 목걸이를 정말로 아꼈다. 중요한 행사 때만 간간이 착용할 뿐. 대부분 비밀스러운 곳에 보관해 두곤 했으니까.

그때, 뜨거운 것을 내온다던 사라가 방으로 들어섰다. 그녀가 들어옴과 동시에 기분이 좋아지는 따뜻한 차 향기가 났다.

"사라, 향이 좋아."

사라는 테이블 위에 찻잔을 조심스럽게 내려놓으며 대답했다.

"당연하죠. 진저 님이 말씀해 주신 대로 세상에서 제일 맛있는 차를 타 왔는걸요."

나는 조금 전까지 읽었던 책을 손에 쥔 채로 테이블 앞에 다시 앉았다. 테이블에 책을 올려 두고선, 차를 한 모금 마시자 입안에 달달한 맛이 맴돌았다.

"흐음, 좋다."

"좋아해 주시니 다행이에요."

"아 참. 사라. 그런데 이 소설은 어디서 사 온 거야? 매일 가던 그 서점이었나?"

나는 테이블에 올려 둔 소설, 즉 '유폐된 왕자와 후작 영애'를 손끝으로 가리켰다. 내가 읽는 로맨스 소설은 대개 사라가 직접 구입해 오던 터라, 그 책 또한 그녀가 사 왔다.

사라는 멀지 않은 과거의 기억을 떠올리려는 듯이 눈동자를 귀엽게 굴렸다.

"아니요. 서점에 있는 건 이미 모두 사 온 터라…… 어디서 로맨스 소설을 더 구할까 하다가, 우연히 맞닥뜨린 행상에 로맨스 소설이 있는 거예요! 그곳에서 샀답니다."

"행상?"

"네. 그런데 왜요? 무슨 문제라도 있던가요?"

"아니, 그러니까 이 소설이……."

이 소설이 현실의 얘기를 적어 둔 것 같아. 나는 뒷말을 이어 하지 못하고 마른침만 삼켰다.

소설 속 얘기가 현실 같다니. 이 무슨 해괴한 소리냔 말인가.

사라가 믿어 줄 리 만무했고, 그녀에게 책의 내용을 얘기하려면 내 약혼자인 키키가 바람피운 이야기까지도 구구절절 털어놔야 했다.

궁금한 빛을 지우지 못하고 있는 사라에게 그런 말까지 하고 싶지는 않았다. 나는 늘어 가는 한숨이 밴 목소리로 말했다.

"아무것도 아니야. 잘 읽었으니까. 다시 나가 봐."

"……네. 알겠습니다."

그녀는 무언가를 더 묻고 싶은 눈치였으나, 아무 말도 하지 않고선 방 밖으로 나갔다. 나는 애꿏은 책을 손으로 몇 번 건드려 가며 깊은 생각에 잠겼다.

정말, 실제로 일어날 일을 적은 건 아니겠지.

말도 안 되는 생각임을 앎에도 불구하고, 한번 드리운 생각은 제 크기를 키워 갔다. 심지어 책 속에 서술되었던 일들이 실제로 일어날 것 같은 이상한 기분마저도 들었다.

비현실적인 로맨스 소설을 너무도 많이 읽었기에 그런 생각이 드는가 싶었다. 로맨스 소설 속에는 해괴한 일이 아무렇지 않게 일어나곤 했으니까.

가령 여자 주인공이 회귀를 한다든지, 여자 주인공 몸에 다른 영혼이 빙의된다든지.

해괴망측한 소설이 머리를 복잡하게 만들고 있었다. 아서라. 복잡한 생각은 이제 그만하도록 하자.

나는 생각하는 것을 그만둔 채로 침대까지 걸어갔다. 그러곤 침대 위에 드러누웠다. 내 눈앞엔 푸른 벽지로 도배된 천장이 보였다.

푸른빛. 그 색을 보자 키키의 푸른 머리카락이 떠올랐다.

"빌어먹을 키키……. 넌 뭘 하고 있을까."

내 이름을 다정하게 부르던 키키의 목소리와, 조금 전 냉정한 목소리로 나를 부르던 그의 목소리를 동시에 떠올렸다. 입가엔 쓸쓸한 미소가 피어올랐다.

키키, 너를 어떻게 하면 좋을까. 너는 내게 어떤 변명을 할까.

나는 눈을 감았다. 키키를 떠올리게 하는 푸른빛을 더 이상 보고 싶지 않았다. 하나 한번 떠오른 그는, 내 머릿속에 여전히 잔상처럼 남아 있었다.

떠오른 그의 모습은 오랫동안 사라지지 않았다.

　　　　　＊　　＊　　＊

　다음 날, 이른 시간부터 키키가 나를 찾아왔다.

　나는 그를 저택으로 들였고, 우리는 응접실에서 서로를 마주 본 채로 앉아 있었다. 먼저 말을 꺼내는 사람은 없었다. 우리 사이엔 어색한 침묵이 맴돌고 있었다.

　나는 내 앞에 앉은 키키를 빤히 바라보았다.

　키키는 푸른 머리색과 어울리는 푸른 계통의 셔츠를 입고 있었다. 갑갑한 걸 싫어하는 그답게 목 부근의 단추를 두어 개 푼 채였다.

　그의 얼굴은 아주 태연자약했다. 태연한 그의 모습에 욕지거리를 뱉어 내고 싶었지만, 나는 차마 그렇게 하지는 못했다.

　이윽고 침묵을 깬 이는 키키였다.

　"진저, 기분이 좀 어때?"

　어이없는 물음에 헛웃음이 나올 지경이었다. 무슨 기분인지 꼭 말을 해 줘야 아는 걸까.

　내 얼굴은 수습할 수 없을 만큼 일그러졌을 게 분명했다. 나는 일그러진 얼굴을 펴지 않고선 그에게 대답했다.

　"개 같아. 어제도 정말 개 같았지만, 오늘은 더 개 같아. 아마도 내가 전생에 강아지가 아니었나 싶을 정도로."

　"진저, 말이 너무 심하잖아. 후작 영애가 할 말이 아닌 것 같아."

　"저기요, 키숀 미켈슨 님. 당신이 지금 뭔가를 착각하고 있나 본대요. 약혼자인 당신이 바람을 피웠기 때문에, 내가 개 같은 기분을 느끼고 있는 거거든요?"

키키는 곧장 대답했다.

"너에게 사과하고 싶어서 찾아왔어."

"무슨 사과? 먹는 사과?"

"내가 레라지에 영애에게 끌린 것에 대한 사과."

"하!"

"미안해. 변명처럼 들리겠지만, 네게 상처를 주고자 너와 약혼한 건 아니었어. 나는 진심으로 너와 약혼하고 싶었고…… 네가 내게 어울리는 여자라고 생각하고 있었고……."

구구절절 늘어놓는 그의 변명이 듣기 싫어 나는 그의 말을 잘라냈다.

"그만. 그래서 결론만 말해."

"내가 레라지에 영애를 사랑하게 된 것 같아."

"……."

사랑?

그에게 그런 말이 나올 걸 대충 예상하고 있었으나, 실제로 그 말을 들어 버리자 눈앞이 캄캄해지는 것만 같았다. 눈물이 날 것 같기도 했다.

그를 온 마음 다해 사랑했던 것은 아니었다. 하지만 약혼자의 입에서 다른 여자를 사랑하게 되었다는 말이 슬프지 않게 들릴 사람은 없으리라.

"……그래서 어쩌고 싶다는 건데."

나는 애써 침착한 척을 하며 대답했지만 목소리가 미세하게 떨렸다. 그가 나의 떨림을 인지하지 못했기를 간절히 바랄 뿐이었다.

"하지만 나는 아직까지 너도 사랑하고 있어."

"뭐?"

"진저. 네가 싫어진 건 아니야."

"키숀 미켈슨, 너 진짜 미쳤니? 내가 가만히 있으니까 만만해 보여?"

"그런 식으로 오해하지 마. 나도 지금 매우 혼란스러우니까."

미친놈. 그 말이 목구멍까지 치솟아 올랐지만 차마 내뱉을 수 없었다.

그는 도대체 무슨 말이 하고 싶은 걸까? 두 여자를 사랑하게 되었다는 말을 하고 싶은 걸까? 나 원 참!

"하나만 선택해. 나를 선택할지, 레라지에 그년을 선택할지."

"진저! 말이 심하잖아."

"선택해! 지금 당장!"

내가 악 받친 소리로 그에게 묻자, 키키가 내 시선을 피하며 천천히 대답하기 시작했다.

"……나는…….."

그 순간 굳게 닫혀 있던 응접실의 문이 거세게 열리며, 내 시녀인 사라가 급하게 들어왔다. 그 덕에 키키의 말은 가차 없이 끊겨 버렸다.

"진저 님!"

망할! 왜 이 타이밍에 들어오는 건데?

"사라! 손님 온 거 안 보여? 갑자기 들어오면 어떡해!"

"죄송해요. 너무 급한 일이라서……. 마님께서 진저 님을 찾으세요!"

"어머니가? 왜? 무슨 일이 있어?"

"……국왕께서 서거하셨어요."

"국왕이 서거해? 아스토르 왕이?"

사라는 대답 대신 몇 번의 세찬 고갯짓을 했다.

말도 안 돼. 아스토르 왕에게 병세의 기운이 짙다는 건 알고 있었지만, 이렇게나 갑자기 서거해 버리다니.

그때 불현듯이 책의 한 구절이 떠올랐다.

'아스토르 왕이 악화된 병세를 이기지 못해 눈을 감았던 그날, 탕플 탑의 닫혔던 문이 활짝 열렸다.'

왕의 죽음, 탕플 탑. 그리고 그 속에 오랜 시간 유폐되어 있었던 왕자.

그때, 약속한 것처럼 어디선가 우렁찬 종소리가 들리기 시작했다. 나는 열어 놓았던 창문 쪽으로 급히 다가갔다. 그러자 종소리가 더더욱 선명히 들렸다.

종소리의 근원지는 저택에서 그리 멀지 않았다. 궁성 옆, 우두커니 서 있는 탕플 탑의 맨 꼭대기에 있는 종이 올리는 소리였다.

우렁찬 종소리는 탑의 개방을 의미했다. 그것은 내가 태어난 이래로 처음 듣는 종소리였다.

이자나. 이름조차도 생소한 그 왕자가 탕플 탑에서 나오려는 걸까?

어두운 탑 안에 있던 이자나가 밝은 세상에 발을 내딛는 모습이 상상되었다.

밝은 햇살을 받은 그의 검은 머리카락이 반짝이고, 그는 예리한 시선으로 좌중을 훑는다. 그러곤 눈이 마주친 모든 상대의 생각을 하나하나 천천히 읽어 나가는 것이다.

소설 속의 이자나의 심리 상태는 그야말로 최악이었다.

그는 자아가 제대로 성립되기도 전에 세상에서 제일 믿었던 아버지에게 버림받았다. 이유는 상관없었다. 중요한 사실은 자신이 버림받았다는 것이니까.

아버지가 저를 탑에 가두던 그날, 그는 처음으로 증오라는 감정을 느꼈다.

처음엔 아버지를 증오했으나 시간이 흘러 성인이 되었을 때, 그는 다른 것을 증오하게 된다. 아버지가 자신을 왜 두려워했으며, 왜 탕플 탑에 가두었는지 알게 되었기 때문이다.

자신의 의지와는 상관없이 눈이 마주친 상대방의 생각을 읽어 버리는 눈동자. 그것이 모든 일의 원흉이라는 것을 이자나는 알 수 있었다.

그는 자신의 괴이한 능력을 '저주'라고 생각했다.

하지만 그에겐 제게 주어진 저주를 풀 수 있는 능력이 없었다. 그래서 그는 탕플 탑에서 심기일전했다. 누구보다도 많은 책을 읽었으며, 자신의 이능에 대해서도 연구를 하였다.

그는 때를 기다리고 있었다.

아버지의 생이 끝나는 그날. 자신의 이능에 대한 비밀을 아는 유일한 사람이 죽는 그날. 탕플 탑을 나가는 즉시 모든 것을 바꾸어 버리겠다고. 저주 같은 능력 때문에 다시는 외로워지지 않겠다고.

소설 속 이자나에 대한 생각은 키키의 말로 인해 끊기게 되었다.

"……진저? 괜찮아? 안색이 좋지 않아."

키키는 어느새 창가에 서 있던 내 옆까지 다가와 있었다.

"키키, 탕플 탑의 종이 울리고 있어."

"어. 나도 들었어. 너도 저 소리의 의미를 알고 있는 거지?"

"물론."

"……유폐된 왕자는 실제로 존재했던 걸까?"

키키가 그렇게 묻자 나는 확신에 찬 목소리로 그에게 대답했다. 어째서 그런 확신이 들었는지는 알 수 없었다.

"나는 그가 존재할 거라 믿어. 그렇지 않고서야 탑의 종이 울릴 리가 없으니까."

사라의 성급한 음성이 등 뒤에서 한 번 더 들렸다.

"진저 님!"

"키키. 네 얘기는 나중에 계속 하도록 해. 지금은 어머니에게 먼저 가 봐야겠어."

"그래. 다시 찾아올게."

키키는 미소 지으며, 내 이마에 입맞춤을 하려고 했다. 약혼 관계인 우리에게 자연스러운 스킨십이지만, 그것은 어디까지나 그가 레라지에와 바람이 나기 전까지의 일이었다.

나는 키키의 구두를 세게 콱 밟아 버렸다. 그러자 내게 기울어지던 키키의 얼굴이 무참히 일그러지며, 그는 낮은 신음을 흘렸다.

"그 더러운 주둥이를 내 이마에 댈 생각은 하지 마. 나를 여전히 사랑한다고 해서 네가 용서되는 건 아니니까."

"진저……."

"배웅은 못 하니까. 알아서 가. 먼저 간다."

나는 키키가 뭐라고 더 말하기 전에 그를 앞질러 응접실을 나섰다.

우렁찬 종소리는 복도를 걷는 내내 그치지 않았다. 그것은 지금까지 잠잠했던 걸 보상이라도 받으려는 듯이 사력을 다해 제 몸을 떨고 있는 것 같았다.

어머니의 방에 들어섰을 때가 되어서야, 끝나지 않을 것 같았던 종소리가 멎었다.

"사라, 너는 이만 나가 봐."

나와 함께 온 사라는 고개를 한 번 끄덕인 다음, 문을 닫고 나갔다.

"어머니, 저를 찾으셨다고 들었어요."

어머니는 방 중앙에 있던 소파에 굳은 듯이 앉아 있었다. 그녀는 대답 대신 내게 손짓하여 소파에 앉게 했다.

마주한 어머니는 어두운 색감의 드레스를 입고 있었다. 왕이 서거했다는 소식을 듣고선 드레스를 바꿔 입은 듯했다.

어머니의 하얀 얼굴에는 슬픔의 기운이 역력했다.

아스토르 왕은 몇 해 전 아버지가 돌아가시고 난 뒤, 홀로 남은 어머니에게 큰 도움을 주었다. 그의 죽음은 어머니에게 큰 충격으로 다가왔음이 분명했다.

그녀는 눈을 느릿하게 감았다 뜨며 한동안 아무 말도 꺼내지 않았다. 어머니는 무슨 말부터 꺼내야 할지를 가늠하지 못하고 있는 것처럼 보였다.

나는 슬픔에 잠긴 어머니에게 먼저 말을 꺼냈다.

"아스토르 왕이…… 서거했다고 들었어요."

"그래, 그가 죽었다는구나. 이렇게나 빨리 가 버리다니……."

어머니는 그렇게 대답하며, 제 얼굴을 마른세수하듯이 쓸었다. 나는 자리에서 일어나 어머니 옆에 바짝 붙어 앉았다. 그러고선 허공에 아무렇게나 올려져 있는 어머니의 앙상한 손을 잡아 주었다.

"어머니. 사람은 누구나 죽는 법이에요. 너무 슬퍼하지 마세요."

"그래. 누구나 죽는 법이지만, 그럼에도 누군가의 죽음은 슬픈 일이구나."

"……."

"진저, 나는 며칠 동안 궁에 가야 할 것 같아. 너도 방금 들었겠지만 탕플 탑의 종이 울렸어. 너는 그게 의미하는 바가 무엇인지 알고 있니?"

"탑의 개방을 알리는 소리 아닌가요?"

"잘 알고 있구나. 종소리는 탑의 개방을 알리는 소리란다. 탑의 열린 문에선 그가 나올 거야. 아니, 이미 나왔을지도 모르지."

"'그'라면…… 이자나 왕자를 말하시는 건가요?"

어머니는 고개를 끄덕였다. 어머니가 나를 찾은 이유가, 이자나 왕자와 관련된 일일지도 모르겠다는 생각이 들었다.

"너는 그를 한 번도 본 적이 없겠지만, 나는 아주 오래전에 그를 본 적이 있단다. 이자나 왕자가 탕플 탑에 갇히기 전, 아주 어렸을 때였지. 오래된 기억인데도, 그가 나를 보던 시선이 잘 잊히지 않아."

"그 시선이 어땠는데요?"

"뭐랄까. 그건 어린아이의 눈빛이 아니었어. 그의 검은 동공과 마주치자 내 생각과 감정이 모두 읽히는 듯한 기분이 들었단다. 그것은 태어나 처음 느낀 소름 끼치는 느낌이었지."

눈이 마주친 타인의 생각을 읽어 버리는 기묘한 능력. 책에서 서술되었던 이자나의 숨겨진 비밀이었다.

어머니는 실제로 그런 것을 느껴 버린 걸까? 어머니는 자신의 말이 끝난 것이 아니라는 듯이 이어서 말했다.

"이따금 이자나 왕자가 어떻게 성장했는지 궁금했어. 탑 속에 유폐된 이후, 그는 단 한 번도 세상에 나오지 않았으니까. 세간에는 그가 죽었다는 소리도 있었지만, 나는 오늘 종소리를 듣고 확실히 깨달았단다."

어머니는 단언했다.

"그는 살아 있어."

한 치의 의심도 느껴지지 않는 확정적인 말이었다.

"좋지 않은 예감이 들어."

어머니는 내가 잡고 있던 손을 꽉 부여잡았다.

"진저. 내가 궁에 다녀올 동안 몸조심하고 있으렴. 탑에 대해 어떤 말도 하지 말고, 어떤 것도 듣지 마. 내가 돌아와서 직접 보고 들은 모든 것을 얘기해 줄 테니까. 그래 줄 수 있지?"

"네. 어머니."

나는 그녀를 향해 부드러운 미소를 지었다.

"어머니도 조심히 다녀오세요. 아무 일도 없을 거예요."

어머니는 고개를 끄덕이고선, 앉아 있던 몸을 일으켰다. 그녀는 내 이마에 가벼운 입맞춤을 한 뒤에 방을 나섰다.

나는 어머니의 검은 드레스 자락이 완전히 사라질 때까지 다른 곳으로 시선을 돌릴 수 없었다.

* * *

궁에 갔던 어머니는 2주가 지나서야 돌아왔다.

후작저로 돌아온 어머니는 2주 전보다도 훨씬 더 밝아져 있었다. 그녀의 얼굴엔 슬픈 기색이 하나도 보이지 않았다. 도리어 아주 즐거워 보였을 뿐이었다.

궁에서 좋은 일이라도 있었던 걸까?

탑이 종소리가 울린 후, 궁성에선 묘든 귀족들을 초대했다. 그

후 2주간 궁성엔 그 어떤 이의 방문도 허락하지 않았다. 그래서 나는 어머니에게 묻고 싶은 것이 많았다.

2주 동안 굳게 닫혀 있던 궁 안의 사정이 어땠는지, 살아 있는 이자나 왕자를 정말로 만났는지.

닫힌 궁을 두고 세간에선 여러 말들이 퍼져 나갔다. 가령 탑에서 나온 왕자가 악마에 씌었다든지, 그 반대로 왕자에게 천사의 축복이 내려졌다든지.

대개 출처를 알 수 없는 낭설에 불과했기에, 나는 어머니가 남긴 경고대로 그런 말들을 믿지 않았다.

어머니는 오랜만에 보는 나를 따사롭게 안아 주었다.

"오오. 나의 딸, 진저. 내가 없는 동안에 별일 없었지?"

"아마도 그럴 거예요."

2주 동안 큰일은 없었다. 그러나 소소한 일을 구태여 논하자면, 그러했다.

키키가 매일같이 찾아와 내게 용서를 구했으나, 그것은 반쪽짜리 사죄였다. 그는 여전히 레라지에를 사랑하고 있다고 했기 때문이다.

시간이 지나도 바뀌지 않는 그의 뻔뻔한 태도에 그에게 남아 있던 감정들마저도 사그라지기에 이르렀다.

그래서일까. 나는 그가 바람을 피운 사실이 더 이상 슬프지 않았다. 그가 레라지에와 만나도 상관없겠다는 생각까지 들 정도였다.

하나 그렇다고 해서 레라지에를 향한 증오의 감정도 사그라진 것은 아니었다.

그것은 키키와는 별개인 일. 그녀가 내 남자를 악의적으로 빼앗아 간 사실에 대한 분노는 쉽사리 사라지지 않았다. 언젠간 똑같은 방식으로 그녀를 응징하고 싶다는 생각만이 들었을 뿐이다.

레라지에는 2주 동안 내 앞에 얼굴을 내비치지 않았다. 어쩌면 그녀는 내게 용서를 구한 키키와 아무렇지 않게 놀아났을지도 몰랐다.

"진저. 어째 표정이 좋지 않은데?"

레라지에를 생각해서 표정이 굳어졌음이 분명했다. 나는 빌어먹을 연놈들에 대한 생각을 그만 두며, 굳은 표정을 누그러뜨렸다.

"정말로 아무 일도 없었어요. 그나저나 어머니는요? 궁성은 어땠어요?"

사실은 '탕플 탑에 갇혀 있던 왕자는 어땠어요?'라고 묻고 싶었다. 하지만 이게 웬걸. 신이 난 어머니가 이자나 왕자에 대한 이야기를 먼저 꺼내기 시작했다.

"이자나 왕자를 만났단다."

좋아, 그에 대한 것을 들을 기회를 놓칠 수 없지.

"그에 대해 자세히 이야기해 주세요."

"진저, 놀라지 말고 들어. 그는 정말……."

"그는 정말?"

어머니는 숨을 길게 들이쉬며 말을 이어 했다.

"……대단한 사람이었어."

그것은 지극히 긍정적인 평가였다.

"나는 솔직히 두려웠단다. 그의 눈동자를 마주했을 때, 지난날 느꼈던 소름 끼침을 또다시 느껴 버릴까 봐. 하지만 다시 만난 그에게선 그때의 소름 끼침이 느껴지지 않았어. 이자나 왕자의 시선은 온화하게 느껴지기만 했지."

탕플 탑을 나와, 변해 버린 이자나 왕자. 어째 소설 속 얘기와 비슷한 듯한 기분이 드는 건 왜일까.

"이자나 왕자의 사려 깊은 언사와 배려가 실로 놀라웠단다. 탑속에 오랫동안 유폐되어 있었다고는 믿기지 않을 정도였지."

어머니는 감동에 서린 얼굴을 하고 있었다.

"그래서 그가 왕이 되나요?"

"물론! 그 말고 왕이 될 사람은 아무도 없어. 모든 귀족들이 그렇게 생각하고 있단다."

어머니는 이자나 왕자에게 흠뻑 취한 것처럼 보였다.

"그는 마치…… 귀족들의 생각을 읽고 행동하는 것처럼 보이기도 했어. 어떤 귀족에게 뭐가 필요한지…… 그런 것들을 속속들이 알고 있더라고. 아스토르 왕이 아무 대책 없이 이자나 왕자를 탕플탑에 가둬 둔 것은 아닌가 봐. 탑에 가둬 놓기는 했지만, 왕이 될준비를 시키고 있었을지도 모르지."

어머니가 한 말 중에, '생각을 읽고'라는 말이 내 머릿속에서 떠나지 않았다.

그는 정말로 타인의 생각을 읽는 걸까?

그 소설이 진짜로 현실 속 이야기라면……. 허무맹랑한 생각이었지만, 그 생각에 실리는 믿음이 점점 더 커져 갔다.

어머니는 나의 손을 덥석 잡으며 이어서 말했다.

"진저. 다음 주에 이자나 왕자가 즉위식을 하게 될 거야. 그는 그날 밤, 성대한 연회를 연다고 했어. 우리도 그날 연회에 초대되었단다. 너도 이자나 왕자를 보게 된다면, 내가 느꼈던 감상을 똑같이 느낄 수 있을 거야."

"어머니. 지금 연회가 열린다고 하셨어요?"

"응, 곧 성대한 연회가 열릴 예정이야. 왜? 무슨 문제라도 있는 거니?"

이자나 왕자가 왕이 되고 나서 처음 여는 연회.

소설 속 내용대로라면, 그날은 나와 레라지에가 그에게 첫눈에 반하게 되는 날이었다.

* * *

"……그러니까 나는 아직 우리의 약혼을 깨는 건 섣부른 일이라고 생각해."

"응."

"시간이 더 지나면, 레라지에보다 너를 더 좋아할지도 모르니까."

"응. 그래."

"레라지에 영애에게 끌림을 느꼈던 건…… 어느 남자나 겪게 되는 잠깐의 방황일지도 몰라. 왜 남자들은 한 번씩 낯선 여자에게 끌리곤 하잖아."

"그래?"

"진저. 내 말을 제대로 듣고 있는 거야?"

"다른 건 잘 모르겠고, 키키 네가 지금 정신 나간 소리를 하고 있다는 건 알고 있어."

심드렁한 나의 대꾸에 키키가 내 이름을 성난 듯이 불렀다.

"진저!"

아니, 내가 틀린 말을 했는가. 이느 누가 들이도 끼끼의 밀은 징신 나간 말로 들릴 것임이 분명했다.

나는 잘못한 게 없다는 듯이 어깨를 들썩였다.

"차라리 나를 생강이라고 부르지 그래? 그게 네 입에서 나오는 제일 정상적인 소리겠다."

진저. 본의 아니게 생강이라는 말과 같은 내 이름 덕분에 나는 어렸을 적 많은 아이들에게 놀림을 당했었다. 물론 성인이 된 후, 내 면전에 대고 '생강'이라는 말을 꺼내는 사람은 없지만.

"진저! 나도 내가 잘못했다는 걸 알고 있어. 하지만 너도 너무하잖아. 내가 이렇게까지 매일 찾아와서 네게 용서를 빌고 있는데, 너는 어째서 내 용서를 받아 주지 않는 거야?"

"키숀 미켈슨. 우리 그냥 약혼 깰까?"

"안 돼. 아버지가 아시면 가만있지 않으실 거야."

그래. 그게 바로 네가 내게 용서를 비는 진짜 이유겠지. 나와의 약혼이 깨지면 아버지에게 무차별적으로 혼날 게 분명하니까. 참으로 속이 보이는 사죄였다.

그보다도, 키키의 말에 제대로 집중할 수 없는 이유가 따로 있었다. 어찌 된 영문인지 자꾸만 생각나는 이자나 왕자 때문이었다. 얼굴도 모르는 외간 남자가 자꾸 생각나는 건, 그에 대한 호기심이 커져서였다.

그가 책 속 내용처럼 사람의 마음을 읽는다면 어떻게 될까? 그는 그 연회에서 생각이 읽히지 않는 레라지에에게 흥미를 느끼게 되는 걸까?

그럼 레라지에는 내게서 키키를 빼앗아 간 것도 모자라, 이제는 이자나의 사랑마저도 받게 되는 걸까?

그것은 최악의 시나리오였다. 레라지에가 모든 걸 다 가지게 되는 걸 눈 뜨고 지켜볼 수 없었다.

그녀가 사랑하게 될 남자를 내가 뺏는다면 얼마나 통쾌할까. 내가 느꼈던 배신감을 레라지에도 똑같이 느끼게 된다면 얼마나 좋을까.

생각이 거기까지 닿았을 때, 기발한 생각 하나가 떠올랐다.

"키키, 내가 너를 진심으로 용서하기를 바라?"

나는 키키의 푸른 눈동자를 가만히 쳐다보며 말했다. 키키는 기분 좋아 보이는 미소를 지으며 대답했다.

"당연하지! 네가 나를 용서해 준다면 기쁠 것 같아."

"좋아. 그럼 내 부탁을 들어줘. 그럼 나도 너를 용서해 볼게."

"부탁? 그게 뭔데?"

"너, 레라지에가 중요한 날에만 끼는 붉은 목걸이를 본 적 있지?"

내가 그렇게 묻자 키키는 수염 없는 매끈한 턱을 문질렀다.

"……붉은 목걸이라…… 응. 몇 번 본 것 같아."

"그걸 내게 가져다줘."

그는 내 말을 단번에 이해할 수 없다는 듯이 되물었다.

"뭐?"

나는 진한 미소를 지으며 다시금 확실하게 말해 주었다.

"그녀의 붉은 목걸이를 훔쳐서 내게 가져다 달란 말이야. 기한은 3일. 3일 안에 그걸 가져오면, 너를 용서해 줄게."

이자나의 이능을 막았던 마법 목걸이. 그 빌어먹을 목걸이만 레라지에에게 없다면, 그녀도 한낱 생각이 읽히는 사람에 불과하게 될 것이다.

물론 소설 속 내용이 현실이 될 거라고 전적으로 확신하는 것은 아니었다. 하지만 이건 일종에 보험이었다. 미리 준비해서 나쁠 건 없으니까.

갑작스러운 내 부탁에 혼란스러워진 얼굴을 하고 있는 키키를 보면서 생각했다.

키숀 미켈슨. 레라지에 아틀렌타. 너희들은 내가 지금 무엇을 하려고 하는지 예상도 하지 못할 거야.

나는 희미한 미소를 지었다.

* * *

키키는 3일 뒤, 오후 8시 경에 나를 찾아왔다. 약속한 대로 3일이 지나기 전에 온 것이었다.

그는 잔뜩 흐트러진 채였다. 머리카락은 보기 흉하게 헝클어져 있었고, 그의 셔츠와 바지도 구겨져 있었다. 아주 험난한 일을 겪고 온 듯한 모습이었다.

나는 그를 소파에 앉히고선 차를 내어 주었다. 차를 내주기 무섭게, 그는 그것을 단번에 마셔 버렸다. 어딘지 모르게 긴장한 것처럼 보였다.

나는 레라지에가 더러 그러했듯 한쪽 다리를 요염하게 꼬며, 키키에게 말을 건네었다.

"물건은?"

"진저. 다시 생각해 보지 않을래? 그 목걸이 빼고 뭐든지 다 해 줄게. 그것보다 훨씬 더 비싼 목걸이를 사 줄 수도 있고."

……훔치지 못한 건가?

물론 키키가 레라지에의 목걸이를 훔쳐 올 거라고 믿고 있었던 것은 아니었다. 그가 가지고 있던 것은 화려한 외모와 유연한 언사, 그리고 춤 실력밖에 없었기 때문이다.

그에게는 무언가를 몰래 훔칠 만한 배짱이 부족했다. 그가 용기 없는 남자임을 알았기에 나는 큰 기대를 하지 않았다.

"안 돼. 그 목걸이가 아니면, 다른 건 의미가 없어."

새 목걸이라면 나도 당장 살 수 있는걸.

키키는 기다란 한숨을 내쉬었다.

"휴, 이게 맞는 일인지는 모르겠지만……."

그는 제 품속에서 무언가를 조심스럽게 꺼내기 시작했다. 오호라. 의외로 훔쳐 온 건가?

키키의 손엔 곧 반짝이는 무언가가 들리게 되었다. 그것은 붉은 빛의 작은 보석이 한가운데 박혀 있는 목걸이였다.

"레라지에의 목걸이! 훔쳐 왔구나, 키키!"

나는 오랜만에 그의 이름을 다정하게 불렀다. 그러자 키키는 느른한 미소를 지어 보이며 어깨를 한번 들썩였다.

"자랑은 아니지만. 내가 이걸 훔쳐 내려고 얼마나 고생했는지 몰라."

"무슨 고생을 했을까나."

"레라지에 영애를 잠깐 다른 곳에 보내고, 그녀의 방에서 목걸이를 찾는데……. 글쎄, 그 목걸이가 들어 있는 보석함이 잠겨 있지 뭐야."

"응. 그랬어?"

나는 그의 말을 듣는 둥 마는 둥 히며 그의 손에 있던 목걸이를 뺏어 들었다. 목걸이가 내 손에 들어오자, 온 세상을 다 가진 듯한 기분이 들었다.

나는 목걸이를 세세히 살펴보았다. 목걸이는 오묘한 능력이 있다고 하기엔 지나치게 평범해 보이기도 했다.

그 와중에도 키키의 이야기는 이어지고 있었다.

"그래서 이틀이 지난 후에, 그 보석함과 똑같은 보석함을 구해서 바꿔치기했어. 물론 안에는 모양이 같은 가짜 목걸이를 넣어 뒀지. 어때? 이 정도면 들킬 일 없겠지?"

"아마도?"

"진저! 내 말을 듣는 거야, 마는 거야!"

성의 없는 내 대답에 발끈한 키키가 소리쳤다. 하나 그렇다고 해서 잘했다는 칭찬의 말을 하고 싶지는 않았다.

나는 자리에서 일어나 빈 서랍에 붉은 목걸이를 집어넣었다. 그러고선 서랍을 열쇠로 단단히 잠가 놓은 뒤 소파에 다시 앉았다.

"키키, 네 말은 듣는 둥 마는 둥 하고 있었어."

너무나도 솔직한 내 대답에 키키가 헛웃음을 흘렸다. 자신의 노고를 알아주지 않은 내게 서운해하고 있음이 분명했다.

"하…… 진저. 너는 도대체 그 목걸이가 왜 필요한 건데?"

"그건 말이지. 이리 가까이 와 봐."

나는 그를 향해 손짓했다. 키키는 순진하게 내게 가까이 다가와 제 귀를 들이댔다. 나는 그의 귀에 대고 나지막이 속삭였다.

"비밀이야."

"진저!"

"네가 알 거 없어. 내가 왜 사적인 얘기를 너한테 해야 하는 건데? 넌 내 약혼자이기는 하지만 내 사적인 부분까지 모두 공개하고 싶진 않아."

그건 레라지에의 방에서 키키가 내게 했던 말이었다.

그의 말을 똑같이 돌려주자 키키의 표정이 미세하게 일그러졌다. 반대로 나는 통쾌함이 들었다.

"……그래, 그건 그렇다고 쳐. 그럼 이제 나를 용서해 주는 거야?"

"뭐, 어느 정도는."

거짓말이었다. 고작 목걸이를 훔쳐 왔다는 사실 하나로 키키를 용서할 수는 없었다.

다른 여자도 아닌 레라지에와 바람이 난 그를 어떻게 용서할 수 있을까. 그것도 지금까지도 레라지에와 버젓이 만나고 있는 그인데.

키키를 완전히 용서해 줄 생각이 추호도 없었다. 하지만 이런 내 생각을 알 리 없는 그는, 제가 모두 용서받은 것처럼 말했다.

"다행이다. 어느 정도 용서를 받아서. 그런데 진저, 설마 그 목걸이를 레라지에 영애 앞에서 낄 생각은 아니지?"

"내가 그렇게 멍청할 거라고 생각해? 그런 짓은 하지 않아. 나는 그냥 이 목걸이가 필요했을 뿐이야. 목에 차는 용도가 아니라."

키키는 여전히 내 의중을 짐작할 수 없어 의문스러운 눈빛으로 나를 보고 있었다. 나는 그의 눈빛을 무시하며 그에게 두 번째 부탁을 말했다.

"키키, 부탁이 한 가지 더 있어."

"이번엔 어떤 부탁인데? 네게 용서를 받을 수만 있다면. 그깟 부탁쯤이야 얼마든지 들어줄 수 있어."

"이틀 뒤에 이자나 왕자가 여는 연회에 너도 오지? 그날 너는 레라지에와 함께 와."

"……뭐? 레라지에 영애와? 나는 당연히 너와 가야 하는 거 아냐?"

"아니. 너는 레라지에와 꼭 같이 와야 해. 둘이 같이 오고, 나와 는 연회장 앞에서 만나."

"왜? 왜 내가 그렇게 해야 하는 건데?"

혹시나 하는 마음으로 한 말이었다. 키키가 훔쳐 온 레라지에의 목걸이가 진짜가 아닐 때를 대비해서 한 말이라고 해야 할까.

곰곰이 생각해 봤을 때, 이것이 가짜일 가능성은 어느 정도 있었다. 근거는 두 가지가 있는데, 그 첫 번째로 키키는 잔꾀를 잘 부렸다.

무언가를 훔쳐 올 용기가 없는 그였기에 그가 가짜를 구해 왔을 수도 있었다. 모양만 같으면 나는 그게 진짜인지, 가짜인지 구분할 수 없으니까.

그리고 두 번째, 레라지에가 자신의 소중한 목걸이를 허술하게 보관했을 리가 없었다.

그녀가 만일을 대비해서 목걸이를 보관하는 데에 뭔가의 술수를 두었다면? 여우 같은 레라지에를 생각하면, 일어나지 않을 법한 일 은 아니었다.

그리하여 혹시나 내가 가지고 있는 목걸이가 진짜가 아닐 시, 키 키를 레라지에에게 보내면 일이 꽤 완벽해진다.

만약 키키가 그녀의 목걸이를 진짜로 훔치지 않았다면, 그 목걸 이를 끼고 연회에 가려는 레라지에를 적극적으로 말릴 게 분명했 다. 왜냐하면 목걸이의 진실을 내게 들키지 않아야 했으니까.

고로 연회장에서 이자나와 맞닥뜨릴 레라지에의 목에는 붉은 목 걸이가 존재하지 않게 될 것이다.

정말 완벽한 계획이군. 나는 그렇게 생각하며 웃음을 흘렸다.

"큭큭."

내가 대답 없이 킥킥거리자 키키는 고개를 갸웃거렸다.

"이유는 됐고. 그냥 그렇게 해. 너도 레라지에와 함께 오는 게 나쁘지 않잖아? 그녀를 사랑한다면서요, 키숀 미켈슨 님."

"……진저. 아직도 많이 화나 있는 거라면……."

"아니. 나는 화 안 났고, 네가 레라지에와 함께 오지 않는다면 더 화날 것 같아."

"맙소사."

키키는 손으로 이마를 짚으며 심각한 표정을 지었다.

키키에겐 애석한 일인지도 모르겠다. 그렇지만 그가 심각한 표정을 짓는다고 해서, 이유를 설명해 줄 마음은 눈곱만큼도 생기지 않았다.

*　*　*

이틀 뒤, 연회가 시작되기 전까지 한 시간이 남은 오후 6시. 나는 전신 거울을 통해 모든 준비를 마친 내 모습을 바라보았다. 제일 아끼는 드레스를 입고, 평소보다도 훨씬 더 신경 써서 화장한 모습이 가히 만족스러웠다.

나는 마지막으로 이틀 전 서랍 속에 고이 모셔 두었던 레라지에의 목걸이를 꺼내 들었다. 붉은빛의 보석이 달린 목걸이는 영롱한 빛을 띠고 있었다.

나는 그것을 미리 준비해 놓았던 작은 주머니 속에 넣었다. 그러곤 치마를 살짝 들어 그것을 속옷 안으로 조심스럽게 집어넣었다.

주머니의 크기는 작았지만 약간의 이물감이 느껴졌다. 그렇지만 나는 그것을 감내해야 했다. 그곳이 남들에게 들키지 않을 최적의 장소였으니까.

나는 주머니의 위치를 단단히 고정시켜 놓으며, 끄집어 올렸던 치마를 다시 내렸다. 이로써 이자나 왕자가 개최한 연회에 갈 마지막 준비마저도 완벽하게 끝이 났다.

나는 목걸이가 없어 허전할 레라지에의 흰 목을 상상하며, 방을 나섰다. 방을 나서는 걸음이 어느 때보다도 가벼웠다.

물론 오늘 갈 연회가 소설 속 내용대로 흘러갈 확률은 지극히 낮다고 생각했다. 하지만 이제 그런 건 아무래도 상관없었다. 레라지에의 목걸이를 빼앗았다는 사실 하나만으로도 그녀를 한 방 먹인 것 같았기 때문이다.

그럼 본격적으로 복수해 볼까나.

패자의 역습은 이제부터 시작이었다.

키키의 사정

키키의 말이 끝나자 돌아온 것은 레라지에의 웃음소리였다. 키키로선 영문을 알 수 없는 웃음이었다.

"레라지에 영애. 왜 웃는지 여쭈어 봐도 괜찮겠습니까?"

이자나 왕자가 여는 연회에 같이 가자는 게 우스운 이야기였던가? 키키는 제 뺨을 머쓱하게 긁적거렸다.

"오해하지 마세요. 당신이 우스워서 웃은 것은 아니니까. 저는 그냥 이 상황이 웃겨서."

레라지에의 말속에는 웃음기가 여전히 남아 있었다. 웃음이 모두 사그라지고 나서야, 그녀는 키키의 물음에 대해서 대답해 주었다.

"키키, 당신의 제안은 불가해요."

"어째서입니까? 진저 때문입니까? 그런 거라면 걱정하지 마십시오. 그녀 또한 저와 당신이 연회에 함께 가는 것을 허락했습니다."

"흠."

레라지에가 쉬이 결정하지 못하자, 키키는 무언가를 결심한 듯이 그녀에게 가까이 다가갔다. 이내 그의 손이 그녀의 허리에 자연스럽게 둘러졌다.

그 다음 동작은 일사천리였다.

키키는 부담스럽지 않을 정도로만 그녀를 자기 쪽으로 끌어당겼다. 적당히 가까워진 거리 속에서, 키키는 느른한 눈으로 레라지에를 내려다보았다.

"그리고 저 또한 당신과 함께 가기를 바라고 있습니다."

푸른 바다를 연상하게 하는 눈동자를 빛내며, 낮고 중후한 목소리로 내뱉은 훌륭한 멘트라. 크, 완벽하구나.

키키는 스스로에게 감탄했다.

이렇게까지 했는데 네가 안 넘어오고 배기겠어? 나와 같이 가고 싶다고 얼른 대답하라고. 키키는 그렇게 생각하며 미소를 머금었다.

얼마 못 가 레라지에의 붉은 입술이 서서히 움직이기 시작했다. 키키의 생각과는 상반되게, 레라지에의 대답은 한결같았다.

"불가합니다."

"……네!?"

생각지도 못한 그녀의 대답에 키키의 눈동자가 동그래졌다. 레라지에는 표정 하나 흐트러뜨리지 않으며 말했다.

"우리가 서로에게 호감이 있다고는 하나, 당신은 대외적으로 진저의 남자예요. 물론 우리가 연회장 안까지 함께 들어가는 건 아니겠지만, 혹시 모르잖아요. 누군가가 우리의 모습을 보고선, 이상한 소문을 낼 수도 있는 거고."

"영애……."

키키는 그녀를 조금 더 설득하려고 했지만, 레라지에의 동작이 더 빨랐다. 그녀는 자신의 검지를 키키의 입술 위에 조심히 올려놓았다.

"쉿?"

"……."

"사실 저는 당신과 함께 있는 걸 다른 사람이 봐도 상관없어요. 진저와는 어렸을 적부터 남자 얘기로 사교계에 말이 많았으니까요. 하지만 키키. 당신은 달라요. 공자인 당신에게 추문이 도는 건 내가 원치 않아."

레라지에의 눈동자가 그윽해졌다. 그녀의 선홍빛 눈동자가 촉촉해진 것은 순식간에 벌어진 일이었다.

그 순간 키키는 레라지에에게 큰 감동을 받고야 말았다. 성격이 좋지 않은 진저에게선 절대로 찾을 수 없는 조신한 모습을 직면했기 때문이다.

이러니 끌리지 않고 배길까.

"영애, 제가 진저를 만나기 전에 당신을 먼저 만났더라면……."

"쉿?"

레라지에는 그의 말을 다시금 막아섰다.

"그런 말은 하지 마세요. 그렇다고 해서 과거를 바꿀 수 있는 것은 아니니까."

"……."

"그러니까 우리는 따로 가도록 해요. 당신은 진저를 에스코트하는 게 옳은 일이랍니다."

키키는 대꾸하지 못하며, 단단히 잡고 있던 그녀의 허리를 놓아

주었다.

이거 큰일이네. 레라지에와 같이 가는 것도 실패했고, 그리고…….

그는 레라지에의 쇄골 부근에서 빛나는 목걸이를 바라봤다. 그것은 진저가 훔쳐 내 달라고 했던 레라지에의 목걸이였다.

그것이 그녀의 목에 버젓이 걸려 있었던 것이다. 이틀 전, 진저에게 목걸이를 주었음에도 불구하고.

키키는 아름답게 빛나는 붉은 목걸이에서 오랫동안 눈을 뗄 수 없었다. 그러다 저도 모르게 아랫입술을 짓이겼다.

사실 그는 진저의 예상대로 레라지에의 목걸이를 훔쳐 내지 못했다. 용기가 없는 그로서, 도저히 그런 짓을 할 수가 없었으니까.

하나 그렇다고 해서 빈손인 채로 진저와 만날 수는 없었다. 목걸이를 훔치지 못한다면, 진저와의 관계가 완전히 끝날 것임을 키키도 예감했기 때문이다.

그런 까닭에 그는 잔머리를 굴렸다.

결국 그가 생각해 낸 방법은 비슷한 목걸이를 제작해 진저에게 주는 것이었다. 그것은 공작가의 자제인 그에게 있어 손쉬운 일이었다.

그리하여 진저의 손에 들어간 목걸이는, 어머니의 단골 세공사에게 부탁하여 단시간에 만들어 낸 복제품이었다. 레라지에가 진짜 목걸이만 끼지 않는다면 절대로 들킬 리 없는 훌륭한 복제품이기도 했다.

아니나 다를까. 진저는 복제된 목걸이를 보고선 단번에 속고 말았다. 키키는 이로써 모든 게 해결된 거라고 생각했다.

하지만 문제가 생기고야 말았다. 하필 진저도 참석할 연회에 레라지에가 그 목걸이를 끼고 간다는 것이다. 아무래도 하늘은 제 편이 아닌가 보다.

무슨 수를 써서라도 저걸 빼고 가게 만들어야겠는데…….

물론 키키가 이 상황을 예상하지 못했던 것은 아니었다. 그는 혹 레라지에가 진짜 목걸이를 연회에 차고 갈 것을 대비해 한 가지 해결책을 강구해 놓은 터였다.

"레라지에 영애. 그렇다면, 함께 가지 못하는 대신에 이것을 받아 주십시오."

"그게 무엇인가요?"

"당신을 위한 선물입니다."

키키는 재킷 안주머니에서 무언가를 꺼냈다. 그것은 목걸이 케이스였다.

그는 능숙한 손놀림으로 케이스를 열었다. 그 속엔 레라지에가 끼고 있는 붉은 목걸이보다도 훨씬 더 화려한 푸른 빛깔의 목걸이가 자리하고 있었다.

"오늘 이걸 끼고 연회장에 와 주십시오. 당신을 생각하며 고른 것입니다."

"오, 키키."

레라지에는 진정 감동한 표정으로 목걸이를 집어 들었다. 그 목걸이는 액세서리를 잘 모르는 사람이 보더라도 충분히 훌륭해 보이는 것이었다. 아닌 말로, 키키는 그 목걸이를 사는 데에 제법 많은 돈을 투자했다.

"제가 걸어 드리겠습니다."

"좋아요."

레라지에는 자신의 기다란 붉은 머리칼을 들어 그에게 흰 목덜미를 내비쳤다. 그녀의 흰 목덜미가 드러나자, 키키는 마른침을 꼴깍 삼켰다.

그녀의 가느다란 목덜미에 자신의 입술을 대고 싶다는 음흉한 욕망이 설핏 들었다. 하지만 지금은 그래선 안 되지.

키키는 짧게 호흡을 고른 후 그녀의 목에 걸린 붉은 목걸이를 풀어냈다. 그러고선 제가 선물한 새 목걸이를 걸어 주었다.

붉은 목걸이가 레라지에의 목에서 사라지자 키키는 그제야 안도감이 들었다. 이만하면 진저가 붉은 목걸이에 대한 진실을 알지 못하겠지.

그는 기쁨을 감출 수 없는 목소리로 레라지에에게 말했다.

"무척 아름답습니다. 이자나 왕자가 당신에게 반할지도 모르겠습니다."

레라지에는 키키에게 자신의 붉은 목걸이를 돌려받으며 대꾸했다.

"하하, 무슨 그런 소리를 해요. 목걸이는 정말 고마워요."

"별 말씀을."

"자, 그럼 이제 그만 진저에게 가 보도록 하세요. 저와 함께 연회에 가라고 했다지만, 내심 화나 있을 거예요. 그 아이는 원래 그런 아이니까."

키키는 레라지에의 손등에 가볍게 입을 맞추었다.

"네. 그럼 연회장에서 봅시다. 부디 조심히 오시기를."

레라지에는 제 방을 나가는 키키의 뒷모습을 빤히 바라보았다. 이내 그의 모습이 완전히 사라지고 나서야, 그녀 또한 방을 나서서 미리 준비해 두었던 마차에 올라탔다.

마차가 출발하자 그녀는 자신의 목에 채워져 있던 푸른빛의 목걸이를 풀어냈다. 그러고선 본래에 차고 있었던 붉은 목걸이를 다시 채웠다.

"이상하게 목걸이에 집착한단 말이지. 그렇다면 이걸 안 낄 수가 없지."

그녀는 이미 며칠 전부터 키키가 자신의 붉은 목걸이를 노리고 있다는 사실을 눈치채고 있었다.

'레라지에 영애. 오늘은 왜 붉은 목걸이를 차고 있지 않은 겁니까?'

그런 물음을 건네며 대놓고 수상한 낌새를 풍기는데, 어떻게 모를 수가 있겠는가.

무슨 영문인지는 아직까지 알아내지 못했다. 다만, 키키의 이상한 행동의 배후엔 진저가 존재할 것임이 분명하다고 여겼다.

그것은 추측에 불과한 것이었으나, 진저를 잘 아는 레라지에는 자신의 추측을 확신했다.

제2장

패자의 역습

패자의 역습

마차에 올라타 연회장으로 출발하려고 했을 때, 굳게 닫혀 있던 마차 문이 열렸다.

올 사람이 없는데? 나는 그렇게 생각하며 마차에 억지로 올라타는 누군가를 바라보았다.

"키숀 미켈슨?"

"하하, 진저. 오늘 정말 예쁜데?"

영혼이라고는 하나도 느껴지지 않는 말이었다.

마차에 완전히 올라타, 내 앞에 자연스레 앉은 그는 키숀 미켈슨이었다. 얼마 전까진 내가 끔찍하게 아꼈던 내 약혼자이자, 이제는 끔찍할 정도로 꼴도 보기 싫어진 남자.

"어째서 여기……."

어째서 여기에 왔느냐고 물으려던 순간, 키키의 검지가 내 입술 위에 드리웠다.

"쉿."

어디서 이딴 걸 배워 온 거야? 나는 그의 손가락을 부러뜨릴 듯이 잡으며, 무시무시한 눈으로 그를 쳐다봤다.

"아악— 진저! 손가락 부러지겠어. 아파! 다 설명할 테니까, 손가락은 놓아줘."

"어째서 네가 내 마차에 탄 거지? 레라지에와 함께 가라고 했잖아."

키키는 난처한 듯, 사람 좋아 보이는 미소를 지었다.

나는 그의 미소에 반응해 주기는커녕 잡고 있던 그의 손가락을 더더욱 비틀었다. 그러자 키키의 얼굴에서 미소가 사라졌다.

"아아악! 진저, 알았어, 알았어. 사실대로 얘기할게."

"진작 그렇게 나왔어야지."

나는 그제야 그의 손가락을 놓아주었다. 키키는 입술을 부루퉁하게 내밀며 자신 없는 투로 대답했다.

"그러니까…… 레라지에 영애를 찾아갔는데. 영애가 진저 너를 생각해서 나를 다시 보냈지 뭐야. 네 이미지를 생각해서! 혹여나 나와 레라지에 영애가 함께 온 걸 다른 사람이 본다면, 내 약혼자인 네가 곤란해질 거니까. 모두 널 생각해서 그런 거야."

"네 약혼자 앞에서 레라지에를 칭찬하는 거니? 넌 어쩜 그렇게……."

이토록 정이 떨어지게 만드니. 그래도 한때는 너를 좋아하고 있다고 굳게 믿었던 나인데.

나는 뒷말까지 차마 하지 못하고 긴 한숨을 내쉬었다.

일전에 레라지에에게 한 말대로, 남자를 보는 내 눈은 썩은 동태 눈깔임이 틀림없었다. 겉만 번지레한 저 남자가 뭐가 좋다고 그와 영원히 함께하기를 바랐단 말인가.

그것은 최악의 바람이었다. 키키 같은 바람둥이에게 그런 기대를 했다는 것 자체가 내 죄요, 업보였다.

"어쩜 그렇게?"

"아무것도 아니야. 그래서 나를 그~렇게 생각해서 내 약혼자까지 꼬드긴 레라지에가, 나를 또 그렇~게 생각해서 너보고 다시 돌아가라고 했다고. 너는 목줄 풀린 강아지처럼 쫄래쫄래 내 마차에 올라탄 거야?"

"에이, 진저. 목줄 풀린 강아지라니. 이제 와 얘기하는 건데, 나도 사실 너에게 오고 싶었어."

"왜?"

키키는 새삼 늠름하게 대답했다.

"나는 너의 당당한 약혼자니까."

키키의 당당한 말에 할 말은 잃은 쪽은 나였다.

제가 어째서 당당하다고 생각하는 걸까.

아서라. 저 남자는 애초부터 자신이 바람을 피웠다는 사실을 잘못이라고 생각하지 않는 게 분명했다.

자고로 바람이란, 바람둥이인 그에게 있어 자연스러운 행위였던 게 아니었을까? 내가 숨을 쉬기 위해 공기를 들이마시듯, 그 또한 그러한 이치에 따라 바람을 피우는 거라고.

그렇게 생각하니 그를 이해하기가 한결 더 쉬워졌다.

분리수거도 안 되는 쓰레기 같으니라고.

"키숀 미켈슨. 너 진짜 미쳤니? 머리가 어떻게 된 거 아니야? 나는 너의 순수한 생각을 도저히 이해할 수가 없다. 그냥 얘기를 하지 말자."

나는 팔짱을 끼고 눈을 감았다. 정말로 그와 얘기하기 싫어서였다.

내가 대화를 거부하자 키키는 연신 구시렁거렸다. 그러나 내가 끝내 아무런 대꾸도 하지 않자 그도 결국은 조용해졌다.

조용해진 가운데, 나는 잠깐 사색에 잠겼다.

키키와의 약혼을 깨기 위해, 그의 아버지인 미켈슨 공작을 찾아가야겠다고 생각했다.

아버지가 두려워 키키가 약혼을 깨는 걸 망설이고 있다면, 그를 내가 직접 만나면 그만이었다. 나는 키키와는 다르게 그의 약혼자로서 진짜로 당당했으니까.

아니, 그런데 레라지에의 목걸이는 어떻게 된 걸까.

키키가 내뱉은 말에 의하면, 그는 레라지에에게 찾아간 후에 내게 왔다고 했다. 그렇다면 오늘 레라지에가 찬 목걸이를 보고 왔다는 얘기인데…….

그가 내 앞에서 태연하게 굴 수 있는 이유는, 레라지에가 붉은 목걸이를 끼지 않았기 때문이 아닐까?

그렇다면 내가 속옷 속에 숨겨 놓은 붉은 목걸이가 진짜든 가짜든, 레라지에 또한 붉은 목걸이를 차지 않았다는 결론에 도달하게 된다.

됐어. 이 정도면 완벽해.

나는 기분이 좋아져서 콧노래를 절로 흥얼거렸다. 무엇 때문에 콧노래를 흥얼거리는지도 모르면서, 키키도 나를 따라 콧노래를 부르기 시작했다.

단순한 건지 멍청한 건지 알 수 없었다.

*　　*　　*

　도착한 연회장은 이미 사람들로 북적이고 있었다.

　연회장엔 새로운 왕의 탄생을 축하하는 듯한 분위기가 물씬 풍겼다.

　탕플 탑을 나온 이자나가 근 보름 동안 귀족들을 어떻게 구워삶았는지 모르겠다. 하지만 어머니의 말씀대로 귀족들은 이자나를 벌써부터 칭송하고 있었다. 그를 둘러싼 해괴했던 낭설은 이미 어디론가 홀연히 사라진 후였다.

　주인공은 늦게 도착하는 법이라서, 연회가 시작했음에도 불구하고 이자나의 모습은 보이지 않았다.

　비록 주인공이 등장하지 않은 연회장이었지만, 모인 귀족들은 나름대로 연회를 즐기고 있었다. 어떤 이들은 와인을 마시기도 했으며, 또 어떤 이들은 서로의 손을 잡고 춤을 추기도 했다.

　여러 귀족 중 연회를 가장 즐기고 있는 이는 단연 키숀 미켈슨이었다.

　그는 제가 자랑하는 춤 솜씨를 여과 없이 뽐내고 있었다. 유려하게 뻗은 그의 손동작에는 군더더기가 없었으며, 뻗어진 그의 다리는 아름다운 곡선을 그렸다. 누가 본다면, 키키가 연회의 주인공이라고 착각할 정도였다.

　나는 혀를 끌끌 차며 고개를 절레절레 내저었다.

　"뭘 저렇게 열심히 춰."

　주위를 둘러보자 어린 귀족 영애들이 키키를 힐끔거리는 게 보였다. 그녀들은 그를 쳐다보는 것에만 그치지 않으며, 얼굴을 붉히고 있었다.

하긴. 키키에게 가진 내 감정과는 별개로 그가 춤추는 모습은 제법 훌륭하니까.

나도 한때는 그의 춤을 보고선 얼굴을 붉혔었다. 하나 지금은 이상할 정도로 아무렇지 않았다. 그냥 춤을 추는구나, 몸을 해파리처럼 흐느적거리고 있구나…… 이 정도의 감상만 들 뿐이랄까. 새삼스러운 변화였다.

나는 주위를 조금 더 둘러보았다.

묘하게도, 레라지에의 모습은 보이지 않았다. 올 시간이 됐는데 그녀가 보이지 않자 괜스레 초초한 마음이 들었다.

무슨 일이라도 있는 건가. 차라리 연회에 오지 않았으면 좋으련만. 그때 불현듯이 '유폐된 왕자와 후작 영애'의 내용이 떠올랐다.

소설 속의 레라지에 아틀렌타 또한 연회장에 늦게 도착한다. 그녀가 타고 있던 마차의 바퀴가 고장 났기 때문이다. 급하게 다른 마차를 얻어 타 연회장에 도착했을 땐 시간이 꽤나 흐른 뒤였다.

레라지에는 잰걸음으로 연회장에 들어서게 되는데, 그러한 그녀를 진득하게 바라보는 시선이 하나 있었다. 그 시선의 주인은 귀족들의 축하 인사를 받던 이자나였다.

이자나의 검은 눈동자가 레라지에의 선홍빛 눈동자와 맞닿는 순간, 그들 사이에 묘한 기류가 흐르기 시작한다.

레라지에는 그에게 첫눈에 반하게 되고, 이자나는 처음으로 생각이 읽히지 않는 타인의 등장에 놀라워한다.

그 순간 레라지에의 붉은 목걸이가 찬란하게 빛나고 있었다……라는 게 소설 속 내용이었다.

설마하니 정말로 그렇게 흘러가는 것은 아니겠지?

나는 왠지 불안해져서 속옷 속에 잘 들어 있을 목걸이를 확인했다. 다리를 조금 움직이자, 엉덩이 부근에서 목걸이가 든 주머니의 이물감이 느껴졌다.

그 이물감은 마음의 평온을 가져다주었다. 휴. 이것만 내게 있으면, 그 소설대로 일이 진행되어도 상관없어.

그나저나 이자나는 언제 오는 걸까? 나는 유리잔에 담긴 와인으로 목을 축이며, 그가 등장하기를 고대했다.

그렇게 몇 분이 더 흘렀을까.

연회장을 뒤덮고 있던 연주 소리가 작아지더니 이내 멈춰지기에 이르렀다. 그러자 춤을 추던 사람들의 동작이 일제히 멈추었다.

나는 그때 직감했다. 지금이 바로 이자나가 등장할 타이밍인 거야.

아니나 다를까. 2층 저 멀리에서 한 무리의 사람들이 걸어오는 것이 보였다. 무리 중 단연 돋보이는 자는 제복을 입은 자도, 화려하게 꾸민 자도 아니었다.

그자는 바로 간소한 차림의 남자였다.

선두에 선 남자는 홀로 평범한 옷을 입고 있었다. 하지만 그 옷차림이 외려 그를 돋보이게 만드는 듯했다.

수수한 옷차림과 대비되는 화려한 이목구비.

그의 정체를 아무도 알려 주지 않았으나, 나는 그가 '이자나'임을 한눈에 알아볼 수 있었다. 그 말곤 이자나라고 여길 만한 사람이 한 사람도 없었으니까.

그들은 곧 계단을 내려와, 1층으로 내려왔다. 이윽고 내가 서 있던 곳까지 다가오자, 이자나라 추측했던 남자의 모습이 온전히 보였다.

그는 생각보다 키가 컸으나, 몸집은 그리 크지 않았다.

물론 그렇다고 해서 그가 왜소해 보이는 것은 아니었다. 적당한 체격을 가진, 뭇 여자들이 좋아할 법한 몸을 가지고 있다고 해야 할까.

그의 피부는 오랫동안 햇빛을 보지 못한 것처럼 창백했고, 이마를 가린 그의 앞머리는 조금 길어 보였다.

그는 버릇처럼 제 머리카락을 부드럽게 쓸어 넘겼다. 그러자 조금 길어 보였던 앞머리가 자연스럽게 넘어 가며, 그의 눈동자가 자세히 보였다.

검은빛을 가진, 아름다운 눈동자였다.

나는 입을 벌린 채로 그의 훌륭한 얼굴에서 눈을 떼지 못했다. 이 남자. 잘생겨도 너무 잘생겼잖아?

그의 걸음이 완전히 멈춰 섰을 때, 주위엔 지독한 정적이 맴돌았다. 다들 나처럼 입을 벌리고 그의 모습을 쳐다보고 있는 게 틀림 없었다.

정적을 깬 이는 내가 눈을 떼지 못하는 그 남자였다.

"연회에 와 주신 여러분 모두에게 감사를 표합니다."

일순간 조용해진 연회장 사이로, 그의 목소리만이 공명했다. 얼굴만 훌륭한 줄 알았는데, 이게 웬걸. 그는 목소리마저도 완벽했다.

좌중을 집중시키는 적당한 울림을 가진 목소리였다.

"인사가 늦었습니다. 이자나입니다."

역시나 그는 이자나가 맞았다. 나는 그의 정체를 확실하게 확인함과 동시에 마른침을 꼴깍 삼켰다.

이자나의 말은 그것으로 끝이었다. 하지만 그의 짧은 말은 그 어떤 말보다도 파급력 있게 느껴졌다. 이자나는 희미한 미소를 지어 보인 뒤에 다시금 뒤돌아섰다.

그의 걸음이 이번에 향한 곳은 연회장의 상석이었다. 그는 상석에 자리해 다리를 꼬고 앉아 모두를 내려다보았다.

지극히 오만한 모습이었지만, 그가 밉거나 짜증 나게 느껴지지는 않았다. 도리어 태초부터 오만함을 타고난 사람처럼 보였을 따름이었다.

잠깐 멈춰졌던 음악이 재차 연주되기 시작했다.

나는 무언가에 홀린 것처럼 이자나가 앉아 있는 상석으로 다가갔다. 내 걸음은 그의 얼굴이 세세히 보일 정도까지에 이르러서야 멈추게 되었다.

이자나의 얼굴을 보고 있자니, 마음 어딘가가 따뜻해지는 기분이 들었다. 마음에서부터 시작된 출처를 알 수 없는 따스함은 얼굴에까지 올라와 내 뺨을 붉게 물들였다.

머릿속엔 경종이 울리고 있었다. 그것은 새로운 사랑이 시작될 것임을 알리는 경고였다.

내 심장이 빠르게 뛰기 시작했다. 키키의 바람으로 잠깐 동안 잠잠했던 심장이었다. 심장은 그동안의 잠잠함을 보상이라도 하는 것처럼 곤두박질쳤다.

나는 오른손을 가슴 부근에 올려놓았다.

묘해. 정말 묘하단 말이지. 소설 속의 진저 토르테도 이자나를 보고 첫눈에 반했었는데. 현실 속의 나도 이자나에게 첫눈에 반한 걸까?

소름 끼칠 정도로 소설 속 내용과 현실의 내용이 닮아 간다고 생각했다.

그는 상석에 자리해, 자신에게 경의를 표하는 모든 귀족의 눈을 하나하나 바라보았다. 꼭 그들의 생각을 빠짐없이 읽으려는 것처럼 말이다.

그는 정말로 타인의 생각을 읽고 있을까? 나는 그 점이 몹시도 궁금했다.

좌중을 훑던 그의 시선이 내게까지 닿았다. 나는 자신만만한 미소를 지으며 그의 눈을 피하지 않았다. 자신 있었던 이유는, 내겐 레라지에의 목걸이가 있었기 때문이다.

교차하는 시선 속, 그의 얼굴과 마주한 시간이 길어질수록 그런 생각이 들었다.

너 이 새끼. 좀 매력 있네.

내가 붉은 입매를 들썩거리며 히죽거리자, 이자나의 동공이 눈에 띄게 흔들리는 게 보였다. 그것은 소설 속의 그가 레라지에를 처음 봤을 때 했던 행동과 같았다.

동공의 흔들림. 그것은 감출 수 없는 동요의 증거였다.

이자나는 동요의 빛을 숨기지 못하고 한참이나 나를 보았다. 몇 초가 더 지나고 나서야, 그는 다른 곳으로 시선을 돌렸다.

설마…… 내 생각이 읽히지 않아서 당황한 건가?

이자나. 당신은 소설 속 이자나처럼 타인의 생각을 읽는 이능을 가지고 있는 걸까.

소설 속 내용대로 현실이 흘러간다는 건, 다시 생각해도 정말 어이없는 가설이었다. 그러나 시간이 지나면 지날수록 그 가설에 실리는 신뢰가 점점 더 커져 갔다.

아니, 어쩌면 나는 이미 현실이 소설 속 내용을 따라가고 있다고 믿고 있는지도 모르겠다. 그렇게 생각하자, 괜스레 기분이 좋아져 어깨가 들썩거렸다.

내 기분이 좋아진 이유는 단 하나였다. 현실과 소설의 내용이 달라졌기 때문에.

빌어먹을 그녀의 목걸이가 내 엉덩이에 있다는 사실 하나만으로, 레라지에에게 향했어야 할 그의 동요가 내게 향하다니. 지저스. 시작이 좋았다.

어쩌면 이자나의 절절한 사랑을 받을 여자가 레라지에가 아닌 내가 될지도 모르겠다는 생각마저도 들었다.

이거, 책을 다시 읽어 봐야겠는데.

나는 문득 끝까지 읽지 못하고 덮어 두었던 '유폐된 왕자와 후작 영애'를 떠올렸다.

레라지에와 이자나의 사랑놀이가 보기 싫어서 끝까지 보지 않았지만, 상황이 이렇게 된 이상 나는 책의 뒷부분을 알고 있어야 할 것 같았다.

연회가 끝나고, 후작저로 돌아가는 즉시 그 책의 뒷부분을 읽어 보리라. 나는 그리 다짐하고선 이자나의 모습을 끈덕지게 바라보았다. 애석하게도, 그의 시선이 내게 다시 닿는 일은 없었다.

얘, 많이 당황했나?

"……."

그때, 왠지 모르게 무언가가 이상한 듯한 느낌이 들었다.

나는 소설 내용을 차근차근 떠올려 보았다.

소설 속 이자나는 생각이 읽히지 않는 레라지에를 끈덕지게 지켜본다. 그녀의 생각을 정말로 읽을 수 없는 것인지, 아니면 단순한 우연인 것인지를 확인하고 싶었기 때문이다.

그래서 이자나는 레라지에와 계속해서 눈을 맞추었다. 그 덕에 레라지에는 착각을 하게 된다. 제게 따라붙는 이자나의 시선이 관심의 방증일 거라고.

레라지에는 이자나와 눈이 마주칠 때마다 야릇한 미소를 지었다. 그를 꼬드기기 위해 지은 미소였다. 그러나 그녀의 미소는 이자나에겐 다소 의미심장하게 다가온다.

'이 여자. 무언가를 알고 있는 건가?'

이자나는 심각한 혼란에 휩싸이게 되는 것이다.

……그래, 이런 전개였는데 말이지. 이자나는 어째서 나를 더 이상 궁금해하지 않는 걸까. 뭔가 잘못된 걸까?

누군가가 내 이름을 부른 것은 그 순간이었다.

"진저! 한참이나 찾았잖니."

익숙한 목소리에 뒤를 돌아보자, 미소 짓고 있는 어머니가 보였다.

"어머니, 언제 오셨어요?"

"연회가 시작될 때부터 와 있었단다. 그나저나 진저, 이자나 님을 봤니? 어땠어? 역시나 나의 말이 맞았지?"

"생각보다 잘생겨서 엄청 놀랐어요. 줄곧 탑에서만 있어서, 음침하지 않을까…… 라고 생각했었거든요."

어머니는 고개를 가볍게 끄덕였다.

"그렇게 생각할 만도 하지. 나도 그를 만나기 전엔 그런 생각을 했으니까. 말이 나온 김에 이자나 님께 인사를 하러 가자꾸나."

"지금요?"

"응. 내가 너에 대해서 이자나 님께 미리 말해 놓았단다. 그분도 너를 매우 궁금해하셨어. 진저, 네가 약혼만 하지 않았다면 참 좋았을 텐데."

"그 썩을 약혼이 제 발목을 붙잡고 있는 건가요?"

"후후, 그래. 그 썩을 약혼 말이다. 키키 공자는 춤을 춘다고 정신이 없더구나. 아무리 봐도 안 될 놈 같아."

이번엔 내가 기운 없이 고개를 끄덕거렸다.

"진저. 네가 키키 공자와 약혼을 하겠다고 고집 피우지 않았다면, 나는 그를 끝까지 반대했을 거야."

어머니, 왜 그때 저를 좀 더 적극적으로 말리지 않으셨나요. 나는 그렇게 말하고 싶은 것을 꾹 참아 냈다. 어머니를 걱정시키고 싶지 않았다.

"그러게요…… 그럼 이제 이자나 님께 가요, 어머니."

고개를 엷게 끄덕인 어머니는 앞장서서 걸어갔다.

이자나에게 다가갈수록 내 심장은 걷잡을 수 없을 정도로 빨리 뛰기 시작했다. 나는 심호흡을 하며 긴장한 마음이 평온해지기 바랐다. 하나 마음이 진정되기는 개뿔, 손바닥엔 기분 나쁜 땀마저도 맺혔다.

이윽고 우리는 그의 지척까지 다가갔다. 고상해 보이는 황금빛 의자에 앉아 있는 그를 보며, 나는 숨을 골랐다.

내심 기대가 되기도 했다. 이자나가 나를 봤을 때 다시금 동요하는 것이 아닐까, 하는 기대였다.

"이사나 폐하. 세 어식인 진서 토르네입니나."

어머니가 나를 손짓하며 이자나에게 소개했다. 나는 최대한 우아한 미소를 지은 채로 고개를 숙여 인사했다.

"폐하, 처음 뵙겠습니다. 진저 토르테입니다."

숙였던 고개를 들어 올려 이자나와 마주했을 때, 그의 눈과 정면으로 마주쳤다. 내가 고개를 들기 전부터 나를 보고 있었던 것임이 틀림없었다.

눈이 마주치자 오묘한 기분이 들었다. 그에게 내 생각들이 속속들이 읽히고 있는 듯한 기분이라고 해야 할까. 그러자 문득 어머니가 며칠 전에 했던 말이 떠올랐다.

'뭐랄까. 그건 어린아이의 눈빛이 아니었어. 그의 검은 동공과 마주치자 내 생각과 감정이 모두 읽히는 듯한 기분이 들었단다. 그것은 태어나 처음 느낀 소름 끼치는 느낌이었지.'

나는 어머니가 느꼈던 소름 끼치는 느낌을 똑같이 체험하고 있는 듯했다.

어머니는 성인이 되어 다시 만난 이자나에게서 온화함을 느꼈다고 했다. 하지만 나는 그 온화함을 조금도 느끼지 못하고 있었다. 내가 그에게서 느낀 것은 영문 모를 위압감뿐이었다.

인사를 건넸음에도 이자나는 한동안 침묵했다. 당최 그가 무슨 생각을 하고 있는지 알 수 없었다.

그는 무표정한 얼굴로 나를 응시하다가, 예상하지 못한 때에 입술을 떼어 냈다.

무슨 말을 할까.

"……생강?"

……생강?

내가 잘못 들은 것은 아니겠지?

그에게 느꼈던 위압감과, 그의 아름다운 얼굴과는 전혀 어우러지지 않는 단어였다. 그 투박한 식물의 이름을 듣자 내 입가엔 헛웃음이 새어 나왔다.

"좋은 이름이군. 건강해 보이는 이름이야."

그는 진정 감탄한 듯이 말했다. 놀리는 건지, 진심으로 하는 말인지 잘 가늠할 수 없다는 게 문제였다.

그나저나 생강이라니.

생강은 내가 세상에서 제일 싫어하는 단어였다.

부모님이 무슨 생각으로 내 이름을 진저…… 즉 생강이라는 뜻을 가진 단어로 지었는지는 모르겠다. 그러나 그 이름 때문에 나는 어렸을 때 제법 놀림을 받았었다.

나는 괴이하고 생김새가 들쭉날쭉한 생강과 내가 비교되는 게 정말 싫었다. 얼마나 싫었냐면, 생강이 들어간 음식에는 손도 대지 않았을 정도였다.

그래서일까. 이자나의 입에서 생강이라는 단어가 나오는 순간, 미친 듯이 뛰던 심장이 잠잠해지기에 이르렀다. 달아올랐던 두 뺨마저도 차갑게 식어 가는 것이 느껴졌다.

나는 그만큼 생강이라는 단어가 경멸스러웠던 것이다.

"생강이 아니라, 진저 토르테입니다. 이자나 폐하."

나는 정확하게 정정을 해 주었다. 그러자 이자나는 눈썹 하나 까딱하지 않고선 대답했다.

"영애. 진저가 생강이 아니던가."

……이 새끼가 진짜. 놀리는 거 맞네.

웃고 있던 내 얼굴이 서서히 금이 가기 시작했다. 잠깐 차분해졌던 심장이 다시금 빠르게 뛰었다. 하지만 이번엔 사랑의 징조가 아니라, 격분의 징조였다.

휴. 심호흡, 심호흡.

나는 심호흡을 하며 그의 눈동자를 빤히 보았다.

너 이 자식. 한 번만 더 나를 생강이라고 부르면, 네 얼굴을 생강처럼 만들어 버릴 테다.

그것은 문득 든 생각이었다. 내가 그런 생각을 하기 무섭게 이자나의 얼굴에도 금이 가기 시작했다. 그의 매혹적인 입매가 작게 들썩거리고 있었다.

설마 웃음이 나는 걸 참고 있는 건 아니겠지?

"폐하? 무슨 문제라도 있으세요?"

내가 묻자, 이자나가 헛기침을 몇 번 한 후에 대답했다.

"아니. 생강처럼 생긴 얼굴은 도대체 어떤 얼굴일지 궁금해서 말이야."

"……네?"

그는 "이런 말까지 하려고 했던 건 아니었는데."라는 작은 혼잣말을 읊조렸다. 그러곤 옅은 미소를 지었다.

"물론 진저 영애가 생강처럼 생겼다는 말은 아니야."

생강처럼 생긴 얼굴이라…….

어렸을 적 나를 생강이라고 불렀던 아이들의 얼굴을 생강처럼 들쭉날쭉하게 만들어 주었던 기억이 났다.

뭐, 별다른 얼굴은 아니다. 좀 많이 맞은 얼굴이라고 해야 할까.

내가 과거를 잠깐 떠올리고 있을 때, 이자나의 낮은 웃음소리가 들렸다. 그는 웃음을 더 이상 참을 수 없다는 듯이 킥킥거리고 있었다.

날카로운 빛을 띠고 있던 그의 눈이 보기 좋은 호선을 그렸다. 심드렁한 표정을 짓고 있을 때보다도 월등히 아름다워 보이는 얼굴이었다.

"폐하?"

"영애의 생강 이야기는 무척이나 인상 깊군."

생강 이야기? 내가 이자나에게 생강 이야기를 했던가?

이상한데…….

까닭 모를 불안함이 온몸을 감싸 안았다. 어째 대화의 방향이 약간 이상해진 듯한 느낌이었다.

갑자기 웬 생강 이야기냐고 이자나에게 물으려던 순간이었다. 굳게 닫혀 있던 연회장 문이 열리는 소리가 들려왔다. 나는 시선을 비틀어 연회장 문 쪽을 바라보았다.

문은, 누군가의 뒤늦은 방문을 알리듯이 천천히 열리고 있었다. 이내 문이 거의 다 열렸을 때, 누군가가 연회장으로 황급히 들어오는 게 보였다.

처음 보인 것은 붉은 구두였다. 몸매가 드러나는 타이트한 크림색 드레스 자락 사이로 내뻗어지는 붉은 구두가 낯익었다.

그다음에 보인 것은 가슴 어귀까지 내려온 붉은 머리카락이었다. 기다란 머리카락은 그녀가 걸음을 옮길 때마다 보기 좋게 흩날렸다. 나는 얼굴을 보지 않아도, 그녀의 정체를 단번에 알 수 있었다.

레라지에. 그녀가 바로 뒤늦은 방문자의 정체였다.

나는 시선을 조금 더 끌어올렸다. 그리고 그녀의 기느다란 목덜미에서 찬란하게 빛나고 있는 그것을 발견하게 되었다.

"……!"

붉, 붉은 목걸이!

내 엉덩이에 있어야 할 붉은 목걸이가 어찌된 영문인지 그녀의 목에서 반짝이고 있었다.

내 눈이 잘못된 게 틀림없어. 그렇지 않고서야 저 목걸이가 그녀의 목에서 빛나고 있을 리가 없잖아.

나는 눈을 천천히 감았다 떴다. 눈을 다시 떴을 때, 그 빌어먹을 목걸이가 그녀의 목에 걸려 있지 않기를 간절히 바라는 마음이었다.

하지만 연회장 안으로 완전히 들어온 레라지에의 목에는 붉은 목걸이가 여전히 걸려 있었다. 붉은색의 보석은 작은 크기였음에도 불구하고, 멀리 있는 내 시야를 어지럽힐 정도로 빛나고 있었다.

나는 엉덩이를 조금 움직여, 엉덩이 어딘가에 있을 주머니의 이물감을 확인했다. 물론 이물감 또한 여전히 잘 느껴졌다. 적어도 내 엉덩이에 있는 목걸이를 레라지에가 끼고 온 것은 아니라는 소리다.

그렇다면…… 키키 이 개자식이 내게 가짜를 준 건가?

그때, 내게 닿아 있던 이자나의 고개가 돌아가기 시작했다. 그 또한 뒤늦게 등장한 레라지에를 바라보려는 것 같았다.

안, 안 돼. 붉은 목걸이를 걸고 있는 그녀를 봐서는 안 돼!

"이자나!"

나는 나도 모르게 그의 이름을 불러 버렸다. 나조차도 깜짝 놀랄 정도로 무의식중에 튀어나온 말이었다. 그러자 반쯤 돌아갔던 이자나의 고개가 멈추었다.

이자나는 다시금 나를 쳐다보았다. 마주한 그의 얼굴이 매섭게 굳어 있었다.

"진저 영애. 방금 뭐라고 했지?"

그는 딱딱한 목소리로 물음을 건네었다. 옅은 미소를 띤 채로 의아한 말을 내뱉던 이자나의 모습은 온데간데없이 사라진 후였다.

예상하지 못한 내 행동에 놀란 어머니는 잔뜩 굳어 있었고, 나는 재빠르게 그에게 무릎을 꿇었다.

"죽을죄를 지었습니다. 제가 마음속으로 폐하의 이름을 부른다는 것이 그만…… 입 밖으로 내뱉어 버렸습니다. 부디 하해와 같은 마음으로 용서해 주십시오."

나는 바닥에 찧을 듯이 그에게 머리를 조아렸다. 그러면서도 이자나가 레라지에를 보지 못한 사실에 안도했다. 내가 직면한 상황과는 전혀 어울리지 않는 감상이었다.

물론 이자나가 붉은 목걸이를 낀 레라지에를 본다고 해서, 그 후의 상황이 소설대로 흘러가리라 확신하지는 않는다.

하지만 내심 불안했던 것일지도 모르겠다. 또다시 우연처럼 소설대로 일이 진행될까 봐.

이자나가 레라지에를 보지 못하게 한 것까진 좋은데, 그의 이름을 함부로 부른 나는 어떻게 되는 걸까?

"고개를 들어."

이자나는 고저 없는 목소리로 말했다. 화가 났는지 아닌지를 알 수 없는 목소리였다.

"진저 토르테. 고개를 들고, 내 눈을 봐."

내 엉덩이에 있는 건 가짜 목걸이다. 그렇기에 그와 눈을 마주치면 생각이 읽힐지도 몰랐다. 나는 아무 생각도 하지 말자고 다짐했다.

내 머릿속은 백지다. 하얀 백지 상태다.

백지 상태가 될 수 없다면, 흔한 날씨 생각이라도 하자.

그렇게 스스로를 다잡으며 고개를 서서히 들어 올렸다. 고개를 완전히 들자마자 이자나의 눈과 똑바로 마주하게 되었다. 나는 내 자신에게 다짐했던 대로 날씨 생각을 늘어놓기 시작했다.

하늘은 맑았고, 오늘 날씨는 참으로 좋았어. 하지만 날씨가 좋은 날엔 언제나 내 기분이 개 같았지.

키키가 바람을 피운 걸 안 날도 날씨가 정말로 좋았거든. 그와 소풍이라도 가고 싶은 날이었지. 하지만 소풍은 개뿔. 그딴 걸 생각하며 즐거워했던 내가 정말 병신이었어.

……아니. 이런 생각을 하려고 했던 건 아니었는데 말이지.

"생강 영애."

"네, 폐하."

"너. 설마……."

이자나는 뒷말을 흐렸다.

나로선 그가 무슨 말을 하려고 한 것인지 헤아릴 수 없었다. 내가 유일하게 헤아릴 수 있었던 것은 그의 얼굴이 지나치게 진지해 보였다는 사실이었다.

굳은 듯이 서 있던 어머니마저도 무릎을 꿇고선 이자나에게 호소하듯이 말했다.

"폐하. 제 여식의 부족함을 용서해 주십시오. 모든 것이 저의 잘못입니다."

나는 어머니 쪽을 흘긋 바라보았다. 괜스레 나 때문에 사죄를 하게 된 어머니에게 정말로 죄송했다.

조금 더 신중하게 행동했어야 했는데…….

우리 두 사람이 이자나 앞에서 한참이나 무릎을 꿇고 있자, 주변에 있던 귀족들의 시선이 우리에게 닿기 시작했다.

듣기 좋은 음악 사이로 귀족들의 수군거림 또한 커져 갔다. 그러자 이자나는 어쩔 수 없다는 것처럼 우리에게 말하였다.

"우선 두 사람 다 일어나."

우리는 그제야 꿇고 있던 무릎을 천천히 펴며, 몸을 일으켰다. 나는 되도록 그의 눈을 보지 않으려고 애썼다. 또 눈이 마주쳤다간 무슨 생각을 하게 될지 알 수 없었기 때문이다.

"오늘은 좋은 날이니까. 한 번은 봐주겠어. 하지만 다음에도 내 이름을 함부로 불렀다간, 진저 영애의 얼굴을 생강처럼 만들어 버리지."

생강 같은 얼굴이라.

생강이라는 단어는 여전히 불쾌한 단어였지만, 지금 내가 이자나에게 할 수 있는 말은,

"……용서해 주셔서 감사합니다."

그 말뿐이었다.

이자나가 앉아 있던 상석으로부터 꽤 떨어진 곳까지 걸어오고 나서야, 어머니는 내게 말을 걸었다. 그녀의 얼굴이 새하얗게 질려 있었다.

"진저! 생각이 있는 거니, 없는 거니! 그의 이름을 부르면 어떡해. 내 마음이 얼마나 졸였는지 몰라. 네가 어떻게 되는 줄 알고……."

"어머니, 죄송해요. 어머니에게 제대로 설명해 드리지는 못하지만, 저두 저 나름대로의 이유가 있었어요. 하지만 다음부터는 그런

실수를 하지 않도록 할게요."

나는 아직도 많이 놀라 보이는 어머니를 어느 빈 의자에 앉혔다.

"어머니. 이곳에서 잠깐 쉬고 계세요."

그러고선 망할 키키와 레라지에를 찾기 위해 눈동자를 굴렸다. 다행히도 레라지에의 붉은 머리카락은 금세 눈에 띄었다. 그녀는 안면이 있는 귀족들에게 우아하게 인사를 건네고 있었다.

내겐 출처를 알 수 없는 조바심이 들었다. 언제고 그녀와 이자나의 눈이 마주칠지도 모르는 급박한 상황이니까.

망할 키키가 도대체 무슨 짓을 한 걸까?

그런 생각이 듦과 동시에 나는 이자나와 눈이 마주쳤을 때 했던 생각들을 떠올렸다.

'너 이 새끼. 좀 매력 있네.' 라든지, '너 이 자식. 한 번만 더 나를 생강이라고 부르면, 네 얼굴을 생강처럼 만들어 버릴 테다.' 라든지.

그런 말들을 들었어? 마음속으로 히죽거리며 했던 말들을 이자나가 들었을까?

아, 아니야. 단정하기는 아직 일러. 당황하지 말자, 진저 토르테. 이자나가 진짜로 사람들의 생각을 읽을 수 있을 리가 없잖아.

그건 소설의 내용일 뿐이다. 나는 그런 식으로 합리화시켰지만, 이마엔 기분 나쁜 땀이 축축이 배어 있었다.

그때 문득 떠오른 것은 이자나가 내게 했던 말이었다.

'영애의 생강 이야기는 무척이나 인상 깊군.'

"에이…… 설마……."

설마 내가 속으로 한 생각을 듣고선 그렇게 말한 것은 아니겠지.

불안한 예감이 엄습했다.

애석하게도 불안한 예감은 한 번도 틀린 적이 없었고, 이번에도 그럴 것 같았다. 나는 팔을 들어 이마에 맺힌 식은땀을 훔쳐 냈다.

일단은 키키를 찾아보자. 그를 찾아, 그에게 자초지종을 물어보는 게 우선인 것 같았다.

하지만 키키에게 물어보지 않아도, 나는 그가 했을 법한 짓을 추측할 수 있었다. 망할 자식이 모조품을 만들어 나를 감쪽같이 속인 게 분명했다. 어쩐지 일이 너무 쉽게 풀리는 것 같더라니.

결론인즉슨, 지금 레라지에가 차고 있는 목걸이가 '진짜 붉은 목걸이'라는 거지?

그렇다면 레라지에가 계속 목걸이를 차고 있게 놔둘 수 없었다. 내가 직접 나서서 뺏는 것이 제일 속 편한 방법이겠지만 그럴 수는 없었다. 나를 잔뜩 경계하는 레라지에에게서 어떻게 목걸이를 뺏느냐 말인가.

솔직히 털어놓자면, 나는 그녀에게 이긴 적이 한 번도 없었다. 그게 남자든, 주량이든 뭐든.

그래서 그녀의 목걸이를 뺏을 수 있는 유일한 사람은 키키밖에 없다고 생각했다. 키키를 이용해서 레라지에의 목걸이를 뺏든지, 아니면 내가 가지고 있는 모조품과 그녀의 것을 바꿔치기해야 했다.

시간은 그리 많지 않았다.

내가 엉큼한 계획을 세우고 있는 사이, 레라지에와 이자나의 눈이 서로에게 향했을지도 모르겠다. 하지만 아직 늦지 않았을 가능성도 다분했다.

소설 속의 이자나는 그녀의 생각이 읽히지 않는다는 사실을, 처음엔 단지 우연이라고 생각했으니까.

레라지에를 조금 더 특별히 생각하게 된 것은 연회가 거의 끝날 무렵이었다. 소설 속 내용을 따르자면 그러했다.

좋아, 그럼 정말로 우연으로 만들어 버릴까나.

지금이라도 레라지에에게 목걸이가 없다면, 이자나는 그녀에게 자신의 이능이 통하지 않은 일을 우연으로 여길 것임이 분명했다.

나는 픽 미소를 지었다. 내 머리는 어쩜 이리도 잘 돌아가는 걸까.

키키를 찾는 것은 어려운 일이 아니었다. 그는 지치지도 않는 것인지, 중앙 플로어에서 자신의 춤 실력을 여전히 뽐내고 있었다.

나는 당장 그에게 가까이 다가갔다. 그러고선 쉼 없이 움직이는 그의 구두를 있는 힘껏 밟아 버렸다.

"키숀 미켈슨!"

그의 이름을 큰소리로 부르니 키키는 그제야 춤추는 걸 멈추었다.

"진저! 이게 무슨 짓이야?"

그는 앓는 소리를 작게 내며 나를 쳐다보았다. 나는 가식적인 미소를 지은 채로 그에게 팔짱을 꼈다.

"소란스러워지는 건 질색이니까. 아무 말도 하지 말고 나를 잠자코 따라와. 허튼소리를 했다간 가만두지 않을 거야."

협박에 가까운 내 말에, 키키는 입술을 꾹 다물었다.

옳지, 말을 잘 듣는구나.

나는 키키를 이끌고 어디론가 향하기 시작했다. 키키는 내 발길이 이끄는 대로 나를 따를 뿐이었다.

우리가 도착한 곳은 인적이 없는 테라스였다.

나는 주변에 아무도 없는 것을 확인하자마자 그에게 꼈던 팔짱을 풀어 버렸다.

"진저. 도대체 무슨 일이야?"

키키는 억울하다는 듯이 굴고 있었다. 바라본 그의 눈동자엔 그런 메시지가 담겨 있는 것 같았다.

'네가 원하는 것을 다 해 줬는데, 어째서 아직도 신경질을 부리냐고.'

나는 인상을 와락 구겼다.

"키숀 미켈슨. 내가 묻는 말에 또 거짓말을 한다면 정말로 가만있지 않을 거야. 똑바로 대답해."

"하…… 진저. 무슨 말이 하고 싶어서 그런 무서운 얼굴을 하고 있는 건데?"

나는 가감 없이 말하였다.

"레라지에 그년이 붉은 목걸이를 끼고 왔어."

"그게 나랑 무슨 상관…… 뭐? 레라지에 영애가 붉은 목걸이를 끼고 왔다고?!"

키키는 심드렁하게 말하다, 경악한 것처럼 소리쳤다.

"똑같은 말 두 번 안 해. 모조품을 만들어서, 나를 속였지?"

내 말이 끝나기 무섭게 키키가 내 팔에 매달렸다. 눈치는 또 더럽게 빨라서, 제가 거짓말을 한 것이 들통났음을 인지한 듯했다.

"진, 진저! 그러니까…… 내가 널 속이려고 그런 게 아니라, 도저히 훔쳐 올 수가 없어서……."

키키는 울먹이듯이 말했으나 그가 딱하게 느껴지지는 않았다. 나는 다소 매정하게 대꾸했다.

"닥쳐. 비겁한 변명은 듣고 싶지 않아. 너 때문에 내가 지금 굉장히 난처해진 것 같거든? 네가 내게 용서를 받기 위한 방법은 딱 하나야."

"그게 뭔데?"

"지금 당장 레라지에에게 가서 내게 준 모조품과 진짜 목걸이를 바꿔 와."

"……!"

"딱 30분을 줄게. 그 안에 수단과 방법을 가리지 말고 바꿔 오는 거야!"

나는 섬뜩한 표정을 지은 채로 이어 말했다.

"만약에 목걸이를 바꿔 오지 못한다면, 네가 제일 무서워하는 너희 아버지에게 달려갈 거야. 그러고선 우리의 약혼을 깨고 싶다고 말해야지. '키숀 공자님의 바람기를 감당할 수 없어요, 아버님.' 내가 그렇게 말한다면, 너는 어떻게 될까?"

아마 너는 네 아버지에게 먼지가 날리도록 얻어맞겠지.

키키는 내게 더욱 매달렸다. 나를 바라보는 그의 눈동자가 촉촉해져 있었다. 곧 눈물이 흘러도 이상하지 않을 눈동자였다.

"진저! 그것만은 제발 참아 줘. 네가 아버지에게 그렇게 말한다면, 나는 공작저에서 쫓겨날지도 몰라."

"그러니까. 바꿔 올 거야, 안 바꿔 올 거야?"

"……바, 바꿔 올게."

키키는 마지못해 승낙했다.

"좋아. 그럼 잠깐 뒤돌아 봐봐."

"어?"

"빨리!"

내가 신경질적으로 소리치자 키키는 얼른 뒤돌아섰다.

"돌아보라고 할 때까지 절대로 뒤돌아보지 마."

"으응……."

나는 드레스를 조금 들어 올려, 속옷 속에 잘 숨겨 두었던 주머니를 꺼냈다. 그러고선 그 안에 든 것을 끄집어냈다. 다시 보아도 진짜와 똑 닮은 모조 목걸이가 내 손에 들렸다.

"이제 다시 돌아봐도 돼."

나는 다시 마주하게 된 키키에게 모조품을 건네주었다.

"명심해 둬. 진짜로 30분 안에 해결해야 해. 더 오래 못 줘."

"……."

"너는 내가 어떻게 목걸이를 구별할 수 있겠느냐고 코웃음 치겠지만, 모조품은 확실히 모조품인 걸 오늘 보고 깨달았어. 빛나는 게 달라."

나는 키키의 손에 쥐인 목걸이를 바라보았다.

그것은 틀림없이 아름답게 빛나고 있었지만, 진짜 목걸이가 빛나는 것에는 비할 바가 아니었다. 진짜가 훨씬 더 영롱하게 반짝인다고 해야 할까.

키키는 긴 한숨과 함께 고개를 끄덕였다. 그의 얼굴이 수심으로 가득 차 있었다.

그러다 그는, 문득 무언가가 궁금해진 것처럼 내게 물음을 건네었다.

"그런데 진저. 이 목걸이는 도대체 어디서 꺼낸 거야?"

"알려고 하지 마, 다쳐."

키키의 사정

키키는 자기 할 말만 하고 사라지는 진저의 모습을 하염없이 바라보았다. 머지않아 진저의 모습이 완전히 사라졌음에도 자리를 뜰 수 없었다.

그는 애꿎은 목걸이를 세게 쥐었다 펴며, 땅이 꺼져라 한숨을 내쉬었다.

이걸 어떻게 레라지에의 진짜 목걸이와 바꿔치기하지? 레라지에는 어째서 제가 준 목걸이를 매지 않고, 본래의 것으로 바꾸어 맨 걸까?

막막함에 눈앞이 노랗게 물드는 것만 같았다.

레라지에의 행동이 이해가 가지 않았지만, 진저의 행동은 더더욱 이해가 되지 않았다. 대관절. 무엇 때문에 저렇게까지 레라지에의 목걸이에 집착하는 건지…….

여자들의 세계라는 건 아무리 겪어 보아도 당최 이해할 수 없다고, 키키는 생각했다.

그가 생각하는 사이에도 시간은 속절없이 흘러갔다. 더는 지체할 시간이 없었다. 키키는 머릿속으로 두 가지 상황을 저울질해 보았다.

첫 번째, 진짜와 가짜를 무사히 바꿔치기하는 경우.

잔꾀를 쓴다면 바꿔치기할 수 있지 않을까?

물론 자칫 잘못했다간, 레라지에에게 들켜 버릴 가능성도 있었다. 들켰을 시 얻을 데미지는 대략 레라지에의 실망 정도였다.

두 번째, 목걸이를 바꿔치기하지 못하는 경우.

바꿔치기에 실패할 경우 얻을 데미지는 진저의 무차별적인 폭언과 아버지의 질타였다. 진저에게 한 말대로 공작가에서 쫓겨날지도 모를 일이었다. 공작가에서 쫓겨날지도 모른다는 생각이 들자, 키키의 얼굴은 백지장처럼 하얗게 질렸다.

고민은 오래도록 이어지지 않았다. 후자 쪽이 훨씬 더 데미지가 커 보였으니까.

좋아. 결정했어. 레라지에가 매고 온 목걸이를 가짜와 바꿔치기하는 거야.

키키는 잔머리를 재빠르게 굴렸다.

일단은 레라지에를 현혹하여 목걸이를 빼내게 만든 후, 그녀가 눈치채지 못하게 목걸이를 바꿔치기하자. 할 수 있어, 키숀 미켈슨.

키키는 기다란 심호흡을 하며 자신을 다잡았다. 그러곤 가짜 목걸이를 제 소매에 집어넣었다. 언제고 빠르게 꺼내기 위함이었다.

그는 뒤늦게 테라스를 빠져나와 레라지에를 찾아보았다. 그녀의 모습은 곧 그의 시야에 맺혔다. 키키는 그녀와의 거리를 좁혔다.

레라지에의 모습 속에서 제일 눈에 띄는 것은 붉은 목걸이였다.

그것은 그녀의 쇄골에서 오묘한 빛을 띠고 있었다.

언뜻 보았을 땐, 자신이 만든 가짜 목걸이와 똑같아 보였다. 그러나 자세히 보니 진저의 말대로 빛나는 느낌이 달랐다.

바꿔치기하는 데에 성공한다 하더라도, 레라지에가 자신의 목걸이가 가짜임을 눈치채는 건 시간문제일 것이라는 생각이 들었다.

이내 키키는 레라지에 앞에서 걸음을 멈추었다. 그는 가식적인 미소를 지은 채로 레라지에게 귓속말을 했다.

"레라지에 영애. 할 말이 있습니다. 테라스로 잠깐 나가시겠습니까?"

레라지에는 그를 의문스럽게 쳐다보다 이윽고 고개를 끄덕여 주었다.

키키는 짧게 숨을 골랐다. 일이 생각보다 순탄하게 흘러가는 것 같아서 다행이었다.

　　　　　*　*　*

레라지에와 함께 나온 테라스는, 조금 전까지 진저와 함께 있었던 곳이었다. 키키는 테라스 문이 잘 닫혔는지 확인한 다음, 레라지에게 말을 건네었다.

"영애. 늦게 오셔서 걱정했습니다."

"글쎄, 마차 바퀴 하나가 고장 났지 뭐예요. 공자님과 함께 올 걸 그랬나 봐요."

"그, 그러게 말입니다."

키키의 시선은 그녀의 목에서 빛나고 있는 붉은 목걸이에서 떨어지지 않았다.

"그런데 어째서 제가 준 목걸이를 빼고 오신 겁니까? 서운합니다."

그러자 레라지에는 미안한 표정을 지으며 대답했다.

"당신이 준 목걸이는 정말로 예뻤지만, 목걸이를 바꿔 낄 수밖에 없었어요. 할아버지가 했던 말이 자꾸만 떠올랐거든요."

"……."

"죄송해요. 대신 그 목걸이는 다음에 공자님을 만날 때 꼭 끼도록 할게요."

"레라지에 영애의 할아버지 말입니까? 실례가 되지 않는다면, 할아버지께서 어떤 말씀을 하셨는지 여쭈어봐도 괜찮겠습니까?"

레라지에는 고개를 작게 끄덕였다. 어려운 일이 전혀 아니라는 것처럼.

"할아버지께서 중요한 날에는 이 목걸이를 꼭 끼라고 하셨거든요. 목걸이가 저를 지켜 줄 거라고 말씀하셨어요. 오늘은 생에 한 번 더 겪을까, 말까 하는 중요한 날이니까……."

레라지에는 제 손끝으로 붉은 목걸이를 부드럽게 매만졌다. 목걸이를 만지고 있으면, 할아버지가 곁에 있는 듯한 기분이 들었다. 그러한 기분이 들기 무섭게 오래전에 돌아가신 할아버지가 보고 싶어졌다.

다시는 만날 수 없는 그를 떠올린 레라지에의 얼굴에 씁쓸한 미소가 피어올랐다. 그녀는 침묵한 채로 한동안 목걸이를 매만졌다.

레라지에가 슬퍼하는 모습을 본 키키의 마음이 좋지 않아졌다. 저리도 소중히 여기는 목걸이인데……. 저것을 어떻게 훔친단 말인가.

"레라지에 영애. 저는 어쩌면 당신을 만날 자격이 없는 것인지도 모르겠습니다……."

아버지에게 혼나지 않기 위해 당신이 소중히 여기는 목걸이를 훔치려고 했으니까. 키키는 뒷말까지는 하지 못하고선 입술을 뭉그적거렸다.

레라지에는 목걸이에게 향해 있던 시선을 들어 올려, 키키의 얼굴을 바라보았다.

"키키. 그게 무슨 소리예요?"

키키는 쉬이 대답하지 못했다. 그저 시름이 깊어진 한숨만을 계속해서 내쉴 뿐이었다.

레라지에는 무방비하게 놓인 키키의 손을 잡으며 이어서 말했다.

"혹시 진저와 무슨 일이 있었던 거예요?"

키키는 고개를 내저었다.

돌아가신 할아버지를 그리워하는 레라지에가 여전히 안타까웠다. 그런 그녀에게 마음이 쓰였다.

하지만 키키는, 그럼에도 목걸이를 바꿔치기하는 일을 그만둘 수 없었다. 목걸이를 바꿔치기하지 못한다면 진저와 아버지에게 죽을지도 모르니까.

"……진저와는 아무 일도 없었습니다."

"그렇다면 다행이에요."

"그런데 영애."

"네. 말씀하세요."

"영애가 소중히 여기고 있는 그 목걸이를, 제가 자세히 봐도 되겠습니까? 무척이나 아름다워서 직접 만져 보고 싶습니다."

"……."

뜬금없는 말이라고, 레라지에는 생각했다. 키키가 제 목걸이에 안달난 사람처럼 보이는 건 왜일까.

레라지에는 얼굴에서 미소를 지우지 않으며, 눈을 조금 게슴츠레하게 떴다.

수상해. 수상하단 말이지. 설마 키키가 붉은 목걸이를 아직도 노리는 건가?

레라지에는 수상한 키키를 면밀하게 훑기 시작했다. 그러다 문득 키키의 소매 안쪽에 무언가가 옅게 반짝이고 있는 것이 보였다.

정확하게 보이지는 않았지만 '붉은색을 가진 무언가'라는 사실만은 확실했다. 그 순간 레라지에의 머릿속에 묘한 생각이 스치고 지나갔다.

과한 추측인지는 모르겠으나, 키키의 소매 속에 든 것이 자신의 목걸이와 닮은 모조품이라면?

긴장한 얼굴로 목걸이 얘기만 늘어놓는 키키의 숨은 의도가, 자신의 목걸이와 가짜를 바꿔치기하는 거라면?

키키가 제 목걸이를 탐내서 그런 짓을 계획했을 리는 없다고 여겼다. 레라지에의 머릿속엔 덜떨어진 미소를 짓고 있는 진저의 얼굴이 떠올랐다.

그래, 진저가 키키에게 시킨 것일 테지. 그렇다면 진저가 무슨 생각으로 제 목걸이를 노리는지 알아내야겠는걸.

거기까지 생각했을 때, 레라지에에게 재미난 생각이 들었다. 진저의 의도를 알아낼 생각이라고 해야 할까.

레라지에의 입가에 드리운 미소가 짙어졌다.

"좋아요. 키키가 ㅂ고 싶다면 얼마든지."

레라지에는 목에 걸려 있던 목걸이를 풀어, 키키의 손바닥 위에 올려 주었다. 그러자 키키의 얼굴이 눈에 띄게 밝아졌다. 고작 목걸이를 주었을 뿐인데…….

역시나 정말로 수상했다.

좋아, 그럼 이제 아까 든 생각대로 행동해 보자.

레라지에게 든 재미난 생각은 간단한 실험이었다. 그녀는 자세를 일부러 굽히면서 넌지시 말했다.

"구두에 뭔가가 들어갔나 봐요. 왜 이렇게 아프지."

그녀는 구두를 내려다보는 척을 했다. 하지만 그녀가 진짜로 보고 있는 것은 키키의 수상한 소매 쪽이었다. 그녀는 티 나지 않게 그의 소매를 계속해서 응시했다.

자신의 추측이 맞는다면, 키키에겐 지금 이 순간이 목걸이를 바꿀 절호의 찬스임이 틀림없다. 뭐, 아니면 아닌 거겠지만.

그때 키키의 소매가 들썩이는 게 보였다.

레라지에는 키키에게 시간을 더 주기 위해서, 자신의 구두를 느긋하게 매만졌다. 구두에 문제가 없었음에도 불구하고.

몇 분이 지난 후, 레라지에는 굽혔던 몸을 곧추세웠다.

"구두에 작은 돌이 들어가 있었네요."

"하하, 그랬습니까? 지금은 괜찮으십니까?"

키키는 누가 보아도 어색한 웃음을 짓고 있었다.

"네. 괜찮아요. 키키는 그 동안 제 목걸이를 자세히 보았나요?"

"네! 아주 아름다운 목걸이라 생각됩니다. 물론 영애의 아름다움에는 비할 바가 아니지만."

"충분히 보셨다면 제게 돌려주시겠어요?"

키키는 제 손바닥을 내밀었다. 그 위엔 목걸이가 올려져 있었다. 레라지에는 그것을 보자마자 알 수 있었다.

저건 가짜야.

모양은 기가 막힐 정도로 똑같았지만, 빛나는 느낌이 달랐다.

어려서부터 소중하게 간직해 오던 목걸이였다. 수많은 가짜를 가져온다 할지라도, 레라지에는 그것의 진위 여부를 한눈에 알아볼 수 있었다. 알아보지 못하는 게 더 이상한 일이라고 생각했다.

키숀 미켈슨, 당신. 당신의 소매에 있던 가짜와 진짜 목걸이를 정말로 바꿔치기한 건가.

레라지에는 과하다고 생각했던 자신이 추측이 맞아떨어지자 허탈함이 들었다. 더해, 키키에게 커다란 배신감이 들기도 했다.

이대로 당하고 있을 수 없었다.

레라지에는 키키의 손바닥에 있던 가짜 목걸이를 집어 들며, 그에게 말했다.

"키키. 저희가 자리를 너무 오래 비워 둔 것 같아요. 이만 들어가야 되지 않을까요?"

"저도 때마침 그렇게 생각하던 차였습니다."

키키는 곧바로 테라스를 벗어나고 싶어 했다. 하지만 레라지에는 그를 쉽게 보내 줄 생각이 없었다.

"잠깐만요. 이대로 가기는 아쉬우니까."

그녀는 요염한 미소를 지은 채로 그에게 한 발자국 더 가까이 다가갔다. 그러곤 제 입술을 혀끝으로 부드럽게 훑었다.

"키스하고 싶어요."

키스는 개뿔. 그것은 키키를 방심하게 만들기 위한 유혹의 말이었다. 키키가 방심하는 즉시 그의 소매를 털어 볼 요량이었다.

"지, 지금 말입니까?"

"응. 지금."

"영애가 원하신다면."

키키는 혹 훔쳐보는 사람이 있는지 주변을 재빨리 확인했다. 레라지에는 뜨거운 숨결을 내뱉으며, 그를 조금 더 유혹했다.

"뭐해요. 얼른 눈을 감아야죠."

주변에 아무도 없음을 확인한 키키가 눈을 감았다. 거의 동시에 레라지에는 그의 소매를 잡고 흔들었다. 그러자 키키의 소매 속에 숨겨져 있던 레라지에의 목걸이가 바닥으로 떨어졌다.

찰그랑.

그 소리에 놀란 키키가 감고 있던 눈을 번쩍 떴다. 키키는 바닥에 떨어진 목걸이와, 저를 날 선 눈으로 노려보는 레라지에를 번갈아서 응시했다.

"레, 레라지에 영애! 오, 오해입니다! 제 얘기부터 들어 주십시오!"

"목걸이를 바꿔치기하다니!"

레라지에는 바닥에 떨어진 진짜 목걸이를 집어 들었다. 그리고 가짜는 키키의 얼굴 위로 던져 버렸다.

"아악!"

목걸이로 뺨을 맞아 아픔을 호소하는 키키의 신음이 처절했다. 하나 레라지에는 그가 조금도 걱정되지 않았다. 도리어 뺨을 한 대 더 후리고 싶다는 바람이 들었을 뿐이었다.

테라스를 나온 레라지에의 눈동자가 빠르게 굴러갔다. 그녀는 진저를 찾고 있었다. 아마도 이 일의 주모자인 그녀에게 목걸이에 관한 걸 따질 심산이었다.

하지만 막상 마주치게 된 시선은 진저의 것이 아니었다. 레라지에는 자신을 내려다보는 진득한 눈길 쪽으로 제 시선을 던졌다.

……이자나? 새로이 왕이 된 그가, 저를 빤히 응시하고 있었던 것이다.

이자나의 검은 눈동자와 레라지에의 선홍빛 눈동자가 맞닿았다. 교차하는 시선 속, 레라지에는 기묘한 기분을 느꼈다. 진저와 키키로 가득 찼던 머릿속이 하얘지고, 백지가 된 머릿속엔 그만이 존재하게 되는 것이다.

그렇게 이자나 그만이 뚜렷한 존재감을 가지게 되었다. 참으로 이상한 일이었다.

레라지에는 그에게서 시선을 떼지 못했다. 그녀의 손에는 차마 목에 걸지 못한 붉은 목걸이가 들려 있었다.

패자의 역습

나는 샴페인을 털어 마시며 끓어오르는 마음을 가라앉히려고 노력했다. 하지만 마음은 하나도 가라앉지 않았다. 되레 초조함이 더해질 뿐이었다.

시간은 무서울 정도로 빠르게 흘러갔다.

아까 키키와 레라지에가 테라스로 나가는 것을 몰래 지켜본 터였다. 제법 시간이 흘렀음에도 불구하고, 그들은 테라스에서 나오지 않고 있었다.

일이 잘 풀려야 될 텐데…….

그러나 안타깝게도, 키키가 실패할 것 같다는 불길한 예감이 들었다. 그의 실패를 한두 번 겪은 게 아니었기 때문이다. 최근에도 모조품으로 나를 속였지 않던가.

그럼에도 나는 부질없는 기대를 했다. 키키가 의외로 성공할 수도 있을 거라는 기대였다.

시간이 조금 더 흘렀을 때, 드디어 누군가가 테라스에서 나오는 게 보였다. 키키이기를 바랐지만 내 시야에 들어온 이는 레라지에였다.

그녀를 발견한 순간, 나는 키키가 실패했음이 틀림없다고 확신했다. 나는 메마른 숨을 내뱉었다.

"하……."

그러다 레라지에의 시선이 어디론가 향하는 것마저도 발견하게 되었다. 그녀는 어딘가에 제 시선을 단단히 고정시킨 채로, 무언가를 홀린 듯이 바라보고 있었다.

한층 더 선명해진 불안함이 나를 집어삼켰다. 나는 그녀가 무엇을 쳐다보는지 알 것 같았다. 머릿속엔 이자나의 아름다운 검은 눈동자가 떠올랐다.

이윽고 내 시선이 그녀의 시선 끝에 와닿았다.

이자나…….

레라지에는 역시나 그를 바라보고 있었다. 이자나와 레라지에가 서로를 진득하게 쳐다보고 있었던 것이다.

레라지에의 목걸이는 어떻게 되었을까?

나는 그녀를 다시 바라보며, 그녀에게서 목걸이를 찾아보았다. 다행히도 그녀의 목은 휑했다.

그러나 안도했던 것도 잠시, 그녀의 손가락 사이로 붉은빛이 빛나는 게 보였다. 그 빌어먹을 목걸이가 레라지에의 손에 쥐여 있었던 것이다.

그것이 가짜일 리는 없다고 생각했다.

나는 미간을 구겼다. 소설 속에서 이자나와 레라지에의 눈 맞춤이 의미하는 바는 꽤 컸다.

이자나는 생각이 읽히지 않는 레라지에에게 흥미와 경계를 느꼈고, 레라지에는 이자나에게 첫눈에 반하게 된다.

타인의 생각이 읽히지 않은 일을 우연이라 치부했던 이자나는 연회가 끝날 때까지 레라지에를 바라보게 되고, 결국 그 일이 우연이 아니었음을 깨닫게 된다.

그리하여 이자나는 레라지에에게 더욱 큰 관심을 가지게 된다. 여자에게 처음 가지게 된 관심은 얼마 못 가 호감으로 발전하게 되는데…….

그것이 바로 소설 속 내용이었다.

솔직히 말해서, 무엇을 더 어떻게 해야 할지 가늠할 수 없었다. 아무리 노력해도 일어날 일은 결국 일어나게 되는 것은 아닐까? 라는 부정적인 생각만이 들 뿐이었다.

하지만 끝날 줄 모르는 그들의 눈 맞춤 속에서, 오기가 들기도 했다. 지금 모든 것을 포기해 버린다면 나는 소설 속 진저 토르테의 행보를 걷게 될 테니까.

평생의 숙적에게 약혼자를 빼앗긴 걸로도 모자라 첫눈에 반한 남자마저도 쟁취하지 못한 진저 토르테. 그 불쌍한 생강 영애가 현실이 될지도 몰랐다.

끔찍했다. 키키가 레라지에와 바람을 피운 사실을 알았을 때보다도 더 비참한 기분이었다.

이대로 포기하지 말자.

나는 묘수를 생각해 보기로 했다. 이자나와 레라지에 사이를 방해할 무언가의 방법이 있을 것이라 확신했다.

하늘이 나를 완전히 버린 것은 아니었는지, 머지않아 좋은 생각 하나가 떠올랐다.

"……!"

그래, 맞아! 내겐 레라지에겐 없는 특별함이 있어!

나는 타인의 생각을 읽을 수 있는 이자나의 비밀을 알고 있었다. 그것은 레라지에가 알지 못하는 사실이었다.

즉, 나만이 알고 있는 사실을 이용하는 것이, 상황을 내 쪽으로 유리하게 타개할 유일한 방법이었다.

이자나의 비밀은 타인에게는 공유하지 못하는 은밀한 것이었다. 그 비밀을 연회장에서 처음 본 내가 알고 있다는 걸 이자나가 알게 된다면, 그는 어떤 표정을 지을까?

생각이 읽히지 않는 유일한 여자와 은밀한 비밀을 유일하게 알고 있는 여자. 두 여자 중, 그가 더욱 큰 호기심을 가질 여자는 누구일까?

두 손 놓고 가만히 있는 것보다는 뭐든 시도해 보는 게 낫지 않을까? 설령 현실 속 이자나에겐 타인의 생각을 읽는 이능이 존재하지 않는다고 할지라도.

나는 내 생각을 실행에 옮기고자 했다. 이자나에게 당신의 비밀을 알고 있다고 고백할 참이었다. 물론 그 고백이 입 밖으로 내뱉어질 일은 없었다.

그와 눈이 마주쳤을 때,

'이봐요, 이자나. 당신이 정말로 타인의 생각을 읽는다면, 지금 제 생각이 당신에게 들리는 건가요?'

마음속으로 그렇게 호소할 생각이었다.

나는 그들의 동태를 살폈다. 이자나와 레라지에는 더 이상 눈을 맞추고 있지 않았지만, 이자나의 시선이 레라지에에게서 떨어지지 않고 있었다. 마치 소설 속 이자나가 레라지에를 끈덕지게 쳐다봤던 장면처럼.

소설 속 상황과 현실이 똑같이 흘러가고 있었다. 끔찍해.

끔찍함을 견디지 못한 내가 이자나에게 다가가려던 순간이었다. 누군가가 내 시야를 가리는 게 아닌가. 나는 내 앞을 막아선 누군가를 바라보았다. 욕지거리가 자연스럽게 내뱉어졌다.

"키키. 이 망할 자식."

"진, 진저. 나, 나는 노력했……."

"닥쳐. 한 마디라도 더 했다간, 네 입을 찢어 버릴 거야."

키키 이 개자식을 족치는 건 나중으로 미뤄 두자. 지금은 다른 일이 더 중요하니까. 하지만 키키는 눈치도 없이 자신의 억울함을 하소연했다.

"내가 그걸 바꿔치기하기 위해 얼마나 노력했는지 몰라. 어떻게 해서 바꿔치기하는 것까진 성공했는데, 글쎄 레라지에 영애가 눈치채 버린 거야. 어떻게 안 거지? 내 계획은 완벽했는데……."

나는 키키의 말을 한쪽 귀로 흘려들으며 다른 생각을 했다. 들을 가치가 없는 이야기였으니까.

레라지에의 생각이 읽히지 않는다는 사실이 우연이 아님을 안 이자나가, 그다음에 어떤 행동을 했더라?

연회장에 온 소설 속 이자나는 아무와도 춤추지 않았다. 그저 상석에 앉은 채로, 따분한 시선으로 사람들을 내려다보았을 뿐이었다.

그러다 어찌 된 영문인지, 그가 갑자기 상석에서 내려오게 된다. 그의 갑작스러운 움직임에 연회장 속 모든 귀족이 그를 주목했다.

주목받던 이자나의 걸음이 멈춘 곳은 레라지에의 앞이었다. 그는 희미한 미소를 지으며 그녀에게 손을 내밀었다.

　'연주가 근사한데. 계속 앉아 있기가 좀 그래서.'

　레라지에는 얼떨떨한 얼굴로 그의 손을 잡는다.

　그 후에 이어지는 건 그들의 격정적인 댄스였다. 두 사람은 모두가 주목하는 가운데 두 사람만의 춤을 추게 된다.

　아주! 바람직하지 못한 장면이었다.

　"키키, 비켜 봐. 앞이 안 보이잖아."

　"그러니까, 진저. 아버지에게 말하는 건 제발 참아 줘."

　"일단 비켜 보라고! 네가 너무 떠들어서, 머리에 쥐가 날 지경이야."

　나는 키키를 신경질적으로 밀쳐 냈다. 키키는 하릴없이 옆으로 나가떨어졌다.

　키키가 나가떨어지기 무섭게 그가 가리고 있던 내 시야가 트였다. 그런데 시야가 트이자마자 눈이 마주친 이가 하필이면 레라지에였다.

　레라지에는 나를 있는 힘껏 노려보며, 내게 다가오려고 했다. 나는 그녀를 외면한 채로 이자나를 응시했다. 내 걸음은 그가 앉아 있던 상석으로 자연스레 향하고 있었다.

　걸어가는 내내 그에게 소리 없는 메시지를 보냈다.

　이자나, 나를 봐. 내 눈을 바라봐. 나는 네 비밀을 알고 있어!

　마음속으로 내뱉은 목소리가 그에게 닿은 걸까?

　우리 사이의 거리가 제법 가까워졌을 때, 다른 곳을 보고 있던 이자나의 시선이 비틀렸다. 얼마 못 가 그와 다시금 눈이 마주쳤다.

　미주힌 그의 눈은 웃음기 하나 없이 차가웠다. 이자나는 차갑지만 아름다운 눈으로 나를 가만히 내려다보았다.

나는 내가 준비했던 메시지를 그에게 전하였다.

이봐요, 이자나. 당신이 정말로 타인의 생각을 읽는다면, 지금 제 생각이 당신에게 들리는 건가요?

마음속으로 내뱉은 말이었지만, 그에게 실제로 말을 한 듯한 기분이 들었다. 이상야릇한 기분이었다.

이자나의 얼굴은 평온했다. 그는 내가 한 생각은 하나도 읽지 못한 양 무표정을 유지하고 있었다.

그러다 그는 앉아 있던 몸을 돌연히 일으켰다. 마치 해야 할 무언가의 일이 생긴 사람처럼 말이다.

흐트러짐 없이 앉아 있던 그가 자리에서 일어나자, 주위가 일순 조용해졌다. 잔잔히 흐르던 연주 또한 멈춰지기에 이르렀다.

연회장엔 지독한 정적이 맴돌았다. 이자나는 정적에 아랑곳하지 않으며 상석에서 내려오기 시작했다. 나는 그의 움직임에서 눈을 떼지 못했다.

소설 속 이자나는 레라지에게 다가갔었다. 하지만 현실 속 이자나는 내게 다가올 것 같다는 이상한 확신이 들었다.

확신은 점차 현실이 되어 갔다. 그가 내 쪽으로 다가오고 있었기 때문이다.

이내 내 얼굴 위로 이자나의 그림자가 지기 시작했다. 그가 내 앞까지 다가와 걸음을 멈춘 것이다.

맙소사, 맙소사, 맙소사!

나는 입술을 약간 벌린 채로 그를 올려다보았다.

이자나의 손이 내게 뻗어진 것은 그때였다. 소설 속 레라지에게 뻗어졌던 그의 손이, 현실에선 내게 뻗어졌다. 타지 않은 그의 하얀 손이 내 손을 원하고 있다는 게 좀처럼 믿기지 않았다.

얼떨떨해서인지도 모르겠다. 나는 그의 손을 쉬이 잡지 못했다.

"진저 토르테."

이자나의 고저 없는 목소리가 내 이름을 불렀다. 그는 내게만 들릴 작은 목소리로 이어 말했다.

"그 사실을 어떻게 알고 있지?"

물음을 건넨 그의 목소리는 싸늘했다. 팔뚝에 오스스 소름이 돋을 정도였다.

소설 속 이자나가 레라지에에게 손을 내밀었을 땐, 희미한 미소를 짓고 있었다. 왜냐면 그녀에게 관심이 있었기 때문이다.

하나 지금 이자나에게선 나에 대한 관심이 조금도 느껴지지 않았다. 도리어 나를 불신하며, 경계하는 듯한 느낌이 들었을 뿐이다.

무언가가 잘못되어도 단단히 잘못된 것임이 틀림없다.

입안이 바짝 말라갔다. 나는 무겁게 가라앉아 있는 그의 눈을 피해 시선을 내리깔았다. 올가미 같았던 그의 시선에서 벗어나자 그제야 숨을 제대로 쉴 수 있었다.

휴, 침착하자. 페이스를 잃지 말자.

무언가가 잘못된 것 같은 불길한 예감이 들기는 했지만, 그것은 나의 기분에 불과할 뿐. 불길한 일이 실제로 일어난 것은 아니었다.

레라지에에게 가야 했을 이자나가 내게 왔다는 사실에만 집중하자. 나를 내려다보는 그의 서늘한 눈빛은 신경 쓰지 말자.

어차피 열쇠를 쥐고 있는 건 내 쪽이지, 이자나 쪽이 아니었다. 그렇게 생각했지만, 두 손엔 이미 땀이 흥건해져 있었다.

"대답해."

이자나가 채근하듯이 말했다.

나는 그의 눈을 똑바로 쳐다보지 못한 채로 그의 손바닥 위에 내 손을 올렸다. 그러자 이자나가 미세하게 움찔거리는 것이 느껴졌다. 아마 이런 상황에서 내가 제 손을 잡을 것이라곤 예상하지 못한 것 같았다.

맞닿은 그의 손은 차가웠다. 꼭 누군가의 온기를 간절히 바라는 것처럼.

나는 내 손의 온기가 그에게 온전히 닿기를 잠시나마 바랐다. 내 온기로 인해, 그의 서늘한 눈빛이 온화해졌으면 좋겠다고 생각했다.

그리고 소설 속에서 레라지에에게 지었던 온화한 미소를 내게 지어 준다면 더할 나위 없겠다고 여겼다.

"그런 무서운 표정으로 물으시면 그 누구라도 제대로 대답할 수 없어요."

이자나는 딱딱하게 대답했다.

"그럼?"

"춤을 춰요. 그 후에 폐하의 질문에 제대로 대답하겠어요."

"……."

춤을 춘다면, 그의 날선 분위기가 조금은 누그러질지도 모르니까.

소설 속 이자나와 레라지에 또한 춤을 추면서 가까워지지 않았던가. 나라고 가까워지지 말라는 법은 없었다.

물론 소설 속 그들 사이에 맴돌던 로맨틱한 분위기와, 지금 우리 사이에 맴도는 분위기는 정말로 판이했지만 말이다.

이자나와 나 사이에 맴도는 공기엔 로맨틱함은 개뿔, 완전 살얼

음판이었다. 내 몸과 마음이 꽁꽁 얼어 버릴 정도라고 해야 할까.

이자나는 잠깐 고민하는 듯하더니, 말없이 나를 제 품으로 끌어당겼다. 나는 이렇다 할 저항 없이 그에게 폭삭 안기었다.

아주 좋구나.

손바닥에 땀이 스밀 정도로 긴장했던 게 무색할 정도로 안긴 그의 품이 좋았다.

이자나는 유연한 몸동작으로 나를 리드하기 시작했다. 그의 춤이 시작되자 잠깐 중단되었던 연주가 재개되었다.

그의 춤 솜씨는 매우 훌륭했다. 심지어 잘하는 일이라곤 춤추는 것밖에 없는 키키의 춤사위와 비등할 정도였다.

하지만 내겐 이자나의 춤 실력을 감탄할 여유가 없었다. 이 춤이 끝난다면, 그가 한 질문에 대한 대답을 해 주어야 했으니까.

'그 사실을 어떻게 알고 있지?'

그가 말한 '그 사실'이라는 건, 눈이 마주친 타인의 생각을 읽는 능력을 말하는 것임이 분명했다. 이자나에게 그런 이능이 진짜로 있었다니…….

'유폐된 왕자와 후작 영애'

그 소설이 현실의 이야기를 반영하고 있음이 입증되는 순간이기도 했다.

그 소설은 그동안 일어났던 과거의 일은 물론이요, 추후에 일어날 미래의 일까지도 일목요연하게 정리된 예언서나 다름없었다.

그런 소설이 어떻게 현실에 존재하는지 의문이 드는 것과는 별개로, 미래의 진저 토르테가 또다시 사랑의 실패자가 된다는 사실이 애석했다.

그리고 레라지에가 이 세계의 여자 주인공이라는 것을 납득할 수 없었다.

이 세상은 어째서 그녀 위주로 돌아가는 것이며, 내가 좋아하는 남자들은 어째서 그녀가 모두 가지게 되는 걸까.

그렇게 생각하자 내가 아무리 노력해도 그녀의 붉은 목걸이를 빼앗을 수 없었던 이유를 알 것도 같았다. 그 목걸이가 그녀의 주인공 버프였기에, 조연인 내가 빼앗지 못했던 게 아닐까.

빌어먹을 세상 같으니라고. 나는 나를 조연으로 만든 이 세상에 침을 뱉고 싶었다.

그사이, 연주는 절정에 치달았다. 머지않아 우리의 춤은 끝이 날 것이다. 이자나는 춤을 추면서도 끊임없이 나를 응시했는데, 나는 그 눈을 요리조리 피하며 머리를 계속 굴렸다.

지금 하는 생각만큼은 그에게 읽히지 않았으면 했다. 레라지에가 온 마음 다 바쳐 사랑하게 될 이자나를 내가 갖고 싶다는 생각을 하고 있었으니까.

이런 생각을 이자나에게 들킬 수는 없었다.

물론 레라지에가 키키를 의도적으로 꿰어 냈을 때부터, 언젠간 그녀에게 똑같이 응징하리라 다짐했었다. 하나 그 다짐과는 무관하게 나도 이자나라는 남자가 탐났다.

그 누구도 사랑해 본 적이 없는 이자나의 서툰 사랑을 받아 보고 싶었다. 그에게 사랑이라는 것을 가르쳐 주고 싶었다. 소설 속 레라지에가 그러했듯이, 상처받은 이자나의 공허한 마음을 메워 주고 싶었다.

무엇을 더 어떻게 해야 좋을까.

이자나의 관심을 끄는 데에 성공했으나 그 성공은 반쪽짜리였다. 그 관심의 이유가 불신과 경계였기 때문이다.

우선은 이자나의 불신을 벗어나야 할 것 같은데 말이지.

내게 닿은 불신과 경계를 다른 이에게 넘겨주는 건 어떠려나? 하는 생각이 문득 들었다. 여기서 그의 불신을 건네받을 다른 이는 레라지에 그녀밖에 없었다.

내게 갖고 있던 그의 불신을 레라지에에게 넘겨주는 일이야말로 지금 내가 할 수 있는 최고의 행동이 아닐까 싶었다.

이자나는 붉은 목걸이를 든 레라지에와 눈이 마주쳤었다. 그렇기에 이자나는 레라지에의 생각이 읽히지 않는다는 사실을 알 것이다.

그래, 그거였다.

그녀의 생각이 읽히지 않으니, 그녀를 수상한 사람으로 만드는 일은 몹시도 쉬운 일이 될 것이다. 내 기필코 레라지에를 의심스럽게 만들어 주리라.

이번에 세운 계획은 진짜로 완벽하다고, 나는 자부했다.

내가 음흉하게 입가를 들썩거리자, 이자나는 마음에 들지 않는다는 듯이 말했다.

"이제 대답해."

"이자나 폐하. 춤이 아직 끝나지 않았어요. 하지만 웃으면서 말씀해 주신다면, 대답해 드릴 수도 있는데……."

소설 속 당신이 레라지에에게 지었던 미소를 내게도 보여 달란 말이야.

나는 여전히 그의 눈을 완벽하게 바라보지 않았다. 이자나는 눈이 정확하게 마주쳐야지 타인의 생각을 읽을 수 있었다. 이렴풋이 닿는 시선만으로는 내 생각을 읽을 수 없을 테다.

이자나는 입매를 부자연스럽게 끌어 올렸다. 그것은 미소라기보다는 조소에 가까운 것이었다.

"됐지?"

"훨씬 더 보기 좋네요."

"진저 토르테, 내가 장난치는 걸로 보여? 한 번만 더 내게 지시를 한다면, 가만두지 않을 거야."

이자나는 일그러진 입매를 다시금 굳혔다.

"알겠어요, 대답할게요."

"……."

"아까…… 생강 이야기를 한 적이 없는데, 폐하께서 제가 그런 이야기를 했다고 말씀하셨잖아요. 그때부터 조금 이상하다고 여겼어요. 생강에 대한 것은 마음속으로만 생각했으니까."

"정말 그것뿐인가? 넌 무언가를 알고 있듯이 나를 보고, 내게 말했어. 생각을 읽고 있느냐고."

"어머! 그럼 이자나 폐하께서는 정말로 타인의 생각을 읽는 건가요?"

"어쭙잖은 연기는 집어치워. 그딴 것에 속을 만큼 물렁하지 않아."

이자나는 맞잡은 손에 힘을 주었다. 내가 도망갈 수 없게끔. 이렇게 꽉 잡지 않아도, 도망갈 생각이 전혀 없는데 말이지.

나는 그와 손잡고 있는 게 행복했다. 급박한 상황과는 어울리지 않는 행복함이라고 해야 할까.

"생강 영애."

그는 생강이라는 말을 무섭도록 진지하게 불렀다. 나는 그제야 좀 전에 계획한 것을 실행에 옮겼다.

"……사실은 당신에 대한 이상한 말을 들었거든요."

"이상한 말?"

"네. 폐하께서 탕플 탑에 갇히게 된 이유가, 생각을 읽는 눈동자 때문이라는…… 그런 말을 들었어요."

"……."

"하지만 저도 이상한 낭설을 막 믿을 만큼 어쭙잖지는 않아서요. 혹시나 하고 폐하께 제 생각을 읽느냐고 떠본 거죠."

"그런 말을 어디서 들었지?"

좋아, 지금이 바로 그와 눈을 다시 마주칠 때야!

나는 이자나의 눈을 똑바로 바라보았다. 빌어먹을 세상이 한 번쯤은 나를 도우려는 듯, 이자나의 뒤쪽으로 레라지에가 설핏 보였다. 그녀는 표독스러운 눈으로 나를 째려보고 있었다.

그 덕에 각고의 노력을 할 필요가 없었다. 나는 자연스럽게 레라지에를 떠올릴 수 있었다. 석류보다도 붉은 머리카락과 선홍빛 눈동자, 그리고 얄미운 미소까지도.

그 여자가 당신의 비밀을 눈치채고 있어. 아무도 모르는 당신의 비밀을 그년이 이미 알고 있다고.

"그런 사람이 있답니다. 남 얘기를 하는 것을 좋아하고, 남의 남자도 잘 뺏는 여자가 하나 있어요."

이자나는 인상을 구겼다. 그의 미간이 가차 없이 일그러지자, 나는 적당한 타이밍에 시선을 다른 곳으로 비틀었다.

이 정도면 내게 닿았던 그의 불신이 레라지에에게 옮겨 가지 않았을까? 내 생각을 읽은 이자나가 레라지에를 수상하게 여길 것임이 틀림없었다 그녀에게 닿았던 잠깐의 호기심이 되레 불신으로 변해 버릴 것을 상상하자 너무도 통쾌했다. 나는 웃음을 참기 위해 헛기침을 몇 차례 할 수밖에 없었다.

"이제 폐하께서도 제 물음에 대한 대답을 해 주세요. 당신은 정말로 타인의 생각을 읽는 건가요?"

이자나는 아무 말도 하지 않았다. 그저 춤추던 것을 멈추고선, 그 자리에 섰을 뿐이다. 우리의 춤은 그렇게 끝이 났지만, 그는 맞잡은 손을 놓지 않았다.

"이렇게 된 이상 숨기는 게 더 이상하군."

"……."

"보려고 마음먹으면 언제든지 볼 수 있어."

그 말은 타인의 생각을 읽을 수 있다는 말이었다.

"그런 일이 실제로 가능한가요? 잘 믿기지 않아요."

"못 믿겠다면 증명하는 수밖에."

증명하겠다는 이자나는 제 고개를 비스듬하게 기울였다. 그의 얼굴이 가까워지자, 내 심장은 숨을 쉴 수 없을 정도로 빠르게 뛰기 시작했다.

서로의 숨결이 닿을 가까운 거리에서 이자나는 나의 눈동자를 물끄러미 바라보았다. 타인의 생각을 읽는 기묘한 눈동자가 내 생각을 읽으려는 듯이 선명하게 반짝였다.

아, 이 자식. 생긴 거 하나는 더럽게 잘생겼네.

나는 나도 모르게 그런 생각을 해 버렸다.

이런 생각도 읽어 버린 걸까?

아무 생각도 하지 말아야지 다짐하면서도, 내게는 생각나는 것을 걸러낼 재주가 없었다. 아니, 머릿속에 드는 생각을 여과할 수 있는 사람이 존재하기나 할까?

그때, 이자나는 말했다.

"너 이 새끼."

그의 예쁜 입술과는 어울리지 않는 상스러운 말이었다.

내겐 그 말이 어쩐지 낯설게 느껴지지 않았다. 어깻죽지 사이로 식은땀 한 줄기가 또르륵 흘러내렸다.

"이번엔 그 단어가 빠졌군. 처음 본 여자에게 욕을 들으니 제법 색다른 느낌이 들던데."

"……!"

맙소사! 그 생각을 읽, 읽었어?

나는 깜짝 놀랐고, 이자나의 얼굴엔 희미한 미소가 드리웠다. 그 것은 내가 바랐던 그의 온화한 미소였다.

이자나는 내 손을 천천히 놓았다.

그와 손을 잡고 있었던 건 잠깐이었지만, 그 손의 감촉은 좀처럼 사라지지 않았다. 이자나의 서늘한 손이 내 손바닥에 여전히 닿아 있는 듯한 기분.

그는 엷은 미소를 띤 채로 이어서 말했다.

"듣고 싶지 않아도 듣게 되는 소리가 있어."

그러곤 내게 눈을 맞추기 위해 숙였던 고개를 반듯이 했다.

"네가 그런 말을 했다고 해서 너를 어떻게 하고 싶은 건 아니야. 꽤 재미있다고 생각했으니까."

그는 한 발자국 뒤로 물러섰다.

"하지만 나를 도발한 건 섣부른 행동이었어. 생강 영애."

그의 말이 맞았다. 나는 초조함에 휩싸여 뒷일을 생각하지 않고선 섣부른 행동을 하였다.

하지만 후회하지는 않았다. 내 행동으로 인해 이자나가 레라지에가 아닌 내게 다가왔으니까.

설령 마법처럼 과거로 돌아갈 수 있다고 하더라도, 나는 같은 선택을 할 것이었다. 당신이 타인의 생각을 읽는 것을 알고 있다고, 그를 도발했을 것이다.

물론 그땐 이자나에게 '이 새끼'라는 말은 하지 않을 테지만. 그 말을 내뱉은 것은 지우고 싶은 유일한 과거였다.

"생강 영애."

"네?"

그는 한 발자국 더 뒤로 물러서며, 마지막으로 말했다.

"조만간 궁으로 부르지. 그때는 나를 어떻게 부를지 기대 되는군."

나는 제대로 대답하지 못하고선 그의 얼굴을 멍하게 바라보았다. 믿을 수 없게도 그는 부드러운 미소를 짓고 있었다. 희미했던, 다소 불완전했던 미소가 아닌 완벽한 미소라고 해야 할까.

나를 오싹하게 만들었던 그의 서늘한 눈빛 또한 어디론가 사라져 있었다. 그의 눈은 매끄러운 호선을 그리고 있었다. 분명하게. 의심할 여지없이.

소설 속 레라지에에게 향했던 그의 완벽한 미소가 내 것이 된 것이다.

이자나는 등을 돌려 이미 저만치 걸어가고 있었다. 나는 멀어지는 이자나의 뒷모습에서 눈을 뗄 수 없었다.

이자나의 부드러운 미소라.

그의 미소가 의미하는 바는 무엇일까? 설마하니, 내 욕지거리가 재미있어서 미소 지은 것은 아니겠지?

그래도 다음번에 그를 만난다면, 욕은 절대로 하지 말아야겠다고 생각했다. 하나 그것은 생각을 여과할 수 있는 재주가 생긴다는 전제하에 가능한 일이었다.

이자나가 완전히 사라지자 레라지에는 기다렸다는 듯이 내게 다가왔다. 바라본 레라지에의 얼굴이 조금 상기되어 있었다. 평소 차분함으로 무장했던 그녀와는 거리가 먼 모습이었다.

"진저 토르테. 내가 무슨 말을 할지 알고 있지?"

"글쎄."

레라지에는 제 손에 쥐고 있던 붉은 목걸이를 불쑥 내밀었다. 어째서 아직까지 목에 차고 있지 않은 것인지 의문스러웠다.

"키키를 시켜서 내 목걸이를 훔쳐 오라고 했잖아! 어떻게 모조품까지 만들어서 그걸 바꿔치기하려고 한 거지? 너의 그 저열한 생각에 치가 떨릴 지경이야!"

나는 차분하게 대답했다. 아무것도 모르는 것처럼. 자연스럽게.

"그래? 너와 키키 사이에 그런 일이 있었니? 나는 모르는 일인데. 키키가 그 목걸이를 무지 갖고 싶었나 보다. 모조품까지 만들어서 바꿔치기하려던 거 보면. 그치?"

"바른 대로 말해. 네가 키숀 미켈슨을 사주한 거잖아!"

"레라지에. 목소리를 낮춰. 여기는 우리 둘만 있는 곳이 아니잖니."

나는 입술 위에 검지를 올려놓으며, 그녀를 타일렀다. 그러자 레라지에의 얼굴이 곧 폭발할 것처럼 상기되었다.

"그리고 나는 네 목걸이에 관심이 전혀 없어. 내겐 그것보다 훨씬 더 좋은 목걸이가 많은데, 내가 왜 너의 것을 탐내겠니?"

나는 그렇게 말하며 레라지에의 손에 쥐인 붉은 목걸이를 빤히 보았다.

그것은 내게 더 이상 필요하지 않은 물건이었다.

'생각이 읽히지 않는다.'라는 것을 이자나에게 의심스러운 사실로 만들어 버린 지금, 그 목걸이는 주인공 버프라기보다는 재앙에 가까운 것이 되었다.

필요 가치가 없는 것에 더 이상 관심이 가지 않았다. 더해, 레라지에가 그 목걸이의 기능을 제대로 알지 못한 채로 이자나 앞에서 끝까지 착용해 주기를 바랐다.

그럼 나는 그녀를 더더욱 의심스러운 사람으로 만들어 줄 것이다. 한번 꼬드기는 일이 힘든 것이지, 내 말에 반쯤 넘어간 이자나를 계속해서 속이는 건 어려운 일이 아니었다.

나는 입술 사이로 새어 나오는 웃음을 참지 못하고 작게 히죽거렸다.

"큭큭."

레라지에의 얼굴이 한껏 일그러졌다. 요 근래에 본 그녀의 얼굴 중 제일 기분 나빠 보이는 얼굴이었다.

그녀는 아랫입술을 짓이기며 제가 몹시도 흥분했다는 사실을 숨기려고 했다. 그러나 나는 이미 그녀의 감정적 동요를 모두 다 헤아린 터였다.

레라지에와 친하게 지낸 적은 한 번도 없었으나, 그녀와 같이 지낸 세월만 해도 10년이 넘었다. 10년은 결코 짧지 않은 세월이었다. 나는 그녀의 미세한 표정의 변화를 눈치챌 수 있었다. 별로 알고 싶지 않지만 말이다.

레라지에는 어금니를 꽉 깨문 채로 말했다.

"……뭔가 있지? 내 목걸이에 뭔가가 있는 거야. 넌 분명 조금 전까진 이 목걸이를 필요로 했지만, 어떤 이유에서인지 목걸이가 필요 없어지게 된 거야. 그래서 갖고 싶지 않아진 거고. 그렇지?"

하여튼 눈치는 더럽게 빨라 가지고. 나는 아무렇지 않은 척 어깨를 들썩거렸다.

"좋아. 사실대로 얘기해 줄게. 키키에게 그 목걸이가 탐난다고 말한 적이 있어."

"너……!"

"끝까지 들어. 그렇다고 해서 모조품을 만들어서 바꿔치기하라고 시킨 건 아니야. 그건 전적으로 키키 혼자 계획한 행동이라고. 나는 그런 치졸한 방법을 쓰지 않아. 하지만 네 추측대로 이제는 그 목걸이가 갖고 싶지 않아졌어. 너도 알다시피 내가 변덕이 좀 심하거든."

레라지에는 한참이나 대답하지 않았다. 그녀는 내 의중을 조금도 짐작하지 못한 것 같았다. 그러다가 체념한 것처럼 기다란 한숨을 내뱉었다.

"좋아. 목걸이 얘기는 이쯤에서 그만둘게. 그렇다고 해서 네 말을 전부 믿는다는 건 아니야."

레라지에는 홱 돌아서서 어디론가 걸어가 버렸다. 뒤돌아서던 그녀의 얼굴이 참혹하게 구겨져 있었다.

나이스. 그녀의 기분이 나빠질수록 내 기분은 한껏 고양되었다.

레라지에가 사라지자 나를 찾아온 이는, 잠깐 내가 떨어져 있었던 키키였다.

"진저! 어떻게 그럴 수 있어? 이자나 폐하와 춤을 추다니! 너는 내 약혼자잖아!"

"네가 아직까지 나를 약혼자로 생각하고 있다는 사실이 정말 놀라울 지경이야."

마주한 키키의 얼굴이 왠지 모르게 그전보다도 못생겨 보였다. 현실에는 존재하지 않을 것 같은, 비현실적인 외모의 이자나를 보아서인지.

"진저. 우리의 약혼은 아직 깨지지 않았어. 네가 그 사실을 명심해 줬으면 좋겠어."

"키키, 진심이야?"

이 새끼가 미쳤나 진짜. 그걸 잘 아는 놈이 레라지에와 바람을 피웠다고?

기가 막혀서 잠깐 동안 할 말을 잃고 말았다. 내가 어이없다는 눈으로 그를 보자, 키키는 손을 뻗어 내 어깨를 꽉 쥐어 잡았다. 이자나의 악력 못지않은 강한 악력이었다.

키키의 손길이 닿자 끔찍한 기분이 들었다. 그의 손은 다른 누가 아닌 레라지에를 만졌던 손이었기 때문이다.

나는 어깨를 조금 비틀어, 그의 손아귀에서 벗어나려 했다. 그러자 키키는 조금 더 강하게 내 어깨를 잡아 쥐었다.

"놔."

"못 놔. 다음엔 그와 춤추지 마."

"네가 뭔데 이래라저래라야? 이자나 폐하가 나와 춤추기를 원한다면, 나는 또다시 그와 춤출 거야. 네가 나를 말릴 권한은 없어."

"나를 용서한다면서?"

"그건 네가 목걸이를 제대로 바꿔치기해 왔을 때 해당되는 사항
이었지!"

"……."

"넌 실패자일 뿐이야! 그러니까 당장 내 어깨를 놓아줘."

부정할 수 없는 사실을 들은 키키의 시선이 떨구어졌다. 나는 그
의 악력이 느슨해진 틈을 타 재빨리 어깨를 빼내었다.

"먼저 간다."

나는 그를 지나쳐서 걸어갔다. 키키의 어깨가 기운 없이 축 처진
걸 보았지만, 그가 신경 쓰이지 않았다. 정말로.

* * *

이자나와는 춤을 춘 이래로 눈이 마주치지 않았다. 그가 얼마 뒤
에 자리를 떴기 때문이다. 주인공이 없는 연회는 오랫동안 지속되
지 않았다. 그렇게 연회는 곧 끝이 났다.

나는 키키를 연회장에 남겨 두고선 홀로 후작저로 돌아갔다. 방
에 들어오자마자 내가 제일 먼저 한 것은 그 책을 찾는 일이었다.

레라지에와 이자나의 사랑 이야기가 보기 싫어서 끝까지 보지 않
았던 그 책.

'유폐된 왕자와 후작 영애'

그것은 책장 한쪽에 가지런히 꽂혀 있었다.

나는 고민 없이 그것을 뽑아 들었다. 그러곤 드레스도 갈아입지
않은 채로 의자에 앉았다.

책의 뒷내용이 무척이나 궁금했다. 이자나와 레라지에의 사랑이 어떻게 마무리될지, 그것만큼은 꼭 알아야겠다고 생각했다.

내가 읽지 않은 페이지는 그리 많지 않았다. 한 시간이면 충분히 다 읽을 만큼의 양이었다.

나는 짧게 심호흡을 한 뒤에 책장을 넘겼다. 내가 읽기 시작한 부분은 이자나가 레라지에에게 사랑한다고 고백한 장면의 다음이었다.

예상한 대로 책을 끝까지 읽는 데에 약 한 시간 정도가 걸렸다. 하지만 나는 펼쳐진 책을 쉬이 덮지 못했다. 마지막 페이지까지 보았음에도 불구하고.

문제는 책의 마지막 부분에 있었다.

내가 잘못 읽은 것이라 믿고 싶어, 책의 마지막 문장을 여러 번 다시 읽어 보았다. 물론 다시 읽는다고 해서 이미 적힌 글귀가 변하는 것은 아니었다.

"말도 안 돼……."

나는 그 소설의 결말을 받아들일 수가 없었다. 책장 위에 올려둔 손끝이 희미하게 떨리고 있었다. 나는 떨리는 손을 들어 얼굴을 몇 차례 쓸었다.

'유폐된 왕자와 후작 영애'

그 소설은 배드 엔딩이었다.

배드 엔딩이라니. 겉을 감싸고 있는 핑크빛 표지와 전혀 어울리지 않는 결말이잖아. 차라리 베드 엔딩이라는 게 더 그럴싸하겠어.

이자나와 레라지에의 엔딩이 좋지 않았던 이유는 그녀의 붉은 목걸이 때문이었다. 조금 더 자세히 말하자면, 그 목걸이를 만든 그녀의 할아버지인 '게슈트', 즉 왕국에 몇 없던 그 마법사 때문이었다.

소설 속 이자나는 레라지에를 처음 봤을 때부터, 그 목걸이에 관심을 가지게 된다.

'영애와 어울리는 목걸이야. 아주 아름다워.'

이자나가 그렇게 말한 이래로 레라지에는 그를 만날 때마다 붉은 목걸이를 착용했다. 이자나에게 잘 보이기 위해서 한 그녀의 행동이, 그가 그녀의 생각을 읽는 걸 실패하게 만든 것이다.

이자나는 자신의 의지와는 상관없이 알게 되는 타인의 생각 때문에 항상 피곤해했다. 그렇기에 생각이 읽히지 않는 레라지에와 있을 때가 너무나도 편안했다.

그래서 이자나는 레라지에가 자신의 운명이라고 생각했다. 다시는 만날 수 없는 특별한 여자라고.

제게 평온을 주는 유일한 여자인 레라지에와 함께하고 싶다는 생각은 날로 커져 갔다. 이자나는 그녀와 함께할 미래를 꿈꾸게 되었다. 그것은 그가 탕플 탑을 나온 후에 가진, 가장 간절한 소망이었다.

함께할 미래를 꿈꾼 건 비단 이자나 하나뿐만이 아니었다. 이자나를 향한 레라지에의 마음 또한 점점 더 깊어졌다.

이윽고 이자나가 그녀에게 진심 어린 고백을 했을 때, 레라지에는 눈물을 흘리며 그의 고백을 받아 준다. 그 순간에도 레라지에의 목에는 붉은 목걸이가 걸려 있었다.

그렇게 두 사람의 사랑은 원만하게 흘러가는 듯했다.

내가 이전 날 읽었던 부분이 딱 여기까지였다.

하지만 소설은 후반부에 진입하자마자 분위기가 급변하게 된다. 달달했던 분위기에서 싸늘한 분위기로 말이다.

레라지에가 붉은 목걸이를 끼지 않은 채로 이자나를 만난 날이 생긴 게 그 발단이었다.

그녀의 붉은 목걸이는 초반부엔 둘 사이를 이어 주는 매개체 역할을 했다. 하지만 소설의 후반부에 가서는 갈등의 계기가 되는 역할을 도맡게 된다.

서로를 향한 사랑을 확인한 뒤, 레라지에는 처음으로 붉은 목걸이가 아닌 다른 것을 착용하고선 이자나를 만난다.

큰 이유가 있었던 건 아니었고, 그저 더 예쁜 목걸이를 차고 싶었던 까닭이었다. 그러나 그 일의 영향은 소설의 분위기를 송두리째 바꾸어 버릴 정도로 컸다.

이자나에게 레라지에의 생각이 읽히게 된 것이다.

물론 그녀가 나쁜 생각을 한 것은 아니었다. 레라지에의 생각 속엔 이자나를 향한 진심밖에 없었다.

문제는 그것이 아니었다. 생각이 읽히지 않는 그녀에게서 느꼈던 특별함이 가짜였음을 깨달은 이자나의 마음이었다.

허무함, 배신감. 이자나에겐 그런 마음이 들었다.

레라지에가 의도적으로 자신을 속인 것이 아니라는 사실을, 그도 잘 알고 있었다. 하나 그렇다고 해서 그녀에게 든 배신감이 사라지는 것은 아니었다.

그녀도 다른 사람과 다를 게 없다는 사실이 믿기 힘들었다. 그녀가 특별한 사람이 아니었다는 사실을 받아들이기 힘들었다.

이자나는 어째서 레라지에의 생각을 읽지 못했던 것인지 알아내기에 이르렀다. 그러곤 곧 깨닫게 된다.

레라지에의 생각이 읽히지 않는 날엔 그녀가 붉은 목걸이를 차고 있었다는 사실을.

'지에. 그 목걸이는 어디서 난 거지?'

지에는 이자나가 그녀를 부르던 애칭이었다.

'예쁘죠? 돌아가신 할아버지가 제게 주신 목걸이예요. 세상의 위협으로부터 보호해 주는 목걸이랍니다. 제겐 정말 소중한 물건이죠.'

'지에의 할아버지라면……'

'게슈트. 폐하께서도 아시나요? 마법사로 제법 유명하신 분이었는데.'

이자나는 늙은 마법사의 이름이 익숙하게 느껴져 그 이름을 몇 번 되뇌어 보았다.

게슈트, 게슈트.

당장 떠오른 것은 아무것도 없었다. 그럼에도 게슈트와 관련된 '어떤 기억'이 존재할 것이란 생각이 자꾸만 들었다. 이자나는 게슈트에 대해서 알아보기 시작했다.

며칠이 지나고 나서야 이자나는 알게 되었다. 게슈트라는 이름이 왜 익숙하게 느껴졌는지. 그와 연관된 기억이 무엇이었는지.

이자나는 탕플 탑에 갇히기 전에 그를 만난 적이 있었다. 레라지에와 닮은 붉은 머리카락이 인상적이었던 게슈트는 제게,

'왕자님은 저주를 받아 본 적 있습니까?'

라는 이상한 질문을 남겼었다. 탕플 탑에 갇히기 불과 한 달 전의 일이었다.

그리고 이자나의 기이한 이능이 나타나게 된 것도 그때쯤이었다. 그의 이능은 태어나서부터 존재했던 것이 아니었다.

이자나는 게슈트가 말한 '저주'라는 표현이 기이하게 거슬렸다.

할 수만 있다면 게슈트에게 묻고 싶었지만, 그는 이미 오래전에 죽은 터였다. 죽은 자는 말이 없었다.

여기까지는 그래도 읽을 만했다. 하지만 그다음 내용은 내가 전혀 상상하지 못했던 내용이었다.

이자나는 죽은 게슈트의 자취를 끊임없이 쫓다가, 그가 자신에게 '타인의 생각을 읽는 저주'를 내린 것을 알게 된다. 물론 왜 제게 그런 저주를 내린 것인지까지는 끝내 알아내지 못했다.

자신에겐 저주를 내린 주제에, 레라지에에겐 세상의 위협으로부터 보호해 주는 목걸이를 만들어 주었다는 사실이 기막혔을 뿐이다.

그때부터 이자나는 레라지에를 보는 게 힘들어졌다. 그녀를 볼 때면 게슈트의 붉은 머리카락이 떠올랐다. 게슈트가 내린 저주 때문에 탕플 탑에 갇히게 된 자신의 모습 또한 떠올랐다.

혼자 남겨진 그곳에서 얼마나 큰 외로움을 느꼈던가. 얼마나 큰 고독에 휩싸였는가.

비록 탑에서는 나왔지만, 탑과 관련된 기억을 상기할 때마다 이자나는 괴로웠다. 그래서 레라지에와 거리를 두기 시작했다.

그는 그녀를 여전히 사랑했다. 하지만 그녀의 얼굴을 보는 게, 그녀의 붉은 목걸이를 보는 게 힘들었다.

레라지에는 제게서 멀어지는 이자나를 붙잡으려고 했지만, 그는 시간이 지나면 지날수록 점점 미쳐 갔다.

얼마나 미쳐 갔냐면, 그의 머릿속에 왜곡된 생각들이 들릴 정도였다. 그것은 괴로운 마음이 만들어 낸 마음의 병이었다.

그럼에도 레라지에는 그의 곁에 끝까지 남아 그를 위로해 주었다. 그녀의 할아버지가 이자나에게 저주를 내렸음을 알게 되었기에 그의 곁을 더더욱 떠날 수 없었다.

그녀의 노력에도 불구하고 이자나의 마음은 갈수록 병들어 갔다. 이윽고 이자나는 레라지에의 모습 속에서 게슈트의 환영마저도 보게 된다.

환청과 환영에 휘둘려 이성을 잃은 이자나는 결국, 검을 빼 들어 그녀의 머리를 베고 만다. 주저 없는 일격이었다.

그녀의 목을 베는 순간에도 이자나의 눈엔 레라지에가 게슈트로 보였을 따름이었다.

나는 소설의 마지막 부분을 소리 내어 읽어 보았다.

"……숨을 거둔 레라지에의 얼굴엔 희미한 미소가 드리워져 있었다. 어쩌면 레라지에도 언젠간 자신이 그런 식으로 죽게 되리란 것을 예감하고 있었을지도 몰랐다. 예감했지만, 그녀는 그를 떠날 수 없었다. 레라지에는 이자나를 진심으로 사랑했기 때문이다. 이자나는 피로 물든 두 손으로 자신의 얼굴을 감쌌다. 그는 한참 동안이나 굳은 듯이 서 있었다."

나는 작은 호흡을 내뱉은 뒤, 이어서 읽었다.

"그에겐 더 이상 레라지에의 생각이 들리지 않았다."

그것이 소설의 마지막 문장이었다.

나는 그제야 펼쳐 두었던 책을 덮었다. 아무리 생각해도 충격적인 내용이었다. 그 책을 끝까지 읽지 않았던 과거의 내게 따지고 싶을 정도로.

"휴."

나는 고개를 뒤로 젖히며 책 속 내용을 곱씹어 생각해 보았다.

이자나의 광기와 레라지에의 죽음.

레라지에를 죽도록 싫어했지만, 그녀가 죽는다고 생각하자 기분이 이상했다. 평생의 숙적이라 생각했던 그녀가 내 눈앞에서 사라지기를 늘 바랐으나, 그녀가 죽기를 바란 적은 한 번도 없었으니까.

나는 오늘, 소설과 다르게 상황을 바꾸어 버렸다.

그 덕에 레라지에는 죽지 않게 되는 걸까? 내가 졸지에 그녀를 죽음에서부터 구원해 준 것일까?

레라지에의 남자를 빼앗기 위해서 한 행동이 궁극적으로 그녀를 구해 준 꼴이 돼 버리다니.

소설 속에선 악역이었던 내가, 되레 그녀에게 미덕을 베푼 꼴이 아니던가. 아이러니한 일이었다.

나는 한편으론 이자나가 애달프게 느껴지기도 했다.

유년기와 청소년기를 탑에서 외롭게 보낸 것도 모자라, 끝까지 행복하지 못했던 그의 삶이 기구했던 것이다.

그 순간 불현듯이 떠오른 것은 오늘 연회장에서 보았던 그의 부드러운 미소였다.

미소 짓고 있던 얼굴이 정말 예뻤는데 말이지. 미소 지은 그의 얼굴이 슬픔으로 물들기를 바라지 않았다.

기왕 미덕을 베푼 김에 이자나의 인생 또한 해피 엔딩으로 끝나게 만들어 버리는 건 어떨까? 미래에 일어날 일을 알아 버린 내가 그를 도와준다면…….

이자나가 자신에게 내려진 저주에 대해서 알지 못했다면. 이자나가 붉은 목걸이에 대한 진실을 끝까지 몰랐다면. 그렇게만 됐다면, 그의 미래가 행복했지 않았을까?

나는 이자나가 계속해서 아름다운 미소를 지었으면 했다. 단지 그에게 반했기 때문에 든 소망만은 아니었다. 나는 이자나라는 남자에게 크나큰 안쓰러움을 느끼고 있었다.

나는 그를 구원해 주고 싶었다.

"이자나에게 베푸는 미덕이라……."

나는 잠들 때까지도 이자나를 생각했다. 아주 오랫동안.

* * *

'유폐된 왕자와 후작 영애'를 읽고 잠든 까닭인지, 내 꿈속에 이자나가 나왔다.

우리는 꿈속에서 춤을 추고 있었다.

우리 주위론 듣기 좋은 음악이 흐르고 있었고, 춤을 추는 사람은 우리밖에 없었다. 꿈속에서도 이자나의 손은 차가웠다. 나는 그 서늘한 감촉을 온전히 느끼고 있었다.

춤을 추는 동안 그는 아무런 말도 하지 않았다. 이윽고 춤이 끝나자, 그는 나를 보며 작게 미소 지었다.

현실에서 보았던 이자나의 미소와 닮은 것이었다. 그는 아름다운 미소를 지은 채로 섬뜩한 말을 속삭였다.

'너도 죽게 될 거야.'

"……!"

나는 꿈에서 깨어나 간헐적으로 숨을 헐떡였다. 이마엔 언제 맺혔을지 모를 식은땀이 가득했다.

"너도 죽게 될 거라니   ."

이자나의 무서운 말은 꿈에서 깼음에도 쉬이 사라지지 않았다.

나는 기다란 한숨을 내쉬며 주위를 둘러보았다. 날은 아직 완전히 밝지 않은 것인지 주변이 어슴푸레했다. 나는 이불을 머리끝까지 올려 다시 잠들려고 했지만, 잠은 조금도 오지 않았다.

잠들지 못한 채로 얼마나 누워 있었을까.

방문이 열리는 소리가 들리었다. 나는 끄집어 올렸던 이불을 내려 방문객을 바라보았다.

방문객은 내 시녀인 사라였다.

"어머, 진저 님! 벌써 기침하셨어요?"

"응…… 악몽을 꿨거든."

비척비척 상체를 일으키자 주위가 밝아진 게 보였다. 그사이에 날이 밝았나 보다.

"악몽이요? 무슨 악몽을 꾸셨는데요?"

"그런 게 있어."

그녀는 내게 더는 묻지 않았다. 대신 뜨거운 물을 준비해 주었을 뿐이다.

사라의 도움으로 목욕재계를 하자, 꿈 때문에 느꼈던 흉흉한 기분이 사그라졌다. 하지만 그 소설에 대한 생각이 끊이질 않았다. 아침을 먹을 때도. 드레스를 갈아입을 때도.

나는 이제 그 소설이 현실을 반영한 책이라는 사실을 확신하고 있었다. 그렇다면 문제는 달라질 미래였다.

왜냐면, 내가 어제 연회장에서 정해진 일을 비틀었기 때문이다. 사랑의 실패자로 구석에 찌그러져 있어야 할 내가, 이자나의 관심을 받게 되었다.

미래는 어떻게 변하게 될까?

예상할 수 없는 일이었다.

"그렇다고 해서 이 진저 토르테가 가만히 있을 수는 없지."

입가심으로 마시고 있던 찻잔을 내려놓으며 비장하게 말하자, 내 곁을 지키던 사라가 나를 이상하게 쳐다봤다.

"진저 님?"

나는 사라에게 물음을 건네었다.

"사라."

"네."

"'유폐된 왕자와 후작 영애'를 샀던 행상이 어디야? 오늘 내가 직접 가 봐야겠어."

"네? 진저 님이 직접요?"

그녀는 의문스럽다는 듯이 되물었다.

"응. 그 책에 대해서 조금 더 자세히 알아야겠거든."

그 소설의 작가가 누군지, (그 책 어디에도 그것을 쓴 작가에 대한 설명이 없었다.) 행상의 주인은 그 책을 어디서 구한 것인지, 내가 직접 물어봐야겠다고 생각했다.

* * *

우리는 발 빠르게 행상으로 향했다.

사라에 말에 의하면, 행상이 있는 곳은 후작가와 그리 멀지 않다고 한다. 나는 앞장서서 걸어가는 사라의 뒤를 따랐다.

마차를 탈 필요도 없이 대로를 쭉 걷가, 얼마 못 기 흐리헤 보이는 행상 하나가 보였다. 외관이 깔끔해 보이지 않는 행상엔 전시되어 있는 소설들이 꽤나 많았다.

나는 쓰고 있던 모자를 깊게 눌러쓰며 얼굴이 거의 보이지 않게 만들었다. 그러곤 평소보다 낮은 목소리로 행상의 주인에게 말을 걸었다.

"이봐. 내 시녀가 여기서 이걸 샀는데……."

나는 손에 쥐고 있던 '유폐된 왕자와 후작 영애'를 내밀며, 이어 말했다.

"이 책에 대해서 자세히 알고 있나?"

행상의 주인은 내가 내민 책을 보자마자 질겁했다.

"아니, 아가씨! 그 책은 최근에 금서로 분류되었다오."

그는 작은 목소리로 제 말을 덧대었다.

"이자나 왕자가 왕이 되었잖소. 그런 판국에 이자나 왕자를 다룬 그 책을 계속 팔 수 없지. 얼른 책을 숨기시오. 누군가 본다면, 아가씨에게 해가 될지도 모르오."

나는 책을 얼른 다시 품속에 넣었다. 해가 된다는 말에 쫀 것은 절대로 아니다.

"흠흠. 좋아. 그럼 그 책의 저자에 대해서 알고 있어?"

"나도 잘 모르오. 우리는 책을 파는 행상일 뿐이니까."

"그럼 그 책을 어디서 받아 온 건데? 중간 업자가 있을 거 아니야."

"있기는 있는데…… 나도 그 남자의 정체를 잘 모르오. 남자의 이름만 알고 있지."

"이름? 그 남자의 이름은 뭔데?"

그러자 행상은 제 입가를 손으로 가리며 더욱 작아진 목소리로 대답했다. 마치 비밀 이야기라도 하는 것처럼 말이다.

"하멜. 그는 자신을 하멜이라고 불러 달라고 했소."

"하…… 멜?"

하멜. 왠지 모르게 익숙한 이름이었다. 얼마 전에 봤던 이름 같기도 하고…….

"……!"

머지않아 그 이름을 기억해 냈다. 불과 몇 시간 전에 봤던 이름이었기 때문이다.

하멜 브레이. 그는 '유폐된 왕자와 후작 영애' 속에 나오는 서브 남자 주인공의 이름이었다.

나는 행상에게 하멜이라고 불리는 남자에 대해서 더 물어보았다. 하지만 그는 더 이상은 모른다고 딱 잡아뗐다. 딱히 거짓말을 하고 있는 것처럼 보이지 않아, 나는 그를 취조하던 것을 그만두었다.

나는 저택으로 돌아와 깊게 눌러썼던 모자를 거칠게 벗었다.

"하멜이라."

그는 책의 저자는 아니었지만, 그 책을 행상에게 가져다준 남자였다. '하멜'이라는 남자를 찾으면 그 책의 정체를 알 수 있을지도 몰랐다.

그건 그렇고 책을 유통해 준 중간 업자와 책 속의 서브 남주의 이름이 같은 건 단순한 우연일까?

책에 대한 의문을 풀기 위해 행상을 찾아갔건만, 도리어 의문이 더 커진 느낌이었다. 나는 품속에 숨겨 두었던 책을 꺼내 들어 책장을 조금 넘겼다.

내가 다시 읽고자 하는 부분은 '하멜 브레이'가 처음 등장하는 부분이었다.

[……한가로운 어느 날, 레라지에를 불쑥 찾아온 남자가 하나 있었다. 그는 자신의 이름보다도 그녀의 할아버지 이름을 먼저 꺼내었다.

"안녕하십니까. 저는 게슈트 님의 제자입니다."

할아버지의 제자. 마법사인 걸까?

레라지에는 그를 살펴보았다.

그는 키가 컸고, 덩치도 꽤 컸다. 조금 긴 잿빛 머리카락 사이로 내비친 그의 얼굴은 하얬다. 그는 동그란 안경을 끼고 있었는데, 제법 어울리는 느낌을 주었다.

그는 제 안경을 손으로 쓰윽 올리며 뒤늦게 자신의 이름을 고백했다.

"하멜 브레이. 제 이름입니다."

투명한 안경알 속, 그의 눈동자에 이채가 잠깐 서렸다. 하지만 그 이채는 곧 사라져 버렸다…….]

거기까지 읽었을 때였다.

똑똑.

누군가가 내 방문을 두드리는 소리가 들렸다.

"진저. 안에 있니?"

찾아온 이는 어머니였다.

"네! 들어오세요."

나는 펼쳤던 책을 다시 덮어 테이블 위에 올려두었다. 이내 어머니가 방으로 들어와 나를 보며 미소 지었다.

어머니의 얼굴은 평소보다도 고조되어 있었다. 그녀는 기분이 좋아 보였다.

"좋은 일이라도 있으셨어요?"

내가 그리 묻자, 어머니는 한달음에 내 앞까지 다가왔다.

"좋은 일이 있고말고."

어머니는 무언가의 기대가 서린 눈으로 나를 지그시 바라보았다.

"진저, 듣고 놀라지 마렴."

"도대체 무슨 일인데요?"

"글쎄…… 이자나 폐하께서 너를 궁으로 초대하셨어!"

"……네? 이자나 폐하가 저를요?"

"그래! 궁에서 보낸 마차가 저택 앞에 대기하고 있단다. 어쩜, 어제 연회에서도 너와 춤을 추시더니…… 이자나 폐하께서 진저 너를 좋게 보고 계신가 봐."

어머니. 그가 저를 마냥 좋게 봐서 부른 건 아닌 것 같은데요. 나는 차마 그리 말하지는 못하고, 긴 신음을 흘렸다.

그러고 보니 어제 연회장에서 이자나가,

'조만간 궁으로 부르지. 그때는 나를 어떻게 부를지 기대가 되는군.'

그렇게 말했었다.

나를 조만간 궁으로 부를 줄은 대충 짐작하고 있었지만, 그게 오늘일 줄이야.

"얘가. 뭐 하니! 나갈 준비를 얼른 하지 않고. 궁에서 오신 분들을 오래 기다리게 해선 안 되잖니."

"네, 어머니."

나는 어머니의 부추김에 못 이겨 나갈 준비를 하기 시작했다. 이미 한번 나갔다 온지라 준비할 것은 그리 많지 않았다. 조금 헝클어진 머리까지 단정하게 빗고, 조금 더 예쁜 드레스로 갈아입고.

이내 나는 작은 손가방을 든 채로 저택을 나섰다. 현관 근처에 어머니가 말한 궁에서 보낸 마차가 보란 듯이 정차되어 있었다.

마차 앞에는 이자나의 수하쯤으로 보이는 남자가 서 있었는데, 그는 나를 발견하고선 내게 가까이 다가오기 시작했다.

나는 그의 모습을 훑어보았다. 그는 키가 꽤 컸고, 말쑥한 차림새를 갖추고 있었다.

오호라, 일단 비율이 엄청 좋아 보이는데? 얼굴마저도 준수할 것 같은, 근사한 예감을 주는 남자였다.

그는 긴 다리를 움직여 내 앞까지 금세 다가와 걸음을 멈추었다. 그러고선 고개를 숙여 내게 인사를 건네었다.

"안녕하십니까. 진저 토르테 님. 저는 이자나 폐하의 보좌관입니다. 진저 님을 직접 모시러 왔습니다."

나는 무릎을 조금 굽혀 그에게 인사했다.

"반가워요."

가벼운 인사가 끝난 후, 우리는 그제야 서로의 얼굴을 바라보게 되었다.

조금 길어 보이는 잿빛 머리카락. 하얀 얼굴. 오똑한 콧대. 그리고 콧대 중간쯤에 걸친 동그란 안경. 투명한 안경알 속에 자리한 남자의 눈빛은 사뭇 예리해 보였다.

초면이었음에도 불구하고, 왠지 모르게 익숙한 생김새였다. 잿빛 머리카락과 동그란 안경…….. 나는 그 사실들을 읊조리다 돌연히 떠오른 이름을 툭 내뱉었다.

"……하멜 브레이?"

그래, 이 남자. 소설 속 서브 남자 주인공이었던 그와 무척이나 닮았잖아.

나는 미간을 옅게 찌푸렸다. 오늘따라 묘한 우연이 많은 듯한 기분이 드는 건 왜일까.

"진저 님. 조금 전에 뭐라고 하셨습니까?"

그는 내가 혼잣말처럼 읊조린 '하멜'이라는 이름을 듣지 못한 듯했다.

"아무것도 아니에요."

나는 희미한 미소를 지었다.

"그럼 마차로 모시겠습니다."

그는 에스코트를 하려는 듯 하얀 장갑을 낀 손을 내게 내밀었다. 그의 손바닥에 손끝을 얹자, 그는 자연스럽게 한 발자국 앞서서 걸어가기 시작했다.

아니, 걸어가려고 했는데…….

"어, 엇!"

그는 지면에 발을 올곧게 내딛지 못하고 몸을 휘청거렸다. 제법 큰 그의 몸이 중심을 잃고 휘청거리는 모양새가 퍽이나 우스워 보였다.

우스워 보였던 것도 잠시. 그의 손을 잡고 있던 나마저도 덩달아 휘청거리게 되었다.

"뭐, 뭐 하는 거예요!"

내가 놀라서 소리치자, 그는 제 다리를 엑스자로 꼬았다. 그는 더 이상 제 몸을 휘청거리지 않고선, 중심을 제대로 잡았다.

"휴, 큰일이 날 뻔했지 뭡니까."

그는 메마른 숨을 길게 토해 냈다.

"네? 큰일이요? 무슨 문제라도 있었던 건가요?"

나는 주위를 살펴보았다. 사람이라곤 한 명도 보이지 않는 고요한 정원. 문제 될 건 하나도 보이지 않았다. 적어도 내가 느끼기엔 그랬다.

그는 내 손을 잡지 않은 나머지 손으로 이마를 훔쳐 냈다. 그의 얼굴은 조금 전보다도 훨씬 더 창백해져 있었다.

"그게 말입니다……."

그는 진지하게 운을 뗐다. 나마저도 긴장하게 만드는 진지함이었다. 나는 마른침을 꼴깍 삼키며 그의 다음 말을 기다렸다.

"사실은…… 제가 개미를 밟을 뻔했습니다. 아찔했죠. 그 조그마한 생명체들이 제 커다란 발에 얼마나 놀랐을지 생각을 한다면……."

그는 고개를 좌우로 절레절레 흔들었다.

"수많은 생명을 제가 앗아 갈 뻔했습니다."

"……."

뭐지, 지금 장난치는 건가.

나는 그가 농담을 하는가 싶어 그의 얼굴을 빤히 올려다봤다. 하지만 그의 얼굴은 참으로 진지해 보였다.

간이 작은 거야, 아니면 어디가 모자란 거야. 날카로운 인상이라고 생각했던 게 무색해질 정도였다.

그는 아무 일도 없었다는 듯이 다시금 나를 에스코트했다. 물론 마차까지 걸어가는 도중에 바닥을 살피는 꼼꼼함도 잊지 않은 채였다. 그래서 우리는 개미를 한 마리도 밟지 않고 무사히 마차에 오를 수 있었다.

……축배라도 들어야 할 것 같은 묘한 기분이 들었다.

이자나의 보좌관이라 저를 소개한 남자가 내 맞은편에 앉고 나서야 마차가 출발했다.

나는 눈을 게슴츠레하게 뜬 채로 그를 또다시 관찰해 보았다. 그는 다시 보아도 내가 소설을 읽으면서 상상했던 '하멜 브레이'와 너무도 닮아 있었다.

소설 속에만 존재하던 하멜 브레이가 눈앞에 떡하니 나타나 버린 것처럼.

물론 소설 속 하멜은 지금 내 앞에 있는 그와는 다르게 아주 냉철한 남자였다. 적어도 개미의 생명을 걱정하는 남자는 아니란 거다.

그를 관찰하던 내 시선이 과했나 보다. 그는 내게 말을 건네었다.

"진저 토르테 님. 제게 궁금한 것이 있으십니까?"

"궁금한 거…… 있어요. 성함이 어떻게 되는지 궁금하네요."

그의 이름이 진짜로 '하멜 브레이'인 것은 아니겠지?

그는 제 이름을 가르쳐 주는 일이 무슨 큰일이냐는 듯 곧장 대답했다.

"저는 라키샨이라고 합니다. 다들 '라라'라고 부르죠. 진저 토르테 님도 저를 라라라고 불러 주시면 됩니다."

라키샨? 하멜 브레이와는 전혀 상관없는 이름이잖아. 김샜네.

하긴……. 생각해 보니 설령 하멜이 실제로 나타난다 할지라도, 그가 이자나의 보좌관으로 있을 리가 없었다.

하멜은 이자나와 숙명의 라이벌이었다. 사랑하는 여자를 쟁취하기 위해 경쟁하는 라이벌!

그런 그가 대뜸 이자나의 보좌관이 되었을 리가.

나는 지나치게 넘겨짚은 것이라고 생각하며 고개를 좌우로 내저었다.

"라라. 좋아요. 라라도 저를 진저라고 편하게 불러 주세요."

"좋습니다. 진저 님."

라키샨은 사람 좋은 미소를 지었다. 나는 대충 그의 미소에 상응해 줬다.

대화가 일단락되자, 라키샨은 제 옆에 있던 책을 들어 읽기 시작했다. 한눈에 보아도 내용이 복잡해 보이는 책이었다.

나는 라키샨을 탐색하는 것을 그만두고선 마차의 창밖을 보았다. 궁에는 언제 도착할까.

돌연히 무거워진 눈꺼풀을 느끼며, 눈을 느릿하게 감았다 떴다. 그러다 나도 모르게 잠들어 버렸다. 아마도 간밤에 잠을 설쳤기 때문이리라.

선잠에서 깼을 땐, 마차는 멈춰 있었다.

"진저 님. 도착했습니다."

"벌써요?"

"네. 내리셔야 합니다."

나는 또다시 라라의 에스코트를 받으며 마차에서 내렸다. 마차에서 내리자 처음 느껴진 것은 웬 풀 냄새였다.

주위를 둘러보자 잘 정돈된 정원이 보였다.

기다랗게 늘어진 버드나무들이 즐비한 정원. 버드나무 사이사이로 크림색 궁의 모습이 뜨문뜨문 보이기도 했다. 아무래도 이곳은 궁성에 자리한 정원 중 하나인가 보다.

궁성 안으로 완전히 들어갈 것이라 생각했는데, 왜 정원으로 와 버린 걸까?

"앞으로 조금만 걸어가시면 폐하께서 계실 겁니다. 그럼 저는 이만."

"네, 라라."

정중히 인사를 건넨 라라가 뒤돌아서려던 그때, 그는 나를 다급하게 불렀다.

"진저 님! 걸어가실 때 발밑을 보시는 걸 잊지 마십시오!"

나는 구호를 읊듯이 대답했다.

"네. 자나 깨나 개미 조심!"

그러자 그는 엷은 미소를 지었다. 내 대답이 마음에 든다는 듯이. 그는 마차를 타고 곧 사라져 버렸다.

"……이상한 남자야."

그렇게 생각하면서도, 걷는 내내 묘하게 발밑이 신경 쓰였다. 나는 헛웃음을 지으며 앞으로 곧장 걷기 시작했다.

물론 자나 깨나 개미 조심은 잊지 않고. 나 원 참.

그렇게 얼마나 걸었을까. 저 멀리에 이자나로 추정되는 남자가 보였다.

그 남자는 기둥이 튼튼한 어느 버드나무에 등을 기대어 앉아 있었다. 나를 기다리며 책이라도 읽고 있었던 참인지, 그의 무릎 위에는 책이 올려져 있었다.

나는 그에게 가까이 다가가 그의 앞에서 걸음을 멈추었다. 남자는 정말로 이자니였다. 책을 읽고 있으리라 예상했던 그는, 눈을 감고 있었다.

잠든 걸까?

나는 그를 몰래 훔쳐보았다.

어쩜. 그는 나보다도 피부가 좋아 보였다. 타지 않은 그의 흰 피부는 어제 보았을 때보다도 훨씬 더 매끄러워 보였다. 만진다면 손가락이 미끄러지는 게 아닐까 싶을 정도로.

내리깐 눈꺼풀 위, 검은 속눈썹은 또 어찌나 길고 색이 진한지. 인형의 것이라고 해도 의심할 여지가 없었다.

구부러진 곳 없는 매끈한 콧대. 붉은 입술……. 흠을 찾는 게 더 어려운 완벽한 얼굴이었다.

비현실적인 그의 얼굴은 왠지 모르게 손을 대기가 꺼려졌다. 손을 가져다 대면 사라져 버릴 것 같아서. 그를 마주한 지금이 꿈인 것만 같아서.

어쩐지 몽롱해지는 기분마저도 주는 아름다운 얼굴이었다.

그때, 영원히 들리지 않을 것 같았던 이자나의 눈꺼풀이 잘게 떨리기 시작했다. 이윽고 그의 눈꺼풀이 완전히 들리며, 그 사이로 검은 눈동자가 드러났다.

우리의 눈은 정확하게 교차했다.

"주, 주무시고 계셨어요?"

나는 어색하게 말했다.

이자나는 대답 대신 두 눈을 몇 차례 더 깜빡거렸다. 내가 제 앞에 있다는 사실이 꿈인지, 현실인지를 확인하려는 것처럼.

그러다 늦지 않게 대답했다.

"아니. 그냥 생각하고 있었어."

"무슨 생각이요?"

"진저 토르테. 나이는 열일곱. 후작가의 하나뿐인 외동딸로 어려서부터 사랑을 듬뿍 받고 자람. 고집이 세고, 제 뜻대로 일이 돌아가지 않으면 심사가 뒤틀림. 레라지에 아틀렌타와는 동년배의 후작 영애로서 어려서부터 숙적이었음. 대충 이런 생각?"

……완전히 나에 대한 거잖아?

생각지도 못한 이자나의 대답에 나는 그에게 따지듯 물었다.

"지금 저를 뒷조사하셨어요?"

"응."

그는 일말의 망설임도 없이 단번에 대답했다. 뒷조사를 한 것이 당연하다는 태도였다.

뭐, 그는 왕이었기에 자신의 백성 중 하나를 뒷조사할 수도 있었다. 하지만 그렇다고 해서 기분이 좋은 것은 아니었다.

"어째서 그런 짓을 하셨어요?"

"궁금하니까."

"네?"

"진저 토르테. 네가 나를 궁금하게 만들었잖아."

"……."

"앉아. 언제까지 서 있을 건데."

그는 손을 들어 내게 손짓했다. 제 옆에 앉으라는 뜻 같았다. 나는 그의 손짓을 따라 그의 옆에 자리를 잡았다.

나를 빤히 쳐다보는 이자나의 눈빛이 느껴졌으나 나는 그를 바라보지 않았다. 내 생각이 그에게 읽히는 게 싫었으니까!

"생각 영애. 내가 네 뒷조사를 해서, 기분이 나빠진 건가?"

"뒷조사를 당해서 기분이 좋은 사람은 한 명도 없을 거예요."

내가 볼멘소리로 대답하자 이자나가 작은 웃음소리를 냈다.

"내가 궁금해하는 것을 생강 영애가 확실하게 대답해 준다면, 나도 이제 네 뒷조사를 하지 않을게."

"뭐가 궁금하신데요?"

이자나에게 무엇이 궁금하냐고 묻기는 했지만, 그가 내게 물을 것은 뻔했다.

자신의 이능에 대한 것이겠지.

레라지에가 자신의 이능에 대한 것을 어떻게 알고 있는 것이며, 그녀의 생각은 왜 읽히지 않는 것인지, 그런 것들을 궁금해할 것임이 분명했다.

나는 모든 해답을 속속들이 알고 있었지만, 그에게 진실을 토로할 수 없었다. 내가 고백해 버린다면 이자나의 인생이 소설처럼 불행해질지도 몰랐기 때문이다.

나는 이자나가 불행해지는 것을 바라지 않았다. 그것은 사랑이라기보다는 연민에 가까운 감정이었다.

"뭐든지. 진저 토르테 네가 나에 대해서 알고 있는 것을 나도 알고 싶어."

"제 생각을 읽지 않으신다면 말씀드릴게요."

이렇게 불려 온 이상 그에게 무언가를 얘기해야 했다. 그러나 내겐 솟아오르는 여러 생각을 여과할 수 있는 능력이 여전히 없었다.

생각이 읽힌다면, 희한한 그 소설의 존재를 그에게 들킬지도 모를 일이었다. 나는 그것만큼은 정말로 피하고 싶었다.

"으흠. 그건 좀 곤란할 수도 있겠는데. 나는 의도하지 않아도 타인의 생각을 읽어 버리니까."

"제게 좋은 방법이 있어요!"

나는 그렇게 말함과 동시에 눈을 감았다. 이자나의 잘생긴 얼굴을 볼 수 없다는 게 조금 아쉽기는 했지만 어쩔 수 없었다.

"제가 눈을 감으면 돼요."

그러자 이자나의 웃음소리가 다시금 들렸다.

"넌 정말 재밌어. 무슨 행동을 할지 전혀 예상할 수 없거든."

그의 말엔 웃음기가 짙게 깔려 있었다. 나는 빙그레 미소 지으며, 대답했다. 눈은 여전히 감은 채였다.

"그게 제 매력이죠."

소설 속 당신은 몰랐던 내 매력이라고.

"진저 토르테. 그럼 지금부터 계속 눈을 감고 있을 건가?"

"아마도요? 제가 눈을 뜨면 폐하께서 제 생각을 읽으실 테니까요. 저는 제 생각이 읽히는 걸 바라지 않아요. 물론 그렇다고 해서 폐하께 거짓을 얘기하려는 건 아니랍니다."

"그런데 말이야. 네가 계속 눈을 감고 있으면, 내가 다른 짓을 할지도 모르는데."

"다른 짓이라뇨?"

"이를테면……."

"이를테면?"

무슨 말이냐고 물으려던 순간이었다. 내 허리에 낯선 촉감이 느껴졌다.

"엇!"

이자나의 손이 무방비한 내 허리를 파고든 것이다. 이주 깊숙이.

벗어날 수 없을 정도로.

그는 내 허리에 손을 두르는 것에만 그치지 않으며, 나를 제 쪽으로 끌어당겼다. 나는 놀랄 새도 없이 그에게 하릴없이 끌려갔다.

"폐, 폐하!"

나는 그를 부르며, 감았던 눈을 번쩍 떴다. 그러자 아주 가까워진 이자나의 얼굴이 보였다.

인형의 것과 비등하다고 생각했던 그의 기다란 속눈썹이 내 얼굴에 닿을 정도였다.

"이렇게 한다든지."

미, 미친. 이거 선수 아냐?

탑에서 오랫동안 살았다면서……!

역시나 내겐 바로바로 드는 생각을 여과할 능력이 없었다. 나는 이미 눈이 마주쳐 있는 이자나를 보며 부끄러운 마음이 들었다.

이것도 설마 읽혔을까……? 싶던 찰나, 이자나의 매혹적인 입술이 다시금 움직였다.

"애석하게도, 선수는 아니야."

……망했다. 진저 토르테, 너는 정말 망해 버리고 만 거야.

"망했다고 단정 짓기엔 섣부른 것 같은데."

망했다고 자책한 생각까지 읽어 버린 이자나가 장난스럽게 말했다.

"저…… 지금 망한 거 아닌가요?"

"네가 망했는지, 망하지 않았는지는 내가 결정할 사항이야. 그치?"

"아마도요."

내가 어정쩡하게 대답하자, 이자나는 내 허리를 단단히 잡고 있던 손을 느슨하게 했다.

나는 그의 눈을 피하면서 뒤로 조금 물러섰다. 그러자 지나치게 가까웠던 그의 얼굴이 다시금 멀어졌다.

아쉬운 마음이 들었다면 그것은 진심일 것이다.

"아직까지는 괜찮아. 적어도 오늘은 내게 '이 새끼'라고 하지는 않았잖아."

"폐, 폐하! 그건 말이죠. 그러니까⋯⋯."

할 말이 없었다. 제대로 되는 일이 하나도 없는 것 같았다. 나는 문득 그에게 했던 막말들을 떠올렸다.

'너 이 새끼. 좀 매력 있네.'라든지, '이 자식, 생긴 거 하나는 더럽게 잘생겼네.'라든지, '선수가 아니냐.'라든지.

적어도 한 나라의 왕에게 할 법한 소리는 아니었다.

끙. 어쩌다가 이렇게 되어 버린 걸까.

한 가지 다행인 점이 있다면, 그가 나의 거친 말을 기분 나빠하지 않았다는 것이다. 아니, 사실 나는, 그가 기분 나빠하지 않았을 거라고 믿고 싶었다.

이자나는 질겁한 내 얼굴을 면밀히 살피고 있었다. 그는 금방이라도 사라질 것 같은 희미한 미소를 지은 채로 내게 말했다.

"생강 영애는 내가 두려워?"

그것은 분명 미소가 스민 말이었다. 하지만 어딘지 모르게 서글프게 들렸다.

어째서 그런 느낌이 들었는지는 잘 모르겠다. 다만, 그의 말을 곱씹을수록 나는 점점 더 애달파졌다. 마음 한쪽이 찡해지는 듯한 기분.

그 순간 자연스럽게 떠오른 것은 소설 속에 나온 이자니의 슬픈 모습이었다. 원하지 않은 능력으로 인해 사랑하는 사람을 죽인 가 없은 이자나.

"아니요. 두렵기보다는 당신이 가엾게 느껴져요."

"……."

이자나는 침묵했다.

"그리고 폐하의 이능이 궁금하기도 하고요! 제게도 폐하를 뒷조 사할 힘이 있었다면, 진즉 뒷조사를 했을지도 몰라요."

물론 이자나에 대한 것은 '유폐된 왕자와 후작 영애' 그 책을 통 해 대강 알게 되었지만 말이다.

그런 생각을 하는 내내 이자나와 시선을 맞추지는 않았다. 나는 그의 콧등 언저리를 보고 있었다. 생각이 읽히는 걸 미연에 방지하 기 위해서.

"생강 영애는 남들이 모르는 내 비밀을 이미 알고 있잖아. 뭐가 더 궁금한데?"

"뭐랄까. 제가 아는 건 단면적인 사실일 뿐인 걸요."

"단면적?"

"네. 폐하가 어떤 식으로 타인의 생각을 읽는 건지, 그건 언제부 터 있었던 능력인 건지…… 세세한 부분은 조금도 몰라요."

"너는 그런 게 궁금해?"

"그럼요."

이자나는 고개를 잠깐 갸웃거렸다. 제 사정을 궁금해하는 나를 이해하지 못한다는 얼굴이었다.

그는 내가 저를 두려워할 것이라 예상했던 걸까?

"생각을 읽는 일은 어쩌면 네게도 가능한 일일지도 몰라."

이자나는 다른 화제로 이야기를 돌렸다. 그에게선 자신의 사정을 얘기해 주고 싶지 않다는 분위기가 역력했다.

"예? 제가요?"

"그럼. 물론 넌 나처럼 세세한 것까지는 알 수 없겠지. 하지만 대강 짐작할 수 있을 거야."

"어떻게요?"

"상대방의 행동을 하나하나 관찰하면 돼."

이자나의 눈이 부드럽게 굽어졌다. 그의 시선은 천천히 내리깔리다 내 입술 위에서 멈추었다.

"생강 영애는 당황하면 입술을 짓눌러. 무의식중에 나오는 행동일 테지."

그의 시선이 닿은 내 입술이 홧홧해지는 것만 같았다.

"어제 연회장에서도 너는 계속해서 네 입술을 짓누르고 있었어. 내가 널 많이 당황하게 만들었나 봐."

······지금도 당황되는 걸요.

깨달았을 땐, 나는 아랫입술을 또다시 짓이기고 있었다.

"그리고 지금 너는 무언가를 굉장히 숨기고 싶어 해. 그래서 나와 눈을 맞추지 않는 거고."

"······맞아요."

"어때? 이 정도면 눈이 마주치지 않아도 타인의 생각을 읽었다고 쳐 줄 만하지?"

나는 고개를 끄덕였다. 이자나의 추측 중에 틀린 것은 하나도 없었으니까.

"이제 네 차례야."

"저요?"

"어. 내가 한 것처럼 나에 대해 얘기해 봐."

내 입술에 머물렀던 그의 시선이 천천히 들렸다. 이자나는 나와 의도적으로 눈을 맞추지 않은 채로 정원 어딘가를 바라보았다.

"어렵지 않아. 나에 대해서 깊게 생각하면, 무언가가 떠오를 거야."

이상하게도 이자나의 말이 익숙하다고 느껴졌다.

어디서 들었더라.

나는 기억을 더듬어 보았다. 얼마 못 가 그 익숙함의 출처를 기억해 냈다. 그가 지금 내뱉은 말은, 소설 속 이자나가 했던 말과 똑같은 것이었다.

조금 더 정확하게 말하자면, 이자나가 레라지에에게 했던 말이라고 해야 할까.

두 사람의 사이가 막 진전될 무렵. 그의 이능을 궁금해하는 레라지에에게 이자나는 그렇게 말한다.

'레라지에 영애. 너도 내가 어떤 생각을 하고 있는지 추측해 봐. 어렵지 않아. 나에 대해서 깊게 생각하면, 무언가가 떠오를 거야.'

레라지에에게 갔어야 할 그의 말이 내게 오다니! 그녀가 알게 된다면, 목덜미를 잡고 쓰러질 일이었다.

나는 그 장면을 제법 자세히 기억하고 있었다.

녹음이 짙은 정원 속, 두 사람만 존재하고. 이자나는 레라지에에게 묘한 마음을 느끼고. 레라지에는 그런 그를 꼼꼼히 살피고.

제 생각을 읽어 보라던 이자나의 제안에, 레라지에가 뭐라고 대답했더라?

"좋아요. 저도 한번 해 볼게요."

이자나는 고개를 가볍게 끄덕였다.

"나도 네 생각을 읽지 않을게."

나는 진지한 눈으로 이자나를 꼼꼼히 살펴보기 시작했다. 이자나는 구김 없는 흰 셔츠를 입고 있었는데, 목 끝까지 단추를 다 채우고 있었다.

하나쯤은 풀고 있어도 괜찮을 텐데……. 흠흠.

그는 어떤 액세서리도 착용하지 않은 채였다. 반지도, 목걸이도, 귀걸이도, 아무것도. 왕이라고 하기엔 다소 소탈한 모습이었다.

결론. 이자나는 화려한 얼굴과는 다르게 하고 다니는 행색은 수수하다. 내가 짐작할 수 있는 것은 그게 다였다.

하나 이자나에게 내가 내린 결론을 말할 수는 없었다. 정말로 재미없는 대답이기 때문이다. 나의 대답을 기대하고 있을 그에게 실망을 안겨 주기는 싫었다.

흐음. 그래서 레라지에가 이자나에게 뭐라고 대답했더라?

'……이자나 폐하. 저는 당신의 상처가 보여요.'

그래. 그녀는 소설 속에서 그런 식으로 대답했었어.

레라지에의 대답에 이자나는 눈에 띄게 동요하게 된다. 그녀의 대답이 색달랐기 때문이다.

좋아, 바로 이거야. 레라지에, 네가 소설 속에서 했던 대답을 내가 못 할 이유는 없지.

나는 목소리를 몇 차례 가다듬고선 그에게 천천히 대답하였다.

"당신의…… 상처?"

이제 이자나의 동요를 기다리면 되는 건가?

나는 그의 반응을 기다렸고, 우리 사이엔 깊은 침묵이 맴돌았

다. 눈에 띄는 그의 동요를 기대했건만, 정작 내게 돌아온 이자나
의 반응은…….

"푸홉, 푸하하."

호쾌한 웃음소리였다.

이자나는 웃음을 참으려는 것처럼 제 입술을 일그러뜨렸지만, 헛
수고인 듯했다. 정원이 떠나갈 정도로 웃어 젖히기 시작했으니까.

망할. 내 대답이 잘못된 거야?

숨이 넘어갈 정도로 웃고 있는 이자나를 보자, 중요한 무언가를
간과했다는 사실을 뒤늦게 깨달았다.

소설 속 레라지에가 이자나에게 저런 대답을 했을 때는 둘 사이
에 감정적인 교류가 어느 정도 있은 후였다.

그러니까, 서로에게서 사랑의 전조를 느끼던 시점이었다는 거다.

하지만 나와 이자나 사이엔 감정적인 교류는 무슨. 우리는 안 지
이틀밖에 되지 않은 사이에 불과했다. 더불어 감정의 '감' 자도 나
누지 못한 사이였다.

아아, 나는 섣부른 대답을 해 버린 거야.

내가 후회하는 사이에도 이자나의 웃음은 끊이질 않았다. 그는
나를 엄청 웃기는 여자로 생각할 것임이 틀림없었다.

당신의 상처라니…….

이제 와 생각해 보니, 아닌 밤중에 홍두깨 같은 대답이 아니던가.

"폐하. 아뢰옵기 송구하오나, 그만 웃으실 수는 없나요?"

"넌…… 큭큭. 어떻게 대답을 해도 그런 대답을…… 큭큭큭."

이자나는 끊임없이 킥킥거렸다. 나는 그가 웃음을 멈출 때까지
기다릴 수밖에 없었다. 하지만 그의 웃음은 그칠 기미가 조금도 보

이지 않았다.

나는 용기 내어 그에게 한마디를 건네었다.

"다시 해 보면 안 될까요?"

이자나는 단언했다.

"어, 안 돼."

"마지막으로 한 번만 다시 기회를……."

"됐어. 큭큭. 너는 이미 내 상처를 봐 버렸잖아."

이자나는 두어 번의 헛기침을 하며, 그제야 웃음기를 몰아냈다.

"생강 영애. 그거 알아?"

"몰라요."

이자나는 퉁명스러운 내 대답에 아랑곳하지 않았다. 그저 제가 하려고 했던 말을 이어 했을 뿐이다.

"네가 본 게 꽤 정확하다는 말."

"네?"

이자나는 시선을 누그러뜨린 채로 자신의 손을 내려다보았다.

"내겐 지워지지 않는 상처가 있어."

그는 제 손을 느릿하게 쥐었다 폈다.

나는 아무런 말도 할 수 없었다. 가벼웠던 분위기가 삽시간 무거워진 것 같았다.

"네가 왜 내게서 두려움이 아닌 가엾다는 감정을 느꼈는지는, 나도 잘 모르겠어."

"……."

"하지만 나를 가엾다고 생각해 준 사람은 네가 처음이야, 진저 토르데."

"이자나 폐하……."

"내 이름. 아련하게 부르지 마."

이자나는 툭 던지듯이 말하며 쫙 편 손으로 내 머리 위를 몇 번 두드렸다. 그는 그럼에도 나와 눈을 맞추지는 않았다. 내 생각을 읽지 않겠다는 것 같았다.

"탕플 탑에 갇히기 전에는 아버지가 나를 두려워했고, 탕플 탑을 나오고 나서는 여러 귀족들이 나를 경계하고 파악하고 평가만 하더라고."

이자나의 고백은 자연스럽게 이어졌다.

"왕자라곤 나 하나뿐인데, 왕으로 추대하려고 하니 자질이 의심스러웠던 거겠지. 나는 속세와 연을 끊은 채 오랫동안 탑 속에서 혼자 살았으니까."

내리깔린 그의 시선이 천천히 들렸다. 그는 주저하는 듯, 조심스러운 듯 나와 눈을 맞추었다.

"그런 와중에 나를 가엾다고 생각할 사람이 존재할 리가 없잖아."

이자나……. 내가 당신을 가엾다고 생각한 건 진심이었어.

숨기지 못한 나의 진심은 이자나에게 그대로 전달된 듯했다. 그는 나지막이 말했다.

"고마워, 진저 토르테."

훌륭한 미소는 덤이었다.

이자나의 사정

"이자나. 네가 가진 능력 때문에 모두가 불행해질 거야. 그러니 너는 혼자 지내는 게 옳단다."

그 말은 아버지가 탕플 탑에 자신을 가두며 했던 말이었다.

탕플 탑에 혼자 남겨졌던 날. 그날은 10년 하고도 더 오래된 과거의 일이었지만, 이자나는 그날을 선명하게 기억하고 있었다.

몹시도 추운 날이었다. 계절은 한겨울, 두툼한 모피 옷을 입은 아버지는 제게 경고의 말 한마디만을 남긴 채로 돌아섰었다.

아버지는 뒤 한 번 돌아보지 않으며 멀어져 갔다. 차가웠던 아버지의 마지막 모습은, 이자나에게 아물지 않는 상처를 남겼다.

그 일은 그가 고작 아홉 살일 때 벌어진 일이었다.

이자나는 누군가의 따뜻한 보살핌이 필요한 나이에 탑에 갇혀 혼자 지내게 되었다. 이유는 타인의 생각을 읽는 능력 때문이었다.

아무것도 모르고, 아버지의 생각을 몇 번 읽었을 뿐인데…….

'내 생각을 읽는 네가 두려워.'

그것이 바로 이자나가 마지막으로 읽은 아버지의 생각이었다.

타인의 생각을 읽는 것은 이자나가 원했던 능력이 아니었다. 그저 언제부터인지 모르게 타인의 생각이 보였고, 들렸을 뿐이다.

왜 그런 일이 벌어진 건지, 그는 알 수 없었다. 이자나가 확실히 알고 있었던 것은, 그 능력이 태초부터 존재했던 게 아니라는 사실뿐이었다.

원하지 않은 능력은 결국 이자나를 고독하게 만들었다. 아버지에게 외면당한 채로 탑에 방치되었을 때부터 지금까지, 그는 항상 외로웠다.

한때는 '죽음'에 대해서도 깊게 생각했을 정도였다.

이자나는 제가 살아갈 의미가 없다고 여겼다. 자신은 아버지에게 버림받았거니와 저주 같은 능력을 가지고 있었으니까.

이자나는 죽음에 대해서 계속 생각했지만 끝내 죽지는 못했다. 물론 누군가가 그를 설득하고 말렸기에 죽지 못한 것은 아니다.

탑에 오는 이는 가정교사와 몇몇의 시녀들뿐. 그곳은 혼자 죽기엔 더할 나위 없이 좋은 환경을 가지고 있었다. 가령 탑의 꼭대기에서 떨어지는 것도 썩 나쁘지 않은 방법일 테다.

그는 죽음에 대한 두려움 때문에 쉽사리 죽지 못했다. 대신, 오랜 시간을 우울하게 지냈다. 식욕은 조금도 돌지 않았고, 무언가를 하고 싶다는 생각 또한 조금도 들지 않았다.

무기력함. 이자나는 그 속에 잠식되어 있었다.

잠들었을 때, 영원히 깨어나지 않기를 매일 밤 기도했다.

심지어 괴한이 침입해 자신을 죽여 주었으면 좋겠다고 생각했다.

자의론 생을 끝낼 수 없으니, 타의로 인해 생이 마감되었으면 했다.

그러나 그런 일은 일어나지 않았다.

아침이 되면 긴 잠에서 깨어났고, 괴한이 침입하는 일도 없었으며, 이자나는 몇 없는 시녀들의 생각을 매일 읽었다.

'이 왕자님을 언제까지 모셔야 하는 걸까?'

'귀찮아.'

'괴기스러워.'

'무서워.'

그를 거쳐 간 시녀 모두가 저를 두려워했고, 싫어했다. 아버지와 다름이 없었다. 이자나는 그들을 차갑게 대하기만 했다. 구태여 그들에게 잘 보이고 싶지는 않았으니까.

그러다 머리가 조금 더 크고, 키가 조금 더 컸을 때, 돌연히 그런 생각이 들었다. 죽을 용기도 없는 주제에 아무것도 하지 않는 자신이 한심하다고.

죽을 수도 없고, 아버지 때문에 탑 밖으로 나갈 수도 없다면, 탑 안에서 무언가라도 하자. 연로한 아버지가 죽게 된다면, 지긋지긋한 탑을 나가게 될지도 모르니까.

그 생각은 변화의 계기가 되었다.

이자나는 그때부터 자신의 이능에 대해서 연구했으며, 여러 책을 읽기 시작했다.

목표는 확고했다.

아버지가 죽는 날, 탑에서 나가 모든 것을 바꾸어 버리겠다는 것. 탑을 나가게 된다면, 절대로 외롭게 살지 않겠다는 것. 그리고 자신이 이능을 아무에게도 들키지 않겠다는 것.

다행스럽게도 탑에는 책이 많았다. 그는 다방면의 지식을 익히게 되었고, 자신의 이능에 대해서도 자세히 알게 되었다.

이능은 눈이 제대로 마주쳐야만 발휘된다. 어설프게 눈이 마주치거나 스치듯이 볼 때는 타인의 생각이 읽히지 않았다.

그리고 단번에 타인의 생각이 읽히는 것도 아니었다. 눈이 마주치고 짧게는 이 초, 길게는 십 초 정도 있어야 타인의 생각이 들렸다.

마지막으로 그는 탑에서 나올 때까지 생각이 읽히지 않는 예외적인 경우를 겪지 못했다.

그것이 그가 제 이능에 대해서 연구한 결과였다.

그러다 요 근래에 생각이 읽히지 않는 사람을 처음으로 만나게 되었다. 탑에서 나온 지 얼마 되지 않았을 때 겪은 일이었다.

"……폐하. 진저 님을 후작저까지 무사히 데려다주었습니다."

들려오는 말에 이자나는 과거를 떠올리던 것을 멈췄다.

상기하고 싶지 않은 과거의 기억들은 이따금 수면 위로 올라와 그의 머릿속을 가득 메우곤 했다.

타인의 생각을 속속들이 읽는 주제에, 자신의 생각은 마음대로 통제할 수 없다는 사실이 구슬프게 느껴질 따름이었다.

"수고했어, 라라."

이자나는 눈을 느릿하게 감았다 뜨며, 잠깐 떠올린 과거의 잔재를 완전히 털어냈다. 라키샨, 즉 라라는 이자나에게 조심스러운 물음을 건네었다.

"궁금해하시던 것의 답을 들으셨습니까?"

"생강…… 아니, 진저 영애에게?"

"네."

이자나는 숨김없이 단번에 대답했다.

"듣지 못했어."

이자나는 헛웃음을 낮게 흘렸다.

결론부터 얘기하자면, 진저에게 레라지에에 대한 것은 전혀 듣지 못했다. 레라지에가 안다던 자신의 소문을 물으려고 불렀건만, 진저와 시시껄렁한 대화밖에 나누지 않았다.

하지만 이자나는 그녀와 나눈 객쩍은 대화가 참으로 즐거웠다. 아무에게도 들키지 않겠다고 다짐했던 자신의 비밀을 대화 주제로 삼을 만큼.

타인과 편안하게 대화를 나눈 것은 오늘이 처음이었다. 진저는 제게 대화의 즐거움을 일깨워 준 것이다.

진저와의 대화를 떠올리자, 그의 머릿속에 그녀의 당황한 얼굴마저도 자연스럽게 그려졌다. 그러자 돌연히 웃음이 날 것만 같았다.

세상은 넓고 다양한 사람이 존재한다는 사실을 이제야 비로소 이해할 수 있을 듯싶다.

타인의 생각을 읽는 이자나는, 내면이 추악한 사람들을 많이 겪은 터였다. 제 앞에서는 웃는 얼굴을 하지만, 속으론 입에 올릴 수도 없는 험한 생각을 품은 사람이 많았으니까.

하지만 진저 토르테는 달랐다.

뭐랄까. 순수하다고 해야 할까.

걸러지지 않은 그녀의 순수한 생각에는 거짓이 없었다. 겉과 속이 다르지 않다고 느낀 사람은 진저가 처음이었다.

멍청할 정도로 순수해 보인다는 게 흠이기는 하지만……

거기까지 생각했을 때, 기어코 미소가 새어 나왔다. 이자나의 입가엔 느른한 미소가 새겨졌다.

"그럼 그대로 보내셔도 괜찮으신 겁니까?"

"뭐, 아무렴. 상관없어."

이자나는 대수롭지 않게 대답했다. 애당초 진저에게 소문에 대한 진실을 듣게 되리라고 기대하지는 않았다.

진저는 저를 만나자마자 자신의 눈을 피했다. 아닌 말로 그녀가 모든 사실을 솔직하게 털어놓으려 했다면, 자신의 눈동자를 피하지 않았을 테다.

즉, 그녀는 애당초 솔직한 마음을 토로할 생각이 없었던 것이다.

그렇다고 해서 연회장에서 들은 진저의 생각이 거짓이라고는 여겨지지 않았다.

'……사실은 당신에 대한 이상한 말을 들었거든요.'

'이상한 말?'

'네. 폐하께서 탕플 탑에 갇히게 된 이유가, 생각을 읽는 눈동자 때문이라는…… 그런 말을 들었어요.'

'그런 말을 어디서 들었지?'

'그런 사람이 있답니다. 남 얘기를 하는 것을 좋아하고, 남의 남자도 잘 뺏는 여자가 하나 있어요.'

진저는 그리 말하며, 누군가를 떠올렸다. 석류보다도 붉은 머리카락과 선홍빛 눈동자를 가진 여자.

레라지에 아틀렌타.

그것이 진저의 머릿속에 떠오른 이름이었다. 후작가의 여식이자 자신의 이능이 통하지 않던 유일한 여자.

생각이 읽히지 않던 그 여자가 자신의 비밀을 알고 있다고 했다.

생각이 읽히지 않는다는 사실도 놀라운데, 자신의 비밀마저도 알고 있다니. 레라지에 아틀렌타는 어떤 여자인 걸까? 이자나는 그녀가 궁금했다.

아무튼 진저의 말을 믿고선, 진저를 궁에 부른 것이건만……

이자나는 잘 빠진 턱 끝을 손으로 몇 차례 문질렀다.

물론 이자나는 자신의 이능을 이용해 진저가 숨기려고 한 사실을 알아낼 수도 있었다.

그녀와 강제로 눈을 맞추고, 그녀를 잘 꾀어낸다면, 그녀는 필시 '제가 숨긴 어떤 사실'을 여과 없이 드러낼 테니까.

하지만 그렇게까지 하고 싶지는 않았다. 이자나는 자신이 이능을 원하지 않았다고 확신하고 있었다. 선택의 기회도 없이 제게 주어진 이능이 원망스럽기까지 했다.

그런 주제에 이능을 조악하게 사용하고 싶지는 않았다. 그리고 구태여 진저에게 전해 듣지 않아도, 사실을 알 수 있는 방법이 존재했다.

"라라. 내일은 레라지에 아틀렌타를 만나 봐야겠는걸."

본인에게 직접 물으면 그만이었으니까.

레라지에를 다시 만났을 때, 그때도 그녀의 생각이 읽히지 않을 것인지 궁금했다.

어제 연회에서 레라지에의 생각이 읽히지 않은 것이 단순한 우연에 불과했던 것인지. 아니면 그녀에게 어떤 특별함이 내재되어 있는 것인지.

이자나는 그것이 궁금했고, 궁금한 걸 참는 성격이 아니었다. 내일 레라지에를 만난다면 오늘 든 의문이 모두 해소되지 않을까.

"네, 알겠습니다."

라라는 유려한 미소를 지으며 뒤돌아섰다.

이내 몸을 완전히 틀어 이자나의 방을 나섰을 때, 라라의 입가에 드리워져 있던 미소가 삽시간 사라져 버렸다.

라라는 제법 딱딱한 표정을 지은 채로 꽉 닫힌 이자나의 방문을 흘긋 바라보았다.

레라지에의 사정

레라지에는 정원에 존재하는 테이블 앞에 앉아 어느 정원수 하나를 초점 없이 바라보고 있었다.

그녀는 테이블 위를 두어 번 의미 없이 두드리며 미간을 옅게 구겼다. 그러다 시선을 끌어내려, 테이블 위에 올려 둔 붉은 목걸이를 쳐다보았다.

붉은 목걸이는 내리쬐는 햇볕을 받아 아름답게 빛나고 있었다. 그것을 보는 레라지에의 마음은 복잡하기만 했다.

"이 목걸이에 뭔가가 있는 게 분명한데……."

지난날, 목걸이와 관련된 진저와 키키의 수상쩍었던 행동들이 잊히지 않았다. 진저는 자신의 붉은 목걸이를 탐냈다가도, 왜 갑자기 탐내지 않게 된 걸까.

진저는 그렇게 말했다.

'키키에게 그 목걸이가 탐난다고 말한 적이 있어. 그렇다고 해서

모조품을 만들어서 바꿔치기하라고 시킨 건 아니야. 그건 전적으로 키키 혼자 계획한 행동이라고.'

제 목걸이가 탐이 났지만, 키키에게 목걸이를 바꿔치기해 오라는 지시는 내리지 않았다고.

그러나 레라지에는 그녀의 말을 믿지 않았다. 왜냐면, 키키는 그런 짓을 선뜻 할 만큼 용기 있는 남자가 아니었기 때문이다.

누군가의 협박이 있었기에 어쩔 수 없기 행한 거겠지.

그렇다면 문제는, 자신의 목걸이를 갖고자 했던 진저의 간절함이 왜 사라져 버렸는가 하는 것이었다.

무슨 까닭으로. 도대체 왜.

진저를 뼛속까지 알고 있다고 자부하는 레라지에조차도 이번 일의 사정을 잘 헤아릴 수 없었다. 심지어 작은 실마리조차도 추측할 수 없었으니.

"화가 나네."

레라지에는 붉은 머리카락을 거칠게 쓸어 넘겼다.

그녀는 키키를 취조해 볼까라고도 생각해 보았다. 그러나 곧 고개를 내저었다. 진저가 키키에게 자신의 깊은 사정까지 얘기했으리라 생각되지 않아서였다.

즉, 일의 진상을 알아내려면 진저에게 직접 물어보는 수밖에 없었다. 하지만 진저가 제 속내를 속 시원히 얘기해 줄까?

그럴 리가 없지.

레라지에는 긴 한숨을 내쉬었다.

진저와 안 이래로 그녀에게 이런 식의 답답함을 느낀 적은 한 번도 없었다. 무슨 일이 있건, 무슨 일을 하건 늘 우위에 있던 것은 자신이었으니까.

"짜증 나."

생각을 많이 했더니, 머리가 제법 아파 왔다. 레라지에는 의자에 몸을 깊숙이 기대고선 잠시 눈을 감았다.

당장은 아무것도 짐작할 수 없지만, 침착함을 유지한 채로 진저를 지켜본다면 무언가를 알 수 있을 거야.

그렇게 생각하자 답답했던 마음이 풀리며, 진저에 대한 생각이 사라졌다. 그 후, 불현듯이 떠오른 것은 연회장에서 보았던 이자나였다.

어찌 된 영문인지 이자나와 눈이 마주쳤던 기억이 꽤 선명했다. 그와 눈이 마주쳤던 때는 키키의 속임수로 인해 굉장히 화가 나 있던 찰나였다.

걷잡을 수 없이 화났음에도 불구하고, 이자나의 검은 눈동자와 마주치던 순간 노기가 급속도로 사그라졌었다.

레라지에는 그에게서 눈을 뗄 수 없었다. 새카만 그의 눈동자가 다른 사람들의 눈빛과 다르게 느껴졌다.

어째서일까. 왜 그렇게 느꼈는지는 지금도 알 수 없었다.

그날 레라지에는 이자나의 눈동자가 희미하게 떨리는 것을 보았었다. 그는 제게 무슨 말을 할 것처럼 입술을 벙긋거렸다가도 결국엔 아무런 말도 건네지 않았다.

이자나는 제게 어떤 말을 하고 싶었던 걸까?

레라지에는 연회에 늦게 도착한 까닭에 이자나와 대화를 나누지 못했다. 이틀이 지났지만 그것은 참으로 후회가 되는 일이었다.

키키와 입씨름하고 있을 시간에 이자나와 대화라도 한번 나눠 볼걸.

레라지에는 그의 진득한 시선을 다시금 느끼고 싶었다. 다른 사람에게선 느낄 수 없었던 그의 시선이 가진 압도적인 존재감을. 조금 더 확실히.

얼마 못 가 그와 또다시 조우하지 않을까?

그녀에겐 그런 예감이 들었다. 꽤나 강하게 든 직감이었다. 누군가가 레라지에를 부른 것은 그때였다.

"레라지에 님?"

그녀는 자신의 이름을 부르는 소리에 따라 감았던 눈을 천천히 떴다. 그리 멀지 않은 거리에 멀끔한 남자 하나가 서 있는 게 보였다.

저 남자. 언제부터 저곳에 서 있었던 걸까.

새로이 등장한 남자는 이자나만큼은 아니지만, 얼굴이 수려한 편이었다. 남자는 이자나보다는 키가 크고, 몸집이 있는 편이기도 했다.

또한 그는 빛이 바랜 듯한 잿빛 머리카락을 가지고 있었는데, 햇볕에 반사되어 꽤나 보기 좋게 빛나고 있었다.

그는 매서운 콧대 중간쯤에 걸친 동그란 안경을 손가락으로 쓱 올리며 레라지에에게 다시금 말을 건네었다.

"주무시는 걸 깨운 거라면…… 죄송합니다."

남자는 사려 깊은 미소를 지었다.

레라지에는 고개를 갸웃거렸다. 그와는 분명 초면이었지만, 이상하게도 낯익은 기분이 들었기 때문이다.

"아뇨. 자고 있던 건 아니었어요. 그런데 누구시죠?"

그는 조금 더 짙어진 미소를 지으며 대답했다.

"인사가 늦었습니다. 저는 이자나 폐하의 보좌관인 라키샨이라고 합니다."

"라키샨."

처음 듣는 이름이었다. 하지만 보면 볼수록 남자는 이상한 친밀감을 주었다.

어디서 스치듯이 본 적이 있던가.

레라지에는 그를 빤히 바라보며 머릿속 어딘가에 있을 잊힌 기억을 떠올리려고 애썼다. 애석하게도 떠오르는 것은 전혀 없었다.

"레라지에 님?"

"……아, 죄송해요. 잠시 딴생각을 했어요. 그러니까, 이자나 폐하의 보좌관이 제게 찾아온 이유는 무엇인가요?"

"폐하께서 레라지에 님을 뵙길 원하십니다."

"저를요?"

"그렇습니다. 선약이 없으시다면 궁까지 제가 모시겠습니다. 물론 선약이 있으셔도 모셔 오라는 이자나 폐하의 명이 있었습니다만."

라키샨은 거기까지 말하고선 할 말을 다했다는 듯이 침묵했다. 레라지에는 의자에 깊게 기대고 있던 허리를 바로 세우고 그를 똑바로 보았다.

때마침 이자나를 다시 보고 싶다고 생각하던 차인데, 그가 자신을 찾고 있다, 라……. 그렇다면 고민할 필요도 없지.

"좋아요."

레라지에는 턱을 오만하게 든 채로 라키샨에게 오른손을 내밀었다. 그는 익숙하다는 것처럼 그녀의 손끝을 살짝 잡아 주었다.

"안내하겠습니다."

레라지에는 의자에서 몸을 일으켰다. 그렇게 라키샨의 뒤를 따르려다가 테이블 위에 올려놓은 붉은 목걸이가 문득 보였다.

"잠깐만요."

그녀는 라키샨의 손을 놓고선 붉은 목걸이를 집어 들었다. 그러고선 목걸이를 제 목에 채웠다. 어쩐지 그걸 꼭 껴야 될 것만 같은 기분이 들어서였다.

"자, 다시 가요."

레라지에의 말에도 라키샨은 그 자리에 멈춰 선 채 꼼짝도 하지 않았다. 동그란 안경 속에 있는 그의 날카로운 시선이 그녀를 빤히 응시했다.

"뭐해요? 다시 가자니까요."

답답했던 레라지에가 그를 독촉하자, 라키샨이 레라지에 앞쪽으로 완전히 몸을 비틀었다. 졸지에 그가 그녀의 앞을 가로막고 있는 꼴이 되어 버렸다.

"외람된 말씀이오나……."

"무슨 문제라도 있는 건가요?"

"그 붉은 목걸이는 빼고 가시는 게 좋으실 듯싶습니다."

"정말 외람된 말씀이네요."

"……."

"결론부터 말씀드리자면, 불가해요. 저는 제 액세서리 착용 여부를 오늘 처음 보는 남자에게 강요받고 싶지 않거든요."

불쾌한 듯 쏘아붙이는 레라지에의 말에 그는 한동안 아무런 말도 하지 않았다. 그들 사이엔 깊은 침묵이 맴돌았다.

침묵을 깬 이는 라키샨이었다. 그는 조금도 동요하지 않으며, 제가 하고 싶은 말을 꺼내었다.

"이렇게 말씀드리면, 레라지에 님의 생각이 바뀔지도 모르겠습니다."

"무슨……."

레라지에가 무슨 말이냐고 물으려던 찰나, 그가 그녀의 말을 막아섰다. 그는 비밀이라도 털어놓으려는 것처럼 작은 목소리로 제 말을 이어 했다.

"게슈트 님이 주신 목걸이는 빼고 가시는 게 좋겠습니다."

"게슈트……? 당신, 우리 할아버지를 알아요?"

돌연히 새어 나온 게슈트라는 이름에, 레라지에의 눈썹이 옅게 일그러졌다. 반면 라키샨은 다시금 반듯한 미소를 지어 보였다.

"안다고 물으신다면, 확실히 그렇다고 대답해 드릴 수 있겠군요."

"당신, 정체가 뭐야?"

레라지에는 침착하게 굴려고 애썼다.

자신의 할아버지인 게슈트가 그녀에게 목걸이를 줬던 사실은 공공연한 비밀이 아니었다. 그녀와 가까이 지내는 이들은 모두 알고 있던 사실이었다.

하지만 이 남자와는 역시나 초면이었다. 누군가에게 엿듣기라도 한 걸까?

그사이 남자는 제 입술을 천천히 움직이기 시작했다. 은밀한 얘기를 하듯이. 조용히.

"저는 과거에 '하멜 브레이'라는 이름을 가졌던 자입니다."

패자의 역습

이자나를 만나고 난 후에, 나는 그 책을 몇 번이나 정독했다. 한 번 읽었을 때 대충 넘어갔던 부분을 꼼꼼히 보았다고 해야 할까.

다시 보아도 레라지에와 이자나가 사랑 놀이를 하는 부분은 치가 떨릴 만큼 싫었지만, 그 부분 또한 억지로 읽어 냈다.

추후에 일어날 상황을 조금 더 빠르게 예측하기 위해서이기도 했고, 이자나에게 또다시 실수하지 않으려는 이유도 있었다.

물론 후자 쪽의 이유가 훨씬 더 컸다.

며칠이 지났지만 이자나에게 했던 낯간지러운 말이 잊히지 않았다.

'당신의…… 상처?'

잊히기는커녕 시간이 지날수록 더욱 선명히 기억됐다. 망할.

"아으그으윽."

손발이 오그라드는 부끄러운 말이 선명하게 떠오르자, 내 입에선 참을 수 없는 신음이 새어 나왔다. 부끄러운 걸 넘어서서 그렇게나 수치스러운 일이 또 있을까.

거기까지 떠올렸을 때, 그날 들은 이자나의 호쾌한 웃음소리마저도 내 귓가에 맴돌았다.

수치스러운 감정과는 별개로 그의 웃는 얼굴은 정말로 보기 좋았다. 그 웃음은 거짓 없는 제대로 된 것이었다.

나는 그의 웃음소리가 듣고 싶어졌다. 설령 내가 또다시 수치스러워질지라도.

다행인지 불행인지, 그날 이자나는 레라지에에 관한 것을 더 이상 묻지 않았다.

그는 꼭…… 너무 많이 웃은 까닭에 우리 만남의 근본적인 이유를 잠깐 잊어버린 것만 같았다.

우리는 객쩍은 대화를 몇 번 더 주고받은 뒤에 헤어졌다. 나를 궁으로 데려왔던 라라가 다시금 저택까지 무사히 데려다주었다.

그날 이자나에게 변명을 하지 않아서 좋기는 했지만, 어딘지 모르게 찝찝하기도 했다. 이자나가 레라지에에 관한 궁금증을 유야무야 넘길 것 같지 않았기 때문이다.

소설 속 이자나는 궁금한 것을 끝까지 밝히려는 성향이 강했다. 그렇기에 그는 게슈트에 관한 것을 끝끝내 모두 알아내고야 말았다. 알지 못하는 게 더 나았을 거란 걸 예감했음에도 불구하고.

그렇다면 소설 밖의 이자나 또한 레라지에에 대한 의문을 샅샅이 파헤칠 것임이 틀림없다. 모르는 게 더 나으리라는 예감이 들지라도, 그는 끝까지 알아내려고 할 것이다. 소설 속의 그가 그러했듯이.

내게 정보를 얻는 것은 실패했으니, 그는 이제 어디서 정보를 얻으려고 할까.

그 순간 그녀의 이름이 자연스럽게 떠올랐다.

"설마…… 레라지에?"

아니, 설마가 아니라 이자나가 정보를 얻을 수 있는 사람은 레라지에밖에 없잖아!

……괜찮을까?

내가 이자나에게 정보를 조금 더 흘렸어야 했나, 하는 뒤늦은 후회가 들었다.

하지만 내가 아무리 용을 쓴다고 해도, 이자나는 결국 레라지에를 독대할 것이다. 그건 이자나가 레라지에의 생각이 읽히지 않음을 깨달은 순간부터 한 번은 겪어야 할 일이었다.

내가 두 사람의 만남을 막을 수 있는 방법은 없었던 것이다.

그럼에도 내가 할 수 있는 일이 하나 있기는 했다. 그것은 바로 둘 사이에 사랑이 싹트지 않도록 방해하는 일이었다.

이자나는 레라지에를 궁으로 불렀을까? 그는 그녀에게 무엇을 물어보았을까? 레라지에는 이자나를 만나러 갈 때 빌어먹을 붉은 목걸이를 차고 갔을까?

나는 그녀가 목걸이를 차고 갔기를 바랐다. 목걸이를 차고 간다면 레라지에의 생각이 읽히지 않으니, 그가 그녀를 더욱 의심스럽게 생각할 테니까.

이자나는 내가 거짓말로 흘린 소문에 대한 것을 레라지에게 물어볼 것이다. 그녀는 그런 소문을 모른다고 반색하겠지만, 그녀의 진짜 생각을 알 수 없는 이자나는 그녀의 말을 온전히 믿을 수 없으리라.

내가 예상한 대로 일이 흘러갔으면 좋겠다고 소원했다. 그러나 예상하지 못한 곳에서 변수가 발생할 수도 있으리라는 생각이 들었다.

"변수라."

그 순간 누군가가 방문을 두어 번 두드리는 소리가 들렸다.

똑똑.

"진저. 방에 있니?"

익숙한 목소리의 정체는 어머니였다. 나는 소파에 흐트러져 있던 몸을 똑바로 하며 대답했다.

"네. 들어오세요."

그러자 어머니가 들어왔다. 어머니는 내 맞은편 소파에 앉고선 말했다.

"우리 진저. 얼굴이 좋아 보이지 않구나. 무슨 걱정이라도 있는 거니?"

티가 났는가. 복잡한 심정을 숨기지 못했나 보다.

나는 마른세수하듯이 얼굴을 쓸며, 어머니에게 대답했다.

"걱정이 있기는 하지만……. 별거 아닌 걱정이에요. 걱정해 봤자, 제가 손쓸 수 없는 일이라고 해야 할까요."

"내 딸. 걱정하지 마렴. 모두 다 잘 될 거란다."

어머니의 말은 내 마음을 가라앉혀 주는 데 특효가 있었다.

"어머니 덕에 걱정이 전부 다 사라진 것 같아요!"

내가 빙그레 미소 짓자 어머니 또한 나를 따라 미소 지었다.

"다행이구나. 그나저나 진저, 사실 할 얘기가 있어서 찾아왔단다."

"무슨 얘기요?"

"글쎄. 공작가에서 서신이 왔더구나."

"공작기요?"

우리 집에 서신을 보낼 공작가라면, 미켈슨 공작가밖에 없었다. 빌어먹을 키키의 아버지가 서신을 넣었다는 건가? 어쩐지 불길한 기분이 들었다.

"응. 이제 슬슬 너희의 결혼 날을 잡자는 내용이더구나."

"뭐…… 뭐라고요? 결, 결혼이요?"

맙소사. 키쇼 미켈슨과 결혼이라니!

그것은 정말로 끔찍한 말이었다. 생강이라는 말을 면전에서 들었을 때보다도 훨씬 더 끔찍하게 느껴질 정도였다.

이자나와 레라지에에게 신경을 쓰다 보니 키키를 까맣게 잊고 있었다. 그와의 약혼을 깨뜨려야 한다는 사실을 망각해 버리고 만 것이다.

"진저. 결혼에 대해서 생각한 적 없니? 너희 약혼한 지 꽤 됐잖니. 공작가에서 그런 말이 나온 건 당연해."

"음…… 어머니. 그러니까 말이죠. 갑작스럽게 들릴지는 모르겠지만, 저는 망할 키키와 결혼하고 싶지 않아요. 더불어 그와의 약혼도 끝내고 싶고요."

그러자 어머니의 표정이 삽시간 어두워졌다. 어머니는 키키와 약혼을 깨고 싶다는 내 말을 달가워하지 않아 하는 것만 같았다.

어머니를 어떻게 설득시키면 좋을까, 라고 고민하던 찰나였다.

"……그래."

"네?"

어머니는 내가 약혼을 깨고 싶어 하는 이유를 묻지 않았다. 그저 '그래'라는, 내 요구를 이해해 주는 듯한 대답을 해 주었을 따름이었다.

어머니의 얼굴엔 사려 깊은 미소가 맴돌았다. 잠깐 어두워졌던 어머니의 얼굴은 다시금 밝아져 있었다.

"사정이 있는 거지? 나는 우리 딸의 결정을 믿는단다. 내 결혼이 아니고 네 결혼이잖니. 모든 결정은 네 몫이야. 빌어먹을 키키 공자가 무언가를 잘못했을 게 분명하지만."

"……어머니."

"공작가에는 뭐라고 말해야 될지는 난처하다만…… 진저 네가 그렇게 결정했다면, 그렇게 하는 게 옳다고 봐. 나는 하나밖에 없는 내 딸의 편이니까."

"어머니."

나는 어머니라는 세 글자를 거의 울먹이듯이 불렀다. 나를 믿어 주는 어머니를 보자 힘이 솟는 것도 같기도 했다.

나는 확고한 목소리로, 결연하게 대답했다.

"어머니. 공작가에 얘기하는 건 저에게 모두 맡겨 주세요. 약혼을 하겠다고 우긴 것도 저였고, 갑작스럽게 약혼을 깨겠다고 청한 것도 저니까요! 어머니는 그저 걱정 없이 계시면 된답니다."

어머니는 고개를 끄덕여 주었다. 나를 보는 그녀의 눈빛엔 신뢰만이 그득히 담겨 있었다.

"저만 믿으세요!"

나는 주먹을 꽉 그러쥐었다. 무사히 약혼을 깨리라는 결의는 덤이었다.

* * *

애기기 니온 김에, 니는 공직가를 곧마도 찾아샀나.

공작가라는 위세에 걸맞은 고풍스러운 공작저로 들어가, 응접실에 자리하자 덜컥 긴장이 되었다. 어머니에게 믿어달라는 말을 내뱉을 때까지만 해도 자신만만했었는데 말이다.

나는 공작님, 즉 키키의 아버지인 미켈슨 공작을 기다리며 다리를 달달 떨었다. 공작을 모시러 간 시녀는 좀처럼 돌아오지 않고 있었다.

그렇게 차를 두 잔째 마셨을 때였다. 응접실 문이 열리는 기척이 들렸다. 나는 열린 방문 쪽으로 시선을 비틀었다. 그러자 그가 보였다.

"진저. 많이 기다렸느냐? 오랜만이구나."

미켈슨 공작. 키키와 이목구비가 똑 닮은 남자.

그는 장성한 아들을 가진 아버지라고 하기엔 지나치게 젊어 보였다. 그가 젊었을 때, 키키보다도 더 심각한 바람둥이었다는 소리를 들은 것도 같았다.

나는 소파에 앉아 있던 몸을 일으켜, 그에게 인사했다.

"안녕하세요, 공작님. 오랜만이에요. 자주 찾아뵙지 못해서 죄송할 따름입니다."

"괜찮다. 그럴 수도 있는 거지."

그는 터벅터벅 걸어와 내 맞은편에 자리했다. 그러고선 나도 앉으라는 듯이 가볍게 손짓했다. 나는 그의 손짓을 따라 다시금 자리에 앉았다.

"그래. 여기까지 오느라 수고했군. 키키를 만나러 온 것 같지는 않고…… 나를 만나러 왔느냐?"

"네, 맞아요."

"네가 나를 직접 찾아오다니, 할 말이 있는 거구나."

미켈슨 공작은 나를 예리한 눈으로 바라보았다. 나는 그의 시선에 기죽지 않고선 또박또박 대꾸했다.

"그렇습니다. 공작님께 말씀드리고 싶은 게 있어서 찾아왔습니다."

"그래. 네 용건을 들어 보도록 하지."

나는 호흡을 낮게 골랐다. 키키와의 약혼을 깨고 싶다고 말했을 때, 미켈슨 공작은 뭐라고 할까?

나는 그의 반응을 조금도 예상할 수 없었다.

"돌려 말하지 않겠습니다. 저는…… 키숀 미켈슨 공자와의 약혼을 깨고 싶습니다."

내 말이 끝나기 무섭게 미켈슨 공작의 미간이 보기 좋게 찌푸려졌다. 그는 잠깐 동안 아무 말도 하지 않으며 딱딱한 시선으로 나를 응시하기만 했다.

나는 그의 대답을 잠자코 기다렸다.

"약혼을 깨고 싶다, 라. 이유는?"

그는 어머니와는 다르게 내게 이유를 요구하고 있었다.

이유를 묻는다면, 대답 못 할 이유는 없지.

"이유를 물으신다면 그것 또한 솔직하게 말씀드리겠습니다. 키숀 공자의 바람기를 감당할 수 없습니다."

나는 있는 그대로의 사실을 고백했다. 키키가 바람 핀 사실을 예쁘게 포장해서 말해 주고 싶지 않았기 때문이다.

미켈슨 공작은 의외인 반응을 내비쳤다. 찌푸렸던 표정을 풀고선 느른한 미소를 지은 것이다. 미소 지을 상황이 아님에도 불구하고!

"그런 이유로 약혼을 깨겠다면 조금 곤란한데."

"어째서죠?"

"진저 토르테. 너는 약혼을 너무 쉽게 보고 있구나. 그건 가문과 가문 사이의 결합을 약속한 것과 마찬가지란다."

"……."

"더군다나 네가 약혼한 가문은 공작가란 말이다. 나는 하나뿐인 내 아들에게 파혼이라는 꼬리표를 남겨 주고 싶지 않아. 자고로 바람이란 어느 남자든 한 번쯤은 피우는 일이 아니더냐. 시간이 지나면 다 괜찮아질 거란다."

……그게 무슨 말도 안 되는 개소리입니까?

나는 그렇게 말하고 싶은 것을 가까스로 참아 냈다.

어느 남자든 한 번쯤은 피우는 바람이라니. 결국은 나더러 키키의 바람기를 이해해 주라는 말이 아니던가. 기가 막혀도 그렇게 기가 막힐 수가 없었다.

솔직히 말하자면, 나는 화가 났다. 드레스 위에 올려 둔 손이 부들부들 떨릴 정도였다.

깨달았을 땐, 나는 이미 그에게 따지듯이 되묻고 있었다.

"공작님. 시간이 지나도 괜찮아지지 않으면요? 그럼 제 인생은 어떻게 하나요?"

"그건 그때 가서 다시 생각하면 돼. 고작 그런 일로 나를 찾아온 거라니."

쯧. 공작은 혀를 찼다. 내가 찾아온 이유를 전혀 공감하지 못하겠다는 듯이.

"진저. 할 얘기는 그게 끝인 것이냐?"

"아뇨! 공작님이 뭐라고 하시든 저는 이 약혼을 깨고 말겠어요."

"누구 마음대로? 나보다 더 높은 사람이 와서 명하면 모를까. 진 저 토르테 네 힘으론 어쩔 수 없을 거야."

나는 공작을 매서운 눈길로 노려봤다. 지금 권세가라는 자신의 위치를 이용해서 나를 겁박하나 본데…….

아니, 잠깐. 나는 그 순간 공작의 말속에서 어떤 단어를 포착해 내고야 말았다.

"공작님. 방금 '높으신 분'이라고 하셨나요?"

"그래. 높으신 분."

"그럼 공작님은 당신보다 높으신 분이 명령을 내린다면, 그걸 따 르겠다는 말씀이시죠?"

"정확하게 이해했군."

높으신 분? 공작보다 높으신 분이라면 한 분 계시지.

나는 며칠 전, 정원에서 만났던 그를 자연스럽게 떠올렸다. 타인 의 생각을 읽는 이자나 왕. 내겐 그가 있었다.

미켈슨 공작은 상상하지도 못할 내 인맥!

그에게 부탁한다면 망할 약혼을 깰 수 있을 것이다. 나는 확신했다.

"공작님, 나중에 말 바꾸시면 안 돼요."

"아무렴."

공작은 나를 비웃듯 코웃음 쳤다.

지금 비웃었다 이거지? 다음에도 나를 비웃을 수 있을지 지켜보 겠어.

나는 대답 대신 히죽거렸다. 히죽거리는 나를, 미켈슨 공작이 이 상한 눈으로 쳐다봤지만 그런 건 아무래도 상관없었다.

우리는 그 말을 끝으로 더 이상 이야기를 나누기 않았다. 나는 미켈슨 공작에게 하고 싶었던 말을 모두 했으며, 그 또한 제가 하고 싶은 말을 죄다 했으니까. 굳이 사족을 붙이고 싶지는 않았다.

문제가 있다면, 미켈슨 공작이 내 말을 들어 주지 않았다는 것뿐이랄까.

하지만 내게는 높으신 분이 있었다.

그 높으신 분을 어떻게 만날 것이며, 그에게 어떤 식으로 부탁할 것이며…… 와 같은 부수적인 문제가 있기는 하지만, 그것은 또 어떻게든 해결되지 않을까?

어쩐지 잘 해결될 것만 같은 기분 좋은 예감이 들었다.

공작과의 대화를 끝마친 나는, 공작가를 빠르게 빠져나왔다. 어디에 있을지 모를 키키와 마주치고 싶지 않았다.

나의 기민함 덕이었는지, 저택을 나서는 순간까지도 그를 보지 못했다. 그것은 다행이라면 다행인 점이었다.

* * *

후작저에 도착해 마차에서 내렸을 땐, 머리 위로 석양이 지고 있었다. 하늘을 물들인 붉은 빛을 보고 있자니 후작저로 곧바로 들어가기엔 왠지 아쉬운 마음이 들었다.

딱히 갈 곳이 있던가.

그 순간 생각난 곳은 서점이었다.

"오랜만에 서점에나 가 볼까?"

책 심부름은 거의 대부분 사라에게 시키기는 했으나, 이따금 내가 직접 서점에 방문할 때도 있었다. 자주 가는 서점의 위치도 후작저와 가까웠으니 더 고민할 이유가 없었다.

로맨스 소설에 대해서 생각하자, 미켈슨 공작의 어처구니없던 발언으로 인해 들끓었던 노기가 가라앉는 것도 같았다.

서점엔 금방 도착할 수 있었다. 나는 유리문을 열어 그 안으로 들어갔다.

"좋은 냄새."

나를 반기는 향기로운 종이 냄새가 싫지 않았다. 나는 책 냄새를 폐 깊숙이 들이쉬며, 익숙한 코너로 걸어갔다.

걸음의 종착지는 그러했다.

'로맨스 코너.'

오늘은 어떤 신상 아가들이 새로 들어왔을까. 내 얼굴엔 가느다란 미소가 걸리기에 이르렀다. 나는 책의 표지와 제목들을 하나하나 꼼꼼히 살피며 훑어가기 시작했다.

"······이건 전에 읽었던 거고······ 이건 내 취향이 아니고······ 이건 표지가 마음에 들지 않네."

로맨스 소설을 좋아하기는 하지만, 그렇다고 해서 모든 로맨스 소설을 읽는 것은 아니었다.

나는 새드 엔딩, 배드 엔딩, 그리고 지나치게 피폐한 것은 되도록 피했다. 자고로 독서란, 마음이 편해지고 즐거워지기 위한 것이라고 여기기 때문이다.

그래서 나는 주로 즐겁고, 밝고, 사랑스러운 내용의 소설만 읽고 있었다. 물론 최근에 결말이 끔찍한 소설 하나를 읽기는 했지만.

나는 '유폐된 왕자와 후작 영애'를 잠깐 떠올렸다. 오늘은 그런 소설을 절대로 고르지 말아야지.

그리하여 장고 끝에 고른 소설은 보랏빛의 표지가 매력적인 소설이었다. 보자마자 꼭 읽어야 된다는 사명감이 온몸에 전율했다고 해야 할까.

두근거리는 마음으로 책장에 꽂힌 그 책을 뽑아 들려던 순간이었다.

"엇!"

다른 사람의 손이 그 책을 먼저 낚아채 버렸다. 나는 고개를 돌려 책을 빼앗아간 이를 바라보았다.

"어?"

믿을 수 없게도 내가 아는 사람이었다. 뭐랄까. 이곳과는 전혀 어울리지 않는 남자라고 해야 할까.

몹시도 뜻밖인 그의 등장에, 내가 헛것을 본 게 아닌가 싶기도 했다.

하나 헛것은 아닌가 보다. 두 눈을 몇 차례 깜빡였음에도 불구하고, 내 옆에 서 있던 그의 모습이 사라지지 않았으니까.

나는 조심스럽게 말을 걸었다.

"당신 설마…… 라라?"

그렇다. 이자나의 보좌관이라던 그가, 내가 선택한 책을 꼭 쥐고 있었던 것이다. 심지어 두 손으로. 소중한 것을 잡고 있는 것처럼!

나는 그를 조금 더 살펴보았다.

그는 이전 날 보았던 것과 다름이 없었다. 흐트러짐 없는 옷차림과 잘 정돈된 잿빛 머리카락. 허점이라고는 조금도 보이지 않는 모습이었다.

덩치도 큰 그가, 정갈한 외형을 한 채로 로맨스 소설을 꽉 쥐고 있다, 라……. 기괴할 정도로 어울리지 않구나.

어쩌면 라라에겐 미안한 생각일지도 모르겠다.

책에만 꽂혀 있던 라라의 시선이 뒤늦게 들리기 시작했다. 얼마 못 가 우리의 시선은 교차했다. 다소 희귀한 그의 회색빛 눈동자가 내 눈을 오롯이 직시하고 있었다.

그는 웬일인지 동그란 안경을 끼지 않은 채였다.

"당신은 설마…… 진저 님?"

그는 표정 하나 변하지 않으며 내 말을 흉내 냈다. 장난을 치는 것인지, 진심으로 그렇게 구는 것인지 잘 알 수 없었다.

"설마가 맞아요. 라라."

"이런 곳에서 만날 줄은 꿈에도 상상하지 못했습니다."

"그건 제가 더 그런데요."

라라는 머쓱한 미소를 지었다.

"서점에 볼일이 있어서 말입니다. 이곳엔 궁성 도서관에서는 찾을 수 없는 책이 있어서요."

설마…… 지금 손에 꼭 쥐고 있는 그 로맨스 소설 말하는 거야?

나는 그렇게 묻고 싶었지만, 묻지 않았다. 아니, 묻지 못했다는 게 더 알맞은 표현일지도 모르겠다.

바늘로 찔러도 꿈쩍도 하지 않을 것처럼 생긴 그가 로맨스 소설을 읽는 모습을 상상하자 웃음이 날 것 같았기 때문이다.

동그란 안경 속에 자리한 예리한 눈빛으로 로맨틱한 사랑 이야기를 보는 모습이라니. 직접 보지 않는 한 잘 믿어지지 않는 모양새라고 생각했다.

휴, 나는 짧게 숨을 고르고선, 그에게 말을 건네었다.

"라라는 로맨스 소설도 읽어요?"

"그렇습니다."

그는 거리낌 없이 대답했다. 제가 로맨스 소설을 읽는다는 사실이 매우 당연하다는 듯이.

"그래요? 그렇단 말이죠…….."

"네. 뭐가 잘못됐습니까?"

라라가 내게 한 발자국 가까이 다가와 물었다.

"아뇨. 로맨스 소설 같은 건 전혀 읽지 않게 생겼는데, 읽는다니까 조금 의외라서."

"그런 걸 전혀 읽지 않게 생겼다는 건…… 어떻게 생긴 겁니까?"

모범생처럼 생겼다. 로맨스의 '로' 자도 모르게 생겼다. 로맨스 소설을 읽는 사람들을 비웃을 것처럼 생겼다……라고 대답한다면 라라가 기분 나빠 하겠지?

나는 선뜻 대답하지 못했다. 그러자 라라가 게슴츠레한 눈으로 나를 내려다보았다.

"진저 님. 설마 저를 모범생처럼 생겨서는, 로맨스의 '로' 자도 모르게 보인다고 생각하신 건 아니죠?"

"커컥! 아…… 아니! 그렇게 생각한 건 절, 절대로 아니에요. 정말로. 진심으로."

뭐야? 어떻게 안 거지? 이 인간도 생각을 읽는 건가?

나는 당황한 것을 숨기지 못했다. 라라는 내 표정의 변화를 빠짐없이 지켜보고선, 묘한 미소를 지었다. 어째 장난스러운 미소처럼 보이기도 했다.

"과한 부정은 과한 긍정이라고 하던데……. 혹 진저 님이 정말로 저를 그런 식으로 생각하셨다고 해도, 저는 기분이 나쁘지 않습니다."

"왜, 왜요?"

"다른 사람들도 진저 님처럼 생각할 테니까요. 로맨스 소설과 어울리지 않게 생겼다는 생각이랄까요?"

"그렇죠? 제가 오버해서 생각한 거 아니죠? ……아니, 그러니까 내가 당신을 그렇게 생각한 건 진짜로 아닌데."

자꾸만 말려드는 기분이 든단 말이지. 나는 어색한 미소를 지었다.

"하지만 생김새 하나로 그 사람의 모든 것을 판단할 수는 없죠. 아닌 말로, 저는 가끔 로맨스 소설을 직접 적기도 합니다만."

"그걸 직접 적는다고요?"

믿을 수 없어.

나는 반평생을 로맨스 소설과 부대끼며 살아왔지만, 그걸 직접 적어 보겠다는 생각은 한 번도 하지 못한걸.

라라의 충격적인 고백에 내가 거듭 놀라자 그는 작게 키득거렸다. 나를 비웃는 건지, 귀여워하는 건지, 나는 이번에도 잘 판단할 수 없었다.

하지만 확실한 것은 하나 있었다. 무표정한 그의 얼굴보다, 웃는 그의 얼굴이 훨씬 더 보기 좋다는 사실. 왠지 모르게 막연한 친근감이 든다고 해야 할까.

"어쩌면 제가 직접 쓴 소설을 진저 님께서 읽었을지도 모릅니다."

"……."

"과거의 어느 날 중에. 자연스럽게 말입니다."

라라는 영문 없이 의미심장한 분위기를 풍겼다. 그가 쓴 소설을 내가 읽었으리라 확신하는 듯한 묘한 분위기.

나는 지금껏 내가 읽은 로맨스 소설을 하나하나 상기해 보았다.

하나 라라가 적었으리라 여겨지는 소설은 하나도 없었다.

나는 그가 로맨스 소설을 적었다는 사실을 좀처럼 믿을 수 없었던 것이다.

"진저 님. 지금 그럴 리가 없다고 생각하셨죠?"

"……!"

나는 내 생각이 그에게 또다시 간파당해 진지하게 놀라고 말았다. 그는 내 반응을 꼼꼼히 훑어보며 말했다.

"아무래도 제 추측이 확실한가 보군요. 하지만 그렇다고 해서 제가 진저 님의 생각을 읽은 것은 아닙니다."

"그 추측 상당히 위험하네요."

"저는 감이 좋은 편입니다."

감이 좋아도 너무 좋아 보이는데.

나는 이마에 언제부터 맺혔을지 모를 식은땀을 소매로 훔쳐 냈다. 생각을 읽는 이자나 못지않게 그가 위험하게 느껴졌을 따름이었다. 내가 그런 생각을 하기 무섭게 라라가 다시금 내게 말했다.

"설마 저를 위험한 사람이라고 생각하신 건 아니겠죠?"

"……컥!"

나는 제대로 당황해서 컥컥거렸다.

"저는 위험한 사람이 아닙니다."

라라는 입술을 조금 더 비틀어, 조금 전보다도 환해진 미소를 지었다. 그의 눈은 예쁜 호선을 그리고 있었다.

"이런 말씀이 외람될지는 모르겠으나, 진저 님은 정말……."

"정말?"

"재미있는 분 같으십니다."

나는 퉁명스럽게 대답했다.

"저는 재미있는 사람이 전혀 아니에요."

어쩐지 과한 놀림을 받은 느낌이 들었다. 하나 그렇다고 해서 기분이 나쁜 것은 아니었다. 그의 놀림 속엔 악의가 조금도 느껴지지 않았으니까.

"그래서 그 소설은 라라가 살 건가요?"

"그렇습니다."

"저도 읽고 싶은데……."

나는 애처로워 보이는 눈을 한 채로 그를 올려다보았다.

이 눈빛에 넘어간 남자가 한두 명이 아니라지.

나는 애잔한 내 눈빛에 그가 동하기를 바랐다. 하지만 내 바람이 무색할 정도로, 라라는 의연하게 제 의견을 표했다.

"저도 진저 님과 마찬가지로 이 소설을 읽기를 진심으로 원하고 있습니다."

망할. 애처로움이 부족했나?

나는 실망이 가득 밴 한숨을 내뱉었다.

라라의 반응으로 짐작해 보았을 때, 내가 저 소설을 갖는 건 불가능한 일일 것이라 생각됐다. 라라는 내 눈빛에 넘어가지 않는 희소한 남자였던 것이다.

깔끔하게 포기하고 다른 책을 찾아볼까…… 하던 찰나였다.

그 순간, 내 머릿속에 기발한 생각 하나가 관통했다. 그 생각은 내가 원하는 바를 쟁취할 수 있게 만들어 줄 묘안이었다.

나는 과한 인심을 쓰는 양 라라에게 말했다.

"좋아요. 그럼 그 소설은 라라를 위해서 제가 포기할게요."

소설을 먼저 뽑아 든 사람은 라라였으므로 원래 그의 것이 맞았다. 하나 나는 뻔뻔하게 '포기'라는 단어를 강조했다.

"제가 그 책을 포기하는 대신, 라라도 제 부탁을 들어줬으면 좋겠어요."

"부탁이요?"

나는 고개를 끄덕였다.

"어떤 부탁을 원하시는 겁니까?"

좋았어, 걸려들었고.

내 입가엔 음흉한 미소가 작게 걸렸다. 나는 미소 지은 입술로 내가 원하는 바를 토로했다.

"이자나 폐하를 만나게 해 주세요."

라라에게 책을 포기하는 양 굴며, 이자나를 만나게 해 달라고 부탁하는 것. 그것이 조금 전에 떠올린 기발한 생각이었다.

공작저를 나설 때 이자나를 만날 수 있는 계기가 생길 것 같은 예감이 들더라니. 이런 기회가 올 줄이야. 하늘이 주신 기회임이 틀림없었다.

라라는 뜬금없는 내 부탁에 놀라기는커녕 아주 흔쾌히 대답했다.

"좋습니다."

"라, 라라. 대답이 너무 빠른 거 아니에요?"

"폐하께서도 진저 님을 다시 만나기를 학수고대하고 계실 겁니다."

"어머! 학수고대씩이나?"

뭐야, 이자나. 티 내지는 않았지만, 나와 다시 만나기를 기다리고 있는 건가? 자식이 귀여운 구석이 있네.

내가 설레는 표정을 지어 보이자 라라가 난감한 표정을 지었다.

"……그 학수고대엔 여러 의미가 있을 것 같습니다만."

"긍정적인 의미라는 소리죠?"

"아, 마, 도…… 그렇겠죠? 제가 환궁한 후 폐하께 말씀드리고, 후작저에 기별을 드리겠습니다."

"좋아요. 기다리고 있을게요."

"그럼 저는 이만."

라라는 내게 정중히 인사한 다음에 서점을 나가 버렸다. 내 마음에 꼭 들었던 로맨스 소설과 함께.

구미가 당겼던 신상 소설은 놓쳤음에도 불구하고 기쁜 마음이 들었다. 이자나를 다시 만날 수 있는 구실이 생겼기 때문이다.

그의 기별이 빨리 왔으면 좋겠다. 나는 그와의 재회를 꿈꾸며 후작저로 돌아갔다.

* * *

서점에서 라라를 만난 지 이틀이 지난 날, 누군가가 나를 찾아왔다. 다소 이른 시간의 방문이었다.

나는 내 허락 없이 방에 들어와 소파에 자연스럽게 앉아 버린 누군가를 쏘아보았다.

"내 방에 들어오라고, 누가 허락했지?"

오늘따라 늦잠을 잔 터라 아직까지 세수도 하지 않은 상태였다. 옷 또한 잠옷을 입은 그대로였다.

나는 옷걸이에 있던 숄을 어깨 위에 아무렇게나 걸치고선, 그가 앉은 소파의 맞은편에 자리 잡았다.

"네가 아버지에게 한 말을 전해 들었어."

나는 대답 대신 기다란 하품을 했다. 잠은 왜 자도 자도 모자라게 느껴지는 걸까.

"진저."

내가 아무런 대꾸도 하지 않자 그는 내 앞으로 다가와 한쪽 무릎을 꿇었다. 나는 무심한 시선으로 그의 모습을 딱 한 번 훑어보았다.

"내가 잘못했어. 이제 다시는 바람피우지 않겠다고 약속할게. 응? 내가 너무 뻔뻔했지?"

이제 와 바람을 피우지 않겠다는 다짐을 한 남자의 이름은 키키였다. 망할 내 약혼자.

나는 팔짱을 낀 채로 대답했다.

"나는 네가 바람피워도 상관없어. 우리 약혼은 조만간 깨질 거니까."

"……."

"잘됐지? 네가 그렇게 좋아하는 레라지에와 약혼할 수 있잖아!"

나는 그를 진심으로 축하해 주듯이 손뼉을 쳤다. 손바닥 사이에선 경쾌한 소리가 났다.

하지만 키키는 내 축하가 달갑지 않은가 보다. 그는 조금 전보다도 굳어진 얼굴로 나를 바라볼 뿐이었다.

나 원. 그러니까 있을 때 잘했어야지.

나는 혀를 끌끌 차면서, 그의 굳은 얼굴을 빤히 들여다보았다. 키키의 딱딱한 얼굴을 보는 게 몹시도 즐거웠다. 출처를 알 수 없는 통쾌함이 들기도 했다.

키키 때문에 내가 느꼈던 실망감, 배신감…… 그런 감정들을 그도 지금 똑같이 느끼고 있는 것 같았으니까.

"레라지에 영애와는 진작 끝났어. 진저. 나는 이제 너밖에 없다고."

"닥쳐. 누가 너를 내 방으로 들였는지는 모르겠지만, 이제 다시는 내 허락 없이 내 방에 발을 들이지 못할 거야."

키키는 해쓱해진 뺨을 손으로 쓸었다. 제 계획대로 상황이 흘러가지 않음을 괴로워하고 있는 듯했다. 그는 연약한 시선으로 나를 올려다보기까지 했다.

붉게 충혈된 그의 눈을 보자 아주 조금, 벼룩의 간만큼 연민이 들었지만, 그렇다고 해서 키키에게 호의적으로 굴고 싶지는 않았다.

키키는 진절머리 날 정도 내게 구차하게 매달리기 시작했다.

"진저, 나랑 결혼하자."

영혼이라곤 눈곱만치도 느껴지지 않는 말이었다.

"정신 차려! 네가 레라지에와 바람피운 사실을 내가 알았을 때부터, 우리 관계는 끝난 거야."

키키는 곧 울 것 같은 얼굴을 했다. 그는 메마른 입술로 내게 무언가의 변명을 더 하려고 했으나, 때마침 누군가가 내 방문을 두드렸다.

똑똑.

그 덕에 키키는 입술을 다시금 다물고야 말았다.

"진저 님, 서신이 왔어요."

방 밖에서 울린 목소리의 주인은 사라였다.

나는 서신이라는 말을 듣자마자 자리에서 벌떡 일어섰다. 잠이 덜 깨 몽롱했던 정신이 한순간에 차려지는 기분이다.

내게 올 서신이라면…… 궁에서 올 서신밖에 없는데!

"사라! 어서 들어와."

내뱉은 목소리가 격앙되어 있었다. 나는 방으로 들어선 사라에게 다가갔다. 내 앞에 무릎을 꿇고 있던 키키 따위는 완전히 잊은 듯이.

나는 사라의 손에 들린 서신을 받아 들었다.

흰 봉투의 접착부에는 왕궁의 인장이 찍혀 있었다. 역시나 서신은 궁에서 온 것이었다. 나는 고민할 새도 없이 접착부를 뜯어, 그 속에 든 서신을 읽기 시작했다.

[진저 님, 라라입니다.

이자나 폐하께서 오늘 진저 님을 뵙기를 원하십니다. 조금 이따가 모시러 가겠습니다.]

짧은 글귀였지만, 그 어떤 말보다도 영향력이 큰 말이었다. 나는 서신을 몇 번이고 다시 읽어 보았다. 그러면 그럴수록 마음이 흐물흐물해지는 것 같은 이상한 느낌이 들었다.

키키와의 파혼을 부탁하기 위해 이자나를 만나게 된 것이지만, 나는 그와의 재회가 너무도 기대되었다.

"사라. 드레스 룸으로 가자. 오늘 입을 드레스를 골라 줘."

사라는 "네!"라고 대답하며 키키를 넌지시 보았다. 저 사람은 어떻게 할 거냐는 눈치였다.

아 참, 키키가 아직 있었구나.

나는 키키 쪽으로 뒤돌아보며 그에게 말했다.

"키숀 미켈슨. 난 지금 약속이 생겨서 준비하러 나갈 거야. 내가 다시 돌아오기 전까진 이곳에서 나가 줬으면 좋겠어."

"……."

키키가 대답하지 않자, 나는 한 마디를 덧대었다.

"물론 거절은 거절하지."

*　*　*

사라의 도움으로 드레스를 갈아입고 화장도 거의 다했을 무렵, 라라가 저택으로 찾아왔다. 그는 동그란 안경을 추켜세우며 내게 인사했다.

"진저 님. 안녕하십니까."

여느 날과 다름없이 진중한 인사였다. 나는 라라의 에스코트를 받은 채로 그가 타고 온 마차에 함께 올라탔다.

마차에 올라타고 나서야 방에 남겨 둔 키키가 뒤늦게 생각났다. 뭐, 알아서 잘 돌아갔겠지. 나는 대수롭지 않게 여겼다. 바보 멍청이인 키키가 내 방에서 뭘 하겠나 싶어서였다.

얼마 못 가 키키에 대한 것은 금세 잊어버렸다. 키키의 생각이 사라진 곳에는 이자나에 대한 생각들이 가득 차기 시작했다.

이자나는 어떻게 지내고 있을까? 오늘은 또 얼마나 잘 생겼을까?

그에게 수치사를 당한 것도 잊은 것인지, 나는 그를 만날 기대에 한껏 부풀어 올랐다.

마차는 왕궁까지 거침없이 내달리고 있었다.

같은 마차 속, 내 맞은편에 앉은 라라는 두꺼운 책을 읽고 있었는데, 그 책은 이틀 전에 그가 샀던 로맨스 소설이 아니었다.

나는 라라에게 그때 산 로맨스 소설은 다 읽었느냐고 묻고 싶었다. 하나 두꺼운 책을 읽는 라라의 모습이 지나치게 진중해 보여, 끝내 말을 걸지 못했다.

그렇게 얼마나 달렸을까.

달그락거리던 마차가 멈춰 섰다. 마차의 창문으로 주변을 보니 그때처럼 녹음이 짙은 풍경이 보였다.

왕궁의 정원이었다.

"라라. 폐하께서는 오늘도 정원에 계신 건가요?"

"그렇습니다."

"매번 정원에 계시는군요."

나는 별다른 의미 없이 흘리듯이 말했다. 그러자 라라가 의미심장한 미소를 지으며 대답했다.

"이자나 폐하께서 항상 정원에 계신 이유를 진저 님은 아실 것 같습니다만."

"예? 제가요?"

의문을 표했으나, 돌아온 대답은 없었다. 라라는 마차에서 먼저 내려, 내게 손을 내밀었을 뿐이다.

"폐하께서 기다리십니다."

나는 내밀어진 라라의 손을 잡아 마차에서 내리면서도, 그를 의심스러운 눈으로 쳐다보았다.

라라는 끝내 해답을 알려 주지 않았다. 그의 입술은 일자로 꾹 다물려 있을 따름이었다.

그는 심지어 내가 정원에 발을 디디자마자 마차를 타고선 재빨리 사라져 버렸다. 제게 말을 걸 기회를 주지 않겠다는 행동으로 보였다.

수상한데 말이지. 이자나가 항상 정원에 있는 이유를 내가 알고 있다니.

나는 정원에 깔린 잔디를 밟으며, 라라가 남긴 수수께끼 같은 말의 해답을 골몰했다.

정원, 정원이라……

"아!"

스무 걸음 정도 걸었을 때, 무언가의 사실이 떠올랐다.

그것은 '유폐된 왕자와 후작 영애'에 나오던 내용으로서, 이자나와 정원에 관련된 것이었다.

이자나는 오랜 시간 밀폐된 공간인 탑 속에 갇혀 있었기 때문에 주변이 막힌 공간을 병적으로 싫어했다. 그래서 탑을 나온 그는 거의 대부분의 시간을 정원에서 보냈다. 심지어 대신들과의 회의도 정원에서 했을 정도였다.

사방이 트인 아름다운 정원은 그에게 심적 안정을 줌과 동시에 레라지에와의 사랑을 키워 가는 공간으로서의 활약도 톡톡히 했다.

그래, 그래서 이자나가 거의 정원에 있었던 거야.

아니, 그렇다면 내가 그 사실을 알고 있다는 걸 라라는 어떻게 안 거지? 이것도 그가 서점에서 얘기한 좋은 감의 여파인가?

라라는 자신이 위험한 사람은 아니라고 했었다. 그러나 어딘지 모르게 그가 점점 더 위험하게 느껴졌다.

몇 걸음 더 걸어가자, 오늘도 어김없이 커다란 버드나무 밑에 앉아 있는 이자나가 보였다. 이전 날과 다른 점을 하나 꼽자면, 오늘의 그는 눈을 감고 있지 않다는 것이었다.

이자나의 고개가 내가 서 있는 쪽으로 돌아갔다. 내 발소리를 들은 것 같았다.

그는 나를 한동안 빤히 바라보기만 했다. 나는 그와 대화를 나눌 수 있는 거리에서 걸음을 멈추었다.

"이자나 폐하를 뵙습니다."

"안녕. 생강 영애."

이자나는…… 내가 생강이라는 말을 싫어하는 것을 앎에도 불구하고, 나를 구태여 '생강 영애'라고 불렀다.

나는 어색한 미소를 지었다. 그러나 입꼬리 끝이 부들부들 떨리는 건, 나도 어쩔 수 없었다.

진정해. 오늘은 부탁을 하러 온 거잖아?

나는 기분이 나쁘지 않은 척을 하며 그의 앞에 단정히 앉았다. 약혼을 깨 달라는 말을 어떻게 시작하면 좋을까 고민하던 차에 이자나가 먼저 말을 건네었다.

"어제, 레라지에 아틀렌타를 만났어."

다소 충격적인 말이었다.

"네? 레라지에 그년을 폐하께서 만나셨다고요? 아! 아, 아니, 그러니까 레라지에 그녀를, 폐하께서 만나셨다고요? 하하."

이자나의 고백이 너무도 충격적이었나 보다. 나는 나도 모르게 레라지에를 평소 부르듯이 불러 버렸다.

망할 레라지에. 염치없는 년. 레라지에 그년. 나는 그녀를 그런 식으로 자주 부른 터였다.

아차, 하는 심정으로 그의 얼굴을 보았을 땐, 이자나의 붉은 입매가 사정없이 들썩이고 있었다.

뒤늦게 수습하는 건 무리이겠구나. 아아, 내겐 어째서 이런 일이 자꾸 생기는 걸까. 머리카락을 쥐어뜯고 싶은 심정이었다.

"큭큭, 그래. 그년을 내가 만났지. 아, 그녀를."

"……놀리시는 거 아니죠?"

"놀리는 거 맞는데?"

"……."

이자나는 만족스러운 미소를 지었다. 그런 그는…… 즐거워 보였다.

놀림을 받았다는 사실이 불만스러웠음에도 불구하고, 그의 웃는 얼굴이 싫지 않았다. 그래서 나는 기꺼이 그의 놀림을 넘어가 주기로 했다.

"레라지에 아틀렌타에게 폐하의 의문을 물어봤나요? 제가 속 시원하게 대답해 주지 않아서 그녀를 부르신 거예요?"

"흐음."

이자나는 대답해 주지 않으며 말끝을 흐렸다. 내게 사실대로 얘기해 줄지, 아닐지를 고민하는 것처럼 보였다.

이내 그는 버드나무에 아무렇게나 기대고 있던 허리를 곧추세우고선, 내 쪽으로 몸을 완전히 틀었다.

아오. 이렇게 마주 보고 앉아 있으면, 눈이 마주칠 수밖에 없을 텐데.

그리 생각하면서도 아름다운 그의 검은 눈동자와 마주쳐 버리자, 시선을 다른 곳으로 돌리고 싶은 생각이 전혀 들지 않았다.

"응. 내 의문을 풀기 위해서, 그녀를 만났어."

"그 의문. 푸셨나요?"

"그건 비밀인데."

"치사해요."

"치사한 건 생각 영애, 너 이닌가."

나는 억울하다는 듯이 그에게 대답했다.

"제가 어째서요?"

"나를 온통 궁금하게 만들어 놓고선, 정작 제일 중요한 사실은 하나도 얘기해 주지 않았잖아."

"그건…… 제 나름의 사정이 있었어요."

나는 이자나의 시선을 넌지시 피하며 신음을 흘렸다.

제가 이자나 당신에게 소설에 대한 것을 얘기할 수 없잖아요.

나도 그 소설에 대한 정보를 제대로 파악하지 못하고 있었다. 그 소설을 누가 쓴 건지, 어떤 의도로 쓴 건지, 의문스러운 게 한두 가지가 아니었다. 내게도 충분히 의문스러운 일을 타인에게 토로하는 건 무리라고 생각했다.

내가 아무 말도 하지 않자, 이자나가 또다시 물음을 건네었다.

"그래, 좋아. 그 사정이란 건 잠깐 제쳐 두고."

이자나는 라라에게 무언가를 전해 들었다는 듯이 말했다.

"진저 토르테. 나를 찾았다면서."

"아! 맞아요. 폐하께 부탁드리고 싶은 일이 하나 있답니다."

"무슨 부탁?"

"아실지는 모르겠지만, 제가 몇 달 전에 약혼을 했거든요. 그런데 약혼자 그놈이 아주 빌어먹을 놈이었어요. 그런 놈이랑 결혼까지 할 것을 생각하니 끔찍하지 뭐예요. 그래서 약혼을 깨고 싶은데…… 그의 아버지가 자신보다 높은 사람이 명령하지 않는 이상, 약혼을 깨 주지 않겠다고 하네요."

그러자 이자나가 다소 딱딱한 음성으로 대답했다.

"진저 토르테. 지난 4월에 공작가의 키숀 미켈슨 공자와 약혼함.

그 빌어먹을 약혼자 놈이라는 건…… 키숀 미켈슨인가?"

이자나는 나와 키키의 정보를 아주 정확하게 꿰뚫고 있었다. 아마 내 뒷조사를 했던 그때에 알아낸 사실이 아닌가 싶었다.

"맞아요. 아주 개자식이었죠. 그는 바람피우는 걸 숨 쉬는 일처럼 생각하는 남자예요."

"최악이군."

이자나는 쯧, 혀를 차는 소리와 함께 이어 말했다.

"네게 듣는 것만으로도 그 남자의 얼굴을 생강으로 만들어 버리고 싶을 정도야."

"이…… 이자나 폐하! 그걸 아직도 기억하고 계셨어요?"

미치겠네, 정말!

하지만 키키의 얼굴을 생강처럼 만들어 버리고 싶다는 그의 말엔 깊은 공감이 갔다.

"그럼. 아주 인상 깊은 얘기였는걸."

"하하하하."

"그래서. 그의 아버지인 공작보다 더 높은 사람인 내가, 생강 영애의 약혼을 깨 달라는 명을 내려달라는 건가?"

"그렇습니다. 바로 그것이지요!"

나는 이자나를 보며 고개를 끄덕였다.

"키숀 공자는 같은 남자인 내가 봐도 정말로 나쁜 놈인 것 같군. 네 친구인 레라지에 아틀렌타와 바람이 났잖아. 아니, 이건 너무 개인적인 이야기를 내가 얘기해 버린 건가?"

"아니요…… 상관없어요. 이제 그가 레라지에와 바람피웠던 건 아무렇지도 않은 일이 돼 버렸으니까. 그나저나 폐하께서는 저에 대한 것을 아주 세세하게 조사하셨네요."

내가 감탄한 것처럼 말하자, 이자나는 제 눈을 느릿하게 깜빡이며 대답했다.

"그만큼 네가 궁금했으니까."

나를 좋아해서 궁금해한 게 아니라, 내가 한 말 때문에 나를 궁금해한 것임을 안다. 그런데 내 마음은 왜 이리도 설레는 걸까.

두근두근. 심장은 평소와는 다른, 빠른 울림소리를 내었다. 나는 호흡을 길게 내뱉으며, 빨라진 심장 박동을 잠재우기 위해 노력했다.

"키숀 공자와의 약혼은 정말 딱하게 생각하지만, 아무런 대가도 없이 네 부탁을 들어주지는 못해."

"그럼요?"

"거래를 하자."

"무슨 거……."

무슨 거래냐고 물으려던 순간이었다. 이자나는 내 말을 끊고선 제가 먼저 말했다.

"말해 줘."

그리 말하는 그는 입가에 매혹적인 미소가 드리워져 있었다. 몇 번이나 본 미소이지만, 무슨 영문인지 내게 늘 설렘을 주는 미소.

나는 할 말을 잃은 채로 그를 빤히 바라보았다. 내게 닿은 이자나의 검은 눈동자는 나의 진솔한 대답을 바라고 있는 것 같았다.

계속해서 눈을 맞춘다면, 그에게 내 생각이 죄다 읽힐 것임을 안다. 그럼에도 그에게서 눈을 뗄 수 없었다.

그의 마수에 걸리기라도 한 것인지. 뭔지.

깊이를 알 수 없는 그의 검은 눈동자에 완벽하게 매료되어 버린 듯한 기분이었다.

그다음 일은 예상하지 못한 사이에 벌어졌다. 이자나는 무방비하게 놓인 내 손등 위에 제 손을 올려 두었다. 자연스럽게. 그리고 다정하게.

적당한 타이밍에 벌어진 능숙한 기교였다. 내 마음을 완전히 함락시켜 버리는 기교랄까. 그가, 먹잇감을 사냥하는 데에 일가견이 있는 포식자처럼 느껴지기도 했다.

맞닿은 그의 손은 여전히 차가웠다.

나는 그 손의 냉기에 잠깐 움찔했으나 그렇다고 해서 그의 손을 뿌리치고 싶지는 않았다. 도리어 내 손의 온기가 그에게 닿기를 바랄 뿐이었다.

"진저. 내게 숨기고 있는 사실을 얘기해 줘."

진저. 이자나가 내 이름을 부른 것은 처음이었다.

그의 고저 없는 목소리가 내 이름을 부르자, 설렘은 걷잡을 수 없을 정도로 커져갔다.

이건 명백한 유혹이야. 그에게 유혹당하면 안 돼!

그리 생각하면서도 내 입술은 서서히 떼어지고 있었다. 이대로 있다간 이성이 점점 더 옅어지며, 결국엔 이자나가 원하는 대답을 내어 놓을 것임이 분명했다.

이자나는 내 생각을 모조리 읽은 듯이 말했다.

"그래, 맞아. 나는 지금 생강 영애를 유혹하는 중이야."

"폐, 폐하!"

"자. 그래서 내가 눈이 마주친 타인의 생각을 읽는다는 건 어디서, 어떻게 알았지?"

"……."

"레라지에 영애와 관련된 게 아닌 다른 비밀이 더 있잖아."

소…… 아냐! '그것'에 대해선 생각해서는 안 돼.

나는 그의 눈동자를 고의적으로 피하려고 했다. 하지만 이자나는 그런 내 속내마저도 간파한 듯싶다. 그는 손을 잡지 않은 나머지 손으로 내 턱을 움켜쥐었다. 그러곤 속삭이듯이 말했다.

"도망치려고 하지 마."

진지한 눈빛과, 결연한 목소리. 나는 이제 그에게서 절대로 도망가지 못하리라는 예감을 느꼈다.

"저, 저는 레라지에와 관련된 것밖에 몰라요. 그녀에게 무언가를 들으신 거 아닌가요?"

"넌 무언가를 더 알고 있잖아. 그리고 그녀의 대답과는 별개로 네 얘기도 듣고 싶은걸."

"……."

"그러니까 얘기해. 나에 대해서 어떻게 알았는지."

예감은 곧 현실이 되었다. 나는 끝내 내가 숨겨 온 진실을 토로하고야 말았다.

소설. 당신이 나오는 소설을 읽었어.

"……소설?"

이자나는 잘 믿어지지 않는다는 듯이 내게 되물었다.

"내 이능에 대한 것이 책에 적혀 있다고?"

내 이마에 식은땀이 송골송골 맺히기 시작했다. 나는 그것을 닦아 낼 생각조차 하지 못했다.

다른 변명을 해 볼까 싶기도 했다. 그러나 여전히 내 턱 끝을 단단히 쥐고 있는 그에게 다른 변명을 하는 건 불가능한 일일 성싶다.

그렇다면 이판사판이다.

이자나 당신. 지금 이 생각도 읽고 있는 걸까?

"그래. 이판사판. 오늘 모든 걸 털어놓는 거야."

"하……."

나는 긴 한숨을 내쉬었다.

"좋아요. 놀라지 말고 들으세요. 제겐 폐하에 대한 이야기가 적힌 책이 있어요."

내 말이 끝나기 무섭게 이자나의 얼굴엔 당황한 빛이 감돌았다. 자신의 페이스를 잘 잃지 않는 이자나였기에 그가 당황한 모습은 지나칠 정도로 티가 났다.

원하는 대답을 들었기 때문일까?

그는 도망가지 못하게 단단히 잡아 두었던 내 턱 끝을 놓아주었다. 그러고선 시선마저도 다른 곳으로 비틀기에 이르렀다.

이자나는 정원 어딘가를 빤히 응시하며, 깊은 생각에 잠긴 얼굴을 했다.

무슨 생각을 하고 있을까?

이자나는 자신의 이야기가 적힌 책이 있다는 황당무계한 사실을 어떻게 받아들이고 있는 걸까? 내 말을 곧이곧대로 믿는 걸까?

나는 앞으로 어떻게 해야 할지를 고민해 보았다. 이미 내뱉은 말은 돌이킬 수 없었으니까.

이자나는 자신의 생각이 어느 정도 정리된다면, 소설의 정체에 대해서 물을 것이다. 또한 그 소설을 직접 보려고 할지도 모른다.

이자나에게 '유폐된 왕자와 후작 영애'를 보여 줘도 괜찮은 걸까?

이자나가 소설을 읽게 된다면, 그는 모든 진실을 깨닫게 될 것이다. 이를테면 레라지에의 생각이 읽히지 않은 이유와, 그에게 저주를 건 마법사의 정체, 더해 파국으로 치닫는 그의 잔인한 미래마저도. 한 번에 수용할 수 없는 많은 이야기들이 그에게 와닿을 테다.

그가 상처받게 되는 것은 아닐까, 하는 염려가 들었다. 행복하지 않은 자신의 미래를 알게 되어 슬퍼하지는 않을지.

바라본 그의 하얀 뺨이 왠지 모르게 메말라 보였다. 그의 뺨도 그의 손처럼 차가울까.

……쓰다듬어 주고 싶다. 내겐 섣부른 바람이 들었다.

나는 손을 조금 들어 올렸지만, 이내 다시 내려놓았다. 용기가 없었기 때문이다. 갈무리한 손이 어쩐지 처량하게만 느껴졌다.

"이자나 폐하. 제 말을 믿으세요?"

이자나는 여전히 나를 쳐다보지 않은 채로 입술을 떼어 냈다.

"진저. 너도 내 말을 믿을지는 모르겠지만, 나는 감이 좋아. 타인의 생각을 읽을 수 있어서 그런 건지, 상대방의 말이 거짓인지 진심인지를 잘 구별할 수 있어."

감이 좋은 이자나와 감이 좋은 라라.

나는 고개를 끄덕였다.

"왠지 그럴 것 같아요."

"네가 한 말이 거짓말로 느껴지지 않았어. 터무니없지만, 그 말에 믿음이 간단 말이야."

"거짓말이 아니에요."

"응."

그는 그제야 내게로 다시 시선을 돌렸다.

이자나는 나를 바라본 채로 잡고 있던 손에 힘을 주었다. 그의 손은 내 손의 온기와 맞닿아 따뜻해져 있었다.

그의 **뺨**도 내 손이 닿으면 금세 따뜻해질 텐데. 내겐 그의 **뺨**을 쓸어 주지 못한 것에 대한 조그마한 미련이 남아 있었다.

"그 소설 속의 나는 행복해?"

이자나는 나지막한 목소리로 물었다.

행복이라, 글쎄.

소설의 초반에는 그가 행복했을지도 모르겠다. 오랫동안 갇혀 있었던 탑에서 나오고, 운명이라 생각되는 여자를 만났으니까.

하지만 소설의 후반부의 이자나는 불행해 보였다. 명백하게. 부정할 여지없이.

그는 미친 사람처럼 흐트러져 있었고, 슬프게 절규했다. 이윽고 이성을 잃어 사랑했던 정인의 머리를 제 손으로 베어 버리기도 했다.

그때 그의 심정은 어땠을까.

나는 거짓으로라도 행복했다는 대답을 할 수 없었다. 지나치게 솔직한 내 성격이, 거짓말을 내뱉지 못하게 만들었다.

이자나는 내가 침묵한 이유를 눈치챈 듯했다.

"불행했나 보구나."

나는 고개를 푹 숙였다. 솔직히 여기서 무슨 말을 더 해야 할지 잘 가늠할 수 없었다.

지금이라도 '당신은 행복해요. 잘생겼고, 권력도 있고, 소신도 있는데, 어째서 불행해지겠어요?'라고 말하고 싶었다. 하나 내 입술은 끝내 떨어지지 않았다.

이자나의 목소리가 또다시 들린 것은 그 순간이었다.

"좋아. 진저 토르테. 네 약혼을 깨 줄게."

"네? 제 약혼을요?"

"그럼. 그 정도야 식은 죽 먹기지."

나는 숙였던 고개를 들어 이자나를 바라보았다.

"대신, 내 얘기가 적혀 있다던 그 책. 나도 볼 수 있을까? 꼭 봐야 할 것만 같은 기분이 들어. 누군가가 내 이능을 실제로 알고 그런 책을 적었다면 곤란한 일이 생길 수도 있는 거니까."

"흠…… 폐하의 말에 이의가 있는 건 아니지만……."

조금 망설여진단 말이지.

책의 존재를 고백했을 때, 이자나에게 책을 보여 줘야 할지도 모른다고 일찍이 생각했음에도, 그러겠다는 대답이 선뜻 나오지 않았다.

그러자 이자나는 내 쪽으로 고개를 바투 기울였다.

"보여 줘."

그는 말을 하는 것에만 그치지 않으며 나를 향해 미소 지었다. 조금 전, 자비 없이 나를 유혹했던 그 미소였다.

무조건적으로 내 가슴을 설레게 하는 훌륭한 미소라고 해야 할까. 나는 그에게 영혼까지 홀리는 기분이 들었다.

이성의 경계는 곧 허물어졌다. 깨달았을 땐, 나는 긍정의 대답을 읊조리고 있었다.

"……보여 드릴게요."

보여 주면 일이 더 커질지도 모르는데……. 나는 어째서 당신의 마수에서 벗어날 수 없는 거야.

나는 두 눈을 질끈 감았다.

그때 그와 잡고 있던 내 손이 부유하는 듯한 느낌이 들었다. 나는 감았던 눈을 떠, 내게 벌어진 상황을 살펴보았다.

"······!"

대관절. 믿을 수 없는 일이 벌어지고 있었다. 이자나가 내 손을 제 입술 근처까지 가지고 간 것이다!

"생강 영애. 내일도 궁으로 와. 기다리고 있을게."

이자나는 내 손등 위에 가볍게 입을 맞추었다. 스치듯이 닿은 그의 입술은 뜨거웠다.

고작 그의 입술이 손등에 잠깐 닿았을 뿐인데, 온몸이 뜨겁게 달아올랐다. 내 얼굴은 홍당무처럼 붉게 물들어 있을 게 분명했다.

뭐야, 왜 이렇게 좋은 건데.

그는 내 손을 놓아주었지만, 그의 입맞춤을 받은 손을 제대로 갈무리할 수 없었다. 나는 떨리는 가슴을 간신히 억누르며, 그에게 띄엄띄엄 물음을 건네었다.

"폐, 폐하, 정말로 선수가 아니신 거죠?"

내 물음에 이자나는 기분 좋은 웃음소리를 내었다. 그는 웃음기가 가득 밴 목소리로 대답했다.

"이제부터 선수가 되어 볼까 싶기도 해."

몹시도 훌륭한 대답이었다.

* * *

후작저로 돌아오자마자 내가 제일 먼저 한 일은 책을 찾는 것이었다.

방의 한 벽면을 다 차지하고 있는 커다란 책장엔 내가 지금까지 읽었던 로맨스 소설들이 줄줄이 꽂혀 있었다.

나는 그것들의 제목을 하나하나 눈으로 훑으며 '유폐된 왕자와 후작 영애'를 찾아보았다. 잘 보이는 곳에 꽂아 두었던 것 같은데…… 아무리 찾아보아도 그 책이 보이지 않았다.

"어라? 책이 어디 갔지."

없어질 리가 없는데.

나는 두어 번이나 책장을 다시 훑어보았지만, 그 책은 끝내 찾을 수 없었다. 꼭 누군가가 그 책을 가져가기라도 한 것처럼 말이다.

……뭐? 가져가?

내 방에 허락 없이 들어올 수 있는 시녀는 사라밖에 없었다. 설령 다른 시녀가 어쩔 수 없이 내 방에 들어왔다고 해도, 내 물건을 함부로 건드리지 않았을 것이다.

나는 사라를 급하게 불렀다.

"사라! 밖에 있어?"

"네! 진저 님. 무슨 일이신가요?"

사라는 곧장 방으로 들어왔다.

"네가 사 왔던 '유폐된 왕자와 후작 영애' 그 책 혹시 네가 치웠어?"

"아니요. 저는 치우지 않았어요."

"오늘 내 방을 누가 치웠지?"

나의 상기된 목소리에 사라는 어깨를 조금 움츠렸다. 내가 저를 질책하려 한다고 생각한 듯싶다.

"제가 치우기는 했지만, 진저 님의 물건에 손대지는 않았어요."

나는 표정을 누그러뜨린 채로 대답했다.

"그래, 사라. 네가 그럴 리는 없지만……. 하……. 그 책이 없어졌거든."

"책, 책이 없어지다니요? 그게 무슨 말씀이세요?"

사라가 의문스럽게 물었다.

"말 그대로야. 그 소설이 이 방에서 완전히 사라졌다는 거지."

나는 소파에 쓰러지듯이 앉으며 생각을 했다.

며칠 전에 읽었던 책이 갑자기 사라진 거라면, 누군가가 손을 댄 것임이 분명한데.

"사라. 최근에 누가 내 방에 들어왔더라?"

"글쎄요. 저와 진저 님을 모시는 시녀 몇 명 말고는 들어온 사람이 없는데……. 아! 오늘 아침에 키숀 공자님이 다녀가셨잖아요."

"키키? 빌어먹을 키키? 맞아. 오늘 그 자식이 내 방에 들어왔었어."

설마 방에 남겨 두었던 키키가 무슨 짓을 벌인 걸까? 가령 내 책을 가져갔다든지. 내 책을 읽어 보았다든지.

확증은 없지만, 어찌 된 영문인지 불길한 예감이 들었다.

키키가 우연처럼 혹 사고처럼 그 소설을 발견했다면, 그는 그것을 읽었을 것이다. 소설을 읽었다면, 바보가 아닌 이상 소설 내용이 묘하다는 사실을 알아차렸을 테지.

이상함을 느낀 키키가 그 책을 훔쳐가 레라지에게 보여 주는 것은 아닐까?

레라지에가 그 책을 볼 수도 있을 거라고 생각하자 눈앞이 노랗게 되는 것만 같았다.

확인된 사실은 아무것도 없었다. 그러나 영문 모를 불안함이 온몸을 엄습했다. 나는 지끈거리는 관자놀이를 손으로 꾹꾹 눌렀다.

날이 저물어 가고 있기는 했으나, 키키를 찾아가서 족치기엔 늦지 않은 시간이었다.

하지만 내가 족친다고 해서, 키키가 솔직한 이야기를 실토할 가능성은 매우 낮다고 생각했다. 왜냐면 지금 그는 내게 아주 부정적인 감정을 가지고 있기 때문이다.

요 근래에 키키가 원하는 것을 모두 다 반려하였으니까. 도리어 내가 그 소설을 찾고 있다는 사실을 알아차린다면, 그는 그것을 더더욱 숨기려 할 것이다.

물론 이 모든 추측은 키키가 내 소설을 훔쳐 갔다는 전제가 성립되었을 때 해당되는 소리였다.

"망할. 난감해졌네."

나는 얼굴 위로 흘러내린 적갈색의 머리카락을 쓸어 올리며 인상을 구겼다.

어째서 쉽게 넘어가는 일이 없는 거야. 만에 하나 그 소설이 레라지에의 손에 들어갔다면…… 너무 최악인데.

키키가 레라지에와 바람피운 상황보다도 더 최악인 상황이라고 해야 할까. 왜냐면 레라지에 또한 모든 것을 알아차릴 것이기 때문이다.

레라지에는 내가 왜 붉은 목걸이에 목맸는지 눈치챌 것이고, 내가 이자나에게 느꼈던 안타까움과 연민 또한 느낄 것이다. 그러곤 이자나가 자신의 운명의 상대라고 생각하겠지.

레라지에는, 제가 이자나에게 죽임을 당할 것을 알면서도 그를 사랑할 수 있을까?

그녀는 그럴 것이란 예감이 들었다. 레라지에는 자신의 죽음 따원 두려워하지 않으며 그를 사랑할 것 같다.

인정하기는 싫지만, 그녀는 자신의 감정에 솔직하고, 겁 없고, 당당했으니까.

"진저 님. 괜찮으세요? 제가 책을 더 잘 관리했어야 했는데. 죄송해요……."

나는 사라에게 느릿하게 대답했다.

"아니야. 네 잘못이 아닌 걸. 남의 방에 허락 없이 들어와 좀도둑 짓을 한 그 인간이 쓰레기인 거지."

"키슌 공자님이 가져간 게 확실해요?"

"나는 그렇다고 생각해."

사라는 조심스럽게 물었다.

"그 책이 필요하신 거예요?"

"……응. 이자나 폐하께서 그 책을 가져오라고 하셨어."

"네? 폐하께서요?"

"그래. 설명하자면 꽤 긴데. 그 책 속에 존재하는 이자나를 본인이 직접 읽고 싶어 하셔."

털어놓으려고 한 것은 아니었으나 나도 모르게 책 내용을 사라에게 말해 버렸다. 아차 싶었지만, 사라이기에 괜찮을 거라는 생각이 들었다.

"아! 맞아요. '유폐된 왕자와 후작 영애.' 그 책 속 남자 주인공 이름도 이자나였죠?"

"어? 사라 너, 그 책을 읽었어?"

"앞부분만 조금 읽었어요. 일종의 검수라고 해야 할까요. 진저 님께 드리기 전에 항상 앞부분을 읽어 본답니다. 진저 님의 취향이 아닌 것들을 골라내기 위해서요."

"그렇구나. 아…… 그런데 진짜 어떡하지? 이자나 폐하께 내일 가져가겠다고 약속했는데. 그 노점상에서도 이제 더 이상 책을 구할 수 없잖아."

나는 기다란 한숨을 내쉬었다. 그 소설이 금서로 분류된 이상 어디에서도 더는 구하지 못할 것이다.

구할 수 없다, 라…….

"잠깐만. 구할 수 없어?"

"네?"

더 이상 구할 수 없으면, 내가 만들면 되잖아.

"와, 사라. 나는 천재인 것 같아."

"네?"

시중에 없는 책이니 내가 직접 적으면 되잖아. 어차피 이자나는 책 내용을 잘 몰랐다. 그렇다면…….

'유폐된 왕자와 후작 영애'

그 소설을 내가 새로이 적는 거다. 이자나에게만 보여 줄 특별한 내용으로!

물론 새로운 내용으로 단장될 그 소설의 여자 주인공은 당연히 나였다.

"큭큭큭."

나는 괜스레 웃음이 새어 나와 미친 여자처럼 킥킥거렸다. 이런 걸 전화위복이라고 하는 게 아닌가 싶었다.

"진, 진저 님. 괜찮으세요?"

그리 묻는 사라의 목소리가 희미하게 떨리고 있었다. 조금 전까지 심각하게 굴었던 주제에 돌연히 웃음을 터뜨리자 이상하게 보인 거겠지.

나는 걱정하지 말라는 듯이 허공에 손을 몇 번 휘휘 내저었다.

"아주 괜찮아. 갑자기 기분이 좋아졌어. 후후."

"그렇다면 다행이긴 한데……."

"사라. 나는 정말로 괜찮으니까, 지금 당장 내게 종이와 펜을 가져다주지 않겠어?"

"네! 알겠습니다."

사라는 이유를 묻지 않고선 종이와 펜을 가지러 방을 나갔다. 나는 그녀가 돌아오기를 기다리며 책 내용을 되짚어 보았다.

제법 많이 읽어서 그런 것인지, 내 머릿속엔 그 책의 섬세한 문장들이 선명하게 각인되어 있었다.

음, 좋아. 어떻게 각색하면 좋으려나.

책의 초반에는 며칠 전 연회장에서 있었던 일을 쓰고, (물론 레라지에가 아닌, 나와 이자나가 첫눈에 반하는 내용으로 바꾸어서.) 책의 중반에는 레라지에가 아닌 내가 이자나의 상처를 보듬어 주는 부분을 쓰고…….

이윽고 책의 후반에는 이자나가 내게 고백하는 장면을 쓰는 거다.

'진저, 너는 생강과는 어울리지 않는 멋진 여자야. 그런 너를 좋아해.'

이자나의 사랑 고백이라니. 상상만 했을 뿐인데, 온몸에 소름이 오소소 돋을 만큼 황홀했다. 나는 그 일이 실제로도 일어나기를 잠깐 바랐다.

책의 내용을 끝까지 다 정했을 때, 사라기 돌아왔다. 그녀는 종이 뭉텅이와 값비싼 만년필을 가져온 채였다.

나는 소매를 걷어붙이며 전의를 다잡았다. 내일 이자나를 만나기 전까지 어떻게든 소설 하나를 완성시키리라.

불가능한 일일지도 모르겠다는 생각이 들 때마다 나는 스스로를 다독였다.

할 수 있어, 진저 토르테. 오늘 거사를 통해 네 운명을 바꾸는 거야. 악역 조연에 불과했던 진저 토르테가 이 세계의 여자 주인공이 되는 거야!

나는 눈을 반짝이며 빈 종이를 바라보았다.

"좋아, 시작해 보자."

소설을 적는 일은 그다지 걱정되지 않았다.

태어난 이래 지금까지 읽었던 로맨스 소설만 해도 수백 권이었다. 어떤 장면에 어떤 서술이 어울리고, 어떤 대사를 넣어야 좋을지는 너무나도 잘 알고 있었다.

내 펜촉은 쉬지 않고 움직였다.

"……진저는 한평생 외로이 지낸 이자나의 고독을 이해해 준 유일한 여자였다. 이자나는 그녀에게 호감을 느꼈고, 진저는 그에게 주저 없이 다가갔다…… 캬, 정말 맛깔 나는 문장이구나."

날이 완전히 저물고 깊은 밤이 되어서도 소설을 쓰는 일을 멈출 수 없었다. 눈이 뻑뻑해지고, 팔목도 시큰했다. 하지만 나는 포기하지 않으며 끝까지 집중, 또 집중을 했다.

다음 날의 해가 뜨고 나서야 얼추 이야기가 완성되었다. 나는 마지막 문장을 정성스럽게 적기에 이르렀다.

"진저 토르테. 영원히 사랑해."

그것은 내가 쓴 소설 속 이자나의 마지막 대사였다.

왕궁의 아름다운 정원에서 내뱉은 이자나의 대사와 이어진 그와의 진한 키스.

"……그들의 머리 위론 따사로운 햇볕이 내리쬐고 있었다. 마치 그들의 입맞춤을 축복해 주기라도 하는 듯이."

와우. 완벽한 마무리야.

나는 홀로 감상에 젖어 박수를 두어 번 쳤다. 레라지에가 끔찍하게 죽었던 원작과는 달리 내 소설의 결말은 완벽한 해피 엔딩이었다.

나는 오랫동안 쥐고 있던 펜을 내려놓으며 눈가를 훔쳤다. 청승 맞게 눈물이 날 것도 같았으나 눈물은 끝내 흐르지 않았다.

그리하여 완성된 내 소설의 총 종이 매수는 약 50장 정도. 하나의 책이라고 하기엔 짧은 감이 있지만, 이자나에게 단편이라고 우기면 그만이었다.

짧은 소설 속, 레라지에와 하멜 브레이 그리고 게슈트에 관한 내용은 단 한 줄도 적지 않았다. 괜한 트러블을 불러일으키고 싶지 않아서였다.

나는 퀭한 눈동자로 사라를 또다시 찾았다. 방으로 급히 들어온 사라는 어제의 모습과 확연히 다른 내 모습에 얼떨떨한 눈빛을 보냈다.

"사라…… 이 종이들을 엮어서 책으로 만들어 줄래? 책방에 가면 바로 해 주지? 표지는 두꺼운 재질로 감싸고, 핑크색으로 부탁해. 아, 그리고 표지엔 '유폐된 왕자와 후작 영애'라고 제목도 꼭 적어 주고. 알겠지?"

"네, 알겠습니다."

사라나는 계속해서 의문스러워했지만, 구태여 내게 물음을 건네지는 않았다. 물어야 할 것과 묻지 않아야 할 것을 아는 영특한 시녀였다.

나는 뒤돌아서는 사라에게 마지막으로 한 마디를 더 보태었다.

"그리고 그 책에 관한 건, 우리 둘만의 비밀이야."

"네. 진저 님."

사라는 담백한 대답과 함께 방을 나갔다.

나는 침대까지 기어가, 그 위에 몸을 누이었다. 소설을 쓸 때는 너무나도 집중했던 터라 피곤을 느끼지 못했었다. 하지만 다 적고 나니 갑작스러운 피로들이 물밀 듯이 몰려오는 것 같았다.

나는 피로에 항복한 패잔병이 되어 눈을 감았다. 잠깐 동안만 자는 건 괜찮겠지…… 라고 생각하던 차에 곧바로 잠들어 버렸다.

아주 깊은 잠이었다.

＊ ＊ ＊

다시 눈을 뜬 이유는 지독한 갈증 때문이었다.

나는 잘 떠지지 않는 눈꺼풀을 힘겹게 들어 올려, 침대 옆 협탁 위에 있던 유리잔을 집어 들었다. 미지근한 물을 마시니 잠에서 좀 깨는 듯했다.

사라는 아직 돌아오지 않은 건가.

나는 한쪽 벽면에 걸려 있는 시계를 바라보았다. 오후 2시. 궁에서 보낸 마차가 곧 올 시간이었다.

나는 우선 단장부터 하기 시작했다.

다른 시녀의 도움으로 드레스를 갈아입고, 화장도 대충 하고 나서야 사라가 급하게 방으로 들어왔다. 뛰어온 것인지 그녀의 두 볼이 붉게 상기되어 있었다.

"사라! 다 된 거야?"

"네! 진저 님. 제가 늦은 건 아니죠?"

"전혀. 넌 딱 맞춰서 도착했어."

사라는 완성된 책을 내게 건네었다. 나는 각고의 노력으로 완성시킨 내 소설을 살펴보았다.

양장본으로 나온 한정판 책 같아.

믿을 수 없게도 너무너무 예뻤다. 표지 중앙에는 '유폐된 왕자와 후작 영애'라는 제목이 멋스러운 필기체로 쓰여 있기도 했다.

"완벽하다."

나는 득의양양한 미소를 지으며 그것을 소중히 쥐어 잡았다. 타이밍 좋게 마차도 도착한 듯했다.

"진저 님! 궁에서 온 마차가 도착했어요."

나는 책과 함께 방을 나섰다. 복도를 가로지르는 걸음은 전쟁에서 승리한 개선장군처럼 당당했다.

이내 저택 밖으로 나오자 오늘따라 유난히 더 따사로운 듯한 햇볕이 나를 내리쬐었다.

왠지 좋은 일이 가득할 것만 같은 기분이야. 나는 그렇게 생각하며 정차된 마차까지 걸어갔다.

마차 앞엔 언제나처럼 라라가 서 있었다. 나는 드레스 끝을 살짝 잡고선 라라에게 인사했다. 라라도 내게 고개 숙여 인사한 뒤 손을 내밀었다.

"고마워요."

나는 그의 손을 잡은 채로 마차에 우아하게 올라탔다. 라라마저도 마차에 올라타자, 마차는 궁성으로 향하기 시작했다.

나는 허벅지 위에 내가 쓴 소설을 가지런히 올려놓았다. 라라의 잿빛 눈동자가 내 소설에 닿은 것은 그때였다.

그는 한참이나 그것에서 눈을 떼지 못했다. 그러면서 미간을 옅게 찌푸렸는데, 꼭 못 볼 것을 보았다는 얼굴이었다.

"······."

책 처음 보나. 왜 저래.

나는 책을 내 품 쪽으로 끌어당겼다. 그러자 라라가 책에 머물렀던 시선을 들어 올려 나를 쳐다보았다.

우리의 눈은 꼼짝없이 마주쳤다. 그런데 마주한 라라의 얼굴이 조금 이상했다.

뭐랄까. 그의 입술이 해괴하게 일그러져 있다고 해야 할까. 라라는 웃음을 참고 있는 사람처럼 보일 따름이었다.

······웃음을 참아?

얼마 못 가 그의 입꼬리가 사정없이 들썩거리기 시작했다. 그는 웃음을 참으려 헛기침을 두어 번 했지만 그것은 모두 헛수고였다.

"푸흡. 흐극. 풉."

도리어 이상한 소리만을 냈을 뿐이었다.

"라라. 무슨 문제라도 있나요?"

나는 기분 나쁘다는 듯이 물었다. 나를 앞에 두고 웃는 모양새가 꼭 나를 비웃는 것처럼 느껴졌기 때문이다.

내가 언제 비웃음당할 짓을 했는지는 모르겠지만, 어찌 되었든 기분이 썩 좋지 않았다.

"진저 님…… 큭큭…… 아니, 풉, 큭큭."

라라는 기묘한 웃음소리를 냈다. 나는 한층 더 날카로워진 음성으로 쏘아붙였다.

"지금 저를 비웃는 건가요?"

"아니…… 비웃는 게 아니라. 푸하하."

그는 결국 큰소리를 내어 웃었다. 얼마나 웃어 젖히는지, 그의 잿빛 눈동자에 눈물이 맺힐 정도였다.

날카로워 보이던 그의 눈은 호선을 그렸고, 그의 하얀 볼엔 희미한 보조개가 새겨졌다. 정색하고 있을 때엔 잘 보이지 않던 보조개였다.

기분이 좋지 않은 것과는 별개로 라라가 호탕하게 웃고 있다는 사실이 놀랍게 느껴졌다. 심지어 웃는 모습이 꽤 잘생겨 보이기도 했다. 표정을 굳히고 있을 때보다는 훨씬 더.

몇 분이 지난 후에야 라라는 제 웃음을 가까스로 멈출 수 있었다.

"휴, 죄송합니다. 도저히 참을 수가 없어서."

그는 눈가에 맺힌 눈물을 닦아 내며 이어 말했다.

"진저 님은 그 책을 진짜로 이자나 폐하께 드릴 생각이신 겁니까?"

어라? 내가 이 책을 이자나에게 주어야 한다는 사실을 라라가 어떻게 알았지? 이자나가 미리 언질을 준 걸까?

나는 퉁명스럽게 대꾸했다.

"그렇다면요?"

"그러니까 말입니다. 제가 가만히 지켜보려고 했는데, 도저히 그냥 들 수가 없어서."

"그게 도대체 무슨 소리⋯⋯."

그게 도대체 무슨 소리냐고 물으려던 순간, 라라가 내 말을 끊었다.

"잘 보십시오."

"네?"

"설명하는 것보다 이편이 더 빠를 겁니다."

"네? 그게 무슨 말이에요?"

라라는 오른손을 들어, 중지와 엄지를 튕겨 냈다. 그러자 놀랍게도 눈앞이 뿌옇게 흐려지기 시작했다. 선명하게 보이던 라라의 얼굴이 점차 사라지며, 이내 눈앞은 시커메졌다.

몇 초 후 주위가 다시금 밝아졌다. 완전히 환해진 시야 속, 라라의 모습은 여전히 보이지 않았다. 대신 익숙한 정원이 보였을 뿐이다.

내 눈앞에 펼쳐진 곳은 이자나의 정원이었다.

꿈이라도 꾸고 있는 건가. 웬 이자나의 정원이지.

눈을 한 번 더 깜빡였을 때, 믿을 수 없는 일이 또다시 벌어졌다.

"⋯⋯!"

이번엔 이자나가 나타난 것이다.

이자나는 여느 날 더러 그랬듯이 커다란 버드나무 밑에 앉아 있었다. 그의 하얀 얼굴과 대비되는 검은 머리카락은 잔바람에 정처 없이 흩날렸다.

이자나는 흩날리는 머리카락을 내버려 둔 채로 무언가를 보는 데에 집중하고 있었다.

무언가는 책이었다.

나는 그가 무엇을 읽고 있는지 자세히 들여다보았다. 책장엔 익숙한 필체가 새겨져 있었다. 그것은 바로 내가 쓴 '유폐된 왕자와 후작 영애'였던 것이다.

이자나는 내게 시선을 주지 않으며 묵묵히 책을 읽어 갔다. 그러곤 얼마 뒤에 탁 소리 나게 책장을 덮고선 그제야 나를 쳐다보았다.

좀 더 정확하게 말하자면, 이자나 앞에 앉아 있던 또 다른 나를 바라보았다고 해야 할까.

나는 그들과 몇 걸음 떨어진 곳에서 방관자처럼 그들을 지켜보고 있었다. 유체 이탈이라도 한 듯한 느낌이었다.

"책 내용대로라면 생강 양은 그 연회장에서 내게 반한 건가?"

이자나의 물음에 또 다른 내가 대답했다. 내 의지와는 상관없는 대답이었다.

"소녀는 부끄러워서 대답해 드릴 수 없어요."

어쭈, 아양도 떠네. 나는 내가 떠는 애교에 질색했다.

이자나의 말은 이어졌다.

"좋아. 그렇다면 다른 얘기를 하도록 하지. 책 내용대로라면 내가 타인의 생각을 읽는 일을, 너는 우연히 알게 된 거고."

두 사람은 내가 쓴 책에 대해서 얘기를 나누고 있는 듯했다. 또 다른 진저는 거침없이 대답했다.

"그럼요. 아주 우연히 알게 되었답니다."

"음."

이자나는 눈썹을 찡그렸다. 무언가가 마음에 들지 않는다는 것처럼.

"그런데 말이야. 책 내용이 지나치게 엉성해. 이상한 부분이 한두 부분이 아닌 것 같아."

"하하. 어디 가요?"

"이 책엔 진저 투르테와 이자나의 사랑 놀이만 쓰여 있거든. 어째서 내 이능에 대한 것은 조금도 적혀 있지 않은 걸까. 책 속의 네가 내 이능을 알게 된 경위도 매우 허술해."

자세한 진실은 내가 다 뺐으니까.

"……."

이자나 앞에 있던 또 다른 나는 아무런 말도 하지 못했다. 이자나는 신랄한 목소리를 내었다.

"이 책은 가짜야."

"……네?"

"진저 토르테. 내가 말했을 텐데. 나는 타인의 말의 진위 여부를 구별할 수 있다고."

그의 눈동자가 차가운 빛을 띠었다. 한기가 서린 매서운 눈빛이었다. 그러자 이자나의 눈빛을 실제로 마주한 것처럼 내 몸이 뻣뻣하게 굳어 갔다.

"폐, 폐하."

"왕을 능멸한 귀족을 어떻게 하면 좋을까. 진저 토르테, 네가 직접 얘기해 봐."

무서워.

나는 꿈인지 현실인지 모를 상황 속에서 그에게 두려움을 느꼈다. 할 수만 있다면 이곳을 당장 벗어나고 싶었다.

그때 돌연히 주위가 어두워졌다.

화가 난 이자나도, 덜덜 떨던 또 다른 진저도, 아름다운 정원도…… 모든 것이 일순간 사라져 버렸다.

완전한 암전, 그리고 완벽한 침묵이었다.

나는 눈을 오랫동안 감고 있었다. 다시 눈 뜨는 일이 무섭게만 느껴졌다. 용기 내어 눈을 떴을 때, 이번엔 라라의 모습이 보였다.

나는 주위를 급하게 둘러보았다. 차가운 눈을 한 이자나가 있을까 싶어서였다. 다행히도 이자나는 보이지 않았다.

나는 놀란 가슴을 쓸어내렸다. 이자나는 사라졌지만, 그의 차가운 눈빛이 어딘가에 존재하는 듯한 오싹한 기분을 지울 수가 없었다.

나는 뒤늦게 라라에게 말을 건네었다.

"라라. 방, 방금 본 건 도대체 뭐였죠?"

라라는 차분하게 입술을 떼어 냈다. 그는 내가 그런 물음을 하리란 것을 일찌감치 예감한 태도였다.

"잘 보셨습니까? 방금 보신 것은 마법입니다. 일종의 '예언'이라고도 하죠. 그것은 당신의 가까운 미래입니다."

"미래? 마법?"

라라는 싱긋 미소 지었다.

"당신, 정체가 뭐예요?"

라라는 조금 흘러내린 안경을 올리며 말했다. 그의 목소리는 여전히 침착했다.

"제 본래의 이름은 하멜 브레이. 진저 님. 당신이 찾던 남자입니다."

"하멜…… 브레이?"

하멜 브레이? 설마 '유폐된 왕자와 후작 영애'에 나온 서브 남자 주인공?

맙소사! 외형이 비슷하다고 생각했지만, 그가 진짜로 하멜 브레이일 줄이야.

나는 깜짝 놀라 입술을 조금 벌린 채로 그에 대해 세세히 떠올려 보았다 하멜 브레이.

그는 서브 남자 주인공이지만, 소설 속 비중이 그다지 크지 않은 남자였다.

내가 소설 속 하멜에 대해 아는 것은, 그가 게슈트의 제자인 사실과 레라지에를 사랑했다는 사실, 그리고 이자나를 사랑하게 된 레라지에를 포기했다는 사실 정도밖에 없었다.

하멜에 대한 나의 총평은 그러했다.

나약한 남자다.

하멜은 사랑하는 사람의 행복을 빌어 주는 것도 사랑이라고 생각했기 때문이다.

그는 소설이 끝날 때까지 차갑게 돌아선 레라지에의 등을 한없이 바라보기만 한다. 제게 닿지 않는 그녀의 시선에도 굴하지 않으며. 비가 오든 눈이 오든.

그의 애달픈 시선은 언제나 레라지에의 뒷모습에 닿아 있었다.

그런 그가 책의 중간 도매업자라고 하지 않나. 대뜸 이자나의 보좌관이 되어 있지 않나. 모든 게 의문투성이인 그때, 며칠 전 서점에서 만난 그가 했던 말이 문득 떠올랐다.

'하지만 생김새 하나로 그 사람의 모든 것을 판단할 수는 없죠. 아닌 말로, 저는 가끔 로맨스 소설을 직접 적기도 합니다만.'

제가 가끔 쓴다던 로맨스 소설이 설마 '유폐된 왕자와 후작 영애'인 것은 아니겠지?

나는 충격의 연타 속에서 헤어 나오지 못했다.

"하, 하멜 브레이? 뭐든 좋으니까, 설명을 조금 더 해 봐요. 내가 이 상황을 납득할 수 있게."

하멜은 태연자약하게 대답했다.

"일단은 폐하를 먼저 만나고 오십시오. 설명은 그다음에 충분히 해 드리겠습니다."

그러곤 허공에 제 손을 부드럽게 휘저었다. 하멜의 손동작이 끝나자, 어느 책 하나가 그의 무릎 위에 툭 하고 떨어졌다.

"맙소사, 책, 책이 생기다니! 방금 그것도 마법이에요?"

"그렇습니다."

처음 보는 마법이 몹시 신기했다. 나는 마법이 일어난 그의 손끝을 응시했다가 그가 만들어 낸 책마저도 바라보았다.

그 책은 아주 익숙한 것이었다. 나는 책의 제목을 읊조렸다.

"유폐된 왕자와 후작 영애……."

"네. 그 책입니다. 이자나 폐하께는 이것을 보여 주십시오. 진저 님께서 밤새 쓰신 그 책은…… 아무래도……."

그는 말끝을 늘어뜨리며 입술을 안쪽으로 둥글게 말았다. 웃음이 나오려는 걸 참는 모습 같았다.

내가 쓴 소설이 그렇게나 우스운 건가. 자만은 아니지만, 엄청 잘 적은 것 같은데.

"흠흠. 미래의 영상에서 보셨다시피 진저 님께서 쓰신 것을 이자나 폐하께 보여 드리는 건 두 분 모두에게 좋지 않습니다."

하멜은 마법으로 만든 '유폐된 왕자와 후작 영애'를 내게 건네었다. 나는 그것을 받아 들었다.

"개정판입니다."

"개정판? 그런 것도 있나요?"

"진저 님이 읽으신 책은 이자나 폐하께서 보시리라 생각하지 않고 만든 것이기에, 본의 아니게 개정이 조금 필요했습니다."

"무슨 내용이 바뀌었는데요?"

부드러운 곡선을 그린 하멜의 눈동자가 작게 반짝였다. 그는 웬이채를 드리운 채로 대꾸했다.

"저에 대한 내용과 게슈트 님에 대한 내용은 조금 뺐습니다. 그 편이 나으리라 짐작되기 때문에. 더군다나 폐하께서는 제가 하멜 브레이라는 사실을 모르고 있기도 합니다."

"아니, 잠깐. 그렇다면 '유폐된 왕자와 후작 영애'를 쓴 작가가 정말로 당신이었단 말이에요?"

하멜은 스스럼없이 고개를 끄덕였다. 그는 이미 제가 '하멜 브레이'임을 밝힌 이상 다른 것을 고백해도 상관없어 하는 듯했다.

"정말로 믿을 수 없는 일들의 연속이군요. 다른 의문들은 그렇다고 치고, 제일 궁금한 게 하나 있어요."

"무엇입니까?"

나는 받아 든 책 표지를 쓰다듬으면서 말했다.

"당신은 이 책을 왜 쓴 거죠?"

이상해도 너무 이상하잖아.

하멜이 쓴 책이 내 손에 들어 온 경위마저도 이상하게 느껴졌다. 의도된 흐름이 빚어낸 계획적인 일이 아닐까, 하는 의심이 들 정도였다.

줄곧 시원스럽게 대답해 주던 하멜은 처음으로 대답하기를 주저했다. 그의 고민은 계속됐고 나는 참을성 있게 기다려 주었다.

이내 무언가를 말하기를 결심한 듯 그의 입술이 천천히 열리기 시작했다.

"그 이유는 바로……."

"바로!"

잘 달리던 마차가 멈춰 선 것은 그때였다.

"아…… 마침 도착해 버렸군요. 중요한 사실을 말할 타이밍이었는데."

"그래도 얘기해 주세요!"

하멜은 한껏 느른한 미소를 지었다.

"안 됩니다. 얘기가 길어질 것 같거든요. 나중에. 진저 님께서 폐하를 만나신 후에. 그때 말씀드리겠습니다."

궁금하게 해 놓고 이렇게 발 빼기야?

나는 조금 더 따지고 싶었으나 하멜의 목소리는 완고했다. 결국 항복한 쪽은 나였다.

"에휴. 그럼 어쩔 수 없죠. 하지만 그 이유를 꼭 말해 줘야 해요!"

나는 얼굴을 일그러뜨리며 위협하는 어투로 말했다. 하나 하멜은 겁먹기는커녕 대수롭지 않다는 듯 고개를 끄덕일 뿐이었다.

마음대로 되는 것이 없군.

라라, 아니, 하멜의 에스코트를 받아 마차에서 내린 나는, 어젯밤에 열심히 쓴 책을 하멜에게 건네며 으름장을 놓았다.

"이 책. 들고 갈 수 없으니까, 잠깐만 맡고 있어 줘요. 읽으면 가만두지 않을 거예요!"

"제 이름을 걸고, 읽지 않겠다고 맹세하겠습니다."

"좋아요."

"아 참! 그리고……."

하멜은 무언가가 갑작스럽게 떠오른 듯 허공에 다시금 손을 내저었다. 그의 손동작이 끝나기 무섭게 허공에서 무언가가 뚝 떨어졌다. 그는 그것을 잡아챘다.

나는 그것을 빤히 바라보았다. 그것의 정체는 꽤 아름다운 금빛 팔찌였다.

팔찌에 대한 설명은 없었다. 하멜은 유연한 동작으로 내 오른손을 집어 들어, 내 팔목에 팔찌를 채워 버렸다. 마치 수갑이라도 채우듯이 말이다.

약속된 일인 듯 그가 너무도 능청스럽게 팔찌를 채운 터라, 내겐 이렇다 할 저항심은 하나도 들지 않았다. 도리어…….

"예뻐."

흰 손목에 채워진 금빛 팔찌의 영롱한 자태에 감탄했을 뿐이다.

내가 넋을 놓고 팔찌를 바라보자 하멜의 웃는 소리가 들렸다. 나는 두어 번의 헛기침을 내뱉으며 표정을 뒤늦게 정비했다.

"이건 또 뭐죠?"

"진저 님께 드리는 제 마음입니다."

어쩜. 내가 그런 말에 속을 줄 아나 봐.

나는 냉큼 대답했다.

"네, 감사합니다……라고 할 줄 알았어요? 헛소리 그만하고 솔직하게 말해 줘요."

하멜은 그제야 이실직고했다.

"그 팔찌는 마법 아이템입니다. 그걸 차고 계시면 이자나 폐하 앞에서 '하멜 브레이'를 떠올리는 일은 없을 겁니다. 폐하께서 제 정체를 알게 되는 건, 아직까지 곤란해서 말입니다."

"……."

"해가 되는 것은 아니니 하해와 같은 마음으로 저를 이해해 주시기를 바라겠습니다."

능수능란한 말임과 동시에 고개가 절로 끄덕여지는 말이기도 했다. 나는 그의 부탁을 기꺼이 들어 주었다.

"좋아요. 그 정도는 이해해 줄 수 있어요."

하멜은 대답 대신 말갛게 웃으며 마차에 올라탔다. 마차는 다시 출발했고, 나는 멀어지는 마차를 제법 오랫동안 바라보았다.

그러면서 생각했다. 조금 전에 내가 보았던 게 정말로 내 미래일까, 하고.

하나 가짜라고 하기엔 지나칠 정도로 현실감이 있는 영상이었다. 나는 미래 영상에서 보았던 이자나의 서슬 퍼런 눈빛이 떠올라 어깨를 작게 움츠렸다.

"아니, 그런데 내 책이 그렇게 엉성했던가?"

희대의 걸작이라고 생각했는데 말이지.

정원을 얼마나 거닐었을까. 저 멀리서 이자나의 모습이 보이기 시작했다.

오늘의 그는 뿌리 깊은 정원수 밑이 아닌 둥근 테이블 앞에 앉아 있었다. 나는 이자나의 지척까지 걸어가 그에게 인사를 건네었다.

"이자나 폐하. 안녕하세요."

"응. 안녕."

이자나 옆에 서 있던 시녀 하나가 내가 앉을 의자를 빼 주었다. 내가 의자에 앉자, 시녀는 내 앞에 놓인 찻잔에 찻물을 따르고선 어디론가 사라져 버렸다.

횅뎅그렁한 정원에 남겨진 것은 이자나와 나뿐이었다.

이자나는 내가 등장했을 때부터 자리에 앉을 때까지의 모든 통솔을 제 눈으로 좇고 있었다. 집요한 그 시선에, 나는 왠지 모르게 긴장이 되었다.

나를 보던 그의 검은 눈동자는 이윽고 내 손에 쥐인 책에 멈추었다. 나는 그 책을 그에게 건네었다.

"이 책이 제가 말씀드렸던 것이에요."

이자나는 책을 받아 들어 책의 제목을 딱딱한 음성으로 읽었다.

"유폐된 왕자와 후작 영애. 유폐된 왕자라는 건, 나를 얘기하는 건가?"

"그렇습니다. 폐하."

"제목 한번 멋지게 잘 지었군. 좋아. 얼른 읽어 보고 싶어."

"그럼 저는 어찌할까요?"

이자나는 여전히 책을 바라본 채로 내게 대답했다.

"음. 내가 다 읽을 때까지 기다려도 좋고, 먼저 가 봐도 좋아."

나는 당연히 기다리고 싶은데. 이자나는 내가 먼저 가 주기를 바라는 걸까?

그의 말은 이어졌다.

"하지만 나는 책을 빨리 읽는 편이야."

오호라. 그 말인즉슨, 제가 책을 다 읽을 때까지 기다리라는 거지?

"그렇다면 기다릴게요. 그 책을 다 읽고 나서, 폐하께서 어떤 감상을 남길지 궁금하거든요."

"그래. 중간에 가고 싶다는 생각이 들면, 자리를 비워도 괜찮아."

"알겠습니다."

대화가 끝나자마자 이자나는 들고 있던 책을 펼쳤다.

내 손보다도 더 예쁜 그의 손이 책장을 부드럽게 넘기기 시작했다. 나는 책에 집중한 그의 모습을 잠자코 지켜보았다.

이자나의 말은 허언이 아니었다. 그는 제가 말한 대로 책을 정말 빠르게 읽어 나갔기 때문이다. 책장을 넘기는 속도가 가히 범상치 않았다.

내겐 문득 그런 생각이 들었다. '유폐된 왕자와 후작 영애'를 끝까지 읽고도 그가 레라지에를 사랑할 수 있을까, 하는.

타인의 생각을 읽는 저주로 인해 고통스러워하던 그가, 제게 저주를 건 마법사의 손녀에게 호의를 품을 수 있을까? 내가 이자나였다면, 그녀를 절대로 사랑하지 못할 것 같은데.

책 속의 이자나는 레라지에의 정체를 몰랐기 때문에 그녀를 사랑했다. 그렇기에 그가 모든 진실을 알게 된 사실이 다행이라는 생각이 들기도 했다.

나는 이자나의 진지한 얼굴에서 눈을 떼지 않으며, 그가 책을 다 읽기를 기다렸다.

그런데 시간이 지나면 지날수록 졸음이 몰려오기 시작했다. 선잠을 조금 잤음에도 불구하고, 어제 한숨도 자지 않은 여파가 아직도 가시지 않은 게 분명했다.

안 돼, 진저 토르테. 여기서 잠들면 어쩌자는 거야.

나는 무거워지는 눈꺼풀을 부여잡으려 노력했다. 하지만 모든 일이 꼭 노력한 대로 이루어지는 것은 아니었다.

* * *

오랫동안 감고 있던 눈꺼풀을 다시 들어 올렸을 때, 내가 손재하는 곳은 정원이 아니었다. 부드러운 이불의 촉감이 훌륭한 침대 위였다.

……아니, 잠깐. 침대?

나는 누워 있던 상체를 벌떡 일으켜 주위를 둘러보았다.

주위가 꽤나 어두웠던 탓에 주변이 잘 보이지 않았다. 등불은 하나도 켜져 있지 않았으며, 심지어 한쪽 벽면엔 두꺼운 커튼이 드리워져 있었다.

시간이 얼마나 지난 것인지도 잘 가늠할 수 없었다. 그 순간 어둠을 가로지르는 듣기 좋은 목소리가 울렸다.

"깼어?"

얼굴을 확인하지 않아도 목소리의 주인이 누군지 알 수 있었다. 이자나였다.

나는 소리가 나는 방향으로 시선을 옮겼다. 그러자 방 어딘가에 있었을지 모를 이자나가 걸어오고 있는 게 언뜻 보였다. 이윽고 침대까지 걸어온 그는, 침대의 가장자리에 걸터앉았다.

지나친 어둠 때문일까. 이자나의 검은 눈동자가 선명하게 보이지 않았다.

"제가 잠들었나요?"

"응. 아주 잘 자더군."

"설마 코를 곤 건 아니죠?"

"아니라곤 대답 못 하겠어."

끙. 진짜로 코를 곤 걸까? 나는 눈을 질끈 감았다 떴다.

그나저나 여긴 어딜까. 이자나의 방? 그가 잠든 나를 이곳까지 데려온 걸까?

나는 나를 안은 이자나가 여기까지 걸어왔을 모습을 상상했다. 그의 예쁜 손이 내 허벅지와 허리에 둘려지고, 내 얼굴은 그의 가슴팍에 기대어져 있고…….

아. 아주 행복한 상상이로구나.

나는 행복한 미소를 지으며 그에게 말을 건네었다.

"혹시 폐하께서 잠든 저를 여기까지 데리고 오셨나요? 안아서? 업어서? 저는 뭐든 상관없습니다만."

"미안한데, 내 시종이 옮겨 주었어."

"……."

"큭큭. 거짓말이야. 내가 했어. 후작가의 여식을 시종의 손에 맡길 수 있나."

"우와! 정말요?"

"응. 무겁더라."

"……."

안 되겠다. 이 논제로 대화를 더 나누는 건, 나의 손해일 듯싶다. 나는 화제를 재빨리 전환하였다.

"폐하. 그런데 방은 왜 이렇게 어두운 건가요? 등불이라도 하나 켜면 안 될까요?"

"안 돼. 이렇게 어두워야 네 눈동자가 잘 보이지 않잖아. 그럼 네 생각도 읽히지 않을 테고."

"아하. 그럼 이 어둠은 제게 이득인 건가요?"

"그럼. 생강 영애에게도 그편이 나을 거라고 생각해."

그러고 보니 책 속에서도 이자나는 어둠 속에 자주 머물렀었다. 이자나는 칠흑 같은 어둠을 축복이라고 생각했다.

어둠은 생각이 읽히지 않는 유일한 공간이었으니까.

"어둠은 당신에게 허락된 유일한 축복……."

나는 책에 나왔던 구절을 자연스럽게 내뱉었다. 이자나는 이렇다할 부정 없이 내 말에 동조했다.

"맞아. 소설 속에 나왔던 대로 어둠은 내게 허락된 유일한 축복이야."

제게 허락된 유일한 축복이 어둠이라고 말하는 이자나의 목소리가 자못 씁쓸했다. 그의 얼굴이 잘 보이지는 않지만, 나는 그가 슬픈 얼굴을 하고 있으리라고 직감했다.

그를 위로해 주고 싶다는 생각이 들었다.

……손을 잡아 주어도 괜찮을까?

생각보다 행동이 더 빨랐다. 나는 더듬거리며 그의 손을 찾기 시작했다. 이내 그의 손이라고 생각되는 부분에 내 손을 올려놓자, 이자나는 부리나케 내 손을 튕겨 냈다.

내가 지금까지 봤던 이자나의 행동 중에 제일 재빠른 행동이었다.

"엇! 거기가 손이 아니었나요?"

이자나는 차분하지 못한 목소리로 대꾸했다.

"너……! 거긴 허벅지라고!"

허, 허벅지라니! 의도한 것은 아니었는데, 의도한 것보다 결과물이 더 좋았잖아!

나는 그에게 사죄했다. 사실은 좋았는데 말이다.

"어머, 죄송해요! 제가 폐하의 옥체에 감히……. 저는 그저 폐하를 위로해 드리기 위해 손을 잡으려고 한 것뿐인데……. 제 손을 어찌하면 좋을까요."

어찌하기는 평생 씻지 말아야지. 나는 본심을 애써 숨겼고, 이자나는 기다란 한숨을 내쉬었다.

"하……. 생강 양. 나야말로 너를 어찌하면 좋을까."

이상하게도 그의 목소리가 더 이상 씁쓸하게 들리지 않았다. 이거 얼추 위로에 성공한 건가.

"하하."

나는 어색한 웃음소리를 내었다. 웃기라도 하지 않으면 안 되겠다는 생각이 들어서.

이자나에게 미안한 건 진심이었다. 하나 그것과는 별개로 우연히 만진 그의 허벅지 촉감이 싫지 않았다.

겉으로 보기엔 말라 보였지만 내실은 꽤 탄탄하다랄까. 키키와 약혼한 이래로 다른 남자의 허벅지를 만져 본 게 언제였던지.

입꼬리가 스멀스멀 올라가려고 하는 것을 간신히 참았다. 나는 괜스레 입맛을 다시며 그에게 다시금 용서를 구했다.

"이자나 폐하. 저를 벌하실 건가요?"

"고의였다면 그러고 싶기도 해."

고의는 아니었지만…… 다음엔 고의로 한번 만져 보곤 싶기는 해요.

나도 모르게 그런 생각이 들었다. 꽤나 엉큼한 생각이었다. 이자나가 내 생각을 읽고 있지 않음에 감사할 정도였다. 나는 엉큼한 생각이 사라지기를 바라는 마음으로 고개를 좌우로 몇 번 흔들었다.

"에이. 제가 고의로 어떻게 폐하의 허, 허벅지를 만지겠어요."

"말투가 영 수상하군. 불을 켜서 생강 영애의 생각을 당장 읽고 싶은 심정이야."

안 돼! 그렇게 된다면 구제할 수 없는 나의 엉큼한 생각들이 그에게 물 흐르듯 흘러갈 거라고!

그것만은 피하고 싶었던지라, 나는 그에게 소리쳤다.

"진짜예요! 믿어 주세요."

과한 내 대답에 그는 아무런 대꾸도 하지 않았다.

믿지 않는 건가?

화가 나기라도 한 것은 아닐까 싶던 차에 그의 낮은 웃음소리가 들렸다. 나는 그제야 안심이 되었다.

이자나는 그렇게 한참을 호탕하게 웃더니, 웃음기가 스민 목소리로 한 마디를 툭 내뱉었다.

"자."

"네?"

"뭐해. 네가 그렇게 찾던 손. 여기 있잖아."

그의 얼굴에 닿아 있던 시선을 내리자, 내게 가까이 다가와 있는 그의 손을 발견할 수 있었다.

이번엔 확실한 그의 손이었다.

예고 없이 불쑥 다가온 그의 손을 덥석 잡아야 함이 옳았다. 하나 어찌 된 영문인지 나는 조금 주저했다.

그가 먼저 손을 내밀어 준 것이 믿기지 않아서일까?

나는 몇 초가 지난 후에야 그의 손을 겨우겨우 잡을 수 있었다. 쫙 펴진 그의 손바닥 위에 내 손을 얹자, 이자나는 내 손을 부드럽게 감싸 주었다.

맞닿은 그의 손이 뜨거웠다.

"폐하. 손이 따뜻해요."

"……더워서 그래."

"그래요? 창문이라도 열까요?"

"아니, 그럴 필요 없어. 조금 있으면 괜찮아질 거니까."

"네."

그는 왠지 부끄러워 보였다. 아마도 허벅지의 여파가 아닐까 싶다.

차갑게만 보이던 그가, 사고 같은 스킨십을 부끄러워하는 하다니. 귀여워.

나는 한동안 말없이 그의 손을 꽉 잡고 있었다. 어쩌면 지나친 악력으로 잡고 있었는지도 몰랐다. 하지만 이자나의 손을 그냥저냥 잡고 싶지는 않았다.

내 손의 온기가 그에게 전해지게. 그를 위로하고 싶다는 내 진정이 그에게 닿을 수 있게. 그렇게 잡아 주고 싶었다. 그러다 그와 깍지를 끼고 싶다는 생각마저도 들었다.

이런 기회가 언제 또 올지 모를 일이었기에 기회가 주어졌을 때 확실히 이용하고 싶었다. 결심이 서기 무섭게 나는 그의 손가락 마디마디에 내 손가락을 집어넣기 시작했다.

갑작스러운 내 행동에 놀란 그가 약간 움찔거리며 말했다.

"생강 영애. 지금 뭐 하는 거지?"

"폐하께서 주신 기회, 확실히 이용하려구요. 짜잔. 깍지."

억지로 완성된 우리의 깍지를 흔들며 대답하자, 이자나의 긴 한숨 소리가 또다시 들려왔다.

"도대체 종잡을 수가 없군."

"그냥 손잡는 것보단 이게 훨씬 더 정감 있잖아요. 그렇죠?"

이자나를 위로한답시고 손을 잡은 거지만, 기분이 더 좋은 쪽은 내가 아닌가 싶다.

고작 다섯 손가락이 맞물린 것인데 온몸이 짜릿했다. 그 짜릿함은 심장에도 전달된 것인지 내 심장은 다급한 소리를 내었다.

이자나에게 더 빠져들 것 같은 묘한 예감이 들게 뭐람.

나는 정말로 소설 속의 진저 토르테처럼 이자나를 온 마음 다 해 사랑하게 되는 걸까?

그와 시간을 많이 보낸 것도 아니었고, 그에게 빠질 만한 커다란 사건이 있었던 것도 아니었다. 하지만 그가 좋았다.

아니, 애초에 좋아하게 되는 데에 커다란 이유 같은 게 필요할까? 그런 이상적인 감정을 소리가 된 언어로 표현할 방법이 있기는 한 건지.

소설 속 이자나는 레라지에를 사랑했다. 그렇다면 현실 속 이자나는 누구를 사랑하게 되는 걸까?

나는 그게 나였으면 했다.

그가 제 손을 맞잡은 나를 좋아해 주었으면 좋겠다고 바랐다. 소설을 쓰는 일처럼, 나를 사랑해 줄 상대방을 내 마음대로 정할 수 있다면 얼마나 좋을까.

펜촉 하나로 우리의 운명을 결정지을 수 있다면.

한참을 침묵하던 이자나가 대꾸했다.

"……생강 양에게 졌어. 네 말대로야."

"네?"

이자나는 내 손등 위를 제 손끝으로 매만졌다. 그의 손끝이 지나간 자리가 홧홧했다.

"이게 훨씬 더 정감 간다고."

"……폐하."

"오늘은 여러모로 그대에게 말려든 기분이군."

나는 주저 없이 대답했다.

"제게 말려들어 주셔서 감사합니다!"

내 대답이 떨어지기 무섭게 킥킥거리는 이자나의 웃음소리가 또다시 들려왔다. 나는 선명하게 보이지 않는 그의 얼굴을 들여다보았다.

"폐하. 그 책은 다 읽어 보셨나요?"

이자나는 고개를 끄덕였다.

"응. 다 읽었어."

"어떠셨는지 물어본다면, 대답해 주실 건가요?"

"못 할 것도 없지. 어차피 너도 그 책을 읽었을 거 아니야."

이번엔 내가 고개를 끄덕였다.

"네. 저는 여러 번 읽어 봤어요. 소설 속 내용들이 현실에서 똑같이 일어나니까 책을 거듭 읽게 되더라고요."

"그래. 내가 너였어도 그랬을 거야."

이자나는 낮게 숨을 고른 후에 이어 말했다.

"'유폐된 왕자와 후작 영애'를 읽은 다음에 제일 처음 든 생각은 어째서 이런 책이 현실에 존재할까, 였어."

"네."

"누가, 무슨 의도로 적었는지 잘 가늠할 수 없었거든. 나를 주인공으로 적었다는 것부터 충격적인데, 내 이능에 대해서도 상세히 적어 놓은 걸 보고 더 놀랐어."

"저도 얼마나 놀랐는지 몰라요."

흐릿한 얼굴 속, 이자나기 내 눈을 뻔히 바라보고 있다는 기분이 들었다.

　나는 그의 시선을 피하지 않았다. 이 정도의 흐릿함이라면 내 생각이 읽히지 않을 것이라 생각됐기 때문이다.

　"그리고 생강 양. 내게 거짓말을 한 게 있지?"

　"하하. 그게 뭘까요?"

　거짓말한 게 한두 개여야지. 끙.

　"내 이능에 대한 걸 레라지에 영애에게 들었다는 말. 거짓말이잖아."

　숱한 거짓말 중에서 고작 그걸 알아차린 거야?

　나는 쉬이 수긍했다.

　"그, 그건 그때 폐하가 너무 무섭게 구셔서 저도 모르게 그만⋯⋯. 기분 나쁘셨다면 죄송합니다."

　나는 기어 들어가는 목소리로 사죄를 구했다.

　이자나가 기분 나빠하는 것은 아닐까 걱정되었지만, 다행히 그는 대수롭지 않다는 듯이 대답했다.

　"내가 무섭게 군 건 인정해. 그러니 그 거짓말에 대한 것은 그냥 넘어가 줄게."

　"감사합니다! 폐하."

　어쩜. 잘생긴 것도 모자라 마음도 하해처럼 넓다니. 그의 넓디넓은 마음속에서 헤엄치고 싶다는 바람이 들었다.

　"하지만 다음에 또 거짓말을 한다면 용서해 주지 않을 거야. 그땐 너를 생강 양이 아니라, 진짜 생강을 대하듯이 할 수도."

　진짜 생강을 대하듯이라니. 그렇다면 나를 더 이상 사람 취급을 하지 않겠다는 소린가? 그런 의문이 들었지만 차마 묻지는 못하며 고개를 작게 끄덕였다.

"다시 돌아와서. 책을 읽으면서 꽤 놀란 점은, 그 책에 쓰인 과거의 일들이 아주 정확했다는 점이야."

"……"

"하지만 그렇다고 해서 이 책에 적힌 내 미래와 현실의 내 미래가 같을 거라고 믿지는 않아. 단적인 이유를 하나 들자면…… 나는 레라지에 아틀렌타에게 반하지 않았으니까."

그가 거기까지 말했을 때, 나는 웃음이 나올 뻔했다. '레라지에게 반하지 않은 이자나'라는 말이 매우 마음에 들었기 때문이다.

그의 말은 계속됐다.

"레라지에의 생각이 읽히지 않아서 소설에서처럼 그녀에게 잠깐 흥미가 들기도 했지만. 그뿐이야. 그것 때문에 그녀에게 마음이 끌리지는 않던걸."

"네에, 네에. 아주 좋습니다."

"그 책에서 그러더군. 붉은 목걸이 때문에 그녀의 생각이 읽히지 않는 거라고."

내가 필사적으로 뺏으려고 했던 그녀의 붉은 목걸이. 그때 레라지에의 붉은 목걸이를 빼앗지 않은 게 오히려 다행이었다는 생각이 들었다.

"아무튼 혼란스러운 와중에도 내가 한 가지 확신하는 건 그래. 이 책의 저자가 내 이능에 대해서 확실히 알고 있다는 사실. 내 이능과 관련된 부분이 지나치게 정확했거든."

"……"

"마치 직접 겪기라도 한 것처럼."

그랬던가?

나는 이자나와 레라지에의 사랑 이야기만 집중해서 보았지, 다른 부수적인 부분에 대해선 전혀 신경 쓰지 않았다.

이제 와 생각해 보니, 이자나의 말에 일리가 있는 것 같았다. 그 책. 이자나의 이능과 관련된 부분을 서술하는 게 엄청 자연스럽기는 했어.

직접 겪은 것이라…….

"그래서 나는 이 책의 저자가 매우 궁금해. 생강 영애는 책의 저자를 알고 있나?"

"책의 저자요? 저도 그게 궁금해서 책을 샀던 곳에 찾아갔었어요. 그런데……."

그때 노점상이 뭐라고 했더라? 작가는 알 수 없다고 하면서 어떤 이야기를 더 했던 것 같은데.

이상하게도 노점상과 무슨 이야기를 나누었는지 전혀 기억나지 않았다.

"그런데?"

"그 노점상도 작가를 모른다고 했어요. 그래서 저도 책의 저자를 찾는 걸 포기했답니다."

아냐, 포기한 게 아니었는데.

무언가가 생각날 듯 생각나지 않았다. 특정한 기억이 짙은 안개에 가려져 있는 듯한 기분이었다.

"으흠. 책의 저자를 모른다…….. 사실 의심 가는 사람이 한 사람 있기는 해."

"누구요?"

"게슈트."

"게슈트……?"

'게슈트'는 레라지에의 할아버지로서, 왕국에 몇 없던 마법사이자 이자나에게 저주를 내린 이였다. 이자나는 오래전에 고인이 된 그를 의심스럽게 생각하고 있었다.

"책을 읽고 나서, 그를 만났던 예전 기억이 떠올랐어. 책에 나온 대로 그가 저주에 관한 것을 물은 다음에 이능이 생겼으니까. 게슈트가 내게 저주를 건 게 아닐까?"

"흐음."

"내 이능은 태어났을 때부터 있었던 게 아니거든. 그러니까 이 책도 게슈트가 적은 게 아닐까 싶은 거지. 무슨 의도인지는 알 수 없지만."

"하지만 그는 죽었지 않나요?"

"나는 그의 죽음을 내 눈으로 직접 보지 못했어. 내 눈으로 확인하기 전까진 아무것도 믿지 않아."

이자나는 확고한 음성으로 말했다. 하지만 나는 그의 말에 별로 공감이 가지 않았다.

아냐. 게슈트가 아니야. 책의 저자는 게슈트가 아니라, 다른 사람이었는데. 분명 아는 사람인데…….

이자나의 추측은 모두 옳았지만, 묘하게도 한 가지가 빠져 있는 듯한 기분이 들기도 했다.

뭘까. 무엇이 빠져 있는 걸까. 그것을 쳐다보게 된 것은 우연처럼 벌어진 일이었다.

"……."

내 눈동자엔 어두운 사위에서도 아름답게 빛나는 금빛 팔찌가 맷

혔다.

어라, 이 팔찌. 내 것이 아닌데? 누가 줬지?

잿빛 머리카락, 호쾌하게 웃을 때마다 볼따구니에 내비치던 작은 보조개.

'……진저 님.'

낯선 목소리로 나를 부르던 어느 남자의 모습이 어렴풋이 떠올랐다. 하지만 그의 세세한 이목구비라든지 그의 이름이라든지, 중요한 것들은 떠오르지 않았다. 이상한 일이었다.

그사이, 이자나가 제 의견을 조금 더 읊조리기 시작했다.

"그나저나 책 속의 진저 토르테는 지금의 너와 정말로 유사하더군. 놀랄 정도였어."

나는 금빛 팔찌에 대한 것은 잠깐 제쳐 두고선, 이자나에게 다시금 집중했다.

"구체적으로 어떻게요?"

"내게 생각이 읽히는지도 모르고 나를 보고 그런 생각…… 을 하는 게 말이야."

이자나는 작게 킥킥거렸다. '그런 생각'이라는 말을 내뱉으며 웃음보가 터진 것임이 분명했다.

나는 그런 생각이 무엇인지 대충 알 것 같지만 아무것도 모르는 척, 말했다.

"저는 폐하께서 무슨 소리를 하시는지 잘 모르겠어요."

"생강 영애가 생각나지 않는다면 내가 직접 얘기해 줄 수도 있어."

이자나는 밝은 목소리로 이어 말했다.

"너 이 새끼."

아마도 나를 부끄럽게 만들 그런 말을 말이다.

나는 황급하게 그를 말렸다.

"그, 그만! 폐하의 고운 입술에서 상스러운 말이 나오는 걸 원하지 않아요."

얼굴이 화끈거려, 나는 그와 손잡지 않은 나머지 손으로 부채질을 연신했다.

"그때 얼마나 당황했는지 몰라."

"예……. 저도 당황한 건 마찬가지랍니다."

"한 가지 다른 점도 있던데."

"어떤 점이요?"

"책 속의 진저 토르테는 한없이 멍청한 악역이지만, 현실의 진저 토르테는 그 정도까진 아니거든. 멍청하다기보다는 순진한 것처럼 느껴진다고 해야 할까."

"이자나 폐하. 그거 좋은 소리 맞죠?"

"그럼."

이자나의 말은 험담 같기도 하고 칭찬 같기도 했다.

뭐, 아무렴 어떻겠냐는 생각이 들었다. 다른 건 모르겠고, 이자나가 책 속 진저보다 나를 높게 사고 있다는 사실은 확실한 것 같았으니까.

"내가 생각해 봤는데, 생강 영애는 대단한 미인은 아니지만 매력이 있는 것 같아."

나는 한껏 우쭐한 채로 이자나에게 대꾸했다.

"역시 폐하의 눈은 정확하시네요. 제 매력이 또 얼~마나 엄청나게요. 약혼을 청한 남자들만 해도 손가락으로 셀 수 없을 정도예요!"

"흠…… 그래……?"

"못 믿으시는 것 같은데…….

"티 났어?"

나는 우렁찬 목소리로 소리치듯이 말했다.

"네! 완전 티 났어요. 폐하께서도 제 매력을 느끼셨다고 했잖아
요! 그럼 폐하께서 느끼신 제 매력이 뭔데요?"

현명함? 호박빛의 오묘한 눈동자? 한번 보면 며칠은 잊히지 않
는 잘 빠진 뒤태? 그것도 아니라면 상냥한 말투?

아냐, 상냥한 말투는 빼자. 비록 입 밖으로 내뱉은 것은 아니었
으나, 이자나에게 험한 말을 여러 차례 했으니까.

나는 잠자코 그의 말을 기다렸다. 이자나는 별다른 고민 없이 대
답했다.

"뭐랄까. 병맛 같은 매력이라고 해야 할까."

"…….

지상에 존재하는 수많은 단어 중에 하필이면 병맛이라니. 아서
라. 기대를 한 내 잘못이었다.

병맛이란 단어를 좋게 들어야 하는 건지, 좋지 않게 들어야 하는
건지 잘 가늠이 되지 않았다.

물론 생강이라는 단어보다는 훨씬 더 듣기 좋았으나, 이자나가
저런 말을 알고 있다는 사실이 제법 놀랍기도 했다.

어쨌든 이자나가 내 매력을 느낀 것이니 나름의 소득이 아닐까.
역시나 책 속 진저 토르테는 겪지 못한 일이었으니까. 나는 애써
긍정적인 방향으로 생각했다.

"하하. 병맛이라. 감사하네요."

"응."

이자나에겐 제 말을 물릴 생각이 전혀 없어 보였다. 그럼 나는 이제 병맛 생강이 되는 건가.

희한한 단어의 조합에 나는 짧은 한숨을 내쉬었다.

"아 참. 약혼 얘기가 나와서 그러는데, 폐하께서는 제 약혼을 어떻게 깨 주실 건지 생각해 보셨나요? 공작가와 한 약혼을 그냥저냥 깼다가 폐하께서 곤란해지시는 게 아닐지 걱정 돼요."

가령 나와 정분이 났다는 소문이 돌아 곤란해진다든지. 나는 그런 소문이 돌아도 상관없기는 한데. 흠흠.

"글쎄. 구체적으로 생각해 보지는 않았는데, 내일 아침에 미켈슨 공작과 만나기로 했어."

그 썩을 작자가 이곳에 왜 오는 걸까?

"진저 토르테. 네 말대로 아무리 나라고 해도 공작가의 약혼을 그냥 깨라고 지시하지는 못해. 아직 내 입지가 그리 단단하지 않거든."

"그럼요?"

"깰 수밖에 없는 이유를 만들면 가능할지도."

거기까지 말한 이자나는 깍지를 풀었다. 나는 갑작스러운 그의 행동에 당황했다. 선연히 느껴지는 허전함에, 나는 그와 깍지 꼈던 손을 폈다 오므리기를 반복했다.

"생강 양, 걱정하지 마."

그는 깍지를 푼 손으로 내 머리를 두어 번 쓰다듬어 주었다. 어색하기 짝이 없는 동작이었다.

나는 그제야 이자나가 돌연히 깍지를 푼 이유를 깨달을 수 있었다. 내 머리를 쓰다듬어 주기 위해서.

나는 행복한 미소를 지었다. 머리 쓰다듬기를 당하는 일이 이토록 기분 좋은 일이었던가.

"내가 네 약혼을 깨 주겠다고 했을 땐 허투루 말한 게 아니니까."

너무 달달한 말이잖아.

나는 아무 말도 하지 못하고 연신 히죽거렸다.

"흠흠. 낯간지러운 말을 해서 그런가. 왠지 더 더워졌어. 아무래도 겉옷을 벗어야 할 것 같아."

이자나는 앉아 있던 몸을 일으켰다. 그러곤 앞으로 몇 걸음 걸어가 어느 책상 앞에서 걸음을 멈추었다.

나는 낮에 보았던 그의 모습을 떠올렸다.

목 끝까지 단추가 단단히 채워진 흰 셔츠와 그 위에 걸치고 있던 어두운 빛의 카디건. 그가 지금 벗는다는 것은 카디건을 뜻하는 게 아닌가 싶었다.

얼마 못 가 그가 옷을 쓰는 소리가 들리기 시작했다. 주위는 무척이나 조용했기에 그 소리가 생생하게 들려왔다.

그것은 흔해 빠진 소리임에도 불구하고 아주 관능적으로 느껴졌다. 왜냐면 다른 누가 아닌 이자나가 옷을 벗는 소리였기 때문이다.

똑.

이내 그의 목 끝까지 잠겨 있던 셔츠의 단추가 풀리는 소리마저도 들려왔다. 그러자 내겐 심각한 갈증이 느껴졌다.

나는 마른침을 삼키며 그가 셔츠의 단추를 풀어 헤친 모양새를 상상했다.

풀어 헤친 셔츠 사이로 드러난 그의 바람직한 쇄골, 타지 않은 부드러운 살결…… 까지 생각했을 때 놀랍게도 작은 불이 켜졌다.

이자나가 책상 위에 있던 스탠드를 켠 것이다.

그가 왜 갑자기 불을 켠 것인지 알 수 없었으나, 나는 그 순간 그와 꼼짝없이 눈이 마주쳐 버렸다.

설, 설마 조금 전에 한 생각을 읽은 것은 아니겠지.

나는 어색한 웃음을 흘렸다. 이자나는 한 손을 제 셔츠의 단추 위에 얹은 그대로 굳어 있었다.

"저…… 갑자기 불은 왜 켜셨는지……. 하하하하."

"나는 눈앞에 스탠드가 있어서…… 네가 있기엔…… 너무 어두웠던 게 아닌가, 하는 생각이 갑자기 들어서."

이자나가 느릿느릿하게 대답했다. 그가 그런 식으로 대답한 것은 처음이었다. 바라본 그의 얼굴이 왠지 당황한 것처럼 보이기도 했다.

이자나의 대답을 마지막으로 우리 사이엔 짧은 침묵이 맴돌았다. 그러다 석상처럼 굳어 있었던 이자나가 풀었던 셔츠의 단추를 다시금 채우기 시작했다.

그의 행동을 보고 있자니 불길한 생각이 머릿속에 스치고 지나갔다.

"폐하. 설, 설마 아까 제가 한 생각을 읽으신 건 아니겠죠?"

이자나는 갑갑해 보일 정도로 목 끝까지 단단히 채운 단추를 매만지며 대답했다.

"아까 생강 영애에게 순진하다고 했던 거 취소할게."

그는 뒤로 한 걸음 물러났다. 내게 향한 그의 눈빛엔 경계의 빛이 가득했다.

나는 그 순간 직감할 수 있었다.

이 인간이 내 엉큼한 생각을 읽어 버린 거야. '타지 않은 부드러운 살결'이라는 걸 읽어 버린 게 틀림없다고!

나는 고개를 푹 숙였다.

하늘에 계신 아버지. 하늘에서 절 보고 계신다면 이 상황의 정답을 제게 알려 주세요. 아버지의 자랑스러운 딸인 진저 토르테가 이 나라의 왕이자 관심이 가는 남자에게 욕쟁이에, 변태로 찍힌 것 같아요.

나는 마음속으로 몇 해 전 돌아가신 아버지를 찾으며 눈을 질끈 감았다. 이자나는 떨리는 목소리로 내게 물었다.

"스탠드는 다시 끄는 게 좋을까?"

나를 놀리는 듯한 목소리처럼 느껴지기도 했다.

나는 고개를 숙인 그대로 그에게 소리쳤다. 부끄러움이 가득 담긴 절규였다.

"그만하세요! 이제 '그런 생각'은 하지 않을 테니까!"

"나도 생강 영애에게 '그런 생각'을 하라고 허락한 적 없어."

장난스러운 그의 목소리를 듣고선, 나는 확신했다. 이자나가 나를 놀리고 있는 게 틀림없다고.

나는 숙였던 고개를 들어 이자나를 쳐다보았다.

장난스럽게 되받아친 것과는 별개로 그는 상체를 뒤로 내뺀 상태였다. 본능적으로 나를 경계하나 보다.

나는 스탠드를 바라보며 애꿎은 물건을 원망했다.

망할 불빛 같으니라고. 어둠을 가로지르는 그 불빛이 왜 이리도 얄밉게 느껴질까.

진짜로 미운 쪽은 멋대로 내 생각을 읽어 버린 이자나일까. 아니면 제멋대로 그의 부드러운 살결을 생각해 버린 나의 생각일까.

난제였다.

나는 분위기를 환기할 목적으로 농담을 건네었다.

"폐하께서 윤허해 주신다면 그런 생각을 해도 되나요?"

"……."

하지만 돌아오는 것은 깊은 정적이었다.

이자나, 이 자식아. 나는 농담을 한 건데, 당신은 진심으로 받아들인 거야?

"……그 건은 고민을 좀 더 해 봐야겠는걸."

이자나는 진지했다.

"뭐, 하긴. 내 살결이 부드럽기는 해. 적어도 생강 양이 생각했던 것 이상이지 않을까 싶은데."

능글거리게 말하면서도 왜 셔츠 단추에 얹은 손을 내리지 않는 건데!

이자나는 외려 제 몸을 꽁꽁 싸매고 있었다. 책상 위에 올려 둔 카디건에 다시 입기라도 할 듯이 손을 뻗었다 말았다를 반복하기도 했다.

"하하…… 그러세요? 부드러운 살결을 가진 이자나 폐하, 그곳에 계속 서 계실 건가요? 가까이 오셔도 안 잡아먹어요. 이래 봬도 지킬 건 지키는 여자랍니다."

"아냐. 시간이 늦었는데 생강 양도 이제 돌아가야지. 지킬 건 지키는 여자는 늦은 시간까지 외간 남자의 방에 있지 않거든."

"그럼 오늘부터 지킬 건 지키지 않는 여자가 되겠습니다!"

"……."

"……농담, 농담. 표정 풀어요, 폐하. 얼른 후작저에 돌아가야겠다. 호호."

오늘은 이자나와 더 있지 못할 성싶었다.

하나 앉아 있던 몸을 쉬이 일으킬 수 없었다. 아쉬운 마음이 내 몸을 가득 옥좼기 때문이다.

이자나에게 한껏 놀림당하고, 그에게 변태 같은 이미지로 낙인찍혔음에도, 나는 그와 함께 있고 싶었다. 그와 있다간 또다시 우스운 꼴이 될 거란 걸 알면서도 그와 이야기를 더 나누고 싶었다.

그것은 정말로 이상한 일이었다.

이자나도 아쉬운 마음이 들었을까? 얼른 돌아가라고 말했지만, 내심 나를 붙잡고 싶지 않았을까?

내게도 이자나의 이능이 있었다면 얼마나 좋았을까 하는 생각이 들었다. 그의 새까만 눈동자에 눈을 맞추어 그의 생각을 읽을 수만 있다면.

"안 가면 안 되겠죠?"

"너, 그거 굉장히 위험한 발언인데."

"뭐 어때요. 이미 이자나 폐하의 부드러운 살결을 생각한 걸 들켜 버린걸요. 그런 의미에서 제 눈으로 직접 확인해 보는 것도 나쁘지 않다고 생각해요."

이자나는 그제야 내 쪽으로 걸어와 나를 빤히 내려다보았다. 스탠드로 인해 조금 밝아진 주위, 우리의 눈은 서로에게 꼼짝없이 닿아 있었다.

"진저 토르테. 받아 줄 수 있는 농담에도 선이 있어."

이자나의 말은 농담이 아니었다. 나는 입술을 떼지 않고 생각만 했다.

저기요, 저 농담 아닌데요. 진심이에요.

내 눈동자는 본심을 숨길 수 없었다. 나는 그 점을 역이용해 이자나에게 진심을 토로했다. 그러자 이자나는 제 미간을 옅게 구기며, 고개를 좌우로 내저었다.

"이거 처음으로 생각을 읽기 두려운 상대가 나타났군."

그는 골치 아픈 것을 직면한 듯한 모습이었다.

"자고로 남자란 두려움을 모르는 용기가 있어야 하는 법이죠!"

"내겐 그런 용기가 있지."

이자나도 죽이 척척 맞는 대화가 즐거웠던 걸까?

그의 입가엔 부드러운 미소가 걸렸다. 일그러뜨렸던 미간 또한 곧게 펴진 후였다.

나는 그를 따라 미소 지었다.

까닭 없이 그와 가까워진 듯한 느낌이 들었다. 나는 그에게 맞추었던 시선을 누그러뜨리며 생각했다.

좋아, 진저 토르테! 이 기세라면 책 속에 나온 내 미래에서 완전히 벗어날 수 있을 거야.

나는 속으로 쾌재를 불렀다.

"이봐, 생강 양. 그래서 진짜로 안 갈 거야?"

정말로 이대로 가기 싫다. 하아.

누그러뜨린 시야로 단추가 잘 잠긴 이자나의 셔츠가 보인 것은 그때였다. 그와 동시에 묘안 하나가 떠올랐다.

후작저로 돌아가지 않아도 될 법한 묘수라고 해야 할까.

"이자나 폐하!"

"어. ……그런데 말이야. 네가 나를 즐겁게 부르면 왠지 불안해."

"에이, 폐하를 불안하게 만들 밀을 하려는 게 아니에요."

"그럼?"

"제 약혼을 깰 수 있을 것 같은 기막힌 생각이 떠올랐어요."

"네가?"

'네가?'라는 짧은 말에 담긴 뜻은 그러했다. 멍청한 듯 순진한 듯 그 경계를 잘 알 수 없는 네가 묘수를 떠올렸다고?

나는, 나도 생각을 할 수 있는 생강이라는 것을 그에게 강력하게 피력했다.

"내일 아침 일찍 미켈슨 공작이 온다고 했잖아요."

"그랬지."

"폐하께서 공작님과 얘기를 나누고 계실 때, 제가 폐하를 찾아가는 거예요. 그것도 잠에서 덜 깬 모습으로요."

"그래서?"

나는 음흉하게 미소 지었다. 그러자 이자나가 작게 흠칫한 것처럼 보였으나, 내 착각이라 생각하자.

"어젯밤에 이자나 폐하와 함께 있었다는 걸 자연스럽게 보여 주는 거예요. 폐하께서는 잘 모르시겠지만, 미켈슨 공작이 얼마나 보수적인지 몰라요."

"……."

"그 사람은 제 아들이 바람피우는 것은 당연하게 여기면서도, 아들의 약혼자가 바람피우는 꼴은 죽어도 못 보는 사람이에요. 제가 그에게 당신의 아들이 바람피우고 있다고 고백했을 때, 남자라면 당연히 한 번쯤은 바람을 피우는 게 아니냐고 했던 사람이니까."

"그건 잘못된 말이네."

"그렇죠? 그래서 저도 그에게 똑같이 되돌려 주고 싶어요. 한 번쯤은 피울 수 있는 그 바람! 나도 피운다고!"

"생강에게도 바람피울 자격이 있지, 아암."

"그러니까 제가 폐하와 그렇고 그런 사이다! 라는 걸 공작에게 보여 주자고요. 그럼 그도 저를 폐하의 여자로 생각할 거고, 약혼도 손쉽게 깨 주지 않을까요?"

"흠……."

"물론 실제로 폐하와 밤새 같이 있자는 건 아니에요. 하지만 폐하께서 원하신다면 그렇게 하는 것도 나쁘지 않을 것 같기도 하고…… 흐흥."

그럼 님도 보고 뽕도 따고. 일석이조인데.

나는 몸을 배배 꼬았다. 그러자 이자나가 부리나케 소리쳤다.

"이상한 소리 내지 마!"

"……넵."

그는 짙은 한숨을 내쉬며, 턱 끝을 제 손으로 몇 번 문질렀다.

"네가 말한 계획. 좋은 계획이 아닌 것 같군."

"어째서요?"

"네 말대로 한다면, 보수적인 공작은 네 약혼을 깨고 싶어 하겠지. 하지만 진저, 네 이미지에 너무 타격이 큰 거 아닌가."

"제 이미지요?"

"그래. 너는 약혼자가 있음에도 불구하고 다른 남자와 밤을 보낸 방탕한 여자가 되는 거잖아. 그렇게 되면 너도 키슌 미켈슨과 다를 게 없어지는데."

이자나가 말한 방탕한 여자라는 소리보다 더 신경 쓰이는 것이 하나 존재했다.

"어머, 폐하. 지금 저를 걱정하시는 거예요?"

"걱…… 걱정은 무슨. 그냥, 흠. 추측이야, 추측!"

"폐하, 걱정하실 필요가 전혀 없어요. 제 입으로 말하기는 조금 그렇지만, 저의 이미지는 이미 좋은 편이 아니랍니다. 레라지에 그 년…… 아니, 그녀와 남자 문제로 자주 다투었던 탓에 어려서부터 뒷말이 무성했어요."

"……."

"그래서 그런 건 아무렇지 않아요. 저는 방탕한 여자가 되는 것보다, 키키와의 약혼이 더 끔찍한걸요."

"자랑이다."

"하하하."

이자나는 침묵했다. 그는 내가 내놓은 제안에 대해 조금 더 골몰하는 듯해 보였다. 이윽고 그의 입술이 느른히 떼어졌다.

"생강 영애가 그러기를 원한다면 굳이 말리지 않을게."

"좋아요! 그럼 오늘 밤에 제가 여기서 자는 걸 허락하신 건가요?"

"빈방은 많으니까, 너는 여기서 자. 네 어머니에게는 내가 잘 얘기해 둘게. 걱정하지 않게."

"폐하. 치기 어린 부탁을 받아들여 주셔서 감사드립니다."

이자나의 방에서 잠을 자다니!

어젯밤까지 그가 베었던 그의 베개에 내 얼굴을 누이고, 그의 체취가 고스란히 남아 있는 그의 이불을 내가 덮고.

내 기분은 한껏 좋아졌다.

"별걸 다 고맙대. 나는 네가 가져온 책을 한 번 더 읽어 보고 잘 거니까. 넌 먼저 자. 나간다."

이자나는 나와 더 이상 나눌 대화가 없다는 듯이 걸음을 떼기 시작했다. 나는 멀어지는 그를 보며 말했다.

"저기, 폐하! 책, 여기서 읽으셔도 괜찮은데!"

그러다 같은 침대에서 잠들면 완전 감사고!

이자나는 잠깐 멈춰 서서 나를 물끄러미 내려다봤다. 그는 목 끝까지 잠근 단추를 다시금 매만지며 말했다.

"오늘 밤엔 네 옆에 있기가 무서워."

불신, 또 불신. 이자나는 경계하는 빛이 서린 익숙한 눈빛을 내비치고선 다시금 뒤돌아섰다.

제기랄. 내 이미지…… 회복이 가능한 걸까? 아쉽지만, 오늘 그와 합방하는 건 포기하도록 하자.

"잘 자."

이자나는 그 말을 마지막으로 방문을 열고 나갔다. 나는 그가 나간 방문을 빤히 바라보다가 침대에 드러누웠다.

하얀 이불을 집어 코끝까지 가지고 가니 좋은 향기가 맡아졌다.

"으흠. 이자나 향기."

내 곁에 이자나가 없다는 사실은 아주 아쉬웠으나 코끝에 스미는 그의 체취가 좋았다.

내게 제 방을 내어 준 이자나는 어디서 잠을 청할까. 왕이니까 가진 방도 여러 개겠지?

어쩌면 내가 있는 이곳이 진짜 그의 침실이 아닐지도 몰랐다. 그가 이곳이 자신의 방이라는 말은 하지 않았으니까.

어찌 되었든 이자나의 체취가 느껴지기도 하니 그가 몇 차례 기거한 방임은 분명했다. 나는 두근거리는 심장 박동을 느끼며 눈을 감았다.

이리도 설레는데 제대로 잠들 수나 있을까?

* * *

걱정했던 것이 무색하게, 나는 내 방에서 잠든 것처럼 편안한 숙면을 취했다.

나를 깨워 준 이는 이름 모를 이자나의 시녀였다. 그녀는 미켈슨 공작이 이곳에 왔음을 알려 주기도 했다.

올 것이 왔구나.

나는 방 한편에 있는 거울을 보며 헝클어진 머리를 반만 정리했다. 조금 전에 잠에서 깬 여자처럼 보여야 했기 때문이다. 옷도 시녀가 가져온 홈드레스로 갈아입은 터였다.

이 정도면 이곳에서 하룻밤 잔 여자로 보이겠지.

방을 나와 시녀의 종종걸음을 따라 몇 걸음 걷고 나자 공작과 이자나가 있는 응접실에 도착했다. 시녀는 내게 고개 인사를 한 뒤에 소리 없이 사라졌다.

나는 작은 심호흡과 함께 문고리를 잡았다.

문을 확 열어젖히지는 않았다. 내 몸이 들어갈 정도로만 열어, 그 틈새에 고개를 빼꼼히 내밀었을 따름이었다.

좋아, 이제 어젯밤에 생각해 둔 대사를 읊조리자.

"이자나 폐하, 이곳에 계신다는 말을 듣고 소녀가…… 어머!"

말을 끝까지 하지 않는 게 포인트였다. 나는 응접실 소파에 이자나와 마주 보고 앉아 있는 공작과 눈이 마주친 채였다.

이번엔 표정 연기를 할 차례야!

나는 두 눈을 빨리 깜빡거리고, 입술은 조금 벌리며 놀란 표정을 그려 냈다. 마치 들키지 말아야 할 것을 들킨 사람처럼.

"세상에! 미켈슨 공작님?"

거기까지 말한 나는 입가를 손으로 가리기에 이르렀다. 가려진 입가엔 사악한 미소가 새겨져 있었다.

나를 발견한 미켈슨 공작은 적잖이 당황한 것처럼 보였다. 그는 마치 귀신이라도 본 것처럼 나를 바라보고 있었던 것이다.

나는 그가 정신을 차리기 전에 선수 쳐서 말했다.

"여기엔 어쩐 일로 오셨나요? 이곳에서 뵈니 너무 반갑네요. 호호."

미켈슨 공작의 대답은 몇 분이 지난 후에야 돌아왔다.

"너…… 진저 토르테, 네가 어째서 이른 시간에 이곳에…… 설마 어젯밤에 폐하와 함께……."

그는 말을 채 잇지 못하고 나와 이자나를 번갈아서 쳐다보았다.

놀랐지? 놀랐을 거야. 당신이 말했던 높은 사람과 내가 친분이 있다는 사실을 생각지도 못했겠지.

나는 속으로 미켈슨 공작을 한껏 비웃으며, 응접실 안으로 발을 완전히 내디뎠다.

"어젯밤에 정~말로 좋은 시간이었는데. 그죠, 폐하?"

"……!"

내가 당당하게 대답하자 공작은 더욱 놀란 얼굴을 했다. 그는 헛기침을 몇 차례 하며 겨우겨우 평정을 되찾아갔다.

진정한 그는, 문 근처에 서 있던 나를 뒤늦게 훑어보기 시작했다, 내게서 흠을 찾으려는 듯이. 그러다 딴지를 걸 무언가를 찾은 듯 입술을 달싹였다.

"전저 토르테, 정숙하지 못하구나. 지금 네 언변은 약혼한 여자의 행동으로는 보이지 않아."

당신의 아들은 정숙했던가요.

나는 어이가 없었다.

"폐하 앞에서 어찌 그토록 무례한 행동을 하느냔 말이다. 내 너의 추문에 대한 것은 익히 알고 있었으나 이런 네 모습을 보니, 추문은 아무것도 아니라는 생각이 드는구나."

그는 내가 대답할 기회를 주지 않고 제 말을 이어 했다.

"넌 더 최악이었어."

최악이라니.

나는 미간을 와락 찌푸렸다. 손엔 힘이 절로 들어가 주먹이 꽉 쥐어졌다. 이자나 앞에서 나를 폄하한 미켈슨 공작에게 화가 났다.

물론 내가 옳은 행동을 한 것은 아니었다. 약혼자 아버지의 입장에서 봤을 때, 내 행동이 탐탁지 않을 수도 있었다.

하나 나는 기분이 상했다. 당신 아들의 바람을 아무렇지 않게 논하던 지난날과, 오늘 나를 대하는 태도가 너무도 달랐기 때문이다.

"공작님이야말로 폐하 앞에서 너무 무례하시네요! 말씀이 과하다고 생각하지 않으시나요?"

나는 달려들 듯이 그에게 따졌다. 뒤이어 쏘아붙이려던 찰나, 가만히 지켜보던 이자나가 뒤늦게 한마디를 꺼냈다.

"그만. 더 이상은 못 들어 주겠군."

차분한 목소리. 평온한 얼굴이었다.

"죄송합니다. 저런 아이인 줄 모르고 제 아들과 약혼을 시키는 바람에 폐하께 못난 모습을 보이게 되었습니다."

미켈슨 공작은 이자나가 당연히 저를 두둔할 것이라고 생각한 듯했다. 안하무인격인 태도는 여전했다.

이자나가 나를 턱짓으로 가리키며 말했다.

"저런 아이가 어떤 아이인데? 방탕하다고?"

미켈슨 공작은 고개를 끄덕였다.

"그렇습니다. 폐하께서는 오랫동안 속세와 연을 끊고 계셔서 잘 모르시겠지만…… 진저 토르테는 사교계에서도 말이 많은 아이입니다."

저 인간이 진짜! 보자 보자 하니까, 사람을 완전 쓰레기 취급하네.

나는 끓어오르는 화를 참지 못하고 공작에게 반박을 하려고 했다. 그러나 내가 화를 내는 것보다 이자나의 말이 더 빨랐다.

"그렇게 탐탁하지 않으면 그 약혼 깨든가."

"……네? 폐하?"

"공작이 말했지 않았는가. 진저 토르테는 말이 많은 아이라고. 왜 굳이 말이 많은 아이와의 약혼을 붙잡고 있는 건지, 나는 잘 이해가 안 돼서."

"저…… 폐하. 그게 그러니까 말입니다."

잘하고 있어, 이자나! 이자나는 내가 하고 싶은 말을 정확하게 대신해 주고 있었다.

당황한 공작을 보는 이자나의 눈빛은 차가웠다. 어젯밤 나와 객쩍은 말을 주고받던 그의 모습과는 거리가 먼 것이었다.

이자나는 소파에 몸을 깊숙이 기대며 삐뚜름한 미소를 지었다.

"미켈슨 공작. 오히려 잘됐네."

"무엇을 말씀하시는 겁니까?"

"공작이 싫어하는 생강…… 아니, 진저 토르테에게 내가 관심이 좀 있거든."

"그게 무슨……!"

"나는 지금 당장이라도 그 빌어먹을 약혼을 깨 줬으면 좋겠다고 생각하는데. 공작의 생각은 어떤지 궁금하군."

맙소사. 관심이라니. 나, 제대로 들은 거 맞겠지?

나는 이자나를 뚫어지게 바라보다가 미켈슨 공작을 응시했다. 그는 긴 한숨을 내쉬며 마른세수를 했다. 무겁게 닫힌 그의 입술엔 떼어질 기미가 보이지 않았다.

상심한 듯한 미켈슨 공작의 모습을 보니 춤이라도 덩실덩실 추고 싶은 심정이었다.

그러게, 적당히 좀 하지.

이자나는 아무 대답 없는 공작에게 덧대어 말했다.

"침묵은 긍정의 뜻으로 받아들여도 괜찮은가?"

그리 말한 이자나는, 고개를 떨군 공작의 눈을 피해서 내게 한쪽 눈을 찡긋거렸다. 찰나의 윙크였지만 그의 주위가 환해지는 듯한 착각이 들었다.

태어나서 본 숱한 윙크 중에 제일 완벽한 윙크였다고, 단언할 수 있었다. 내 심장은 아침부터 기력이 왕성한 것인지 빠르게 펌프질하기 시작했다. 나는 가슴 부근에 손을 올린 채로 이자나에게서 시선을 떼지 못했다.

이자나는 나를 보던 시선을 돌려, 제가 언제 윙크를 했냐는 양 미켈슨 공작을 메마른 시선으로 내려다보고 있었다.

이자나, 이 심장에 해로운 남자 같으니라고.

미켈슨 공작에게도 이자나의 말이 심장에 해롭게 다가오지는 않았을까. 아마도 내가 느낀 해로움과는 판이한 해로움일 것이다.

한참을 침묵하던 미켈슨 공작이 숙였던 고개를 들어 올려 입술을 조금 떼어 냈다. 그의 목소리는 내게 역정을 냈던 때와는 다르게 제법 차분해져 있었다.

"이자나 폐하. 저는 지금 상황을 당최 이해할 수 없습니다. 폐하께서 왜 진저 토르테에게 관심을 가지신 건지……. 저의 우둔한 머리로는 폐하의 심중을 헤아릴 수 없습니다."

이자나의 대답 대신 미켈슨 공작의 푸른 눈동자를 빤히 응시했다. 공작을 바라보는 이자나의 검은 눈동자엔 웬 이채가 드리워져 있었다.

이자나는 공작의 생각을 읽고 있는 게 아닐까?

미켈슨 공작은 지금 무슨 생각을 하고 있을까. 내 욕이 반이고, 이자나의 욕이 반이 아닐까 싶었다.

만약 그렇다면…… 공작, 너 이 새끼. 네 인생은 종 치는 거야. 후후.

웃음이 새어 나와서, 나는 급하게 입가를 가렸다. 두 남자는 진지한데 내가 웃을 수는 없는 거니까.

미켈슨 공작의 생각을 모두 읽은 듯한 이자나가 말했다.

"나도 이해가 안 돼. 공작은 진저 영애를 경멸하고 싫어하면서, 왜 그녀의 약혼은 쉬이 물러 주지 않는 건지."

"그, 그건……."

"조용히. 아직 내 말이 다 안 끝났어."

몰아붙이는 이자나…… 엄청 멋있다. 나는 입가를 더욱 틀어막으며 그의 언변을 감상했다.

"그리고 미켈슨 공작은 내 사적인 부분에 대해서 왜 관심을 가지는 거지? 내가 어느 여자에게 관심을 가지든, 그건 내 자유야. 공작에겐 지나친 월권이라고."

"송구합니다, 폐하. 제가…… 생각이 짧았습니다."

미켈슨 공작은 사죄의 말을 건네면서도 이를 뿌득 갈았다. 마음속으로는 전혀 미안해하고 있지 않음이 분명했다. 되레 나와 이자나를 질긴 껌처럼 질겅질겅 씹고 있을 테지.

그는 이자나가 제 속을 훤히 들여다보고 있음을 꿈에도 상상하지 못할 것이다. 통쾌해도 그렇게 통쾌할 수가.

"알면 되었어."

이자나는 귀찮다는 듯이 말했다. 미켈슨 공작은 아랫입술을 짓누르기만 했다.

"……."

"그럼 빠른 시일 내에 진저 토르테의 약혼을 물러 주는 걸로 알고 있겠네. 만약 내 말에 이의가 있다면, 약혼을 깰 수 없는 확실한 근거를 가져오기를 바라."

"……."

"경멸하는 여자를 당신의 일가로 들일 만한, 내가 이해할 수 있는 확실한 근거."

이자나가 단어 하나하나에 힘주어 말했다. 특히나 '경멸'이라는 단어를 말이다.

경멸이라. 오호라, 미켈슨 공작이 속으로 나를 하염없이 경멸하고 있었구나.

나는 어렵지 않게 짐작할 수 있었다.

"모든 것이 저의 불찰입니다. 부디 화를 삼가 주십시오. 폐하의 의견엔 이견이 없습니다."

"그래."

"폐하께서 괜찮으시다면, 먼저 자리를 비워도 괜찮겠습니까? 약혼 문제로 제 아들과 상의할 것도 있고……."

공작이 말끝을 흐렸다. 그의 얼굴엔 감출 수 없는 불만스러운 기색이 가득 감돌고 있었다.

불만스러워도 어쩌겠어. 이자나는 그가 따질 수 없는 높은 사람이었다. 지금 그가 할 수 있는 거라곤 조용히 입을 다무는 일뿐이었다.

"그래. 그대가 먼저 자리를 비워도 좋아."

"감사합니다."

이자나의 허가가 떨어지기 무섭게 미켈슨 공작이 자리에서 일어섰다. 그는 이자나에게 가볍게 인사한 후에 터벅터벅 발걸음을 옮겼다.

내가 서 있던 문 근처까지 다가온 그는 나를 잠깐 노려보았다. 나는 그에게 질세라 그를 더욱 노려보았다.

쏘아보는 일은 내 전문이라고요, 공작님.

이내 그는 방문을 소리 나게 닫으며 응접실을 나가 버렸다. 몹시도 후련했다.

나는 내게 이런 기분을 선사해 준 일등 공신인 이자나에게 쪼르륵 다가갔다. 앉으라는 말은 없었지만, 이자나의 맞은편 소파에 앉아 그의 얼굴을 살폈다.

그는 무슨 생각을 하고 있는지 예상할 수 없는 얼굴을 하고 있었다. 나는 격앙된 목소리로 그에게 말을 걸었다.

"폐하, 정말 대단했어요! 제가 공작님에게 하고 싶었던 말을 폐하께서 다 해 주시니, 소녀는 오늘 죽어도 여한이 없을 정도예요."

"오버하지 마. 나는 공작에게 하고 싶었던 말을 했을 뿐이야."

"하긴…… 그가 지나치게 뻗대긴 하죠? 정말 안하무인한 사람이에요."

"오만한 면이 없지 않아 있지. 이로써 생강 양과 나의 거래는 제대로 끝난 건가? 나는 책을 받았고, 너는 약혼을 깨게 됐고."

"그러네요. 악수라도 한번 할까요? 우리의 만족스러운 거래 성사에 대한 기념이라고 해야 할까."

나는 이자나를 향해 손부터 대뜸 내밀었다.

내 손을 잡아라. 내게 손을 뻗어라.

나는 그렇게 소망하며 그의 손끝을 뚫어져라 보았다.

몇 초가 흐른 뒤, 그는 정말로 내게 손을 내밀었다. 어제 깍지까지 꼈던 그 손이었다. 이자나는 내 손을 잡아 성의 없이 몇 차례 흔들고선 다시 놓아 버렸다.

당연히 아쉬운 마음이 들었다.

"그가 저를 경멸하고 있다고 생각했나요?"

이자나는 제 앞에 놓인 찻잔을 들어 한 모금 마신 뒤에 대답했다.

"아니. 그것보다 훨씬 더 심하게 생각했지. 내 입에는 담을 수 없을 정도야."

그의 잘생긴 미간이 찌푸려졌다. 들으면 기분 나빠질 게 뻔했지만, 미켈슨 공작이 나를 뭐라고 했는지 궁금했다.

나는 조금 더 물을지 말지를 고민했다. 그러자 내게서 고민의 빛을 읽은 이자나가 단언했다.

"묻지 마. 얘기 안 할 거니까."

"그럼 다른 걸 물어도 돼요?"

"어떤 거?"

"그러니까…… 폐하께서 공작님에게 하신 말씀 중에…… 제게 관심이 있다고 한 말 있잖아요. 그 관심이란 게 어떤 건지 궁금해요."

나는 두 손을 무릎 위에 가지런히 올려놓고선 초롱초롱한 눈으로 그와 시선을 맞추었다. 물론 머리는 엉망이겠지만, 최대한 예쁜 얼굴로.

이자나에게 생각이 읽힐 테지만, 상관없었다. 지금 내가 하는 생각은 그에게 들켜도 되는 생각들이니까.

"너, 무슨 기대를 하고 있는 건데."

이자나는 헛웃음을 지었다. 그러다 못 당해 내겠다는 듯이 고개를 내저었다.

그는 결 좋은 검은 머리카락을 손으로 쓸어 넘기며 나를 물끄러미 바라보았다.

나는 이번엔 그의 시선을 피했다. 자연스럽게 헝클어진 그의 머리카락이 지나치게 섹시해 보였기 때문이다.

그가 섹시하다고 생각한 걸 들킨다면, 나는 또다시 변태 생강이 될 것이었다.

다행히 이자나는 내가 제 시선을 외면한 사실을 눈치채지 못한 것 같았다. 그는 자신의 이야기를 고백하듯이 읊조렸을 따름이었다.

"나는 세상에 관심이 아주 많은 사람이야. 공작의 말대로 오랫동안 속세와 연을 끊었기에 사람을 만날 기회가 거의 없었지."

가엾어라. 나는 그의 기구한 사연에 연민이 들었다.

"탑에서 나온다면 여러 사람을 만나야겠다고 생각했어. 실제로 그렇게 하기도 했고."

"……."

"그리고 내가 지금까지 만난 사람들 중에 진저 토르테, 네가 제일 특이한 사람이었어. 나는 네 특이함에 관심이 가는 걸."

흐음. 그러니까 내가 특이해서 눈길이 간다는 거지? 그 관심이 사랑의 전조를 뜻하는 것이었다면 좋았을 텐데.

하지만 어찌 되었든 그의 관심이 내게 닿았다는 사실은 달가웠다. 제 사연을 고백한 이자나는 조심스럽게 내게 물었다.

"네가 내게 바라는 관심은……. 생강 영애가 키숀 공자에게 주었던 관심을 뜻하는 건가?"

그것은 전혀 예상하지 못했던 물음이었다.

"지금은 키숀 공자를 싫어하지만, 약혼을 결심했을 땐 그렇지 않았을 거 아니야."

나는 이자나의 눈을 다시 바라보았다. 그는 내게서 눈을 떼지 않았던 것인지, 시선을 주자마자 그와 눈이 마주쳐 버렸다. 이번에도 내 생각이 읽혀도 상관없었다. 내 대답은 진솔했으니까.

"그렇죠. 그에게 한때는 사랑에서 비롯된 관심이 있었죠. 하지만 이젠 아니에요."

이자나의 말은 틀리지 않았다. 키키와 약혼을 결심했을 당시엔 그를 좋아하고 있었다. 열렬한 사랑까지는 아니었지만.

나는 풀어헤친 기다란 머리카락의 끝을 매만지며, 과거의 한때를 잠시나마 생각했다.

예전에 나는 머리카락을 화려하게 꾸미는 걸 좋아했었다. 키키는 그런 내게 '나는 청초한 느낌이 나는 머리 스타일이 좋더라. 긴 생머리…… 얼마나 예쁜지.'라고 말했었다.

요구하거나 강요한 투는 아니었다. 하나 나는 그 말을 들은 다음 날부터 머리카락을 화려하게 꾸미는 걸 그만 두었다. 지난 몇 년간 온갖 헤어 액세서리를 모은 게 무색할 정도로 말이다.

물론 아쉬웠다. 꾸미지 않은 생머리가 어색하게 느껴지기도 했다. 그러나 그것보다도 키키가 좋아하는 여자가 되고 싶다는 바람이 훨씬 더 컸다.

마음에 들지 않는 일이라도, 누군가를 위해 견뎌 낼 수 있는 마음. 그것이 과거의 내가 키키에게 가지고 있던 관심이자, 마음이었다.

그리고 그 관심은 내가 지금 이자나에게 바라고 있는 것이기도 했다.

"생강 양은 생각보다 열렬한 사랑꾼이었구나."

"……방금 했던 바보 같은 생각을 읽으셨나요?"

"내가 전에 얘기했잖아. 듣고 싶지 않아도 듣게 되는 소리가 있다고."

"맞아요. 그러셨어요."

왠지 모르게 기분이 울적해졌다.

몇 달 전까지만 해도 존재했던 키키를 향한 마음이 돌연히 사라져 버렸음을 새삼 깨달았기 때문이다.

이자나도 그럴까. 나를 향한 그의 관심도 어느 날 갑자기 사라져 버리는 게 아닐까?

나답지 않게 심각한 표정을 하고 있자, 이자나가 내 쪽으로 손을 뻗었다. 그는 내 이마 위에 손가락을 가볍게 튕겼다.

"됐어. 생강 양답지 않게 기죽을 필요는 하나도 없어."

"이자나 폐하……."

물기 있는 목소리로 그의 이름을 부르자, 이자나가 내 머리를 한껏 흐트러뜨렸다. 어제보다도 자연스러워진 손길이었다.

이자나는 이미 산발이었던 내 머리를 더욱 산발로 만든 후에 말했다.

"우울한 표정 짓지 마. 너는 병맛 같을 때가 제일 예쁘니까."

그 어느 때보다도 다정한 목소리였다. 하나 기분이 마냥 좋아지는 것은 아닌 묘한 말이었다.

병맛 같을 때 예쁘다는 건, 어감이 조금 별로이기는 하지만 좋은 말이겠지?

나는 미심쩍은 눈동자로 그를 올려다보았다.

"폐하? 그건 좋은 소리가 맞겠지요……?"

이자나는 환한 미소를 지었다. 보는 사람의 기분마저도 좋아지게 만드는 훌륭한 미소였다.

"그럼. 최고의 칭찬이지."

그래도 찝찝한데 말이지.

하나 그 찝찝함은 오래가지 못했다. 이자나의 황홀한 미소에 완전히 함락됐으니까. 나는 그를 따라 미소를 짓기만 했다. 바보 같아 보여도 어쩔 수 없었다.

이자나는 소파에 깊게 뉘었던 몸을 일으키며 말했다.

"자, 이제 집에 돌아갈 시간이야."

벌써? 아침도 먹이지 않고 그냥 보내는 거야?

아쉬운 마음이 들어서 쉬이 대답하지 못했다.

사람의 욕심은 끝이 없다고, 어제 그의 방에서 자는 것에 감사했던 내가, 이제는 그와 함께 아침을 먹기를 바라고 있었다. 이러다간 하루 종일 그와 함께 있기를 바라는 건 아닐지 심히 걱정이 되었다.

그래도 일단은 아침이라도 같이 먹자고 졸라 볼까? 의외로 이자나가 선뜻 그러자고 할지도 몰랐다.

나는 일말의 기대를 가지고 그에게 말했다.

"아침 같이……."

"안 돼."

이자나는 내 말이 끝나기도 전에 거절의 의사를 표현했다. 그건 다른 의미로는 해석할 수 없는 명백한 거부였다.

그러나 그렇다고 해서 쉽게 포기할 진저 토르테가 아니란 사실. 나는 한 번 더 그에게 말하려고 했다. 아니, 했는데…….

"그럼……."

"안 돼. 난 오늘 해야 할 일이 많아."

그가 조금 더 확실히 내 말을 끊어 버렸다. 칼 같은 대답이었다.

망할. 오늘 그와 더 오래 있는 건 무리인 걸까.

이자나는 내게 우울한 표정을 짓지 말라고 했지만, 내 얼굴엔 실망한 기색이 번져 갔을 것이다.

나는 소파에서 조용히 일어났다.

"알겠습니다, 폐하. 이제 그만 집으로 돌아가길세요."

"그래, 그래야지. 어머님도 걱정하시고 계실 거야."

아니요. 어머니는 제가 폐하와 함께 있는 걸 더 좋아하실지도 몰라요.

나는 그렇게 대답하고 싶은 것을 가까스로 참아 냈다. 대신 그에게 고개를 숙여 인사를 건넸을 뿐이다.

"정말로 가 볼게요."

아쉬워. 두말하면 아쉽고, 세 말 하면 더 아쉬워.

나는 잘 떨어지지 않는 발걸음을 떼며 그에게서 멀어졌다. 다음엔 무슨 핑계를 대어야 이자나를 만날 수 있을까. 빌려줬던 책을 다시 달라는 핑계를 대어야 할까.

이자나가 나를 각박하다고 생각해도 상관없었다. 어떤 핑계를 대서라도 그와 만나고 싶었으니까.

물론 이자나가 나를 찾을 가능성이 있기도 할 것이다. 하나 아주 낮은 가능성일 테지.

깨달았을 땐, 미켈슨 공작이 나갔던 방문 앞까지 다가간 채였다. 그렇게 방문을 열려던 순간, 이자나가 나를 불렀다.

"잠깐만."

그의 생각이 바뀐 걸까? 아침이라도 먹고 가라고 말하려나? 나는 한껏 기대한 얼굴로 뒤돌아보았다.

언제 자리에서 일어난 것인지, 이자나가 내게 가까이 걸어오고 있는 게 보였다. 어느새 지척까지 다가온 그가 듣기 좋은 음성으로 나를 불렀다.

"생강 영애."

내 심장은 또다시 세차게 뛰었다.

"네. 폐하."

"……너. 설마 그렇게 하고 나갈 건가?"

그는 이상야릇한 표정을 지으며 내 머리 쪽에서 눈을 떼지 못했다. 아차! 내 머리! 산발이었지.

나는 이자나가 제멋대로 헝클어 놓은 머리를 손으로 대충 매만졌다. 괜히 기대했잖아.

"네……. 머리 정리도 끝났으니 정말로 나가 볼게요."

정말로 나가려던 그때, 이자나가 문고리를 잡은 내 손목을 부드럽게 잡았다.

"……?"

나는 의문스러운 시선으로 그를 바라보았다.

이자나는 이상야릇한 표정을 여전히 지은 채로 자신이 입고 있던 겉옷을 벗었다. 그러고선 그것을 내 어깨 위에 걸쳐 주는 게 아닌가!

어깨에 얹힌 그의 외투에선 확실한 온기가 느껴졌다. 그것은 이자나의 온기였다.

내가 놀란 듯 아무 말도 하지 못하자, 그가 먼저 말했다.

"착각하지 마. 나는 그저 네가 추워 보여서 그런 거니까."

나는 그가 벗어 준 외투를 여미며 그의 눈을 들여다보았다. 그러자 그의 눈동자 속에 비친 내 얼굴이 보였다.

폐하…… 어떡하죠? 저 지금 굉장히 착각하고 싶은데.

내가 그런 생각을 하기가 무섭게 그는 소리 내어 웃기 시작했다.

"하, 내가 너 때문에 진짜 못 살겠다. 이제 진짜로 후작저로 돌아가도 돼. 밖으로 나가면 라라가 너를 무사히 데려다줄 거야."

이자나는 손수 문까지 열어 주며, 얼른 가라는 듯이 내게 손짓했다. 이렇게까지 설레게 해 놓고 집으로 보내면 어쩌자는 건데.

나는 기다란 복도를 느릿하게 걸어갔다.

그가 나를 또다시 부르지 않을까 내심 기대했지만, 그런 일은 실제로 일어나지 않았다.

제길.

* * *

밖으로 나가자 이자나의 말대로 라라와 마차가 나를 기다리고 있었다.

라라의 얼굴을 보자 그에게 무슨 말을 해야 할 것 같은 기분이 들었다. 하지만 그런 기분만이 계속들 뿐, 무슨 말을 해야 할지 종잡을 수 없었다.

이내 라라 앞까지 가까이 다가가 걸음을 멈추자, 라라가 먼저 인사를 건네었다.

"진저 님, 안녕하십니까."

"네, 반가워요. 라라."

나는 언제나 그랬듯 라라의 도움을 받아 마차에 올라탔다. 라라마저도 자리에 착석하자 마차가 출발했다.

나는 맞은편에 앉은 라라의 얼굴을 물끄러미 바라보았다. 묘한 마음이 드는 건 여전했다.

"제 얼굴에 뭐가 묻었습니까?"

"아! 아니요. 그게 아니라, 혹시 우리가 약속 같은 걸 했었나요? 라라에게 해야 할 말이 있었던 거 같은데 생각이 안 나서요."

"해야 할 말이라……."

라라는 잔잔한 미소를 띠며, 제 말을 이어했다.

"이렇게 하면 생각나실지도 모르겠습니다."

"네?"

라라는 허공에 제 손을 몇 차례 휘저었다.

그 오묘한 손짓이 끝나자 놀랍게도 내 손목에 채워져 있던 금빛의 팔찌가 사라졌다. 눈 깜짝할 사이에 벌어진 일이었다.

"어, 팔찌가!"

팔찌가 사라짐과 동시에 떠오르지 않았던 여러 생각이 수면 위로 올라왔다. 나는 그제야 어젯밤 이자나와 있었을 때, 갑갑할 정도로 떠오르지 않았던 사실을 떠올릴 수 있었다.

그때, 이자나 앞에서 생각하지 못했던 기억은 바로 라라와 관련된 것들이었다. 아니, 정확하게 얘기하자면 '하멜 브레이'에 관한 것이라고 해야 할까.

"하멜 브레이! 맞아. 폐하께 하고 싶었던 말은 당신의 이름이었어!"

"팔찌의 효과를 제대로 보셨나 봅니다."

"네. 당신이 준 팔찌를 끼고 있어서 그런지, 이자나 폐하 앞에서 당신에 대한 생각이 전혀 나지 않았어요."

"그것은 제가 의도했던 바입니다."

그의 손바닥 위에서 놀아난 기분이었다. 나는 눈을 게슴츠레하게 뜬 채로 그를 노려보았다.

왠지 수상해. 이 남자가 수상하단 말이지.

하멜은 손사래를 쳤다. 마치 제가 수상한 사람이 아님을 믿어 달라는 것처럼.

"악의적인 의도로 팔찌를 채워 드린 것은 절대로 아니었습니다."

"라라, 아니 하멜 브레이. 난 당신과 얘기를 나누고 싶어요. 제게 해야 할 말이 있다는 거 잊지 않으셨죠?"

"물론입니다. 약속한 대로 진저 님이 궁금해하시는 것을 말씀해 드리겠습니다."

"좋아요. 당신의 정체를 낱낱이 파헤치고 말겠어요!"

내 기세등등한 선포에 돌아온 것은 하멜의 웃음이었다.

······아니? 이 자식이 진지하게 얘기하는데 왜 웃고 난리야.

나는 팔짱을 끼고선 하멜을 만만치 않은 눈빛으로 노려보았다. 내 매서운 눈빛에 웃음을 멈출 법도 하건만, 하멜의 얼굴에선 미소가 좀처럼 사라지지 않았다.

그러곤 웬걸. 의기양양하게 대답하는 게 아닌가.

"그러십시오."

그는 원래부터 제 정체를 내게 밝히려고 했다는 듯이 굴고 있었다. 자신의 정체를 내게 숨기고자 하는 노력이 조금도 없었던 것이다.

도대체 무슨 속셈인 거야.

"후작저에 가서 얘기해요. 시간 있죠?"

"그것 또한 물론입니다."

나는 이자나가 준 재킷을 좀 더 여미었다. (어제 입었던 드레스로 갈아입었음에도 이자나의 재킷을 어깨에 그대로 걸친 채였다.)

이러고 있으면 왠지 이자나와 함께 있는 느낌이 든다고 해야 하나. 그래서인지 까닭 없이 든든한 마음이 들었다.

하멜은 내가 걸친 재킷을 흘긋 쳐다보기만 했을 뿐, 별다른 말을 하지는 않았다.

후작저에 도착할 때까지 우리는 침묵했을 따름이었다.

* * *

후작저에 도착하자마자 라라를 응접실에 데려다 놓고선 어머니를 찾았다.

돌아왔다고 인사하기 무섭게, 어머니는 이자나와 무슨 일이 있었느냐고 꼬치꼬치 묻기 시작했다.

어머니의 눈빛엔 과한 관심이 그득했다. 나는 난감한 미소를 지으며 손님이 왔으니 조금 이따가 자세히 설명해 드리겠다고 말했다.

이자나는 어머니가 걱정하고 계실지도 모르겠다고 했지만, 그녀는 걱정보다 내가 이자나와 어떤 관계인지에 대해서 더 궁금해하고 있었다.

나는 궁에서 겪은 일들을 어머니에게 어떻게 설명할지 잠깐 고민했다. 하지만 아무리 고민을 해 보아도, 뭐라고 설명해 주어야 할지 잘 가늠할 수 없었다.

'어머니, 어젯밤 제가 이자나 폐하의 허벅지를 만졌습니다.'

……그렇게 얘기할 수는 없었으니까. 아니, 그렇게 말하면 어머니가 더 좋아하시려나.

나는 애꿎은 뺨을 긁적이며, 하멜을 두고 온 응접실로 향했다. 응접실에 자리한 하멜은 내 시녀가 가져다 놓은 차를 차분하게 마시고 있었다.

후작저엔 처음 온 자라고는 믿기지 않는 대단한 여유였다.

나는 그의 맞은편에 앉았다.

하멜은 들고 있던 찻잔을 테이블 위에 올려놓으며 느슨한 표정을 지었다. 어디 물어볼 테면 물어보라는 태도쯤으로 보였다.

좋아, 당신이 그렇게 나온다면 나도 가만히 있을 수 없지.

"하멜 브레이. 일단, 다시 확실하게 묻고 싶은 것이 있어요. 당신은 정말로 '유폐된 왕자와 후작 영애'를 직접 적었나요?"

이번엔 고갯짓이 아닌 확실한 대답을 들어야겠어.

하멜이 고민 없이 대답했다.

"마차에서 드린 대답과 같습니다. 제가 적었습니다."

그의 당당한 태도에 되레 내가 겸연쩍어졌다. 나는 차를 한 모금 마신 뒤, 재차 질문했다.

"좋아요. 그렇다면 한 가지 더 묻겠어요. 당신은 제가 그 책을 볼 수밖에 없는 상황을 조장했나요? 당신은 마법사니까 그럴 수도 있겠다는 생각이 들어요."

"그것도 따지고 보면 그렇습니다. 진저 님이 그 책을 보도록 제가 상황을 만들었지요. 마법처럼."

……이상하네. 왜 이렇게 쉽게 대답해 주는 거야? 그러니까 더 못 믿겠잖아.

"왜요? 왜 제가 그 책을 봐야 했죠?"

"흐음……. 일단은 책이 아니라, 저에 대한 것부터 말씀 드려야 할 것 같습니다. 그 순서가 먼저인 것 같거든요."

느른한 얼굴을 하고 있던 하멜의 표정이 급변했다. 그는 제법 진지해진 얼굴로 내 눈을 바라보았다.

하멜의 시선은, 이자나가 내 생각을 읽기 위해서 내 눈을 들여다 보던 시선과 비슷했다.

내게 닿은 그의 잿빛 눈동자가 날카롭게 빛났다. 예리한 섬광이 일순 번쩍인 것도 같았다. 허술하게 생각했던 이의 다른 모습이랄까.

그러자 나는 한마디도 꺼낼 수 없었다. 그에게 바짝 집중이 되는 듯한 기분이 들 뿐이었다.

하멜은 숨을 길게 내뱉은 다음에 말을 꺼내었다.

"저는 책 속에 나온 대로, 레라지에 님의 할아버지였던 게슈트 님의 제자입니다. 세상에 얼마 남지 않은 마법사이기도 하죠. 마법사는 대체로 각자의 고유한 속성을 타고나는데, 제가 가진 속성은 '현자의 눈'입니다."

"현자의 눈이요?"

"그렇습니다. 쉽게 설명하자면 미래와 과거를 볼 수 있는 눈이자, 힘이죠. 일전에 진저 님께 곧 일어날 미래를 보여 드린 일을 기억하십니까?"

당연히 기억하고 있었다. 내가 각고의 노력으로 직접 쓴 책을 이자나에게 가져다주면 어떤 일이 생기는지 보여 주었던 하멜이었다.

그 영상 속의 서슬 퍼랬던 이자나의 모습이 떠오르자 지금도 눈앞이 아찔해지는 것 같았다.

휴, 어찌 되었든 그 책을 가져다주지 않은 건 정말 다행이었어.

나는 하멜의 말을 모두 이해한 것은 아니었지만, 얼추 이해한 것처럼 고개를 끄덕였다.

"그것은 제가 보았던 진저 님의 미래였습니다."

"그럼 미래와 과거를 매일, 원할 때마다 볼 수 있는 거예요?"

하멜은 고개를 내저었다.

"모두 과거와 미래를 볼 수 있는 것은 아닙니다. 제가 볼 수 있는 것은 선택된 것뿐이죠. 어떤 날은 특정한 사람의 미래와 과거가 모두 보이기도 하지만, 또 어떤 날은 아무것도 보이지 않는 날이 존재하기도 합니다."

"오호라. 즉 하멜은 그때 우연히 제 미래를 본 거고, 그래서 제가 이자나 폐하께 제 책을 가져다주는 걸 말렸다…… 이건가요?"

"정확하십니다. 그래서…… 풉…… 그런 미래를 보고 도저히 그냥 둘 수가 없어서…… 푸흡, 죄송합니다. 흠흠."

하멜은 그때를 떠올리다 웃음이 터져 버린 것만 같았다. 진지했던 그의 얼굴은 삽시간 무너져 내렸다.

나는 그에게 으름장을 놓았다.

"웃지 마요. 나 지금 진지하니까."

"죄송합니다."

웃음소리는 멎었지만, 하멜의 입가엔 미소가 걸려 있었다.

나는 미소 띤 그의 얼굴을 보면서 생각했다. 미래와 과거를 보는 하멜이 미래가 적힌 책을 써 내게 굳이 보여 준 이유가 무엇일까, 하고.

해답은 곧바로 나왔다. 답은 그 소설의 엔딩과 연관이 있을 것이다. 나는 확신했다.

소설 속 하멜 브레이는 레라지에를 사랑하고 있었다. 그런 그가 레라지에의 미래에 닥친 죽음의 그림자를 우연히 봤던 게 아닐까?

하멜은 그녀가 사랑할 남자, 즉 이자나에게 죽임을 당할 레라지에의 운명을 슬프게 여겼던 것이 아닐까. 그래서 레라지에의 죽음을 막기 위해 나를 이용한 거라면…….

나는 무릎을 소리 나게 내려쳤다. 무릎과 손바닥 사이에서 찰진

소리가 났다.

"하멜 브레이! 나, 당신의 의도를 알 것 같아요. 나를 이용하기 위해서 내게 책을 보여 준 거군요!"

"……."

"당신은 내가 이자나 폐하께 첫눈에 반할 걸 알고 있었죠? 그래서 그 책을 읽은 내가, 이자나 폐하를 먼저 사로잡기를 원했던 거야. 그래야 레라지에 그것이 죽지 않을 테니까."

하멜은 고개를 갸웃거렸다. 이도 저도 아닌 애매한 반응이었다.

"반은 맞지만, 그렇다고 해서 오로지 그러한 이유였다고는 말할 수 없습니다."

"무슨 이유가 더 있는데요?"

"게슈트 님의 제자였을 때 레라지에 님의 미래를 우연히 본 적이 있습니다. 그동안 그렇게까지 먼 미래는 본 적이 없었지만, 이상하게도 그녀의 아주 먼 미래까지 보고야 말았죠."

밝게만 보이던 그의 미소가 씁쓸한 빛을 띠었다. 하멜은 시선을 조금 내리깐 채로 이어 말했다.

"이자나 폐하께 죽임을 당하는 그녀의 모습까지."

"……."

대화의 주제가 자못 무거워졌다. 무슨 대답을 해야 할지 알 수 없어, 나는 말문이 막혀 버렸다.

"실성할 이자나 폐하나, 사랑하는 이에게 죽임을 당할 레라지에 님이나, 사랑을 이루지 못할 진저 님이나…… 제 눈으로 봤을 땐 그 모두가 너무나도 안타까웠습니다."

"그래서요?"

"그래서 이들의 미래에 제가 개입하는 건 어떨까, 하는 생각이 들었습니다."

"……."

"동정심이랄까요. 모두에게 불행한 미래가 닥치는 걸 원하지 않았습니다."

"한 명이 빠진 것 같은데요?"

하멜은 반문했다.

"네?"

"하멜 브레이, 당신이 빠졌잖아요! '유폐된 왕자와 후작 영애' 속에서 레라지에를 좋아하던 당신 말이에요."

"……아!"

하멜은 그제야 자신이 빠졌다는 걸 알았다는 듯이 고개를 끄덕였다. 상심한 듯해 보였던 그의 얼굴은 나사가 하나 빠진 듯한 얼굴이 되었다.

하멜이 가진 날카로움은 어째 2퍼센트 정도가 부족한 것처럼 느껴졌다.

"그렇군요. 제가 빠졌군요. 하하."

하멜은 의미 없이 고개를 연거푸 끄덕이며 제 말을 이어 했다.

"아무튼 저는 그 책을 읽은 진저 님이 이자나 폐하와 잘되기를 바랐습니다. 그렇게 된다면 모두가 행복해질 거라고 생각했거든요."

하멜의 말에 이견은 없었다.

나와 이자나가 사랑의 결실을 맺는다면, 레라지에가 죽을 일이 없었고 하멜이 레라지에와 잘 될 수도 있었기 때문이다.

"책을 진저 님께 드린 것까진 좋았는데……."

"좋았는데?"

"진저 님이 그런 행동을 하실 줄은 전혀 예상하지 못한 터라……
흠흠."

어떤 일을 생각했는지는 모르겠지만, 헛기침을 하는 하멜의 입술
끝은 사정없이 들썩거리고 있었다.

"제 정체를 밝히지 않고선 배길 수 없는 상황이라 생각되어 진저
님께 정체를 밝히게 되었습니다. 사실 제 정체를 오랫동안 숨기고
자 했던 것도 아니었고요. 진저 님께서 그 책을 읽었을 때부터 저
의 진짜 이름을 조만간 밝혀야겠다고 생각했었습니다."

나는 미심쩍은 시선을 완전히 거두지 못한 채로 그를 응시했다.

"좋아요. 거기까지는 그럭저럭 이해하겠어요. 하지만 그래도 당
신의 말을 모두 믿을 수는 없어요. 솔직히 현자의 눈이라는 것도
의심이 되고요."

"의심이라."

하멜은 잠깐 생각에 잠겼다가, 말하였다.

"이 얘기는 하지 않으려고 했는데, 진저 님이 의심을 하시니 말
씀드리겠습니다."

"뭘요?"

"사실 조금 전에 마차에서 진저 님을 보고 웃었던 이유 말입니
다. 진저 님의 과거 하나를 우연히 보았기 때문입니다."

"제 과거요……?"

"네. 어디서부터 말씀드려야 하나. 처음에 보였던 것은 가늘어
보이지만 단단한……."

하멜이 말끝을 묘하게 흐렸다. 왠지 모르게 부끄러워하는 듯한

모양새 같기도 했다.

"단단한?"

내가 그의 말꼬리를 잡자 하멜이 시선을 내리깔며 대답했다.

"……이자나 폐하의 단단한 허벅지…… 그리고 그 위에 올려져 있던 진저 님의 손……."

"컥!"

생각지도 못한 하멜의 말에 사레가 제대로 걸렸다.

하멜 브레이, 이 자식이 도대체 뭘 본 거야!

나는 어젯밤의 낯 뜨거웠던 기억을 떠올렸다. 이자나의 허벅지를 매만졌던……. 아니, 그건 사실 허벅지가 아니었을지도 몰라.

"당, 당신! 도대체 뭘 본 거예요!"

"어젯밤 두 분…… 설마 무슨 일이 있으셨습니까? 흐흥."

"이상한 소리 내지 마세요!"

나는 어제, 이자나가 내게 이상한 소리를 내지 말라고 소리쳤던 심정을 백 번 이해할 수 있었다.

과거를 보아도 하필 그런 걸 보느냐 말이다. 얼굴이 뜨거워지는 것만 같았다.

나는 붉어졌으리라 예상되는 뺨을 두 손으로 감쌌다.

"이제 믿으시겠습니까."

하멜은 내 속도 모르고 의미심장하게 물었다. 나는 망설임 없이 소리쳤다.

"믿어요! 미칠 정도로 믿을 수 있을 것 같아."

화끈거리는 얼굴을 견딜 수 없었던 나는, 앉았던 몸을 일으켜 닫힌 창문을 열어젖혔다. 창문으로 들어오는 시원한 바람을 맞자 그제야 조금 살 것 같았다.

나는 얼굴을 가라앉힌 후에 자리에 다시금 착석했다. 하나 얼굴의 붉기가 완전히 가신 것은 아닌가 보다.

"진저 님. 얼굴이 붉습니다."

그리 말한 하멜은 즐거워 보였다.

"그런 건 말해 주지 않아도, 나도 충분히 알고 있다고요!"

"큭큭."

"웃지 마요! 하…… 이게 무슨 꼴이람."

나는 웃고 있는 하멜을 보며 고개를 절레절레 내저었다. 살면서 겪어야 할 수치는 요즘 들어 모두 겪은 기분이었다.

"또 궁금한 것이 있습니까? 제가 그 책을 진저 님께 왜 드렸는지는 이제 아셨을 것 같습니다만."

부끄러운 와중에도 궁금한 점은 곧바로 떠올랐다.

"한 가지 더 있어요."

"물어 보십시오."

"마차에서 당신이 그랬잖아요. 이자나 폐하께 아직은 정체를 들키면 안 된다고."

"그랬죠."

"그런데 당신은 어떻게 폐하의 이능을 속일 수 있는 거죠? 폐하께 당신의 생각이 읽혔다면, 당신의 정체는 곧바로 들통났을 건데."

"아하. 그건 말입니다. 마법 아이템으로 폐하의 눈을 속이고 있기 때문입니다."

"마법 아이템이요?"

내가 의문스럽게 묻자, 하멜은 제 인영을 손으로 가리켰다.

"제가 평소에 끼고 다니는 안경이 폐하의 이능을 막아 주고 있는 마법 아이템입니다. 이 안경을 끼고 있으면 이자나 폐하께 제 생각이 제대로 읽히지 않게 되죠. 그가 읽는 제 생각은 왜곡된 생각들뿐입니다. 그는 제 진짜 생각을 단 한 번도 읽지 못했을 것입니다. 그렇기에 저를 곁에 두고 계시는 거죠."

"오호라. 그 동그란 안경도 팔찌와 같은 마법 아이템이라 이거네요."

하멜이 고개를 끄덕였다.

"그렇습니다."

그 순간 호기심이 들었다. 왜곡된 생각이라는 건 도대체 어떤 생각일까, 하는 것이었다.

"그…… 폐하께서 듣는 왜곡된 생각이 어떤 건지도 말해 줄 수 있나요?"

하멜은 별것 아니라는 것처럼 내게 알려 주었다.

그의 왜곡된 생각은 바로…….

"이자나 폐하는 너무 멋있어. 당신의 카리스마에 남자인 나조차도 반할 지경이군. 닮고 싶은 사람이 있다면 당신이 유일할 거야! ……정도랄까요? 하하."

대단히 아첨꾼적인 생각이군. 이자나가 하멜을 제 곁에 두고 있는 이유가 사실 저런 생각들 때문이 아닐까?

한 가지 궁금증이 풀리기가 무섭게 나는 또 다른 궁금증이 들었다.

"그런데 우리가 레라지에와 이자나 폐하 사이를 방해했어도, 당신이 본 미래에 따라 결국 그 두 사람이 사랑에 빠지는 건 아닐까요?"

그것은 다른 물음보다 대답이 더 궁금한 질문이기도 했다. 하멜은 다시금 진지한 표정을 되찾으며 천천히 대답했다.

"단언할 수 없습니다. 진저 님의 활약으로 두 사람의 미래가 조금 바뀌기는 했지만, 완전히 바뀔 수 있는 건지는 저도 확신할 수 없기 때문입니다."

"……네."

"하지만 확실하게 정해진 미래는 없습니다. 미래는 지금도 계속해서 바뀌고 있습니다. 제가 오늘 진저 님을 만남으로써 미래가 또다시 바뀔지도 모를 일입니다."

확실히 정해진 미래는 없다, 라. 그러니까 레라지에와 이자나가 사랑에 빠질 수도 있다는 소리지?

그렇다면 나도 미래를 바꿀 수 있지 않을까 싶었다.

하멜이 나를 이용해 미래를 바꾸려고 했듯이, 나도 하멜을 통해서 내 미래를 바꾸면 어떨까. 내 미래가 이자나와의 해피 엔딩이라면 얼마나 좋을까.

생각이 거기까지 닿았을 때, 좋은 아이디어가 떠올랐다. 나는 하멜의 이름을 크게 불렀다.

"하멜 브레이!"

"진저 님은 제 이름을 참으로 스스럼없이 부르시는 것 같습니다."

"그래서 싫어요?"

"그렇다는 건 아니고. 그래서 또 무슨 말씀이 하고 싶으신 겁니까?"

그는 나를 궁금증이 많은 어린아이로 취급하고 있었다. 어투가 꼭 그랬다는 거다. 나는 그 점이 다소 마음에 들지 않았지만, 그를 봐주기로 했다.

하멜은 이토록 넓은 내 아량을 알까 몰라.

"이번엔 내가 당신의 미래를 바꿔 보도록 하겠어요!"

"네?"

하멜이 의문스럽게 되물었지만, 나는 대답 대신 진한 미소를 지었다. 그러곤 레라지에를 잠자코 떠올렸다.

'유폐된 왕자와 후작 영애'에도 나왔듯이 우리 싸움의 대부분의 원인은 취향 때문이었다. 조금 더 정확하게 말하자면, 남자 취향이 똑같았기 때문에.

우리는 언제나 같은 시기에, 같은 남자에게 반하곤 했다. 같은 남자에게 동시에 구애한 결과, 승리한 쪽은 대개 레라지에였다.

레라지에가 어떤 묘수를 쓴 건지는 모르겠으나 남자들 대부분이 그녀의 손을 잡아 주었다. 인정하기는 싫은, 빌어먹을 사실이었다.

요컨대 키키의 경우도 그랬다. 약혼까지 할 정도로 나와 잘되어 가고 있던 키키가, 끝내 레라지에의 마수에 넘어가 버렸으니까.

나는 영문 없이 쓸쓸해져 찻잔에 든 차를 모조리 마셔 버렸다.

"진저 님. 미래를 어떻게 바꾸겠다는 건지 여쭈어 봐도 괜찮겠습니까?"

하멜은 다시금 물음을 건네었다.

"잠깐만요. 생각 정리 좀."

나는 한쪽 다리를 꼬며, 하던 생각을 마저 했다.

내가 바꾸고 싶은 미래는 그랬다. 레라지에가 이자나가 아닌 하멜을 사랑하게 만들어 버리는 그런 미래.

레라지에의 남자 취향이라면 그 누구보다도 내가 잘 아는 터였다. 앞서 생각했듯 우리의 남자 취향은 거의 똑같았으니까.

하멜 브레이를 내 취향으로 바꾸어 버린다면 레라지에가 하멜에게 관심을 가질지도 몰랐다. 더해, 내가 하멜에게 관심을 보인다면 레라지에 또한 하멜에게 관심을 보일 테고.

후자 쪽은 분명한 사실이었다.

어찌 된 영문인지는 모르겠으나, 지난 몇 년 동안 레라지에는 내 곁을 맴도는 남자들을 유의 깊게 지켜보았기 때문이다.

그녀는 뭐랄까. 꼭 내 남자를 가로채고 싶어 하는 것처럼 보였다.

어쨌든 하멜과 레라지에가 잘된다면 그것은 내게도 이득이요, 하멜과 레라지에에게도 이득이었다. 하멜은 자신의 사랑을 이루게 될 것이고, 레라지에는 비극적인 죽음을 겪지 않을 테니까.

나 원. 이들에게 너무도 미덕을 베푸는 것 같은데 말이지. 이렇게 올바르게 사는 건 나와 어울리지 않는데.

"하멜. 당신의 미래를 어떻게 바꾸어 줄지를 말해 주기 전에, 당신에게 먼저 묻고 싶은 게 있어요."

"그것이 무엇입니까?"

나는 하멜을 똑바로 바라보았다.

"당신은 지금 레라지에 아틀렌타를 사랑하고 있나요?"

"사랑."

하멜은 낯선 단어를 읊조리듯 그 단어를 여러 번 되뇌었다. 그의 잿빛 눈동자는 무언가를 떠올리는 빛을 띠고 있었다. 레라지에와 만났던 일을 떠올리고 있는 걸까?

머지않아 하멜의 입술이 열렸다.

"글쎄요. 그녀와 실제로 얘기를 나눠 본 것은 딱 한 번뿐입니다. 게슈트 님의 제자였을 땐 그녀를 먼발치에서 몇 번 지켜본 게 다였으니까요. 레라지에 님은 저를 기억하지 못하실 겁니다."

"아니, 그래서 그녀를 사랑하느냐고 물잖아요, 지금 내가."

그러자 하멜은 난감한 표정을 지었다. 아니, 사랑하고 말고를 말하는 게 그토록 난감한 일이던가?

그는 숨을 길게 토해 내며 자신 없는 투로 말했다.

"……레라지에 님과 처음으로 얘기를 나누었을 때, 약간의 설렘을 느끼기는 했습니다만. 그걸 사랑이라고 말하기엔 애매한 감이 있습니다."

"네."

"결론은 그렇습니다. 제가 쓴 '유폐된 왕자와 후작 영애' 속 하멜 브레이는 레라지에 님을 극심히 사랑하고 있지만, 지금의 저는 그녀를 사랑하고 있지 않습니다."

하멜은 두 눈을 느릿하게 깜빡였다.

"사랑이라기보다는…… 뭐랄까. 레라지에 님이 죽지 않기를 바라고 있습니다. 그것이 확실한 제 마음입니다."

하긴, 소설 속 하멜 브레이도 시간이 흘러감에 따라 그녀를 사랑하게 되었다.

소설 속의 시간과 현재의 시간을 비교해 보았을 때, 지금은 책의 초반에 해당되는 시간이었다. 하멜이 레라지에에게 사랑을 느끼기엔 조금 이른 시간이랄까.

"하지만 훗날엔 레라지에를 사랑하게 되지 않을까요?"

"미래가 바뀌지 않았다면 그렇게 되겠죠."

그는 꼭 제 일이 아닌 것처럼 말했다. 좀 바보 같았다.

"레라지에 님을 논하며 그녀를 생각하니까, 가슴이 조금 설레는 것 같기도 합니다. 왠지 모를 안타까움이 들기도 하고……."

하멜은 자신의 가슴 부근을 손끝으로 쓸었다. 마치 설렘과 안타까움이 공존하고 있는 제 마음을 헤아려 보려는 듯이.

그래도 하멜은 레라지에에게 설렘을 느끼긴 했나 보다. 설령 미약했다 할지라도, 그가 그런 감정을 느꼈다는 사실엔 변함이 없었다.

"혹시 저한테도 설렘을 느낀 적이 있나요?"

하멜은 줄곧 애매하게 대답했던 것이 무색하게, 곧바로 대답했다.

"아니요."

"……네. 칼 같은 대답 감사합니다."

나에게는 느끼지 못한 설렘을 레라지에에게만 느낀 것이라.

숱한 연애 경험이 있는 나는 직감했다.

하멜은…… 결국 레라지에를 사랑하고 말 거야. 그녀에게만 느낀 특별한 설렘은 이내 커다란 감정이 되고 말 거야.

"하멜 당신이 레라지에에게 느낀 설렘이라는 거…… 머릿속에선 종이 치고, 심장은 입 밖으로 튀어나올 것 같은 느낌이었나요?"

그는 또다시 어중간하게 대답했다.

"그런 것 같기도 하고, 아닌 것 같기도 합니다. 만약 그렇다면 그 느낌의 정체는 무엇입니까?"

이거, 나에게 설렘을 느끼지 않았다고 대답했을 때와는 너무도 다른 반응이잖아.

나는 휴, 하는 짧은 한숨을 내뱉었다.

"하멜이 느낀 것은 사랑의 전조일 수도 있어요. 당신은 레라지에를 사랑하는지 잘 모르겠다고 했지만, 그녀에게 특별한 감정을 품기 시작한 거죠."

"진저 님은 그런 것을 어떻게 그리두 잘 아시는 건지……."

하멜의 물음에 내 입가엔 흐뭇한 미소가 피어올랐다. 오늘 아침에 이자나가 했던 말이 불현듯이 떠올랐기 때문이다.

'생강 양은 생각보다 열렬한 사랑꾼이었구나.'

나는 이자나의 말을 곱씹으며 하멜에게 대답했다.

"저는 프로 사랑꾼이거든요."

"사랑. 사랑이라……. 마법으로는 어떻게 해 볼 수 없는 감정이군요."

"당연하죠! 마법으로는 어떻게 해 보지는 못하지만, 나라면 어떻게 해 볼 수도 있어요. 저는 레라지에를 잘 알거든요."

나는 내가 지을 수 있는 표정 중에 제일 진지한 표정을 했다.

"레라지에가 당신을 좋아하게 만들어 봐요. 그것이 제가 바꾸고 싶은 당신의 미래예요."

"……."

하멜은 대답을 주저했다. 그는 내 말을 믿지 신뢰하지 못하는 것만 같았다. 그의 얼굴에 불신의 기운이 감돌고 있었다.

나는 하멜의 불신을 이해했다. 왜냐면 하멜이 본 내 모습은 수치스러운 모습밖에 없었으니까!

수치스러운 짓만 하는 여자를 어떻게 한 번에 믿겠어. 끙. 하지만 하멜은 모를 것이다. 내가 얼마나 독하고 치밀한 여자인지. 가끔, 아주 가끔 허술하기는 하지만 말이다.

나는 확고한 목소리로 덧대어 말했다.

"나를 못 믿겠어요? 하멜 당신이 본 것은 변하는 미래이지만, 내가 아는 것은 오랜 세월 동안 직접 겪은 레라지에예요."

"……."

"저는 그녀를 싫어하지만, 그 누구보다도 그녀를 잘 알고 있어요. 그녀가 어떤 남자를 좋아하는지, 그런 것들에 대해서요."

"일리가 있는 말씀이라고 생각됩니다."

"당연하죠! 그러니까 제가 알고 있는 레라지에의 취향을 당신이 모두 익혀서, 그녀를 함께 유혹해 보기로 해요."

"유혹이라."

"그럼 당신은 당신의 사랑을 쟁취할 수 있을 것이며, 저도 제 사랑을 쟁취할 수 있을 거라고 생각해요. 물론 레라지에도 죽지 않을 테죠. 이 또한 하멜이 바라던 해피 엔딩이 아닌가요?"

"……그런 방법이 정말로 통할까요?"

하멜이 고개를 갸우뚱거렸다. 나는 고개를 위아래로 세차게 흔들며, 나의 확고함을 그에게 표출했다.

"암요, 통하고말고요. 나를 믿어요. 믿는 자에게 복이 올 테니까."

나는 그렇게 말하고선 하멜에게 손을 내밀었다. 비범한 표정은 덤이었다.

"잡아…… 달라는 겁니까?"

나는 또다시 고개를 끄덕였다. 하멜은 잠깐 주저했으나 결국 내 손을 잡아 주었다. 그의 손은 꽤 커서, 내 손이 쏙 들어갈 정도였다. 나는 맞잡은 손을 힘차게 흔들었다.

이럴 때 어울리는 말이 하나 있는데 말이지.

"피스!"

"피…… 스?"

"평화! 이 악수는 우리 모두의 평화를 위한 악수랍니다."

내 말에 하멜의 얼굴에 금이 갔다. 그는 손을 맞잡은 채로 킥킥
거렸고, 나는 그런 그를 다그치지 않았다.

그의 해맑은 웃음과 평화라는 단어가 무척이나 잘 어울렸으니까.

키키의 사정

키키는 아침부터 기분이 매우 좋지 않았다.

일찍이 궁을 다녀온 아버지가 공작저로 돌아오자마자 저를 다그쳤기 때문이다. 꾸중의 이유는 진저와의 약혼과 관련된 것이었다.

좀 더 정확히 얘기하자면, 진저와의 약혼을 깸으로써 나빠질 평판에 대한 것이라고 해야 할까. 평판이 좋지 않게 될 거라는 둥, 자신의 위신이 뭐가 되냐는 둥, 아버지는 쉼 없이 푸념했다.

엎친 데 덮친 격으로 아버지는 제가 바람피운 사실까지도 비난하기에 이르렀다. 바람을 피울 것이면 조용히 피울 것이지 어째서 진저에게 들켰느냐…… 대충 그런 말들이었다.

아버지는 자신의 방탕한 생활을 모르고 있던 것도 아닐뿐더러, 오히려 남자라면 젊을 때 여러 여자를 만나 봐야 한다고 저를 다독이기도 했었다.

그랬던 아버지가 이제 와 제가 바람피운 사실을 야단치고 있다는 게 참으로 아이러니했다.

끝이 보이지 않던 아버지의 꾸중은 장장 한 시간이나 계속되었다. 키키는 '죄송합니다. 죄송합니다.'라는 똑같은 말을 거듭 읊조린 후에야 자신의 방으로 돌아올 수 있었다.

방으로 들어온 키키는 쓰러지듯이 소파에 앉았다. 그는 시름이 깊은 한숨을 내쉬었다.

"하……."

사실 그는 지금 상황을 제대로 이해할 수 없었다.

자신에게 실망한 진저가 약혼을 깨려고 할 것이라는 건 충분히 짐작하고 있었다. 그리고 아버지가 약혼을 쉬이 깨 주지 않을 거라는 사실도 예상하고 있었다.

평판을 중시하는 아버지는, 당신의 가문에 해가 되는 일을 절대로 하지 않았기 때문이다.

그렇기에 안심하고 있었는지도 모르겠다. 진저가 아무리 발악해도 그녀와의 약혼이 깨지지 않으리라고.

그런데 어째서 아버지는 궁에 다녀온 후에 생각을 바꾸었을까? 아버지는 당신의 위신에 해가 될 걸 알면서도 그렇게 말했다.

'네 약혼을 조만간 깨어야 할지도 모르겠다!'

"약혼이 진짜로 깨진다, 라……."

더 이상 숙고할 여지없는 완전한 끝이라.

"아버지는 궁에서 무슨 일을 겪으신 거지?"

키키는 조금도 짐작할 수 없었다. 다만, 왠지 모르게 새로이 왕이 된 이자나와 연관이 있지 않을까, 하는 생각이 들었을 뿐이다.

키키는 며칠 전 연회장에서 이자나와 진저가 손을 맞잡고 춤을 추던 장면을 떠올렸다. 그들은 서로의 손을 잡고선 서로의 숨결이 닿는 거리에서 춤을 추었다.

진저의 얼굴엔 오랜만에 보는 미소가 띠어져 있었고, 이자나의 얼굴에도 희미한 미소가 맴돌고 있었다. 두 사람은 행복해 보였다. 키키가 끼어들 틈이 보이지 않을 정도로.

그 순간 키키가 느낀 것은 참혹한 패배감이었다. 그것은 바람둥이인 그가 한 번도 느껴 보지 못한 감정이었다.

그 낯선 감정은 키키의 마음을 송두리째 흔들어 놓았다. 이자나 앞에서 웃고 있던 진저가 너무나도 아름다워 보였다.

자신은 왜 그토록 아름다운 약혼자를 두고 레라지에게 한눈을 팔았던 걸까. 후회했지만, 지나간 과거를 되돌릴 수는 없었다.

키키가 할 수 있는 일은 진저에게 손바닥이 닳도록 비는 일밖에 없었다. 그러나 제 사죄에 돌아온 그녀의 차가운 냉대뿐이었다.

진저는 이미 다른 사람을 마음에 둔 것처럼 보이기도 했다. ……이자나. 진저의 시선은 연회가 끝나는 내내 그에게만 닿아 있었다. 키키는 그 점을 놓치지 않았다.

진저는 이자나를 사랑하게 된 걸까?

그런 생각을 하다, 키키는 소파 앞 테이블에 놓인 책을 우연히 보게 되었다.

핑크빛 표지가 사랑스러운 책.

"유폐된 왕자와 후작 영애……."

키키는 책의 제목을 읊조리며 그것을 집어 들었다.

책을 내려다보는 키키의 표정이 복잡해졌다. 그는 책을 꼭 쥔 채로 그녀에게 빌렸던 며칠 전을 떠올렸다.

그날은 아침부터 부리나케 진저에게 달려가 용서를 빌었던 날이었다. 하지만 그녀는 자신의 용서를 받아 주지 않았다. 되레 약속이 생겼다며 저를 그녀의 방에 내팽개쳤을 뿐이다.

그래도 다시 돌아와 주겠지, 하는 마음으로 진저를 한 시간 정도 기다렸다. 그러나 그녀는 끝내 돌아오지 않았다. 정말로 어디론가 가 버린 것이었다.

허탈한 마음을 안고서 돌아가려던 찰나, 그는 그것을 발견하게 되었다.

진저의 방 한편을 차지한 큰 책장에 꽂힌 그 책. 수많은 책 중에 핑크빛의 표지가 찬란한 책 하나가 키키를 유혹했다.

'나를 뽑아 줘. 나를 읽어 줘.'

키키는 영문을 알 수 없는 기묘한 환청을 들으며, 책장에 가까이 다가갔다. 그러곤 핑크빛의 책을 뽑아 들었다.

책의 표지엔 현란한 필기체가 새겨져 있었다. 책의 제목인 듯한 문장은 그러했다.

'유폐된 왕자와 후작 영애.'

흔한 로맨스 소설 제목이었지만, 키키에겐 그 책을 읽어 보고 싶다는 바람이 굴뚝같이 들었다.

'나를 읽어 줘. 얼른 페이지를 넘겨 줘.'

책은 또다시 제게 그리 속삭이고 있었다. 키키는 그 책을 끝내 자신의 재킷 안에 몰래 집어넣었다.

공작저로 돌아가서 읽어 봐야겠어. 많은 책들 중에 한 권이 없어진 거니까, 진저도 눈치채지 못할 거야. 고작 한 권인데…….

그는 스스로에게 합리화를 시키며, 진저의 방을 빠져나왔다. 이틀 전의 일이었다.

키키가 들은 환청은 사실 착각이 아니었다.

'유폐된 왕자와 후작 영애'에는 하멜이 걸어 두었던 마법이 깃들어 있었기 때문이다. 그것은 책을 본다면 필시 읽게 만들어 버리는 마법이었다.

혹 진저가 책을 읽지 않을까, 하는 하멜의 작은 염려에서 비롯된 마법이었다. 하나 실상 그 마법에 제대로 걸려든 이는 키키였다. 이 사실을 하멜이 알았다면 헛웃음을 흘렸으리라.

아무튼 키키는 공작저로 돌아와 그 책을 끝까지 읽어 버렸다. 책의 내용은 가히 충격적이었다.

등장인물들이 죄다 현실 속 인물인 건 물론이요, 책에는 현실에서 일어난 사건들이 그대로 서술되어 있었다. 심지어 저와 진저의 약혼과 관련된 사실마저도.

키키는 책의 정체가 궁금했다.

궁금증과는 별개로, 그는 진저가 레라지에의 붉은 목걸이에 왜 집착하게 되었는지 알 수 있었다. 더해, 요 며칠간 이해되지 않았던 진저의 행동들의 이유도 알 수 있었다.

책에 모든 이유가 나열되어 있었기 때문이다. 이자나의 사랑을 얻기 위해서이거나, 레라지에와 이자나의 사랑을 막기 위해서이리라. 키키는 확신했다.

그러자 이자나와 사랑에 빠지기 위해서 제게 붉은 목걸이를 훔쳐 오라고 지시한 진저에게 괘씸한 마음이 들었다.

물론 키키가 그 책을 맹신하는 것은 아니었다. 진저처럼 그 책을 완선히 믿으며, 책 속 내용에 쥐락펴락 당하지는 않았단 거다.

하나 묘한 기분이 드는 것은 어쩔 수 없었다.

설마하니…… 미래에 일어날 일들도 들어맞는다면? 레라지에와 진저가 이자나를 사랑하게 된다면?

그 사실도 마음에 들지 않았지만, 그것보다도 더욱 불만스러운 부분이 하나 있었다.

"왜 나에 대한 것은 고작 한 장밖에 나와 있지 않은 거지……? 나는 한 장에 서술될 사람이 아닌데! 특히 로맨스 소설이라면 당연히 내가 주인공이어야 하는 거 아닌가?"

키키는 쥐고 있던 책을 테이블 위에 던져 놓고선, 앉은 몸을 일으켜 화장대 앞에 앉았다.

그는 거울에 비친 자신의 얼굴을 꼼꼼히 바라보았다. 거울 속에는 바다를 닮은 푸른빛의 머리카락을 가진 미청년이 자리하고 있었다.

키키는 날카로운 턱 선을 손끝으로 쓰다듬으며 혼잣말했다.

"얼굴도 이 정도면 남자 주인공으로 분에 넘칠 정도로 충분하고."

키키는 팔을 들어 올려, 얼마 전에 새로 산 고가의 손목시계를 거울 속에 비추어 보았다. 한정판으로 나온 어마어마한 시계였다.

"누구보다도 대단한 재력을 가지고 있으며."

그는 이번엔 잘 정돈된 머리칼을 손으로 몇 번 쓸었다. 제 손길에 따라 푸른 머리카락이 부드럽게 넘어갔다.

"어디 하나 빠지는 게 없는데. 아아, 우수에 젖은 내 눈동자에 반하지 않은 여자는 없었다고. 그런데 어째서 내가 주인공이 아닌 거야. 이자나 따위가 뭐라고."

물론 연회장에서 보았던 이자나도 훌륭한 외모를 가지고 있었다.

그도 충분히 잘생겼으나, 키키는 자신이 이자나의 잘생김에 뒤지지 않는다고 생각했다.

키키는 연회장에서 진저와 이자나가 춤추던 것을 봤을 때보다 훨씬 더 큰 패배감을 느꼈다. 소설의 작가가 누군지는 모르겠으나, 당장이라도 가서 따지고 싶은 심정이었다.

애초에 남자 주인공이 아니라면 자신을 등장시키지나 말 것이지, 어쭙잖은 바람둥이로 대충 서술해 놓은 모양새가 마음에 들지 않았다.

"정말 최악이야."

그는 인상을 와락 구겼다. 요즘 들어 최악인 일들의 연속이라는 생각이 들었다.

노크 소리가 들린 것은 그때였다.

"키숀 공자님. 손님이 오셨습니다."

노크는 방 밖에 있던 그의 시녀가 한 것이었다. 키키는 대답했다.

"누구?"

진저인가?

키키는 섣부른 기대를 하며 시녀의 대답을 기다렸다.

"레라지에 님이 오셨습니다."

진저가 아니라 레라지에? 그녀가 어째서 나를 찾아온 거지?

키키는 황급히 자신의 모습을 재정비했다.

조금 헝클어진 듯한 머리를 매만지고, 스스로가 자랑스럽게 여기는 우수에 젖은 눈빛마저도 자아냈다. 그것은 여자를 만나기 전, 키키가 늘 준비하는 태세였다.

이윽고 준비를 끝낸 키키가 소리쳤다.

"들어오시라고 해."

키키의 말이 떨어지기 무섭게 방문이 매끄럽게 열렸다.

열린 방문 사이로 오랜만에 만난 레라지에가 보였다. 레라지에와는 붉은 목걸이를 훔치다 들킨 연회 이후로 처음 보는 것이었다.

키키는 그녀의 방문이 참으로 의외라고 생각했다. 그런 일이 있고 나서 레라지에와는 완전히 끝난 거라고 여겼기 때문이다.

키키는 의문스러운 빛을 숨기며, 레라지에에게 앉을 것을 권했다. 그녀는 키키에게 가볍게 인사한 다음, 그의 맞은편에 앉았다.

"공자님, 잘 지내셨나요."

먼저 말을 꺼낸 것은 레라지에였다. 아직 화가 나 있을 거라고 여긴 게 무색할 정도로 그녀의 목소리는 차분했다.

설마, 레라지에는 진저와는 다르게 자신을 용서해 준 걸까? 키키는 내심 기대하기 시작했다.

"아니요. 저는 잘 지내지 못했습니다. 영애에게 그런 짓을 했는데, 어떻게 제가 잘 지낼 수 있겠습니까. 편안함은 제게 사치요, 죄스러운 마음을 갖는 것이 오히려 제게 맞는 일입니다."

크, 명대사구나. 내가 여자라면 한 방에 훅 갈 대사야.

키키는 자신의 언변에 진정으로 감탄했다. 스스로에게 도취된 키키는, 레라지에의 반응을 조심스레 살폈다.

살펴본 레라지에의 얼굴빛이 그리 나쁘지 않았다. 자신의 말에 감동이라도 받은 걸까.

키키는 신이 났고, 레라지에는 대답했다.

"그런 일만 없었더라면, 저희는 지금도 행복했을 텐데……. 그렇죠?"

"영애의 말에 이의가 없습니다."

"저도 그날 이후 많이 생각했어요. 그리고 그날 당신을 너무 다그친 게 아닐까, 후회하기도 했어요."

"후, 후회 말씀이십니까?"

"네. 왜냐면 키숀 공자님이 남의 물건을 훔칠 만한 사람이 아니라는 걸 저도 알기 때문이에요."

"그렇습니다! 저는 그런 사람입니다."

키키는 입술에 침도 바르지 않고 거짓말을 술술 내뱉었다.

"당신은 진저 때문에 그런 일을 저지른 거겠죠. 안타까운 사람."

"……변명으로 들리실지 모르겠지만, 진저에게 꼼짝없이 잡혀 있던 터라 저도 어찌해 볼 수 없었습니다. 시간을 되돌릴 수만 있다면, 그런 짓은 다신 하지 않을 겁니다."

"알아요. 하지만 시간을 되돌릴 수는 없죠."

레라지에는 씁쓸한 미소를 지으며 키키 앞에 무언가를 내려놓았다. 키키는 레라지에의 손을 벗어난 물건을 바라보았다. 그것은 일전에 그녀에게 주었던 푸른빛의 목걸이였다.

"이…… 이건."

"이걸 다시 드리려고 왔어요. 미안해요. 그런 일이 있고 나서, 공자님을 다시 만날 수는 없을 것 같아요. 가슴이 너무 아프지만, 우리는 여기까지인가 봐요."

레라지에의 붉은 눈동자 언저리가 뿌옇게 흐려졌다. 마치 곧 눈물이라도 떨어뜨릴 것처럼.

그녀의 촉촉해진 눈동자를 보고 있자니 키키도 왠지 슬퍼졌다. 손을 뻗어 그녀의 눈물을 닦아 주고 싶었지만 이젠 그렇게 해선 안 된나는 섬 그도 잘 알고 있었다.

키키는 시선을 떨어뜨렸다. 그때, 떨어뜨린 그의 시선을 사로잡은 것이 있었다. 그것은 조금 전에 그가 보았던 책이었다.

핑크빛의 표지가 사랑스러운 '유폐된 왕자와 후작 영애'.

그 책을 본 키키의 눈동자에 이채가 서렸다. 어쩌면…… 저 책이라면 레라지에에게 용서를 받을 수 있을지도 모르겠다는 생각이 퍼뜩 들었다.

바람을 괜히 피웠다고 자조했던 키키의 후회는 온데간데없이 사라진 후였다. 도리어 키키는 그렇게 생각하기에 이르렀다. 제게 항상 화만 내는 진저보다, 마음 약한 레라지에에게 용서받는 일이 훨씬 더 쉬울지도 모르겠다고.

어차피 진저와의 약혼도 완전히 깨질 판국에 레라지에 쪽으로 노선을 갈아타 볼까.

결심이 서니 행동하는 건 어렵지 않은 일이었다.

키키는 책을 향해 손을 뻗었다. 이내 그의 손아귀엔 테이블에 아무렇게나 올려져 있던 책이 들어왔다.

키키는 떨어뜨렸던 시선을 다시 들어 올려, 그녀를 똑바로 응시했다.

"레라지에 영애."

"네, 공자님."

"제게 다시 기회를 주시면 안 되겠습니까? 제게 기회를 주신다면, 저도 당신이 궁금해하던 것의 해답을 드리겠습니다."

"그게 무슨 소리죠? 제가 궁금해하던 것이라뇨."

키키는 비장한 표정으로 제 손에 쥐어진 책을 레라지에 앞에 내놓았다. 눈물의 기운이 서린 그녀의 붉은 눈동자가 책의 표지에 닿았다.

"유폐된 왕자와 후작 영애……? 이게 도대체 뭐죠?"

"이건 진저의 책입니다. 이 책 속에 진저가 당신의 붉은 목걸이를 왜 탐냈는지 나와 있습니다."

"책 속에요?"

레라지에는 이해가 전혀 되지 않는다는 듯이 키키에게 되물었다. 키키는 진한 미소를 지으며 그 책을 레라지에 쪽으로 좀 더 밀었다.

"그렇습니다. 일단 읽어 보십시오. 그럼 제 말이 무슨 말인지 이해되실 겁니다."

레라지에는 못 이기는 척 책을 받아 들었다. 책을 내려다보는 그녀의 눈동자엔 의문스러운 기색만이 완연했다.

키키는 책을 받아 든 그녀를 보며, 이제 레라지에에게만큼은 용서받을 수 있을 것이라 확신했다.

물론 그만의 착각이었다.

* * *

레라지에는 사흘 뒤에 키키를 다시 찾아왔다. 그녀의 손에는 키키가 주었던 '유폐된 왕자와 후작 영애'가 들려 있었다.

그녀는 그 책을 삼 일 동안 꼼꼼히 읽었다. 모든 부분을 세세히 읽었다고 확신한 그녀가 키키를 찾은 이유는 단 하나였다.

"키숀 공자님. 공자님 덕에 그 책을 정말 재미있게 읽었어요."

레라지에는 오랜만에 환한 미소를 지었다. 물론 그것은 가식적인 미소였다.

하나 사실을 알 리 없는 키키는 그녀를 따라서 미소 지었다. 무르는 이가 봤다면 둘 사이가 매우 다정해 보일 따름이었다.

"다행입니다. 레라지에 영애가 재미있게 보셔서."

키키는 조금 긴 머리를 쓸어 넘기며 그윽한 눈빛으로 레라지에를 보았다. 그의 눈빛엔 섣부른 기대가 여전히 맺혀 있었다. 레라지에와 다시 잘 지낼 수 있기를 바라는 기대였다.

레라지에는 키키가 하고 있는 기대를 단번에 눈치챘다. 그럼에도 그녀는 아무것도 모른 척을 하며, 그에게 말을 건네었다.

"공자님은 이 책의 내용이 현실의 것이라고 믿으시나요?"

키키는 잘 뻗은 미간을 조금 구기며 답했다.

"책 속의 내용이 현실과 지나치게 닮아 있다고는 하나, 저는 솔직히 그 책의 내용이 실제의 것이라 믿지는 않습니다."

"으흠. 그래요? 하지만 진저는 그것이 실제의 것이라 믿은 거고요?"

"그렇죠! 진저는 그 책을 믿어서 영애의 목걸이를 훔쳐 오라고 제게 지시한 거죠. 하지만 저는 진저처럼 순수하지 않습니다. 미래가 적힌 책이라니! 도무지 말이 안 되는 일이잖습니까."

더군다나 내가 주인공이 아닌 책은 아무런 의미가 없습니다. 키키는 뒷말을 삼키며 레라지에를 쳐다보았다.

그녀는 키키의 말을 조금도 부정하지 않으며 조용한 미소만을 짓고 있을 뿐이었다.

천사 같은 미소라고, 키키는 생각했다. 악마 같은 얼굴을 자주 내비치는 진저와는 극명히 다르다…… 까지 생각했을 때였다.

키키는 이틀 전에 자신을 찾아온 진저의 화난 얼굴을 떠올렸다. 그날, 진저는 제게 책을 내놓으라고 마구잡이로 소리쳤었다.

수많은 책 중에 '유폐된 왕자와 후작 영애'가 없어진 것을 어떻게 안 건지.

키키는 진저에게 발뺌했다. 이미 레라지에에게 그 책을 주었기 때문에 제게 그 책이 정말로 없었을뿐더러, 저를 힘들게 만든 진저를 골탕 먹이고 싶기도 해서였다.

진저는 당연히 자신의 말을 믿지 않았다.

단단히 화난 그녀는 자신의 방을 이 잡듯이 뒤지기에 이르렀다. 그러다 끝끝내 책을 찾지 못해 분개하며 돌아갔었다.

키키는 몸을 부르르 떨었다. 진저가 눈앞에 없었지만, 그녀의 화난 얼굴을 떠올리는 것만으로도 한기가 드는 것만 같았다.

레라지에 쪽으로 노선을 갈아탄 것이 역시나 옳은 일이었다고, 그는 새삼 생각했다.

"……맞아요. 그런 책이 현실에 존재할 리가 없죠. 그러니까, 공자님. 부디 이 책의 존재를 다른 사람에게 말씀하지 않으셨으면 해요. 더불어 책에 나와 있던 내용에 대해서도 다른 이에게 말하지 않는 게 좋겠어요."

"어째서 말입니까?"

"말은 많을수록 좋지 않거든요. 이건 누가 봐도 이상한 책이고, 이런 책의 존재를 여러 사람이 알게 된다면 일이 커질 거예요. 더군다나 폐하와 관련된 이야기잖아요."

레라지에는 걱정스러운 시선으로 키키를 보았다.

"일이 커지면 키키 공자님에게도 해가 갈 거예요. 해가 되는 일은 애초부터 하지 않는 게 좋다고 생각해요. 조심해서 나쁠 건 없잖아요."

"영애의 말이 옳고, 또 옳습니다."

"물론 현명하신 공자님은 제가 이런 말을 하기 전에 이미 그러겠다고 생각하셨겠지만요…….."

키키는 기분 좋은 웃음소리를 내었다.

"하하하. 영애만큼 저를 잘 알아주는 사람이 또 있나 싶습니다."

"아무렴요. 저는 공자님을 잘 알고 있죠. 하지만 제가 걱정이 많아서 공자님께 한 번 더 당부의 말씀을 드리는 거랍니다. 부디 기분 나빠하지 않으셨으면 좋겠어요."

레라지에는 차분함을 끝까지 유지하며 제 말의 구두점을 찍었다. 기분이 나쁠 수도 있는 말이었지만, 키키는 오히려 감동을 받았다. 그녀의 사근거리는 어투 덕분이었다.

레라지에 영애는 얼굴도 예쁜데 어쩜 이리 마음도 깊은 걸까. 말도 참 예쁘게 하는군.

키키는 곧 눈물이라도 떨굴 듯한 눈으로 레라지에를 바라봤다.

"영애……. 기분 나쁘지 않습니다. 당연히 영애 말을 들어야지요."

키키는 다짐했다. 그 책의 존재를 아무에게도 말하지 않겠다고. 사실 키키는, 레라지에가 그런 제안을 하지 않았더라면 누군가에게 책의 존재를 발설했을 것이다.

"그나저나 레라지에 영애."

"네?"

"그럼…… 저번에 제가 부탁한 것은 들어주는 것입니까?"

키키가 조심스럽게 물었다. 그녀는 잠깐 동안 생각하다가 키키의 부탁이 떠오른 듯이 대답했다.

"아! 공자님에게 다시 기회를 주는 거요?"

"네! 바로 그것입니다."

"흠…… 물론 저도 그 책을 읽고 진저가 왜 그렇게 제 목걸이에 집착을 했는지 알게 되어서 속이 시원했어요. 책의 진위 여부를 떠나, 진저는 그 책을 믿고서 저의 목걸이를 **뺏**으려 한 거니까."

"……."

"하지만 공자님. 저는 두려워요. 한번 금이 간 신뢰를 다시 회복할 수 있을까, 하는 두려움이 저를 자꾸 망설이게 만들어요."

레라지에는 시선을 떨구며 가련한 표정을 지었다.

"죄송합니다. 제가 영애에게 상처를 많이 줬나 봅니다."

레라지에는 제 눈가를 손끝으로 닦아 냈다. 마치 눈물이라도 흘린 것처럼.

하나 그녀의 손끝에 묻어난 것은 아무것도 없었다.

"레라지에 영애, 재촉하지 않겠습니다. 영애의 마음이 저를 받아 줄 준비가 될 때까지 저는 기다릴 수 있습니다."

"아아, 공자님은 다정도 하셔라."

"그것이 저의 매력이죠."

키키가 너스레를 떨며 웃었다.

레라지에는 그의 웃음을 보고 일순 표정을 굳혔으나, 가련한 표정을 다시 지었다. 키키가 눈치채지 못할 정도로 빠르게.

이내 레라지에는 소파에 앉아 있던 몸을 천천히 일으켰다.

"공자님. 저는 약속이 있어서 먼저 일어나 보겠습니다. 조만간 다시 공자님을 찾아오도록 하겠어요."

"그대의 방문이라면 어느 때에도 상관없습니다."

"감사합니다. 책은…… 제가 다시 가져가도 될까요? 다시 또 읽고 싶어서요."

"제게 다시 돌려주지 않으셔도 됩니다. 하하."

"거듭 감사드려요. 그럼 저는 진짜로 가 볼게요."

레라지에는 키키의 배웅을 받으며 마차에 올라탔다.

그녀가 탄 마차가 공작저를 완전히 벗어나자, 레라지에의 표정이 백팔십도 바뀌었다. 가련했던 얼굴은 사라져 버리고, 거기에 대신 자리한 것은 차가운 얼굴이었다.

레라지에는 제 무릎 위에 올려 둔 문제의 책을 가만히 내려다보았다.

"다정은 무슨. 다신 네 얼굴 보는 일은 없을 거다."

신뢰가 깨진 관계가 다시 잘될 리가 없잖아. 키숀과 진저. 도둑질이 능통한 너희들에겐 치가 떨려.

레라지에의 마차는 예정된 다음 코스를 향해 속도를 내기 시작했다.

제3장

질투의 행방(上)

질투의 행방(上)

"틀렸어요. 그게 아니에요!"

"흐음…… 그럼 이건 어떻습니까."

그는 한쪽 다리를 꼬며 천천히 팔짱을 꼈다. 그러고선 초점 없이 어딘가를 바라보았다. 반쯤 내리깐 눈꺼풀은 나른한 느낌을 한껏 자아내고 있었다.

창가에서 들어오는 햇볕을 받아 예쁘게 빛나는 그의 잿빛 머리칼은 제법 멋스러웠지만…….

"아냐. 이것도 아니에요."

내가 원하는 느낌은 아니었다.

내가 고개를 내저으며 실망한 기색을 숨기지 않자, 그는 꼬고 있던 다리를 풀며 고개를 푹 숙였다.

"너무 까다롭습니다."

"불쌍하시 마세요. 그래노 첫날보나는 낳이 나아졌으니까."

나는 그에게 가까이 다가가 그의 어깨 위에 손을 올렸다. 기숙사의 엄한 사감처럼 군 주제에 그를 뒤늦게 위로해 주기 위함이었다.

"너무 실망하지 말라고요."

상심한 하멜의 어깨를 토닥여 주려던 그때, 나는 무언가를 느껴버렸다. 그것은 바로 내 손끝에 닿은 하멜 어깨의 촉감이었다.

자식이 운동을 자주 하는 건가. 속살이 꽤 단단하다. 한번 손을 대면 떼어 내기 힘들 정도랄까.

나는 토닥여 주려던 생각을 바꾸어 그의 등을 부드럽게 쓸어 주었다. 왠지 등도 단단할 것 같아서.

역시나. 역시나. 하멜의 등의 촉감도 나쁘지 않았다. 적당한 근육이 잡힌 아주 훌륭한 등이었다. 벗겨서 실제로 보면 어떨까, 하는 음흉한 생각이 들 정도로.

쓰읍. 나는 까닭 없이 입안에 맴도는 군침을 꼴깍 삼켰다.

"……진저 님?"

하멜의 부름에, 나는 그제야 그의 등에 현혹되었던 정신을 제대로 차릴 수 있었다.

"흠흠. 하멜. 내가 원하는 건 나른한 섹시예요. 당신은 나른하기는 한데, 그냥 나른한 게 끝이야. 나른함 속에서 내가 어루만져 주고 싶은 욕구가 일어야 해요."

"네……."

"뭐랄까요. 사연이 있는 듯한 나른함. 은연중에 새어 나오는 섹시함. 그것이 제 스타일이기도 하고, 레라지에의 스타일이기도 해요."

나른한 섹시. 그 말을 되뇌자 그가 자연스럽게 떠올랐다.

오묘하고도 어려운 그 단어의 적임자인 이자나. 그의 여러 모습이 내 머릿속에서 그려지기 시작했다.

매혹적인 미소를 짓는 그의 얼굴, 몰래몰래 훔쳐보았던 그의 타지 않은 하얀 속살…… 그 부위가 어디였는지는 비밀로 부치도록 하자.

나는 멍한 눈으로 허공을 쳐다보았다.

이자나. 당신은 지금 무엇을 하고 있으려나.

이자나를 보지 못한 지 삼 일이 지난 터였다. 한 번쯤은 불러 줄 거라고 기대했지만, 이자나는 무려 삼 일 동안 나를 찾지 않았다.

그의 입장에서 봤을 땐, 아무 사이도 아닌 나를 찾지 않는 게 당연한 일인지도 몰랐다. 하지만 서운한 마음이 드는 건 어쩔 수 없었다.

나도 사람인지라 그가 내게 호의를 베푼 것에 작은 착각을 하고 있었나 보다. 이자나가 내게 관심이 있어서 호의를 베푼 거라는 착각.

아니, 잠깐.

관심이 있다는 둥, 머리를 쓰다듬는 둥, 외투를 벗어 주는 둥, 이자나는 내가 착각할 만한 온갖 행동들을 줄기차게 했었다. 물론 당사자는 그 사실을 자각하지 못하는 것 같지만.

"휴."

내가 수심이 깊은 한숨을 쉬자, 하멜이 고개를 들어서 나를 바라보았다.

"제가 한숨이 나올 정도로 한심한 것입니까? 저는 정녕 나른한 섹시미를 갖출 수 없는 남자란 말입니까?"

아냐! 오해야, 그건!

내 한숨의 의미를 제멋대로 해석한 하멜이었다.

"아뇨! 절대로 그런 게 아니에요. 저도 저 나름의 고충이 있는지라 저도 모르게 한숨이 나왔네요. 하하. 당신은 지금도 충분히 잘하고 있어요."

"그렇다면 정말로 다행입니다."

하멜은 기운 없이 말했다. 나는 그가 측은하게 느껴졌다.

하멜과는 평화의 악수를 한 날 이후 삼 일 정도 내리 만났다. 다르게 말하자면, 이자나를 만나지 않은 나날 동안 하멜만 계속 만난 것이다.

그는 자투리 시간을 내어 후작가로 찾아왔고, 나는 그에게 레라지에의 스타일이 되는 법을 매일 전수해 주고 있었다.

하멜은 충분히 잘생기기는 했으나, 어딘지 모르게 뻣뻣했다. 뻣뻣하고 숫기 없는 느낌은 귀엽다고 치부해 줄 수도 있었다.

그러나 나와 레라지에는 그런 스타일을 좋아하지 않았다. 특히나 레라지에 그년은 맹한 남자를 나보다도 더 싫어했다.

그래서 나는 하멜을 나른하고도 섹시한 분위기를 풍기는 남자로 탈바꿈시켜 주기 위해 이것저것을 교육시키고 있었다.

따지고 보면, 레라지에와 내가 키키에게 호감을 가지게 된 이유 또한 키키에게서 풍기는 은은한 관능기 때문이었으니 말이다.

키키는 뭐랄까. 그는 제가 스스로 섹시해 지려고 노력하는 타입이었다. 즉, 여러 여자를 만나며 터득한, 후천적으로 습득한 관능미를 가지고 있다고 해야 할까.

나는 그런 분위기에 홀딱 넘어가 키키에게 마음을 주었었다. 물론 그때는 키키의 진면모를 알기 전이어서 그랬던 거지만.

그와 반대로 이자나에게는 선천적으로 타고난 섹시함이 있었다.

이자나는 구태여 노력하지 않아도 관능적인 느낌이 온몸에서 흘러나왔단 거다.

이를테면 머리카락을 넘기는 모습마저도 침이 뚝뚝 떨어질 정도로 섹시했으니…….

"……보고 싶…… 아니."

나도 모르게 이자나가 보고 싶다, 라고 얘기하려던 것을 가까스로 멈추었다. 하나 이미 내 말을 들은 하멜이 의문스럽게 물었다.

"보고 싶다고 하셨습니까?"

"아, 아뇨. 나, 나는! 당신의 나른 섹시가 보고 싶다고요. 열심히 노력하면 언젠간 그렇게 되겠죠?"

"글쎄요. 마법보다도 더 어려운 것 같습니다만."

"에이, 할 수 있을 거예요! 약해지지 마요."

"네……."

"그나저나 하멜. 묻고 싶은 게 있어요."

"뭡니까?"

"저 그러니까……."

이자나 폐하가 저를 찾지는 않으시던가요?

그리 묻고 싶었지만, 입술이 잘 떨어지지 않았다. 그렇게 물었다가 하멜이 당연하게 '네.'라고 대답한다면, 너무도 머쓱할 것 같아서.

나는 주춤거렸고, 하멜의 눈은 가느다래졌다.

"폐하를 보고 싶으신 겁니까?"

"……킥!"

어, 어떻게 안 거지?

나는 눈에 띄게 동요했다. 그러자 하멜은 그러면 그렇다는 듯이 고개를 몇 번 끄덕였다.

나는 그에게 삿대질을 하며 물었다.

"당신! 그걸 어떻게 안 거죠?"

하멜은 돌연히 진지한 표정을 지으며 제 입가를 오른손으로 가렸다.

주변에 엿들을 사람이 없음에도 불구하고, 그는 비밀 이야기라도 하는 양 진지한 얼굴을 했다. 그러곤 작은 목소리로 속삭이는 게 아닌가.

"그게 말입니다. 사실은…… 진저 님의 이마에 그렇게 쓰여 있습니다. 이자나 폐하가 보고 싶다고."

"네? 제 이마에요!?"

나는 깜짝 놀라서 두 손을 이마 위에 올렸다. 무의식중에 한 행동이었다.

"……풉, 큭큭."

하멜은 내 모습을 보며 웃음을 터트리기 시작했다. 나는 그제야 하멜이 내게 장난쳤음을 깨달을 수 있었다.

……그래, 이마에 그런 게 쓰여 있을 리가 없잖아.

나는 미간을 찌푸리며 이마에 얹었던 손을 내렸지만, 하멜의 웃음은 멈출 기미가 보이지 않았다.

"그만 웃어요! 그런 장난을 치다니."

하멜은 웃음을 멈추려는 것처럼 헛기침을 두어 번 했다. 하나 그의 얼굴엔 차마 거두어들이지 못한 미소가 만연했을 따름이었다.

하멜은 낮게 깔린 미소를 유지한 채로 나를 쳐다보았다.

비스듬히 기울인 고개. 그 탓에 이마를 덮고 있던 그의 앞머리가 자연스럽게 흘러내려 있었다. 그전엔 잘 보지 못했던 그의 말끔한 눈썹이 보였다.

색이 옅은 눈썹. 부드러운 호선을 그린 눈동자. 이윽고 하멜의 붉은 입술에선 나지막한 목소리가 흘러나오고.

"진저 님. 귀엽습니다."

그 말은 왠지 모르게 내 마음을 두근거리게 만들었다.

하멜이…… 매력적으로 보였다. 그를 만난 이래 처음으로. 잠깐만. 나 지금 가슴이 두근거렸어?

"하, 하멜 브레이! 바로 그거예요!"

나는 그 순간 그것이 나른한 섹시함임을 알 수 있었다. 그의 모습 속에서 이자나의 모습을 얼핏 본 것이다.

나는 물개 박수를 쳤다. 영문 없이 엄청 뿌듯했다.

"네? 그거라뇨?"

"조금 전에 당신이 내비친 모습이 나른한 섹시함이었다고요!"

"조금 전 모습이라……."

그는 제 모습이 어땠는지 모르겠다는 듯이 뒷머리를 긁적였다. 찰나에 내비쳤던 나른한 섹시함은 어디론가 사라진 뒤였다. 나는 그 점이 퍽이나 아쉬웠다.

하멜에게 조금 전과 똑같이 해 보라고 말하려던 찰나였다.

똑똑.

누군가가 내 방문을 두드렸다.

"누구야?"

밖에선 사라의 목소리가 들렸다.

"진저 님. 손님이 찾아오셨습니다."

"손님? 누군데?"

찾아올 사람이 없는데.

하멜이 누구냐는 듯 눈을 동그랗게 뜨고선 나를 보았다. 나는 나도 잘 모르겠다는 듯이 어깨를 으쓱거렸다.

갑작스러운 방문객의 정체는 사라가 알려 주었다.

"레라지에 님이 오셨습니다."

"뭐? 레라지에가 왔다고?"

"네. 어떻게 할까요?"

"잠, 잠깐만!"

레라지에라는 이름에 당황한 것은 나 혼자뿐만이 아니었다. 하멜도 깜짝 놀란 것인지 두 눈을 토끼처럼 뜨고 있었다.

그는 심지어 앉아 있던 몸을 일으켜 발을 동동 굴리기에 이르렀다. 키가 크고 덩치도 큰 하멜이 발을 동동 구르고 있는 모습은 참으로 아이러니했다.

나는 하멜을 감상하는 건 그쯤 두고선, 그에게 작게 속삭였다.

"변신 마법 같은 거 못 해요? 왜, 책에서 보면 마법사들이 동물로 변신하거나, 사물로 변신하잖아요."

하멜은 난색을 표했다.

"변신 마법이라뇨. 저는 그런 마법을 할 수 없습니다. 그런 건 그 속성을 가진 마법사만이 할 수 있는 거라고요."

"그럼 어떡하죠? 당신과 함께 있는 걸 레라지에가 보면 안 될 것 같은데. 당신의 미래 일도 그렇고, 레라지에 그것이 눈치가 얼마나 빠른데요. 우리의 계획이 틀어질 거예요."

"흠⋯⋯."

하멜은 긴 신음을 흘렸다. 나는 버릇처럼 아랫입술을 잘근잘근 깨물며 주위를 훑어봤다.

하멜을 방에 숨겨 버릴까? 어디가 좋지?

어디가……? 까지 생각하던 차에 커다란 옷장이 눈에 띄었다. 저 정도의 크기라면 키가 큰 하멜도 충분히 들어갈 것 같은데.

나는 더 고민하지 않고선 하멜에게 말했다.

"하멜 브레이. 지금 당장 저기로 들어가 줘야겠어요."

하멜의 시선이 내 시선이 닿아 있는 곳으로 옮겨졌다. 한쪽 벽면에 자리한 옷장을 본 하멜의 동공이 미세하게 흔들리기 시작했다.

그는 미세하게 떨리는 목소리로 물었다.

"저, 저기로요?"

하멜의 얼굴이 창백하게 질려 가고 있는 것처럼 보였다.

옷장…… 싫어하는 건가?

하지만 나는 일단 그의 소매를 잡아 옷장까지 그를 끌고 갔다. 하멜은 이렇다 할 저항 없이 옷장 앞까지 끌려왔다. 이내 그의 등을 우악스럽게 밀어, 옷장에 구겨 넣듯이 그를 집어넣었다.

싫다면 그렇다고 말할 법도 한데 하멜은 군말 하나 없이 내가 이끄는 대로 따라 주었다.

괜찮은 걸까?

몸을 잔뜩 구부린 채로 앉아 있는 그의 모습이 안타까워 보였다. 하지만 우리에겐 다른 방법이 없었다.

나는 하멜을 달래듯이 말했다.

"잠깐만 웅크리고 있어요. 내가 레라지에 그것을 금방 쫓아내 버릴 테니까."

그러고선 옷장 문을 닫으려고 했다. 하나 하멜은 그런 내 손길을 처음으로 막아섰다. 하멜의 큰 손이 옷장 문을 단단히 부여잡은 것이다.

바라본 그의 얼굴은 아까 전보다도 훨씬 더 하얗게 질려 있었다. 그의 넓은 어깨마저도 부들부들 떨리고 있었다.

주인 잃은 하얀 강아지 같아. 아니, 강아지라기보다는 곰에 가까운 게 맞겠지만.

"괜찮아요? 정 안 되겠어요?"

하멜이 옷장에 도저히 못 있겠다고 한다면 어떻게 해야 할까. 그는 두 눈을 질끈 감으며 더듬더듬 대답했다.

"제, 제겐 폐소 공포증이 있습니다."

"……네?"

그가 거짓말을 하고 있다는 생각은 들지 않았다. 겁에 질린 듯해 보이는 그의 얼굴이 그 방증이었다.

폐소 공포증이라니. 그럼 어떻게 해야 할까.

어딘가에 갇히는 것을 두려워하는 하멜을, 어두컴컴한 옷장에 가두는 게 과연 옳은 일인가. 잠깐 동안일지라도 말이다. 나는 주저되었다.

옷장 문을 잡고 있던 하멜의 손이 내 손 위에 겹쳐진 것은 그때였다.

그는 옷장 문에 아무렇게나 올려져 있던 내 손등을 부드럽게 감쌌다. 맞닿은 그의 손바닥은 식은땀으로 축축해져 있었다.

하멜은 고백하는 듯한 목소리로 나지막이 읊조렸다.

"무서워……."

'무서워.'

하멜이 남긴 말은 내 귓가에 몇 차례 공명했다.

고백인지 고해일지 모를 그의 말 속엔 짙은 공포심이 배어 있었다. 그를 옷장에 가두는 것이 죄악처럼 느껴질 정도였다.

다른 곳에 숨겨야겠다, 까지 생각했을 때, 그가 내 손 위에 올려놓았던 손을 거두어들였다.

"하지만…… 사안이 사안인지라, 조금 견뎌 보겠습니다."

그의 목소리는 여전히 겁에 잔뜩 질려 있었으나, 그의 눈빛은 제법 선명한 빛을 띠고 있었다. 물러설 여지가 보이지 않는 강경한 눈빛이었다.

"제가 이곳에 있다는 걸 레라지에 님께 들키고 싶지 않을뿐더러, 진저 님을 믿으니까요."

"……."

"당신은 왈가닥이기는 하지만 자신이 한 말은 꼭 지키는 사람이니까."

하멜은 괜찮다는 것을 보여 주려는 듯 작은 미소를 억지로 짓고선, 옷장 문을 닫아 버렸다.

……바보. 그 미소. 전혀 괜찮아 보이지 않았거든.

나는 닫힌 옷장의 문을 몇 초간 응시하다 하멜의 손이 닿았던 내 손등을 내려다보았다.

"나를 믿는다, 라."

오랜만에 들은 말이었다. 나는 성격이 급하고 입이 험해서, 누군가의 믿음을 사기 힘든 편이었으니까.

나를 믿는다는 그의 말에 내 마음이 찡해졌다.

나는 마음을 다잡으며, 결심했다. 레라지에를 얼른 쫓아내자고. 하멜의 가오를 헛되게 만들 수 없었다.

나는 소파에 황급히 앉아 자세를 바르게 한 뒤에 사라에게 말했다.

"사라, 이제 들어오라고 해."

내 허락이 떨어지기 무섭게 레라지에가 방으로 들어섰다. 그녀는 기품 있게 발을 내디디며 내게 가까이 다가왔다. 나를 쳐다보는 레라지에의 얼굴은 지나치게 태연자약했다.

그녀의 평온함은 도리어 나를 불안하게 만들었다. 왜냐면 레라지에가 평온한 얘기를 나누고자 나를 찾아올 이유가 없었기 때문이다.

우리는 용건이 없어도 볼 만큼의 친한 사이가 아니었거니와 친한 사이는 개뿔, 서로를 평생의 숙적이라 여기며 으르렁거리기에 바쁜 사이였다.

고로, 비록 태연한 얼굴을 하고 있지만, 레라지에는 내게 무언가를 따지려고 나를 찾아온 것임이 분명하단 거다.

그녀는 내가 앉아 있던 소파 앞까지 완전히 다가와 걸음을 멈추었다. 그 순간 나는 '그것'을 발견하게 되었다. 그녀의 손에 들린 무언가를.

"······!"

믿을 수 없게도, 그것은 며칠 동안 내 곁을 떠내 있었던 내 책이었다.

'유폐된 왕자와 후작 영애'

그 책이 레라지에의 손에 쥐여 있던 것이다!

잘못 본 것은 아닐까?

잘못 봤기를 바라는 마음으로 눈을 몇 번 감았다 떠 보았다. 그러나 오히려 책의 핑크빛 표지가 좀 더 선명하게 보였을 뿐이었다.

역시나 키키 그 개자식이 내 책을 훔쳐간 거로구나.

이틀 전, 키키를 찾아가 훔쳐 간 책을 내놓으라고 윽박을 질렀지만, 발뺌만 하던 그였다.

키키를 믿을 수 없어 그의 방까지 뒤졌으나 결국 책을 찾지 못한 터였다. 그 책을 레라지에게 냉큼 줬기에 그의 방에 없었던 거구나, 싶었다.

레라지에도 끝내 저 책을 읽게 되다니. 안 되는 놈은 뒤로 자빠져도 코가 깨진다는 말의 의미를 이제야 알 성싶었다.

그녀가 책을 읽었을 가능성은 백 퍼센트에 가까웠다.

레라지에는 책을 읽고선 어떤 생각을 했을까?

일이 복잡하게 꼬인 듯했다. 나는 한숨이 나오려는 것을 가까스로 참으며 날카로운 시선으로 레라지에를 쳐다보았다.

그녀가 조금은 움찔해 주기를 바랐지만, 그것은 나의 바람으로 그칠 뿐이었다. 레라지에는 되레 당당한 태도로 건너편 소파에 앉아 버렸다.

그녀는 쥐고 있던 책을 테이블 위에 올려놓았다. 아니, 던졌다는 게 더 올바른 표현이리라.

나는 애써 침착한 척을 하며 말했다.

"뭐."

아니야. 이렇게 말해서는 안 되는데. 당황한 것 같잖아.

나는 무어라 말을 더 하고 싶었지만 떠오르는 말은 하나도 없었다. 그 책이 등장했을 때부터 내 머릿속은 이미 하얗게 질려 버려서 정상적인 사고를 할 수 없었던 것이다.

"진저 토르테. 이 책을 모르지는 않겠지?"

레라지에는 흔들림 없는 시선으로 나를 응시했다. 나는 대답했다.

"알아. 그거 내 책이거든. 그 책이 보이지 않아서 방에 좀도둑이 들었나 싶었는데……. 네가 가져간 거구나. 좀도둑 짓을 할 철딱서니 없는 나이는 이미 지나간 것 같은데. 그렇지, 레라지에?"

나는 얄미운 미소를 지었다. 기분 나쁘라고 한 말이었으나 레라지에는 전혀 불쾌해하지 않았다.

오히려 내 말이 재미있다는 듯이 나를 따라 미소 지을 따름이었다. 독한 년.

"진저. 좀도둑은 네 애인이란다. 나는 네 약혼자인 키키가 주는 걸 그냥 받았을 뿐이야. 내가 달라는 소리도 하지 않았는데 그가 내게 주던데? 넙죽 주니, 나는 받을 수밖에. 나는 선물에 약하거든."

키키 개자식. 머저리 같은 자식.

용서해 달라고 내게 사정사정할 때는 언제고 뒤에서는 레라지에에게 알랑방귀를 뀌었단 말이지?

키키가 용서를 구하던 모습을 조금이나마, 아마 벼룩의 간만큼 진심으로 믿었던 내가 바보 같았다.

나는 인상이 구겨지려는 걸 가까스로 막아 냈다.

후, 진정해. 진저 토르테. 먼저 화내는 사람이 지는 거야. 절대로 발끈해서는 안 돼.

나는 목소리를 가다듬은 다음, 그녀에게 말했다.

"어머, 레라지에. 너 소식이 조금 늦구나. 키숀 미켈슨 공자님은 이제 내 약혼자가 아니란다. 높으신 분이 나의 약혼을 친히 깨 주시기로 했거든."

"높으신 분? 너 설마 이자나 폐하를 말하는 거니?"

"응, 그래. 이자나 폐하, 그분이 맞아. 폐하께서 나를 얼마나 많이 어여삐 여기시는지…… 약혼을 깨 달라는 내 부탁을 단번에 들어주셨단다."

"……."

"어휴, 말도 마. 내일도 폐하를 만나기로 했다니까. 세상사가 궁금하다나, 뭐라나. 내가 말을 좀 재밌게 하잖니."

레라지에는 거듭 침묵하며 내 말을 듣기만 했다.

"폐하께서는 내 말 한마디에 껌뻑 넘어가. 아주 자지러질 정도로 좋아하신다니까. 하하하."

내 말은 적당한 거짓말과 적당한 진실이 섞인 것이었다.

내일 이자나를 만나기로 한 것은 나 혼자 정한 것이었고, 그가 내 말, 아니 내 속마음에 자지러질 정도로 좋아한 것은 나름 사실이었다.

물론 서로가 받아들인 '좋아한다'는 뜻이 조금 다를 수는 있겠지만 말이다.

어쨌든 이자나가 다른 이보다 나를 더 친밀하게 여기는 건 분명했다. 사실 나는 그렇게 믿고 싶었다.

한참을 침묵하던 레라지에가 제 입술을 천천히 떼어 냈다.

"이봐, 솔직하게 털어놓지 그래? 네가 저 책을 이용해서 폐하의 관심을 산 거 다 알아. 폐하 때문에 내 목걸이를 뺏으려 했다는 것도 알아차렸고. 어디 그뿐인 줄 아니?"

"뭐, 뭐! 뭘 더 아는데?"

"진저 네가 폐하께 나에 대한 이상한 소리를 한 것도 알고 있어."

내가 제게 의심의 덫을 씌운 일을 알고 있다고? 나는 당황했지만 티 내지 않으며 대답했다.

"그게 무슨 소리니? 네가 무슨 말을 하는지 하나도 모르겠다!"

레라지에는 대답 대신 가느다란 미소를 지었다. 왠지 등골이 서늘해지는 미소였다.

"레라지에 너 설마, 저 책의 내용이 현실의 것이라 믿고 그런 말을 하는 거야? 내가 책의 내용을 믿고서 네 목걸이를 훔치려고 한 거다?"

"응."

"아니야! 나는 그렇게 단순하지 않아. 소설 속 내용이 어떻게 현실이 될 수 있겠어. 너 생각보다 굉장한 상상력을 가지고 있구나."

내심 찔렸다. 나는 책의 내용이 현실의 것이라 믿고 있었기 때문이다. 레라지에와 대화를 나누게 되면 늘 이런 식이었다. 항상 그녀에게 말려든다고 해야 하나.

나는 대화는 이쯤에서 그만두고 얼른 레라지에를 쫓아내 버려야겠다고 생각했다. 나는 옷장을 슬쩍 보며, 어두운 공간에 혼자 남겨져 바들바들 떨고 있을 하멜마저도 떠올렸다.

그는 왜 그답지 않게 폐소 공포증을 가지고 있는 걸까.

처음 본 날 느꼈던 그의 날카로움과는 어울리지 않는 공포증이라는 생각이 들었다.

그사이, 레라지에의 목소리가 다시금 울렸다.

"물론 나도 이 책의 내용이 현실의 것이라 죄다 믿지 않아. 하지만 책의 내용과는 별개로, 내가 직접 겪은 일은 믿고 있어."

"그게 뭔데?"

"내 붉은 목걸이의 존재 이유, 이자나 폐하의 이능. 그것들은 실제로 존재하는 것이니까. 너는 책을 통해서 알게 된 사실이겠지만 말이야."

"……."

나는 할 말을 잃고선 그녀의 붉은 눈동자만을 뚫어져라 쳐다보았다.

레라지에는 여전히 여유만만했다. 그녀는 제가 알고 있는 사실을 확신하는 듯해 보였다. 작은 의심조차도 없이.

대답하지 못하는 나를 보며, 레라지에는 기뻐했다.

"오. 당황했구나, 진저. 나는 폐하께서 나를 따로 불렀을 때부터 그의 이능에 대해 짐작하고 있었어."

"당, 당황은 개뿔! 네가 그걸 어떻게 알았는데?"

"내가 말해 줘도 너는 모르는 사람이야. 그 사람이 내게 가르쳐 줬어. 그의 이능을 조심해야 한다고."

이전에 이자나가 자신의 궁금증을 풀기 위해 레라지에를 만났다고 했었다.

이자나는 제가 레라지에와 무슨 이야기를 나누었는지는 알려 주지 않았다. 하나 나는 그녀가 그의 이능을 안 날이 그날임을 어렵지 않게 짐작할 수 있었다.

그리고 이자나의 이능을 레라지에에게 알려 줬을 사람이라면……. 하멜 브레이?

그가 레라지에에게 미리 경고라도 했던 걸까. 그녀의 죽음을 막기 위해서, 하멜은 어떤 노력까지 한 걸까?

"그래서 하고 싶은 말이 뭔데? 내 책을 돌려주려고 온 거야?"

"나는 너에게 경고하러 왔어."

"경고? 네가?"

"그래."

레라지에는 매서운 눈빛으로 나를 쏘아보며, 조금 흘러내린 머리카락을 멋지게 쓸어 넘겼다. 그러고선 기세등등하게 말한다. 아주 도전적인 말이었다.

"단도직입적으로 얘기할게. 나는 이자나 폐하에게 관심이 있어. 그를 좀 더 알고 싶다는 생각이 들어. 그건 연회장에서 그를 처음 보았을 때도 그렇게 느꼈고, 그가 할아버지의 저주를 받았다는 이야기를 들었을 때도 그렇게 느꼈어."

"……뭐, 뭐?"

"진저 토르테. 너도 폐하에게 관심이 있다는 걸 알아. 나는 지금 네게 닿아 있는 폐하의 관심을 다시 나에게 향하게 만들 거야."

그것은 선전포고였다. 치열한 치정의 서막을 알리는 그런 말.

레라지에의 말에 겁먹었냐고 묻는다면, 당연히 아니라고 대답해 줄 수 있었다. 남자 하나를 두고 그녀와 싸웠던 적은 한두 번이 아니었으니까.

"허! 네가 그럴 수 있을 것 같아? 폐하와 나는 이미 각별한 사이가 되고 있는 중이라고."

"거짓말. 그럴 리가 없잖아."

"아니, 폐하께서는 내게 관심이 있다고 고백하기도 했는걸."

물론 자신이 만나 본 사람 중에 제일 특이해서 관심이 있다고 한 것이지만…….

관심이라는 말에 레라지에의 표정이 처음으로 흔들렸다.

좋아, 이 기세를 몰아 그녀의 포커페이스를 더더욱 무너뜨리자.

"나는 폐하의 손도 여러 번 잡아 봤어. 촉감이 훌륭한 손이었지."

"……말도 안 돼."

"얼레? 레라지에, 벌써부터 놀라면 안 되는데. 네가 깜짝 놀랄 사실이 하나 더 있거든."

"뭔데?"

"들으면 깜짝 놀랄걸?"

"그러니까 뭐냐고!"

레라지에는 빽 소리쳤다. 감정이 고조된 것임이 틀림없었다. 나는 승자의 미소를 지으며 그녀에게 대답했다. 레라지에 특유의 차분한 어투를 따라 하면서.

"나는 폐하의 허벅지도 만졌어."

"……! 허, 허벅…… 뭐?"

거짓말은 아니었다. 물론 내가 얼떨결에 만진 것이지만. 흐흥.

얼빠진 레라지에는 입술을 약간 벌렸다. 나는 웃음을 터뜨리고만 싶었다.

그렇게 그녀를 좀 더 약 올리려던 찰나, 옷장 문이 열리는 소리가 들렸다. 거의 동시에 쿵! 하는 둔탁한 소리도 메아리쳤다.

둔탁한 소리를 낸 장본인은 옷장 안에 숨어 있던 하멜이었다. 그가 쓰러지듯이 마룻바닥에 곤두박질친 것이다.

옷장에서 떨어진 하멜은, 바닥에 무릎을 꿇은 채로 주저앉았다. 고개를 푹 숙이고 있는 탓에 그의 얼굴이 제대로 보이지 않았다.

"저, 저건 또 뭐야!"

옷장 안에서 남자 하나가 튀어나오자 레라지에는 기겁했다. 물론 나도 잠깐 놀라기는 했지만, 레라지에보다 훨씬 더 빨리 정신을 차렸다.

나는 앉았던 놈을 벌떡 일으켜 하멜에게 다가갔다.

그가 내 방에 있었다는 사실을 레라지에에게 들킨 일보다도 그의 상태가 더욱 신경 쓰였다. 고개를 푹 숙인 그는, 설핏 보아도 상태가 좋지 않아 보였다.

나는 하멜의 앞까지 다가가, 그의 앞에 무릎을 꿇고 앉았다. 그러곤 두 손을 뻗어 그의 양 뺨을 조심스럽게 감싸 안았다.

나는 하멜의 얼굴을 들어 올렸다.

하멜은 이번에도 이렇다 할 저항 없이 내가 이끄는 대로 제 고개를 들었다. 이내 마주하게 된 그의 얼굴을 보자 내 마음이 너무도 쓰라렸다.

"세상에나……."

하멜의 잿빛 눈동자에는 눈물이 그득하게 맺힌 채였다. 그 까닭에 그가 쓰고 있던 안경알에는 뿌연 김이 서려 있었다.

얼굴은 완전히 하얗게 질려 있었고 입술은 파랗게 물들어 가는 중이었다. 그는 킁, 하는 소리와 함께 콧물을 삼켜 냈다.

나는 정말로 할 말이 없었다. 어째서 이런 상태가 될 때까지 옷장에 숨어 있었던 거야.

미안했고, 안쓰러웠고, 죄책감도 들었다.

"이렇게 될 때까지 왜 미련하게 버텼던 거예요!"

나는 다그치듯이 그에게 말했다.

따뜻한 말을 건네주고 싶었지만 이런 상태가 될 때까지 자기 자신을 방치한 하멜을 다그치고 싶기도 했으니까.

죽을 것 같으면 나왔어야지, 죽을 때까지 버티면 어쩌자는 건데. 레라지에가 뭐라고. 그녀를 사랑하는 건 아니라며…….

그는 진정 나와 함께 있는 모습을 레라지에에게 들키기 싫었던 게 아닐까?

하지만 레라지에는 이자나에게 관심을 가지게 되었는데…… 가없은 하멜 브레이.

나는 그의 안경을 벗겨, 눈물로 얼룩진 그의 눈가를 닦아 주었다. 엄청 큰 남자의 눈물을 닦아 준 건 태어난 이래로 처음이었다.

"흐윽…… 그러니까…… 너무 무서워서."

하멜은 마음이 진정되지 않는 것인지 제대로 말을 잇지 못했다. 그는 다시금 쿵, 하고 콧물을 삼킨 후에야 말을 내뱉을 수 있었다. 내게만 들릴 정도의 아주 작은 목소리였다.

"저는 이제…… 끝났습니다……."

"끝나다니요?"

"……나른한 섹시미…… 흐윽."

하멜은 우는 소리를 내며 고개를 또다시 푹 숙였다.

나는 부르르 떨고 있는 그의 어깨를 감싸 주며, 그에게서 잔인하게 떠나간 나른한 섹시미의 증발을 함께 슬퍼했다.

당신의 나른한 섹시함에 애도를 표하며. 아멘.

눈물을 흘리는 얼굴과 섹시는, 둘 사이에 괴리감이 너무도 컸으니까.

하멜은 내 어깨에 제 얼굴을 완전히 묻었다. 얼마나 무서웠을까.

폐소 공포증이라는 걸 겪어 본 적이 없었던 터라, 나는 그의 무서움을 온전히 이해할 수 없었다. 하지만 다 큰 성인 남자가 눈물을 흘릴 정도라면, 그것은 내 상상 이상의 큰 공포였음이 분명했다.

그 순간, 그를 위해 무언가를 해야겠다는 아주 강력한 사명감이 들었다.

나는 어떤 방법을 써서라도 우는 그의 모습을 레라지에에게 절대로 보이지 말아야겠다고 생각했다. 레라지에가 아직까진 그를 알아보지 못한 것 같았기 때문이다.

그것이 지금 내가 그에게 해 줄 수 있는 최선이었다.

나는 내 어깨에 얼굴을 묻고 있는 그를 조금 밀쳐 냈다. 하멜은 뒤로 밀려났고, 나는 그의 귓가에 작게 속삭였다.

"괜찮아요. 나만 믿어요."

"……."

"나는 당신이 믿는 진저 토르테니까요."

나는 무릎을 꿇고 있던 몸을 일으켜 내 등 뒤로 하멜을 숨겼다. 물론 커다란 하멜을 모두 숨길 수 있었던 건 아니지만, 울음의 기운이 가득한 그의 얼굴만큼은 완전히 감출 수 있었다.

나는 레라지에를 바라보았다. 그녀는 상황을 파악하지 못한 듯 여전히 놀란 표정을 짓고 있었다.

"레라지에. 오늘 우리의 만남은 이만 파하도록 하지. 네가 봤다시피, 실은 먼저 온 손님이 있었거든."

"……뭐? 이게 무슨 말도 안 되는 상황인 거니?"

"말도 안 되는 상황이라고 생각하겠지만 약속도 없이 대뜸 찾아온 건 레라지에 너니까. 지금 당장 내 방에서 나가 줬으면 좋겠어."

레라지에는 대답 대신 인상을 굳혔다. 그러고선 내 등 뒤에 있는 남자를 보려고 애썼다.

나는 그녀가 하멜을 보지 못하게 드레스를 두 손으로 잡아 부채꼴처럼 넓게 벌려 버렸다.

"어쭈. 내 손님을 누구 마음대로 보려고?"

나는 레라지에를 위협했다. 그녀가 위협당한 기분을 느낄지는 모르겠지만 말이다.

"허! 어이가 없어서 말이 안 나온다. 도대체가……. 너는 한 번씩 이해되지 않는 구석이 있어. 아무리 이해하려고 노력해도, 네 행동을 도저히 이해할 수가 없다."

"네 이해를 바라지 않아."

"그래, 좋아. 널 이해하지 않을 거고, 네 말대로 약속 없이 찾아온 거는 나니까 이만 가 볼게. 어차피 네게 하고 싶은 말도 다 했거든."

"당장 꺼져 버려."

레라지에는 우아하게 일어나 앉음에 구겨진 드레스를 손으로 정리했다. 그러고선 들어왔을 때와 다름없이 기품 있게 걸어가기 시작했다.

나는 레라지에의 움직임에 따라 부채꼴로 벌린 드레스의 위치를 조정하며 하멜을 철저히 보호했다. 그런 내 노력이 애석하게, 레라지에는 우리 쪽은 쳐다보지도 않았다.

이윽고 방문을 반쯤 연 레라지에가 그제야 나를 향해 뒤돌아봤다.

"진저. 하멜 브레이랑 꽤 친한가 보다. 다음엔 셋이서 같이 보는 것도 나쁘지 않겠어."

"……!"

어, 어떻게 하멜 브레이인 걸 알아차린 거지?

레라지에는 제 할 말만 하고선 방을 나가 버렸다. 나는 완전히 닫힌 방문에서 눈을 떼지 못했다.

……망했다. 우는 남자가 하멜 브레이인 것을 숨기려고 했는데. 뱀 같은 년. 그길 또 이렇게 알아냈데.

나는 하멜에게 뭐라고 해 주어야 할지 가늠이 되지 않아, 그와 마주하는 게 망설여졌다.

내가 주춤하던 사이, 석고대죄라도 하는 양 무릎을 꿇고 있던 하멜이 제 몸을 천천히 일으켰다.

"휴우. 이제야 좀 괜찮아졌습니다."

죄인이 된 것 같은 기분이 자꾸만 들었다. 나는 앞을 본 채로 그에게 대답했다.

"미안해요. 나만 믿으라고 했는데, 도움이 하나도 되지 못했네요."

"괜찮습니다. 결과가 어떻게 되었든, 옷장에서 버텨 보겠다고 한 것은 저였습니다. 고작 그 정도도 버티지 못한 제가 한심할 따름이죠."

"……"

"진저 님. 그래서 언제까지 앞만 보고 계실 겁니까? 저를 보지 않으시려고요?"

하멜은 내가 저를 쳐다보지 않는 이유가 알 만하다는 듯이 말했다. 나는 어쩔 수 없이 천천히 뒤돌아섰다.

우리는 마주하게 되었고, 나는 하멜의 얼굴을 빤히 올려다보았다.

다행히도 그의 눈물은 멎어 있었다. 하나 얼마나 운 것인지 그의 눈동자 언저리가 빨갛게 물들어 있었다.

하멜은 허리를 굽혀 내가 마룻바닥에 아무렇게 올려 둔 제 안경을 집어 들었다. 그는 그것을 똑바로 고쳐 쓰며 내게 물음을 건네었다.

"저…… 그런데 진저 님. 제가 아까는 너무 당황하고 경황이 없어서 제대로 물어보지 못했는데. 저는 왜 숨어 있어야 했던 것입니까?"

"아, 그건 말이죠. 당신이 곧 사랑하게 될 레라지에 앞에서 저희

둘이 함께 있는 걸 보이는 건, 좀 그렇잖아요."

"……"

"당신도 저와 똑같이 생각해서, 옷장 안에서 버티고 있었던 게 아닌가요?"

하멜은 고개를 좌우로 내저었다.

"아닙니다."

"네?"

그럼 왜 그 속에서 두려움을 감내하며 버텼던 거야?

나는 하멜을 좀처럼 이해할 수 없었다.

하멜은 붉어진 제 코끝을 손으로 문지르며 대답했다. 좀 부끄러워하는 듯한 모습이었다.

"진저 님이 그러라고 했으니까. 당신이 그러기를 바랐으니까."

오묘한 대답이라고, 나는 생각했다.

울음 때문에 붉어진 하멜의 눈초리가 어째 그윽한 빛을 띠는 것 같은 착각이 일었다.

하멜은 대답 없는 나를 보채지 않았다. 그저 바짝 마른 입술 위를 혀끝으로 두어 번 쓸었을 뿐이다.

나는 그의 모습에 시선을 빼앗겼다. 왜냐면 그것은 내가 뒤바뀌기를 바랐던 그의 모습, 즉 나른하고 섹시한 모습이었으니까.

나는 괜스레 이상한 기분이 들어 말을 돌렸다.

"하, 하멜! 저를 잘 믿었어요. 비록 레라지에가 당신이 누군지 알아차렸지만, 걱정하지 마세요! 제겐 플랜 비가 있으니까요."

"플랜 비? 그게 뭡니까?"

플랜 비라는 내 말에 하멜의 표정이 밝아졌다. 그는 내게 막연한 기대를 한 것 같았다. 안타깝게도, 내가 할 수 있는 대답은 하나였다.

"지금부터 당신과 함께 생각할 예정이에요. 하하."

"……."

웃으라고 한 말이었는데, 우리 사이엔 싸한 침묵이 맴돌았다. 하멜의 얼굴이 다시금 딱딱하게 굳어 갔다. 그러다 그는 후, 하는 기다란 한숨을 내쉬었다.

"오래전에 돌아가신 어머니가 이토록 보고 싶은 날은 오늘이 처음입니다. 하……."

미안, 하멜 브레이. 그래도 당신과 레라지에를 이어 주고 싶다는 마음은 진심이야.

나는 대답 대신 미안한 미소를 계속 지었다.

웃는 얼굴에 침 못 뱉는다고 이내 하멜도 내 미소를 따라 헛웃음을 흘렸다.

"진저 님에게는 정말로 못 당하겠습니다. 저는 타인의 과거와 미래를 볼 수 있지만 이렇게까지 행동을 예측할 수 없는 사람은 당신이 처음입니다."

"제가 좀 예측 불가이긴 하죠."

"칭찬 아닙니다."

"……네."

그냥 칭찬이라 해 주면 안 되는 거야?

"그건 그렇다 치고, 아까 전에는 감동…… 받았습니다."

"감동이요? 언제요?"

"그러니까, 드레스를 옆으로 넓게 펴서 저를 가려 주려고 하셨던 행동이, 꽤……."

"꽤?"

하멜이 말끝을 흐렸다. 그는 붉어진 콧등을 또다시 문지르며 내게 향했던 시선을 다른 곳으로 옮겼다.

머지않아 그가 이어서 말했다.

"……귀여웠습니다."

"……."

"진저 님은 보면 볼수록 귀여우신 것 같습니다."

또다, 또. 나보고 또 귀엽대. 하멜 너, 레라지에가 아니라 내게 반하게 되는 거 아니야?

그것은 말도 안 되는 생각이었다.

"제가 한 귀여움 하죠."

내가 그리 대답하자 하멜은 킥킥거렸다. 웃으라고 한 소리가 아니라 진심이었는데 말이지.

하지만 하멜이 다시 웃어서 다행이라는 생각이 들었다.

그는 웃음기가 밴 목소리로 내게 말했다.

"칭찬 아닙니다."

나는 조금 전처럼 "……네."라고밖에 대답할 수 없었다.

* * *

한바탕 소란이 지나간 다음, 우리는 소파에 마주 보고 앉아 뜨거운 차를 마셨다.

바라본 하멜의 얼굴엔 울음의 기운은 완전히 사라져 있었다. 나는 그 점이 다행이라고 생각했다.

하멜은 차를 한 모금 마신 뒤에 먼저 말을 꺼내었다.

"이제 어떻게 해야 좋을까요?"

"글쎄요. 혹시 어떤 미래를 보지는 않았나요?"

"전혀 보지 못했습니다. 그저 눈앞의 현실이 캄캄할 뿐……."

하멜은 말끝을 흐리며 씁쓸한 미소를 지었다.

그의 씁쓸한 미소를 보고 있자니 마음이 좋지 않았다.

"캄캄하지 않아요! 다시 잘 풀어 나가면 돼요! 레라지에 고것이 당신을 바로 알아보다니…… 나른한 섹시함은 이미 사망했지만, 하멜은 그것 빼고도 꽤 괜찮은 남자니까."

"……하지만 레라지에 님이 좋아하는 남자는 나른한 섹시함을 갖춘 남자겠죠."

"하, 하멜!"

그렇게 말하니까 미안해서 미칠 것 같잖아.

나는 어쩔 줄 모르겠다는 듯이 안절부절못했다. 그러자 하멜은 부드러운 미소를 지었다.

"장난이었습니다. 진저 님의 말대로 저는 나른한 섹시가 없어도 꽤 괜찮은 남자니까요."

"장난 두 번 쳤다가는 제 심장이 남아나질 않겠어요."

"하하하. 그런데 말입니다. 저도 궁금한 게 하나 생겼습니다."

하멜이 궁금해하는 것이라. 그것은 무엇일까?

"옷장에서 우연히 들었는데, 어째서 레라지에 님의 손에 제 책이 있는 것입니까?"

아…… 그 책.

나는 골치 아픈 일을 들은 듯 관자놀이를 꾹 눌렀다.

"설명하자면 꽤 기니까, 사실만 짧게 말씀드릴게요. 제 방에 있던 책을 키키가 훔쳐 갔고, 키키가 레라지에게 책을 줬나 봐요. 망할 것들. 참고로 키키는 제 전 약혼자예요."

나는 키키의 얼굴을 떠올리며 주먹을 세게 쥐었다가 폈다. 다음에 만난다면 결단코 가만두지 않을 거야.

"아하! 그때 그래서 이자나 폐하께 직접 쓰신 책을 가져가셨던 거군요."

"그럼 내가 왜 그런 짓을 했겠어요."

"저는 일부러 그러신 줄 알고……."

"그런 걸 일부러 할 리가 없잖아요!"

나는 억울하다는 듯이 소리쳤다.

이전 날 하멜에게 맡겨 두었던 내가 쓴 책은 며칠 전에 그에게 받아, 책장에 고이 꽂아 둔 후였다. 그 책이 책장에서 뽑힐 일은 절대 없을 것이다.

"그럼 레라지에 님도 책을 끝까지 읽었겠군요. 그 말인즉슨 이자나 폐하를 사랑하게 되면, 자신의 말로가 무엇일지 아셨을 것이고."

하멜이 눈썹을 조금 일그러뜨렸다.

"하지만 레라지에는 책의 내용을 모두 믿는 것처럼 보이지 않았어요."

"그래도 반 정도는 믿고 계실 겁니다. 설령 책의 내용을 아예 믿지 않는다고 할지라도, 본인이 죽는 부분을 읽었을 땐 큰 충격을 받으셨겠죠."

하멜의 말이 맞았다. 실제 이야기가 아니라고 해도, 내가 죽는 소설을 읽는다면 아주 끔찍할 것 같았다.

자신의 죽음을 목도한 기분이란. 이상야릇한 소름 끼침이 온몸에 퍼져 갔다.

"그 독한 것이 그럼에도 이자나 폐하의 관심을 받고 싶다고 했어요. 왠지 모르게 무언가 믿는 구석이 있는 것처럼 보이기도 했단 말이죠."

나는 지나칠 정도로 당당했던 레라지에를 떠올렸다.

그녀는 내가 모르는 어떤 사실을 알고 있는 걸까?

하멜은 내 말에 대해서 곰곰이 생각하더니, 머지않아 제 무릎을 탁 치며 대답했다.

"믿는 구석이라…… 아!"

"무언가 짚이는 구석이 있나요?"

"흠, 그게 말입니다."

"미래나 과거를 본 건가요?"

"아니요. 현자의 눈으로 무언가를 본 건 아니지만, 레라지에 님이 뭘 믿고 그러시는지 대충 알 것 같아서 말입니다."

나는 하멜의 말이 끝나기 무섭게 그에게 대답을 요구했다.

"그게 뭔데요?"

하멜은 누군가의 이름을 읊조렸다.

"게슈트."

"게슈트라면 레라지에의 할아버지이자, 당신의 스승님?"

"그렇습니다. 진저 님께는 말씀드리지 않았지만, 게슈트 님의 마법 속성은 '저주'입니다."

"저주? 이자나 폐하가 받았다던 그 저주요?"

내가 그렇게 묻자 하멜은 고개를 옅게 끄덕였다.

"네. 무릇 저주란 풀지 못하는 문제가 아닙니다. 저주를 걸 수 있다면, 필시 풀 수도 있다는 말입니다."

'유폐된 왕자와 후작 영애'에는 이자나의 저주를 푸는 방법은 나와 있지 않았다. 더해, 저주에 관한 상세한 내용도 없었던 것 같다.

나는 그 저주가 자못 궁금해졌다.

"그러니까, 레라지에가 이자나 폐하의 저주를 풀 수 있는 방법을 알고서 그렇게 당당하게 굴었다는 건가요?"

이자나를 평생 힘들게 한 저주를 레라지에가 풀어 준다면, 이자나가 그녀를 호의적으로 여길 게 분명했다.

하지만 위험 부담이 있어 보이기도 했다. 저주를 푸는 것에 해답을 준다 하더라도, 레라지에는 이자나를 불행하게 만든 장본인인 게슈트의 손녀였다.

원수의 자손을 이자나가 사랑할 수 있을까? 레라지에는 그런 사실을 초월할 만큼 이자나를 유혹할 자신이 있다는 걸까?

레라지에는 나를 이해할 수 없다고 했지만, 나도 레라지에가 이해되지 않았다.

"확실하지는 않지만 그런 생각이 드는군요."

"그럼 하멜도 그의 제자였으니까 저주를 푸는 법을 알고 있나요?"

"저는……."

그는 진지하게 나를 보았다. 그러자 분위기가 급변했다. 우리 사이엔 제법 무거운 공기가 맴돌기 시작했다.

괜스레 긴장이 되어 입안이 바싹 말라 갔다. 나는 마른침을 삼키며 하멜의 말을 기다렸다.

이윽고 그의 입술이 열렸다.

"모릅니다."

"……컥."

비밀스러운 무언가를 말할 것 같은 분위기를 자아냈던 주제에, 하멜은 모른다는 대답을 너무도 자연스레 내뱉어 버렸다.

나는 어이가 없었다.

"모른다면서, 왜 그렇게 진지한 표정을 짓고 있는 거예요?"

내가 이해할 수 없다는 듯이 말하자, 그는 또다시 진지하게 대답했다.

"진지하게 모르기 때문입니다."

"……."

……하. 내가 졌다.

하멜 브레이는 내게 못 당하겠다고 했지만, 이번에 그에게 두 손 두 발 다 든 것은 나였다.

* * *

그날 이후, 이틀 동안 도서관에서 거의 사는 듯이 했다.

목표는 단 하나. 이자나가 받은 저주에 대한 정보를 찾아보기 위해서였다.

나는 마법과 저주에 관해선 문외한이었다. 나와는 전혀 상관없는 논제였기 때문이다. 하나 그 논제는 지금, 나와 너무도 밀접한 관계가 생겨 버렸다.

나는 온갖 서적을 뒤져 가며 저주에 대한 것을 찾아보았으나, 내가 원하는 정보를 찾을 수 없었다.

나는 불안했다.

내가 고군분투하는 사이, 레라지에가 이자나에게 찾아가 저주의 해법을 먼저 말해 주는 건 아닐까 해서. 그래서 이자나가 레라지에에게 관심을 가지게 되면 어떡하나 싶어서.

극심한 불안감을 해소하기 위한 방법은 이자나를 보는 것이었다. 그의 잘생긴 얼굴을 본다면 이깟 불안감 따위는 금세 사라져 버릴 텐데…….

이자나를 보지 못한 지 벌써 일주일이나 흘렀다.

그는 왜 나를 찾지 않는 걸까? 책에 대한 비밀을 모두 알려 주었기에, 나에 대한 관심이 모두 사라져 버린 걸까?

그가 내게 가졌던 옅은 관심이 모두 증발했을 거라 생각하자 눈앞이 깜깜해지는 것 같았다. 며칠 전, 하멜이 말한 눈앞이 깜깜해진다는 게 어떤 느낌인지 이제야 공감할 수 있었다.

"하아."

맑은 오전, 나는 침대에 아무렇게나 누워 버렸다.

오늘은 도서관이나 서점에 가지 않을 생각이었다. 지치기도 하고, 가도 별다른 소득이 없을 것 같기도 하고, 이자나가 보고 싶기도 하고.

"그냥 무작정 찾아가 볼까?"

못 찾아갈 이유는 없지. 이유는 나중에 만들어 내면 그만일 테고.

그때, 정말 마법 같은 일이 벌어졌다.

"진저 님, 궁에서 사람이 찾아왔어요!"

바라던 일이 이뤄질 확률은 얼마나 되는 걸까. 마법처럼 일어난 일을 좀처럼 믿을 수 없었다.

하나 언제까지 넋 놓고 있을 수만은 없는 일. 나는 무기력하게 누워 있던 몸을 일으켜 나갈 준비를 급하게 했다. 옅은 화장도 하고, 내가 가진 드레스 중에 제일 예쁜 것으로도 갈아입었다.

신난 척 보이지 말아야지, 라고 다짐했지만 현관문을 나서는 발걸음이 점점 더 빨라졌다. 그러다 이내 잰걸음이 되어 버리고야 말았다.

정원 한편에 정차된 마차 앞에는 언제나처럼 하멜이 나를 기다리고 있었다. 그는 경보에 가까운 내 걸음걸이를 보고선 "풉." 하는 이상한 소리를 냈다.

"……."

나는 그제야 기품 있게 걸어갔다.

교양 있게 걸을 수 있는 거리가 두어 걸음 정도밖에 되지 않아 애석할 따름이었다. 제길.

나는 이틀 만에 보는 하멜에게 반갑게 인사했다.

"하멜. 안녕하세요. 오늘따라 당신이 더욱 반갑게 느껴지네요."

하멜은 쿡쿡 웃으면서 대답했다.

"그렇게 좋으신 겁니까?"

"뭐가요?"

"이자나 폐하 말입니다."

"아, 아니! 폐하가 좋다기보다는…… 나는…… 궁이 좋아요. 아름다운 그곳에 가고 싶었답니다."

"미심쩍군요."

"언제는 저를 믿는다면서요."

"암요. 믿습니다. 그럼 마차에 타시는 걸 도와 드리겠습니다."

……아무래도 안 믿는 것 같은데 말이지.

나는 하멜의 에스코트를 받아 마차에 올라탔다. 하멜마저도 마차에 올라타자 마차가 궁으로 향하기 시작했다.

"하멜. 폐하께서 저를 찾으셨나요?"

나는 뒤늦게 하멜이 후작저를 방문한 이유를 물어보았다.

"그렇습니다. 모셔 오라고 하셨기에 제가 온 것입니다."

"무슨 일이 있으신 건 아니죠?"

"아직까진 아무 일도 없습니다."

오호라, 그렇단 말이지? 이자나는 나를 왜 찾은 걸까.

이자나를 잠깐 동안 떠올렸음에도 불구하고, 내 심장이 조금씩 두근거리기 시작했다. 그것은 내 통제력 밖의 일이었다.

"그건 그렇고, 저주에 대한 것은 알아봤나요?"

이틀 전, 우리는 헤어지며 각자가 해야 할 일을 정했었다.

하멜은 게슈트의 저주 능력에 관한 것을 알아 오기로 했고, 나는 하멜이 레라지에게 어필할 수 있는 플랜 비를 생각해 오기로 했다.

그러나 나는, 플랜 비를 제대로 계획하지 못한 채로 저주에 대한 것만 주구장창 알아본 터였다.

그 독한 것의 마음을 꼬드길 방법을 생각하는 일만큼 기분 더러운 일이 없었기 때문이다. 그것은 하멜을 도와주고 싶은 마음과는 별개인 일이었다.

이런 내 사정을 모를 하멜은 심각한 표정으로 고개를 내저었다.

"마법사들은 각자가 가진 고유 능력에 대해서 타인에게 잘 말하지 않습니다. 제가 스승님에게 가르침을 받은 것은 기초적인 마법과 그에 대한 상식들뿐. 자신의 능력을 개발하고 승신시키는 건 오로지 개인의 몫이죠."

"네."

"그래서 제 나름대로 게슈트 님의 저주에 대해서 알아보기는 했지만, 정보가 될 만한 것은 없었습니다."

"그렇군요. 금방 알아낼 줄 알았는데……."

"걱정 마십시오. 차도가 전혀 없는 것은 아니니까요. 진저 님은 플랜 비에 대한 것들을 생각해 보셨습니까?"

생각 못 했다고 대답한다면 하멜에게 욕을 먹을 게 분명했다. 나는 비장한 표정을 짓고선, 그에게 대답했다.

"당연하죠! 하멜 당신은 걱정하지 마세요. 내게 다 방법이 있으니까! 하지만 아직은 구상 단계라서 말해 줄 수 없어요. 며칠 뒤에 나를 다시 찾아와요. 그땐 모든 플랜이 완성되어 있을 테니까."

나는 오른쪽 눈을 찡긋거리며 하멜에게 확신을 주었다. 하멜은 내 말을 온전히 믿은 것인지 기쁜 미소를 짓기만 했다.

왠지 미안하네. 쩝.

기대하는 그의 모습을 보며, 나는 플랜 비를 정말 진지하게 떠올려 보아야겠다고 다짐했다.

* * *

마차가 이번에 멈춘 곳은 궁의 정원이 아니었다. 처음으로 왕궁 안에서 마차가 멈춘 것이다.

이자나가 오늘은 정원에 있지 않은 건가. 나는 그리 생각하며 앞서가는 하멜의 뒤를 조용히 따랐다.

하멜은 복잡해 보이는 궁성을 익숙한 걸음으로 거닐었다. 그가 걸어갈 때마다 간간이 마주친 사용인들이 그에게 인사를 하기도 했다.

나는 그가 이자나의 보좌관이라는 사실을 새삼 통감했다. 허술하고 잘 울어서, 그에게 보란 듯한 직책이 있다는 사실을 종종 까먹곤 했다.

그렇게 얼마나 걸었을까. 하멜의 걸음이 멈춰졌다. 내겐 익숙하지 않은 곳에서였다.

그는 뒤돌아서서 나를 물끄러미 바라보았다.

"……?"

말은 건네어지지 않았다. 그는 그저 허공에 손을 휘저어 이전 날 보았던 금빛 팔찌를 만들어 냈을 따름이었다.

그것은 이자나 앞에서 '하멜 브레이'라는 사람이 생각나지 않게 만드는 팔찌였다.

"오늘도 그걸 껴야 하나요?"

하멜은 고개를 끄덕였다.

"그렇습니다. 역시나 이자나 폐하께서 제 정체를 알지 못하는 게 나을 듯하여."

나는 별다른 저항 없이 그에게 손목을 내밀었다. 구태여 이자나에게 무언가를 설명해야 할 상황을 만들고 싶지 않았다.

더군다나 이자나가 하멜까지 알아 버리면 일이 복잡해질 게 틀림없었다. 아마 머리가 지끈거릴 정도로 복잡해지지 않을까. 내 상황은 지금도 충분히 복잡했다.

하멜은 내 손목에 팔찌를 채워 주었다. 그는 만족스러운 미소를 짓더니, 제 앞에 있던 방의 문을 두어 번 노크했다.

똑똑.

"이자나 폐하. 진저 님께서 오셨습니다."

이자나를 만나기 전, 나는 옷가지를 빠르게 정리했다.

드레스를 조금 내려 육감적인 내 몸매를 잘 보이게 만들까? 아냐, 그럼 이자나가 나를 정말 방탕한 여자로 생각할지도 몰라.

나는 조금 내렸던 드레스 앞섶을 다시 올리며, 몇 번의 헛기침으로 목소리를 가다듬었다.

하지만 몇 분이 흘렀음에도 불구하고 돌아오는 대답이 없었다. 라라는 다시금 노크했다.

"폐하? 라키샨입니다."

그러나 이번에도 아무런 응답이 돌아오지 않았다.

라라가 방문을 조심스럽게 열어 안쪽을 들여다보았다. 방 안을 훑어본 그는 곤란한 표정을 지으며 나를 쳐다보았다.

"……안 계십니다. 이곳에 분명히 계셨는데 말입니다."

"그럼 저는 어떡해요?"

"흠. 일단은 이곳에서 잠깐 기다리고 계십시오. 다른 곳에 갔다 와 보겠습니다."

"네. 알겠어요."

라라는 어딘가로 급하게 걸어가기 시작했다. 황량할 정도로 휑한 복도에 나는 홀로 남겨졌다.

이자나는 나를 불러 놓고선 어디로 사라져 버린 거지.

라라를 기다리는 시간이 참으로 느릿하게 흘러갔다. 가만히 있지 못하는 나로서, 아무것도 하지 않고 혼자 그를 기다리는 것은 정말

곤욕이었다.

그래서 조용한 복도를 몇 걸음 걸어갔다. 다시 돌아올 수 있을 정도만 걸어가 볼 생각이었다.

기다란 복도를 따라 문의 생김새가 비슷한 방들이 즐비하게 있었다. 궁에서 살지 않는다면 어느 방이 어떤 방인지 구분할 수 없을 정도였다.

열 걸음쯤 걸었을 때였다. 나는 비슷한 문들 사이에서 익숙한 문을 발견했다.

그 방문은 다른 것들과는 묘하게 달랐는데, 일주일 전, 내가 하룻밤을 자고 갔던 그 방이었다.

나는 그날의 어둠과, 이자나와 나누었던 대화를 떠올렸다. 내 손에 닿았던 이자나 허벅지의 감촉마저도 떠오르자 흐뭇한 미소가 피어올랐다.

그런 것들을 떠올리자, 그러면 안 되는 걸 알면서도 이 방으로 들어가 보고 싶다는 생각이 들었다. 어쩌면 이자나가 이곳에 있을지도 모르겠다는 막연한 예감은 덤이었다.

생각은 곧 행동으로 이어졌다. 나는 그 방의 문고리를 잡아 살짝 비틀었다. 문은 잠겨 있지 않았던 것인지 매끄럽게 열렸다.

방 안은 이전처럼 어둡지 않았다. 이전 날, 빽빽하게 쳐져 있었던 커튼이 말끔히 걷힌 까닭이었다.

훤히 드러난 창문으로 들어온 오후의 나른한 햇볕이 방 안을 밝게 비추고 있었다.

나는 방 안으로 완전히 들어와 문을 닫았다. 그러고선 안을 유심히 둘러보았다. 몇 없는 가구, 그리고……

"……!"

침대 쪽을 본 나는 깜짝 놀랐다. 침대 위에 그가 있었기 때문이다. 그토록 보고 싶었던 이자나. 그이가 침대에 누워 있었다.

나를 기다리다 지쳐 잠이라도 든 것일까.

나는 무언가에 홀린 것처럼 그에게 다가갔다. 이윽고 맞닥뜨린 침대 앞, 나는 모퉁이에 걸터앉아 잠든 그의 얼굴을 내려다보았다.

이자나는 베개도 없이 제 팔을 베고 있었다. 왠지 불편해 보이는 모습이었다. 그의 얼굴 근처로 귀를 가져다 대자, 새근거리는 그의 숨소리가 들렸다.

진짜로 잠든 건가.

나는 이번엔 보드라워 보이는 그의 뺨을 손끝으로 건드렸다. 어쩜. 부드럽기도 해라.

이자나가 눈을 뜬 것은 그때였다.

깜짝 놀란 내가 뭐라고 하기도 전에, 이자나는 내 손목을 낚아챘다. 눈 깜짝할 사이에 벌어진 일이었다.

미간을 잔뜩 찌푸린 채 나를 올려다보는 이자나의 눈이 매서웠다. 그는 초점이 흐린 눈으로 나를 한참이나 보더니, 입술을 작게 달싹였다.

"……생강?"

"이 아니라, 진저 토르테입니다. 폐하."

내뱉고 난 뒤에 아차 싶었다. 그것은 정말로 바보 같은 대답이었다.

"놀랐잖아."

이자나는 나를 제대로 확인하고 나서야 내 손목을 꽉 쥐고 있던 힘을 풀었다. 그의 매서웠던 눈빛도 누그러져 있었다.

"죄송해요. 저는…….'"

놀라게 하려던 건 아니었어요, 라고 대답하려고 했지만 이상하게 도 말문이 턱 막혔다.

까닭은 하나였다. 늘 가지런한 모습만을 보여 주던 이자나의 낯선 모습을 목도했기 때문에.

방금 잠에서 깨어난 이자나의 모습은 잔뜩 흐트러져 있었다. 조금 헝클어진 머리. 두어 개쯤 풀린 셔츠의 단추. 나는 그의 모습에서 어떤 단어를 떠올렸다.

나른한 섹시.

그것은 며칠 전까지 누군가가 애타게 원하던 분위기였다. 그런데…… 그 누군가가 누구였지?

아무도 떠오르지 않았다. 내 머릿속은 완전한 무지였다. 묘한 일이었다.

나는 떠오르지 않는 생각은 그만두고, 내 눈앞의 것에 집중하기로 했다. 이를테면 풀린 셔츠 단추 사이로 내비치는 이자나의 부드러운 살결이라든지…….

나는 마른침을 꼴깍 삼켰다. 그러자 이자나가 내 손목을 천천히 놓으며, 제 몸을 뒤로 내뺐다.

"……폐하?"

나는 의문스럽게 그를 불렀다.

이자나는 누워 있던 몸을 반쯤 일으키며 대답했다. 대답하는 그의 목소리엔 경계심이 짙게 배어 있었다.

"방금 순결의 위험을 느꼈어."

"폐하!"

이런 식으로 또다시 변태 생강이 되는 건가. 내가 변명을 하려던 순간이었다.

똑똑.

누군가가 그의 방문을 부드럽게 두드리는 소리가 났다. 라라일까? 하는 생각으로 방문 쪽을 바라보았다.

"폐하, 아틀렌타 후작입니다."

아틀렌타 후작? 그러면 레라지에의 아버지가 아니던가. 내가 레라지에만큼이나 싫어하는 사람이었다.

그 순간 이자나가 내 손목을 다시금 잡았다. 그러곤 나를 제 쪽으로 가까이 끌어당기는 게 아닌가.

"폐, 폐하……!"

아, 아니! 이렇게 끌어당긴다면 당연히 끌려가 줄 수밖에 없지요. 암요, 암요.

나는 이렇다 할 저항 없이 이자나 쪽으로 몸을 바짝 붙였다. 이자나가 나를 당긴 것보다 훨씬 더 가까이.

다행히도 이자나는 그 사실을 눈치채지 못한 듯했다.

"생강 영애. 갑작스러울지도 모르겠지만, 이왕 온 김에 나를 도와줘야겠어."

"네?"

"내 옆에 잠깐 누워 있지 않을래?"

"폐하 옆에 누…… 눕다뇨!"

그럼 나야 너무 좋…… 아니, 이런 유혹은 너무 갑작스럽잖아. 나는 벌렁거리는 심장을 부여잡고선, 동그래진 눈으로 그를 응시했다.

"잠깐이면 돼. 이리로 들어와."

그는 자신이 덮고 있던 이불을 들어, 그곳에 들어오라는 듯이 고갯짓했다.

나는 잠깐 망설였다.

이자나의 말에 고민 없이 '네! 좋습니다.'라고 대답하기엔 너무 속이 없어 보였고, 그렇다고 해서 이 좋은 기회를 놓치고 싶지도 않았다.

머리로는 계속 고민했음에도, 내 몸은 뇌의 통제를 벗어나 그의 이불 속으로 스멀스멀 기어 들어가고 있었다.

자존심 따위는 개나 줘 버리지.

어느새 나는 그의 품에 완전히 파고든 모양새가 되었다. 이자나의 체온이 느껴질 만큼의 밀접한 거리였다.

그때, 이자나가 셔츠 단추를 하나 더 푸는 게 보였다. 그러자 그의 가슴골이 고스란히 드러났다.

맙소사, 맙소사, 맙소사. 단추는 왜 더 푸는 거야? 뭘 하려고! 사실 단추를 더 풀어도 괜찮기는 한데 말이지.

나는 수줍은 눈으로 그의 움푹 파인 그의 가슴골을 훔쳐보았다. 아주 단단해 보이는 가슴이었다.

직접 만져 본다면 얼마나 단단한지 더 잘 알 수 있을 텐데⋯⋯. 쩝.

나는 입가에 번지는 미소를 가까스로 참았다. 그런 나를 모를 이자나는 이불을 들어, 내 얼굴의 반을 가릴 만큼 덮어 주었다.

"잠깐만 이러고 있어."

그는 내게 작게 속삭인 후, 밖에서 기다리고 있을 후작에게 말했다.

"들어와."

그러자 등 뒤로 방문이 열리는 소리가 들려왔다. 나는 혹시나 후 작이 나를 알아볼까 싶어 이불 속으로 얼굴을 깊숙이 파묻었다.

이내 방 안으로 완전히 들어선 후작의 목소리가 들렸다.

"폐하, 다름이 아니오라 저번에 말씀드렸던……."

"잠깐. 내가 지금 좀 바쁜데."

이자나는 후작의 말이 끝나기도 전에 제가 먼저 말했다. 내게 속 삭였던 부드러운 목소리와는 판이한 것이었다.

"네?"

후작이 되물었지만, 이자나는 대답하지 않았다.

거의 동시에 나의 등 뒤로 후작의 따끔한 시선이 느껴지는 것 같 았다. 아무래도 그가 나를 노려보고 있음이 틀림없었다.

그나저나 바쁘다는 이자나의 말은 도대체 무슨 말일까?

나는 이불 속에서 숨죽인 채로 이자나의 말을 해석해 보았다.

"……!"

설마 그것은! 침대에 같이 누워 있는 여자와 바쁘다는 말인가? 침대, 여자, 그리고 바쁘다, 라…….

내 머릿속엔 야릇한 생각들이 가득 차기 시작했다.

이자나. 당신, 이런 걸 도와 달라는 거였어? 원한다면 더 화끈하 게 도와줄 수도 있는데.

이자나와의 화끈한 것을 상상해 버리자 볼 부근이 화끈화끈해졌 다. 나는 이자나가 얼마나 화끈할지 궁금해졌다. 왠지 엄청 잘할 것 같아.

침묵은 이어졌다. 무겁고 긴 침묵을 먼저 깬 이는 후작이었다. 그는 기어들어 가는 목소리로 말했다.

"······죄송합니다. 그럼 다음에 다시 찾아오겠습니다."

"좋아."

후작의 메마른 발걸음 소리가 들렸다. 이내 그가 문을 열고 나가자, 이자나가 이불을 들어 올렸다.

"휴, 생강 양. 이제 나와도 좋아. 상황 종료."

벌써? 이상할 정도로 아쉬운 마음이 들었다. 나는 샐쭉하게 웃어 보이며 이자나에게 말했다.

"조금 더 이러고 있으면 안 될까요?"

그러자 이자나가 한쪽 입꼬리를 올리며, 앉아 있던 몸을 내 옆에 누였다.

잠, 잠깐만! 당연히 안 된다고 할 줄 알았는데! 반전 같은 이 전개······ 몹시도 마음에 들잖아.

이윽고 그는 팔베개를 한 채로 나를 그윽하게 바라보았다. 가까이서 본 이자나의 얼굴은 몹시도 아름다웠다.

태어나서 본 수많은 남자의 얼굴 중 제일 잘생겼다고 단언할 수 있을 정도로.

이자나는 속눈썹도 엄청 길었다. 그 위에 만년필이 올라가도 떨어지지 않을 정도라고 생각했다. 피부는 또 어찌나 좋은지, 잡티라곤 전혀 보이지 않았다.

그의 얼굴 중에 제일 눈에 띄는 곳은 역시나 오묘한 눈동자였다. 신비로운 힘을 가진, 어느 이는 저주라고 일컫는 이능을 가진 검은 눈동자.

그 눈동자는 거의 깜빡이지도 않으며 내 눈을 뚫어져라 직시하고 있었다.

눈이 마주치면 내 생각이 죄다 읽힐 걸 알면서도, 나는 그의 외모를 찬양하는 걸 멈출 수 없었다. 지극히 본능이었기 때문이다.

세세히 뜯어보아도 부족한 곳 하나 없는 이자나의 얼굴은 뭐랄까. 누구나 바라는 얼굴이지만, 선택된 자만이 가질 수 있는 얼굴처럼 느껴졌다.

현실의 것이라 믿기 힘든 그의 얼굴을 계속해서 보고 있자니 그런 생각이 들기도 했다.

젠장. 내 얼굴이 형편없게 느껴져.

내가 그런 생각을 하니, 이자나가 작게 웃었다.

"왜. 자학해."

이 빌어먹을 인간이 내 생각을 모조리 읽었구나.

……잠깐. 지금 이 생각도 읽힐 것 같은데.

나는 왜 솟구쳐 오르는 생각을 여과할 수 없는 걸까.

"빌어…… 뭐? 빌어먹을 인간? 설마 그거 나 말한 거야?"

이자나가 미간을 약간 굳혔다. 나는 어색한 미소를 흘렸다.

"하하, 글쎄요. 제가 그런 생각을 했던가?"

"어쭈? 회피?"

"폐하. 피부가 굉장히 좋으시네요."

"말도 돌리네."

안 되겠다. 상황이 매우 불리하니 아주 아쉽기는 하나 이자나에게서 떨어져야겠구나.

나는 시선을 다른 곳에 두며, 그에게 말했다.

"그럼 저는 이만 일어나겠……! 엇!"

그 순간 일어나려던 나를 이자나가 끌어당겼다. 나는 이자나의 품에 거의 안기게 되었다.

"못 가."

그의 목소리가 꽤 단호했다.

"왜, 왜요?"

"생강 양이 내 얼굴을 감상했듯이 나도 네 얼굴을 감상하려고. 네 생각대로 네 얼굴이 형편 있는지, 없는지 살펴보고 싶어."

여자보다도 더 고운 그의 손이 내 턱을 부드럽게 쓸었다. 그의 손이 지나간 자리가 간질간질했다. 감각이 예민해져 온몸의 신경이 곤두서는 느낌.

그 순간 그의 얼굴이 가까워지기 시작했다. 다가오는 그의 얼굴을 감당할 자신이 없어, 나는 두 눈을 질끈 감았다.

"눈은 왜 감아."

"……너무 가까워서요."

내가 대답하기 무섭게 내 이마 위에 딱밤이 놓였다.

"아얏!"

"생강 양. 네 얼굴은 지금도 충분히 괜찮아. 자신감을 가져."

진심일까?

나는 그 말의 진위 여부를 잠깐 의심했다. 물론 의심스러운 사실과는 별개로 그 말은 내 기분을 좋아지게 만들었다.

나는 감고 있던 눈을 천천히 떴다. 이자나는 누워 있던 몸을 반쯤 일으켜, 침대 헤드에 등을 기대고 앉아 있었다.

누군가가 노크도 없이 문을 벌컥 열고 들어온 것은 그때였다.

"……엇! 폐하! 여기에 계셨습니까?"

익숙한 목소리에 나도 상체를 일으켜 방문 쪽을 바라보았다. 그곳엔 라라가 서 있었다. 라라는 이자나를 한 번, 나를 한 번 번갈아서 쳐다보았다.

우리를 살피는 라라의 눈빛이 어째 얼이 빠져 보였다. 그사이, 이자나는 나를 지나쳐 침대에서 내려왔다.

"응. 여기에 있었어."

"방…… 방해했다면 죄송합니다. 노크를 하고 들어왔어야 했는데."

"아냐. 괜찮아. 방금 막 일을 끝낸 참이었어."

이자나는 풀어 헤친 단추를 다시 잠그며 말했다.

'방금 막 일을 끝낸 참이었어.'라는 이자나의 말과 단추가 풀린 이자나의 셔츠. 흐트러진 이불. 그리고 그의 침대 위에 앉아 있는 내 모습.

딱 오해하기 좋은 상황인데. 그러니까, 야릇한 오해라고 해야 할까. 아닌 말로 라라의 표정이 조금 이상해진 것처럼 보였다.

"라라, 오해하지 마세요!"

내가 대뜸 소리치자 이자나와 라라의 동작이 멈추었다.

서로를 마주 보고 있던 그들은, 거의 동시에 나를 쳐다보며 대답했다.

"네? 무슨 오해 말씀이십니까?"

"생강 양, 무슨 오해?"

소리친 내가 머쓱해질 정도의 태연자약한 대답이었다.

지금 나만 야한 생각을 한 건가.

나는 화끈거리는 볼을 두 손으로 감싸며 이자나를 보았다. 이자나는 미소 짓고 있었다. 영문 없이 사악해 보이는 미소였다.

그는 사악한 미소를 지은 채로 내게 다시금 다가왔다. 그러곤 내 머리를 꾹 누르면서 말하는 게 아닌가.

"생강 양은 그냥 생강이 아니라, 변태 생강이었군."

변태 생강?

그것은 그냥 생강보다도 더 꺼려지는 호칭이었다. 나는 침대에서 내려와 이자나에게 따지듯이 말했다.

"이자나 폐하. 변태 생강은 좀 심한 것 같아요. 그 말을 물러 주세요."

이자나는 잠깐 생각하는 표정을 지어 보이더니, 고개를 끄덕여 주었다.

"좋아."

"감사합니다!"

이렇게 손쉽게 물러 줄지는 몰랐는데. 나는 입꼬리가 귀에 닿을 만큼 미소 지었다. 하지만 그 미소는 오래가지 못했다. 이자나의 다음 말 때문이었다.

"변태 생강이 싫다면, 음란한 생강은 어때?"

"음, 음란…… 네? 폐하!"

"미안. 내가 말이 좀 심했군. 좋아. 그럼 외설적인 생강! 이게 딱 좋다. 적당한 감이 있어."

"……."

나는 거의 울 것 같은 얼굴로 이자나를 올려다보았다.

처량한 내 얼굴에 그가 죄책감을 느끼기를 바랐지만, 이자나의 얼굴에 그런 낌새는 하나도 보이지 않았다. 되레 그는 아주 즐거워진 얼굴로 나를 내려다보고 있을 뿐이었다.

이자나는 빙그레 웃으며, 리리에게도 동의를 구했다.

"라라도 그렇게 생각하지?"

오오, 당신만은 제발 아니라고 대답해 줘.

나는 곧 눈물이라도 떨어뜨릴 법한 표정으로 라라를 응시했다. 하지만 라라는 내 시선을 회피하며 대답했다.

"저는 묵비권을 행사하겠습니다."

그의 얼굴이 곤란해 보였다.

"폐하, 너무해요! 외설적인 생강이라뇨. 저는 혼인도 하지 않은 열일곱 소녀인걸요."

"그래. 혼인도 하지 않은 열일곱 소녀가, 나를 두고 어떤 상상을 했을지 궁금하군."

이자나는 곰곰이 생각하는 표정을 짓더니, 내 어깨 위에 제 두 손을 올려놓았다. 그러고선 내게 한 발자국 더 가까이 다가왔다.

"나는 궁금한 걸 참지 못하지."

그리 말한 이자나가 제 얼굴을 자연스럽게 숙이기 시작했다. 피할 새도 없이 그의 얼굴이 가까워지고 있었다.

나는 그의 눈동자를 보지 않으려고 노력했으나 이미 마주쳐 버린 그의 눈빛을 벗어나는 건 무리였다.

벗어나려고 애쓸수록 그의 눈동자에 점점 더 휩쓸리는 기분이었다. 머지않아 우리의 얼굴은 서로의 숨결이 닿을 거리만큼 밀착되었다.

입술을 조금 내민다면, 그의 붉은 입술에 내 입술이 닿을 법한 거리였다.

"폐…… 폐하……."

이자나는 느른하게 말했다.

"지금 네가 하고 있는 생강…… 아니, 생각을 내게 들려줘."

그는 제 눈을 천천히 깜빡거렸다. 마치 내가 하고 있는 생강……
아니, 생각을 죄다 읽으려는 것처럼.

그의 달콤한 체취가 맡아진 것은 그때였다.

이자나에게선 다디단 향기가 났다. 입욕제나 향수에서 비롯된 것
일지, 아니면 그가 가지고 있는 본연에 냄새일지 모를 향기였다.
그러고 보니 아까 침대에서도 그 향기를 맡았던 것 같기도 하다.

오감을 자극하는 좋은 향기에, 해서는 안 될 야한 생각이 들려고
했다. 이를테면 아무것도 걸치지 않은 그에게선 얼마나 더 좋은 향
기가 날까, 하는…….

안 돼. 이런 생각은 옳지 않아. 착한 생각, 착한 생각, 착한 생강.
나는 그 말을 끊임없이 되뇌었다.

만약 내가 야릇한 생각을 해 버린다면 이자나에게 생각이 곧장
읽힐 것이고, 나는 '변태 생강'에서 벗어나지 못할 것이다.

어디 벗어나지만 못할까? 그 단어가 낙인처럼 찍혀서 내 뒤를 계
속해서 따라다니리라.

하지만 문제는 따로 있었다. 조금 전에 내가 한 생각을 이자나가
읽었을 것이란 사실이었다.

망했군.

아니나 다를까. 내 마음을 꿰뚫어 본 듯한 이자나가 말했다.

"그런 생각을 해도 괜찮아."

"하지만 변태 생강이라고 불리는 건 싫어요."

"그건 나쁜 생각이 아니야."

먼내 같은 생각을 하는 게 나쁜 일이 아니라는 건가. 좋아해야

하는지, 아닌지를 잘 가늠할 수 없는 말이었다.

이자나는 덧붙여 말했다.

"내가 그런 생각을 하도록 유도한 것도 있었으니까. 열일곱 소녀가 멋진 성인 남자를 보고, 그런 생각을 하는 건 자연스러운 이치라고 생각해. 그러니까……."

"그러니까?"

"생강 양이 변태 생강이 되는 것도 용인해 주지."

이자나가 오른쪽 눈을 찡긋했다. 두 번째로 보는 그의 윙크였다. 이렇게나 가까이서 그의 윙크를 봐 버리자, 내 심장은 나락으로 떨어질듯이 곤두박질쳤다.

나는 심각한 호흡곤란을 느끼며 그를 응시했다.

"하지만 자주 용인해 줄 수는 없어."

"……."

"난 소중하거든."

이자나는 그제야 내 어깨를 단단히 잡고 있던 손을 놓아주었다. 그의 손은 내게서 떨어졌지만, 내 어깨엔 채 사라지지 않은 그의 온기가 남아 있는 것만 같았다.

이자나는 나를 뒤로하고선, 방 중앙에 있는 소파에 앉았다. 나는 그를 따라 이자나의 맞은편에 자리 잡았다. 이자나의 말은 틀리지 않았지만, 그에게 좀 더 따지고 싶었다.

"폐하. 생각해 보니까. 제가 변태 생강이 된 거에는 폐하의 잘못도 있는 것 같아요."

이자나는 내게 되물었다.

"내 잘못?"

"네. 폐하가 도와 달라고 하면서 침대에 저를 끌어들이지만 않으셨다면, 그런 생각은 하지 않았을 거라고요!"

"으흠."

"전 억울해요. 그러게 누가 그렇게 생기래요?"

나는 입술을 부루퉁하게 내밀었다.

어째서 그토록 잘생긴 거야.

이자나는 저의 외모를 높게 사는 내 말에 기분이 좋아진 것인지, 웃는 소리를 작게 내었다.

"큭큭. 지금 내가 이렇게 생긴 거에 대해서 따지는 거야? 생강 양?"

"……아뇨. 그런 건 아니고, 보는 입장으로선 정말 좋기는 하지만…… 아니, 그게 중요한 게 아니라! 그러니까 아까는 후작님 앞에서 왜 그런 연기를 하셨던 거예요?"

나는 후작 앞에서 내보였던 이자나의 행동을 떠올렸다.

이자나는 지금 만나는 여자가 있다는 걸 후작에게 보이려고 한 것 같았다. 그런 까닭으로 나를 이용한 거라면, 후작에게 내 얼굴을 보란 듯이 보여 줄걸, 하는 후회가 들었다.

이자나의 여자라고 소문난다면 더할 나위 없이 좋을 것 같은데. 실제로도 그렇게 발전될 가능성이 있다고, 나는 믿고 있었다.

물론 이자나도 내 생각에 동의하는지는 알 수 없었다. 내가 그런 생각을 하는 사이에 이자나는 대답했다.

"혼인. 간단히 얘기하자면 그런 거지."

"혼인이요?"

"그래. 한나라의 왕이란, 나라를 현명하게 통치할 능력도 있어야 하지만 후사를 남기는 것도 중요한 의무 중에 하나라서."

"그렇죠."

"선대왕을 봐. 나 말고 자식이라곤 없잖아. 그는 자식 농사에 제대로 실패한 거지. 물론 나는, 그의 자식이 나밖에 없다는 사실을 감사하게 생각해. 그렇기에 별 어려움 없이 내가 왕이 될 수 있었으니까."

그렇다면 아틀렌타 후작은 레라지에 그년을 왕비로 만들기 위해서 이자나를 찾아온 걸까?

그런 추측이 들자 얼굴이 절로 구겨졌다.

"그럼 후작님은 레라지에를 폐하의 반쪽으로 만들고 싶어서 찾아온 거예요? 그런 겁니까?"

"따지고 보면 그런 셈이지."

"나 원 참!"

"생강 양. 진정해. 나는 아직 누군가를 내 곁에 두고 싶은 마음이 없으니까."

"……."

"그리고 타인의 강요로 내 비를 정하고 싶지는 않아. 나는 내가 원하는 사람과 연을 맺고 싶어. 그래서 생강 양을 좀 이용했어. 만나는 여자가 있다는 낌새를 내보이면 그도 조금은 포기하겠지, 싶어서."

원하는 사람. 크, 얼마나 아름다운 말이던가.

지금 내가 원하는 사람은 확고했다. 나는 이자나밖에 원하지 않았다. 진심이었다.

물론 내 목숨을 내어놓을 만큼 그를 사랑하는 건 아니었다.

이자나와 함께 있으면 즐거웠고, (물론 한 번씩 무서울 때도 있지만) 그의 능청스러움이 싫지 않았으며, (물론 한 번씩 크게 당황스럽기도 하지만) 그의 아름다운 외모가 좋았다. (물론 가끔 내 눈이 멀 정도로 아름답기는 하지만) 그렇기에 조만간 그를 열렬히 사랑하게 되리란 확신이 존재했다.

내 마음은 이토록 확실했지만, 이자나의 마음은 그렇지 못했다. 그는 나를 사람이 아닌 생강으로 취급하고 있었으니까.

그가 나를 진정으로 원하게 된다면 얼마나 좋을까.

나는 그의 진심을 바라는 눈으로 그를 빤히 바라보았다. 이자나는 미묘한 표정을 지었다. 웃는 것도 아니고, 인상을 찌푸린 것도 아닌 애매한 표정.

"생강 영애. 지금 나한테 뭘 바라는 건데?"

"아시면서 물어보시네요."

나는 눈을 천천히 깜빡이며 그가 내 생각을 읽도록 종용했다.

폐하께서 원하는 사람은 그리 멀지 않은 곳에 있을 수도 있어요.

내가 그렇게 생각하자, 이자나는 두어 번의 헛기침을 하며 멀뚱히 서 있던 라라를 쳐다보았다.

"라라. 언제까지 그렇게 서 있을 거야?"

"폐하! 제 말을 무시한 거예요?"

"생강 양, 그게 무슨 소리야. 너, 아무 말도 안 했잖아. 라라. 영애가 말하는 걸 들었나?"

라라는 고개를 내저었다.

"듣지 못했습니다."

마음속으로 얘기했는데 라라가 듣지 못한 건 당연하잖아!

"피, 좋아요. 그건 그렇다고 쳐요. 그럼 서를 찾으신 이유는 뭔가요?"

이자나는 그제야 나를 찾은 이유를 뒤늦게 떠올린 듯했다.

"아아, 아 참. 너에게 해 주고 싶은 말이 있어서 너를 불렀어."

"저한테 해 주고 싶은 말이요?"

"응. 그건 바로 게슈트에 대한 것이야."

게슈트. 그 이름이 가진 무게는 컸다. 장난스러웠던 분위기가 급격히 무거워졌기 때문이다.

이자나는 여유로웠던 얼굴빛을 지워 내고선, 진지한 얼굴을 했다.

게슈트, 라. 게슈트라는 이름은 지난 며칠 동안 나를 지독하게 따라다녔던 이름이기도 했다. 그에 관해서 누군가와 함께 조사했던 것 같은데, 이상하게도 함께한 누군가가 기억나지 않았다.

나는 눈동자를 도로록 굴려가며 누군가를 떠올리다, 문득 손목에 채워진 금빛 팔찌를 발견하게 되었다.

낯선 물건이었다. 이런 걸 언제 팔에 채웠더라.

의문은 이어지지 못했다. 이자나의 얘기가 시작됐기 때문이다.

"네가 가져온 책에 나온 대로 나는 어렸을 때 게슈트를 만난 적이 있었어."

"네."

"게슈트는 내게 곧잘 말을 걸곤 했는데, 그와 어떤 대화를 나누었는지까지는 잘 기억나지 않아. 이상한 일이지."

"……."

"아무튼 생강 양과 헤어지고 난 후 일주일 동안 게슈트에 대한 것들을 조사해 보았어."

지난 며칠 간 그가 나를 찾지 않은 이유가 그 조사 때문인 걸까?

"그리고 수상한 점을 하나 발견했지."

"그걸 제게도 공유해 주시는 건가요?"

"물론."

"……."

"그건 바로……."

이자나는 의미심장하게 말했다.

"그의 죽음이야."

그의 목소리는 낮게 가라앉아 있었다.

"죽음이요?"

"어. 그의 죽음엔 정확한 사인이 없다고 해. 그래서 그런 생각이 들었어. 그가 아직 살아 있는 것이 아닐까, 하는."

10년도 더 전에 죽었다고 알려진 게슈트가 아직 살아 있을 수도 있다니.

나는 어깨를 부르르 떨었다. 그가 살아 있다면 좀비 같은 모습을 하고 있는 게 아닐까 하는 생각이 들었다.

"게슈트의 생사 여부는 일단 제쳐 두고, 그에 대한 흥미로운 사실도 들었어."

"어떤 사실이요?"

"게슈트의 속성. 마법사들에겐 고유의 속성이 있는데, 그의 마법 속성이 '저주'라더군."

"저주……."

"그 책을 완전히 믿지 않겠다고 했지만, 책에 나온 대로 '타인의 생각을 읽는 저주'를 그가 내린 게 아닐까 해."

"……."

"내 이능이 그의 저주일 거라고 예상하지 못했었는데……."

이자나는 쓸쓸한 미소를 지었다. 그러자 그를 위로해 주고 싶다는 바람이 들었다. 하지만 다가가도 되는 것인지 잘 가늠할 수 없었다.

평소엔 그토록 잘 들이댔으면서도, 막상 진짜로 들이대야 할 타이밍엔 주저가 되었다. 이상한 일이기도 하지.

나는 그에게 미처 닿지 못한 손을 꽉 그러쥐었다.

그나저나. 저주와 마법사의 속성이라. 익숙할 리가 없는 단어였음에도 불구하고 그 단어들이 익숙하게 다가왔다. 머릿속 한쪽 구석에 숨겨진 기억이 존재하는 듯한 기분이었다.

거기까지 생각했을 때, 나는 무언가에 홀린 것처럼 술술 말했다.

"이자나 폐하, 저주라는 거 말이에요. 저주를 걸었다는 건 필시 풀 수도 있다는 것이라고 했어요."

"뭐?"

"예?"

이자나가 놀란 듯이 되물었고, 나는 이자나의 되물음에 놀라 그에게 되레 반문했다.

"생강 영애가 그걸 어떻게 아는 거지?"

"예? 그러게요. 제가 방금 무슨 말을 한 거죠?"

나도 모르게 나온 말이었다. 마치 이전에 누군가가 친절하게 알려 준 말을 그대로 옮긴 것처럼.

"아무튼 네 말이 맞아. 저주에는 풀 수 있는 방법이 존재한다고 해."

나를 보는 이자나의 눈동자에 의심의 기운이 서려 있었다. 하지만 내가 왜 그런 말을 내뱉었는지 나도 날 이해할 수 없는걸.

"저주에 관한 건 어디서 들었나 봐요. 아님, 책에서 읽었던가?

그래서 폐하께서는 저주를 푸는 방법까지 찾으신 거예요?"

"아니. 거기까진 아직."

다행히 이자나는 나를 더 이상 추궁하지 않았다. 그는 자연스럽게 화제를 옮겼을 따름이었다.

"하지만 마음에 걸리는 게 하나 있긴 있지."

"그게 뭔지 물어봐도 괜찮을까요?"

"애초에 얘기하지 않을 생각이었다면, 말을 꺼내지도 않았을 거야. 생강 양에게 얘기해서 나쁠 게 없다고 생각했어. 더불어 도움이 될지도 모르고."

"이자나 폐하를 위해서라면 제 한 몸 불살라 도와 드리죠."

내가 비장한 표정으로 말하자, 이자나는 못 말리겠다는 듯이 헛웃음을 흘렸다.

"충신이 바로 여기에 있었군."

"그걸 이제 아셨다니."

"아무튼 내 마음에 걸리는 건…… 레라지에의 붉은 목걸이야."

레라지에의 붉은 목걸이. 내 머릿속에선 그 목걸이의 생김새가 금방 그려졌다.

"그게 자꾸 마음에 걸려. 게슈트가 어째서 그런 걸 손녀에게 남기고 간 건지 의문이 들어서."

그것은 나도 의문스러웠다. 세상의 위험으로부터 보호해 주는 붉은 목걸이는 오로지 위험만을 보호하기 위해서 만들어졌을까?

어쩐지 석연치 않은 구석이 있다고 여겼다. 하지만 그런 사실은 둘째 치고, 이자나의 관심이 또다시 레라지에에게 향하는 것은 아닌지 걱정 되었다.

고난과 시련을 헤치고 이자나의 관심을 내게 돌리는 데 겨우 성공했는데……. 고작 그 붉은 목걸이 때문에 내 노력이 허사가 되어 버린다면.

나는 며칠 전, 나를 찾아왔던 레라지에의 호기로운 목소리를 떠올렸다.

'단도직입적으로 얘기할게. 나는 이자나 폐하에게 관심이 있어. 그를 좀 더 알고 싶다는 생각이 들어.'

망할 년. 그녀가 이자나와 잘되는 일은 두고 볼 수 없어.

"그래서 폐하께서는 레라지에에게 붉은 목걸이에 대한 것을 물어보실 건가요? 그렇게 되면 레라지에에게 폐하의 이능에 대한 것도 설명해야 하잖아요."

레라지에는 이자나가 이능을 가지고 있다는 사실을 이미 알고 있지만, 이자나에게 사실대로 얘기해 주고 싶지 않았다. 나는 이자나의 눈을 교묘하게 피한 채였다.

"그래야 한다면 그래야지. 내 저주를 풀 수만 있다면, 내가 못 할 일은 없어."

이자나와 레라지에가 만날 것을 생각하자 절로 한숨이 나왔다. 무거운 한숨을 토해 내자 이자나가 나를 불렀다.

"왜? 생강 양도 뭔가 석연치 않은 일이 있는 거야?"

당신이 레라지에와 가깝게 지내는 게 마음에 들지 않아요. 나는 그렇게 대답하고 싶었지만, 대답 대신 긴 한숨을 또다시 내뱉었다.

"아무것도 아니에요."

그러다 문득 우리의 뒤쪽에 우두커니 서 있는 라라가 신경 쓰였다. 나는 작은 목소리로 속삭이듯이 말했다.

"그런데 라라 앞에서 이런 이야기를 막 해도 되는 거예요? 폐하의 이능이니, 저주니 하는 소리를 그가 들었을 거예요."

"괜찮아. 라라도 내 이능에 대한 걸 알고 있으니까. 현재 내 이능의 비밀을 알고 있는 사람은 총 두 사람이야. 생강 너랑, 라라."

아뇨. 폐하는 잘못 아시고 계셔요. 레라지에와 키키도 알고 있답니다.

물론 키키는 확신할 수 없지만, 레라지에가 알고 있는 건 확실했다. 나는 이자나의 눈을 연신 회피하며 그런 생각을 했다.

그사이 이자나는 가만히 서 있던 라라에게 손짓해, 내 앞에 앉을 것을 명령했다. (이자나가 앉은 소파와는 다른, 일인용 소파였다.)

우리 세 사람은 서로를 마주 보는 형태로 앉게 되었다. 이자나는 느른히 팔짱을 껴, 자신의 팔뚝 위를 손끝으로 두드렸다.

"나는 레라지에를 만나서 그녀에게 직접 물어볼 예정이기도 하지만, 라라에게 그녀의 뒷조사를 시키기도 할 거야. 내가 생강 양을 뒷조사했듯이."

"그건 아주 좋은 생각이세요."

"응. 생강 양도 레라지에에 대한 정보가 있다면 내게 얘기해 줬으면 좋겠군. 너희 둘이 앙숙이라고는 하나, 오랜 세월을 함께했지 않나."

"네. 정말 끔찍한 세월이었죠. 물론 그녀와 함께하는 시간은 지금도 끔찍하답니다."

내가 정말 끔찍하다는 것처럼 몸서리치자 라라가 작게 킥킥거렸다. 웃는 그를 물끄러미 바라보고 있자니 묘한 감상이 들었다.

저 웃음, 왜지 익숙해. 최근에 자주 본 것 같다랄까.

이자나의 보좌관인 라라와 나 사이에 접점은 조금도 없는데 말이다.

나는 라라에게서 한참이나 눈을 떼지 못했다. 어째서인지 웃고 있는 그에게서 눈을 뗄 수 없었다.

"생강 영애."

그때 이자나가 나를 대뜸 불렀다.

"……네?"

나는 그제야 라라에게 꽂혀 있던 시선을 거두어들일 수 있었다.

"왜 그렇게 라라를 뚫어져라 쳐다봐?"

"모르겠어요. 왠지 모르게 눈길이 간다고 해야 할까."

"……."

라라는 침묵한 채로 쓰고 있던 안경을 추켜세웠다. 그러고선 빙그레 미소를 짓는 게 아닌가. 아주 수상한 미소였다.

나는 그의 안경에 또다시 시선이 빼앗겼다. 그의 안경을 계속 보고 있자니, 김이 가득 서린 그의 안경이 문득 떠올랐다.

앞이 보이지 않을 정도로 뿌옇게 흐려진 안경. 그리고 그 안에 자리한 눈물에 젖은 라라의 눈동자.

어라. 라라가 내 앞에서 운 적이 있었던가?

더 생각해 보려고 했지만, 더 이상 떠오르는 것은 없었다. 흐릿한 기억은 거기까지가 끝이었다.

그것은 처음 느낀 현상이 아니었다. 이전에도 어떤 기억을 끝내 기억해 내지 못한 일이 존재했었다.

묘하게도, 그 일들은 모두 이자나 앞에서만 벌어진 일이었다. 나는 무의식중에 라라에게 물었다.

"라라. 제 앞에서 운 적 있어요?"

내 물음에 라라는 정색했다.

"그럴 리가요."

"그렇죠? 그럴 리가 없는데."

자꾸만 그랬던 거 같단 말이야.

"뭐야, 생강 양. 내게 있다던 그 관심이 벌써 라라에게 옮겨 간 건가."

"……예?"

"갈대 같은 생강이군."

이자나의 목소리가 불만스럽게 들렸다. 나는 질색하며 대답했다.

"아, 아니에요! 소녀의 관심은 오로지 폐하에게만 있답니다."

나는 우는 남자는 별로라고!

……응? 우는 남자? 그게 누구지?

나는 멋대로 흘러가는 생각을 통제하지 못했다.

"생강의 마음이 의심돼."

나는 생각나지 않는 누군가를 과감히 떨쳐 버리고선 이자나에게 집중했다.

"이자나 폐하. 혹시 질투하시는 겁니까? 제 관심이 라라에게 가서 서운하신 거예요?"

나는 히죽거렸고, 이자나는 인상을 무참히 구겼다. 오늘 본 이자나의 표정 중에 제일 험악한 것이었다.

그는 딱딱한 목소리로 최후통첩을 하기에 이르렀다.

"우리가 오늘 해야 할 얘기는 여기까지인 것 같군."

　　　　　　　*　　*　　*

"정말로 쫓겨나다니……."

나는 망연자실했다. 상심한 마음 때문에 다리에 힘도 없어 걷던 걸음도 멈추었다.

복도는 또 왜 이리도 긴 거야? 걷고 또 걸어도 끝이 보이질 않는구나.

나는 괜히 짜증이 나서 구두 끝으로 바닥을 몇 번 찔렀다. 조용한 복도에 쿵쿵, 거리는 소리가 작게 울렸다. 그러자 앞서 걷던 라라도 발걸음을 멈추고선 나를 뒤돌아봤다.

"후작저로 돌아가지 않으실 참입니까?"

"누가 안 돌아간대요?"

나는 라라에게 화풀이를 하듯이 대답했다. 사실 내 기분이 좋지 않은 이유는 이자나 때문인데…….

이자나는 '우리가 오늘 해야 할 얘기는 여기까지인 것 같군.'이라는 말을 끝으로 나를 정말로 내쫓았으니까.

내가 그렇게 잘못한 건가? 그것이 그토록 심한 실언이었던 건가? 질투하느냐고 장난스럽게 물은 것뿐인데.

나는 늘어 가는 한숨을 푹푹 내쉬었다.

"돌아가고 싶지 않으신 얼굴을 하고 계십니다."

라라는 기분 나쁘게 히죽 웃으며 내 쪽으로 다가왔다.

"아니에요. 돌아갈 거예요. 돌아가야 되는데…… 이대로 가기엔 너무 아쉬워서……."

"……."

"라라, 당신의 우는 얼굴만 떠올리지 않았다면 그런 일이 일어나지 않았을 거예요."

"우는 얼굴…… 하하, 진저 님. 일단은 먼저 사과부터 드리겠습니다."

"사과요?"

"네."

"웬 먹는 사과?"

뭐야, 심각한 상황에 웬 사과 타령이람.

물론 사과를 싫어하는 것은 아니었다. 하나 사과의 등장이 지금 상황과는 어울리지 않는다고 생각했다.

"라라. 먹을 걸로 내 기분이 풀어질 거라고 생각했다면 그건 오산이에요. 나는 이성적인 여자라고요. 그리고 고작 사과 하나라니…… 적어도 풀코스 정도라면 내 기분이 조금은 나아질지도 몰라."

나는 고개를 절레절레 내저었다. 그러자 라라가 큰 웃음을 터트렸다. 투명한 안경알 속, 그의 눈이 보기 좋은 호선을 그리고 있었다.

"푸읍, 큭큭."

"……? 뭐, 뭐예요? 왜 웃는 건데!"

그는 웃음의 기운을 지우지 못하고선 내게 좀 더 가까이 다가왔다. 그러고선 대뜸 내 손목을 잡는 게 아닌가.

아니, 손목을 잡았다기보다는 손목에 채워진 금빛 팔찌에 제 손을 얹었다는 게 더 알맞은 표현이리라.

그의 손이 얹히기 무섭게 금빛 팔찌가 사라지기 시작했다. 얼마 못 가 팔찌는 제 형체를 모두 잃어버리기에 이르렀다.

그것은 마법이었다.

나는 허전해진 손목을 내려다보던 시선을 들어 올려 라라를 응시했다. 무언가가 생각난 것은 그때였다.

"어!"

아까 기억해 내지 못했던 기억들이 솟아오르기 시작했다. 이자나 앞에만 서면 기억하지 못했던 것. 그것은 바로 '하멜 브레이'에 대한 기억이었다.

"하멜 브레이! 그래 그거였어!"

"죄송합니다. 제가 채워 드린 팔찌 때문에 답답하셨죠? 이게 제가 드린다던 사과입니다."

망할 자식 같으니라고. 그래서 내게 사과니, 뭐니 했던 거구나. 나는 또 왜 거기서 먹는 사과를 떠올렸느냐 말이다. 괜히 머쓱해져서 쥐구멍에 숨고 싶은 심정이었다.

"바보처럼 먹는 사과인 줄 알았잖아요! 어휴, 어쩐지 뭔가가 자꾸 기억이 안 난다고 했어요."

"다시 한 번 사과드리겠습니다. 죄송합니다."

하멜은 멋쩍은 미소를 지었다. 나는 아무것도 채워지지 않는 빈 손목을 바라보며 그에게 물었다.

"그 팔찌, '하멜 브레이'와 관련된 사실만을 제 머릿속에서 지워 주는 건가요?"

"그렇다고 보시면 됩니다. 진저 님이 저를 '라라'라고 여겼을 때의 기억은 진저 님의 머릿속에 잔류하고 있지만, 저를 '하멜 브레이'라고 여겼을 때의 기억은 잊히게 만드는 팔찌입니다."

"그런데 하멜. 그 팔찌, 용하기는 하지만 다음에는 차지 않아도 될까요? 엄청 답답했거든요."

"그건 좀 곤란합니다."

"까짓것 이자나 폐하 앞에서 당신 생각을 하지 않죠, 뭐."

호기롭게 말하기는 했지만, 완전히 장담할 수 없는 말이었다. 내겐 하고 싶은 생각만 할 수 있는 특수한 능력이 없었으니까. 하지만 기억이 사라져 답답해지는 일을 또다시 경험하고 싶지 않았다.

이자나가 읽은 것은 소설의 개정판. 그 책엔 하멜 브레이에 대한 것이 나와 있지 않았다. 즉, 이자나는 하멜의 존재를 까맣게 모르고 있다는 거다.

그렇기에 이자나 앞에서 실수로 하멜을 생각한다고 해도 괜찮지 않을까?

"진저 님. 폐하께서는 하멜 브레이를 모르니까, 저에 대해서 생각해도 상관없겠다고 생각하셨죠?"

"……! 내, 내 생각을 어떻게 알았죠?"

"진저 님 이마에 그렇게 적혀 있습니다."

나도 모르게 이마에 손을 올릴 뻔한 것을 가까스로 참아 냈다. 똑같은 수법에 또 속을 수는 없지.

나는 가자미눈으로 하멜을 흘겨보았다.

"거짓말. 자꾸 그런 식으로 절 놀릴 거예요?"

"이전에도 말했지만, 진저 님은 놀리는 재미가 쏠쏠합니다. 기분 나쁘셨다면 죄송합니다."

나는 팔짱을 끼고선 하멜을 노려봤다.

"진저 님…… 화나신 겁니까?"

화난 것은 아니었다. 하지만 화난 척을 하고 싶었다.

하멜이 나를 줄곧 놀렸으니, 나도 그를 놀려 보고 싶었다고 해야 할까.

내가 대답 없이 표정을 더욱 굳히자 하멜은 난감해진 얼굴을 했다. 그는 아랫입술을 깨문 채로 제 손을 들었다 내려놓기를 반복했다. 어떻게 해야 할지를 모르는 사람처럼.

하긴, 연애에 '연' 자도 모르는 그가, 화난 여자를 어떻게 다뤄야 하는지 알 리가 없지.

나는 이 상황이 재밌어서 조금 더 화난 표정을 지었다.

입술은 앙다물고 눈초리는 더 매섭게 하자. 화난 척을 하는 것은 내게 있어 식은 죽 먹기 같은 일이었다.

초조한 빛을 내비치던 하멜은 이내 허공에 손을 몇 번 휘저었다. 그가 마법을 쓸 때마다 했던 행동이었다.

길고 가느다란 그의 손이 허공을 가로지르는 걸 멈추자 그의 손엔 웬 붉은 장미가 들려 있었다.

그것은 한 송이에 불과했다. 하나 내가 살면서 본 그 어떤 장미보다도 아름다웠다. 꽃잎의 붉은 색은 지나칠 정도로 선명했으며, 생화처럼 싱싱해 보이기까지 했다.

하멜은 부드러운 미소를 지으며 내게 장미를 건넸다.

"사죄의 의미입니다."

그를 마음껏 놀려 보겠다고 생각했던 내 마음이 흐물흐물하게 녹기 시작했다. 하멜의 나지막한 미소와 그의 손에 들린 아름다운 장미 덕분이었다.

못된 마음은 눈 녹듯이 녹아 내리고, 그 자리에 새로이 생겨난 것은 미약한 설렘이었다.

나는 그가 건넨 장미를 받아 들었다. 그러자 하멜은 속삭이듯이 말했다.

"받아 주셔서 감사합니다."

스치듯 조금 닿은 하멜의 손은 따뜻했다.

그래서일까? 그가 준 장미 줄기 부분도 따스했다. 마치 그의 온기가 스며 있는 것처럼.

그렇게 생각하자, 장미 줄기를 잡은 손끝이 저릿저릿한 기분이 들었다.

……이런 느낌. 낯설어.

하멜에게서 처음 느낀 이성적인 감정이었다. 매섭게 굳어 있었던 내 표정은 자연스럽게 누그러졌다.

누그러진 내 얼굴을 본 하멜은 제가 용서받아 기쁜 것인지, 더욱 환한 미소를 지어 보였다.

그는 조금 흘러내린 앞머리를 손으로 쓸어 넘기며 내게 말했다.

"이제 후작저로 돌아가실 마음이 생기셨습니까?"

나는 고개를 옅게 끄덕였다. 볼 부근이 화끈거려서 도저히 고개를 들 수 없었다.

하멜에게 내 스타일은 나른한 섹시미를 갖춘 남자라고 했지만, 조금 전 그가 보여 준 부드러운 면모는 내 마음을 설레게 만들었다.

거기엔 비단 나뿐만이 아니라 여러 여자의 마음을 설레게 만드는 마력이 존재했다.

그는 자신에게 그런 매력이 있다는 사실을 알지 못하는 것 같았다. 더해 레라지에 또한 알지 못할 것이다.

그 순간 내게 이상한 바람이 들었다.

레라지에가 하멜의 부드러운 면모를 영원히 알지 못했으면 좋겠다는 바람이었다.

* * *

나는 그가 준 장미 한 송이를 손에 꼭 쥔 채로 마차에 올라탔다. 지난날 더러 그랬듯이 하멜도 나를 따라 마차에 올라탄 채였다.

마차의 창밖을 쳐다보자 날이 저물어 가고 있는 것이 보였다. 창밖으로 내비치는 하늘엔 붉은빛이 번져 가고 있었다.

노을이었다. 매일같이 보는. 아주 익숙한.

나는 쥐고 있던 장미를 무릎 위에 올려놓고선 내 손바닥을 내려다보았다. 손끝이 저릿했던 느낌은 사라졌지만, 그것이 남기고 간 묘한 여운은 여전히 남아 있었다.

나는 시선을 들어 올려 맞은편에 앉은 하멜마저도 바라보았다. 그는 고개를 조금 비틀어 창밖의 풍경을 바라보고 있는 중이었다.

창가로 스며든 압도적인 붉은빛이 하멜의 얼굴에 내려앉고 있었다. 하얗던 그의 얼굴이 붉어졌고, 이내 그의 잿빛 머리카락마저도 붉게 물들어 갔다.

오묘한 빛을 띤 하멜의 머리카락을 쓰다듬어 보고 싶다는 생각이 들었다.

그것은 아주 충동적인 생각이었다. 내가 한 생각이라고는 믿을 수 없을 정도로.

"……하멜. 당신은 예전에도 여자에게 장미를 준 적이 있어요?"

내 물음에 하멜은 창밖을 보고 있던 시선을 비틀어 나를 응시했다. 그는 털어놓듯이 대답했다.

"아니요. 처음입니다. 더불어 마법으로 장미를 만든 것도 처음이고요. 될까, 싶었는데 만들어지긴 하더군요."

나는 고개를 끄덕였다. 그가 다른 여자에게 장미를 준 적이 없어서 다행이라는 생각이 들기도 했다.

"그렇다면 다음부터는 그러지 마세요."

단호한 내 말에 하멜의 얼굴엔 물음표가 띠어졌다.

"여자들에게 장미를 만들어 주지 말라는 겁니까?"

"네. 장미를 만들어서 여자에게 주지 말라고요."

"어째서입니까?"

"여자들은 사죄의 의미로 장미를 주는 걸 아주 싫어해요. 뭐랄까. 꽃으로 퉁 치려는 성의 없는 사과 같다고 해야 할까요."

완전 거짓말이었다. 성의 없어 보이기는 개뿔, 도리어 아주 섬세한 행동이라고 느꼈으니까.

아닌 말로 고작 장미 한 송이와 부드러운 미소에, 하멜을 놀려보겠다는 내 고약한 심보가 모두 사라졌지 않던가.

하나 이상하게도 그가 다른 여자에게 그런 행동을 하지 말았으면 했다. 특히나 레라지에에겐 더더욱 그러지 말았으면 했다.

정확한 이유는 알 수 없었다. 레라지에와 하멜이 이어지기를 바라는 마음은 여전함에도 불구하고. 설령 그가 레라지에에게 설렘을 느꼈을지라도.

이런 내 생각을 모르는 하멜은 너무도 순진하게 고개를 끄덕일 뿐이었다. 그는 아마 '장미를 주는 행동은 성의가 없어 보인다.'라는 내 말을 철석같이 믿은 것임이 분명했다

미안, 하멜 브레이.

나는 마음속으로 사죄했다. 물론 하멜에겐 닿지 않을 사과였다.

조만간 붉은 장미를 한 송이 사서 그에게 사죄의 의미로 줘 볼까 하는 객쩍은 생각도 들었다. 그런 행동은 성의가 없다고 말했던 주제에.

나는 내 생각이 우스워 헛웃음을 흘렸다.

"또 무슨 문제가 있는 것입니까?"

돌연한 내 웃음에 하멜이 고개를 갸우뚱거렸다.

"아니요. 그냥 웃었어요. 그나저나 마법이라는 거 굉장히 신기하네요. 무언가를 눈 깜짝할 사이에 만들어 버리잖아요."

나는 내 웃음의 이유를 감추고자 화제를 전환했다. 하멜은 별다른 의심 없이 내 물음에 대꾸해 주었다.

"거창한 것은 만들지 못합니다."

하멜은 덧대어서 말했다. 팔찌라든지 장미 같은, 간단한 것들은 마법 속성에 구애 없이 만들 수 있다고.

하멜은 겸손하게 말했지만, 무에서 유를 만들어 내는 그의 마법은 일반인인 나에겐 정말로 신기했다.

가만. 무언가를 만들어 낸다, 라.

내 머릿속에 기발한 생각이 스치고 지나갔다. 나는 짝 소리 나게 손뼉을 쳤다.

"그럼 목걸이 같은 것도 만들 수 있는 거예요?"

"팔찌를 만들었으니, 목걸이를 못 만들 이유가 없죠."

오호라, 목걸이도 만들 수 있단 말이지.

나는 레라지에의 붉은 목걸이를 떠올렸다. 이자나에게 의심의 막을 씌워 주었던 그 목걸이는, 이제 다시 이자나의 관심을 끌 수 있는 물건으로 변모해 버렸다. 상황이 뒤바뀐 것이다.

이자나의 관심을 한 몸에 받는 그녀의 목걸이가 또다시 가지고 싶어졌다.

바보 같은 키키 때문에 끝내 차지하지 못했던 붉은 목걸이였다. 마법사인 하멜과 함께라면 그 목걸이를 내가 차지할 수 있지 않을까?

하멜은 적어도 덜떨어진 키키보단 확실한 조력자가 되어 줄 것임이 틀림없었다.

나는 계획을 얼른 세워 보았다.

일단 하멜의 마법으로 붉은 목걸이와 똑같은 모조품을 만들자. 그리고 내가 직접 그녀의 방으로 가 진품을 훔쳐 오는 건 어떨까.

그럼 레라지에는 이자나에게 모조품을 보여 주게 될 것이다.

그녀의 목걸이가 이자나의 저주와 어떤 관련이 있든, 레라지에가 이자나에게 내보이게 될 것은 모조품이었다. 고로 그에게 아무런 반응도 나타나지 않을 거라는 소리다.

그렇다면 이자나도 더 이상 레라지에를 찾지 않을 테다. 나는 그 기회를 틈타 진짜 목걸이를 이자나에게 가지고 가는 거다!

물론 이자나가 목걸이를 훔친 나를 타박하겠지만, 내겐 그것보다도 레라지에와 이자나 사이가 가까워질 구실이 생기는 게 더 마음에 들지 않았다.

소름 끼칠 정도로 정말 싫었다.

"좋아요, 하멜 브레이. 나, 방금 결심했어요."

대뜸 결심했다는 내 말에 하멜이 의문을 드러냈다.

"무엇을 말입니까?"

"레라지에의 목걸이를 제가 훔칠 거예요."

"목걸이를 훔치다니요. 그리고 그걸 굳이 저에게 얘기하시는 이유가……."

나는 하멜의 말을 자르고선, 이어 말했다.

"그거야 당연히 당신과 함께 훔칠 예정이기 때문이에요."

"……네?"

하멜은 반문했다. 그의 얼굴이 약간 구겨져 있는 것처럼 보이기도 했다. 그녀의 목걸이를 훔치는 일을 탐탁하지 않게 생각하는 듯한 모습이었다.

나는 내 입술 위에 검지를 올려놓은 채로 말했다.

"쉿. 거절은 거절하죠."

의미심장한 미소는 덤이었다.

하멜은 줄곧 순진무구한 모습을 보여 줬던 주제에 제법 강경하게 대꾸했다.

"저는 타인의 것을 훔치고 싶지 않습니다. 더군다나 레라지에 님의 물건이 아닙니까."

"그렇기 때문에 당신은 더더욱 저와 함께 그녀의 목걸이를 훔쳐야 돼요."

"그게 무슨 말씀이십니까?"

나는 몸을 하멜 쪽으로 숙이며 그에게 내 생각을 설명하기 시작했다.

"잘 생각해 봐요. 레라지에에게 붉은 목걸이가 있다면, 그녀는 그걸 빌미로 이자나 폐하와 더욱 자주 만날 게 분명해요."

"……그렇겠죠."

"남녀가 자주 만나게 되면, 없던 정도 생길 수 있단 말이에요. 두 사람의 만남은 우리에게 달가운 일이 아니에요. 그렇죠?"

"······그건 그렇죠."

하멜이 마지못해 동의했다.

"그래서! 그 붉은 목걸이를 우리가 훔쳐야 된다는 거예요."

"······."

하멜의 목울대가 티가 나게 꿀렁거렸다.

"계획······ 을 여쭈어 봐도 되겠습니까?"

좋았어. 휩쓸리고 있고.

"당신이 마법으로 레라지에의 목걸이와 똑 닮은 붉은 목걸이를 만들어서 진짜와 바꾸는 거예요. 당신이 나와 함께해야 하는 이유는 모조품 때문인 것도 있지만, 예상하지 못한 상황을 대비해서이기도 해요. 마법사와 함께한다면 혹시나 닥칠 위기를 잘 넘길 수 있을 것 같거든요."

"모조품이요? 왜 하필 똑 닮은 모조품을 만들어야 되는 것입니까? 마음만 먹는다면 똑같은 기능이 있는 목걸이도 만들 수 있습니다."

그는 자신 있게 말했다. 조금 전에 타인의 것을 훔치는 일을 꺼려 했던 사람이 누구더라~

"물론 마법사들은 자신이 만든 물건에 고유한 인장을 남기기에, 레라지에 님의 목걸이에 있는 게슈트 님의 인장까지는 똑같이 따라 하지 못합니다만."

"인장이요?"

"네. 가령 제가 만든 물건에는 HB란 작은 글자가 남습니다. 아마도 게슈트 님이 마드신 목걸이에도 GA가 새겨져 있을 것입니다.

워낙 작은 글씨라 자세히 보지 않는다면 전혀 보이지 않죠."

"잘 보이지 않는다면, 인장쯤이야 상관없겠고."

나는 사악한 미소를 지었다. 그러자 하멜이 눈에 띄게 흠칫하는
게 보였다.

"사실 제가 궁극적으로 바라는 건, 이능을 막아 주는 기능이 없
는 평범한 목걸이를 레라지에가 갖는 거예요. 그년…… 아니, 레라
지에는 자신의 목걸이가 바뀌었는지도 모르고, 그걸 이자나 폐하
께 보여 주겠죠."

"네."

"폐하와 만나고 나서야 비로소 제 목걸이가 가짜인 걸 눈치채겠
죠. 그렇다면 그녀가 폐하를 만날 이유가 없어질뿐더러……."

레라지에 그것의 뒤통수를 거하게 내리칠 수 있다는 사실. 나는
거기까지 말하지는 못하며 하멜을 바라보았다.

"뿐더러?"

"여하튼 모든 게 잘 풀릴 거라는 소리죠. 레라지에가 자신의 것
이 모조품이라는 사실을 뒤늦게 알아차리고 저를 의심한다고 해
도, 제가 훔쳐 갔다는 증거가 없으면 그만이고. 하하."

"……정말 속 편한 소리만 하십니다. 그런데 묘하게도 진저 님의
말에 일리가 있는 것처럼 느껴지기도 하고…… 하지만 레라지에
님을 생각하면 그것은 정말 도의에 벗어나는 일이라……."

나는 하멜에게 으름장을 놓았다.

"도의는 지나가던 개에게나 주라고 해요. 도덕을 따지다가 당신
의 사랑이 책에서처럼 실패로 끝나면 어쩔 건데요? 모두가 또다시
불행해진다면? 그때도 도의를 찾을 건가요?"

말이 심한 것도 같았지만, 심한 말의 효과는 좋았다. 긴 신음을 흘리며 고민하던 하멜이 끝내 제 고개를 미약하게 끄덕였다. 나는 만족스러운 미소를 지었고, 하멜은 내 미소를 총평했다.

"악당 같은 미소군요."

악당? 그까짓 거 한번 해 보지, 뭐.

레라지에도 내 남자를 빼앗았는데, 내가 그녀의 물건을 못 뺏을 이유가 있던가.

＊　＊　＊

우리는 내일 오후에 후작저에서 다시 만날 것을 기약하며 헤어졌다.

하멜은 헤어지는 순간까지 내 계획에 참여하는 걸 망설였지만, 그렇다고 해서 하지 않겠다는 말은 하지 않았다.

그도 결국 내 계획에 마음을 빼앗긴 거겠지.

나는 내 방으로 들어와, 하멜이 준 붉은 장미를 유리 꽃병에 꽂아 두었다. 마법을 걸어 둔 것인지 붉은 장미는 시간이 지날수록 제 색을 더해 가고 있었다.

나는 그것을 창가에 올려놓았다. 캄캄한 저녁 하늘과 붉은 장미는 제법 잘 어울렸다.

나는 그 자리에 서서 한참이나 그 장미를 바라보았다.

다리가 조금 저리다고 생각될 무렵, 침대에 몸을 누이었다. 그러곤 잠을 청하기 위해서 눈을 감았다.

감은 눈앞으로 장미의 붉은빛의 궤적이 사라지지 않았다. 그것은 오랫동안 내 눈앞을 붉게 물들였다.

붉은빛이 사라지자 드리운 것은 부드러운 미소를 짓고 있던 하멜의 얼굴이었다.

웃는 거. 좀 예뻤어.

나는 감았던 눈을 떠 그의 얼굴 잔상이 사라지기를 기다렸다. 그리고 다시 눈을 감았을 때, 떠오른 이는 잠들어 있던 이자나의 흐트러진 모습이었다.

단정하지 못한 모습마저도 아름다웠던 이자나가 떠오르자, 나는 또다시 눈을 뜰 수밖에 없었다.

내 머릿속은 자로 잰 듯 정확하게 둘로 갈라져서, 한쪽은 이자나를 또 다른 한쪽은 하멜을 떠올리고 있었다.

그건 정말…… 이상한 일이었다.

*　*　*

이튿날, 하멜은 약속한 시간에 후작저를 찾아왔다. 낮과 밤의 경계쯤의 시간이었다.

도의니 뭐니 하며 망설였어도, 그도 결국은 누군가를 원하는 사람에 지나지 않았다.

그도 레라지에와 이자나가 가까워지는 일을 원하지 않았으리라. 그렇기에 도의에 벗어나는 행동임을 알면서도, 내 계획에 동조해 준 거라고.

나는 하멜의 마음이 이해가 되기도 하고, 그가 귀엽기도 했다.

"하멜. 내 계획을 설명해 줄게요."

물론 장대한 계획이 있는 것은 아니었다. 하지만 대충의 계획은 존재했다.

오늘 밤, 레라지에는 어느 자작가 영애의 생일 파티에 초대되어 외출을 할 예정이었다. 그녀가 외출하는 즉시 레라지에의 방에 몰래 들어가서 그녀의 목걸이를 훔치는 거다.

이 계획을 도와줄 사람에는 하멜과 나 외에 한 명 더 있었다. 그이는 바로 레라지에에게 심어 두었던 스파이 시녀였다.

이런 상황에 대비해 그녀에게 오랫동안 붙여 놓았던 내 심복이었다. 결국 이렇게 쓸 일이 생기다니. 나의 탁월한 대비성에 내가 감탄했다.

진저 토르테, 잘했어. 매우 칭찬해.

나는 이러한 계획을 하멜에게 차근차근 설명해 주었다. 하멜은 내 말을 경청했다.

"……레라지에가 자작가에 가기 위해 저택을 나가면, 제 심복 시녀가 우리를 저택 안으로 몰래 들여보내 줄 거예요. 저는 시녀 옷차림, 당신은 시종 옷차림으로 후작저에 들어가는 거죠!"

"네."

"그리고 그녀가 외출한 사이에, 그녀의 목걸이를 훔치면 끝. 어때요? 정말 간단하죠?"

"잘…… 되겠죠?"

하멜의 목소리엔 짙은 불안이 배어 있었다. 나는 세차게 고개를 끄덕였다.

"당연하죠. 걱정은 금물이에요."

호언장담하기는 했지만, 솔직히 나도 일이 잘 풀릴 것이라고 확신할 수는 없었다.

지난날 내가 계획했던 것들의 결과를 살펴보자. 얼마나 많은 실패를 했던가. 얼마나 많은 변수가 등장했던가.

나는 아마 하멜이 느꼈던 것과 같을 불안함을 잠깐 느꼈다. 하지만 이제 와 돌이킬 수는 없었다.

돌이킬 수 없다면 나아가는 수밖에.

우리는 내가 준비해 놓은 시녀복과 시종복으로 바꿔 입은 후, 레라지에의 저택으로 향했다.

아틀렌타 후작저의 담장 밑에서 몸을 숨기고 있자, 얼마 못 가 레라지에가 탄 마차가 저택을 빠져나가는 게 보였다. 그러자 미리 언질을 주었던 나의 심복 시녀가 우리를 저택 안으로 들여보내 주었다.

순탄한 진행이었다.

우리는 레라지에의 방으로 빠르게 향했다.

다행히도 복도에서 마주친 사람은 없었고, 우리는 손쉽게 레라지에의 방에 들어설 수 있었다. 나의 심복 시녀는 만약을 대비해 문밖에서 대기하게 했다.

레라지에의 방으로 완전히 들어와 방문을 닫자 하멜은 기다란 한숨을 내쉬었다.

바라본 하멜의 얼굴이 굳어 있었다. 긴장이라도 잔뜩 한 것처럼 말이다.

"괜찮아요?"

"후. 이런 건 처음이라서 몹시도 긴장이 됩니다."

"그럼 몇 번 더 할까요? 여러 번 하면, 이 일에 완전히 적응할지도 몰라요."

내가 장난스럽게 말하자 하멜의 동공이 눈에 띄게 흔들렸다.

"정, 정녕 이런 짓을 또다시 하겠다는 말씀이십니까?"

바보 같긴. 내가 진짜 도둑도 아니고, 이런 짓을 또 할 리가 없잖아.

하멜은 어떨 때 보면 날카로워 보이다가도, 또 어떨 때 보면 정말로 순수해 보였다. 세상의 악함에 물들지 않은 순수한 면이 있다고 해야 할까.

나는 하멜의 단단한 등을 가볍게 내려치며 말했다.

"농담이에요. 긴장 좀 풀라고."

"……."

"자, 그럼 레라지에 그것의 목걸이를 한번 찾아볼까요?"

우리는 일단 눈에 보이는 서랍들을 뒤적거리며 그녀의 목걸이를 찾아보았다. 목걸이는 손바닥만 한 보석함 안에 보관되어 있을 것이다. 나는 몇 년 전에 그 보석함을 본 적이 있었다.

그렇게 몇 분이 흘렀을까. 밖을 지키고 있던 심복 시녀의 다급한 목소리가 들려왔다.

"……레, 레라지에 님!……."

뭐?! 레라지에? 마차를 타고 저택을 나섰던 그녀가 왜 돌아온 거지?

잘못 들었나 싶어서 하멜을 쳐다보자, 그 또한 놀란 것인지 서랍을 뒤지던 것을 멈추고 나를 바라보고 있었다.

맙소사. 잘못 들은 것이 아닌가 봐.

"하멜! 어떡하죠? 무슨 일인지는 모르겠지만, 레라지에가 다시 돌아온 것 같아요."

"하…… 어떠헤아   ."

하멜은 제 말을 잇지 못했다. 그의 얼굴이 하얗게 질려 있었다.

그사이 심복 하녀의 우렁찬 목소리가 다시금 들렸다. 그녀는 내게 위급함을 알리기 위해 일부러 큰소리로 말하고 있었다.

"뭘 놓고 가! 섰! 다! 고! 요?"

레라지에가 대답했겠지만, 그녀의 목소리까지는 잘 들리지 않았다.

이마엔 언제부터 맺혔을지 모를 식은땀이 흘러내렸다. 나는 아랫입술을 잘근잘근 깨물며 생각했다.

어떻게 해야 하지.

우리에겐 주어진 시간이 별로 없었다. 레라지에의 방을 나가는 건 무리였다. 이대로 나갔다간 레라지에와 정면으로 부딪칠 테니까.

그렇다면 방 안 어딘가에 숨어야 한다는 건데…….

나는 방 안을 둘러보다 그녀의 방 한쪽 벽면을 거의 다 차지한 커다란 옷장을 보았다. 두 사람이 숨기에 딱 좋아 보이는 옷장이었다.

나는 옷장과 하멜을 번갈아서 쳐다보았다.

하멜 또한 내가 방금 전까지 보았던 옷장을 바라보고 있었다. 옷장을 보는 그의 잿빛 눈동자가 티가 나게 흔들리고 있었다.

"옷장은 무리겠죠?"

나는 이러지도 저러지도 못한 채로 하멜에게 물었다.

"무리지만, 다른 방도가 없는 것 같으니까."

하멜은 저곳에 숨기를 결정한 듯 내 손목을 부드럽게 낚아챘다. 그러고는 옷장의 문을 대범하게 열어 제 큰 몸을 구겨 넣고선 나를 끌어당겼다.

나는 하멜과 마주 본 채로 옷장에 자리 잡은 뒤, 옷장 문을 급하게 닫았다.

옷장 문을 닫은 지 근 5초정도가 지났을까.

방문이 열리는 소리가 울렸다. 레라지에가 방 안으로 들어온 것이다. 간담이 서늘할 만큼의 간발의 차이였다.

나는 놀란 가슴을 쓸어내렸다. 조금만 늦었다면 레라지에에게 걸렸을 테다. 그녀에게 들켰을 상황을 상상하자 눈앞이 아찔해졌다.

설마하니 그녀가 옷장을 여는 건 아니겠지, 하는 걱정도 들었다. 하지만 레라지에의 구두 소리는 옷장과는 정반대 방향으로 향하고 있었다.

입술 사이론 안도의 숨이 작게 흘러나왔다.

나는 내 앞에서 두 무릎을 가지런히 세우고 앉아 있는 하멜을 뒤늦게 살펴보았다.

무릎 사이에 얼굴을 파묻고 있어서, 그의 얼굴이 보이지는 않았다. 하나 그가 힘들어하고 있을 것 같다는 확신이 들었다.

나는 며칠 전, 그가 폐소 공포증을 참지 못해 눈물을 흘렸던 모습을 떠올렸다.

눈물이라곤 흘리지 않을 것 같은, 메마른 회색빛 눈동자에 고인 눈물. 그것은 잊으려야 잊을 수 없는 것이었다.

그토록 서럽게 울던 하멜을 어찌 잊을 수가 있을까.

나는 그가 또 눈물을 흘리고 있는 것은 아닌지 걱정되었다. 손을 뻗어 그의 머리 위에 조심스럽게 올려놓자, 하멜의 고개가 조금 들렸다.

그는 나와 고요히 시선을 맞추었다. 마주친 그의 눈동자가 반짝거리고 있었다. 그것은 어두운 옷장을 밝히는 유일한 빛이자 눈물의 흔적이었다.

결국 내가 이 남자를 또다시 울리고야 말았구나.

어떻게 해야 할지 잘 가늠할 수 없었다. 옷장 밖으로 나가는 방법이 가장 좋은 방법일 테지만, 레라지에가 방 안에 있는 이상 그렇게 해 줄 수는 없었다.

나는 그 대신 하멜에게 가까이 다가가 그를 안아 주었다. 그에게 따스한 내 체온이 닿기를 바랐다. 맞닿은 체온에, 하멜의 두려움과 무서움이 조금은 가시기를 바랐다.

하멜은 내 어깨에 제 얼굴을 묻었다. 그가 내뱉는 뜨거운 숨결이 내 목덜미에 선연히 느껴졌다. 그러자 온몸의 털이 곤두서는 기분이 들었다.

나는 어깨를 움츠리며, 그와 밀착된 몸을 약간만 떼어 내려고 했다. 그러나 하멜이 내 허리를 너무도 단단히 붙잡고 있었다. 나는 그에게서 벗어날 수 없었다.

허리춤에 닿은 그의 강인한 손길에서 왠지 모를 간절함이 느껴지기도 했다.

'나에게서 멀어지지 마.'

그런 메시지가 담긴 듯한 느낌.

이윽고 내 어깨에 뜨거운 것이 흘러내렸다. 그것은 하멜의 눈물이었다.

하멜은 나를 조금 더 꽉 껴안았다. 마치 놓아줄 의사가 없는 듯. 견고하게.

나는 하멜의 너른 품 안에 가둬진 채로 그의 가슴에 얼굴을 기댔다. 도망갈 틈 없이 밀착된 그에게선 격렬한 심장 소리가 들리었다.

그 소리를 듣고 있자니 나조차도 심장이 떨리는 듯한 착각이 일었다. 이자나에게서 느꼈던 두근거림과는 다른 느낌을 주는 설렘이었다.

어깨춤에서 느껴지던 그의 눈물 감촉이 더욱 짙어졌다. 그는 제법 많은 양의 눈물을 쏟아 내고 있는 것 같았다.

나는 하멜이 걱정되기도 하고, 안쓰럽기도 했다. 레라지에가 빨리 나가 주었으면 좋겠는데…….

그녀의 목소리가 들린 것은 그때였다.

"여기에 있었네."

레라지에는 제가 찾던 것을 찾은 듯했다.

머지않아 그녀의 발걸음 소리가 멀어지기 시작했고, 문이 열리는 소리 그리고 닫히는 소리마저도 울렸다. 레라지에가 방 밖으로 나간 것이다.

하멜은 그제야 꽉 껴안고 있던 나를 놓아주었다. 그러자 조금 아쉬운 마음이 들었다. 출처를 알 수 없는 아쉬움이었다.

"……."

"……."

비록 서로의 몸은 떨어졌지만, 우리 사이엔 뜨거운 공기가 계속해서 감돌고 있었다.

그래서일까. 레라지에가 나갔다는 걸 알면서도 우리는 옷장 밖으로 선뜻 나가지 못했다.

시간이 얼마나 더 흘렀을까.

닫혀 있던 옷장의 문이 천천히 열리기 시작했다. 열린 문 사이로 밝은 빛이 쏟아지자 나는 눈가를 찌푸렸다. 하멜 또한 두 손으로 얼굴을 가린 채였다.

옷장 문을 연 이는 심복 시녀였다.

"레라지에 님이 완전히 가셨습니다. 여기 숨어 계실 줄은 몰랐습니다만…… 들키지 않아서 다행입니다."

그녀는 레라지에가 완전히 갔음을 친절히 알려 주며, 내가 옷장에서 나가는 일마저도 도와주었다.

"고마워. 너는 나가서 다시 보초를 서 줘. 나는 일을 끝내고 나갈 테니까."

"알겠습니다."

심복 하녀는 옷장에 앉아 있는 하멜을 흘긋 보고선 방 밖으로 나갔다.

하멜은 여전히 제 얼굴을 두 손으로 감싸고 있었다. 아직도 눈물이 나는 걸까.

나는 그가 제 발로 옷장에서 나오기를 기다렸다. 하지만 몇 분이 흘렀음에도 하멜은 옷장 밖으로 나오지 않았다. 마치 굳어 버리기라도 한 것처럼 말이다.

참다못한 내가 그에게 먼저 말을 건네었다.

"하멜. 언제까지 그러고 있을 거예요?

"……아, 네. 나가겠습니다."

하멜은 느릿하게 대답하며 옷장 밖으로 나왔다. 그는 쓰고 있던 안경을 벗어, 옷장 위에 올려놓고선 두 손으로 마른세수를 했다.

"괜찮아요?"

내 물음에 하멜은 나를 똑바로 쳐다보았다. 그의 눈은 눈물의 여운이 가시지 않아 촉촉했다.

"그게…… 전혀 괜찮지가 않습니다."

그는 제 가슴에 손을 얹으며 심각한 표정을 지었다. 극심한 공포 때문에 그의 심장에 무리가 간 것이 아닐까 싶었다.

울음으로 물든 하멜의 얼굴은 처연해 보였다. 바라보는 나의 마음마저도 애처롭게 만들 만큼.

"미안해요. 당신을 또다시 울리려고 한 건 아니었는데……."

하멜은 눈을 오랫동안 감았다가 다시 떴다. 그러고선 뒤늦게 대답했다.

"그래도 당신이 있었기에 저는 견딜 수가 있었습니다."

"……하멜."

"위로해 주신 거 감사드립니다. 진저 님."

하멜은 안경을 집어 들어, 안경알을 제 소매로 대충 닦았다. 이윽고 안경을 반듯하게 고쳐 쓴 그가 나를 직시했다.

내게 닿은 그의 눈동자가 이전과는 달라진 것 같은 기분이 들었다. 오묘한 열기가 느껴진다랄까.

"아니에요. 당연히 위로해 드려야죠. 어떻게 생각하면 저 때문에 일어난 일인데……. 어휴. 그런데 남자가 울 땐 어떻게 해야 할지 잘 모르겠더라고요."

"조금 전처럼 하시면 됩니다. 제게 해 주신 것처럼. 그 정도면 충분할 것 같습니다."

"그런가요? 하하."

나는 어색하게 웃었고, 하멜은 정색했다. 괜찮다고 했지만 내심 내게 불만을 가지고 있는 건가? 그는 어째서 표정을 굳히고 있는 걸까.

굳은 얼굴을 하고 있던 그는, 또다시 제 가슴 쪽에 손을 얹었다.

"하멜. 심장이 아파요?"

내가 그렇게 묻자 하멜은 심각하게 대꾸했다.

"심, 심장이 너무 빠르게…… 휴."

그는 눈을 감았다. 우리에게 주어진 시간은 별로 없었지만, 진지해 보이는 하멜을 방해할 수 없었다.

하멜이 눈을 다시 뜨기를 잠자코 기다리다 문득 그런 생각이 들었다. 혹 그가 '현자의 눈'으로 무언가를 봐 버린 게 아닐까 하는.

거기까지 생각했을 때, 하멜의 눈이 뜨였다.

그는 한 마디의 언질도 없이 제 손을 허공에 휘젓기 시작했다. 아마도 마법을 쓰려는 것 같았다.

단순해 보이는 그의 손동작이 허공을 지나칠 때마다 작은 스파크가 튀었다. 그것은 이내 아름다운 무늬를 만들어 내기에 이르렀다. 아름다운 무늬 사이로 붉은빛을 가진 무언가가 톡 튀어나왔다.

하멜은 그것을 정확하게 낚아챘다. 그리고 나는 그것이 무엇인지 알고 있었다.

"레라지에의 목걸이?"

그것은 영롱히 빛나며 내 시야를 어지럽혔다.

"하멜! 그건 제가 만들어 달라고 했던 모조품인가요?"

"그렇습니다. 진저 님이 부탁하신 대로 아무런 기능이 없는, 모양만 똑같은 목걸이입니다."

"잘했어요! 당신을 아주 칭찬해요."

나는 그에게 엄지를 치켜들며 칭찬의 말을 건넸지만, 하멜은 "네." 하고 싱겁게 대답했을 뿐이었다.

그는 내게 붉은 목걸이를 건네주었다.

나는 내 손에 들린 붉은 목걸이를 꼼꼼히 살폈다. 하멜이 만든 목걸이는 키키가 만들어 온 모조품과는 판이해 보였다.

그것은 놀라울 정도로 레라지에의 목걸이와 똑같았다. 눈썰미가 좋은 그녀일지라도 단번에 알아차리지 못할 정도로.

나는 그것을 손에 쥔 채로 두 팔을 걷어붙였다. 영문을 알 수 없이 이상해져 버린 하멜을 계속 신경 써 줄 수는 없었다. 나라도 얼른 레라지에의 진짜 목걸이를 찾아야 했다.

내가 다시 그녀의 방을 뒤적거리기 시작했을 때였다.

"진저 님. 잠깐만요."

그는 나를 막아서며 다시금 허공에 손을 몇 차례 휘저었다. 또 무슨 마법을 하려는 거지?

마법을 시전하는 그의 얼굴이 조금 창백해 보이기도 했다. 이윽고 그의 손동작이 멈췄을 때.

탁.

레라지에의 방에 있던 수많은 서랍 중 어느 하나가 저절로 열렸다.

"제가 방금 연 서랍에 레라지에 님의 목걸이가 있을 것입니다."

"대박. 물건을 찾을 수 있는 마법도 할 수 있었던 거군요! 그렇다면 진작 해 주지 그랬어요."

"그러게 말입니다. 저도 모르게 망설였나 봅니다. 아무튼 목걸이를 바꿔서 이곳을 얼른 나가는 게 좋을 것 같습니다."

"좋아요."

나는 열린 서랍까지 단숨에 걸어가 그 안을 내려다보았다. 그곳엔 정말로 레라지에의 보석함이 있었고, 나는 그것을 조심스럽게 집어 들었다.

손바닥 크기의 작은 보석함은 당연히 잠겨 있을 거라고 생각했다. 그러나 보석함에 손을 가져다 대기 무섭게 그것은 부드러운 곡선을 그리며 천천히 열리기 시작했다.

아마도 하멜이 마법으로 잠긴 보석함마저도 열어 놓은 게 틀림없었다.

"하멜! 보석함을 열어 줘서 고마워요."

"별걸 다."

하멜은 보석함엔 별 감흥이 없는 듯, 조금 전까지 제가 들어가 있었던 옷장만을 하염없이 바라봤다. 그의 손은 다시금 제 가슴 위에 올라가 있었다.

나는 그를 보았던 시선을 비틀어 열린 보석함을 바라보았다. 열린 보석함 속에 붉은 목걸이가 굳건히 자리하고 있었다.

"후후."

나는 악당 같은 미소를 지으며 목걸이를 바꿔치기하려고 했다. 그 순간 생각지도 못한 사고가 벌어졌다.

긴장한 탓인지, 손에 스며 있던 땀에 미끄러졌던 것인지, 실수로 보석함을 떨어뜨린 것이다.

떨어지는 보석함을 잡으려다가 설상가상으로 다른 손에 쥐고 있던 하멜이 만든 목걸이마저도 놓치고 말았다.

보석함은 바닥에 뒹굴었고, 두 개의 붉은 목걸이 또한 바닥에 나뒹굴었다.

제길. 중요한 순간에 이런 실수를 해 버리다니.

하멜이 봤다면 나를 비웃었을지도 모를 일이었다. 제가 목걸이를 만들어 주고 진짜를 찾아 주기도 했는데, 고작 바꿔치기하는 것을 제대로 못 하느냐고.

나는 허리를 굽혀 보석함과 두 목걸이를 집어 들었다. 하멜은 그제야 내 쪽을 쳐다보았다.

"진저 님? 무슨 문제라도 있으신 겁니까?"

나는 고개를 내저었다.

"아뇨. 아무 일도 없어요. 이제 목걸이를 바꿔치기하려고요."

말은 그렇게 했지만 사실 문제가 조금 있었다. 두 개의 목걸이가 떨어지면서 섞여 버린 것이다.

어느 것이 진짜 레라지에의 것이고, 어느 것이 가짜인지 잘 구분되지 않았다. 하멜이 지나칠 정도로 비슷하게 만들었기 때문인가 싶었다.

하멜에게 물어볼까 싶다가도, 그가 나를 정말로 비웃을 것 같아 여간 망설여지는 게 아니었다.

나는 게슴츠레한 눈으로 두 목걸이를 빠르게 훑어 냈다. 그러다 오른손에 들린 것이 덜 빛나고 있다는 사실을 깨닫게 되었다.

오호라, 네가 모조품이로구나.

나는 오른손에 들린 목걸이를 보석함에 넣어, 원래 있던 서랍 속에 집어넣었다. 서랍마저도 닫고 나자 내 계획이 완벽하게 끝났음이 실감되었다.

기분이 너무도 좋았다.

"하멜. 작업도 끝났으니 이제 그만 돌아갈까요?"

나는 손에 들린 나머지 붉은 목걸이를 품속에 잘 넣었다. 그러곤 그에게 가까이 다가가 그의 손목을 잡아챘다.

"……!"

하멜은 소스라치게 놀라며 나를 내려다보았다. 그의 동공이 아주 커져 있었다.

"그, 그렇게 갑자기 제 손목을 잡으시다니요……!"

"예? 왜요? 우리 사이에 손목쯤이야. 옷장에서 당신을 안아 주기도 한 걸요. 하여튼 꼭 이렇게 연애 안 해 본 티를 낸다니까."

"그, 그렇지만…… 휴, 아닙니다. 모든 게 제 심장 때문입니다."

"심장? 설마 옷장 안에 있었던 여파예요?"

하멜은 대답 대신 깊은 한숨을 내쉬었다. 긴 한숨 뒤, 그는 김빠진 미소를 짓기에 이르렀다. 나지막한 미소는 왠지 모를 나른한 감상을 주었다.

나른한…… 섹시.

나는 그의 얼굴을 잠깐 동안 멍하게 바라보았다.

당신, 나른 섹시에 근접해 가고 있는 것 같아.

내가 일순간 넋이 나간 틈을 타, 하멜은 내게 잡힌 제 손목을 빼냈다. 그의 손은 내 손끝을 부드럽게 잡았다. 손목을 잡은 일에 기겁한 주제에 내 손을 잡다니.

"갑시다."

하멜은 가라앉은 목소리로 그리 말했다.

우리는 손을 잡은 채로 레라지에의 저택을 빠져나왔다. 나갈 때 몇몇 사용인과 마주치기도 했지만, 별다른 의심을 받지는 않았다.

저택을 완전히 벗어나고 나서야 하멜은 내 손을 놓아주었다.

"오늘은 후작저까지 데려다 드리지 못할 것 같습니다. 죄송합니다, 진저 님."

"괜찮아요. 내가 애인가. 혼자서도 잘 찾아갈 수 있다고요."

"그렇다면 다행입니다. 그럼 저희는 여기서 이만 헤어지도록 하죠. 저는 해야 할 것이 있어서…….."

해야 할 것?

뭘 하려는 걸까 싶었지만, 더는 묻지 않았다. 하멜이 묻지 말아 달라는 얼굴을 하고 있었기 때문이다.

그는 내게 인사를 한 뒤에 제가 먼저 자리를 떴다. 나는 멀어져 가는 그의 뒷모습을 하염없이 보았다.

꽉 잡고 있던 하멜 손의 감촉이 내 손에 여전히 남아 있는 것 같았다.

＊　＊　＊

후작저로 돌아와 위장용으로 입었던 시녀복을 벗었을 때였다. 시녀복 어깨춤에 새겨진 작은 얼룩이 보였다.

그것은 하멜이 남긴 흔적이었다.

나는 그의 눈물을 떠올렸다. 떠오름과 동시에 그 눈물이 흘러내렸던 내 목덜미가 화끈거리는 것 같았다.

나를 끌어안았던 그의 뜨거운 손마저도 떠오르자 이상야릇한 기분이 들었다.

"심장이 왜 이렇게 간질간질한 거지."

몸 안의 심지가 달아오르는 듯한 기분이랄까.

나는 묘한 기분을 떨쳐 내기 위해 레라지에의 붉은 목걸이를 꺼내 들었다. 그것을 보자 입가엔 절로 미소가 맴돌았다.

이자나에게 이것을 보여 준다면, 그는 어떤 표정은 지을까.

* * *

다음 날, 오전에 궁에서 온 마차가 왔다. 당연히 이자나가 보낸 것이었다. 오늘도 하멜, 즉 라라가 마중을 나왔을 것이라 예상했다.

하나 마차에 다다랐을 때, 나를 반겨 주는 하멜은 없었다. 마차 앞에서 나를 기다리고 있는 사람은 처음 보는 남자였다.

처음 본 그는, 고개 숙여 정중히 인사했다. 나는 그에게 물음을 건네었다.

"하…… 아니, 라라는 어디 갔어요?"

"아, 라라 님을 말씀하시는 거라면 휴가를 내셨습니다."

"휴가요?"

"그렇습니다. 소개가 늦었습니다. 저는 미카엘이고, 라라 님의 일을 임시로 맡게 되었습니다."

휴가라니? 뜬금없는 휴가였다. 성공적인 도둑질을 끝마친 후에 무슨 일이라도 생겼던 걸까.

해야 할 일이 있다던 하멜의 마지막 말이 떠올랐다. 그 일 때문일까? 내게 일언반구 없이 휴가를 낸 하멜에게 서운한 마음이 들었다.

나는 석연치 않은 마음을 품은 채로 마차에 올라탔다.

궁으로 가는 내내 하멜의 빈자리가 느껴졌다. 좋든 싫든 몇 번이고 그와 함께 탔던 마차였다. 언제나 함께였기에, 하멜의 공백이 느껴지는 건 당연한 일인 듯싶었다.

만약 마차를 탔던 이가 하멜이 아닌 다른 남자였어도, 그 남자의 부재를 체감했을 것이다. 하멜을 남다르게 느낀 것은 절대로 아니었다. 그렇게 나를 합리화시켰다.

나는 노을에 물들어 가던 마차 속 하멜의 모습마저도 떠올렸다. 제법 보기 좋았는데. 다시 보고 싶다고 생각해도 되는 걸까?

내 마음속에 작은 구멍이 생긴 것 같았다. 그것은 그리움이 빚어 낸 구멍이었다.

오늘따라 아무것도 차지 않은 손목이 왜 이리도 허전한 건지. 나는 하멜에겐 닿지 않을 메시지를 마음속으로 읊조렸다.

이봐요, 하멜.

'하멜 브레이'에 대한 기억을 없애 주는 팔찌를 채워 주지 않는다면, 이자나 앞에서 당신 생각을 해 버릴지도 모른다고.

내겐 하고 싶은 생각만 할 수 있는 능력이 없거든. 그럼 당신의 정체가 이자나에게 모두 들통날지도 몰라.

당신은 그래도 괜찮은 거야?

어쩌면 궁에 도착했을 때, 그가 마법처럼 나타나 금빛 팔찌를 채워 줄지도 모른다는 막연한 예감이 들기도 했다.

하지만 언제나 그랬듯 예감은 예감으로 그치고야 말았다. 마차가 멈추고 이자나의 정원에 도착해서도 하멜이 보이지 않았으니까.

그는 정말로 어디론가 사라져 버린 것이다.

내게 의문만을 남겨 놓은 채로.

* * *

나는 잘 정리된 잔디를 꾹꾹 밟으며, 이전 날 이자나와 만났던 버드나무 쪽으로 걸어갔다.

날은 무척이나 좋았다. 좋은 일이 일어날 것 같은, 근사한 예감을 주는 쾌청한 날이었다.

한참을 걷자 이자나의 모습이 보였다. 그는 역시나 몸통이 큰 버드나무에 등을 기댄 채로 앉아 있었다.

이자나는 책도 읽지 않고선, 잔디를 부드럽게 쓰다듬고 있었다. 그의 옷차림은 또 얼마나 간소한지, 모르는 이가 본다면 영락없이 정원사로 착각할 정도였다.

얼굴이 꽤 잘생긴 정원사랄까. 로맨스 소설에 자주 나오는 귀부인의 정부인 미남 정원사랄까. 이자나에게선 그러한 분위기가 가득 풍겼다.

나는 이자나가 커다란 가위를 들고 잔디를 깎는 모습을 상상했다. 그의 셔츠 단추는 반쯤 풀어 헤쳐져 있고, 그 사이론 타지 않은 하얀 살갗이 내비칠 테지.

계속된 노동으로 인해 그의 이마엔 땀 한 줄기가 흘러내리고. 흘러내린 땀줄기는 그의 턱 끝에 가련하게 맺혀 있다. 이윽고 그의 가슴 위에 톡 떨어지겠지.

그 모습을 가까이서 지켜보던 귀부인은 군침을 흘릴 거고. 이자나는 자신의 모습이 얼마나 관능적인지를 아는 듯, 귀부인을 향해 부드러운 미소를 짓고.

그러곤 귀부인에게 속삭일 테다.

'마님. 당신의 손질되지 않은 마음을 제가 정돈해 드려도 괜찮겠습니까.'

그리고 그날 밤 귀부인과 정원사의 뜨거운…… 거기까지 생각하자 미소가 새어 나왔다.

너무 바람직한 상상이야.

"도대체 무슨 생각을 해야 그런 표정을 지을 수 있는 거지?"

"예?"

정신을 차리고 앞을 바라보자, 언제 일어났을지 모를 이자나가 내 앞에 서 있었다. 그는 나를 내려다보고 있었다.

"제가 무슨 표정을 지었다고…… 하하."

이자나는 제 턱을 손으로 문지르며 내 눈을 빤히 응시했다. 마치 내 생각을 모조리 읽으려는 것처럼 말이다.

그에게 내 생각을 읽히리란 것을 예감했음에도, 이미 시작된 상상을 멈출 수 없었다.

가슴이 풍만한 귀부인. 그리고 섹시한 정원사인 이자나. 두 사람뿐인 어두운 테라스. 그들을 서로의 살결을 짐승처럼 탐내고…….

'마님. 저는 더 이상 참을 수 없습니다.'

'오오. 나의 사랑스러운 정원사, 이자나. 손질되지 않은 내 마음을 어서 정돈해 줘. 너의 그 부드러운 손길로.'

이윽고 그녀의 가슴에 손을 얹는 이자나의 모습마저도 상상해 버렸을 때, 이자나는 기겁했다.

"맙소사."

이자나는 놀란 듯한 표정을 짓다가, 내 어깨에 제 손을 불쑥 올렸다.

그는 목소리를 가다듬으려는 듯 헛기침을 몇 차례 했다. 그의 붉은 입술 사이로 내 상상 속에서 들었던 말이 흘러나왔다.

"외설적인 생각 양. 너는 손질되지 않은 네 마음을 내가 정돈해 주기를 바라고 있는 건가."

"컥! 폐, 폐하."

……이자나는 내가 한 이상한 상상을 모두 다 읽었구나.

귓바퀴가 뜨겁게 달아올랐다. 나는 눈을 질끈 감으며, 그에게 뭐라고 대답해야 할지 고민했다.

머리를 굴려, 진저 토르테. 빼도 박도 못하게 외설적인 생강이 되어 버렸다면……. 그렇다면 진짜로 외설적인 생강이 되어 버리는 건 어쩌려나.

나는 감고 있던 눈을 뜨고선 대답했다.

"저는 제 마음이 당신에게 정돈되어지기를 기다리고 있답니다. 후후."

내가 음흉한 미소마저도 짓자, 이자나의 검은 동공에 작은 파문이 일었다. 그는 명백히 당황한 모습이었다.

내가 그렇게 대답하리란 것을 예상하지 못했으리라.

"……내가 졌어. 못 당하겠군."

이자나는 야릇한 내 상상을 이해해 주겠다는 듯 옅은 미소를 지었다. 매번 짓는 미소마다 어쩜 저리도 완벽한 것일까.

"그늘에 앉아서 얘기해. 햇살이 따갑군."

그는 제가 조금 전까지 앉아 있었던 버드나무까지 나를 이끌었다. 우리는 잎이 길게 늘어진 버드나무 밑에서 서로를 마주 본 채로 앉게 되었다.

우리 사이엔 침묵이 맴돌았다. 이자나는 입술을 일자로 다문 채로 잔디를 쓸고 있을 뿐이었다.

나는 그에게 무슨 말을 해야 하나, 고민했다. 그때 불쑥 든 의문이 하나 있었다.

"이자나 폐하. 궁금한 게 있어요."

"뭔데?"

"라라는 어디로 휴가를 갔나요?"

내 물음이 끝나기 무섭게 잔디 위를 쓸던 이자나의 손이 멈추었다. 그는 제 손을 거두어들이며 나를 쳐다보았다.

나는 깊은 의미가 내포된 물음이 아니라는 것처럼 어깨를 으쓱거렸다. 하지만 으쓱거린 것과는 별개로 그의 눈동자를 똑바로 쳐다볼 수 없었다.

그와 눈이 마주친다면 그에게 들켜서는 안 될 생각을 할 것 같았으니까. 이를테면 하멜 브레이라든지. 울보 남자라든지. 그 울보와 내가 저지른 일이라든지.

몇 초가 지났음에도, 이자나가 의심스러운 눈초리만을 보내자 나는 그에게 손사래를 쳤다.

"오해하지는 마세요! 저는 매일 오던 라라가 안 와서 조금 의아했던 것뿐이니까요."

"정말로 그게 끝이야?"

"그, 그럼요. 그럼 무슨 의미가 더 있겠어요."

"요즘 생강 양이 라라에게 관심이 있는 것처럼 보인단 말이지."

"그것은 폐하의 착! 각!"

나는 익살스러운 표정을 지었다. 그러나 그것은 역효과가 난 듯했다. 이자나의 눈빛이 더더욱 의심스러워졌으니 말이다. 나는 어색한 미소를 지으며 덧대어 말했다.

"……입니다. 착각이랍죠."

"그런데 왜 내 눈을 똑바로 못 쳐다보는 건데."

"그거야 폐하의 눈부신 외모를 똑바로 쳐다볼 자신이 없기 때문입니다."

호기롭게 대답했지만, 이번 대답 또한 역효과를 불러일으킨 것 같았다. 이자나가 휴, 하는 짧은 한숨을 내쉬었기 때문이다.

그러다 그는 드레스 위에 올려놓았던 내 손끝에 제 손을 가져다 대었다. 그의 손끝은 한겨울의 시린 바람보다도 차가웠다.

나는 갑작스러운 차가움에 잠깐 움찔했다. 그러나 그 차가움에 곧바로 적응했다. 그는 내 손을 차마 그러잡지 못한 채로 나지막이 속삭였다.

"꽃."

무슨 의미가 깃든 말인지 단번에 이해할 수 없는 말이었다.

"어떤 꽃을 말씀하시는 거예요?"

나는 그에게 되물었다.

"생강 양이 붉은 장미를 들고 있는 모습을 봤어."

"……."

"라라의 뒤를 조용히 따르는 네 모습마저도."

아아, 나는 그제야 이자나가 말한 '꽃'의 의미를 알 성싶었다. 이자나는 내가 하멜에게 사죄의 의미로 붉은 장미를 받았던 것을 본 것 같았다.

이자나는 계속해서 말했다.

"그때의 너는 아주 익숙한 표정을 짓고 있었어. 부끄러워하는 표정. 늘 내게 짓던 것이었지."

하멜이 마법을 쓰는 장면도 이자나가 본 것은 아닐까 하는 걱정이 들었다.

하나 거기까지는 보지 못한 것 같았다. 만약 마법을 시전하는 장면을 보았다면, 이자나는 '마법'에 관한 얘기를 먼저 꺼냈을 테니까.

"생강 양의 그 표정이 다른 사람에게 향해 있자, 기분이 이상하더군."

"어떻게요?"

"뭐랄까. 어제까지는 분명 내 것이었던 게, 오늘은 다른 사람의 것이 된 기분이라고 해야 할까. 아무튼 좋지 않은 기분이었어."

자신의 것이었던 게, 남의 것이 된 것 같은 기분이라니.

그것은 질투쯤으로 느껴졌다. 나는 이자나에게 질투하느냐고 묻고 싶었지만, 그의 말이 너무도 진지하여 장난치기가 망설여졌다.

이자나는 제 손을 내 손등 위에 완전히 올려놓았다. 손끝만 닿아서 아쉽다고 생각했는데 마침 잘된 일이었다.

그는 내 손을 잡는 데에만 그치지 않으며, 몹시도 부드러운 목소리로 고백했다.

"그래서 나는 다른 사람의 것이 된 내 것을 다시 찾아오고 싶어."

"폐하……."

나는 결국 이자나와 시선을 맞추고야 말았다. 고백처럼 느껴지는 말을 들었는데, 그의 눈을 더 이상 피하고 있을 수 없었다.

마주한 그의 검은 눈동자는 언제나처럼 아름답게 빛나고 있었다. 그것은 오로지 내게만 닿은 채로 나에게 집중하고 있었다.

가슴이 떨렸다.

내게는 하고 싶은 생각만 할 수 있는 능력이 없는 것과 마찬가지로, 이자나를 볼 때마다 빠르게 뛰는 심장을 통제할 능력도 없었다.

"너는 그것보다 훨씬 더 많은 꽃을 가지고 있어."

"암요, 그렇겠죠."

"이곳에서 그리 멀지 않은 곳에 아름다운 꽃밭이 있지."

"흐음, 그래서요?"

"보러 가자는 건 아니지만, 네가 원한다면 보여 줄 수도 있어."

뭐야, 그게 보러 가자는 말이잖아. 나는 그렇게 생각하며 작게 웃었다. 웃지 않고선 배길 수가 없었다.

눈이 마주쳐 있던 터라 이자나는 내가 한 생각을 읽었을 것이다. 그러니까, 제 진심이 내게 간파당한 거 말이다.

그는 무안했던 것인지 헛기침을 두어 번 했다. 나는 이자나에게 장난스럽게 대답했다.

"꼭 보고 싶습니다. 폐하."

"좋아. 네가 원하니까 보여 줄게."

"하해와 같은 배려 감사합니다."

내가 개구쟁이처럼 굴자, 이자나는 탐탁하지 않은 말투로 말했다.

"생강 양의 말이 왜 비꼬는 것처럼 들리는 거지?"

"그럴 리가요. 폐하, 얼른 가요! 예쁜 꽃밭. 빨리 보고 싶어요."

이자나는 앉아 있던 몸을 일으켰다. 그러면서도 꼭 잡은 내 손을 놓지 않은 채였다. 그는 얼른 일어나라는 듯이 내 손을 잡아당기기까지 했다.

이윽고 내가 그를 따라 일어서자, 이자나는 내 손을 잡지 않은 빈손으로 제 머리를 거칠게 쓸어 넘겼다.

"후. 이런 얘기를 하자고 생강 양을 부른 건 아니었는데."

"그럼 폐하께서는 무슨 얘기를 하고 싶었는데요?"

내가 묻자 이자나는 앞서 한 발자국 걸어가며 대꾸했다.

"뻔하잖아. 붉은 목걸이와 게슈트에 대한 거지."

붉은 목걸이! 안 그래도 훔친 레라지에의 붉은 목걸이를 작은 손가방 안에 넣어 온 터였다. 그것을 주기엔 아직 이른 듯해 보이니, 이따가 주어야겠다고 생각했다.

"그 건에 대해선 꽃을 본 다음에 얘기해도 늦지 않아요. 아님, 늦은 밤에 얘기하면 더 좋고요."

"……왜 하필 늦은 밤이야?"

"그러게요. 왜 그럴까나. 밤에 얘기하면 뭔가 더 분위기가 있어서 그런 걸까나."

내 대답이 끝나자마자 이자나는 괜스레 제 목덜미를 어루만졌다. 그 동작이 무엇을 의미하는지 알 것 같은 기분이었다. 나는 억울한 마음이 들어 그에게 변명하듯이 소리쳤다.

"이상한 생각 안 했어요!"

"내가 뭐라고 했던가?"

"쳇."

이 인간이 이상하게 생각해 놓고는 아닌 척을 하네.

나는 정말로 억울했으나 더는 따지지 않았다. 더 따져 보아도 그를 이길 가능성은 조금도 없어 보이므로.

나는 앞서 가는 이자나의 발걸음을 따라갔다. 그는 앞만 보고 걷다가도 예상하지 못한 새에 이따금 뒤를 돌아봤다. 마치 내가 미아생강이 되는 건 아닐지 염려하는 것처럼.

나 원. 이렇게나 손을 꽉 잡고 있는데, 내가 어떻게 다른 곳으로 샐 수가 있겠어.

나는 이자나가 뒤돌아보지 않으면 그의 훌륭한 뒷모습을 감상했

고, 내 쪽으로 뒤돌아보면 그와 꼭 눈을 맞추어 주었다. 내가 미아

생강이 될 리가 없다는 걸 확신시켜 주는 눈 맞춤이었다.

그렇게 얼마나 걸었을까.

어디에서 나는지 모를 꽃향기가 내 코끝을 간질이기 시작했다.

몇 걸음 더 걸어가니 향기의 근원지가 내 시야에 들어왔다.

근사한 화원. 그것이 향기를 낸 장본인이었다.

끝이 보이지 않을 정도로 흐드러지게 피어 있는 꽃들엔 하얀 꽃

도 있었고, 붉은 꽃도 있었다. 그것들은 적당히 조화를 이루며 지

면에 아름답게 자리하고 있었다.

"와, 진짜 꽃밭이네요!"

이자나는 화원을 마음껏 감상하라는 듯이 내 손을 놓아주었다.

나는 꽃을 밟지 않으며 화원 안으로 조심히 걸어 들어갔다.

그러다 바닥에 떨어져 있는 꺾인 꽃송이 하나를 집어 들어 귓가

에 꽂았다. 나는 이자나를 향해 돌아보며 말했다.

"이자나 폐하. 저 어때요? 예쁘죠?"

나는 그렇게 말하며 이자나와 고의로 눈을 마주쳤다. 그러곤 협

박에 가까운 말을 생각했다.

어서 예쁘다고 대답하세요, 폐하. 방금 건 물음이 아니라 강요였

으니까요.

내 생각을 온전히 읽은 이자나는 킥킥거리기 시작했다. 그는 내

가 걸어온 발자취를 따라서 내게 걸어왔다.

나와 가까운 거리에서 걸음을 멈춘 이자나가 내 쪽으로 손을 뻗

었다.

"꽂으려면 제대로 꽂아야지."

그는 진중한 얼굴로 내 귀에 꽂힌 꽃의 위치를 정돈해 주었다. 귓가에 스치듯 닿은 그 손길의 감촉이 좋았다. 그의 손길이 영원히 내게 닿아 있기를 바랐다.

하나 내 바람과는 무색하게, 이자나는 꽃을 제대로 꽂아 주고선 뒤로 두어 걸음 물러섰다. 그는 느른히 팔짱을 끼고선 내 모습을 면밀히 살폈다. 그러고선 혼잣말처럼 중얼거렸다.

"못 봐줄 정도는 아니네."

이자나의 입가엔 미소가 걸려 있었다. 미소 지은 그의 얼굴 뒤로 웬 후광이 내비치는 것만 같았다.

어쩜. 저 미소는 봐도 봐도 멋있구나.

그의 미소를 보고 있자니, 멋대로 오해하고 싶은 마음이 들었다. 이자나의 마음도 나와 같을 거라는 그런 오해.

그의 질투 서린 말을 들어서였을까. 아니면, 그냥 내 멋대로 착각하고 싶어서였을까. 나는 이자나의 마음이 내게 닿기를 기대하고 있었다.

문제는 내가 이런 생각을 하는 사이에도 우리의 눈이 꼼짝없이 마주쳐 있다는 것이었다. 나를 보는 이자나의 검은 눈동자에 옅은 동요의 빛이 일렁였다.

"착각이라."

그는 속삭이는 것처럼 작게 읊조렸다. 역시나 내 생각을 읽었다는 듯이.

"그런 착각을 하는 건 생강 양의 자유겠지."

아서라, 진저 토르테. 넌 도대체 뭘 기대한 거야.

이자나의 마음도 나와 같을 것이라고 잠시나마 기대한 내가 바보 같았다. 마음이 씁쓸했다. 최근에 든 상심 중에 그 크기가 제일 컸다.

아무렇지 않은 게 도리어 이상한 일이라는 생각도 들었다. 좋아하는 남자에게 내 마음을 거절당한 듯한 말을 들었으니까.

나는 이자나가 곱게 꽂아 준 꽃을 빼내어 손에 쥐고선 고개를 푹숙였다. 걷잡을 수 없이 커진 실망감을 감출 수 없었다.

"상처받았어?"

이자나는 내게 매정하게 말한 주제에 제법 상냥한 말을 건네었다. 나는 그 점이 마음에 들지 않았다.

"좋아하는 남자에게 그런 말을 들으면 어느 여자나 상처받는다고요."

아뿔싸. 얼떨결에 '좋아하는 남자'라는 말을 내뱉어 버리다니.

이자나를 만날 때마다 좋아하는 티를 엄청 내기는 했으나 '좋아한다'는 말을 입 밖으로 꺼낸 것은 처음이었다.

"……상처를 주려고 한 말은 아니었어."

이자나는 좋아하는 남자라는 말에 별다른 반응을 보이지 않았다. 듣고도 모른 척하는 걸까? 그 점에 대해서 대답해 주기 싫어서?

별 탈 없이 넘어간 사실을 다행이라고 여겨야 할지, 아닐지 잘 가늠할 수 없었다. 애석한 일은, 거듭된 생각은 언제나 부정적인 결론으로 치닫게 된다는 점이었다.

내가 좋아하든 말든 그에게는 아무런 상관이 없는 게 아닐까. 내겐 그런 생각만이 들었다.

그간 당당했던 진저 토르테는 어디로 사라졌는지, 나는 풀이 잔뜩 죽고야 말았다.

"하지만 폐하의 말은 제게 상처를 주었어요. 좀 아픈 상처……."

나는 로맨스 소설 속 가련한 여자 주인공이 된 양 슬픈 표정을 지었다. 그건 이자나에게 생강이라 불리는 나와는 거리가 먼 모습이지만, 언제고 한번 해 보고 싶었던 모습이었다.

나는 눈물을 곧 떨어뜨릴 법한 촉촉한 눈망울과 축 처진 어깨를 연출했다. 눈물이라도 한 방울 떨어졌으면 좋겠는데, 눈물까지 흘릴 연기력은 없었다.

이럴 줄 알았다면 눈물을 흘리는 연습이나 좀 해 둘걸.

나는 이자나 몰래 눈가를 억지로 찌푸리며, 눈물의 기운이 조금이라도 맴돌기를 바랐다. 희한한 모습을 연출하고 있기는 하지만 상처받았다는 내 말은 진심이었다.

"말이 좀 심했나? 내가 둘러말하는 건 잘 못 해서."

나는 모난 투로 그에게 대답했다.

"그런 건 예전부터 알고 있던 사실이에요."

"실은…… 내가 상처라는 단어에 굉장히 무뎌."

거기까지 말한 이자나가 내게 다시금 가까이 다가왔다. 그러자 긴장이 되었다. 꽃을 쥔 손바닥에 땀이 촉촉하게 배기 시작했다.

이자나의 말은 이어졌다.

"나는 지금까지 수많은 상처를 받았어. 말로 설명할 수 없는 상처들이었지. 그렇게 계속해서 상처를 받다 보니 어느 순간부터 상처에 굉장히 무뎌지게 된 거야."

어느새 걸음을 멈춘 이자나가 손을 뻗었다. 그 손은 내 턱 끝을 잡아채 나의 얼굴을 천천히 들어 올렸다. 곧이어 이자나의 반듯한 얼굴이 보였다.

"그래서 그런 말이 네게 상처가 될 거라고는 전혀 생각하지 못했어."

이자나는 턱 근처에 머물던 손을 올려, 내 뺨을 쓰다듬었다. 그 손길이 다정하기만 했다. 그가 내뱉은 매정한 말이 생각나지 않을 정도로.

상처를 많이 받았기에 상처에 무뎌지게 되었다는 이자나의 말이 못내 마음에 걸렸다. 그 상처는 아마 그의 유년기에 받았던 것이 아닐까 싶었다.

원하지 않은 이능 때문에 탑에 유폐되었던 이자나의 상처가 얼마나 깊을지 잘 가늠할 수 없었다. 나로선 감히 상상할 수 없을 정도로 깊을지도 몰랐다.

내가 그의 상처에 관해 아는 것은 '유폐된 왕자와 후작 영애'를 통한 것이 다였다. 고작 책 한 권으로 모두 표현될 상처가 아닐 것이다.

그 순간 몇 주 전, 그에게 했던 낯간지러운 대사가 떠올랐다. 자신의 생각을 읽어 보라고 했던 이자나에게 내가 한 말.

'당신의…… 상처?'

이자나에게 비웃음만 당한 그 말은, 지금이 제격이었다. 적재적소랄까.

나는 진지한 목소리로 말했다.

"당신의 상처가 지금은 확실히 보여요."

이번엔 누군가를 따라 하려고 한 말이 아니라, 내 진심에서 우러나온 말이었다.

나는 이자나가 내 말에 감동받기를 소망했다. 하나 그에게서 돌아온 것은 웃음이었다. 그가 제 입술을 한껏 일그러뜨리기 시작한 것이다.

"푸읍, 큭큭. 나 지금 웃으면 안 되는 거지?"

왜 또 웃는 건데! 감동받아서 눈물이라도 흘려 주기를 바랐건만. 이 대답은 이번에도 정답이 아니었나 보다. 끙.

나는 발끈했다. 가련한 여자를 흉내 내는 일은 물 건너간 뒤였다.

"폐하, 너무해요! 진지하게 말했는데 웃으시다니요! 저 진짜 화 날 것 같아요."

"하지만 네가 대뜸 내 상처가 보인다고 말했을 때가 떠올랐는걸."

"그런 건 굳이 떠올리지 않아도 돼요!"

왜 자꾸 수치스러운 과거를 기억하는 건데!

나는 거칠어진 콧바람을 내뿜으며 도끼 같은 눈으로 이자나를 노려보았다. 그는 터진 웃음을 가까스로 갈무리하고선 내게 물었다.

"흠흠, 좋아. 생강 양이 본 내 상처라는 건 뭔데?"

나는 숨을 낮게 고른 뒤에 대답했다.

"상처에 무뎌졌다고 해도, 당신이 받은 상처는 당신의 마음속에 여전히 남아 있을 거예요."

나는 그의 가슴 위에 내 손을 조용히 올려놓았다. 그의 마음은 숱한 상처로 인해 얼마나 헤어졌을까?

이자나의 얼굴에 머물러 있던 엷은 웃음기마저도 완전히 사라졌다.

"제가 당신의 상처를 알아 가며, 당신을 치유해 줘도 될까요?"

상처 입은 가엾은 당신 옆에 내가 있어도 될까?

아픈 추억을 공유하고 공감해 주는 것만으로도, 어떨 땐 상심한 마음이 치유되곤 했다. 나는 그의 아픔과 상처를 공감해 주고 싶었다. 진심이었다.

"저는 당신이 더 이상 상처받기 않았으면 좋겠어요."

"······."

이자나는 사뭇 진지해진 얼굴로 나를 보았다.

나는 그의 가슴팍에 얹어 두었던 손으로 그의 메마른 뺨마저도 조심스레 쓰다듬었다. 조금 전, 그가 내 얼굴을 매만졌듯이.

"당신의 상처의 근간이 그 저주라면, 저는 폐하의 저주를 푸는 데에 힘쓸 거예요. 최선을 다해서."

이자나는 대답 대신 희미한 미소를 지었다. 그 미소는 평소처럼 아름다운 것이었지만, 울음을 참기 위해서 지은 미소로 보이기도 했다.

그가 슬퍼 보여.

"······진저, 이제 그만 돌아갈 시간이야. 꽃밭 구경은 여기까지."

이자나는 무덤덤하게 말했다. 그러곤 홀로 걸어가기 시작했다. 내 대답을 바라고 한 말이 아니었다는 것처럼 말이다.

나는 그의 뒤를 따랐다. 그를 붙잡을 말이 더는 떠오르지 않았다. 앞서 가는 그의 뒷모습이 왠지 나약해 보였다.

그렇게 화원을 벗어났을 무렵, 이곳으로 올 때는 보지 못했던 것을 발견했다. 그것은 바로 저 멀리에 외롭게 우뚝 서 있는 탕플 탑이었다.

녹음이 만연한 정원 사이에서 홀로 회색빛을 띤 탕플 탑. 탑에는 이자나가 없었지만, 탑은 그의 부재와는 상관없이 건재해 보였다.

숲과 조화되지 않는 탑의 모습은, 현실의 것이라 믿기지 않는 외모를 가진 이자나와 잘 어울린다는 생각이 들었다. 이자나가 아닌 다른 이가 그 탑에 갇힌다는 건 도무지 상상할 수 없을 정도였다.

생각은 이어졌다. 나는 탑 속에서 혼자 지냈을 이자나를 상상해 보았다.

그는 얼마나 외로웠을까?

'유폐된 왕자와 후작 영애' 속에 나왔던 대로 아버지와 제 이능을 원망하고, 죽음에 대해서도 생각했을까?

어두운 탑 속, 보살펴 주는 이 없이 외로워했을 이자나의 모습마저도 상상하자 기분이 무척 가라앉았다.

"탕플 탑이 궁금해?"

이자나는 걷던 걸음을 멈추고선 나를 향해 뒤돌아봤다.

"……!"

뒤에 서 있던 내가 탕플 탑을 보고 있다는 걸 어떻게 안 거지? 등 뒤에도 눈이 달린 것은 아닐 테고.

나는 놀라서 두 눈을 빠르게 깜빡였다.

"물론 등 뒤에 눈이 달려 있지는 않아."

"……컥."

"하지만 내가 지내던 탑에 대해 다들 궁금해하고 있다는 건 알고 있지. 거기엔 생강 양도 포함되어 있을 거라고 생각하는데."

이자나는 몸을 반쯤 틀어 탑 쪽을 넌지시 바라보았다.

탑을 바라보는 그의 얼굴엔 아무런 감정도 없었다. 원망도 분노도 슬픔도. 아무것도. 그는 모든 것을 일찍이 해탈한 듯한 얼굴을 하고 있을 따름이었다.

이자나는 왜 탑을 그대로 둔 걸까. 나였다면 밖으로 나오자마자 원수 같은 탑을 부숴 버렸을 텐데.

"탑은 별거 없어. 그 안은 여느 집의 구조와 다름없지."

"네……."

"다만 저곳은 내게 지나친 외로움을 안겨 주었어. 이따금씩 찾아오는 시녀들 외에 다른 사람은 만날 수 없었으니까."

"……."

"어린 나는 가끔 그런 생각을 했지. 내게 이능이 없었다면 아버지와 함께 평범하게 살아가지 않았을까? 외롭지 않고, 여러 사람도 만나고."

그는 숨을 길게 내뱉으며, 제 머리카락을 쓸어 넘겼다.

"평범하게 살았다면, 좀 더 행복했을까."

"단정할 수 없잖아요! 세상에 정해진 일은 없으니까. 혹시 몰라요. 아버지와 함께 생활하는 게 썩 좋은 일이 아닐 수도 있는 거고……."

"그럴지도. 탑에 들어가기 전에도 아버지와 사이가 좋지 않았어."

"거봐요. 폐하께서는 앞으로 더 행복해지실 수 있답니다."

그러자 이자나는 혼잣말을 하는 것처럼 대답해 주었다.

"하긴. 탑에 있었던 그 시절보다 지금이 훨씬 더 행복해."

이자나는 탑을 보던 시선을 끌어내려 나를 응시했다.

"내겐 재미있는 생강 양도 있으니까."

나를 바라보는 이자나의 눈은 조금 슬퍼 보였다. 우수에 젖은 그의 검은 눈동자를 계속해서 보고 있자니, 나마저도 애잔해지는 기분이 들었다.

나는 이전 날처럼 그를 위로해 주고 싶었다. 그의 눈동자에 슬픈 빛이 더 이상 맴돌지 말았으면 했다. 내가 무엇을 어떻게 더 해 줘야 좋을까?

……탕플 탑. 그래, 맞아. 그 탑에 함께 가 보는 건 어떨까?

탕플 탑은 이자나가 가진 상처와 연관이 있었다. 그에겐 탑 속에서 지냈던 기억이 잔인한 트라우마로 남아 있을지도 몰랐다.

그 끔찍한 기억을 바꾸어 주면 어떨까 싶었다. 끔찍하다고만 여겼던 그 장소에 행복한 기억이 서린다면, 그의 상처가 조금은 아물지 않을까.

그를 즐겁게 해 주는 것은 식은 죽 먹기였다. 엉뚱한 내 행동에 이자나가 웃지 않았던 적이 없었기 때문이다.

"이자나 폐하."

"어?"

"저도 탑에 가 볼 수 있을까요?"

"갑자기?"

그는 놀란 듯이 되물었다. 나는 사려 깊은 미소를 지었다.

"폐하께서 오랜 세월 동안 지낸 그 탑. 무척이나 궁금하거든요. 하지만 폐하의 마음에 내키지 않는 일이라면 거절하셔도 괜찮아요."

"흠."

"거절하셔도 정말 괜찮아요. 괜찮을 것 같지만, 약간은 서운할 것 같기도 하고…… 아니! 진짜 괜찮답니다. 하지만 진짜로 거절한다면 또 섭섭할 수도…… 헤헤."

"하나만 해. 하나만."

이자나는 타박하는 것처럼 말했으나 이내 내 청을 들어주었다.

"알겠어. 내일 같이 가 보자. 나도 가 본지 제법 되었으니까."

"우와! 폐하, 부탁을 들어주셔서 감사해요! 소녀, 폐하를 위해 도시락이라도 싸야 할까요?"

"나는 소풍 가자고 한 적 없는데."

"하시만 노시락을 꼭 싸야 할 것 같은 기분인 셸요."

이자나가 김빠진 소리를 냈다.

"생강 양은 요리에 자신이 있나 보지?"

나는 진지한 얼굴로 대답했다.

"제게는 요리를 잘하는 시녀가 있죠."

"그게 뭐야."

"물론 폐하께서 원하신다면 제가 직접 요리를 할 수도 있어요. 하지만 맛은 장담하지 못한답니다. 하하."

"맛이 별로인 건가?"

"제 요리는…… 생강을 넣지 않았음에도 생강 맛이 난다고 해야 할까요."

요리가 하기 싫어서 한 거짓말이 아니었다.

요리를 잘하고 싶어서 전문가에게 수어 차례 배워 보았지만, 내 요리가 맛있었던 적은 손에 꼽을 정도였다.

되레 생강을 넣지 않았음에도 생강 맛이 나는 이상한 요리를 한 적이 부지기수였다. 무슨 요리를 하든지 생강 맛이 나는 저주에 걸린 것은 아닐까, 싶을 정도로.

생강 맛이 나는 기묘한 요리에 대해 진지하게 말했음에도 불구하고, 이자나는 내 말이 우스웠던 것인지 소리 내어 웃기 시작했다.

"생강 양. 내가 생각해도 진짜 어이없는 소리이긴 한데."

"네?"

"난 왜 그 생강 맛이 나는 요리가 궁금한 거지? 큭큭."

"그것은 폐하의 취향입니까?"

"내 취향은 아니지만, 너무 궁금하잖아. 생강이 들어가지 않은 생강 맛 요리라니."

이자나는 오래도록 웃었다. 나는 그런 그를 내버려 두었다. 그가 슬픈 표정을 짓는 것보다 웃는 게 훨씬 더 좋았으니까.

이윽고 이자나는 웃음을 멈추고선 내 어깨 위에 제 손을 올려놓았다. 무언가의 대단한 말을 내뱉기를 결심한 것 같은 얼굴은 덤이었다.

"생강 양과 생강 맛이 나는 요리와 함께라면."

"……."

거기까지 말한 그는 시선을 조금 비틀어 내가 아닌 다른 곳을 쳐다보았다. 이제 꺼낼 말이 부끄러운 말일 것처럼.

아닌 말로 그의 귀 끝이 다소 붉어진 것처럼 보이기도 했다.

"탑에 갇혀 있어도 괜찮을 것 같다는 생각이 들어."

"……!"

'함께라면.' '괜찮을 것 같다는 기분이 들어.' '……기분이 들어.' 그의 말이 토막토막 갈라져서 내 귓가에 공명했다.

나 지금 완전 긍정적인 말을 들은 건가? 나와 이자나 사이에 따스한 감정이 피어날 것 같은 예감을 주는 말.

이자나 폐하. 그렇다면…… 당신을 위해 제가 생강 맛이 나는 요리를 만들겠어요.

나는 굳건히 다짐을 했다. 오랜만에 요리에 대한 뜨거운 열정이 솟아올랐다.

"못다 한 얘기는 궁에 들어가서 나누도록 하지. 날이 저물고 있어."

나는 하늘을 물끄러미 올려다보았다. 그의 말대로 하늘은 점점 어두워지고 있었다.

                                    *　　*　　*

우리는 응접실에 자리했다.

기다란 소파에 마주 보고 앉아 있자, 어느 시녀가 따뜻한 홍차를
따라 주고선 방을 나갔다. 이자나는 찻잔을 기품 있게 들어 그것을
한 모금 마셨다.

"폐하. 오늘 할 얘기는 게슈트와 붉은 목걸이와 관련된 것이라고
하셨죠?"

"어. 게슈트를 조사하다가 기막힌 사실 하나를 발견했거든."

나는 얼른 얘기해 달라는 듯이 그에게 집중했다. 이자나는 들고
있던 찻잔을 테이블 위에 올려놓으며 이어 말했다.

"게슈트의 여러 제자 중 잘 알려지지 않은 제자가 하나 있다고
해. 그의 임종을 지킨 것도 후작가의 사람이 아닌, 그 제자였다고
하더군."

나도 게슈트의 제자 중 한 사람을 알고 있었다.

……하멜 브레이.

잠깐 동안 잊고 있었던 그의 이름이 떠오름과 동시에, 나는 이자
나의 눈을 슬그머니 피했다.

이자나는 내가 의도적으로 시선을 비튼 것을 눈치채지 못한 듯했
다. 그는 제가 이야기를 하는 일에만 집중한 것 같았다.

"그에 대한 건 세간에 잘 알려지지 않아서 찾기가 아주 곤란했
어. 하지만 내가 누구야. 결국 그가 누군지 알아냈지."

설마 라라가 하멜이라는 사실을 알아낸 걸까?

급속도로 불안해졌다. 이자나에게 정체를 숨긴 것은 하멜인데, 그의 정체가 들통날까 봐 마음을 졸이는 건 나였다.

"대, 대단하십니다. 어떤 것을 알아내셨는데요?"

"그의 이름."

"그의 이름이…… 뭔데요?"

제발 하멜 브레이만은 아니어라.

나는 이자나가 그의 이름만은 말하지 않기를 바랐지만, 내 바람은 무참히 꺾이고 말았다.

"하멜 브레이. 그것이 그 제자의 이름이라고 해."

하멜 브레이. 그 이름이 결국 이자나의 입에서 흘러나오다니.

그의 정체를 알고 있는 내가 괜히 심장 떨려서, 손끝이 미세하게 떨렸다. 나는 떨리는 손끝을 감추기 위해 드레스 자락을 가볍게 움켜쥐었다. 그러며 이곳에 없는 하멜을 마음속으로 애타게 찾았다.

하멜. 지금 당신의 정체가 이자나에게 드러나려고 한다고! 마음 편하게 휴가나 가 있을 상황이 아니라고!

그사이, 이자나는 덧대어 말했다.

"하멜 브레이가 무언가를 알고 있지 않을까 싶어."

"……."

"나는 그를 찾아야겠어."

올 것이 오고야 말았구나.

이자나가 얼마 못 가 하멜을 찾아낼 것 같은 불길한 느낌이 들었다. 하멜이 스스로 정체를 밝히기 전까지, 이자나가 등잔 밑이 어두워 주었으면 좋겠는데.

라라와 하멜이 동일 인물이라는 사실을 알았을 때, 이자나는 어떤 반응을 내비칠까?

제가 속은 사실에 분개하며 하멜에게 화를 낼까? 그것이 아니라면, 하멜의 사정을 이해해 주려고 노력할까.

이자나를 잘 알고 있다고 여겼는데, 그가 어떻게 반응할지는 조금도 예상할 수 없었다.

나는 이자나와 시선을 맞추지 못한 채로 긴 한숨을 내쉬었다.

"뭐야. 왜 한숨만 쉬고 말이 없어."

나는 한숨이 섞인 목소리로 그에게 대답했다.

"아…… 네. 그러니까, 하멜 브레이가 누군지 정말 궁금해서요."

"그건 나도 마찬가지야. 앞으로 더 바빠지겠군. 조사할 게 한두 가지가 아니니까."

이자나는 피곤해지겠다는 말을 덧대었다.

하멜의 금빛 팔찌 없이 이자나와 이야기를 더 나누는 건 무리일 것 같다는 생각이 들었다. 자칫 잘못했다간 내 생각 때문에 하멜의 정체가 발각될지도 몰랐으니까.

내가 안절부절못하는 모습으로 한숨만 푹푹 내쉬자 이자나가 물음을 건네었다.

"생강 양, 괜찮아?"

묘하게도, 내뱉어진 그의 목소리가 걱정스럽게 들렸다.

"아뇨. 이만 가 봐도 될까요? 실은 아까부터 속이 조금 안 좋아서요."

나는 이자나의 허가가 떨어지기 전에 자리에서 벌떡 일어섰다. 그러자 이게 웬걸. 이자나도 나를 따라 몸을 일으키는 게 아닌가.

어라, 왜 따라 일어선 거지.

이번엔 내가 그를 의문스럽게 쳐다봤다. 이자나는 그답지 않게 초조하게 말했다.

"……내가 또 실수를 한 건가?"

"네?"

"그러니까, 내가 또 네게 상처 주는 말을 했느냐고."

그럴 리가. 우리가 했던 대화라곤 게슈트에 대한 얘기뿐이었다. 그 이야기 속에 내가 상처받을 만한 것은 전혀 없었다. 나는 고개를 좌우로 내저었다.

"그럼 도대체 왜 그런 표정을 짓고 있는 건데? 탑에 함께 가자고 했을 때까지만 해도 네 표정이 괜찮았는데……."

"제 표정이요? 그렇게 별론가."

하멜의 정체가 드러날까 봐 염려가 되어서 내 표정이 심각해졌을 테다. 이유는 명확했으나 이자나에게는 설명해 줄 수 없었다.

내가 난감해하는 사이였다. 일어선 이자나가 앞으로 한 발자국 걸어왔다. 그러고선 제 손을 뻗어 내 머리 위에 올려놓았다.

"미안."

갑작스러운 사과라고 생각했다. 이자나가 왜 사과한 것인지, 나는 헤아릴 수 없었다.

대답 없는 나를 놔두고, 이자나는 내 머리 위를 꾹꾹 눌렀다. 그 건 쓰다듬는다는 느낌보다는 누른다는 느낌을 더 주는 행동이었다.

"그러니까…… 몰라. 아무튼 내가 또다시 네게 상처 주는 말을 한 거라면……."

아니요. 당신은 그런 말을 하지 않았어요.

그렇게 말하고 싶었으나, 나는 침묵으로 일관하며 닛내어질 그의 말을 기다렸다. 왜냐면 그의 뒷말이 궁금했기 때문이다.

"……그래서 네 표정이 다시금 나빠진 거라면."

이자나가 신경 쓸 정도로 내 표정이 나빴던 걸까.

그에게 미안한 마음이 들었다.

이자나는 좋지 않은 내 표정에 신경 쓰며 진심 어린 사과를 하고 있는데, 사실 나는, 하멜을 떠올릴까 봐 노심초사한 것이었으니까.

이자나 폐하, 미안해요.

나는 그를 제대로 쳐다볼 수 없어 시선을 바닥에 고정시켰다.

"상처받는 기분은 누구보다도 잘 알고 있다고 생각했는데……. 잊고 있었나 봐."

"……."

"그걸 잊을 정도로 시간이 흘러 버린 거지. 그런데 네 표정을 보니까, 다시 생각이 났어. 상처받는 것에 대해."

나는 입술을 일자로 다물고만 있었다. 무슨 대답을 해 주어야 할지 헤아릴 수 없었다.

그때, 이자나가 내 이름을 불렀고.

"진저."

그는 생강, 변태 생강, 외설적인 생강이 아닌 진짜 내 이름을 불러 주었다.

진저. 그의 훌륭한 목소리에 실린 내 이름이 듣기 좋았다.

"상처가 되는 말은 하지 않도록 노력할게."

상냥한 그의 말을 들음과 동시에 느낀 것은 무거운 죄책감이었다.

나쁜 생각인 줄 알면서도, 나는 그가 계속해서 착각하기를 바랐다. 내가 제 말에 상처받아 토라진 것이라 믿기를.

나는 이자나의 상냥함을 오래도록 느끼고 싶었다.

"그렇다면 머리를 누르지 말고 부드럽게 쓰다듬어 주세요."

"……뭐?"

"그렇게 해 주신다면, 폐하의 사과를 받아 주겠어요."

"나 원 참."

이자나는 헛웃음을 지었지만, 내 머리카락을 부드럽게 흐트러뜨려 주었다. 그의 손길이 닿는 게 좋았다. 나는 시간이 이대로 멈춰버렸으면 좋겠다고 생각했다.

"그리고 이번엔……."

이자나는 내 말을 끊고선 놀란 듯이 말했다.

"잠깐, 또 있어?"

"그럼요! 그 정도로 사과를 받아 줄 거라 생각하셨나요? 이번엔 애정을 듬뿍 담아서 저를 꼭 안아 주셔야 해요."

"흐음."

이자나는 망설였다. 하나 내가 조금 더 토라진 얼굴을 하자, 결국 두 팔을 수평선으로 넓게 벌렸다. 나는 입꼬리가 올라가려는 걸 참으며 그의 품에 안겼다.

이자나는 수평으로 벌렸던 팔을 오므려 내가 주문한 대로 나를 꼭 안아 주었다. 나는 그의 가슴팍에 내 얼굴을 기대었다.

"좋다."

귓가가 닿은 그의 가슴에선 심장 소리가 들렸다. 그 소리는 내 불안과 걱정을 모두 날려 버리는 아주 좋은 소리였다. 어쩜. 잘생긴 남자는 심장 소리도 좋은가 봐.

몇 분이 흐른 후, 이자나가 나를 놓아주었다. 늘 그랬던 것처럼 아쉬운 마음이 들었다.

"생강 양."

"네."

"드디어 웃었네."

끝내 입꼬리가 올라갔나 보다.

"쳇."

좋은 걸 어떡해. 고작 그가 내 머리를 쓰다듬어 주고, 안아 주었음에도 이토록 기분이 좋아지다니. 포커페이스를 유지하며 이자나를 더욱 애태웠으면 좋았을 텐데.

"생강 영애는 웃는 게 보기 좋아."

그렇게 말한 이자나가 제 고개를 내 쪽으로 바투 기울였다. 우리의 얼굴은 삽시간 가까워졌다.

착각인지 모르겠다. 그가 내게 키스하는 건 아닐까, 하는 생각이 들었다. 병맛 생강과 상처받은 잘생긴 왕자의 키스라니. 정말 어울리지 않는 조합이잖아.

그러면서도 나는 막연한 기대를 했다. 그의 입술이 내게 닿기를.

그러나 그것은 역시나 내 착각이었는지 그의 입술이 닿는 일은 일어나지 않았다. 이자나는 키스 대신 내 볼을 세게 꼬집었을 뿐이다.

"삐쳐서 속이 안 좋다고 한 건가? 이제 보니 그냥 생강이 아니라, 삐순이 생강이었군."

"……으…… 프하……."

볼이 꼬집혀서 말이 온전히 나오지 않았다.

이자나는 다섯 살배기 어린아이가 지을 법한 장난스러운 표정을 짓고 있었다.

그는 제가 만족할 만큼 내 볼을 꼬집은 후에야 볼따구니를 놓아 주었다. 볼이 제법 얼얼했다.

"아파요."

"아프라고 꼬집은 건데. 잘 삐치는 생강 영애."

"하……. 태어나서 이렇게 많은 별명으로 불리는 건 처음이랍죠."

"그래서 싫어?"

누누이 말하지만 생강이라는 단어는 레라지에를 싫어하는 것만 큼이나 끔찍했다. 더불어 외설적인 생강이라니, 삐순이 생강이라 니……. 마음에 와닿는 별명이 아니었다. 명백히. 아주 확고히.

하나 이상하게도 싫다는 대답이 선뜻 나오지 않았다. 다른 이가 나를 그렇게 불렀다면 싫다고 대답했을 것인데, 이자나가 불러 주 는 생강엔 웬 특별함이 존재하는 것 같았다.

그것은 다른 누구에게선 느끼지 못했던 각별함이었다.

"아니요. 소녀는 그것들을 폐하의 애칭으로 생각하고 있답니다."

"애칭이라. 이토록 매콤한 애칭으로 불리는 이는 너밖에 없을 거야."

"아주 영광입니다. 폐하!"

내가 비꼬듯이 대답한 것을 아는지 모르는지 이자나는 평온한 미 소를 지었다.

"알고 있다니 다행이군. 생강 양."

생강이라는 단어가 그의 미소 속에 배어 있기에 그런 것일지도 모르겠다. 그 해괴망측한 단어가 어쩐지 로맨틱하게 들렸다.

살아생전에 생강에서 로맨틱을 느낄 날이 올 줄이야.

나는 이마를 짚었다.

* * *

이자나와의 만남을 파하고 마차까지 걸어갔을 때, 나는 고대했다. 하멜이 나와 있지 않을까, 하고.

하나 그는 이번에도 보이지 않았다. 낮에 만난 미카엘이라는 남자가 나를 마중 나왔을 뿐이다. 나는 옅은 실망감을 느끼며 후작저로 돌아가는 마차에 올라탔다.

마차가 출발하고 얼마 지나지 않았을 때, 굉장한 허전함이 느껴졌다. 그것은 하멜의 부재로 인해 느끼는 허전함과는 다른 것이었다.

뭐랄까. 궁에 무언가를 놔두고 온 것 같다고 해야 할까.

그렇게 후작저로 돌아와 드레스를 갈아입던 순간이었다.

"……!"

나는 그제야 마차에서 느꼈던 허전함의 정체를 깨달을 수 있었다.

"맙소사! 응접실에 레라지에의 목걸이를 두고 왔어!"

정확히 말하자면, 레라지에의 목걸이가 든 손가방을 응접실에 두고 온 것이다.

나는 얼굴을 감싸 쥐며 절규했다.

신이시여. 왜 매일같이 제게 시련을 주시는지요.

다시 궁으로 돌아가야 할까? 이자나가 내 가방을 뒤져 보는 것은 아니겠지.

어차피 이자나에게 깜짝 선물처럼 주려고 가져간 붉은 목걸이였다. 하지만 이자나가 아무런 설명도 없이 내 가방에 든 목걸이를 발견한다면, 나를 도둑으로 생각하지 않을까?

물론 도둑이 맞다는 사실을 부정하려는 건 아니다. 음…… 사연 많은 도둑이라고 칭해 두자. 일단은.

나는 발을 동동 굴렀다. 이자나의 미소에 홀려 레라지에의 목걸이를 까맣게 잊고 있었다니. 멍청이, 진저 토르테.

이럴 때 하멜이 있었다면 얼마나 좋을까.

그가 보좌관으로서 이자나의 곁을 지키고 있었다면, 내가 놓고 간 목걸이를 잘 처리해 주지 않았을까?

나는 창틀에 올려놓은 하멜이 준 붉은 장미를 보며 긴 한숨을 내쉬었다. 썩어들어 가는 내 속과는 별개로 장미는 여전히 아름다운 자태를 뽐내고 있었다.

이자나의 고찰

외로움은 이제 익숙해질 대로 익숙해졌다고 생각했다.

그런 이자나가 영문 없이 허전함을 느끼고 있었다. 탕플 탑에서 나온 뒤 거의 느껴 본 적 없는 쓸쓸함이었다.

이자나에게 쓸쓸함을 준 장본인은 진저였다.

속이 좋지 않다던 진저가 후작저로 돌아간 뒤, 그는 텅 비어 버린 응접실에 홀로 남아 고독을 곱씹었다.

"생강이 자꾸 생각나네."

이자나는 제 말이 우스워 픽 소리 내어 웃었다. 그러다 문득 생강…… 아니, 진저가 남기고 간 말 하나를 떠올렸다.

'좋아하는 남자에게 그런 말을 들으면 어느 여자나 상처받는다고요.'

"좋아하는 남자라."

이자나는 오랫동안 앉아 있던 몸을 일으켜 응접실 한쪽에 존재하는 책장으로 향했다. 그는 날카로운 시선으로 책장에 꽂힌 책들을 훑기 시작했다.

그는 평소 장르를 가리지 않고 여러 서적을 보곤 하는데, 오늘 읽으려는 책은 평소에도 잘 찾지 않던 것이었다.

책장을 훑던 이자나의 진지한 눈이 어딘가에 멈춰 섰다.

"찾았다."

그는 제가 찾던 책을 뽑아 들어 소파에 느른히 자리 잡았다. 이자나는 책의 목차 중 제가 원하는 부분을 찾아 그 페이지를 펼쳐 들었다.

그의 눈이 책장에 적힌 글자를 꼼꼼하게 훑기 시작했다.

"좋아하다…… 첫 번째, 어떤 일이나 사물 따위에 대하여 좋은 느낌을 가지다. ……나는 사물이 아닌걸. 그렇다면 두 번째, 특정한 음식 따위를 특별히 잘 먹거나 마시다. ……설마 나를 먹겠다는 건 아닐 테고. 세 번째, 특정한 운동이나 놀이, 행동 따위를 즐겁게 하거나 하고 싶어 하다. ……이것도 아니야."

이자나는 이어서 읽었다.

"네 번째, 다른 사람을 아끼어 친밀하게 여긴다. ……이건가?"

이자나는 거기까지 읽고선 책장을 덮었다. 그가 들고 있던 책의 제목은 '빠진 것이 없는 대백과사전'이었다.

이자나는 앉아 있던 몸을 뒤로 젖히며 긴 한숨을 쉬었다.

"……미쳤군. 나, 지금 뭐 하고 있냐."

눈을 감자 돌연히 떠오른 것은 진저였다. 좀 더 정확하게 말하자면, 제게 '좋아하는 남자'라고 고백했던 진저라고 해야 하나.

좋아한다는 말이 가지는 의미를 몰랐던 건 아니다. 이자나는 그 말을 항상 고파했었다. 누군가가 자신을 좋아해 주기를. 그는 언제고 그렇게 소원했다.

탑을 나와 여러 사람을 만난 가운데, 저를 좋아한다고 말해 준 이는 진저가 처음이었다. 물론 제게 호감을 표한 대신들과 귀족 영애들이 존재하기는 했다.

하나 좋아한다는 말을 내뱉으며 자신의 마음을 솔직히 표현해 준 이는 진저가 처음이라는 소리다.

이자나는 진저가 자신에게 호감이 있다는 사실을 일찍부터 알고 있었다. 그렇게 티가 나게 행동하는데, 모르는 게 더 이상한 일이 아닌가 싶다.

그러나 그냥 아는 것과, 고백 같은 말을 직접 듣는 것의 차이는 꽤 컸다. 그 말을 듣자 심장이 처음으로 빠르게 뛰었다. 무엇일지 모를 감정에 심장이 뻐근해졌다.

진저의 한 마디로 인해 제 심장이 요동쳤던 것이다.

그것은 살면서 처음 느낀 뜨거운 감정이었다.

사람을 믿지 못하는 자신의 심장이, 사람으로 인해 그토록 빨리 뛸 수 있다는 사실이 잘 믿기지 않았다. 물론 진저에겐 조금도 내색하지 못했지만 말이다.

탕플 탑에 가 보고 싶다는 진저의 청을 허락한 것도 그러한 이유에서였다. 탕플 탑엔 다시는 가고 싶지 않았으나, 진저와 함께 가는 건 나쁘지 않을 것 같았다.

음울한 기억만이 서린 그곳에 진저와 함께 간다면. 자신의 심장을 요동치게 만드는 그녀와 함께라면. 탕플 탑에 가는 것도 괜찮지 않을까?

그는 심지어 옅은 기대마저도 해 버렸다. 한평생 증오했던 곳에

가기를 기대하는 꼴이라니.

그는 스스로를 잘 이해할 수 없었다.

탑에 함께 가자고 했을 때까지만 해도 해맑게 좋아하던 진저는, 궁으로 들어온 이후부터 표정이 점점 어두워졌다.

그는 게슈트에 대해 얘기하면서도 진저의 안색이 계속해서 신경 쓰였다. 혹여나 자신이 또다시 말실수를 한 것은 아닌가 싶었다.

이자나는 착각은 하지 말라고 냉정하게 말했던 자신을 똑똑히 기억하고 있었다. 진저에게 변명했듯, 그는 그 말이 그녀에게 상처를 주는 말인지 정말로 몰랐다.

상처받는 일이 얼마나 끔찍한 일인지 잠깐 잊고 있었으니까.

이자나는 진저에게 상처를 주기 싫었다. 제가 아는 고통을 그녀가 느끼기를 바라지 않았다. 그래서 사과의 말을 건네었다.

'미안.'

그것은 난생처음 한 사과였다. 사과하는 일이 꺼려지지는 않았다. 진저가 기운을 차렸으면 좋겠다고 생각했기 때문이다.

머리를 쓰다듬고 포옹해 주는 것으로써 진저의 표정이 다시금 밝아졌었다. 그 점은 다행이라면 다행인 점이었다.

이자나는 진저의 얼굴과 제법 가까이 마주했던 조금 전마저도 떠올렸다.

호박 빛을 띤 커다란 눈으로 자신을 올려다보던 진저. 제가 가까이 다가가면 자연스럽게 물들던 진저의 홍조.

귀여웠다. 바라보고 있자면 계속해서 보고 싶을 정도로.

제 품 안에 쏙 들어오는 진저를 껴안았을 때, 이자나는 강한 충동에 휩싸였다. 그것은 그의 미음속 깊은 곳에 잠재되어 있던 아릇한 욕구였다.

이내 서로의 몸은 떨어졌지만, 여전히 가까웠던 진저의 얼굴을 내려다보며 이자나는 또다시 강한 충동을 느꼈다. 보기 좋게 올라간 그녀의 붉은 입술에 입을 맞추고 싶다고.

이성의 끈을 붙들지 않았다면 그대로 키스했을지도 몰랐다. 제가 진저를 원한 이유는 무엇일까. 진저에게 마음이 이끌리고 있는 것일까?

이자나는 시름이 깊어진 한숨을 내뱉었다.

"지금쯤이면 후작저에 잘 도착했으려나."

이자나는 오래도록 감고 있던 눈을 떠, 앉아 있던 몸을 일으켰다.

저녁에 귀족들과의 만찬이 있었다. 익숙하지 않은 귀족들을 상대하는 일은 껄끄러웠으나, 자신의 권력이 확고해지기 전까지는 어쩔 수 없었다.

탑에서 보낸 시간을 메우기 위해선 하루를 두 배, 아니, 세, 네 배로 살아야 했다. 온전한 왕자로서 어렸을 적부터 여러 귀족과 얼굴을 맞대었다면 이리도 바쁘지 않았겠지.

하지만 이자나는 탑 속에서 보낸 시간들을 원망하지 않았다. 그것은 이미 벌어진 일이자 되돌릴 수 없는 일, 그렇다면 지금의 시간을 조금 더 영양가 있게 보내는 수밖에 없었다.

그렇게 밖으로 나가려던 순간이었다. 이자나는 소파 위에 올려진 낯선 물건을 발견하게 되었다. 그는 그쪽으로 걸어가 그것을 집어 들었다.

손바닥보다 조금 큰 물건의 정체는 작은 손가방이었다. 이자나는 가방을 면밀히 살펴보았다.

"오늘 생강이 들고 왔던 가방이네."

그녀가 가방을 깜빡한 것임이 분명했다. 칠칠치 못한 생강 같으니라고.

그때, 이자나에게 호기심이 들었다.

"안에 뭐가 있을까. 설마 진짜 생강을 들고 다니는 건 아니겠지."

이자나는 제가 내뱉고도 어이가 없어서 혼자 킥킥거렸다. 그러다 호기심을 참지 못하고 가방을 열고야 말았다.

작은 가방에 들은 것은 몇 없었다. 몇 가지의 간소한 화장품과…….

"목걸이?"

붉은 목걸이. 그것이 들어 있었다. 이자나는 그 목걸이를 단번에 알아봤다.

"레라지에의 목걸이……."

이것이 왜 진저의 가방에 들어 있는 걸까.

"생강 양. 설마 이걸 훔친 건가. 내게 주려고?"

이자나는 곧 확신했다. 진저가 목걸이를 훔친 것이라고.

레라지에와 진저, 두 사람은 내로라하는 앙숙이었다. 레라지에가 자신의 목걸이를 진저에게 빌려줬을 거라는 생각은 일절 들지 않았다.

저를 위해 목걸이를 훔쳐 온 진저의 발칙함을 칭찬해 주어야 할지, 꾸짖어야 할지 잘 가늠할 수 없었다.

도덕적인 문제와는 별개로 목걸이를 훔치기 위해 고군분투했을 진저가 싫지 않았으니까. 도리어 좀 귀여웠다.

이자나의 얼굴엔 부드러운 미소가 피어올랐다. 이자나는 자신의 얼굴에 미소가 피어올랐다는 걸 인식하지 못했다.

그는 붉은 목걸이를 여러 각도에서 관찰해 보았다.

목걸이에 달린 붉은 보석은 빛이 비추는 각도에 따라 다른 색을 내비쳤다. 아름다운 목걸이였다.

게슈트가 손녀에게 남기고 간 목걸이. 자신의 이능을 막아 주는 목걸이. 이것이 자신의 저주를 푸는 열쇠일까.

이자나는 목걸이를 집어 든 채로 거울 앞까지 걸어갔다. 그리고 선 그것을 제 목에 조심스럽게 걸어 보았다. 목걸이를 거는 이자나의 동작이 지나칠 정도로 경건해 보였다.

혹 이것을 제 목에 걸면 자신의 이능이 사라지지 않을까, 하는 호기심에서 비롯된 행동이었다.

이자나는 목걸이를 낀 채로 소리쳤다.

"라라, 밖에 있어? 들어와 봐."

말하고도 아차 싶은 이자나였다. 몸이 아프다는 이유로 어제 갑작스럽게 휴가를 낸 라라였다. 이자나는 다시금 소리쳤다.

"미카엘! 들어와 봐."

그러자 진저를 후작저까지 잘 데려다준 미카엘이 방으로 들어왔다.

"폐하, 부르셨습니까."

"미카엘. 고개를 들고 나를 바라봐."

"네."

미카엘은 이자나의 명령대로 고개를 들어 그를 바라보았다. 같은 남자가 보아도 잘생긴 이자나의 외모에 미카엘은 감탄의 침음을 작게 흘렸다. 그러다 그의 목에 걸린 붉은 목걸이까지 보게 되었다.

이자나의 흰 목과 붉은 목걸이는 그 색채의 대비가 극명했다. 미카엘은 문득 의문스러웠다. 이자나가 낀 목걸이가 여자 목걸이로 보였기 때문이다.

폐하께서 여자 목걸이를 왜 걸고 계신 거지? ……싶은 미카엘은 혼란스러운 눈으로 그를 보았다.

"미카엘. 어떤가?"

"저…… 음……."

이자나의 물음에 미카엘의 동공이 세차게 흔들렸다. 당황한 미카엘이 선뜻 대답하지 못하며, 생각했다.

'여, 여자 목걸이를 끼고 있는 주군에게 뭐라고 대답해야 하는 거지?'

"미카엘. 내 눈을 보고 얘기해."

미카엘은 이자나의 눈을 똑바로 쳐다보았다.

"아, 아름다우십니다."

'……폐하께 그런 취향이 있으신 줄 몰랐습니다.'

미카엘의 본심이 이자나의 머릿속에 메아리쳤다. 그와 동시에 이자나는 실망했다. 타인의 생각이 평소처럼 읽혔으니까. 목걸이를 차는 것과 저주는 관련이 없나 보다.

이자나는 손끝으로 목걸이를 매만졌다. 크게 기대한 것은 아니지만, 막상 아무 일도 일어나지 않자 괜히 실망스러웠다.

이자나는 끼고 있던 목걸이를 뺐다. 아무런 효과도 없는 이것을 더 이상 끼고 있을 이유가 없었다.

이자나의 매서운 눈에 '그것'이 보인 것은 그 순간이었다.

"……."

그것은 글씨였는데, 목걸이 가운데에 있는 붉은 보석 안에 쓰인 아주 작은 글귀였다. 이자나는 안광에 집중한 채로 글자를 읽어 보았다.

"H······ B······?"

HB. 그것은 보석 속에 낙인처럼 찍혀 있었다.

인장처럼 보이는 글자였다.

질투의 행방(上)

　나는 잠에서 깼으나 몸을 쉬이 일으키지 못했다. 마치 사지가 마비된 듯이 말이다.

　날은 진즉 밝아 있었지만, 몸을 일으킬 여력이 하나도 없었다. 왜냐면, 지난밤에 제법 뒤척였기 때문이다.

　나는 제대로 자지 못해 퀭해진 눈을 느릿하게 깜빡였다.

　잠을 뒤척인 이유는 복합적이었다.

　일단 첫 번째, 왕궁의 응접실에 두고 온 목걸이가 신경 쓰여서. 그리고 두 번째, 오늘, 이자나와 탕플 탑에 소풍 갈 것을 생각하자 너무도 설레어서.

　이자나는 소풍이 아니라고 단칼에 부정했지만 말이다.

　나는 무거운 몸을 겨우겨우 일으켜 나갈 준비를 끝마쳤다. 준비를 마친 내가, 비장한 마음으로 향한 곳은 주방이었다.

　내가 갑자스럽게 등장하자 주방에 있던 하녀들이 두 눈을 동그랗게 떴다.

"진저 님, 무슨 일이신가요?"

어떤 하녀가 그리 묻자, 나는 붉은 연지가 잘 발린 입술을 일그러뜨리며 옅은 미소를 지었다.

"내가 요리를 직접 해 보려고."

내 말이 끝나기 무섭게 하녀들의 얼굴에 잔잔한 파문이 퍼져 가기 시작했다.

"……!"

"……!"

심지어 어떤 하녀는 너무 놀란 나머지 꽈당! 하는 소리와 함께 바닥에 엉덩방아를 찧기도 했다. 가까스로 정신을 차린 어떤 하녀가 겁에 질린 얼굴로 띄엄띄엄 말했다.

"지…… 직, 직접 요, 요리를 하시겠다고요?"

"당근. 오랜만에 솜씨를 발휘해 보려고 해."

내 말에 하녀의 얼굴이 하얗다 못해 창백해졌다.

아니, 내가 요리를 하겠다는데 왜 그렇게까지 놀라는 거야. 내 요리가 형편없다는 건 나도 안다고.

"그, 그렇다면 저희는 주방을 잠시 비워 드리겠습니다! 대부분의 재료는 거의 다 손질되어 있으니 혹여나 저희가 필요하시다면 지체 없이 바로 불러 주세요!"

"좋아."

내가 흔쾌히 승낙을 하자, 하녀들은 도망치듯이 주방을 빠져나갔다.

"……."

왠지 굉장히 기분 나쁜데 말이지.

나는 선반에 있는 잘 손질된 재료들을 확인했다. 오늘 내가 요리할 메뉴는 간단한 샌드위치였다. 이자나에게 말했던 대로 소풍엔 샌드위치가 제격이니까.

그와 소풍을 갈 생각에 기분이 좋아져서 휘파람을 흥얼거리고 있을 때였다. 등 뒤로 낮은 웃음소리가 들려 왔다.

"진저, 후후."

나는 고개를 뒤로 돌려 목소리의 주인을 확인했다. 언제 주방에 왔을지 모를 어머니였다.

"어머니!"

"진저, 아침부터 재미난 구경거리를 보았구나."

"예? 재미난 구경거리라니요."

"얼굴이 하얗게 질려서 주방을 나가는 하녀들을 보았단다."

"아하. 제가 요리를 하겠다고 하니까, 다들 질겁한 채로 도망가더라고요. 도대체 제 요리가 뭐 어때서! 그렇죠, 어머니?"

"어머, 진저. 진짜로 몰라서 묻는 거니?"

나는 과거를 잠깐 떠올려 보았다.

요리에 한창 흥미가 있었던 열다섯 살의 어느 봄날. 그때의 나는, 시간이 날마다 닥치는 대로 요리를 만들었고, 시식은 언제나 하녀들의 몫이었다.

내게 신묘한 손맛이 있다는 걸 깨닫게 된 것이 바로 그때였다. 이자나에게도 말했듯이, 무엇을 만들든 내 요리에선 생강 맛이 났다.

예를 하나 들자면, 콘 수프에서도 생강 맛이 났다고 해야 할까.

우웩, 과거를 떠올리는 것만으로도 그때의 끔찍한 맛이 입안에 감도는 것 같았다.

"······설마 제 요리를 시식하게 될까 봐 도망간 것은 아니겠지요."

내가 그렇게 말하자, 어머니는 고개를 세차게 끄덕였다.

"제대로 알고 있구나. 역시 우리 딸은 똑똑해."

"맙소사."

물론 이해하지 못하는 건 아니지만······. 쩝.

"그나저나 아침부터 웬 요리니? 오늘 어디 놀러 가기라도 하는 거야?"

"네. 소풍을 가기로 했거든요."

나는 대답과 동시에 선반에 놓여 있던 양배추를 도마 위에 올려 놓았다. 그러고선 오른손에 예리한 식칼을 쥐어 잡았다.

"소풍? 누구와 가는 건데? 키키 공자는 아닐 테고······."

"어머니! 키키라뇨! 제 앞에서 그 이름을 다시는 꺼내지 말아 주세요. 그와 갈 리가 없잖아요."

나는 양배추를 난도질하기 시작했다. 마치 키키가 양배추라도 된 듯이 말이다.

"이자나 폐하와 소풍을 가기로 했어요. 폐하께서 제 손맛을 어찌나 궁금해하시던지, 제가 만든 음식을 꼭 먹어 보고 싶다고 하셨거든요."

먹어 보고 싶다고 했다기보다는, 생강 맛이 나는 요리를 궁금해했다는 게 더 옳은 표현이겠지만.

"세상에나! 이자나 폐하와 소풍이라니! 진저. 요즘 들어 궁에 자주 간다고 생각하고 있었다만, 폐하와 그렇게 친해진 줄은 몰랐는걸."

"어휴, 어머니. 말도 마세요. 폐하께서 저를 얼마나 많은 애칭으로 부르시던지."

나는 마구 베어진 양배추를 옆으로 밀어 넣고선, 덩어리인 치즈를 썰기 시작했다.

"후후, 그래서 진저. 네가 폐하를 좋아하게 되었다는 거니?"

"예, 어머니. 제가 그만 폐하에게 홀랑 빠져들고…… 아니? 어머니!"

나는 무의식중에 대답하다가 화들짝 놀랐다.

"대화의 방향이 왜 그렇게 되는 건가요?"

내가 얼떨떨하다는 듯이 묻자 어머니는 키득거리며 웃었다.

"진저. 나는 네 표정만 봐도 알 수 있단다. 폐하 얘기를 하는 네 얼굴이 꼭 사랑에 빠진 얼굴처럼 보였거든."

"……어머니를 속일 수는 없군요."

"그럼. 네가 누굴 속이려고."

나는 솔직하게 대답했다. 어머니에게 내 마음을 숨길 이유는 없었으니까.

"맞아요. 어머니께서도 눈치채셨다시피, 저는 이자나 폐하께 첫눈에 반해 버렸어요."

어머니는 그럼 그렇지, 라는 혼잣말을 하며 고개를 얕게 끄덕였다.

"그래서 폐하께 고백은 했니? 진저, 네 성격이라면 벌써 고백했을 것 같다만."

어머니는 즐겁다는 듯이 웃었다. 역시 어머니는 어머니였던 터라, 나를 너무나도 잘 알고 있었다.

나는 누군가를 좋아하는 마음을 숨기지 않는 편이었다. 도리어 한눈에 보아도 티가 나게 내 마음을 드러내곤 했다.

그렇다고 해서 감정에 솔직한 내가 싫은 것은 아니었다. 나는 솔직한 게 좋았고, 계속해서 솔직하게 굴 예정이었다. 그게 어떤 결과를 가져오든 간에.

"고백이라……. 고백을 직접적으로 한 것은 아니지만, 좋아한다는 말을 실수로 내뱉은 적이 있어요."

"어머! 그러니? 이자나 폐하께서는 뭐라고 대답하셨는데?"

"뭐라고 하긴요. 못 들은 척하시던 걸요. 아님 진짜로 못 들은 건가."

나는 고개를 갸웃거리며 소스로 보이는 노란 액체를 빵 위에 마구 뿌렸다. 음, 얼추 요리가 완성되고 있군.

"어휴. 우리 딸이 걱정이 많았겠구나."

"……네. 누군가를 더 많이 좋아한다는 건 늘 힘든 일인 것 같아요."

나를 측은하게 바라보던 어머니는 의미심장한 말을 꺼내었다.

"진저, 실은 내게 남자를 꼬드기는 필승 전략이 있단다."

뭐? 필승 전략? 나는 손에 쥐고 있던 소스 통을 내팽개치고선 소리쳤다.

"어머니! 그것이 무엇입니까?!"

어머니는 야릇한 미소를 지어 보였다. 같은 여자인 내가 봐도 퍽 매혹적인 미소였다.

그러고 보니 지난날 사촌들에게 그런 말을 들은 적이 있었다. 어머니는 소싯적, 꼬드기고자 마음먹은 상대는 무조건 함락시켰다고.

나는 어머니의 필승 전략이 매우 탐났다. 어머니. 그 비법을 왜 진즉 저에게 하사하지 않으셨습니까.

나는 어머니의 대답을 애타게 기다렸다. 어머니는 속삭이는 듯한 목소리로 말했다.

"그냥 자빠뜨리는 거야."

"……네?"

"남자 뭐 별거 있니. 자빠뜨리면 게임 오버란다."

"어, 어머니!"

자빠뜨리라니. 나는 두 뺨을 감싸 쥐며 몸을 배배 꼬았다. 그러자 어머니는 내 어깨 위에 손을 올린 채로 이어 말했다.

"진저, 너도 곧 열여덟이 되잖니. 이제 이 방법을 네게 전수해 주어도 괜찮다는 생각이 들었단다."

"그런 방법일 줄은 상상도 못 했어요."

"자고로 자빠뜨리는 데에는 술이 최고긴 한데."

"술이라……."

술이라.

나는 이자나가 술에 취한 모습을 상상해 보았다.

서늘해 보이기만 했던 그의 눈이 한껏 풀려 있고, 술이 가져다준 열기에 그의 셔츠 단추는 두어 개쯤 풀리고.

붉게 타오른 그의 두 뺨까지 상상하자 내 심장은 미친 듯이 뛰기 시작했다.

그때, 나는 중요한 것을 상기해 냈다.

"……!"

그것은 바로 '유폐된 왕자와 후작 영애' 속 이자나가 술을 마시지 않았다는 사실이었다.

거기엔 귀여운 이유가 있었다. 이자나는 술을 한 잔만 마셔도 취해 버렸기 때문이다.

소설 속에서 레라지에와 이자나가 술을 마시는 부분이 딱 한 장면 있었다.

술에 취한 이자나가 레라지에에게 귀엽게 애교를 부리는 장면이랄까. 철옹성처럼 보였던 이자나의 새로운 모습이 드러나는 부분이랄까.

그렇다면 말이다. 이자나에게 술을 먹인다면, 내가 그의 애교를 볼 수 있는 걸까?

지저스, 맙소사. 하느님, 아버지.

나는 손가락을 가볍게 튕기며 어머니에게 소리치듯이 말했다.

"어머니! 그래서 술은 어디에 있나요?"

어머니는 내가 그리 말하기를 기다린 사람 같았다. 그녀가 선반을 능숙하게 뒤적거리기 시작했으니 말이다.

이윽고 어머니의 손에 와인 병 하나가 들렸다. 화이트와인이었다.

"이 와인으로 말할 것 같으면."

"말할 것 같으면?"

어머니는 얼굴에 띠고 있던 미소를 지운 뒤 진지한 얼굴을 했다. 와인 병을 섬세하게 훑는 어머니를 보고 있자니, 그녀가 꼭 와인 감정사처럼 보이기도 했다.

"무향무취의 와인이란다. 술 냄새가 전혀 나지 않고, 아무 맛도 없지. 대신에 도수는 꽤 세단 사실. 술에 약한 이는 몇 잔만 먹어도 훅 뻗는다고 해야 할까."

나는 진지하게 대꾸했다.

"이것만 있다면 누군가를 자빠뜨리는 건 시간문제겠군요."

"그렇단다. 하지만 과도한 남용은 안 된다는 거, 그건 명심해 줬으면 좋겠구나. 진저."

"걱정 마세요, 어머니. 이번엔 폐하를 자빠뜨려 봤다는 사실 하나에 만족해 볼게요. 그다음은……."

부끄러운 마음이 들어 뒷말은 차마 이어 하지 못했다.

자빠뜨린 다음에 뭘 해야 되더라? 호호.

나는 내 방 책장 깊숙한 곳에 꽂혀 있는 미성년자 구독 불가의 로맨스 소설들을 떠올렸다. 그러자 내뱉은 숨이 뜨거워졌다.

"아무튼 진저. 나는 네가 좋아하는 사람과 잘 지냈으면 한단다."

"지금도 나름대로 잘 지내고 있답니다."

물론 가끔 아슬아슬하기는 하지만.

나는 어머니의 손에 들린 와인을 건네받아, 그것을 작은 유리병에 나눠 담았다. 와인이 든 유리병은 곧 갈색빛의 소풍용 가방에 자리하게 되었다.

"그래. 폐하는 내가 보기에도 사람이 참 좋아 보여. 키키 공자와는 완전히 다른 사람 같다랄까."

"저도 그렇게 생각해요."

어머니는 고개를 작게 끄덕이며, 다른 말을 건네었다.

"그래서 샌드위치는?"

"아! 지금 빵만 위에 올리면 되는데……."

나는 대미를 장식하는 식빵 하나를 켜켜이 쌓인 재료들 위에 올려놓았다.

"어머니. 한번 드셔 보시겠어요?"

샌드위치를 권하는 내 말에 어머니는 선뜻 대답하지 못했다. 그녀의 얼굴엔 고민하는 기색이 역력했다. 아마도 생강 맛이 날까 봐 두려워하고 있는 것 같았다.

"내키지 않는다면, 드시지 않아도 돼요."

내가 시무룩한 표정을 짓자 어머니는 손사래를 쳤다.

"아, 아니란다. 먹어 볼게."

그녀는 두 손으로 샌드위치를 집어 들어 조심스럽게 한입 베어 물었다. 거의 동시에 어머니의 얼굴이 노래지기 시작했다.

얼마 못 가 어머니는 사레라도 걸린 듯이 컥컥거리며 제 입가를 손으로 가렸다.

"진, 진저. 설마 여기에 생강을 넣었니?"

"그럴 리가요. 설마 생강 맛이 나는 건가요?"

어머니는 대답 대신 고개를 작게 끄덕였다. 그러며 슬쩍 내 눈치를 보기도 했다. 샌드위치에 생강 맛이 난다고 해서 내가 실망했으면 어떡하나, 하고 걱정하는 듯했다.

하지만 기분이 나쁘기는커녕 되레 그녀의 말이 달갑게 느껴졌다.

"완벽하군요."

"어?"

"제가 궁극적으로 바라던 것은 생강 맛이 나는 샌드위치랍니다. 아무도 흉내를 낼 수 없는 그 맛을 원했죠."

"……그게 무슨 말이니?"

"그런 게 있답니다. 하하."

나는 샌드위치가 흐트러지지 않게 잘 고정시킨 후, 그것을 갈색빛의 소풍 가방에 하나둘씩 넣기 시작했다. 어머니는 그런 나를 보며 고개를 갸웃거렸다. 내 대답이 이상하게 느껴졌나 보다.

내가 샌드위치를 모두 넣었을 때, 의문을 지우지 못한 어머니가 물음을 건네었다.

"진저, 그런데 너는 맛보지 않는 거니?"

"그런 끔찍한 말씀은 하지 말아 주세요."

저는 생강을 세상에서 제일 싫어한다고요. 그런 제가 생강 맛이 나는 샌드위치를 어떻게 먹겠습니까. 이것은 오로지 생강 맛이 나는 요리가 궁금하다고 한 이자나 폐하만을 위한 음식이랍니다.

나는 그리 생각하며 짙은 미소를 지었다.

그런 내 모습에, 어머니의 의문이 더욱 커졌으리란 것은 불 보듯 뻔한 예상이었다.

* * *

햇볕이 좋은 오후에, 궁에 도착하게 되었다.

궁까지 나를 데려와 준 이는 하멜이 아닌 어제 보았던 미카엘이라는 남자였다. 어디론가 홀연히 휴가를 떠나 버린 하멜은 오늘도 돌아오지 않았던 것이다.

도대체가. 제 정체를 숨겨야 된다며 금빛 팔찌를 채워 줄 땐 언제고, 정작 제 정체가 드러날 위기엔 코빼기도 보이지 않다니.

참으로 아이러니한 상황이라고 생각했다.

아무것도 차지 않은 허전한 손목을 내려다보니 자연스레 걱정이 들었다. 이자나 앞에서 부득이하게 하멜을 떠올릴지도 모를 일이니까.

어제는 어영부영 잘 넘어갔다 치더라도, 오늘도 무사히 넘기리라 장담할 수 없었다.

나는 타고 있던 마차에서 내리며, 어떻게 하면 이자나 앞에서 하멜을 떠올리지 않을지 고민했다. 그러다 명쾌한 해답이 떠올랐다.

"목걸이!"

해답은 목걸이에 있었다. 더 정확히 말하자면 어제 응접실에 두고 왔던 붉은 목걸이.

그것을 매고 있다면 하멜에 대해 생각하더라도, 이자나가 내 생각을 읽지 못할 것이다.

좋았어. 어차피 목걸이는 궁에 두고 왔으니 대충 핑계를 대며 목걸이를 껴 버리자.

그리 결론짓자 일순 들었던 걱정이 단숨에 사라졌다. 나는 한결 가벼워진 마음으로 걸음을 떼기 시작했다.

신난 내 걸음에 따라 오른손에 쥐고 있던 소풍 가방이 앞뒤로 흔들렸다. 그 가방 안에는 아침 내내 열심히 만든 샌드위치가 들어 있었다.

어디 샌드위치만 있을까. 이자나를 자빠뜨릴 비장의 무기인 화이트와인도 존재했다.

서른 걸음 정도 걷자 이자나가 보였다. 그는 우리가 늘 만나는 버드나무에 등을 기대고 서 있었다. 나는 조금 더 빨라진 걸음으로 그에게 가까이 다가갔다.

그는 언제나처럼 입고 있던 잘 다려진 흰 셔츠 차림이었다. 평소와 다른 점이 하나 있다면, 오늘은 셔츠의 단추를 목 끝까지 채우고 있지 않다는 점이었다.

그는 셔츠 단추를 두 개쯤 풀고 있었다.

풀어진 셔츠 사이로 타지 않은 그의 흰 살갗과 아름다운 목선, 그리고 붉은빛이 영롱한 목걸이가 보였…… 아니, 목걸이?!

"……!"

나는 맞닥뜨린 현실을 믿을 수 없어 두 눈을 빠르게 깜빡였다.

하나 그것은 여전히 이자나의 목에서 빛이 나고 있었다. 너무도 놀란 나머지 손에 쥐고 있던 소풍 가방을 떨어뜨려 버렸다.

탁.

소풍 가방은 수직으로 떨어졌고, 동시에 이자나의 시선이 내게 닿았다.

"진저 토르테."

그는 내 이름을 힘주어 불렀다. 그러곤 인사하듯이 오른손을 흔들다 이윽고 제 목에 걸린 목걸이를 매만지기에 이르렀다.

이자나의 얼굴엔 악마 같은 미소가 드리워져 있었다.

……이렇게 잘생긴 악마는 처음 보는 것 같아.

"어때? 꽤 어울린다고 생각하지 않나."

응. 너무 잘 어울려.

그의 하얀 피부와 붉은 목걸이가 가히 조화로웠다. 목걸이를 차고 있는 그의 모습이 지나칠 정도로 아름다워 보였다. 적어도 레라지에가 찼을 때보다 훨씬 더 예뻤단 거다.

"생강 양이 재미있는 걸 두고 갔길래, 나도 재미있는 짓을 해 봤어. 한번 차 봤는데 착용감이 나쁘지 않더라고."

"폐하……. 깜짝 놀랄 정도로 잘 어울리는데요?"

"그래? 그렇다면 오늘 하루 종일 차고 있어 볼까나."

"안, 안 돼요!"

나도 모르게 그에게 소리쳤다.

오늘 그 목걸이를 차고 있어야 할 사람은 바로 나라고! 그를 잘 구슬려서 내 목에 저것이 채워지게 만들어야 할 텐데.

나는 이자나의 눈동자를 교묘하게 피해 가며, 기막힌 술수를 떠올리기 위한 노력을 했다. 안타깝게도 묘수가 잘 떠오르지 않았다.

그렇다면 정면 돌파하는 수밖에 없겠군.

"이자나 폐하. 그 목걸이, 오늘은 제가 차고 있으면 안 될까요?"

"왜?"

"폐하께서 매일같이 제 생각을 읽으셨으니, 제게도 하루쯤은 생각이 읽히지 않는 날이 있었으면 해서요."

"흠, 그래?"

이자나는 고민하는 낯빛을 띠었다. 나는 그런 그에게 간절한 눈빛을 끊임없이 보냈다. 머지않아 그가 흔쾌히 고개를 끄덕였다.

"좋아."

"감사합니다, 폐하!"

그는 제 목에 있던 목걸이를 풀어, 내 앞까지 다가왔다. 그리고선 그것을 내 목에 걸어 주었다.

붉은 목걸이가 내 목에 채워지자, 나는 크게 안도했다. 이제부턴 내 생각이 읽힐 것을 겁내지 않아도 되었으니까.

나는 기분 좋아져 밝은 미소를 지었다. 올라간 입꼬리가 귓가에 닿을 정도였다.

"그걸 레라지에에게서 훔쳐 올 거라고는 생각도 하지 못 했어."

"제가 원래 상상을 뛰어넘는 사람이랍니다."

"칭찬 아니야."

"……하하. 그런데 왜 제 귀엔 칭찬으로 들리는 걸까요?"

"그러게. 나도 의문이다."

나는 연신 미소 짓기만 했다.

"그래서 그걸 왜 훔친 건데?"

그거야 레라지에가 붉은 목걸이를 핑계 삼아서 당신을 만나는 게 싫었으니까. 질투라고 해야 할까. 아니면 소유욕이라고나 해야 할까.

그 순간, 어제 이자나가 했던 말이 떠올랐다.

'내 것이었던 게, 남의 것이 된 것 같은 기분.'

그 말에 깊은 공감이 갔다. 레라지에와 이자나의 만남이 잦아진 다면, 나도 그런 기분을 느낄 테니까.

질투가 나서 그랬다고 대답해야 함이 옳았다. 그러나 오늘따라 곧이곧대로 말하기가 망설여졌다.

솔직함이 내 장점이자 단점이지만, 오늘은 조금 다르게 대답하고 싶다는 바람이 들었다.

내 목에 붉은 목걸이가 있기에 그런 마음이 든 것인지도 모르겠다.

"속이 시커면 레라지에가 목걸이를 핑계 삼아 폐하께 곤란한 요구를 할까 봐, 제가 훔쳐 왔어요."

"응."

"저는 아무런 조건 없이 폐하께 목걸이를 드릴 수 있으니까. 제가 또 얼~마나 폐하를 생각했게요. 어휴, 내가 이렇게 욕심이 없다니까."

내 말이 끝나자마자 나를 보던 이자나의 검은 동공이 조금 커졌다. 더불어 그의 얼굴이 다소 흐트러지기도 했다.

웬 동요지? 라고 생각하던 찰나, 이자나는 자신의 표정을 금세 재정비했다.

내가 잘못 본 것일까?

"……흐음, 그렇단 말이지."

이자나는 대수롭지 않게 대답했다.

"어제 짠— 하고 보여 드리려고 했는데, 제가 깜빡했지 뭐예요."

"그래. 네가 가방을 놓고 갔더라고. 가방을 열어 보려고 했던 건 아니었는데, 왠지 궁금해서 열어 봤지 뭐야. 네 허락 없이 가방 안을 본 건 미안하게 생각해. 미안."

"괜찮아요! 그건 그렇고, 제 가방에 궁금한 거라뇨?"

설마 가방 안에 진짜 생강을 들고 다니는 건 아닐지, 하는 궁금증은 아니겠지.

말도 안 되는 궁금증이었다. 나는 내 이름과는 별개로 생강을 정말로 싫어했으니까. 그런 걸 가방에 챙겨 다닐 리가 없지 않겠는가.

그러나 혹여나 정말로 그런 궁금증 때문에 내 가방을 열어본 것이라면…….

너 이 자식. 가방을 열어 본 그 손가락들을 죄다 새앙손이로 만들어 버릴 테다.

어쩌면 생강 같은 얼굴보다 생강 같은 손가락이 더 끔찍한 것일지도 몰랐다.

나는 이자나의 하얗고 가느다란 손가락이 생강처럼 투박하게 변할 것을 잠깐이나마 상상했다.

어울려도 너무 안 어울리잖아.

"……."

내가 그런 생각을 하고 있던 사이, 이자나는 나를 빤히 응시하고만 있었다.

그러다 그는 시선을 내려 제 손바닥을 돌연히 내려다봤다. 그러고선 두어 번 정도 제 손을 가볍게 쥐었다 펴는 게 아닌가.

마치 제 손가락이 제대로 있는지, 아닌지를 확인이라도 하는 것처럼 말이다.

이자나는 느릿하게 말했다.

"나는 생강 양의 가방에 생강이 있을 거라고 생각했던 것은 아닌데……. 뭐랄까, 그냥 생강 같은 게 있을 것 같은 기분이 들어서. 아니, 그러니까……. 후."

이자나는 답답한 듯 제 머리칼을 손으로 거칠게 쓸어 넘겼다. 이상하게도 이자나의 말이 변명처럼 들렸다.

그가 꼭 내 가방 속에 생강이 있을 거라고 생각해서 가방을 열어 봤다는 사실을 숨기려는 사람처럼 보였다는 거다.

"하, 내가 지금 무슨 말을 하고 있는 거지."

나는 어깨를 작게 으쓱이며 그에게 대답했다.

"폐하께서는 지금 생강 같은 말을 하고 계세요."

이자나는 발끈했다. 꼭 도둑이 제 발 저린 것처럼.

"됐어. 나는 생강 양이 가방에 뭘 넣고 다니는지 궁금했다고 말하고 싶었을 뿐이야."

"아하, 그렇습니까? 그래서 이 목걸이. 폐하의 저주를 푸는 것과 어떤 연관이 있었나요?"

이자나는 대답 대신 한숨을 내쉬었다. 저주라는 말이 나오기 무섭게 그의 얼굴이 딱딱하게 굳어 갔다.

"아니. 목걸이를 직접 차 봤는데 아무런 반응도 없더군."

"그렇군요……."

"아 참. 저주를 푸는 해답 대신에 한 가지 알아낸 것이 있기는 해."

"무엇인가요?"

"내가 아는 생강이 그냥 생강이 아니라는 점."

"네?"

그는 굳은 얼굴을 유지한 채로 이어 말했다.

"괴도 생강인 줄 알았다니까."

……괴도 생강. 적어도 외설적인 생강보다는 듣기 좋은 말이었다.

나는 그의 말을 부정하지 않는 대신에, 그를 따라 진지한 표정을 지었다. 그러고선 목소리를 낮게 깔았다.

"사실 그것은 오래전부터 꿈꿔 온 저의 바람이었죠."

"그래? 그렇다면 괴도 생강 양이 다음에 훔칠 타깃은 뭐지?"

그는 내 말에 웃기는커녕 오히려 더욱 진지하게 되물었다. 그렇다면 나도 질 수 없지.

나는 비밀 이야기를 하듯이 입가를 손으로 가린 채로 말했다.

"다음 타깃은…… 당신의 마음?"

"내 마음이라."

이자나는 제 눈썹을 한쪽만 들썩였다. 이내 그는 여느 날처럼 내 이마를 손끝으로 가볍게 툭 건드렸다.

"내 마음은 레라지에의 목걸이처럼 쉽게 훔칠 수는 없을 거야."

"자고로 진정한 괴도란 훔치기 어려운 것에 가장 큰 메리트를 느끼는 법이죠."

"도대체가 한 마디도 지지 않군. 좋아. 그럼 훔치도록 노력해 보도록."

"네. 노력하겠습니다. 폐하."

그의 마음. 까짓것 훔쳐보지 뭐.

어떻게 얻어야 할지 감히 짐작할 수도 없는 것을, 실제로 얻게 됐을 때 어떤 기분이 들까.

나는 바닥에 떨어져 있던 소풍 가방을 뒤늦게 들어 올리며, 그 속에 있을 무색무취의 와인을 떠올렸다. 이놈이 그의 마음을 얻게 해 줄 발판이 되어 주지 않을는지.

"생강 영애. 이제 탕플 탑으로 가 볼까?"

그는 제 앞에 있는 기다란 오솔길 쪽으로 고갯짓을 하며, 내 쪽으로 손을 내밀었다.

어머나. 로맨틱하게 손을 잡고 가자는 건가.

나는 가방을 들지 않은 반대쪽 손을 그의 손바닥 위에 올려놓았다. 그러자 이자나가 얼떨떨하게 말했다.

"……? ……아니, 가방 달라고. 들어 줄게."

"손잡아 달라는 거 아니었어요?"

"누가 외설적인 생강 아니랄까 봐."

이자나는 코웃음을 치며 내가 들고 있던 가방을 뺏어 들었다. 물론 내 손과 맞닿지 않은 나머지 손이었다.

그는 가방을 제가 들었음에도 불구하고, 잡고 있던 내 손을 놓지는 않았다. 그러고선 앞서 한 걸음을 걸어가며, 나지막이 말했다.

"그래도. 네가 내 손을 잡고 싶다니까. 어쩔 수 없이 잡아 줄게."

"……."

"난 아량이 넓은 남자니까."

나도 모르게 미소가 스멀스멀 새어 나왔다. 나는 앞서 걸어가는 그의 넓은 등을 보며 소리 죽여 웃었다.

착각일지도 모르지만, 그도 내 손을 잡고 싶었던 게 아닐까 싶었다.

왠지 그가 조금 귀여워 보였다.

우리가 거니는 오솔길은, 한낮임에도 불구하고 몹시 어두웠다. 안쪽으로 들어가기 무섭게 점점 더 캄캄해져서 괜히 스산할 정도였다.

갑작스럽게 날이 저문 것은 아니었다. 어두워진 원인은 기다랗게 늘어진 나뭇잎들 때문이었다. 그것들은 햇살의 진로를 가로막고 있었다.

사람이 아닌 것이 튀어나올 것만 같아, 나는 이자나에게 바짝 달라붙었다. 그러자 이자나가 물었다.

"무서워?"

"네, 조금 무서워요. 탑에 가는 길은 이 길밖에 없는 건가요?"

"어. 이 길이 유일해."

"싫다⋯⋯."

"길이 좀 어둡지? 여길 나다니는 사람이 없으니, 아무도 관리하지 않은 탓이겠지. 더군다나 이젠 탑에 내가 있지도 않은걸."

"그렇구나."

"걱정 마. 이제 거의 다 왔어."

그의 말대로였다. 얼마 못 가 오솔길의 끝이 보였다. 그리고 그 길의 끝에 다다르자 그것이 보였다.

이자나가 오랜 세월 동안 갇혀 있었던 탕플 탑. 그것이 숲길 사이에 떡하니 자리하고 있었다.

우리는 걸음을 멈추어 약속한 것처럼 동시에 탑을 올려다보았다. 탑은 생각보다 엄청 높았다. 그 꼭대기가 아득하게 보일 정도였다.

탑은 내가 걸어온 오솔길보다도 더 스산함 느낌을 주었다. 탑을 감싼 기다란 넝쿨. 탑을 구성하고 있는 모양이 제멋대로인 여러 돌들. 그런 것들이 괴기스러운 느낌을 준다랄까.

"언제까지 구경만 할 거야? 들어가자."

이자나는 탑의 문 쪽으로 나를 이끌었다. 그에겐 탑의 괴기스러움이 아무렇지 않은 듯해 보였다.

나는 군말 없이 그의 뒤를 따랐다.

이자나는 익숙한 듯 탑의 문을 열었다. 잠기지 않아 있던 문은 쉬이 열렸다.

열리는 문을 보며, 나는 왠지 긴장되었다. 이자나가 지냈던 탑을 실제로 접함에 느껴진 감상이었다.

'유폐된 왕자와 후작 영애' 속에서만 읽었던 그 탑에 내가 발을 디딜 줄 누가 알았을까. 책의 저자인 하멜조차도 예상하지 못했을 일이라고 생각했다.

탑 안은 어두컴컴했다. 그 안엔 흔해 빠진 빛줄기가 하나도 보이지 않았다. 하지만 이자나는 그 어둠조차도 익숙한 것처럼 앞으로 거침없이 나아갔다.

그는 들고 있던 소풍용 가방을 바닥에 내려놓고선 내 손마저도 놓았다.

그는 어디론가 걸어가 두껍게 쳐져 있던 커튼을 활짝 열어젖혔다. 그러자 열린 커튼 사이로 커다란 창문이 드러남과 동시에 밝은 빛이 내비쳤다.

"고작 몇 달을 오지 않았는데, 완전히 황폐해졌네."

이자나는 또다시 분주하게 움직이기 시작했다. 그는 탑 안에 있던 촛대 하나하나에 불을 붙여 주위가 완전히 밝아지게 만들었다.

나는 그제야 탑의 내부를 자세히 들여다볼 수 있었다.

탑이라는 사실을 제외한다면, 이자나의 말처럼 탑 안은 일반적인 주택의 정경과 비슷했다.

변두리에 탑의 꼭대기로 이어지는 듯한 계단이 하나 있었고, 중앙에는 다갈색 소파와 작은 테이블, 책상, 그리고…….

"우와, 이게 다 책이에요?"

커다란 책장이 동그란 벽면을 따라 주위를 둘러싸듯이 존재하고 있었다. 책장에는 책들이 빼곡하게 꽂혀 있었는데, 한눈에 가늠할 수 없을 정도로 그 개수가 많았다.

이자나는 책장에 꽂힌 책을 아련히 바라보았다. 그 속에 서린 어떤 추억을 떠올리는 것처럼.

"그럼 저게 책이지, 뭐겠어."

이자나는 무심하게 대꾸하며 소파 위를 손끝으로 쓸었다. 그는 제 손끝에 무언가가 묻어 나오지 않는지를 섬세히 확인한 다음, 그 위에 앉아 버렸다.

나는 바닥에 놓인 소풍 가방을 챙겨서 그의 옆에 앉았다.

"누구 마음대로 내 옆에 앉으래. 맞은편에 앉아."

자연스럽게 나란히 앉기는 아무래도 실패인가 보다.

"넵."

나는 그의 맞은편 소파에 자리 잡았다. 이자나의 시선은 내가 들고 온 소풍용 가방에 꽂혀 있었다.

"여기엔 소녀가 폐하를 위해 아침 일찍부터 만든 샌드위치가 들어 있어요. 드셔 보시겠어요?"

"좋아."

나는 콧노래를 부르며 샌드위치를 하나둘씩 꺼내기 시작했다. 샌드위치를 모두 꺼내고, 비장의 무기인 무색무취의 와인이 든 유리 병도 꺼내고, 유리잔마저도 꺼냈다.

나는 개중에 제일 예쁘게 만들어진 샌드위치를 그의 입 근처까지 가져다 대었다.

"자, 폐하. 입 벌리세요. 샌드위치가 들어갑니다. 아−"

이자나는 쉽사리 입술을 벌리지 못하며, 내 눈을 빤히 바라봤다. 나는 내 목에 걸린 붉은 목걸이를 믿고선, 마음껏 생각했다.

어서 그 예쁜 입술을 벌려. 그러곤 내 샌드위치를 맛있게 먹으란 말이야.

나는 협박하듯이 속으로 읊조렸다. 붉은 목걸이 덕에 이토록 생각을 편하게 할 수 있을 줄이야.

내가 빙긋 미소 짓자 이자나의 얼굴이 자못 딱딱해졌다.

뭔가 문제가 있었던가? 이자나의 표정이 굳어질 이유가 없는데.

이자나는 눈을 게슴츠레하게 뜨고선 나를 쳐다보았지만, 이내 별다른 소리 없이 내가 내민 샌드위치를 살짝 깨물었다. 그는 입을 조금씩 오물거리며 샌드위치의 맛을 음미했다.

"오, 이 맛이었구나."

"어때요? 맛있죠? 입안에서 막 스르륵 녹죠?"

"와."

이자나는 정녕 감탄한 듯이 고개를 절레절레 내저었다. 심지어 박수를 두어 번 친 다음 엄지손가락을 치켜들기도 했다.

"넌 요리조차도 특이하구나. 네겐 평범한 구석은 정녕 없는 건가?"

"네?"

"어떻게 하면 샌드위치에서 생강 맛이 날 수가 있지?"

그는 그 사실에 진심으로 놀란 듯했다.

"폐하께서 그런 맛을 느껴 보고 싶다고 하셨잖아요."

나는 기분 나빠하기는커녕 작게 웃었다.

이미 생강 맛이 나는 샌드위치라고 어머니에게 검증받은 터였다. 그런 샌드위치가 갑자기 꿀맛이 나는 것으로 바뀔 리가 없었다.

이자나마저도 작게 키득거리며 내게 말했다.

"큭큭, 샌드위치도 막 웃겨. 음식이 웃긴 건 처음이야."

"그것은 저만이 할 수 있는 것이랍니다."

"대단해. 그런데 도대체 뭘 넣었길래 씹으면 씹을수록 더 매워지는 걸까?"

매운 걸 넣었던가?

샌드위치에 빨간 소스 통에 있던 것을 조금 넣기는 했다. 나는 그것이 케첩인 줄 알았지만, 아무래도 다른 것이었나 보다.

그렇게 몇 차례 샌드위치를 조금 더 씹어 먹던 이자나가 갑자기 큭큭거렸다. 그는 주위를 두리번거리기에 이르렀다. 목이 걸리기라도 한 듯, 마실 것을 찾듯.

"이자나 폐하. 지금 마실 것을 찾고 계신 겁니까?"

"어. 매워서. 난 매운 건 잘 못 먹거든."

마실 것. 후후. 그것이라면 가득 담아 왔는데. 드디어 그에게 그것을 먹일 기회가 찾아왔구나.

생각보다 빨리 찾아온 기회였다. 나는 음흉한 미소를 지으며 유리병의 마개를 땄다. 그러곤 그것을 투명한 유리잔에 따르기 시작했다.

이자나의 눈이 유리잔에서 떨어지지 않았다. 그는 그것을 얼른 마시고 싶어 하는 것처럼 보였다.

"여기 물 있습니다."

나는 유리잔을 흔들며, 이자나를 유혹했다. 그의 눈동자가 와인이 흔들리는 방향을 따라서 움직였다.

나는 그의 하얀 손에 유리잔을 쥐여 주며 얼른 마시라는 듯이 고개를 위아래로 흔들었다.

"……."

곧장 마실 것 같았던 이자나는 유리잔을 입가까지 가져갔다가, 마시지는 않고선 나를 물끄러미 바라보았다.

"왜요?"

"뭔가 조금…… 이상한 기분이 드는데. 왜 오한이 드는 거지."

"에이, 고작 물인 걸요. 이상해하지 마시고 얼른 쭉 들이켜세요. 폐하."

이자나는 계속해서 내켜 하지 않았지만, 정말로 목이 말랐던 것인지 몇 모금 마시기 시작했다.

나는 그의 목울대가 꿀렁거리는 것을 지켜보았다. 일이 술술 잘 풀리고 있었다.

"어이쿠. 잘 드시네요."

"생강 양. 설마 여기에 뭘 넣은 건 아니겠지?"

"하하. 그럴 리가요. 폐하가 드실 것에 제가 무엇을 넣겠습니까."

뭘 넣었긴요. 그 자체가 물이 아닌걸.

당신은 지금 무색무취인, 도수가 아주 센 와인을 마신 거라고요. 당신이 취하는 건 시간문제일 거야.

내 생각이 끝나기 무섭게 이자나가 소리쳤다.

"뭐!?"

그는 유리잔을 소파 앞 테이블 위에 세게 올려놓았다.

……왜지?

"폐하. '뭐!?'라뇨? 뭐가요?"

"너! 이거……!"

그는 차마 제 말을 잇지 못하며, 혀끝으로 제 입술을 느릿하게 쓸었다. 이자나의 눈동자가 까닭 없이 공허해 보였다.

그는 넋 나간 얼굴을 하더니 돌연히 킥킥거렸다.

아무것도 모르는 이가 본다면 미친 게 아닐까 하는 생각이 들 정도로, 이자나의 표정이 급변했다.

이자나는 지칠 때까지 웃은 후에야 나를 쳐다보았다.

"……하. 방심할 수가 없군."

"그게 무슨 말씀이세요?"

"그런 게 있어."

이상하단 말이지. 분명 뭔가가 있는 것 같은데.

"폐하. 물을 더 드릴까요? 아님 샌드위치를 좀 더 드시겠어요?"

아님, 나?

나는 마지막 선택 사항은 말하지 못하며, 야릇한 미소를 지었다. 그러자 이자나는 체통 없이 킥킥거렸다.

"킥, 킥!"

"……폐하?"

"흠흠. 아냐. 꼭 두 가지 중에 하나를 선택해야 하는 건가."

"꼭 그런 건 아니지만, 그렇지 않은 것도 아니랍니다."

"샌드위치는 좀 이따 먹지. 아무래도 마음의 준비가 필요할 것 같아."

"피. 너무해."

"안 먹는다고 하지는 않았어."

그리 말한 그는 소파에 제 몸을 완전히 기댔다.

언제 취하려나. 너무 조금 마셔서 취하지 않는 걸까?

물론 취한 그를 정말로 자빠뜨리려는 속셈은 아니었다. 나는 그보다도 그의 취한 모습이 궁금했을 따름이었다.

'유폐된 왕자와 후작 영애' 속에서 보았던 취한 이자나의 꼬인혀. 취기로 인해 붉게 상기된 두 뺨. 그것들이 실제로 보고 싶었다. 그런 의미에서! 그가 술을 더 마시게 만들어 볼까나.

나는 그에게 말을 걸었다.

"저기, 폐하. 궁금한 게 하나 있어요."

"뭔데?"

"이 탑 말이에요. 왜 그대로 두는 거예요? 제가 폐하였다면, 탑을 나오자마자 당장에 부숴 버렸을 거예요."

그는 팔짱을 느른히 끼며 천천히 대답했다.

"진정한 성인은 개인적인 이유로 역사적인 가치가 있는 건축물을 함부로 부숴 버리지 않지."

"에이."

"정말로. 이 탑은 왕국의 초대 왕이 만든 유서 깊은 건축물이라고."

"어쩐지 좀 낡아 보인다고 했어요."

이자나가 내 이름을 조용히 불렀다.

"……그런데 진저."

비러본 그의 양 뺨이 붉어져 있었다. 불과 몇 분 사이에 벌어진 일이었다.

"나 좀 더운 것 같아."

그는 소매에 있던 단추를 풀어 소매를 팔꿈치까지 걷어붙였다. 그러자 그 사이로 그의 하얀 살갗이 드러났다.

드디어 취기가 올라오고 있는 걸까? 나는 몹시도 기대되었다.

"그럼 마실 걸 좀 더 드시겠어요?"

그렇다면 당신이 완전히 취할지도 몰라.

나는 유리잔을 와인으로 다시금 가득 채웠다. 이자나는 유리잔에 딱딱한 시선으로 응시하고 있었다.

"아니. 그걸 마시면 왠지 더 더워질 것 같아."

"네?"

"그거. 마시니까 취하는 기분이 들어서. 매운 걸 못 먹는 것과 마찬가지로 술도 잘 못 마시거든."

"하하. 그렇습니까? 몰랐던 사실이네요."

"과연 진짜로 몰랐던 사실일까?"

정곡을 찌르는 이자나의 말이었다. 나는 괜히 찔려서 뜨끔했다. 아닌 말로 이마엔 식은땀이 살짝 맺혔다.

나는 소매로 이마를 훔쳐 내며 그에게 대답했다.

"아! 생각해 보니까. '유폐된 왕자와 후작 영애' 속에서 폐하께서 술을 잘 못 마신다고 나와 있었던 것 같아요. 하하, 그렇죠?"

"……그런 내용이 있었던 것 같기도 하고. 그런데 말이야. 한 모금이라도 더 마신다면, 혀가 완전히 꼬일 것 같은데……."

"……."

"목이 너무 말라. 아니, 도대체 뭘 넣었길래 계속해서 매운 기운이 올라오는 거지? 미치겠군."

"어머나. 미치시면 안 되죠! 자, 얼른 한 모금 더 드세요!"

나는 유리잔을 또다시 그의 입가까지 가져다 대었다.

고민의 빛을 내비치던 그는 결국 손을 뻗어 유리잔을 건네받았다. 이윽고 그는 기품 있게 와인을 마셨다.

이자나는 유리잔에 있던 걸 모두 다 털어 마시고선 체념이 섞인 한숨을 내쉬었다.

그리고 일 초, 이 초, 삼 초. 삼 초 정도가 흐른 뒤, 이자나의 검은 눈동자가 묘하게 풀리기 시작했다.

그는 정신을 차리려는 듯 인상을 와락 구겼으나, 애석하게도 눈꺼풀은 얼마 못 가 완전히 닫히고야 말았다. 동시에 그의 몸이 흔들렸다.

중심을 잃은 그의 몸뚱이가 소파에 털썩 누인 것은 삽시간이었다.

"폐하?"

"……."

이자나에게서 돌아오는 대답은 없었다. 잠든 걸까.

나는 소파에 앉아 있던 몸을 일으켜 그에게 가까이 다가갔다.

"폐하."

"……."

그를 한 번 더 불렀지만, 돌아온 것은 역시나 침묵이었다. 술에 취해서 애교를 부리는 걸 기대했는데, 곯아떨어져 버리다니.

실망감이 조금 들기도 했으나 잠든 그의 얼굴을 바라보는 것도 썩 나쁘지 않겠다는 생각이 들었다.

나는 손을 뻗어 이자나의 하얀 볼을 폭 건드렸다. 그러자 이자나는 마치 대답이라도 하는 듯 입술을 작게 벙긋거렸다.

"어린아이 같아. 귀여워."

그 순간 내겐 그런 바람이 들었다. 내 손이 닿고, 내 시야가 닿는 거리에 그가 항상 존재하기를.

무리한 소망일지도 모르겠다. 이자나가 내게 어떤 마음을 품고 있는지 가늠하기 힘들었으니까.

하지만 바라는 건 온전히 내 몫이니, 나는 성심성의껏 바라보기로 했다.

그의 볼을 두 번째로 톡 건드렸을 때였다. 잠든 줄 알았던 그의 손이 들리며 내 손목을 낚아챘다.

"……!"

내가 당황하는 사이, 감겨 있던 이자나의 눈이 뜨였다. 바라본 그의 검은 동공은 여전히 풀려 있었다.

"……망할 탑 따위는 언젠가 꼭 부숴 버릴 거야."

그는 잠꼬대하듯이 웅얼거렸다.

"네?"

"아주 처참히 부숴 버릴 거야…… 다시는 누군가를 가둬 놓지 못하게…….."

그는 그렇게 말하고선 다시금 눈을 감았다. 더해, 내 손목을 잡고 있던 손도 놓아 버린다. 조금 전 말은 잠꼬대였나 보다. 나는 놀란 가슴을 쓸어내렸다.

"휴. 깬 줄 알았잖아. 놀래라."

아깐, 진정한 성인은 개인적인 이유로 역사적인 가치가 있는 건축물을 함부로 부숴 버리지 않는다고 하더니. 순전히 거짓말이었구나. 쯧.

그도 내심 탑을 원망하고 있었던 게 분명했다. 그런 주제에 내 앞에서 한껏 폼을 잡았다 이거지?

……진짜 귀여워. 이렇게 귀여워도 돼?

이자나의 볼을 세게 꼬집고 싶다는 충동이 일었다. 지난날 그가 내 볼을 꼬집었듯이 말이다.

하지만 그렇게 했다간 그가 정말로 깨어날 것 같아서, 나는 그 욕망을 애써 잠재웠다. 대신 잠든 그의 얼굴을 오랫동안 바라보았다.

그와 조금 더 얘기하고 싶었고, 그에게 즐거운 기억을 확실히 심어 주고 싶었지만, 곤히 잠든 그를 깨우고 싶지 않았다.

아무렴. 오늘만 날일까. 언제고 또 그와 탑에 찾아오면 되는걸.

"어머니. 이자나 폐하를 확실히 자빠뜨리기는 했는데. 게임 오버는 안 될 것 같아요."

아이처럼 자고 있는 그에게 엉큼한 짓을 할 수는 없었으니까.

* * *

잠든 이자나를 데려간 이는 미카엘이었다. 우리가 한참이나 돌아오지 않으니, 그가 직접 우리를 찾아온 것이다.

미카엘은 잠든 이자나를 둘러업고 탑을 빠져 나왔다.

탑으로 갈 때 거닐었던 오솔길을 완전히 벗어났을 때, 나는 소풍 가방을 미카엘에게 내밀었다.

"이것은 무엇입니까?"

"폐하의 것이랍니다. 나중에 깨어나시면 꼭 진해 주세요."

"알겠습니다."

안 먹는다고는 하지 않았으니, 남은 샌드위치들을 그가 맛있게 먹어 주었으면 했다.

나는 이자나가 궁으로 완전히 들어가는 것을 지켜본 후에야 후작저로 향했다. 마차를 타고 후작저로 돌아가는 내내 기분이 좋았다.

나는 콧노래를 부르며 마차의 창밖을 바라보았다. 창밖으론 익숙한 정경이 빠르게 지나쳐 가고 있었다.

흔하디흔한 광경이 오늘따라 몹시도 아름다워 보였다. 그것은 기쁜 기분이 빚어낸 감상이 아닌가 싶었다. 이자나와 함께한 오늘이 너무도 즐거웠기 때문에 그런 거라고.

그렇게 후작저에 거의 도착했을 무렵이었다. 나는 익숙한 이의 모습을 보게 되었다.

"……레라지에?"

레라지에라 추정되는 여자는 챙이 넓은 모자를 쓰고 있어서, 얼굴이 잘 보이지 않았다. 하나 나는 그녀를 단번에 알아볼 수 있었다.

저 몸매. 저 걸음걸이. 레라지에가 맞는다는 데에 내 손목을 걸 수도 있었다. 나는 마차를 급하게 세웠다. 까닭은 모르겠으나 그녀의 뒤를 밟고 싶었다.

뜬금없는 미행은 그렇게 시작되었다.

나는 발소리를 죽이며 그녀의 뒤를 조용히 따랐다. 레라지에가 향하고 있는 곳은 아틀렌타 후작가가 있는 방향이 아니었다.

그녀는 제집이 아닌 다른 곳으로 가고 있던 것이다. 어디로 가는 걸까.

십 분쯤 그녀의 뒤를 쫓았을 때, 그녀의 걸음이 멈춰 섰다. 레라지에가 걸음을 멈춘 곳은 평범한 5층 건물 앞이었다. 나는 다른 건물 뒤에 몸을 숨기고선 숨죽여 그녀를 지켜봤다.

레라지에는 그 건물의 1층 집 현관을 두드렸다. 그러자 누군가가 문을 열고 밖으로 나왔다.

나는 안광에 집중하여 마중 나온 이를 쳐다보았다. 흔하지 않은 잿빛 머리칼. 동그란 안경.

"……하멜 브레이?"

누군가는 놀랍게도 휴가를 떠난 하멜이었다.

하멜과 레라지에는 몇 번 대화를 나누고선 저택 안으로 들어가 버렸다.

나는 굳게 닫힌 현관을 멍하게 바라보았다.

"하멜…… 당신이 왜 여기서 나오는 거야?"

물론 레라지에와 하멜이 이전에 만났다는 사실을 알고 있었다. 그러나 따로 만나는 두 사람을 진짜로 목도해 버리자 기분이 이상했다.

이상한 기분의 정체는 배신감에 가까운 것이었다. 두 사람이 만나는 건 나와는 전혀 상관없는 일이었음에도 불구하고.

레라지에의 뒤를 밟지 말 걸 하는 뒤늦은 후회가 들었다. 하멜의 집에 무작정 들이닥칠까, 하는 생각도 잠깐 들었지만 이내 고개를 내저었다. 다소 과하단 생각이 들었기 때문이다.

나는 닫힌 현관문을 몇 분간 지그시 바라보다가 무거운 발걸음을 떼어 냈다.

후작저로 돌아가는 내내 생각했다.

두 사람. 무슨 대화를 나누고 있는 걸까?

마차를 탔을 때 느꼈던 기분 좋은 설렘은 온데간데없이 사라진
후였다.

* * *

다음 날 오후엔 예정된 행사가 있었다.

녹스 백작가에서 여는 연회에 초대된 것이다. 나는 백작가가 목
적지인 마차에 몸을 실은 채로 생각했다.

연회에 이자나도 오겠지.

건너 듣기로 이자나가 여러 연회에 자주 출몰하고 있다고 한다.
그런 그였기에, 그가 백작가의 연회에 오지 않을 이유는 없었다.

술은 깼을까? 내가 준 샌드위치는 버리지 않고 모두 먹었을까?
나는 그가 샌드위치를 먹어 매워할 모습을 상상하며 킥킥거렸다.

그곳에 레라지에와 키키가 있지는 않을까, 하는 생각도 들었다.

키키는 없을 리가 없었다. 그는 알아주는 연회 킬러로서, 제 유
일한 자랑거리인 춤사위를 뽐내기 위해서라도 그곳에 일찌감치 도
착했을 것이다.

내 책을 훔쳐 간 것도 모자라 레라지에에게 그것을 넙죽 보여 준
키키를 어떻게 응징하면 좋을까.

계단에서 밀어서, 그의 다리를 부러뜨리는 건 어떨까. 그렇다면
한동안 춤을 추지 못할 텐데.

"……너무 잔인한가."

하나 키키가 지금껏 내게 한 짓은, 내가 상상한 일보다도 더 잔
인한 일이었다. 키키는 그 사실을 알고 있으려나.

레라지에는 자신의 목걸이가 바뀐 것을 눈치챘을까?

이자나를 만나지 않았다면 눈치를 채지 못했을 것이다. 두 사람이 계속해서 만나지 말았으면 했지만, 오늘 연회장에서 마주칠 수도 있었다.

두 사람이 만나지 않게 훼방을 놓아야겠다는 강한 의욕이 샘솟았다.

깨달았을 땐, 백작가에 도착해 있었다. 나는 옷매무새를 가다듬은 다음에 마차에서 내렸다.

연회장은 이미 사람들로 가득 차 있었다. 나는 얼굴을 알고 있었던 귀족 여식들과 가식적인 인사를 나누며, 은연중에 이자나에 대해서 물어보았다.

"어머, 진저 영애. 오늘은 평소보다 아름다우시네요!"

"감사해요. 그나저나 오늘 연회에 폐하도 오셨나요?"

"진저 영애는 폐하를 못 보셨나요? 아까 전에 오셔서 잠깐 계시다가 지금은 자리를 비우신 것 같은데. 그리 오래 머무르시진 않는다고 들었어요."

"벌써 오셨다고요? ……아, 그래요. 말씀해 주셔서 감사해요."

오케이. 원하는 정보는 다 얻었고.

나는 슬그머니 자리를 뜨며, 이자나를 찾기 위해 두리번거렸다. 멀리서도 눈에 띄는 이자나였기에 그를 금방 찾을 수 있을 거라고 생각했다.

하나 그의 모습은 보이지 않았다. 설마 벌써 돌아간 것은 아니겠지.

그런데 이자나의 행방과는 별개로 당연히 보여야 할 레라지에의 붉은 머리통도 보이지 않았다. 그러자 영문 모를 불길한 예감이 들었다.

혹 그 두 사람. 사람들이 없는 곳에서 둘만의 대화를 나누고 있는 것은 아니겠지.

내 머릿속엔 이자나가 레라지에를 향해 아름답게 미소 짓는 모습이 그려지기 시작했다.

상상하고 싶지 않은 모습임에도 불구하고, 한번 드리운 상상은 좀처럼 사라지지 않았다. 도리어 조금 더 세세해졌을 뿐이었다.

가령 이자나가 레라지에의 손을 잡는다든지. 그가 그녀에게 낯간지러운 말을 내뱉는다든지. 레라지에가 이자나의 품에 안긴다든지.

나는 호흡을 길게 내뱉었다. 무엇이 실재이든 간에, 그들 중 하나라도 내 시야에 보였으면 했다.

하지만 아무리 찾아보아도 그들의 모습은 보이지 않았다. 발코니에 있는 걸까?

나는 2층 발코니를 올려다보았다. 그러고선 망설임 없이 2층으로 발걸음을 옮겼다.

2층에 있던 세 개의 발코니 중, 두 군데를 확인했을 때까지 이자나와 레라지에의 모습은 보이지 않았다.

내가 너무 지나치게 추측한 건가 싶었다. 마지막으로 한 곳만 더 확인해야겠다는 생각으로 걸음을 옮기던 순간이었다.

"……!"

뒤쪽에서 누군가가 내 손목을 힘주어 꽉 잡았다. 적어도 이자나의 손은 아닐 거라는 예감이 들었다. 이자나의 손은 한기가 들 정도로 차가웠으니까.

내 손목을 부여잡은 손은 차가움이라곤 조금도 떠올릴 수 없을 정도로 따스했다.

뒤를 천천히 돌아보자, 익숙한 사람이 서 있는 게 보였다.

"……하멜?"

그는 휴가를 떠난 하멜이었다. 더해, 어제 레라지에와 만났던 그 하멜이기도 했다.

올려다본 그의 얼굴이 평소보다 가라앉아 보였다.

무슨 일이라도 있었던 걸까. 어제 만난 레라지에와 싸우기라도 한 걸까?

나는 하멜이 걱정되기도 했고, 그에게 묻고 싶은 것도 많았지만, 마지막 발코니를 먼저 확인하고 싶었다. 발코니를 확인하고 나서 하멜과 얘기를 나누어도 충분하다고 여겨졌다.

"하멜. 이거 놔요. 전 지금 저쪽에 있는 발코니에 가 봐야 해요."

그러자 하멜이 확고한 음성으로 대답했다.

"가지 마십시오."

그는 내게 좀 더 가까이 다가왔다. 가까워진 그의 얼굴이 사뭇 굳어 있었다.

"빨리 돌아올 테니까, 잠시만 기다려요. 아니면 같이 가 볼래요?"

하멜과 함께 발코니를 확인해도 상관없겠다 싶어 꺼낸 말이었다. 그러나 그는 고개를 내저었다.

"생각이 나고, 눈앞에 아른거렸습니다."

그것은 참으로 뜬금없는 대답이었다. 적어도 지금 할 말은 아니라고 생각했다.

"누가요? 레라지에 그것?"

하멜은 대답 대신 제가 하고 싶은 말을 묵묵히 이어 했다.

"머릿속에선 종이 치고, 심장은 입 밖으로 튀어나올 것 같았습니다."

그것은 내가 이전에 하멜에게 알려 준 사랑의 전조 현상이었다.

"그건 사랑의 징조라니까요! 그 현상들을 레라지에에게 확실히 느껴 버리고 만 건가요?"

"아니요."

"네?"

하멜은 나를 똑바로 쳐다보았다. 그리고 우리의 시선이 교차했다. 그의 잿빛 눈동자 속엔 희미한 열기가 일렁이고 있었다.

착각인지도 모르겠다. 그 열기는 나를 원하고 있는 것만 같았다. 나는 본능적으로 뒤로 한 발자국 물러나려고 했으나, 그가 나를 잡아당긴 일이 더 빨랐다.

그는 나를 부드럽게 껴안았다. 하멜은 내 손목을 잡았던 손을 놓아 내 등에 둘렀다. 그러고선 나를 제 쪽으로 힘 있게 끌어당겼다.

나의 몸은 하릴없이, 무언가에 이끌리듯 그에게 완전히 밀착되었다.

내 등을 헤매는 그의 손끝이 뜨거웠다. 맞닿은 그의 체온은 더 뜨거웠다. 심각한 열병을 앓고 있는 것이 아닌지 생각될 정도였다.

손에 닿을 것처럼 선명한 그의 열기는, 며칠 전에 있었던 일을 떠올리게 만들었다.

우리 둘뿐이던 옷장 속. 숨을 쉴 수 없을 정도로 무거웠던 공기. 내 허리춤을 강하게 부여잡았던 그의 손끝마저도.

심장이…… 두근거렸다.

이자나에게서 느꼈던 두근거림과는 또 다른 두근거림. 나는 그것을 두 번째로 느껴 버리고야 말았다.

낮게 가라앉은 하멜의 목소리가 들린 것은 그 순간이었다.

"……당신이. 진저 토르테, 당신이. 옷장 속에서 제게 안겨 있었던 게…… 제 손끝에 닿았던 당신의 체온이 잊히지 않았습니다."

그는 내 귓전에 대고 속삭였다. 하멜의 따스한 숨결이 내 귓가에 온전히 스미었다. 나는 야릇한 소름 끼침을 느끼며 몸을 작게 움츠렸다.

"하, 하멜."

더듬거리며 그의 이름을 불렀으나 하멜은 꼼짝도 하지 않았다.

"제 곁에 있어 주십시오. 당신이 발코니로 가지 않았으면 합니다. 적어도 지금만큼이라도."

가까이 붙을 거리가 더는 없다고 생각했다. 하나 하멜은 내 몸을 조금 더 세게 끌어당기며, 우리 사이에 있었던 약간의 빈틈마저도 사라지게 했다.

하멜의 뜨거운 체온이 버거웠다. 그 뜨거움이 내게 전달되는 것만 같았다. 그러자 내 몸 또한 언제부터인지 모르게 달아오르기 시작했다.

하멜의 말은 무엇을 의미하는 걸까.

그의 말이 왠지 고백처럼 들렸다. 단순한 내가 추측할 수 있는 의미는 단 하나였다. 하멜이 나를 좋아하는 게 아닌가, 하는.

나는 그 사실을 좀처럼 믿을 수 없었다. 하멜은 며칠 전까지만 해도 나와 함께 레라지에를 유혹할 궁리를 했었다. 그런 그가 나를 좋아하게 되었다니……. 말도 안 되는 일이었다.

더군다나 레라지에를 좋아했던 남자가 나를 좋아했던 적은 단 한 번도 없었다. 물론 나를 좋아했던 남자 대부분이 레라지에를 좋아했지만 말이다.

인정하기 싫지만, 그것은 사실이었다.

하지만 고백 같은 말을 읊조린 하멜의 목소리가 너무도 진솔했다. 그렇기에 나는 혼란스러웠다.

그는 내 어깨 위에 제 얼굴을 묻으며 이어 말했다.

"아무것도 묻지 말고, 지금 당장 저와 함께 이 연회장을 나가 주었으면 합니다."

"하, 하멜. 숨 막혀요. 안은 것부터 놓고 다시 얘기해요."

나는 어린아이를 타이르듯이 말했다. 그럼에도 하멜은 내 말을 조금도 새겨듣지 않았다.

어쩔 수 없이 그의 가슴팍에 얼굴을 묻자, 그의 심장 박동 소리가 들렸다. 차분하지 못한 소리였다.

"이곳을 저와 함께 나가신다고 약속한다면 놓아 드리겠습니다."

확고하다. 하멜이 이렇게까지 고집이 센 남자였던가.

내겐 그의 아집을 꺾을 재량이 없었다. 나는 나를 으그러뜨릴 것처럼 옥죈 하멜에게서 벗어날 수 없었다.

"……알겠어요. 같이 나가요."

마지막 발코니를 확인하고 싶은 마음은 여전했지만, 하멜이 이렇게까지 간절하게 부탁하는데 안 된다고 할 수 없었다.

내가 제 말에 수긍해 주자, 하멜은 그제야 힘주어 잡고 있던 나를 놓아주었다.

반걸음 정도 뒤로 물러나자 하멜의 얼굴이 보였다.

그는 어쩐지 슬픈 눈동자로 나를 내려다보고 있었다. 강경했던 제 태도와는 극명히 다른 구슬픈 눈빛이었다.

나는 그 이유를 묻고 싶었다. 왜 나를 슬프게 바라보고 있느냐고.

나의 의문은 소리가 된 메시지로 흘러나오지 못했다. 등 뒤로 익숙한 이의 소리가 들렸기 때문이다.

"······생강?"

생강. 연회장에서 나를 생강이라고 당당히 부를 수 있는 사람은 단 한 사람뿐이었다.

이자나. 나는 그의 목소리를 곧장 알아차릴 수 있었다.

나를 부르는 소리에 뒤를 돌아봐야 했지만 어쩐지 망설여졌다. 나를 슬픈 눈으로 내려다보고 있는 하멜 때문이었다.

도대체 어떤 상황이 벌어진 걸까. 하멜이 현자의 눈으로 내게 벌어질 미래를 보았던 걸까? 그렇기에 사연 있어 보이는 눈빛으로 나를 바라보고 있는 걸까.

내가 그런 생각을 하는 사이, 이자나가 다가오는 소리가 들려 왔다. 그의 발걸음 소리는 내 지척까지 다가와 멈추었다.

이자나는 거친 손아귀로 내 어깨를 잡아당겼다. 우악스러운 손길에 못 이겨, 나는 반강제로 뒤돌아보게 되었다.

"이자나 폐하······."

정말로 이자나였다.

그는 무표정한 얼굴로 나와 하멜을 번갈아서 쳐다봤다. 껴안고 있었던 것은 아니지만, 하멜의 몸과 내 몸이 거의 붙어 있던 상황이었다.

이 상황을 본 이자나는 어떤 생각을 했을까?

이자나가 나를 제 쪽으로 끌어당기기에 이르렀다. 끌려간 나는, 이자나의 옆에 나란히 서게 되었다. 나는 난감한 시선으로 마주 선 하멜을 응시했다.

이자나가 갑자스럽게 등장한 이유는, 역시나 마지막 발코니에 그가 있었기 때문일까? 하멜은 왜 그곳에 가지 말아 달라고 내게 부탁한 걸까?

모든 의문에 대한 해답은 곧바로 알 수 있었다. 또 다른 목소리가 들렸기 때문이다.

"……진저 토르테?"

앙칼진 목소리였다. 얼굴을 쳐다보지 않아도 목소리의 주인을 알 수 있었다. 내 이름을 날 선 목소리로 부를 여자는 레라지에 그년을 제외하면 아무도 없었다.

마지막 발코니에 이자나와 레라지에가 정말로 함께 있었던 건가? 내가 추측한 대로, 두 사람은 인적이 드문 그곳에서 은밀한 대화를 나누고 있었던 걸까?

그렇게 생각하자 출처를 알 수 없는 씁쓸함이 물밀듯 밀려왔다.

나는 하멜을 올려다봤다. 하멜은 이제 곧 울 것 같은 눈으로 나를 보고 있었다.

나는 그 슬픈 눈동자의 이유가 레라지에 때문인 것인지, 아니면 나 때문인 것인지 잘 가늠할 수 없었다.

"진저 토르테."

나는 하멜을 여전히 바라본 채로 이자나에게 대답했다.

"……네. 폐하."

"너는 나를 좋아한다고 했어."

"그 말. 들으셨어요?"

"그렇게 또박또박 얘기했는데 내가 못 들었을 리가 없잖아."

나는 그제야 이자나 쪽을 바라보았다. 그의 잘생긴 미간이 보기 좋게 구겨져 있었다.

"나를 좋아한다고 해 놓고, 라라와 껴안고 있는 널…… 나는 어떻게 받아들여야 하는 거지? 네가 갈대 같은 생각이라고 해도 이건 너무한 일이잖아."

"……저…… 그게 말이죠……."

곤란했다. 내 인생 최대의 위기였다.

어떤 대답을 해야, 하멜에게 피해가 가지 않고, 내가 갈대 같은 생각이 되는 걸 막을 수 있을까.

곤란해진 나를 구해 준 이는 하멜이었다.

"폐하, 진저 님에겐 아무런 잘못이 없습니다."

그는 입술에 침 한 번 바르지 않고선 거짓말을 줄줄 읊조렸다.

"진저 님이 넘어지려고 하는 장면을 우연히 목도하게 되었습니다. 제가 잡아 드리려다가 본의 아니게 오해를 살 만한 자세가 된 것 같습니다."

하멜은 쓰고 있던 동그란 안경을 추켜세웠다. 이자나의 이능을 막아 주는 안경이었다.

"라라. 휴가 갔던 거 아니었어? 너는 왜 여기에 있는 건데?"

"녹스 백작과 깊은 인연이 있어 연회장에 잠시 들렀던 것뿐입니다. 다른 이유는 없습니다."

하멜은 미리 준비해 온 대답을 하는 양 막힘없이 말했다. 그의 말에서 거짓의 기운은 역시나 느껴지지 않았다. 하멜과 녹스 백작 사이에 이렇다 할 친분이 정말로 존재하는 것처럼 말이다.

"좋아. 라라, 네가 대답하는 건 거기까지."

이자나의 물음은 그렇게 내 쪽으로 다시금 넘어왔다.

"나는 라라 네게 물은 게 아니라, 생강 양에게 물은 거니까. 내가 이 상황을 어떻게 받아들여야 하는 건지."

놀라운 일이 벌어진 것은 그때였다. 내 머릿속에 하멜의 목소리가 공명하듯이 울리기 시작했다.

그것은 그의 마법이었다.

?플랜 비였습니다.?

플랜 비라면…….

나는 하멜과 나누었던 대화를 어렴풋이 떠올렸다.

나른한 섹시함이 물 건너간 이후, 우리는 플랜 비를 함께 생각하자고 했었다.

하나 나는 이자나와 그의 저주, 그리고 붉은 목걸이에 신경을 쓴다고, 레라지에를 꼬드길 플랜 비를 계획하지 못하고 있었다. 하멜에게 그의 미래를 바꾸어 주겠다고 호기롭게 선언한 주제에 말이다.

미안한 마음이 들었다.

나는 짝사랑을 하는 사람의 마음이 어떤 것인지 누구보다도 잘 알고 있었다. 짝사랑이 얼마나 애달픈지 앎에도 불구하고, 나는 하멜에게 조금도 도움을 주지 못했다.

아무런 도움도 되지 않은 나와는 다르게, 하멜은 나와 함께 목걸이를 훔치러 가 줬는데…….

내가 죄책감을 느끼고 있는 와중에도 하멜의 목소리가 내 머릿속에서 공명하고 있었다.

?진저 님이 그러지 않으셨습니까. 진저 님과 함께 있는 남자를 레라지에 님이 눈여겨본다고.

제가 미래를 보았습니다. 그래서 마지막 발코니에서 레라지에 님이 나오실 것을 미리 알고 있었습니다.

그녀에게 진저 님과 함께 있는 것을 보여 주기 위해서 그랬던 겁니다. 저는…… 그것을 이용했을 뿐입니다. 그러니 진저 님은 폐하와 함께 이 자리를 뜨십시오.?

……거짓말. 이자나와 함께 가라고 한 주제에 왜 그렇게 슬픈 눈으로 나를 보고 있는 거야.

하멜은 꼭 내가 제 곁에 남아 주기를 바라는 얼굴을 하고 있었다. 나는 주저되었다.

?저는 레라지에 님과 함께 있겠습니다. 저는…… 괜찮습니다.?

그사이 레라지에 또한 우리가 서 있던 곳까지 다가왔다. 레라지에를 쳐다보자, 그녀의 목에 걸린 붉은 목걸이가 내 시야를 어지럽혔다.

저걸 끼고 왔단 말이지. 레라지에는 제가 가진 것이 가짜라는 사실을 눈치챘을까?

하지만 그녀는 지나치게 담담해 보였다. 자신의 목걸이가 가짜라는 사실을 알아차리지 못한 사람처럼.

나는 이자나에게 뒤늦게 대답했다.

"폐하. 조용한 곳으로 가서 따로 얘기해요. 변명은 거기서 할게요. 네?"

일단은 하멜의 말을 따라 보기로 하자. 내가 선택할 수 있는 다른 선택지는 없었다.

이자나는 알겠다는 듯이 고개를 끄덕였다. 그러곤 따라오라는 말과 함께 앞서 걸어갔다.

하멜의 슬픈 눈동자 때문이었을까. 이상하게도 발걸음이 잘 떨어지지 않았나.

나는 잘 떨어지지 않는 걸음을 힘겹게 옮기며, 이자나의 뒤를 따랐다.

* * *

이자나는 뒤를 한 번도 돌아보지 않은 채로 기다란 복도를 걸어갔다. 그의 걸음걸이가 어딘지 모르게 화가 나 보이기도 했다.

이자나가 진짜로 화가 난 것이라면, 그 화의 이유는 무엇일까? 나는 그를 놓치지 않기 위해 발을 조급하게 놀렸다.

이내 이자나의 걸음이 멈춘 곳은 아까 있던 복도와는 한참이나 떨어진 발코니였다. 그곳은 내가 첫 번째로 훑어본 발코니이기도 하다.

이자나는 발코니 문을 완전히 닫고선 난간 쪽으로 걸어갔다. 그는 난간에 제 몸을 기대어 백작가의 정원만을 바라보기 시작했다.

나를 이곳까지 데려오기는 했으나, 나를 철저히 외면하고 있는 것이다.

그 사실이 슬퍼서인지, 차가운 밤공기가 추워서인지는 잘 모르겠다. 나는 어깨를 잔뜩 움츠렸다. 몸은 미약하게 떨리고 있었다.

이자나는 한참 동안이나 미동도 않고 서 있었다. 잔바람이 불어올 때마다 흔들리는 그의 머리카락이 아니었다면, 그가 굳었으리라 착각할 정도였다.

나는 이자나가 명백히 화가 났다고 생각했다. 하나 지금 바라본 그의 얼굴은 자못 씁쓸해 보였다.

상처. 그는 왠지 상처받은 듯한 얼굴을 하고 있었다.

어째서 그가 상처받은 얼굴을 하고 있는지 잘 가늠할 수 없었다. 내가 하멜과 가깝게 붙어 있었기 때문에?

그에게 상처를 준 원인이 그 사실이라면, 그것이 의미하는 바가 무엇일까. 나를 밀어내기만 했던 그가 드디어 내게 어떤 관심을 느껴 버린 걸까?

특이함에서 느낀 관심이 아닌, 이성에게 느끼는 관심. 내가 그에게서 바랐던 그 관심.

오랫동안 침묵하던 이자나의 입술이 열린 것은 그 순간이었다.

"나, 상처받았어."

이자나는 나를 쳐다보지 않은 채로 이어서 말했다.

"좋아하는 남자가 나 하나로는 부족했던 건가?"

"폐하. 오해예요. 라라의 말대로 제가 넘어지려고 하는 것을 라라가 우연히 잡아 준 거고…… 졸지에 그런 자세가 된 것이랍니다."

나는 하멜이 한 말을 이자나에게 그대로 전했다. 문제가 하나 있다면, 내가 거짓말에 매우 서툴다는 점이었다.

하멜이 능수능란하게 말했던 변명을, 나는 어색하게 말해 버리고야 말았다. 눈치 빠른 이자나가 내 말이 거짓말이었음을 모를 리가 없었다.

"나는 라라의 말을 믿어. 하지만 생강 양의 말은 왜 거짓말처럼 들리는 걸까?"

"……."

"내가 이상한 건지, 아님 생강 양이 진짜로 거짓말을 하고 있는 건지……. 어렵네."

그는 역시나 내가 거짓말을 했음을 눈치챈 듯했다.

나는 진땀을 흘리며 깊은 한숨을 내쉬었다. 그냥 사실대로 말해 버릴까, 하는 생각이 들었다. 어차피 이자나와 눈이 마주친다면 순식간에 알려질 진실이었다.

그의 이능에 의해서 진실이 밝혀질 바에야, 내 입으로 말하는 게 훨씬 더 낫겠다고 생각했다.

"……네. 거짓말이에요. 넘어지려던 걸 라라가 받쳐 준 게 아니었어요."

"그럼?"

"폐하를 찾으러 가던 길에 라라를 우연히 만났어요. 그는 제게 할 말이 있다고 했고, 저는 마지막 발코니에 폐하가 있는지 확인하고 오겠다고 했죠."

"어."

"복도에서 옥신각신하다가 그런 자세가 된 거예요. 폐하가 오해하실만한 상황은 전혀 없었답니다."

나는 구구절절 변명하면서도 기분이 조금 이상했다. 내가 왜 이렇게까지 변명해야 하나 싶어서. 우리가 무슨 사이길래. 꼭 연인에게 할 법한 변명이지 않던가.

그렇게 생각하면서도 나는 변명을 좀 더 보태었다.

"그렇다고 해서 라라를 다그치지는 말아 주세요. 그는 저를 걱정해서, 이자나 폐하께 거짓말을 한 거니까요. 악의는 없었을 거예요."

그래, 이편이 훨씬 나았다. 물론 하멜의 말은 거짓말이 되었지만, 내가 그의 입장을 잘 옹호해 주었으니 괜찮지 않을까?

"기구한 우연이군."

"폐하. 저도 솔직히 말했으니까, 폐하께서도 제 물음에 솔직하게 대답해 주세요."

"생강 양이 궁금한 게 뭔데?"

"폐하가 어째서 레라지에와 함께 계셨는지. 저는 그게 궁금해요."

전방을 보고 있던 이자나의 고개가 그제야 천천히 돌아갔다. 그의 얼굴은 곧 내 얼굴을 똑바로 마주 보게 되었다. 마주한 그의 얼굴은 복도에서 보았을 때보다도 평온해져 있었다.

왠지 모를 씁쓸한 기운이 맴돌고 있기는 하나, 적어도 화가 난 얼굴로는 보이지 않았단 거다. 나는 다행이라고 생각했다.

"레라지에와 목걸이에 대한 이야기를 나누고 있었어. 비밀스러운 이야기라서 발코니에 있었던 거고."

"……."

"생강, 네가 목걸이를 훔쳤다고 했는데, 오늘 만난 레라지에의 목에 붉은 목걸이가 걸려 있었으니까. 내 입장에선 이상하다고 생각할 수밖에 없잖아."

"……그, 그게 제가 훔치면서 가짜로 바꿔치기했어요. 레라지에가 매고 있던 목걸이는 아마도 가짜일 거예요."

"가짜, 가짜라."

그는 무언가를 더 말하려고 했지만 이내 입을 꾹 다물었다. 그러자 우리 사이엔 무거운 정적이 맴돌았다.

그렇게 몇 분이 더 흘렀을까. 이자나가 난간에 기대고 있던 몸을 바로 세워 내게 가까이 다가오기 시작했다.

그는 서로의 무릎이 닿을 거리까지 다가오고 나서야 걸음을 멈추었다. 그와의 거리가 퍽 가까웠다.

"진지. 아무래도 내 마음에 새겨진 상처가 깊은 것 같아. 마음이

자꾸 쓰라려."

나는 고개를 푹 숙인 채로 사죄했다.

"폐하의 마음을 쓰라리게 만들었다면, 정말로 죄송해요."

"사과는 됐고."

"그럼요?"

"네가 상처받았다고 했을 때, 내가 어떻게 해 줬지?"

"그거야…… 제 머릴 쓰다듬어 주시고, 저를 안아 주셨죠."

"그래. 그거야."

이자나는 손을 뻗어 내 턱 끝을 조심스레 움켜쥐었다. 그는 내 얼굴을 조금 들어 올린 후에, 나를 보며 고개를 까딱거렸다.

우리의 시선은 발코니로 온 이래 처음으로 마주하게 되었다. 밤 하늘보다도 새카만 그의 검은 눈동자는 무언가를 원하는 빛을 띠고 있었다.

설마…… 제 머리를 쓰다듬어 주고, 저를 안아 달라는 건가?

우리가 나눈 대화로 추정한 내 생각은, 부자연스러움 없이 이자나의 머릿속에 스며들었을 것이다.

이자나는 명쾌하게 말했다.

"정확하네."

오, 내가 생각한 게 맞나 봐.

"제가 폐하의 옥체에 함부로 손을 대어도 괜찮겠습니까?"

동의를 구하기는 했지만, 내 손은 그에게 가고 싶어 안달이 난 상태였다. 당장이라도 그의 부드러운 머리카락을 쓰다듬고, 그를 있는 힘껏 안아 주고 싶었다.

내가 입맛을 다시며 그런 생각을 하자, 이자나가 작게 웃었다.

변태 같은 내 생각을 이자나가 모두 읽었을 것임이 분명했다.

그래도 괜찮았다. 어차피 나는 변태 생강이었다.

이미 변태 생강으로 낙인이 찍혔는데, 더더욱 변태가 되는 건 어렵지 않은 일이었다. 하루아침에 청순한 생강이 될 수는 없는 노릇이었으니.

"푸웁, 큭큭. 변태 생강이 하루아침에 청순한 생강이 될 수 없다니. 네 엉뚱한 생각을 내가 당해 낼 수가 없다."

"네에, 네에. 당연하죠."

"졌다, 졌어. 내가 생강 양에게 지고 만 거야."

"하지만 진심인걸요."

"그래서 상처는 치유해 주지 않을 셈이야?"

"아니요. 치유해 줄 거예요."

나는 이자나가 마음을 바꾸기 전에 그의 머리 위로 손을 올렸다. 그러고선 그의 머리카락을 쓰다듬기 시작했다.

다섯 손가락 사이사이로 들어오는 그의 머리카락 감촉이 좋았다. 어쩜. 머리카락을 무엇으로 관리하는지 궁금할 지경이었다.

나는 머리카락을 쓰다듬던 손을 슬그머니 내려, 그의 보드라운 뺨마저도 작게 매만졌다.

이자나는 그런 나를 가만히 놔두었다. 적어도 지금만큼은 내 손길을 모두 수용해 주겠다는 태도 같았다.

우리 사이를 감도는 공기가 묘하게 나른해졌다. 심장이 간질간질한 느낌.

손끝과 발끝에 열이 오르는 기분마저도 들자, 그를 안기가 조금 멍실어졌다. 영문 없이 부끄럽다고 해야 할까. 평소의 니었다면 '생큼 그를 안았을 건데.

이자나는 내가 망설이고 있다는 사실을 알아차린 듯이 말했다. 느른히 내리깐 눈동자로 나를 내려다보며. 아주 근사한 목소리로.

"머뭇거리지 마. 그럼 내가 먼저 안아 버릴 테니까."

동시에 그는 나를 제 품에 가두었다.

……완전 선수였다.

그의 거침없는 행동이 싫은 것은 아니었다. 오히려 좋았다랄까.

나는 맞닿은 그의 가슴팍에 얼굴을 완전히 기댔다. 그러자 그의 심장 소리일지, 내 심장 소리일지 모를 소리가 들렸다. 이자나도 그 소리를 들은 것 같았다.

"생강 양의 심장 소리가 들려."

"……바람 소리일 거예요."

"바람은 불지 않는걸."

"그런가요? 하하."

나는 어색하게 웃었고, 이자나는 나지막하게 말했다.

"네가 라라와 있는 걸 보니까 속이 탔어. 초조하고, 답답했어."

나도 마찬가지였어요. 당신이 레라지에와 함께인 것을 보고 마음이 아팠어요.

나는 그렇게 대답하지 못하며 하멜을 어렴풋이 떠올렸다. 왜 그가 돌연히 떠올랐는지는 알 수 없으나, 나는 그가 걱정됐다.

하멜은 어쩌고 있을까. 그의 눈동자에 서려 있던 눈물의 기운이 사그라졌는지 궁금했다.

이자나는 내 등을 부드럽게 쓰다듬으며 이어 말했다.

"아까도 말했듯이 나는 라라를 믿어. 그에게 내 비밀을 털어놓을 만큼."

나는 잠자코 그의 말을 들었다.

"그런데 말이야. 요즘 들어 라라가 하멜 브레이 같다는 생각이 들어."

"......!"

그가 내놓은 한 마디에 내 몸은 삽시간 굳어 버렸다. 얼굴마저도 단단히 굳어 있을 것이다. 이자나의 얼굴을 마주보고 있지 않아서 다행이었다.

"생강 양과 라라 때문에, 나는 지금 굉장히 혼란스러워."

이자나가 라라의 정체를 어디서 어떻게 알아차린 걸까?

나는 그와 눈이 마주쳐 있을 때, 하멜에 대한 생각을 하지 않았다. 더해, 하멜은 마법 안경으로 이자나의 눈을 속이고 있었다.

그렇다면 유력한 용의자는 레라지에였다. 그녀도 하멜의 정체를 알고 있었기 때문이다.

레라지에가 이자나에게 진실을 얘기했거나, 그가 그녀의 생각을 읽은 게 아닐까?

나는 아무런 말도 할 수 없었다. 내가 수습할 수 있는 범주가 아니었다.

"생강 양은 내가 한 얘기를 당분간 모른 척해 줬으면 좋겠어."

"......."

"나는 아직까지 그 녀석을 믿고 싶으니까."

하멜과 이자나 사이에 존재하는 신뢰는 얼마나 두터운 것일까? 그것은 하멜이 가진 진실을 이자나가 수용하고, 이해해 줄 만큼의 깃일까?

이자나는 내 등을 감싸고 있던 손을 들어 올려, 내 머리를 부드럽게 어루만졌다.

"무엇이 진실이든, 라라가 직접 진실을 말해 주기를 바라고 있을 뿐이야."

"폐하가 받아들일 수 없는 진실이라도요?"

"물론. 하지만 각오는 해야겠지. 내가 생강 양을 만날 때마다 하는 각오처럼."

"……예? 절 만날 때 각오도 하세요?"

"그럼. 생강 양이 오늘은 또 어떤 발칙한 생각을 할까, 떨려서 말이지. 네 생각을 곧이곧대로 읽는 건 굉장한 용기가 필요한 일이거든."

"……."

나는 웃어야 할지, 아니면 억울하다고 대들어야 할지 고민이 되었다.

그의 능청스러운 말 덕분인지도 모르겠다. 딱딱하게 굳었던 몸이 느슨해지는 기분이 들었다.

"그렇다면 이제부터 발칙한 생각을 하지 않겠어요."

내가 자신 있게 선언하자 이자나는 나를 제 품에서 떼어 냈다. 올려다본 이자나의 얼굴엔 불만스러운 빛이 그득했다. 그가 내뱉었던 능청스러웠던 말과는 어울리지 않는 얼굴이었다.

이자나는 제법 강경하게 말했다.

"안 돼. 허락해 줄 수 없어."

"이유를 알려 주세요."

"나는…… 네가 나와 관련된 발칙한 생각을 계속 해 주었으면 좋겠거든."

"……."

"설령 네가 또다시 외설적인 생강이 된다고 할지라도."

고백 같기도 하고, 놀리는 것 같기도 하고, 진심인 것 같기도 하고, 장난인 것 같기도 한 이상한 말이었다.

하나 내게 닿아 있는 그의 시선은 진솔했다. 그 안엔 진정이 담겨 있었다. 나는 부정의 말을 꺼낼 수 없었다.

"좋아요. 그것이 폐하가 원하시는 거라면."

"응. 원해."

"나중에 후회하시면 안 돼요!"

"후회…… 할 일이 있을까?"

이자나는 피식 미소 지었다.

내 심장에 해로운, 근사한 미소였다.

하멜의 사정

 하멜은 내로라하는 마법사였다. 타인의 미래와, 과거를 볼 수 있는 마법사.

 미래를 볼 수 있기에 남들보다 앞서갈 수 있으리라 생각하면 곤란했다. 왜냐면 하멜이 보는 미래는 타율적인 미래였기 때문이다.

 그는 자신이 보고 싶었던 미래를 볼 때도 있었지만, 보고 싶지 않은 미래를 볼 때도 있었다. 경우의 수를 따지자면 후자 쪽이 더 많았다.

 하멜은 수많은 이의 미래와 과거를 볼 수 있으나, 타인의 일에 참견하는 걸 꺼려 했다. 특히나 타인의 미래에 대해선 거의 간섭하지 않는 편이었다.

 정해진 미래를 바꾸는 건, 질서를 흐트러뜨리는 일이었으니까.

 그런 그가 처음으로 타인의 미래를 바꾸고자 노력했다. 바로 '유폐된 왕자와 후작 영애'를 통해서 말이다.

처음엔 그저 레라지에가 이자나에게 죽임을 당하지 않고, 모두가 불행해지지 않기를 바라서 한 일이었다.

손쉽게 바꿀 수 있을 것이라 예상한 그 미래는, 제 예상과는 다르게 흘러가고 있었다. 아마 거기에 제일 큰 영향을 준 게 진저 토르테라는 여자가 아닌가 싶다.

진저 토르테.

그 여자는 제 계획에 계속해서 변수로 작용하는 것도 모자라, 제 마음마저도 송두리째 흔들어 버렸다.

진저는 제가 레라지에에게 사랑을 느낄 것이라 단언했으나, 정작 그가 설렘을 느낀 이는 진저 그녀였다.

하멜은 진저를 제 품에 안았던 순간을 잊지 못했다. 레라지에의 방. 그 옷장 속. 진저를 있는 힘껏 껴안았던 그 순간을.

자그마한 그녀가 제 품에 들어오기 무섭게 커다란 소용돌이에 휩쓸린 듯한 기분을 느꼈다.

그 소용돌이는 제 몸뿐만이 아니라, 제 마음마저도 온통 휩쓸어 갔다. 태어나 처음 겪은 대단한 동요였다.

처음 느낀 기분이었지만, 하멜은 그 동요가 뜻하는 바를 알 것 같았다.

그것은 '사랑'이었다. 그녀를 사랑하게 될 것임을 뜻하는 징조였다.

하멜은 자신의 손끝에 닿았던 진저를 잊지 못했다. 무섭도록 따스했던 그녀의 체온을. 갓 태어난 아이의 것처럼 부드러웠던 그녀의 살갗을.

그녀를 느끼기 무섭게 한평생 자신을 괴롭혔던 폐소 공포증이 사라지는 기분이 들었다. 그것은 정말로 이상한 일이었다.

그녀와 껴안고 있었던 그 옷장을 나왔을 때, 하멜은 진저의 미래를 어렴풋이 보았었다. 하멜이 본 진저의 미래는, 그녀와 이자나가 어느 화원에 함께 있는 모습이었다.

진저는 귓가에 이름 모를 꽃 한 송이를 꽂고선 부끄러운 표정을 짓고 있었다. 이자나는 그런 그녀를 온기 가득한 시선으로 내려다보고 있었다.

두 사람. 엄청 친밀해 보였다. 또한 엄청 아름다워 보이기도 했다. 그리고 믿을 수 없게도, 그 미래 속에는 하멜 자신도 존재하고 있었다.

그 화원은 하멜이 자주 가던 곳이었기 때문이다.

서로에게 집중한 진저와 이자나는 하멜을 발견하지 못했다. 하지만 일찌감치 두 사람을 발견한 하멜은, 멀찍이서 그들을 지켜보고만 있었다.

진저의 미래 속에 있던 자신은 슬픈 얼굴을 하고 있었다. 왜 슬픈 얼굴을 했는지는 곧바로 알 수 있었다.

옷장 속에서 진저에게 느꼈던 동요 때문이리라. 그녀에게 어렴풋한 사랑을 느꼈기에 그런 것이리라.

하멜은 진저와 이자나의 다정한 모습을 보고 싶지 않았다. 그래서 휴가를 핑계 삼아 진저를 피하기에 이르렀다.

그녀를 피하면 모든 것이 괜찮아질 거라고 생각했다. 하지만 혼자가 되자 진저가 더욱 간절해졌다.

함께 탔던 마차 속, 제 옆에서 조잘조잘 떠들던 진저가 그리웠다. 진저의 엉뚱한 말이 듣고 싶었다. 제 말에 잘 속던 진저의 바보 같은 얼굴이 생각났다.

그녀가 보고 싶었다. 그녀를 만지고 싶었다.

그녀를…… 진심으로 좋아하게 된 것 같다.

하멜은 열병을 앓는 듯한 기분을 느꼈었다.

하멜의 귓가에 레라지에의 딱딱한 목소리가 파고든 것은 그때였다.

"하멜 브레이. 저흰 아무래도 악연인가 봐요. 만날 때마다 이런 상황이니."

하멜은 과거를 떠올리던 생각을 그만두며, 제 눈앞에 존재하는 레라지에를 바라보았다.

붉은 목걸이를 보란 듯이 차고 있는 레라지에는 아름다웠다. 하나 그녀가 가진 아름다움에도 마음이 설레지는 않았다. 되레 왠지 모를 씁쓸함에 입 안이 썼을 뿐이다.

"……그런가 봅니다. 레라지에 님에게 이런 모습만 보이다니. 저도 참 운이 없군요."

"무슨 일인지는 모르겠지만 딱해 보이군요."

하멜은 아무 말도 하지 않으며 붉은 목걸이를 뚫어져라 쳐다보았다. 하멜의 시선을 의식한 레라지에가 목걸이를 손가락을 몇 차례 쓰다듬으며 말했다.

"당신도 제 목걸이에 관심이 있는 건가요? 요즘 진저와 함께 다니는 걸 많이 봤는데, 설마 진저가 당신에게 제 목걸이를 훔쳐 오라고 한 건 아니겠죠?"

"그럴 리가요."

훔쳐 오라고 한 게 아니라, 함께 훔치러 갔죠.

하멜은 빙그레 미소를 지었다. 그러곤 어제 자신을 찾아왔던 레라지에를 어렴풋이 떠올렸다.

일전에 넌지시 알려 주었던 자신의 거처로 직접 찾아왔던 레라지에였다. 그녀가 저를 찾아온 목적은 이자나의 저주에 관한 것을 묻기 위함이었다.

제가 마법사이니 저주를 풀 방법을 알 것이라 생각했던 것 같았다. 하지만 하멜은 저주를 풀 수 있는 방법을 몰랐다. 설핏 짐작 가는 것만 있을 뿐.

별개로 어제, 레라지에를 돌려보내며 그녀의 미래를 우연히 보았었다. 역시나 그의 의지와는 상관없이, 타율적으로 보인 미래였다.

그날 하멜이 본 미래는 레라지에와 이자나가 함께 있는 모습이었다. 그들은 어느 연회장 속, 발코니에 존재했다.

이자나는 레라지에의 붉은 목걸이를 손에 쥔 채로 그것을 면밀히 관찰했다. 관찰이 끝난 후, 그녀에게 다시 돌려주려고 한 순간이었다.

레라지에가 야릇한 미소를 지으며 말했다.

'……폐하. 제 목걸이를 보여 드렸으니, 그 대가로 목걸이를 직접 걸어 주세요.'

그녀의 미소는 이자나에게 향해 있었지만, 그녀의 시선은 다른 곳에 닿아 있었다.

어딜까.

하멜은 레라지에의 시선이 닿아 있는 곳마저도 살펴보게 되었다. 거기엔 유리로 된 발코니 문에 바짝 붙어 있는 진저가 있었다.

하멜은 그때 직감했다. 레라지에는, 이자나가 제 목에 목걸이를 걸어 주는 장면을 진저에게 보여 주려는 거라고.

이윽고 이자나가 레라지에의 목걸이를 걸어 주기 시작했다. 거의 동시에 진저의 얼굴이 무참히 일그러졌다.

진저는 무언가를 꾹 참으려는 듯이 아랫입술을 짓이겼다. 하나 그녀의 눈가에서 결국 눈물 한 방울이 또르륵 흘러내렸다.

하멜이 본 미래는 거기까지였다.

하멜은 진저의 눈물을 보고선 도무지 가만히 있을 수가 없었다. 설령 그녀를 피하자고 마음먹었더라도.

그래서 이튿날에 찾아간 연회가 바로 이곳이었다.

미래를 본 그날과 제일 근접한 날에 열린 연회. 이곳이 미래 속에서 본 곳임을 믿어 의심치 않았다.

이곳에서 진저를 발견하게 됐을 때는, 그녀가 마지막 발코니로 향하던 순간이었다. 그곳에 간다면 진저는 눈물을 흘릴 것이었다.

하멜은 최선을 다해 그녀를 막기에 이르렀다. 그녀가 울지 않았으면 하니까. 우는 건 자신 하나로 족했으니까.

오늘따라 더 아름다워 보이는 진저를 제 품에 안자, 심장은 정처 없이 뛰기 시작했다. 며칠 보지 않으면 그녀에 대한 감정이 사그라지리라 생각한 것이 무색할 정도였다.

그녀를 안고 있는 그 순간이 영원했으면 했다. 그녀를 놓아주기 싫었다.

하멜은 새삼 통감했다. 진저를 정말로 사랑하게 된 거라고. 사랑이 이토록 갑작스럽게 찾아오리란 것을 그 누가 알았을까.

"이봐요, 하멜. 뭘 그렇게 자꾸 생각하는 거예요?"

하멜은 아무것도 아니라는 듯이 고개를 내저었다.

"당신을 더 딱하게 만들고 싶지는 않았는데, 제가 실수를 한 것 같아요."

레라지에의 말에, 하멜이 대꾸했다.

"어떤 실수를 말씀하시는 겁니까?"

"목걸이를 차지 않았을 때, 폐하 앞에서 당신 생각을 해 버린 것 같아요. 더불어 당신이 준 팔찌도 깜빡하고 하지 않아서."

하멜은 아무것도 차지 않은 레라지에의 빈 손목을 바라보았다.

레라지에에게 준 팔찌는 진저에게 주었던 것과 같은 것으로, '하멜 브레이'에 대한 기억을 지워 주는 기능이 있었다. 그녀에게 제 정체를 밝혔던 날에 주었었다.

하멜은 이자나를 만날 땐 팔찌를 채워 달라고 부탁했었다. 하나 그녀는 제 부탁을 잘 들어주지 않았나 보다.

하멜은 쓴웃음을 지었다. 그녀에게 화를 내거나 투정을 부리고 싶다는 생각은 들지 않았다.

진저와 레라지에에게 자신의 정체를 밝힌 이상, 이자나도 제 정체를 조만간 알게 되리라 예감했기 때문이다.

누군가에게 밝혀진 비밀은 영원한 비밀로 남아 있을 수 없었다.

"저 때문에 당신의 정체가 밝혀지게 된 거라면 미안하게 됐어요."

"괜찮습니다."

"당신의 정체를 밝힌 주제에 이런 말을 하는 건 좀 미안하지만……. 진저와 함께 저를 방해할 생각이라면 접어 두는 게 좋을 거예요."

"어째서 말입니까?"

"당신은 제가 이자나 폐하를 사랑하면 제 끝이 불행해질 거라고 했지만, 저는 그 말을 믿지 않아요. 당신이 대마법사라고 할지라도 말이에요. 제가 믿는 건 제 감정뿐이에요. 제가 지금 알고 싶은 것은 폐하의 감정이지, 불투명한 미래가 아니란 말이에요."

"……."

"그러니까, 당신이 저를 살린다는 명분으로 진저와 함께하고 있는 거라면, 그만두라고 말하고 싶어요. 제 인생은 제가 알아서 할 테니까."

하멜은 기운 없이 고개를 끄덕거리기만 했다.

그녀의 말에 제대로 집중하지 못하겠다. 자신의 눈과 귀는 레라지에게 향해 있지만, 다른 이가 자꾸 생각났으니까.

진저 님…….

하멜은 그녀를 간절히 떠올렸다.

분명 조금 전까지 제 품 안에 있었던 그녀는, 별안간 다른 남자의 손을 잡고 사라져 버렸다.

하멜은 공허했다. 할 수만 있다면 지금 당장이라도 이자나에게서 그녀를 뺏어 오고 싶었다.

그렇지만 하멜은 그럴 수 없었다. 진저가 바라지 않을 일일 테니까.

진저가 바라지 않는 일을 할 용기가 없었다.

"저는…… 그저 해피 엔딩을 바랐을 뿐입니다. 그 누구도 상처받지 않기를 바랐습니다."

스승님의 저주를 받은 이자나도 행복하길 바랐고, 이뤄지지 않을 사랑에 아파할 진저도 행복하길 바랐고, 사랑하는 이에게 죽임을 당할 레라지에도 행복하길 바랐다.

그 순간 진저와 나누었던 대화가 문득 떠올랐다.

'동정심이랄까요. 모두에게 불행한 미래가 닥치는 걸 원하지 않았습니다.'

'한 명이 빠진 것 같은데요?'

'네?'

'하멜 브레이, 당신이 빠졌잖아요!'

……그래, 이번에도 내가 빠졌구나.

하멜은 제가 여전히 자신의 행복을 간과하고 있다는 사실을 깨달았다.

행복해질 수 있을까.

할 수 있는 거라곤 마법밖에 없고, 나른한 섹시미란 코빼기도 찾을 수 없는 자신이, 누군가에게 사랑받을 수 있을까.

"휴."

하멜은 시름이 깊은 한숨을 내쉬었다.

미래를 바꿔 보려고 노력했지만, 레라지에와 진저는 끝내 이자나를 사랑하게 되었다. 정해진 미래와 달라진 것은 자신의 마음뿐이었다.

앞으로 어떤 미래가 닥칠지, 그는 감히 예상할 수 없었다.

질투의 행방(上)

"이제 그만 돌아가자. 곧 환궁해야 하거든."

나는 기어들어 가는 목소리로 대답했다.

"아쉬워요."

"뭐…… 나도 그렇지 않다는 건 아닌데. 아무튼 오늘은 시간이 없어."

"피. 어쩔 수 없죠. 돌아가요, 폐하."

이자나는 몇 걸음 앞서 걸어가 발코니의 문을 열어 주었다. 그러곤 먼저 나가라는 듯, 제 고개를 까딱거렸다.

발코니에서 나온 우리는 다시금 기다란 복도를 걸어갔다. 몇 분 전에도 함께 거닐었던 복도이지만, 느껴지는 기분은 새삼 남달랐다.

왜냐면, 이번엔 이자나가 나와 어깨를 나란히 맞춘 채로 걸어가 주었기 때문이다. 저 혼자 앞서갔던 좀 전과는 판이한 태도였다.

서로의 손등이 스치듯이 닿았다. 그의 손을 잡고 싶다는 생각이 들었다면, 그것은 진심일 테다. 아닌 말로 슬그머니 잡아 볼까, 라고도 생각했다.

하지만 그러지는 않았다. 이자나가 원하지 않을 수도 있으니까. 이자나에게 미움받을 만한 일을 더 이상 하고 싶지 않았다.

한참을 걷자, 하멜과 레라지에가 보였다. 그들은 우리가 헤어졌던 그 복도 위에서 꼼짝도 하지 않은 채였다.

하멜은 고개를 조금 숙이고 있었고, 레라지에는 무언가가 마음에 들지 않는다는 듯이 팔짱을 끼고 있었다.

나는 고개를 숙이고 있는 하멜의 얼굴이 보고 싶었다.

그의 눈가에 드리웠던 눈물의 기운이 아직도 남아 있는 것인지, 그의 슬픔이 이젠 조금 가셨는지 궁금했으니까.

나와 이자나는 그들 앞까지 다가가 걸음을 멈추었다. 먼저 말을 꺼낸 사람은 이자나였다.

"다들 그만 해산하도록 하지. 레라지에 영애에게 물어봐야 할 것을 물어봤고, 생강 양과 해야 할 얘기도 했고, 그리고……."

이자나는 하멜을 보며 말끝을 흐렸다. 하멜을 보는 이자나의 눈빛이 복잡해 보였다.

"……라라는 아직까지 휴가니까. 궁으로 돌아오지 않아도 좋아."

"네, 폐하."

대답하는 하멜의 목소리가 어딘지 모르게 구슬프게 들렸다.

이자나는 먼저 가 보겠다는 말과 함께 저만치 걸어갔다. 뒤돌아가며 나를 향해 한쪽 눈을 가볍게 찡긋거리기도 했다.

어쩜. 이럴 거면 같이 갈 걸 그랬나. 하나 나는 하멜이 못내 신경 쓰여 이자나를 따라나설 수 없었다.

이자나가 완전히 사라진 다음, 복도에 남게 된 이는 레라지에와 나, 그리고 하멜이었다.

레라지에는 이자나가 사라지기 무섭게 나를 쏘아붙였다.

"진저 토르테. 나한테 할 말이 없니?"

"우리가 서로의 안부를 묻던 사이였나? 내가 너에게 할 말이 뭐가 있겠어? 그래도 굳이 내가 한 마디 하기를 바란다면, 해 줄게. 걸어가다 자빠져서 코나 깨져 버리라지."

"하! 네 꿍꿍이를 내가 모를 줄 알고? 이번엔 키키가 아니라 하멜을 이용할 셈이지? 어떻게든 나를 괴롭혀 보겠다는, 너의 그 악랄한 심보에 혀를 내두를 정도야."

"착각도 유분수지. 내가 너를 왜 괴롭혀? 넌 내 적수가 아닌데. 괴롭힐 가치가 없는걸."

나는 그녀에게 지지 않고 대답했다. 내가 얄미운 표정마저도 짓자 레라지에의 얼굴이 상기되기 시작했다. 심기가 뒤틀렸음이 틀림없었다.

"괴롭힐 가치가 있는지 없는지는 두고 봐야 할 텐데. 내겐 할아버지가 준 붉은 목걸이보다 더 중요한 게 있거든."

"더 중요한 거? 그게 뭔데?"

레라지에는 작게 실소했다.

"내가 그걸 냉큼 말해 줄 거라고 생각한 거야? 두고 봐. 조만간 네가 싫어할 만한 소식이 네 귀에 들어갈 거니까."

나보다도 훨씬 더 얄미운 그녀의 말투 때문이었을까. 나는 분에 못 이겨 발끈했다.

"이 망할 년이 긴까······!"

하멜이 내 앞을 막아선 것은 그 순간이었다. 침묵한 채로 가만히 서 있던 하멜이 처음으로 한 마디를 읊조렸다.

"……그러겠습니다."

하멜은 무언가를 결심한 듯한 단호한 목소리로 레라지에에게 말했다. 뭘 그러겠다는 소리인지, 목적어가 빠져 있었다.

나는 하멜의 다부진 뒷모습을 바라보았다. 내가 자리를 비운 사이, 그들은 어떤 비밀스러운 대화를 나눈 걸까?

레라지에의 날 선 목소리가 하멜에게 향했다.

"하멜 브레이. 당신이 끼어들 대화가 아니에요."

하멜은 내가 단번에 이해할 수 없는 소리를 늘어놓았다.

"저는 이제 더 이상 레라지에 님의 인생에 끼어들지 않겠습니다. 그것이 당신이 정녕 바라는 것이라면."

"그건 당연한 일이에요."

레라지에의 목소리가 매서웠다.

나는 하멜을 말릴 요량으로 그의 옷자락을 잡아 조금 당겼지만, 하멜은 끄떡도 하지 않았다. 도리어 조금 더 강경해진 음성으로 레라지에를 다그쳤을 뿐이다.

"그러니 레라지에 님도 더 이상 진저 님을 몰아붙이지 말아 주십시오."

"그거랑 이거랑 무슨 상관인데 당신이 이래라저래라 예요?"

"제게 하나를 원하셨으니, 저도 제가 원하는 하나를 얘기하는 것입니다."

하멜은 그렇게 말한 후, 드디어 내 쪽으로 뒤돌아봤다. 레라지에에게 해야 할 말을 다 했다는 듯이.

그가 어떤 얼굴을 하고 있을지 궁금했다. 혹 아직도 슬픈 얼굴을 하고 있을 게 아닐지, 내심 걱정했다.

마주한 하멜은 엷은 미소를 짓고 있었다. 그가 웃어서 다행이라고 단정 짓기엔, 그가 짓고 있는 미소가 너무도 애달파 보였다.

"후작저까지 바래다 드리겠습니다."

하멜은 그렇게 말하며 무방비한 내 손을 느슨하게 잡았다. 그는 나를 앞으로 끌었고, 나는 하멜의 뒤를 따랐다.

등 뒤에선 우리를 향한 레라지에의 표독스러운 외침이 들렸지만, 나는 그 외침을 모두 다 무시했다. 하멜은 내 쪽은 아예 쳐다보지도 않으며 앞만 보고 걸어가고 있었다.

이상하다는 생각이 든 것은 그 순간이었다.

하멜 브레이. 지금 레라지에 앞에서 내 편을 들어 준 건가? 레라지에를 좋아해야 할 그가 어째서 내 손을 잡아 주고 있는 걸까? 그가 잡아야 할 손은 내 것이 아니라 레라지에의 것이어야 할 텐데.

하멜, 당신 설마…… 나를 진짜로 좋아하는 건 아니겠지?

* * *

후작저로 돌아가는 마차 속, 우리 사이엔 침묵이 감돌고 있었다. 나는 맞은편에 앉은 하멜을 훔쳐보듯이 곁눈질로 바라보았다.

그는 언젠가 보았던 모습 그대로 마차의 창밖을 쳐다보고 있었다. 그의 시선 속엔 초점이 없었다. 창밖을 바라보고 있으나 다른 생각에 잠겨 있는 듯했다.

그런 하멜의 모습은 복잡해 보이기도 했고, 구슬퍼 보이기도 했다. 마음이 좋지 않으면, 그냥 돌아가도 괜찮은데.

후작저까지 데려다주지 않아도 괜찮다고 했지만, 기어코 마차에 함께 올라탄 하멜이었다. 그의 과한 친절이 내겐 석연치 않았다.

복잡한 것은 하멜 하나뿐만이 아니었다. 그를 훔쳐보는 내 심경도 꽤나 복잡했다.

복잡한 이유는 두 가지였다.

첫 번째 이유는 하멜의 정체가 이자나에게 거의 드러났음이 걱정됐기 때문이었다.

이자나는 하멜에게 아무 말도 하지 말아 달라고 부탁했지만, 나는 모른 척하기가 힘들었다. 안쓰러운 감상만 주는 하멜을 그냥 두고 볼 수가 없었으니까. 모성애랄까. 측은지심이랄까.

두 번째 이유는 하멜이 내게 했던 말 때문이었다.

'……당신이. 진저 토르테, 당신이. 옷장 속에서 제게 안겨 있었던 게…… 제 손끝에 닿았던 당신의 체온이 잊히지 않았습니다.'

덩치만 큰 바보 울보가 나를 진짜로 좋아하는 건가. 물어봐도 될까?

나는 그의 눈치를 보며, 하멜에게 말을 건넬 타이밍을 쟀다. 모른 척 묻어 두기엔 자못 중요한 문제였으니까.

그때, 하멜이 내 이름을 갑작스럽게 불렀다.

"진저 님."

"……!"

깜짝이야. 나는 돌연히 깨져 버린 침묵에 화들짝 놀랐다.

내가 놀란 얼굴을 수습하는 사이, 마차 창밖을 보던 하멜의 시선이 내게 옮겨 왔다.

"아무 말이나 해 주시면 안 되겠습니까?"

간절하다. 그리고 지쳐 있다. 하멜의 목소리와 얼굴에서 느낀 내 감상이었다.

혹 이제 와 내 편을 들어 준 걸 후회하는 건 아니겠지. 그렇게 생각하면서도 나는 아무렇지 않게 대답했다.

"아무 말이요?"

"네. 진저 님의 이야기가 듣고 싶습니다."

"글쎄요. 뭐가 좋을까요."

하멜에게 하고자 했던 이야기가 분명히 있었다.

그러나 지금만큼은 복잡한 말을 꺼내고 싶지 않았다. 객쩍은 말을 해서 그가 풍기는 무거운 분위기를 누그러뜨리고 싶다랄까.

나는 머리를 굴렸다. 어떤 말을 해 주어야 하멜의 기분이 좋아질까 해서. 그러다 오늘 아침에 샐러드를 먹었을 때 있었던 일이 떠올랐다.

좋아, 그 얘기를 해야겠어.

"하멜, 하멜. 들어 봐요."

"네, 진저 님."

"있죠, 오늘 아침을 먹고 있던 중에, 제 시녀인 사라가 남자 친구가 생겼다고 자랑하는 거예요. 그래서 제가 사라에게 물었죠."

"뭐라고요?"

"잘생겼냐고, 큭큭."

"……"

"그러니까, 사라가 진지한 표정으로 대답하는 거예요. '얼굴은 달걀형이고요, 눈은 토마토처럼 동그랗고요, 입술은 오일처럼 부드러워요.'라고."

하멜은 고개를 갸웃거렸다. 어떤 얼굴인지 예상하지 못하겠다는 것처럼.

나는 이어서 말했다.

"그래서 제가 뭐라고 했는지 알아요?"

"흠, 글쎄요. 진저 님이라면…… 잘생겼다고 하셨을까요?"

"아냐. 아니에요. 제가 때마침 샐러드를 먹고 있었거든요. 그래서 토마토 하나를 입 안에 넣으면서 대답했죠. '네 남친 샐러드야?' ……푸읍, 큭큭."

내가 말하고도 웃겨서, 나는 고개를 뒤로 젖혀 가며 웃음을 터뜨렸다. 웃어 주기를 바랐던 하멜은 되레 난감한 표정을 짓고 있었다.

설마 내 얘기가 우습지 않았던 건가. 말도 안 돼.

나는 웃던 것을 멈추었다.

"하멜 브레이. 뭐예요. 나랑 개그 코드가 맞지 않아."

"……하, 하하."

내가 볼멘소리로 말하자, 하멜이 그제야 나지막이 웃기 시작했다. 그러나 그 웃음은 딱딱하기만 했다. 억지로 웃는 것처럼 보인다고 해야 할까.

"가짜 웃음은 필요 없어요. 에이, 무슨 얘기라도 해 달라고 해서 재미있는 얘기를 해 줬더니…… 이게 뭐람."

하멜은 안경을 추켜올리며 부드럽게 미소 지었다. 이번에 지은 그의 미소는 가식이 없는 참된 미소로 보였다.

"진저 님이 샐러드 얘기를 하시니, 갑자기 배가 고프군요."

"저녁 안 먹었죠?"

"네. 그러고 보니 오늘 아무것도 먹지 않았네요."

"맙소사. 배가 고프지 않았나요?"

"지금 막 고파 오던 참이었습니다."

하멜은 제 배를 몇 번 문질렀다.

어떻게 하루 종일 아무것도 먹지 않을 수가 있는 거지? 삼시 세 끼, 아니, 삼시 오끼를 즐겨 먹는 나로선 이해하기 힘든 일이었다.

나는 공복인 하멜이 안쓰러워 한 마디를 꺼내었다.

"그럼 우리 집에서 샐러드 먹고 갈래요?"

"……."

내 말이 떨어지기 무섭게 하멜은 깜짝 놀란 얼굴을 한 채로 눈을 빠르게 깜빡였다. 그러다 어쩔 줄 모르겠다는 듯이 수줍게 고개를 내리는 게 아닌가.

……아니, 잠깐. 당신 지금, 오해를 해도 단단히 한 것 같은데. 이를테면 야한 오해랄까.

"하멜 브레이! 무슨 생각을 하는 거예요! 저는 순수하게 음식을 대접하려던 것뿐이에요."

"휴우."

하멜은 안도의 기운이 가득 스민 한숨을 내쉬었다.

"그 한숨 소리는 도대체 뭔데!"

그는 대답 대신 멋쩍게 제 머리를 긁적였다. 하멜의 두 귀가 붉게 물들어 있었다.

도대체 무슨 생각을 한 건데!

나는 진심으로 억울했다.

"다행입니다."

"뭐가 다행이라는 건데요! 나 원 참."

내가 연신 소리치자, 하멜은 이제 와 큭큭거리며 웃기 시작했다. 조금 전에 보여 주었던 딱딱한 웃음과는 판이한 것이었다.

그는 정말로 즐거워하고 있었다.

졸지에 밝히는 여자로 오해받은 것 같았지만 하멜이 기분 좋게 웃어 버리자, 그런 오해도 딱히 나쁘지 않았다는 감상이 들었다. 무거웠던 그의 분위기를 누그러뜨리는 것에 결국 성공한 것 같아서.

나는 그의 웃음이 가시기를 잠자코 기다렸다.

애석하게도, 후작저에 도착할 때까지도 그의 웃음은 끊이질 않았다.

* * *

후작저에 도착한 우리는 식당으로 향했다.

오늘 하루 종일 쫄쫄 굶은 하멜에게 줄 메뉴는 비프 스튜였다. 후작가에 고용된 메인 주방장이 제일 잘 하는 요리라고 해야 할까.

하멜과 나는 네모난 식탁에 마주 보고 앉아 있었고, 사라는 식탁 위에 식기를 가지런히 놓아주고 있었다. 우리는 그녀의 부산스러운 손놀림을 눈으로 좇았다.

그러다 하멜이 무언가를 떠올린 듯이 말했다.

"……샐러드 남친?"

"풉."

샐러드 남친을 논하는 하멜의 얼굴이 너무도 진지하다.

그 모습이 너무도 우스워 웃음소리를 내고야 말았다. 나는 새어 나오는 웃음소리를 감추기 위해 입가를 손으로 가렸다.

사라는 두 눈을 동그랗게 뜨고선 반문했다.

"네?"

"아, 그쪽이 진저 님께서 말씀해 주신 샐러드 남친을 가진 시녀분인가 해서요."

"샐, 샐러드 남친이라뇨. 하하, 진저 님도 참! 그런 얘기까지 하시다뇨."

"큭큭. 사라, 미안해. 어쩌다 보니 네 남친 이야기를 하게 됐어."

사라는 원망스러운 눈빛을 내게 보내며 음식을 재빠르게 내려놓았다. 으음, 맛있는 비프 스튜 냄새.

그녀는 우리의 유리잔에 포도주마저도 조용히 따라 주고선 말했다.

"그럼 즐거운 식사 되세요!"

제 할 일을 끝마친 사라는 도망치듯이 사라졌다. 도망가는 그녀의 두 볼엔 옅은 홍조가 서려 있었다.

그 샐러드 남자 친구를 참으로 좋아하는 모양이군. 나는 사라가 귀여워서 다시금 작게 킥킥거렸다.

웃음기가 조금 가셨을 때, 나는 유리잔을 하멜 앞에 들이밀며 말했다.

"피스."

"오늘도 피스입니까?"

"그럼요. 그것은 언제나 제가 바라는 이상인 걸요."

피스, 평화. 사고가 끊이지 않는 내 인생과는 정말로 어울리지 않는 단어였다.

최근에 일어난 일들만 생각해도 그러했다. 평화롭게 지나간 날이 하루도 없었던 것 같다.

아서라, 진저 도르테. 참으로 소란스러운 인생을 살고 있구나.

하지만 어느 날 갑자기 내 인생이 조용해진다면, 그것은 그것대로 재미가 없을 것 같기도 했다.

내가 그런 생각들을 하는 사이, 하멜의 잔이 내 잔을 가볍게 쳤다. 쨍, 하는 경쾌한 소리와 함께 우리는 건배를 했다.

"진저 님의 인생에 평화가 가득하시기를."

"오, 지금 저를 축복해 주시는 건가요?"

"물론입니다. 따뜻한 식사를 대접받게 되었는데, 축복하는 건 당연한 일이죠."

"인생이 평화로워지는 마법 같은 건 없나요? 불행한 사고를 피해 가는 레어 아이템이라든가."

하멜은 포도주를 약간 들이켠 다음, 진지한 얼굴로 대답했다.

"글쎄요. 그런 건 한 번도 생각해 보지 않아서요. 어쩌면 만들 수 있을지도 모릅니다."

허기진 하멜은 이윽고 스푼을 쥐어 잡았다. 그가 스튜를 한 스푼 뜨려던 순간, 나는 그를 닦달했다.

"정말요? 그렇다면 한번 시도해 봐요!"

그러자 그는, 들고 있던 스푼을 천천히 내려놓으며 풀이 죽은 표정을 지었다.

"지금 말입니까? 마법을 시전하려면 계산을 해야 하고…… 계산을 하면 시간이 오래 걸리고…… 시간이 오래 걸리면…… 따뜻해 보이는 스튜가 차갑게 식어 버리겠죠. 그렇다면…… 오늘 처음 먹은 저의 음식은 차가운 스튜가 되는 것이겠고…… 하지만 그렇다고 해도 진저 님이 원하신다면……."

"그, 그만해요!"

나는 그의 말을 급하게 막아섰다.

"다, 다음에 해도 되니까. 일단은 식사부터 하자고요."

"그 말을 기다렸습니다."

식사부터 하자고 말하니, 하멜의 얼굴에 금세 생기가 돌았다. 조금 전까지 풀 죽은 얼굴을 했던 이라고는 믿기지 않는, 급격한 변화였다.

하멜은 스튜를 정말로 맛있게 먹었다. 지켜보는 나마저도 식욕이 돌 정도로.

하멜의 식사가 끝날 동안 이렇다 할 대화는 오가지 않았다. 나는 간간이 포도주로 목을 축이며, 그의 식사가 끝나기를 기다렸다.

이윽고 식사를 끝마친 그와는 응접실로 자리를 옮겨 가벼운 티타임을 가졌다.

하멜은 테이블 위에 팔을 올려 손으로 제 턱을 괴고 있었다. 그는 내가 모르는 노래를 콧소리로 작게 흥얼거리고 있었는데, 제법 듣기 좋았다.

포만감이 가져다준 나른함 때문일까. 마주한 하멜의 얼굴이 몹시도 좋아 보였다. 어째 평소보다 더 잘생겨 보이는 것 같기도 하고.

깨달았을 땐, 하멜의 콧노래가 멈춰 있었다. 그는 희미한 콧노래 대신 선명한 목소리로 내게 말을 건네었다.

"저는 요즘 들어 모두가 행복해졌으면 좋겠다는 생각을 더욱 자주 합니다. 진저 님도 그런 생각을 하신 적이 있습니까?"

"글쎄요. 모두가 행복해진다, 라……."

나는 도덕적인 사람이 아닌지라 타인의 행복을 바랐던 적이 별로 없었다. 따지자면, 누군가가 불행해지기를 바랐던 적이 더 많을 것이다.

구태여 토로하자면 레라지에의 불행을 바랐다고 해야 할까. 그년의 오만한 콧대가 무참히 꺾이는 것을 볼 수 있다면 얼마나 좋을까.

"하멜, 그런데 말이에요. 제가 행복해지는 것도 힘든 판국에, 모두가 행복해지는 게 가능한 일일까요?"

"……."

"내 행복을 빌어도 모자랄 판국에, 다른 사람의 행복마저도 빌어 줄 이유가 있을까요?"

"많은 생각이 들게 만드는 말씀이십니다."

하멜은 말하던 것을 멈추고선 무언가를 가만히 생각했다. 레라지에와의 일을 떠올리고 있는 게 아닐까 싶었다.

"어쩌면 진저 님의 말씀처럼 자신의 행복만을 바라도 모자랄 판국일지도 모르겠습니다. 인생은 짧으니까요."

"그래요! 남의 행복 따윈 개나 줘 버리라고 해요. 일단 내가 행복해지고, 타인의 행복을 찾아도 늦지 않으니까!"

나의 열정적인 연설에 하멜은 웃었다. 나는 덧대어 말했다.

"……하지만 하멜. 당신은 내 행복쯤은 하나 더 바라도 좋아요. 난 행복해지고 싶은 여자거든요."

"풉. 큭큭."

덧댄 말이 퍽 우스웠나 보다. 하멜은 어깨가 들썩거릴 정도로 킥킥거렸다.

한참을 웃던 하멜은 휴, 하고 짧게 숨을 골라 낸 후에 턱을 괴고 있던 손을 갈무리했다. 그러곤 자세를 똑바로 한 채로 나를 바라보았다.

하멜의 분위기가 급격히 변해 있었다.

그는 제법 진지한 얼굴을 하고 있었다. 시시껄렁한 얘기를 나눌 때와는 차원이 다른 진중한 모습이었다.

"그래서 하는 말인데 말입니다. 내일 약속이 있으십니까?"

"내일요? 아뇨."

내일, 이자나가 나를 찾지 않을까?

약속은 하지 않았으나, 그가 나를 찾을 것 같은 예감이 들었다. 아니라면 아닌 것이겠지만.

"그렇다면 내일 저와 만나 주십시오."

"예? 당신을요? 혹시 게슈트와 관련된 일인 건가요?"

하멜은 고개를 내저었다. 그러곤 진솔된 목소리로 고백했다.

"진저 님께서 제 행복을 찾으라 하지 않으셨습니까. 저는 지금 제 행복을 찾고 있는 중입니다."

하멜의 행복이 나를 만나는 것이라니…….

그는 다른 말을 덧대지 않았다. 내가 어떤 결정을 내리든, 내 결정에 따르겠다는 것처럼.

하나 그런 마음가짐과는 별개로 그의 입술은 잘게 떨리고 있었다. 하멜은 긴장하고 있는 것처럼 보였다.

그는 내게서 돌아올 대답이 부정의 것이 아닐지, 마음을 졸이고 있는 것이다.

"……."

동물적인 감각으로 짐작해 보겠다. 덩치만 큰 바보 울보가 나를 좋아하고 있음이 분명하다.

증거는 아주 많다. 레라지에 앞에서 내 편을 들어 준 것도 보사라, 지금은 제 얼굴을 붉히고 있었으니까.

그 사실이 잘 믿기지 않았다. 왜냐면, 누군가가 나를 먼저 좋아해 준 것은 꽤 오랜만이었기 때문이다.

여태껏 내가 했던 사랑의 시작은 항상 나부터였다. 언제나 내가 먼저 좋아했고, 내가 더 좋아했다.

상대방이 나를 더 좋아해 주거나, 내게 먼저 마음을 표한 적은 손에 꼽을 정도였다.

하멜이 언제부터, 어떻게, 왜 나를 좋아하게 되었는지 궁금했다. 물론 내 매력이 지나치게 많기는 한데…….

아무튼 그가 나를 좋아해 주는 것이 싫지 않았다. 하지만 문제는 따로 있었다. 그것은 바로 내 감정이었다.

하멜이 싫은 것은 아니나, 내 마음은 이미 이자나에게 송두리째 빼앗긴 터였다. 하멜은 그런 내 마음을 누구보다도 잘 앎에도 불구하고 나를 좋아하는 걸까?

나는 난감했고, 고민이 되었으나 인지했을 땐, 고개를 끄덕이고 있었다.

그것은 명백한 긍정이었다. 당신과 내일 만나 주겠다는.

한껏 기대한 하멜의 얼굴에, 실망의 기색이 번지는 게 싫었다. 나는 그를 실망시키고 싶지 않았다. 마음이 약한 게 죄라면 죄였다.

내가 긍정하자, 하멜은 테이블에 올려져 있던 내 손을 살며시 잡았다. 그의 입술이 내 손등 위에 짧게 내려앉았다. 잠깐 닿은 그의 입술은 부드럽고, 뜨거웠다.

"감사합니다. 그럼 내일 오후에 후작저로 찾아오겠습니다."

나는 또다시 고개를 끄덕였다. 그 순간 묘하게도 가슴이 조금 두근거렸다.

진저 토르테, 정신 차려. 너, 진짜로 갈대 생강이 될 참이야? 나는 나를 타일렀지만, 이상하게도 심장의 두근거림이 가시지 않았다.

아니, 잘생긴 남자가 내게 호감을 내비치며 손등에 입을 맞추어 주었는데, 떨리지 않으면 그게 더 이상한 일이 아닐까?

나는 한참 동안 침묵했다.

* * *

다음 날 오후, 하멜은 정말로 후작저에 찾아왔다.

그의 방문을 듣고선 후작저의 현관으로 나갔을 때, 그가 보였다. 평소보다도 신경 쓴 하멜이 말이다.

물론 그는 평소처럼 주름 없는 흰 셔츠를 입고, 제 머리색과 닮은 잿빛 재킷을 걸치고 있었다.

그렇지만 뭐라고 해야 할까. 재킷과 셔츠, 그리고 구두가 평소보다도 훨씬 더 고급스러워 보인다랄까.

하멜은 현관문 쪽만 하염없이 바라보고 있었던 것인지, 내가 나가자마자 나를 발견했다.

나는 그에게 다가갔다. 우리 사이의 거리가 좁혀질수록 그의 얼굴엔 화사한 미소가 피어올랐다.

"하멜. 오늘 좀 괜찮은데요?"

"다행입니다. 휴우."

"오늘은 안경도 안 썼네요?"

"이자니 폐하를 뵐 일이 없으니 안경을 쓸 이유가 없습니다."

동그란 안경 사이에 감춰져 있었던 그의 잿빛 눈동자가 온전히 드러나 있었다. 안경이 잘 어울린다고 생각했는데, 벗은 모습도 제법 나쁘지 않았다.

하긴. 잘생긴 얼굴엔 뭔들 괜찮지 않을까.

우리는 후작저를 벗어나, 객쩍은 대화를 나누며 길을 거닐기 시작했다. 고작 몇 걸음 걸었을 뿐인데, 날은 금세 어두워졌다. 오후에 만났으니 당연한 일일 성싶었다.

"저기, 하멜. 날이 어두워지고 있는데, 저희는 지금 어디로 가는 거예요?"

"글쎄요."

"뭐예요! 저보고 만나자고 해 놓고 아무런 계획도 세우지 않은 거예요?"

"저, 그게, 이성과 단둘이서 만나는 건 처음이라서…… 뭘 해야 할지 잘 가늠할 수가 없어서요. 진저 님께서 하고 싶은 게 있으시다면 말씀해 주십시오."

어이구, 이 남자야. 이성과 단둘이 만나는 게 처음이라니. 당신이 연애 하수인 줄은 익히 알고 있었지만, 이 정도일 줄은 몰랐는데.

하멜의 나이를 정확하게 아는 것은 아니었으나, 이자나와 나이가 비슷할 것으로 추정되었다. 그 나이를 먹을 때까지 이성과 만나 보지도 않고 뭘 한 걸까.

마법을 열심히 연마했을 수도 있겠지만, 왠지 모르게 그가 짠했다. 나는 하멜의 어깨를 토닥여 주며 말했다.

"어휴. 당신은 배울 게 정말로 많은 남자군요. 괜찮아요. 다 이해해. 오늘부터 여자에 대한 것을 제가 하나하나 알려 줄 테니까. 나만 믿⋯⋯."

나만 믿으라고 말하려던 찰나였다. 하멜의 등 뒤, 그리 멀지 않은 거리에 어떤 남자가 지나가는 게 보였다.

내 시선은 자연스럽게 그리로 꽂혔다. 그 남자는 나이가 조금 있어 보였는데, 머리카락 색은 석양보다도 짙은 붉은빛이었다.

얼굴은 잘 보이지 않았다. 하지만 어딘지 모르게 낯익은 느낌이 들었다.

붉은 머리카락이라. 설마 게슈트⋯⋯?

그의 이름을 떠올리기 무섭게 아주 오래전에 그를 보았던 기억이 떠올랐다. (게슈트가 죽기 전, 내가 어렸을 때 그를 몇 차례 본 적이 있었다.)

믿을 수 없게도, 지금 내 시야에 맺힌 저 남자와 내 기억 속의 게슈트의 모습이 똑같았다.

게슈트와 소름이 끼칠 정도로 닮은 남자가, 어디론가 걸어가고 있었던 것이다.

입 안이 바싹 말라 갔다. 게슈트는 틀림없이 망자가 되었다. 망자가 살아서 돌아오기라도 한 걸까?

"하, 하멜. 제가 지금 유령을 본 것 같아요."

목소리가 미세하게 떨렸다. 그의 어깨에 올려놓은 손에 절로 힘이 들어갔다.

"네?"

하멜이 놀란 목소리로 내게 되물었다.

"저 지금 게, 게슈트를 본 것 같아요⋯⋯."

"게슈트 님이라고요?"

나는 하멜에게 조금 더 자세히 설명하고 싶었지만, 그사이에 남자의 모습이 점점 사라지고 있었다. 이러다간 꼼짝없이 놓칠 기세였다.

"아무래도 뒤따라가야겠어요."

나는 하멜의 대답을 듣지 않고선 앞으로 내지르기 시작했다. 그러자 하멜이 내 이름을 당황스럽게 부르며 내 뒤를 급하게 따랐다.

멋 좀 부리려고 신은 굽 높은 구두 탓에, 뛰어가며 몇 번이나 앞으로 넘어질 뻔했다. 하멜이 나를 잡아 주지 않았다면 나는 진즉 바닥에 엉덩이를 찧었을 것이다.

그렇게 얼마나 뛰어갔을까. 우리 주변엔 사람들이 제법 많아져 있었다.

게슈트와 닮은 작자를 분명히 눈으로 잘 좇고 있다고 생각했다. 그러나 깨달았을 땐, 내 시야에 그와 비슷해 보이는 사람이 한 사람 더 잡힌 후였다.

"하멜, 어떡하죠? 붉은 머리카락을 가진 사람이 한 명 더 생겼어요."

나는 뛰느라 가빠진 호흡을 몰아쉬며 간신히 말했다.

거리가 제법 있었다. 두 사람 중 어떤 이가 좀 전에 본 사람인지 가늠할 수 없었다. 그의 제자인 하멜조차도 단번에 알아볼 수 없을 정도였다.

하멜은 제 머리카락을 쓸어 넘기며 대답했다.

"그럼 둘로 갈라져서 쫓아갑시다."

나는 고개를 끄덕이며 다시 뛰어갈 준비를 했다.

"미행이 끝난 후에, 게슈트를 처음으로 보았던 그 장소에서 다시 만나기로 해요."

나는 하멜의 대답을 기다리지 않으며 다시금 발걸음을 재촉했다.

하멜과 갈라진 채로 인파를 제법 헤쳐 나갔다. 열심히 뛴 덕일까. 붉은 머리카락을 가진 남자와 퍽이나 가까워져 있었다.

그러다 앞서 가던 남자의 걸음이 돌연히 멈추었다. 그에 따라 나도 급하게 멈춰 섰다. 남자의 고개가 뒤로 돌아간 것은 그때였다.

남자는 오차 없이, 그리고 정확하게 제 뒤쪽에 있던 나를 쳐다보았다.

"······!"

길게 드리워진 앞머리 때문에 그의 얼굴이 잘 보이지 않았다. 그의 얼굴 속, 선명하게 보이는 유일한 부분은 그의 붉은 입술 하나뿐이었다.

그 붉은 입술이 곡선을 천천히 그리기 시작했다. 그것은 미소였다. 나를 향한. 창백한 미소.

남자는 미소가 드리운 자신의 입술 위에 검지를 올리며, 한 마디를 건넸다.

"쉿."

맙, 맙소사. 진짜로 게슈트가 맞나 봐. 그러지 않고선 저런 행동을 할 리가 없잖아!

그는 제가 전하고 싶은 메시지를 모두 전했다는 듯, 뒤로 돌렸던 고개를 똑바로 했다. 그러곤 제 앞에 있던 어느 건물 속으로 사라져 버리기에 이르렀다.

그는 현관문을 열지 않았다. 무언가에 흡입 당하는 것처럼 건물 속으로 빨려 들어가 버렸을 따름이었다.

"······! 진, 진짜 유, 유령인가 봐."

온몸에 소름이 돋았다. 나는 두 팔을 손으로 감싸며, 굳은 듯이 그 자리에 서 있었다.

그러다 문득 깨달은 사실이 하나 있었다. 게슈트가 들어간 저 건물. 5층인 저 건물. 낯설지가 않았다.

"하멜 브레이의 집……?"

그곳은 일전에 레라지에가 들어갔던 5층 건물이었다.

-2권에 계속-

악역이 베푸는 미덕 1

1판 1쇄 발행 2017년 9월 29일
1판 2쇄 발행 2020년 8월 10일

지은이 | 쥐똥새똥
발행인 | 신현호
편집부장 | 예숙영
편집 | 이영조
편집디자인 | 한방울
영업·관리 | 김민원 조은걸 조인희

펴낸곳 ㈜디앤씨미디어
출판등록 2002년 5월 1일 제117-90-51792호
주소 서울시 구로구 디지털로 26길 111 JnK디지털타워 503호
대표전화 (02)333-2513 팩스 (02)333-2514
전자우편 dncbooks@dncmedia.co.kr
디앤씨북스 블로그 http://blog.naver.com/dncbooks

ISBN 979-11-6140-646-6 04810
ISBN 979-11-6140-645-9 (SET)